润金文化 ／剧本原著
月光码头 ／小说改编

贵州出版集团
贵州人民出版社

图书在版编目（CIP）数据

我爱你，这是最好的安排 / 润金文化剧本原著; 月光码头小说改编. — 贵阳：贵州人民出版社, 2019.11
 ISBN 978-7-221-15715-7

Ⅰ. ①我… Ⅱ. ①月… Ⅲ. ①长篇小说－中国－当代
Ⅳ. ①I247.5

中国版本图书馆CIP数据核字(2019)第248442号

我爱你，这是最好的安排
WOAINI, ZHESHIZUIHAODEANPAI

润金文化　/剧本原著
月光码头　/小说改编

总策划	陈继光
责任编辑	陈继光
特约编辑	陈胤凡
装帧设计	陈 电
封面设计	源画设计
出版发行	贵州人民出版社有限公司（贵阳市观山湖区会展东路SOHO办公区A座）
印刷	长沙鸿发印务实业有限公司（长沙市黄花工业园3号）
版次	2019年11月第1版
印次	2019年11月第1次
印张	30
字数	524千字
开本	710mm×1000mm　1/16
书号	ISBN 978-7-221-15715-7
定价	49.00元

目录

第1章 不是抢婚	/ 01	
第2章 谁纠缠谁	/ 04	
第3章 夜半车祸	/ 07	
第4章 看见未来	/ 10	
第5章 机场再遇	/ 13	
第6章 患难与共	/ 16	
第7章 物是人非	/ 19	
第8章 一家三口	/ 22	
第9章 决定留下	/ 25	
第10章 欢喜冤家	/ 28	
第11章 为他解围	/ 31	
第12章 一言为定	/ 34	
第13章 新官上任	/ 37	
第14章 崭露头角	/ 40	
第15章 你想多了	/ 43	
第16章 再次逼宫	/ 46	
第17章 前尘旧事	/ 49	
第18章 龟毛客人	/ 52	
第19章 酒店宗旨	/ 55	
第20章 太过血腥	/ 58	
第21章 刻意为难	/ 61	
第22章 定有奥秘	/ 64	
第23章 曾经天才	/ 67	
第24章 猪队友	/ 71	
第25章 复杂关系	/ 74	
第26章 彻底解决	/ 77	
第27章 渣男渣女	/ 80	
第28章 我们离婚	/ 83	
第29章 最佳老板	/ 86	
第30章 背负的债	/ 89	
第31章 定要嫁他	/ 92	
第32章 父爱如山	/ 95	
第33章 被揭穿了	/ 98	
第34章 原来情深	/ 101	
第35章 不是渣男	/ 104	
第36章 她的闺密	/ 107	

第37章	有人操控	/ 110	第58章	我要追你	/ 173
第38章	中毒太深	/ 113	第59章	不是公主	/ 176
第39章	共处一室	/ 116	第60章	她的错判	/ 179
第40章	浪漫之夜	/ 119	第61章	酒店有鬼	/ 182
第41章	前任男友	/ 122	第62章	病情严重	/ 185
第42章	惊人真相	/ 125	第63章	父子情深	/ 188
第43章	不是有意	/ 128	第64章	他的猜想	/ 191
第44章	姊妹情深	/ 131	第65章	有人作妖	/ 194
第45章	已经变了	/ 134	第66章	天才少年	/ 197
第46章	鸡飞狗跳	/ 137	第67章	天降大任	/ 200
第47章	变态女人	/ 140	第68章	难缠客人	/ 203
第48章	一场误会	/ 143	第69章	垃圾人渣	/ 206
第49章	他的求爱	/ 146	第70章	以人为本	/ 209
第50章	惊慌之吻	/ 149	第71章	自有决断	/ 212
第51章	别有用心	/ 152	第72章	你别胡来	/ 215
第52章	长辈风范	/ 155	第73章	好人好报	/ 218
第53章	临终关怀	/ 158	第74章	情难自禁	/ 221
第54章	变故再生	/ 161	第75章	爱而不得	/ 224
第55章	相濡以沫	/ 164	第76章	她的秘密	/ 227
第56章	何为情深	/ 167	第77章	太欺负人	/ 230
第57章	夜市烧烤	/ 170	第78章	太没面子	/ 233

目 录

第79章	一个秘密	/236
第80章	心软女人	/239
第81章	渣男如虎	/242
第82章	中毒事件	/245
第83章	寻找机会	/248
第84章	挑拨离间	/251
第85章	背锅之人	/254
第86章	太过冲动	/257
第87章	死无对证	/260
第88章	心生恶意	/263
第89章	撕破脸皮	/266
第90章	太过天真	/269
第91章	一枚棋子	/272
第92章	一份检讨	/275
第93章	我相信你	/278
第94章	雷霆之怒	/281
第95章	卑劣小人	/284
第96章	我来陪你	/287
第97章	面目全非	/290
第98章	被绑架了	/293
第99章	以身相挟	/296
第100章	白色月光	/299
第101章	女王表白	/302
第102章	男人之妒	/305
第103章	釜底抽薪	/308
第104章	成精的狗	/311
第105章	他的原则	/314
第106章	考察合格	/317
第107章	火警现场	/320
第108章	暂缓升级	/323
第109章	蝴蝶疤痕	/326
第110章	赶出酒店	/329
第111章	巨大内幕	/332
第112章	为她受伤	/335
第113章	幕后黑手	/338
第114章	出人意料	/341
第115章	同样疤痕	/344
第116章	当年旧事	/347
第117章	分手好吗	/350
第118章	老奸巨猾	/353
第119章	宣布婚讯	/356
第120章	亲生父子	/359

第121章	想招揽他	/ 362	第139章	被拆穿了	/ 416
第122章	回来帮她	/ 365	第140章	终于醒来	/ 419
第123章	谋取信任	/ 368	第141章	不死不休	/ 422
第124章	订婚晚宴	/ 371	第142章	她的纠结	/ 425
第125章	变故突生	/ 374	第143章	小小秘密	/ 428
第126章	撒谎骗她	/ 377	第144章	反目成仇	/ 431
第127章	姐弟情深	/ 380	第145章	被绑架了	/ 434
第128章	大失所望	/ 383	第146章	绳之以法	/ 437
第129章	丧心病狂	/ 386	第147章	吐露真心	/ 440
第130章	重要客人	/ 389	第148章	他的要求	/ 443
第131章	爱她很深	/ 392	第149章	父子相认	/ 446
第132章	一个小偷	/ 395	第150章	已经疯狂	/ 449
第133章	亲情之诱	/ 398	第151章	她失忆了	/ 452
第134章	偷梁换柱	/ 401	第152章	圈禁于她	/ 455
第135章	世界太小	/ 404	第153章	太过紧张	/ 458
第136章	戒指秘密	/ 407	第154章	全民皆兵	/ 461
第137章	换个方向	/ 410	第155章	绝不妥协	/ 464
第138章	狗急跳墙	/ 413	第156章	她的求婚	/ 467

泰国，曼谷，湄公河畔，韩氏集团旗下的一家超豪华民宿酒店里，此时热闹非凡，聚集了社会各界名流，大家微笑着在议论着什么，现场一片喜气洋洋。

今天是韩氏集团太子爷韩元斌和当红影星陆臻臻宣布订婚的日子。

早在十天前被狗仔拍到陆臻臻和韩元斌约会的照片后，这个消息就由陆臻臻工作室透出了口风，说她和韩元斌从小青梅竹马，两情相悦，不日将要订婚。

今天陆臻臻的电影杀青，在韩氏集团最豪华的酒店里举办庆功宴，一早就有记者拍到韩元斌去片场接陆臻臻，所以所有人都猜两人今日会宣布订婚。

此时陆臻臻有些无聊地在二楼玩着手机，韩元斌从外面走进来问："你确定可爱今天会来？"

陆臻臻抬眸看了他一眼，韩元斌作为韩氏集团的太子，除了本身多金的光环外，人长得也相当不错：一米八三的个子，立体的五官，很符合时下流行的审美，今天他穿了一套昂贵的高定西装，更衬得他整个人俊朗不凡。

她轻撇了一下嘴娇嗔地说："太子爷，不要忘了，我才是今天你要订婚的人，你嘴里一直念叨着可爱、可爱，再这样，你就一点都不可爱了！"

她能成为当红的偶像，容貌自然是极为出色的，雪肤花貌，一双灵动的大眼睛显得有些活泼俏皮。今天穿了一条粉红色的礼服，更衬得她整个人娇柔秀丽，看起来就像是邻家乖巧的小妹妹。

只是作为和她一起长大的韩开斌当然知道这些只是表象，天有多高她就有多任性。

韩元斌瞪了她一眼："虽然你、我、可爱三人一起长大，感情很深厚，但是你

心里应该很清楚，我喜欢的一直都是可爱！"

他说到这里忍不住抱怨了一句："都怪你，没事找事，让她误会我劈腿，怎么都不理我。否则，我哪里需要配合你演这出戏引她现身！你今天不许再捣乱了，要不然我和你绝交！"

他拿出早就准备好的钻戒，心跳快了些，喃喃地说："希望可爱今天可以接受我的求婚。"

陆臻臻轻哼一声说："谁捣乱了？人家明明是乖乖女！还有，韩元斌，我今天可是做出了巨大的牺牲，你要是求婚成功了，一定要请我吃超豪华大餐，要不然我跟你没完！"

韩元斌笑着说："只要我能娶到可爱，不要说一顿大餐了，就是一百顿都可以！"

陆臻臻看到他的样子轻挑了一下眉，打了个呵欠，对于韩元斌向马可爱求婚这事，她兴趣不大。只是看韩元斌的样子对马可爱似乎是真心的，她心里有些不是滋味，却又不是嫉妒。

正在此时，门被敲响，陆臻臻的助理走进来说："姐，哥，时间到了，该下楼了。"

陆臻臻点头说了句："知道了。"

然后她主动挽起韩元斌的手说："走，下去吧，不出意外的话，可爱应该已经到了。"

韩元斌点头，两人一下楼，立即秒杀无数菲林，下面的记者以及来宾都在夸两人是郎才女貌，天生一对。

马可爱此时就站在距两人不太远的一个角落里，只是因为现场人太多，根本就没有人注意到她。

她看着韩元斌和陆臻臻相携而出，两人的样子看起来的确很般配，只是他们这样耍着自己玩就太过分了。

三人从小一起长大，感情深厚，但这一切在一年前韩元斌疯狂追求她之后就发生了变化。当友情转变为爱情之后，三人就再难像以前一样和平共处了。

她深吸了一口气，再看时韩元斌和陆臻臻已经走到舞台的正中间，主持人正在和他们互动，说着一些打趣的话。

服务员推着一个六层的蛋糕走了过来，主持人问："韩少，据说你和陆臻臻小姐会在今晚宣布婚讯，这个蛋糕是你为她准备的吗？"

韩元斌明显有些心不在焉，一直在四处张望，也没听清楚主持人在问什么，下意识点了一下头。

陆臻臻配合地说："对啊，这个蛋糕是元斌亲自为我准备的，用了最好的材料，而且里面还加了枇果、水蜜桃、奇异果，都是我喜欢吃的水果。"

主持人立即夸张地说："这个蛋糕造型精巧别致，不是一般的糕点师做得出来的，肯定是韩氏集团首席糕点师做的，韩少对陆小姐真是太有心了！好羡慕！"

马可爱本来觉得还能忍得住，但在看到那个六层蛋糕听到韩元斌的话后，手便握成了拳。

那个蛋糕的造型是她一个月前无聊时设计的，当时韩元斌恰好在，她就开玩笑说以后他们要是订婚的话，就用这个造型的蛋糕，里面要放很多她喜欢吃的水果，而陆臻臻说的那些水果根本就是她喜欢吃的，有几样陆臻臻其实并不喜欢。

现在这个蛋糕却变成了韩元斌为陆臻臻设计制作的，这简直就是一个大笑话。

她忍无可忍从角落里站出来走到蛋糕的面前，拿起最上面那一层的小蛋糕就直接拍在韩元斌的脸上，然后冷冷地说："劈腿的渣男，姑奶奶当初是眼睛瞎了才会答应做你的女朋友！从现在开始，我们一刀两断！"

她说完又冷冷地看着陆臻臻说："这个渣男我送你了，祝你们百年好合！"

做完这些她扭头就走，如此变故，吓得所有人都愣在那里，就连巧舌如簧的主持人都没有反应过来。

韩元斌好不容易把脸上奶油抹掉，他见马可爱要走，顿时就急了："可爱，事情不是你想的那样！"

说完他就去追马可爱，却一不小心踩在蛋糕里混着奶油的水果上，扑通摔了一大跤，等他站起来的时候马可爱已经走出了酒店的大堂。

他忙站起来往外追去。

陆臻臻则一脸的幸灾乐祸，喃喃地说："呀，这事闹得有点大了，真好玩！"

马可爱在转身的时候眼睛已经红了，不管她对韩元斌劈腿的事情有多反感，都抹不去他们这十几年的感情。

韩元斌劈腿和谁她都能接受，唯独不能是陆臻臻，因为陆臻臻是她最好的朋友兼最好的闺密。

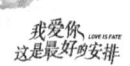

第2章 谁纠缠谁

　　当初韩元斌追求自己，马可爱其实是有些犹豫的，只是有一次他们一起出去郊游的时候，她不小心摔倒扭伤了脚，他把她背起来的时候说了句："我是男人，我会保护你！"

　　那句话在她很小的时候，也曾有一个小哥哥对她说过。

　　小哥哥是她记忆里除了妈妈之外唯一的温暖，当初在她以为快撑不下去的时候，是那个小哥哥给了她活下去的勇气。

　　这么多年来她努力活着，拼命活着，想办法证明自己。妈妈去世后，她本以为韩元斌会带给她温暖，然而现实却狠狠地扇了她一记耳光。

　　一个月前她看到韩元斌和陆臻臻两人在床上翻滚的时候，她就知道她的友情和爱情都没了。

　　她深吸了一口气，倔强地不让眼里的泪滚落。

　　韩元斌是在酒店外的巷子里追到马可爱的，他一把拉住她说："可爱，我和陆臻臻真的什么事情也没有，上次撞见我们躺在床上的事情，其实是她抢了我的手机，我只是想把手机夺回来而已！"

　　马可爱凉凉一笑："是吗？抢个手机还需要脱衣服吗？"

　　韩元斌语塞，那天他刚好洗完澡出来，嫌天气太热就没有穿上衣。

　　马可爱看到他的样子冷笑："你是不是要说就只是个巧合？"

　　韩元斌点头，马可爱的脸上凝了一层寒霜："按你这说法，天底下那些捉奸在床的事也都只是误会，是他们脱光了衣服在床上翻滚聊天？"

　　韩元斌急了："别人怎么样我不清楚，但是我和陆臻臻真的是清白的，你也知道陆臻臻，她从小到大就没心没肺喜欢胡闹！"

"是啊，她是喜欢胡闹，但是她从来没有真正交过男朋友。算起来，你是第一个吧？毕竟你们今天都要订婚了，嗨，一个是家喻户晓的大明星，一个是泰国最大连锁民宿酒店的太子爷，你们还真是般配。"马可爱冷冷地说。

韩元斌急得直跳脚，这种事情原本就是世上最难解释清楚的事情，他一把拉着她说："我今天不是要和她订婚，而是要向你求婚！走，你跟我回去，我们三个人当面把话说清楚！"

马可爱的脾气也上来了，瞪着他说："韩元斌，你是在讲段子吗？你和她宣布订婚的宴会却是在向我求婚？这种谎言你觉得我会信吗？"

她说完欲挣脱他离开，他死活不让，两人拉扯间，韩元斌不小心把她的T恤撕开一道大口子，使她露出雪白的肌肤，他愣了一下。

马可爱回过神来后反手就给了他一巴掌，怒骂："流氓！"

韩元斌有些发蒙，一边拉着她的手一边解释："可爱，我不是故意的！"

她要走，他死活不让，两人在大马路上拉扯起来。

马可爱是女孩子力气总归要小一点，他这么一拉就真的有了几分流氓欺负美貌少女的样子了。

正在此时，一个有些低沉的男音传来："放开她！"

韩元斌哪里会听，马可爱努力挣扎。

男子皱起眉头，冲过去，照着韩元斌的脸就是一拳，一边打一边骂："现在的流氓胆子都这么大了吗？居然光明正大地在马路上纠缠！"

"我不是流氓，她是我女朋友！"韩元斌解释了一句，还是不愿松开马可爱的手。

男子扬手又给了他一拳，冷笑着说："流氓，你没看最近的新闻吗？流氓们在欺负小姑娘被人阻止时都是这套说辞！她要是你女朋友，需要这样拉拉扯扯？"

韩元斌闻言气结，因为男子这一拳他再也拉不住马可爱，不得已松了手，男子立即把身上的外套脱下来披在马可爱的身上，并把她挡在身后对她说："快报警。"

马可爱愣了一下，她也没有想到事情会往这个方向发展。

正在此时，几个保镖从酒店里出来，韩元斌立即大声喊："你们快过来帮忙！"

男子一见韩元斌居然有这么多的帮手，他轻啐了一口："现在的流氓都这么嚣张了吗？"

他心里太清楚这么多人他就算是再能打也不是他们的对手，于是他一把拉过马可爱的手说："好汉不吃眼前亏，快走！"

她的确不想见到韩元斌，但也不愿意跟男子走，只是此时男子已经拉着她的手朝前狂奔，她只能配合地跟上他的步伐。

韩元斌好不容易才见到马可爱，哪能就这么让她离开，立即带着保镖来追。

男子的体力极好，拉着马可爱跑得飞快，她莫名觉得眼前的一切非常熟悉，在她很小很小的时候，有一次被人绑架，当时有个小哥哥也是这么带着她在山林里穿梭逃跑。

她扭头看了他一眼，这条巷子没有路灯，只有旁边人家里的灯光透出来照在他的脸上，她看不真切，只觉得那是一张年轻的脸，轮廓很好看，似乎还很英俊。

可能是因为场景有些类似，她居然觉得他有些像当年那个拉着她逃命的小哥哥，她不再抗拒和他奔跑，因为她的配合，两人跑得更快了。

两人左转右转，跑了好长时间后终于把韩元斌和保镖全甩开了，而两人都累得气喘吁吁。

两人在路边喘着粗气，好一会儿才缓过劲儿来，男子扭头问马可爱："你没事吧？"

此时路灯的光华暖暖地照在马可爱的脸上，因为奔跑，她秀发散乱，脸泛着红潮，却衬得那双乌黑的眼睛更加明亮。她的皮肤白得几乎透明，没有一丝杂质，就算此时的样子狼狈至极，也遮不住她的冷艳秀丽。

男子救她时其实并没有看清她的长相，此时才发现她竟是难得一见的大美人，顿时呆在那里。

马可爱看到他的目光眉头微皱，想把衣服脱下来还给他，只是T恤被韩元斌撕破了，现在也没法穿了，她看着他说："给我一个地址，回头我把衣服洗好了还给你。"

"送你好了。"男子听她说话后回过神来，觉得刚才自己直勾勾地盯着人家看多少有点不合适，他的脸微微泛红，微笑着说，"我叫夏雨行，就当是交个朋友。"

马可爱打量了他一眼，见他二十四五岁的样子，个子高且挺拔，浓眉大眼，眼神清澈明亮，可能由于长年晒太阳，肌肤呈健康的蜜色，整个人看起来阳光又帅气。

第3章 夜半车祸

自小的成长环境，让马可爱不太习惯和人走得太近，但是他毕竟帮了她，于是她客气又疏离地说："谢谢！但是我这个人从不欠人东西，这些钱就当是我买下你这件衣服。"

说完她拿出钱包抽出几张钞票递给他，然后扭头就走。

夏雨行愣了一下，见街边有几个混混儿躲在角落里，不时朝他们瞟过来，他追上她说："你一个女孩子走夜路不安全，我送你回家吧！"

他说完指了一下角落里的混混儿，马可爱淡淡地说："多谢你的好意，但是真不需要。"

正在此时，一辆出租车驶了过来，她伸手拦下，然后直接坐进了出租车里。

夏雨行在出租车启动的时候，把她之前给他的钱扔进出租车里大声说："我说送你就送你，不收你的钱！"

马可爱愣了一下，待她反应过来的时候出租车已经朝前行驶了一百多米了，她透过出租车车窗看着他，隔这么远还能看见他在对她笑。

出租车司机笑着说："你男朋友对你很好。"

马可爱大窘："他不是我男朋友！"

出租车司机把她的窘迫看成了害羞，他笑着说："就算现在不是，以后也会是的。"

马可爱："……"

韩元斌在跟丢马可爱之后恨恨地用手砸了一下墙，因为用力过猛痛得他直甩手，恰好保镖开着车过来，他把保镖拉下车后坐上了车。

他正准备开车的时候,副驾驶的门被打开了,跟他关系走得很近的林川坐了上来,笑嘻嘻地说:"哥,我陪你一起去找嫂子,找到嫂子后我帮你好好劝劝!"

今天这场闹剧,林川全程目睹,他知道韩元斌喜欢的人一直都是马可爱,他想帮韩元斌。

韩元斌伸手拍了拍他的肩膀说:"还是你最好!"

车子启动后,韩元斌带着林川去找马可爱,而之前一直藏匿在街角阴暗处的混混儿从里面走了出来,为首的混混儿拨了个号码:"老大,韩元斌出发了。"

电话那头传来阴冷的声音:"知道了,他老子把我们坑得那么惨,我们拿他老子没办法,那他就只能自认倒霉了。"

韩元斌和林川开着车行驶在马路上,他们很快就发现不对劲,前面的车子一直在别他,有好几回差点把他别到路边的沟渠里,后面的车子则一直对他闪灯按喇叭,追得死紧。

林川紧张地问:"哥,这是怎么回事?"

韩元斌立即就想起他父亲韩德昌之前交代过:"最近我得罪了人,你最好不要出门,要是遇到危险马上给我打电话。"

韩元斌忙对林川说:"快给我爸打电话!"

林川应了一声,但是已经晚了,后面的车已经追了上来,狠狠地撞上了他们车的屁股,前面的车突然踩下急刹车,路的左侧方突然冲出一辆车来,直接就把他们的车撞飞了出去。

车子在空中连着翻滚了好几圈,重重地摔在地上,韩元斌和林川躺在血泊之中。

马可爱回到出租屋后,把夏雨行的衣服扔进了洗衣机,顺手从包里拿出手机,却发现手机没电自动关机了。

她把手机插上充电,洗了个澡,回来后看了一眼手机,她轻轻咬了一下唇,想起那个六层的蛋糕还有韩元斌死命拉她的情景。

她深吸了一口气,闹到这一步,除了分手也没有更好的法子了,只怕以后连朋友都没得做了。

她的心里有些难过,这么多年的感情竟经不起一点折腾,只是自从妈妈去世之后,她就已经学会自己处理各种事情,努力让自己变得更坚强些。

她打开电脑,点开邮件,收件箱里有几封新邮件,里面有几封是广告邮件,还有一封是她极为熟悉的ID发来的邮件,看到那个ID她不自觉地咬了咬唇。

第3章 夜半车祸

犹豫了一会儿后她还是点开了那封邮件,邮件内容很简单:"可爱,我亲爱的女儿,我已病重,自知时日无多,希望能见你最后一面。盼你务必尽快回国与我相见,我怕我等不了太久。"

邮箱里还有一张电子机票,机票是后天的。

这个熟悉的ID是她父亲马东山的,这些年来,马东山基本上每隔一段时间都会给她发一封邮件,但她从来都没有回过。

在之前的邮件里,马东山就曾说他的身体不太好,她并没有太放在心上,从妈妈当年带着她离开中国回到泰国后,他们就再也没有见过面。

就算妈妈临死前告诉她不要恨马东山,她也不可能就这么原谅他这个抛妻弃女的父亲。

只是此时看到这封邮件,她心里又有些犹豫,她并不想见他,却又忍不住担心他。

这一夜她因为韩元斌的事情和马东山的邮件睡得并不安稳,第二天她早早就醒了,习惯性去冰箱里找吃的,却发现冰箱里空空的,什么都没有。

她轻叹了口气,想起每天早上这个点海边有渔船归来,她决定去买一点海鲜。

从她住的地方到渔港,要从海边经过。

今天的天气晴好,海水碧蓝,天边白云如巨大的棉花糖,她的心情好了些,顺手把手机开机,一开机手机就响了起来,她看了一眼是陆臻臻打来的。

她的眉头皱了皱,因为韩元斌的事情,她和陆臻臻这对闺密也做到了头,她直接拒接。

而陆臻臻却似乎跟她扛上了一样,拼命打她的电话,她不堪其扰,戴上蓝牙耳机按下了接听键后冷冷地说:"陆臻臻,我和你之间没什么好说的,也不想听你和韩元斌的幸福生活,以后不要再给我打电话了。"

说完她打算挂电话时却听见陆臻臻在电话那头放声大哭,她不由得皱眉,在她的记忆里,陆臻臻虽然任性妄为,但是从来不会这么失控大哭。

她心里一软,耐着性子说:"陆臻臻,发生什么事了?"

陆臻臻一边抽泣一边说:"马可爱,我恨你!你把韩元斌害死了!"

"陆臻臻,这种玩笑不要随便开。"马可爱一直都知道陆臻臻的性子,只当她是在飙演技开玩笑,"再说了,就算韩元斌死了,跟我又有什么关系?毕竟他现在是你的未婚夫!"

第4章 看见未来

"你个没良心的!"陆臻臻一边哭一边说,"韩元斌昨天对你说的都是真的,那天晚上我和他什么都没有发生!之前你在我手里看到的我和他的聊天记录也是我故意让你看的,那些是我用你的名义和他聊的!还有昨天晚上我和他所谓的公布婚讯的宴会也只是想把你逼出来,至于那个蛋糕,是他让首席大厨特意为你做的!他昨天晚上是想向你求婚的,戒指都准备好了!"

马可爱顿时有些蒙,她大声说:"陆臻臻,你说的都是真的吗?"

"当然是真的!"陆臻臻抽泣着说,"昨天晚上韩元斌去追你时出车祸死了,我怎么可能还会胡说八道?"

这些话里信息量太大,句句都刺激着马可爱的神经,她的脸色顿时一片苍白,手忍不住抖了起来。

如果陆臻臻说的都是真的,那么这一切就只是一个巨大的误会,她想起他之前对她的关心和照顾,泪水如断线珍珠般滚落了下来,眼前一片模糊,踩在油门上的脚不自觉地用上了力,车速飞快地提升,她都没有察觉。

直到耳边传来尖锐的喇叭声才让她从悲伤中回过神来,她忙抹掉泪睁大眼睛一看,一辆大货车已经从转角处朝她撞了过来,两车靠得很近了,她甚至能看到司机惊恐的表情。

她出于求生本能打了一把方向盘,方向打得猛了些,虽然险险避开了大货车,却一头冲进海里。

在掉进海里的那一刻,马可爱的身体和车一起迅速地往下沉。

窒息的感觉朝她袭来,巨大的惯性让她越沉越深,她一个不留神连喝了好几口水，努力打开车门自救，虽然从车里爬了出去，却再也没有力气往上游。

死神离她越来越近，只要再往下沉一米，她就会死亡。

求生的欲望从未有过的强烈，她在心里说："我不想死，我不能死！我还有好多的事情没有做！我不能就这么死了！"

当她在心里吼出最后那句话时，手指上妈妈送给她的陨石钻石戒指突然发出绿色的光芒，光芒汇聚成一条线，连通了不远处的一枚陨石钻石戒指发出共鸣，两束光华与阳光交汇，发出耀眼的光华。

正在不远处开车的夏雨行似乎看到一道光线从他胸前的戒指发出来，觉得可能是他眼花了，戒指而已，哪可能会自发光？于是他继续开车。

陨石钻石戒指强烈的光华四散，耀眼的绿色光华神奇地托着马可爱的身体一点一点往上浮，她在上浮的过程中彻底昏迷了过去，对于发生的事情毫无所察。

再次醒来的时候她发现自己躺在一家医院里，一手打着吊针，一手缠着绷带，她有一瞬间的出神：她这是在哪里？

护士见她醒来笑着说："小姐，你真幸运，出了这么大的车祸你居然身上只有轻微的擦伤，刚才医生都说这就是个奇迹。"

护士见马可爱想要坐起来，忙阻止她："虽然说你身上只有轻微的擦伤，但是不排除你的脑部受伤的风险，我们已经为你做了脑部检查，一会儿结果就会出来，你现在最好是躺着休息，不要乱动。"

"戒指，我的戒指！"马可爱醒来后发现手上妈妈留给她的戒指不见了，顿时焦急万分。

护士拉开抽屉拿出戒指递给她说："我帮你摘下来放在这里了。"

马可爱拿戒指的时候碰到了护士的手，眼前立即出现了一幅画面：护士和一个看起来应该是她男朋友的人在吵架，护士愤怒地说："我们分手！"

马可爱愣了一下，立即感觉到了剧烈的头痛，她抱着头痛呼出声，护士看到她这个样子忙说："你等一下，我去喊医生！"

护士走后，马可爱的头痛减轻了些，她松了一口气，突然想起一件事，韩元斌刚出车祸去世，现在她又出了车祸，会不会有什么阴谋？

她想起外祖家那些对她冷嘲热讽的人，再想起和大货车差点儿相撞时司机惊恐的表情，她突然就觉得再待在这里太过危险，于是拔下手上的针头准备离开医院。

她走到医院门口的时候听到有人在吵架，扭头一看，居然是护士和她的男朋友，只听见护士愤怒地说:"我们分手!"她说完就气冲冲地走了,她的男朋友追了过去。

这画面和她刚才看到的居然一模一样!她吓了一大跳!

她甩了甩头,在路边拦了辆出租车去韩宅。

马可爱看到韩家挂的白幡时整个人都蒙了,之前心里仅存的那一丝侥幸也烟消云散,她冲过去拍打着大门,韩元斌的父亲韩德昌把门打开,红着眼指着她说:"是你害死了元斌,你现在居然还敢来!"

马可爱恳切地说:"叔叔,让我见元斌最后一面吧!我求求你了!"

痛失爱子的韩德昌根本就听不进她的祈求,恶狠狠地说:"你不配见元斌最后一面,要不是你,他怎么可能会死?你现在就给我滚!你再不走,我就报警!"

说完他把门重重关上,马可爱呆呆地站在那里,泪流满面,她再次敲门,这一次却没有人再给她开门。

她实在是想不到昨天还好好的一个人,今天居然就这样和她天人永隔!如果知道之前的一切是一场误会,她昨晚绝不会不管不顾地离开。

如果她不那么好强,听一听韩元斌的解释,也许就不会有这样的误会,他也不会死于非命。

她再也忍不住,跌坐在韩家的门口,轻声哭了起来。

她想起他的微笑、他的温柔,他的体贴,顿时觉得心如刀绞,以前介意他和陆臻臻之间杂缠不清的关系,此时也变得不再重要。

她不知道在韩家门口坐了多久,又是如何回的家。

回家后,手机响了起来,是中国的号码,她犹豫了一下接了过来,电话那边传来低沉的男音:"马小姐你好,我是JR酒店的律师,我姓吴,今天冒昧给你打来电话,是想告诉你马东山先生已经陷入昏迷,他的身体状况极度不好,还请你尽快回国一趟。"

第5章 机场再遇

马可爱听到这个消息后呆了呆,她昨天才收到马东山的邮件说他身体不好,没想到今天他就昏迷了过去。

她深吸了一口气终于做了一个决定,咬了咬唇后说:"我明天回国。"

第二天一早马可爱收拾东西准备回国,她没打算在中国久待,所以只拿了几件换洗的衣服,临行前看了一眼妈妈的照片,叹了一口气,轻声说:"妈,我去看他了。"

照片里的妈妈笑得温柔,马可爱却觉得心酸,她似乎永远只能孤单一人,她深吸了一口气,收回目光,直接打车去机场。

马可爱到机场后拿着机票看了一下航班,然后开始寻找班次。

夏雨行穿了套不太合身的黑色西装拎着一个黑箱子从她身边走过,他四处张望时手机响了起来,低头一看,是发小兼好友杨力打来的。

他有些烦躁地接通电话:"催催催!就知道催!因为你这一催,害得我的工作都丢了!你要借我的戒指也就算了,还指定今天给你送回去,你是赶着结婚还是投胎?"

他之所以会不远千里到泰国来打工,是因为想快点攒够钱好给他的养父治病,他从小失忆和家人走散,和养父相依为命,养育之恩大过天,就算不是亲生也胜过亲生。

可他来泰国打工还没两个月,杨力就打电话催他送戒指回去求婚。

"呸呸呸!"杨力在电话那头说,"大吉大利!我这不是找大师算了嘛,说今晚十点必须用真钻戒求婚,我定的钻戒不是没到嘛!又不能买俩,当然就只能求助你了!还有,就你那什么乱七八糟的工作,不要也罢,虽然你大学没毕业,但是……"

"闭嘴,少跟我提大学的事!"夏雨行打断他的话。

没能念大学,一直都是夏雨行心中的痛。

杨力忙说:"是是是,不提!我们都知道你是天才少年,从小学到高三,次次考全年级第一,只是因为叔叔的病你主动退学攒钱给叔叔治病,我打心眼里佩服哥你的聪明才智和高风亮节,但是你那破工作,真不是我说你……"

"我工作怎么了?"夏雨行四处张望寻找飞机的班次,嘴里在说,"我这工作,大小也是军火生意!"

听到这句话马可爱扭头看了他一眼,见他一脸贼兮兮的样子微微皱起了眉头,却也认出他来了。这世界还真小,可惜她不知道会遇到他,没有把他的衣服带过来,否则今天就能还他了。

她作为一个奉公守法的公民,听到他的这番话就上了心,她瞟了他一眼,看他的样子阳光帅气,该不会是什么军火贩子吧?

杨力有些不屑地说:"军火生意?哥,咱不吹能行吗?你拿到过钱吗?"

"我不拿钱就拿货!"夏雨行略有些嘚瑟地说,"我跟你说,现在货源可在我的身上,他们不仁就休怪我不义!我辛苦这么久,他们想甩了我单干,没门!"

他说完伸手插进裤子口袋里准备拿纸巾擦汗,马可爱吓了一大跳,以为他要掏枪,立即上前抬起脚踢中他的腿关节,他一时不备倒在地上,她大喊:"快来人,他走私军火,身上有枪!"

几个警察立即把夏雨行团团围住,很快将他制住,夏雨行大声问:"喂,你们这是要干吗?"

警察没理他,直接夺过他身上带的黑箱子,打开一看,里面哪里有枪,只有一个玩具枪模具。

马可爱看到模具后满脸尴尬,这乌龙好像闹得有点大?

警察一看这就是个误会,便松开了夏雨行。

夏雨行此时认出了马可爱,他的腿被她刚才那一下踢得生疼,此时也上了脾气,瞪了她一眼:"你恩将仇报!不管怎样,我前几天救了你还陪了你半夜,你就这么坑我?走私军火?你脑洞开这么大,怎么不去写小说!"

马可爱朝他瞪了回去,什么陪了她一夜?他不知道这话很容易产生歧义吗?只是毕竟她今天在没有弄清楚事情原委的情况下就动了手,多少有点理亏。

只是她性格一向倔强,他又是这么一副咄咄逼人的样子,她也不可能开口道歉，她正欲说话，夏雨行又抢在她前面说："还有美女，大家都是成年人了，你能不能问清楚之后再动手！我的腿都快被你踢断了！一个女人凶成这副样子，小心嫁不出去！"

马可爱最烦别人说这种话，立即寒着脸："走私军火，事关重大，我小心点没错，谁让你自己乱说话！"

警察见两人要吵起来，忙打圆场说："这事不是小事，这事不是小事！这位小姐小心一点是正常的。这位先生，你的这个箱子我建议还是走拖运，以后也请你注意言辞，不要引起不必要的麻烦。"

马可爱问警察："我可以走了吗？"

"只要这位先生不追究你故意伤人就可以走了。"警察回答。

见马可爱朝夏雨行看去，夏雨行下巴抬高，摆出一副高冷脸："本来这事我怎么着也得让你赔偿精神损失费、名誉损失费以及医疗费……"

马可爱皱起眉头，他的表情一变，满脸笑意地说："不过看在我们认识一场的份儿上，我男子汉大人有大量，不跟你这个小女子一般计较，今天放你一马，还不快来谢我！"

马可爱听到他这话磨了磨牙，看了一眼时间，现在已经开始登机了，她没必要和他一般计较，于是她瞪了他一眼扭头就走。

夏雨行在她身后喊："美女，下次做事别这么冲动了，今天你是遇到我，我脾气好，不跟你计较，要是遇到脾气不好的，直接揍你一顿！"

马可爱深吸了一口气，告诉自己要冷静，不要和他一般计较。

她办好登机手续后给吴律师打了个电话，告诉他她的航班班次和时间，让他派人过来接机。

做完这些后她就坐到了她的位置上，才刚坐下，就看见夏雨行走过来，又遇见了！

她微微皱眉，他还真是阴魂不散！

夏雨行核对了一下号码，然后哈哈大笑起来："哟，真巧啊！我就坐在你旁边，有没有觉得我们很有缘？"

马可爱扭过头懒得看他，如果这算是缘分的话，她宁愿不要。

夏雨行却完全不在乎她的态度，他放好行李后坐下来往椅子上靠，一脸惬意地说："算起来我也是沾了你的光，因为你那一闹，航空公司就给我升了舱，头等舱就是舒服！"

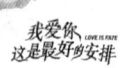

第6章 患难与共

马可爱没理夏雨行,他却自来熟地朝她伸出了手:"我们也算是不打不相识,我叫夏雨行,你呢?"

其实上次见面的时候他就说过他的名字,只是马可爱并没有记住,此时更是看都懒得看他一眼,就像是没听到他的话一样。

夏雨行讪笑了一声,看了看她后眼睛转了转,把手收了回来,然后伸手缓缓地往衣服口袋里掏,掏出一个枪把手来,对着她露出阴狠的笑容。

马可爱从玻璃的倒影上看到了他的动作吓了一大跳,立即大声对着空姐喊:"他有枪!"

乘客们一听这话吓了一大跳,忙往经济舱的方向跑。

空姐一脸紧张地看向夏雨行,他从怀里把所谓的枪掏了出来,是个手机,马可爱看清所谓的枪把手不过是手机壳。

夏雨行笑眯眯地对马可爱说:"手机壳而已,你太紧张了!"

他说完又笑着对大家说:"不好意思,这只是个造型比较特别的手机壳,我是个遵纪守法的公民,上飞机第一件事就是要把手机关机,很抱歉打扰大家了!"

空姐松了口气说:"很抱歉各位,请大家回到座位上系好安全带。"

有人抱怨地说了句:"看清楚再喊嘛,快把人吓死了!"

"就是,人吓人,吓死人!"

马可爱被说得有些不好意思,她心里有些恼怒,扭头看着夏雨行:"你是故意的吧?"

夏雨行笑得有些得意:"是啊!"

马可爱被气得不轻,这世上怎么会有像他这样恶劣的人?

她一刻都不想坐在他的身边，找来空姐问能不能换座位，空姐一脸抱歉地说："对不起，今天全坐满了，没有位置可以换。"

马可爱有些沮丧，夏雨行在旁笑着说："也不全没位置，我记得经济舱还是有个位置的。"

马可爱磨了磨牙，决定不理会他，她站起来去了洗手间，洗了把脸愤愤地对着镜子说："怎么会遇到这种人！真倒霉！"

她深吸了一口气，平复了一下心情走出洗手间，一位女士走过来与她擦肩而过时不小心绊了一下，她下意识地扶了一把，然后就看见：

女士惊慌失措地喊着儿子的名字，不顾空姐的阻拦解开安全带一把抱住从洗手间走出来的儿子，泪流满面。

马可爱的头剧烈地痛了起来，她愣在原地一脸的不解，这是怎么回事？难道是她因为车祸而产生的幻觉。

她揉着太阳穴心神不宁地回到座位上，空姐刚好过来送餐，她要了一杯白开水，递过来的时候她不小心碰到了空姐的手，眼前立即又出现了一幅画面：

飞机摇晃，空姐安抚乘客，飞机落地后所有乘客站起来为她鼓掌，她拿起手机给她妈妈打电话，泣不成声。

马可爱顿时头痛加剧，脸因为疼痛而变得一片惨白，额头上冒出细密的汗珠，痛苦不堪。

夏雨行本来还想再奚落她几句的，只是看到她惨白的面色后奚落的话就再也说不出口了，有些担心地问她："你怎么了？是晕机吗？"

马可爱本来就不想理他，更不要说她此时正难受着。

他拿出一盒清凉油递给她："晕机的话用这个擦擦很管用。"

马可爱头痛得厉害，伸手按了按眉心。

夏雨行看了她一眼，把清凉油打开说："看你现在难受的样子，还是擦点吧……"

正在此时，飞机剧烈地摇晃起来，夏雨行猝不及防地朝马可爱扑了过去，一下子就扑了个满怀，两人靠得极近，四目相对，鼻息相闻，他甚至还闻到了她身上淡雅的香气。

夏雨行忙坐直了，他听到了自己的心跳声，一种从未有过的悸动涌上头，他的脸瞬间就红了，为了缓解尴尬，他轻咳一声说："你身上的香气很好闻，用的是什么

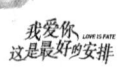

牌子的香水？"

问完觉得这话好像有点轻浮，她的脾气似乎不算好，他默默地在心里做好了被打的准备。

然而，出乎他意料的是，马可爱并没有动手，而是有些疑惑地看着他："为什么你……"

她的头痛因为他的靠近缓解了不少，而且也没有看到幻象，满心疑问的她直接忽略了他刚才略有些轻浮的话。

夏雨行轻咳一声说："我……我不是故意的！不过我还是要说一声对不起！"

飞机再次颠簸，夏雨行再次控制不住地朝马可爱扑去，只是这一次他用手撑着椅靠，没有再扑在她的身上。

他惊恐地看着窗外远处闪电光芒刺眼，他想坐直，飞机再次颠簸起来，他只能牢牢抓着椅靠，忍不住说："这是怎么回事？"

马可爱看着这一切，眼里也满是惊恐。

飞机里乱成一团，惊叫声此起彼伏，空姐站出来安抚大家："大家不要害怕，我们只是遇上了气流，要相信我们的机长，他从业近二十年，经验丰富，一定能带着我们平安降落……"

马可爱扭头看向空姐，这画面和她刚才碰到空姐的手时看到的一模一样！

就在此时刚才在洗手间里遇到的那位女士惊恐地喊她儿子的名字，不顾空姐的阻拦解开安全带朝洗手间的方向奔去，一把抱住一个小男孩在那里哭，这画面也和她刚才看到的一模一样！

她呆呆地看着面前发生的一切，如果一次是巧合，两次也是巧合的话，那么三次就绝对不可能再是巧合！难道她因为车祸而获得了和人接触后能看到对方未来的能力？

这也太过匪夷所思了吧！她看了一眼自己的手，心情无比复杂。

正在此时，飞机喇叭里传来播报："各位旅客，由于雷雨天气，飞机发生故障，接下来可能会有持续的颠簸，请各位乘客不要随意走动，回到座位上系好安全带……"

夏雨行喃喃地说："不会这么倒霉吧！我可是第一次坐飞机！"

马可爱心神不宁地看着空姐和那位女士的一举一动，头痛欲裂，她略犹豫了一下，伸手一把抱住了夏雨行。

第7章 物是人非

夏雨行顿时心跳加速，身体僵直，脸红到了耳朵根："呃……这位小姐，这个……你是不是害怕？"

马可爱靠在他的怀里，头痛再次莫名地缓解了不少，她感到无比好奇，不明白为什么靠近他她不但没有像靠近别人一样看到未来发生的事情碎片，还能缓解头痛？

想起他恶劣的性格，她立即否认："飞机太晃了，没坐稳，是你害怕吧！"

夏雨行轻咳了一声："谁……谁怕了！"

飞机突然往下掉，失重的感觉传来，夏雨行吓得"啊"的一声大叫，飞机里全是此起彼伏的尖叫声。

马可爱也吓了一大跳，在这个时候也顾不得之前的恩怨了，轻拍他的背安抚他："别怕，飞机会安全降落的。"

夏雨行吓得闭着眼睛说："你怎么知道？这事可说不准！"

"相信我，会没事的！"马可爱想起看到空姐落地给她母亲打电话的样子，语气非常笃定。

正在此时，飞机再次急速下降，夏雨行下意识地伸手把她抱住："这像是能安全降落的样子吗？我的第一次飞机旅行就这么惊险刺激，真的可以去买彩票了！"

马可爱无言以对。

飞机慢慢地渐趋平稳，喇叭里传来播报："各位乘客，飞机的故障已经检修完成，我们即将降落……"

其他乘客松了一口气，马可爱看了一眼满脸紧张、身体僵直、闭着眼睛的夏雨行，才发现两人此时的动作非常暧昧，她忙松开抱着他的手，再伸手把他推开。

夏雨行也反应过来了，忙把抱着马可爱的手松开，伸手拍了拍自己的胸口解释："对不起，刚才实在是太可怕，我真不是故意要占你便宜……"

马可爱此时也松了口气，冷着声说："闭嘴！"

正在此时，飞机平稳降落，所有乘客站起来为空姐鼓掌。

这一幕又和她刚才看到的幻象重合，她在心里问自己："这到底是怎么回事？我为什么能看到未来发生的事情？"

她瞟了夏雨行一眼疑惑却更重："还有，为什么在他的身上却什么都看不到？"

飞机停稳后，马可爱立即拿起行李下了飞机，而夏雨行还在整理他的行李。

马可爱走出去的时候发现空姐在打电话，泪流满面地说："妈妈……"

这一幕再次和马可爱看到的一幕重合，她轻轻叹了一口气，拎起行李就走出了机场。

夏雨行此时也拎着行李走出了机场，他看到她后忙喊："小姐……"

马可爱却根本就没理他，直接上了一辆大奔，等他走过去的时候，大奔已绝尘而去。

夏雨行看着已经消失在车流里的大奔，耸了耸肩："我们也算是共患难过了，我不过想说句对不起而已！至于那么绝情吗？"

他拖着行李去挤机场大巴。

每个人都有自己的生活，飞机上的偶遇之后，他们都回归到自己的生活轨迹，飞机上的共患难似乎只是插曲。

然而缘分这事却是妙不可言，不知道为什么，夏雨行总觉得还会再见到马可爱，虽然他现在连她的名字都还不知道。

大奔载着马可爱驶进了她父亲马东山创办的JR酒店，经过几十年的发展，JR已经成为国内最好的酒店之一。

看着路边熟悉又陌生的风景，她心情复杂，二十年了，她四岁的时候离开这里，再次回来却已经物是人非。

她想起当年生活在这里的情景——妈妈开心的笑脸，马东山对她无微不至的关心。

如今再回来，妈妈早已经去世多年，她也在电话里被告知马东山昏迷不醒，这里只有这一座冷冰冰的酒店。

吴律师站在JR酒店大堂的门口，见她下来忙迎上来伸出手："马小姐，欢迎回来！"

> 第7章 物是人非

马可爱犹豫了一下，看了吴律师一眼最终没有伸出手。

吴律师看到她的手上缠着绷带就把手收了回去："你受伤了？要不要先休息一下？"

马可爱朝楼上看了一眼，深吸一口气说："不用了，直接去看他吧！"

吴律师忙说："马先生之前立过一份遗嘱，我发你邮箱了，你有看吗？"

马可爱面色冰冷："没有，我只是出于人道主义过来看他一眼，看完就走。"

吴律师神情有些复杂地看了她一眼，轻叹了一口气，然后带着她去了酒店顶楼临时改造出来的病房，她的行李由礼宾直接送去早就安排好的房间里。

马可爱在听到马东山因为病重昏迷不醒的消息时，虽然有些触动，但是却没有想到如今的他竟成了这副样子：他看起来瘦弱无比，面色苍白，身上插满了各种监测的仪器管子，还戴着氧气罩。

她一时间没能把躺在床上瘦弱的中年男人和二十年前强壮如山的马东山联系在一起，她不知道为什么鼻尖有些发酸，却又不愿让人看出她的情绪，于是她轻轻皱起了眉头，把头扭到一边。

吴律师在旁边说："马总之前立了份遗嘱，一旦他出现行为能力不能自主的情况，遗嘱立即生效，不管你是否承认，马小姐，你现在已经是JR酒店的继承人了。"

马可爱轻轻闭上眼睛，冷笑："我刚才已经说了，看他一眼就走，现在看完了，我走了。"

马可爱说完扭头就走，吴律师下意识地去拉她，被她极为机敏地避开，吴律师大声说："马小姐，马总现在躺在这里，酒店面临着巨大的信任危机，如果你不能稳住的话，酒店会被一家叫作PTV的公司收购……"

"这些关我什么事？"马可爱打断他的话，"酒店是他的，不是我的！"

说完她转身就朝外走去，转过身时，眼圈再也控制不住地就红了起来，眼泪却还倔强地不肯滴落。

吴律师见她的态度如此强硬，无可奈何地叹了口气，一筹莫展。

床边马东山的主治医生李医生看到这一切后若有所思，他对吴律师说："你也别太着急，一会儿我帮你劝劝她。"

吴律师点头："那就拜托你了。"

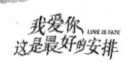

第8章 一家三口

马可爱回到房间之后心情久久不能平静,眼前一直浮现马东山躺在病床上瘦弱的样子。

这一次回国所见和她预期的完全不一样,她知道马东山病了,却没想到他竟病得如此严重,竟如此虚弱。

她来之前准备的那些话竟完全没了用武之地,反而让她心里觉得堵得慌。

她拉开窗帘站在落地窗前,这是一间山景房,从窗户里能看到苍翠的青山巍巍而立,就如当年的马东山。她伸手按了按眉心,原本打算看他一眼就走的心也变得有些犹豫了起来。

就算他当年有错,也割舍不掉他们之间的骨肉亲情。

她拿出戒指说:"妈妈,他老了,变得瘦弱不堪,躺在床上动都不能动,不知道为什么,看到这样的他我好难过。你临终前让我不要恨他,我也努力说服自己不要恨他,但是又怎么可能真的不在意他这么多年来对我们的不闻不问?"

正在此时,门被敲响,她不愿让人看到她情绪的波动,忙抽出纸巾拭掉眼角的泪,再顺手把戒指放在靠窗帘边的小几上。

转身的时候衣摆一带,戒指掉在了地上,滚到窗帘下被遮盖住了,这个细节她并没有发现。

马可爱打开门,李医生站在外面客气地说:"马小姐你好,我是你父亲的私人医生,我姓李……"

"如果你是来做说客的就不必了,我有些累了,想休息了,你请回吧!"马可爱冷冷地拒绝。

第8章
一家三口

李医生面色从容，脸上还有淡淡的笑意："马小姐误会了，我不是来做说客的，只是想带你去一个地方。"

马可爱看了他一眼，他又含笑说了句："那个地方离这里很近，走过去就几分钟，不会耽搁你太多时间，影响你休息。"

俗话说得好，伸手不打笑脸人，李医生态度实在是太好，马可爱犹豫了一下，轻点了一下头。

李医生带着她去了顶层的另一个房间，门一打开，她看到里面熟悉的摆设就愣在那里，这里竟还保持着二十年前的摆设，所有的桌子物件都是那个时候的布局。

时光似乎瞬间就倒退了二十年，她仿佛看到了二十年前他们一家三口住在这个房间里的情景。

那个时候的妈妈虽然强势却不乏温和，马东山虽然天天忙于工作，但是只要一有时间就陪着她，带她玩，给她讲各种故事，三口之家甜蜜而温馨。

唯一的变化则是在靠近书桌的墙上贴满了她从小学到中学的照片，她清楚地记得，她这些年来从来没有给马东山寄过照片，那么这些照片就只能是妈妈寄给他的。

到此时她才意识到，原来这么多年来，妈妈和他一直保持着联络。

她不由得想，当年妈妈一怒之下带着她回泰国后，其实心里还爱着马东山？她现在已经长大，对于感情也有自己的体会，一时间却有些弄不明白妈妈的心思。

李医生在旁解释道："其实马总这些年来一直很想你们，他曾对我说过，JR是他一生的心血，不在于JR有多贵重，也不在于他付出了多少的努力，而是因为JR是他为你母亲而建。"

"为我母亲而建？"马可爱一脸疑惑，这件事情她还是第一次听说，因为妈妈从来就没有跟她提过。

"是的。"李医生看着她说，"或许你可以理解为JR是属于你母亲的，因为JR的建筑风格是按你母亲的喜好修建，里面的装修布置大部分都是你母亲设计的，每个房间都凝聚着他们共同的心血，而马总这些年来守护着JR，可能对他而言，等同于守护着你的母亲，当年他听到你母亲病逝的消息后，把自己关在房间里三天三夜。"

这件事情马可爱也是第一次听说，她心里有些触动，却咬着牙说："他有这个心思，就该去泰国找我们！而不是在妈妈去世后装模作样！"

李医生叹了口气说："据我所知，马总这些年一直在找你们，只是你母亲却拒绝见他，这中间有什么原因我不得而知，或者等马总醒了，你可以自己问他。"

马可爱一时间心情复杂，李医生又说："人可能对于自己的身体状况是有感知的，马总在昏迷前曾对我说就算是死也要死在酒店，他让我把病房建在这间房间的隔壁，这样他们觉得离你们更近一点，希望能永远守护你们。"

马可爱咬着唇说："守护我们？他守护的不过是间冰冷的房间！"

李医生没说话，只是递给她一个相框，她接过来一看，相框里是小时候一家三口的合影，那时候的马东山和记忆中一样强大，妈妈笑得甜蜜幸福，她偎在妈妈的怀里，笑得天真可爱。

马可爱的泪水再也控制不住地掉了下来，她想不明白曾经幸福的一家三口，怎么会变成现在的样子：妈妈在她上高中的时候就抑郁而终，马东山躺在病床上不能动，如今只剩她一个人站在这里，再也找不回曾经的温暖。

她坐在房间的椅子子上说："我想一个人静一静。"

李医生点头走了出去。

马可爱看着房间里熟悉的一切，再看着曾经幸福的照片，一时间悲从中来，再也控制不住，一个人坐在房间里大哭了一场，曾经幸福美好的时光和现在的孤身一人形成了鲜明的对比。

她和马东山分开的时候还太小，对于这个父亲她其实并不了解，他如果真的对她们母女无情，就不会将这间房间保存得如此之好；但如果真的有情的话，当年又怎么能让妈妈负气离开？

还有JR酒店，她看得出来，很多设计的风格还有小细节，到处都有妈妈的影子。

如果JR酒店真的是妈妈的，她怎么能将这间酒店拱手让与他人？

她在房间里待了足有一个多小时，才总算梳理好了自己的情绪，缓缓走了出来。

隔壁就是马东山的病房，她深吸一口气拿着相框走了进去，此时李医生也在检查仪器上的数据，见她过来轻点了一下头。

第9章 决定留下

马可爱没有看李医生,而是坐到马东山的病床前说:"我不知道你当年和妈妈之间到底发生了什么,以致我们一家人天各一方,也不知道为什么这些年你和妈妈保持着联系却能狠下心不来见我们。"

说到这里她有些哽咽,好一会儿接着说:"我今天才知道这些年来你对我也不是不闻不问,只是我知道如果你当初来找妈妈的话,她肯定不会那么早早就离世!我会留下来接手JR酒店,等你醒来告诉我所有事情的答案!"

马东山的手指动了一下,李医生眼尖地看到了,他有些激动地说:"马总的手指动了,马小姐,他似乎能感应到你回来了,你和他多说说话,或者碰碰他的手,也许能唤醒他!"

马可爱有些犹豫,但想起她心里的那些疑问只有他能解答。她咬了咬牙终于伸手握住了马东山的手,然后就看见一个神秘人进了房间,走到马东山的床前,伸手摘下了他的氧气罩,神秘人手上有个蝴蝶形的红色疤痕。

她被这一幕吓了一大跳,往后连退几步,满心疑问却无人能为她解释。

她头痛袭来,伸手扶着墙,李医生见她面色不好,有些担心地问她:"马小姐,你怎么了?"

"我没事。"马可爱深吸了一口气说,"休息一会儿就好了。"

遗憾的是,她这一次的接触并没有再让马东山有任何反应,李医生叹了口气,却安慰她:"马小姐既然愿意下来接手酒店,以后有空了多来看看马总,这样对他的病情有利。"

马可爱按着太阳穴轻轻点头,过了好一会儿,她觉得头痛减缓了些后给吴律师打了电话："我愿意按照遗嘱接手JR酒店，请你帮忙安排一下。"

吴律师立即开心地说："好的，我会尽早办理好一切手续！"

马可爱挂掉电话后看着马东山沉声说："如果这间酒店真的是妈妈的，那我就一定不会让任何人夺走它！而你，最好也早点醒过来，把我想知道的一切都告诉我。"

她决定留下来，并且住回了她小时候住的房间，这个房间，让她觉得温暖。

她收拾好东西后礼宾就帮她把行李搬了上来，她今天因为情绪波动太大，再加上坐了一天的飞机实在太累，没有发现她的戒指落在之前住的那间房间里。

第二天上午，JR酒店大堂，夏雨行戴着耳机，穿着时尚休闲服，背着fendi小怪兽的包，推着一个蓝色箱子，一副时尚潮人的模样酷酷地走进了酒店。

耳机里传来杨力的声音："夏哥，你直接去前台第二个小姑娘那里办理入住，她新来的没经验，你千万要记住，你现在是令人闻风丧胆的酒店体验师Elvis，他自恋又矫情、天天晒自拍、没事写酸诗，你走路的样子可以再风骚一点！"

"滚犊子！"夏雨行轻骂了一句，"你和孙倩也是够了，火急火燎地催我回来，借我的戒指求婚也就算了，还蹭客人开的房间求婚，最后还把我的戒指落房间了！你这么有本事再去蹭一回啊！现在喊我来救场也就算了，还让我扮成这个娘娘腔，真心够了！"

"哥，你先消消火，回头我请你吃超级豪华大餐！"杨力在那头说着好话，"我不是也没办法嘛，那间房间已经开给了你冒充的这个酒店体验师，房间被锁定了，我根本就进不去！哥，你一会儿要拿出你的毕生演技，记住，到前台时态度一定要傲慢，名片用两根手指夹着递出去！"

夏雨行冷声说："行了！知道了！看哥的！"

他努力回想杨力之前对那个酒店体验师的描述，拿出毕生的演技走到杨力说的那个前台面前，下巴微微抬起，一副傲慢的样子，用两根手指夹了张名片递了过去："我是Elvis，酒店体验师，你们赵总请我来的。"

前台胡佳一听到他报出的那个名字就露出敬畏的眼神，那可是业内类似于小魔王的存在，她忙客气地说："请出示您的身份证。"

夏雨行心虚得要死，脸上却不动声色，摆出一副不可一世的样子："妹子，新来的吧？看在你不懂规矩的份儿上我原谅你一次，再友情提醒一下，我住酒店从来只刷脸，不刷身份证！你真要身份证的话一会儿找我的助理要。"

胡佳成功被他唬住了，打了个电话请示了一下上级就给他开了房间，双手把房

第9章 决定留下

卡递了过去:"祝您入住愉快!"

夏雨行用两根手指傲慢地夹着房卡轻哼一声扭头进了电梯,上楼后到没人的地方,他轻拍着胸口给自己顺气。

夏雨行在前台的时候,杨力就在不远的地方看着,对于他刚才的表现十二分满意,对着耳麦说:"哥,真有你的,刚才的气势好足啊!你要是踏足演艺圈,妥妥拿小金人的料!"

夏雨行轻哼一声:"那还用说,也不看看哥是谁!不废话了,到地儿了,我找戒指去,你最好祈祷我能顺利找到戒指,要不然小心我扒了你的皮!"

那枚戒指是他小时候和家人失散前,身上唯一的东西,对他而言非常重要。

这一点杨力也是知道的,他忙说:"我查过了,那间房间从客人离开后就没有人进去过,所以戒指肯定在里面,你一定能找到!"

夏雨行此时已经刷卡进屋,关上门后满屋子寻找,他把床上翻了一遍,再把床底下找个遍,再顺着角落里四处寻找,只是一直没有看到戒指的影子。

杨力还留在楼下大堂盯梢,然后看见一个打扮得花里胡哨的男人走进了大堂,顿时把他吓了一大跳,忙小声在耳麦里催他:"夏哥,Elvis已经到酒店了,你快一点!"

夏雨行因为一直没能找到戒指而有些烦躁地说:"知道了!正在找!"

他一边找戒指一边抱怨:"你求婚蹭了酒店最好的房间,还把我戒指弄丢,像你们这样的员工酒店真应该开除!这一次如果我的戒指找不到,我一定废了你!"

第10章 欢喜冤家

杨力理亏,只能由得夏雨行骂,最重要的是杨力此时重点已经不是在挨骂的事情上了,Elvis亮明身份后和前台那边起了冲突,已经给酒店的高层打电话了。

"完了,完了!"杨力低声念叨,"夏哥你找到了就赶紧出来啊!你要是再不出来,这事就要被揭穿了,我和孙倩就真的要被开除了!"

说话间,杨力看见酒店刚上任的总经理赵青锋满脸堆笑地朝Elvis走去,看起来似乎是在安抚Elvis。

杨力急得团团转:"哥,找到了没?找不到就算了,赶紧出来!正主马上就要上楼了!"

那枚戒指对夏雨行实在是太重要了,他哪里能放弃!

拉开窗帘的时候他终于找到了戒指,满脸欣喜地说:"戒指找到了。"

他捡起戒指后发现有点不对劲:"咦,杨力,你把我的链子拆开了?"

戒指圈太细,他是戴不进去的,所以他平时把戒指用一条链子穿着挂在脖子上。

杨力此时的关注点都在Elvis和赵青锋的身上,听他这么问只"啊"了一声,并没有回答。

夏雨行正疑惑间,门突然被打开,礼宾许晨和马可爱走了进来,马可爱并没有看他的人,而是先看到了他手上的戒指,她大步走过来说:"这位先生,这个戒指是我的,麻烦你还给我!"

马可爱是早上起来的时候才发现戒指不见了,找遍了整个房间也没有找到,她仔细回想了一下,终于想起她最后看到戒指的时间是在她昨天临时住的那间房间里。

于是她找来礼宾部的主管,威逼利诱让许晨把她带进了这间房间。

夏雨行一看是马可爱，满脸惊喜地说："是你啊，好巧，我们又见面了！"

这是他们第三次见面了，每次见面的地方都不同，还跨越了两个国度。

马可爱这才看向他，很快就认出了他，虽然第一次见面他帮了她，但是第二次见面整体来讲不算太愉快，虽然共患难了，但是也让她看到了他恶劣的一面。

她并不想和他有过多的交集，语气淡漠疏离："这位先生，我是这间房间昨天的住客，昨晚我不小心把戒指落在这里了，请你立即把戒指还给我。"

她性子本来就有点冷傲倔强，此时不带感情地说话，就透出了霸道的气息。

夏雨行一向吃软不吃硬，如果是其他的东西，她好好说话，他也是可以让给她的，但是这枚戒指对他而言意义非凡，哪里能让给她？

他拔下耳机轻笑一声："你说这枚戒指是你的？那好，你喊它一声，看看它答不答应，它要是答应你就拿走。"

马可爱一听这话也动了怒，眼睛微微眯了起来，夏雨行却接着说："但是我看这枚戒指却像是我的，我喊它一声它就会答应。"

他说完对戒指说："戒指，戒指，快说话，我是不是你的主人？"

紧接着他又把戒指放在唇边，捏着嗓音细声细气地说："是，你就是我的主人。"

马可爱看到他这副无赖的样子气得面色发青，许晨的嘴角直抽，憋笑憋出内伤。

夏雨行笑嘻嘻地说："看，戒指都说了，我是它的主人！这里没你们的事了，麻烦出去，顺便关上门，慢走不送！哦，再友情提醒一句，现在这里是我的房间，你们这样擅闯别人的房间是违法的！"

马可爱用尽洪荒之力才控制住自己没上去抽他一顿，她深吸一口气说："当真人不可貌相，原来是个无赖！既然如此，我也没有必要跟你客气，报警吧！"

"报警就报警！谁怕谁？"夏雨行轻笑一声，"刚好让警察来看看你有多不讲道理，这家酒店的管理有多差劲！下次我要是退了房说我有件价值连城的祖传宝物落在房间里了，你们酒店是不是也得赔我？"

这句话把马可爱气得只差没跳脚，这世上怎么会有这么恶劣的人？

杨力此时在楼下听他们吵吵急得不行，既盼着夏雨行快点出来，又盼着赵青锋能和Elvis再好好聊聊！

正在此时，他的女朋友孙倩匆匆跑过来说："戒指找到了，昨天不小心掉在我包里了！我刚翻包的时候找到了。"

杨力看着孙倩手里的戒指一时间有些哭笑不得，他伸手："你个败家的媳妇，

我快被你害死了！"

说完他拿起戒指就往楼上赶，嘴里念念有词："夏哥，你可千万不能有事啊！赵总啊，你和Elvis再好好叙叙，慢点上来啊！"

马可爱深吸一口气，告诉自己不要和一个无赖一般计较，她努力让自己的语气显得温和一点，和夏雨行讲道："这枚戒指是我母亲留给我的，我母亲已经去世多年，所以这枚戒指对我而言意义非凡，且这枚戒指我戴了多年，我身边的人都见过这枚戒指，所以我有足够的证据证明戒指是我的！"

夏雨行见她的脸色笃定，不像撒谎，而这戒指虽然和他的戒指长得一模一样，却并没有系戒指的链子，他心里也生出了几分怀疑，难道这个戒指真的是她的？

他犹豫了一下问："既然戒指这么珍贵，你为什么不放好？"

"这是我的事，和你没关系。"马可爱耐着性子说，"你要是再不把戒指还给我的话，那我就只能报警了！"

夏雨行的眉头皱了起来，如果这枚戒指真的是马可爱的，那么他的戒指在哪儿？还有，这事也太巧了吧？他们有一枚一模一样的戒指？如果真是这样的话，那又将是怎样的缘分？

正在此时，杨力气喘吁吁地跑进来冲到夏雨行的身边，一把抓住夏雨行另一只没有拿戒指的手，把那枚缠着链子的戒指放在夏雨行的手心里，然后涎着一脸笑说："误会，这一切只是误会！"

夏雨行看着手心里的戒指，再看着另一只手上的戒指，两枚戒指真的一模一样！

他这会儿把杨力撕了的心都有，这浑蛋是在逗他玩吗？

第11章 为他解围

夏雨行凶巴巴地看了杨力一眼,杨力一脸求饶地看着他,用口型说:"我错了,求你了,快走!"

夏雨行深吸了一口气,他和人吵架从来都是输人不输场,此时要是直接承认戒指是马可爱的,丢人那就丢大发了!

于是他不着痕迹地把自己那枚戒指放进口袋里,对马可爱微微一笑,伸手拉住马可爱的手说:"你要是能戴得进去那就是你的!"

马可爱下意识要躲开,只是他的速度太快她躲闪不及,直接就把戒指套在她的手上。

她做好了看到幻象和头痛的准备,结果却什么都没有发生,她有些吃惊地看着夏雨行。

夏雨行打着哈哈说:"呀,看来还真是你的,啊哈哈,刚才的事情果然是误会!既然是误会,那就这么算了吧,我想起来了,我还有点事,要出去买点东西,大家都散了吧!散了吧!"

他松开手准备开溜,马可爱却突然一把拉过他的手。

他吓了一大跳,有些吃惊地看向她,却见她一脸不可思议地看着他。

做贼心虚的他以为她看出什么来了,顿时就更想逃了,想把手拉回来她却拉得死紧,他只能厚着脸皮说:"你要干吗!我可是守身如玉、威武不能屈、富贵不能淫的良家妇男!绝对不会轻易从了你的!"

"闭嘴!"马可爱瞪了他一眼,磨了磨牙,这浑蛋的嘴真贱!

只是她心里的疑云更浓,小声嘀咕了一句:"看来不是巧合。"

夏雨行不解地问:"什么巧合?"

马可爱没有回答他,而是松开他的手,转身一把抓住了许晨的手,脑中立即闪现他欠人钱被人追着打的画面。

她顿时头痛欲裂,略犹豫了一下,一把抱住了夏雨行。

如果说夏雨行刚才是心虚的话,那么这会儿就是心动了,怀中的女孩身体柔若无骨,因为靠得太近,属于她的体香就这么毫无征兆地钻进了他的鼻孔里。

他瞬间石化,心跳如鼓,脸红得不像样,双手不知道往哪里放。

其实上次两人在坐飞机的时候也曾抱在一起过,只是当时情况紧急,两人都吓得半死,他又哪里有心情体会被女孩子抱的感觉?

这一次就不一样了,他真正体会了什么是温香软玉在怀,他不是坐怀不乱的柳下惠,他的手下意识地就要往她的腰上放去,而她却已经松开了他,还推了他一把,眼里的不解和疑惑却更浓。

马可爱的这个举动让房间里所有的人都目瞪口呆,她一脸迷惑,想不明白为什么她靠近任何人都会产生幻象,并且头痛欲裂,但是在靠近夏雨行的时候却什么都没有发生,反而还能缓解她的头痛。

正在此时,赵青峰带着一个脸上擦着厚粉底、衣着夸张的男人走了进来。

赵青峰生气地指着夏雨行说:"你这个骗子!好大的胆子,居然光天化日到JR来行骗!"

说完他又对身边的男人说:"Elvis先生,这件事是这个人的个人行为,和我们酒店一点关系都没有!我以酒店的名义起誓,今天一定给他血的教训。"

赵青峰今年三十岁,相貌端正却眼神阴郁,他是公司的老员工,从基层做起,凭借自己的努力做到了市场部总监,马东山昏迷后,就由他接任总经理一职,现在是酒店里真正的一把手。

从赵青峰带着Elvis进来的时候,马可爱就注意到赵青峰了,昨天她已经听人提起过他,只是此时见面,他却和她从别人嘴里听到的不太一样。

Elvis跷着兰花指斜着眼把夏雨行上下打量一遍,然后一脸嫌弃地指着夏雨行说:"就你?冒充我?从头low到脚,没气质、没品位、没格调!"

夏雨行此时也回过神来了,扭头问杨力:"他谁啊?"

杨力此时已经满头的包,这事闹到现在都没法收场了!

他蔫蔫儿地说:"他就是鼎鼎大名的酒店体验师Elvis先生。"

夏雨行斜着眼看了一眼Elvis，先是一笑，然后衰着脸说："看到你我恨不得自插双目！"

Elvis跺了一下脚，抖了一下屁股，再妖娆地伸出手指气哼哼地指着他："你！"

他轻哼一声扭头对赵青峰说："赵总，这事你必须给我一个交代！我来你们酒店体验的第一分钟感觉就非常不好！你们这么大的酒店怎么能放这么个人渣进来，还冒充我的名字！这简直是对我的侮辱！"

赵青峰忙赔笑说："您先别生气，这件事一定给您一个满意的交代！许晨，报警！"

许晨"哦"了一声，看了看赵青峰，又看了看Elvis，然后拿起手机准备报警。

杨力伸手拉夏雨行的袖子："哥，怎么办？怎么办？真要进警局就麻烦了！"

夏雨行瞪了他一眼："别急，我正在想办法！"

只是他的办法还没有想出来，马可爱却站出来说："不能报警。"

"为什么？"赵青峰眉头微皱，一脸惊讶地看着马可爱，"你又是谁？凭什么管我们酒店的事？"

马可爱淡淡一笑："赵总要是不知道我是谁的话，那我就来做一下自我介绍，我是马可爱，JR的合法继承人，新任老板。这是吴律师今天早上送过来的任命文件，请赵总过目。"

说完她从包里拿出一份文件递给赵青峰，他脸上的表情顿时变得相当微妙，上面的内容如同一记耳光狠狠地抽在了他的脸上。

马可爱似笑非笑地说："今天是我第一天上班，对于赵总的能力有很深的体会，但是这件事情却只是一个误会。"

她明明笑得温柔，却不知为何让赵青峰感觉到后背发凉，难道她看出了什么？

马可爱却已经不再理他，伸手指着夏雨行说："他不是冒充酒店体验师，是我请来真正的酒店体验师，是前台没有核查清楚他的身份把他带错了房间，还要告客人诈骗，JR没有这个道理吧？"

杨力和夏雨行互看一眼，都看到了对方眼里的惊愕，眼前的美貌少女居然是JR的新老板！她难道就是传说中的白富美？

第12章 一言为定

赵青峰的面皮抽了几抽,他看了夏雨行一眼,又看向马可爱说:"原来他是马总请来的酒店体验师啊,不知马总从哪里请来的?"

马可爱笑了笑说:"算起来,我现在的职位应该比赵总要高一点吧?这么小的事我似乎还不需要向赵总汇报吧?"

赵青峰被堵得一脸通红,却还是强自挤出一抹笑容来:"那是自然。"

马可爱看了一眼站在她身边的许晨说:"这位礼宾也蛮有意思的。"

许晨听到她这句话脸上一白,依正常流程,在前台把房间开出去之后,他是不能随便带着客人进房间的。

他下意识地朝赵青峰看了一眼,马可爱立即就看到了他的这个小动作,顿时心里有如明镜,这印证了她刚才的猜想,今天的事情果然是赵青峰给她设的局。

赵青峰是想利用她戒指丢在这间房间里,要借Elvis的手给她难堪,只怕这间房间都是早早安排好的,唯一的变数是突然闯进来的假酒店体验师夏雨行,否则不会在夏雨行进房间后不久,许晨就同意带她来房间里找戒指。

如果没有夏雨行这一闹,她今天对上的人可能就是Elvis了。

她还没有正式上任就有人迫不及待地想要对付她了,看来酒店里的水比她预期的还要深得多。

赵青峰笑了笑说:"许晨是蛮优秀的,赵某不知道马总今天上任,多有失礼。"

他说完伸出手说:"JR一定会在马总的带领下走上新的高峰。"

马可爱没有伸出手,只略点了一下头说:"那是自然。"

被晾在一旁的Elvis不干了:"你们酒店管理混乱,我要写长微博曝光你们!"

马可爱笑着对赵青峰说:"赵总,Elvis是你请来的,还请你多费点心,我刚接手酒店,很多业务还不熟练,多谢!"

赵青峰的脸色难看,在心里骂了一句:"小狐狸,刚才那么强势地保人,这会儿又借口不熟悉酒店业务把Elvis这个难缠的皮球踢给我!我一定给你一个毕生难忘的教训!"

他面上却说:"那是自然,这是我的工作。"

因为马可爱的介入,没有人再为难夏雨行。马可爱走出了房间,杨力和夏雨行也跟了出去。

夏雨行虽然不太清楚这里面具体的道道,却觉得今天的事不同寻常,他想起刚才马可爱抱他时的感觉,脸微微一红。

他伸手到口袋里碰到他的戒指,再看了一眼她手上的戒指,他们的戒指一模一样。不知道她知不知道戒指的来历,也许他还能借由这条线索找到他的亲生父母。

杨力在他耳边轻声说:"我们今天算运气好,马总大人大量不和我们一般计较,要是真落在赵青峰那个龟孙子的手里就完蛋了,我跟你说,那个赵青峰就是不折不扣的人渣!"

夏雨行的眸光深了些,他看着走在前面马可爱纤细却有些孤寂的背影,心里生出一个念头,走到她身边说:"马总,我们能聊聊吗?"

杨力愣了一下,夏雨行示意他可以先去忙了,杨力低骂了一句:"见色忘友的家伙!"

"我和你能有什么好聊的?"马可爱脚步都没停,语气一点都不友好,"难道是想让我打电话报警,把你送进派出所?"

夏雨行一向觉得男子汉大丈夫能屈能伸,做错事情承认错误并不丢人,于是他一脸诚恳地说:"是这样的,我想向你道个歉,今天的事……"

"好了,我接受你的道歉,你可以走了。"马可爱打断了他的话准备离开。

夏雨行忙拦着她说:"那个……我觉得吧,你刚回国手边应该没有可用之人,而那个赵青锋在你上任的第一天就想给你一个下马威,这摆明是欺负你,所以你需要在酒店培养几个自己的心腹。"

马可爱扫了他一眼:"说人话!"

夏雨行对着她微微一笑:"其实我是来应聘的!"

马可爱轻笑一声,将他上下打量一遍:"就你这样连个简历都没有带居然来应

聘？你是猴子派来逗我玩吗？"

夏雨行一本正经地说："简历只是形式，能力才是最重要的。"

马可爱看着他问："怎么证明你的能力？"

夏雨行略想了一下："你们酒店我虽然只来过一次，可已经发现了很多问题，第一，没有身份认证，但我可以在你们酒店畅通无阻；第二，房间地毯老旧且有灰尘，如果遇到挑剔的客人一定会找碴，这说明酒店客房部存在普遍的偷懒现象需要整顿；第三，客人的贵重物品如果丢失，你们的处理方式方法简单粗暴且毫无效率，这说明你们酒店的公关能力有待提高。"

马可爱有点意外："然后呢？"

"如果你聘用了我，我最多只需要两个月的时间，保证能够把这些问题统统解决掉！"夏雨行自信满满地说。

马可爱挑眉："好大的口气！如果我聘用了你，不用两个月我就能让你哭着离开这里。"

"那我们来打个赌吧，看看两个月的时间是我能做好这一切还是哭着离开这里。"夏雨行笑着说。

马可爱意识到进了他的套，想要发火突然想起她靠近他不会有幻象还能缓解头痛，她的眸光深了些，对夏雨行说："好，不过我有个条件，如果你能解决Elvis的事情，我才同意你的赌约并录取你。"

夏雨行打了个响指说："一言为定，到时候你可不许反悔！"

马可爱扫了他一眼说："不要以为自己是无赖，别人就都是无赖。"

夏雨行："……"

酒店的楼梯间里，赵青峰正在打电话："不是我沉不住气让许晨把马可爱带进了Elvis的房间，是她突然冒出来成了酒店的老总，我担心她会打乱我们的计划。"

电话那头的声音低沉："先静观其变，不过是个小丫头罢了，你怕什么？"

赵青峰叹气："之前的事情一直都在我们的计划里，她突然出现……"

电话那边打断他的话："沉住气，我让你办的事情办妥了吗？财务总监的位置安排好了吗？"

第13章 新官上任

"酒店出了这么大的事,之前的财务总监已经引咎辞职,郭宇已经准备上任。"赵青峰叹了口气说,"只是……我恐怕是JR史上任职最短的总经理了。"

"好好做,不会亏待你的。"电话那头说,"JR迟早是我们的。"

赵青峰对于这个观点自然极度认同,两人又聊了一会儿,他挂断电话之后,嘴角边满是阴沉的笑意。

第二天一早,JR会议室。

这是马可爱第一次见公司各部门的总监,她的面前放着好几封辞职信,她数了数,除了餐饮部总监和工程部总监外,在会的所有总监都递了辞职信。

有了昨天赵青峰的事情,她对于这个局面并没有太意外,他们说要辞职未必就是真的要辞职,更多的可能是下马威。

这样的手段,她在泰国帮着妈妈打理酒店的时候就见过很多次。

说到底他们不过是欺负她年纪小,是新人,在JR没有根基却是名正言顺的总经理。

她的手指轻轻敲了敲桌面,看了一眼说得唾沫横飞的各部门总监,心思有点飘,想到昨天夏雨行对她的保证,她心里特别没底。

她觉得她可能是疯了,所以才会相信那个无赖能搞得定Elvis,可是现在她刚回国,身边又确实没有可用之人,只能死马当活马医。如果她这一次就妥协的话,以后只怕会被他们牵着鼻子走,想要翻身就很难了。

她手里拿着那几封辞职信翻着,赵青峰一脸失望加悲愤地说:"现在JR股价持续下跌,Elvis也对我们施压,如果不是我昨天说尽了好话,光凭马总的酒店体验

师冲撞他那一回，他就得在微博上骂我们！解铃还需系铃人，JR如今已经风雨飘摇了，我建议马总去给Elvis道个歉，安抚一下他。"

马可爱面无表情地看着赵青峰，不知道为什么，赵青峰看到她那副淡定的样子心里有些发怵，只是他转念一想，不过是个刚刚大学毕业的毛丫头，有什么好怕的？他就不信不能逼她就范！

于是赵青峰决定再下记猛药："现在JR的入住率持续下降，公司经营出现了极大的危机，我们也是要养家糊口的人，不能跟着一个没有前途的公司，本来Elvis过来入住体验，是为了帮助我们JR度过危机，可没想到出了这样的事情，反而让JR雪上加霜，而马总看起来并不着急，也没想着要去解决这件事情。我工作多年，一直觉得一个人最重要的是要有担当，跟着一个没有担当的上司，注定是没有未来的，所以我决定辞职。"

他这番言辞嚣张而又犀利，基本上是明着为难马可爱了，话里话外透着的全是对马可爱的鄙视和不屑。

马可爱却像是没有听见他的话一样，极为淡定地扫视了一圈坐在下首的几位酒店总监："除了餐饮部总监高雨欣、工程部总监丁迈之外都要辞职，对吗？那好吧，这些辞职信，我都收了。"

所有高管都吓了一大跳，齐刷刷地看向马可爱，眼里满是不可思议，如果这些总监真的全部辞职的话，马可爱刚刚进酒店根本就不可能找到合适的候选人，整个酒店就得瘫痪。

最重要的是，他们这些人不过是得到赵青峰的授意来辞职，并不是真的想要辞职。

所以他们不由得集体朝赵青峰看去，赵青峰也有些绷不住了，他看着马可爱说："马总这是什么意思？"

马可爱淡淡地说："没其他意思，你们写辞职信，我收辞职信，这很正常啊！"

她的反应和赵青锋预期的完全不一样，之前他还准备了很多逼迫她的话，此时却因为她直接收了他们的辞职信而一句话也说不出来了。

问题在于她的这句话也没有错，他们写了辞职信她收了，这也算是公司的正常流程，他总不能当着马可爱的面说"我们不是真的要辞职，只是要逼你听我们的"！

赵青峰朝她看去，她也朝他看去，他眼里怒意难掩，她眼神平静，却寸步不让。

赵青峰忍不住站起来威胁她说："马总，你知不知道你之前包庇假体验师已经得罪了Elvis，他扬言要搞死JR！你这么一意孤行会让你父亲的酒店破产！"

马可爱依旧面色平静地说："说到假体验师的事情，那我们来好好讨论一下。"

说到这里她略一顿，扫视了一圈在座的几位总监，缓缓地说："如果我不是JR的老板，只是一个普通的客户，闹出这么一件事情，导致Elvis大动肝火，赵总，还有公关部，你们就告诉你们的老板Elvis扬言要整死JR然后束手无策吗？"

赵青峰面色一僵，公关部总监刘斌面色紧张。

马可爱轻笑一声说："赵总刚才把这件事情全归责到我的头上，这个归结的法子我们暂时不评说对错。我只问赵总一句，如果我能解决掉Elvis的事情的话，赵总是不是该为此事向我道歉并引咎辞职？"

赵青峰不以为然地说："当然，如果马总能处理妥当的话，我就承认是我处理不周，能力不如马总，愿意向马总道歉，但是如果马总摆不平Elvis呢？"

他对Elvis做过一些了解，知道那货是出了名的难搞，就凭马可爱能搞定Elvis？

他又看了马可爱一眼，她是很漂亮很端庄，甚至也算沉稳，但是终究只是一个刚毕业的大学生，在他看来还是太过稚嫩。

马可爱轻笑一声："那我就把这个总经理的位置让给你。"

她面色从容淡定，心里却在打鼓，只盼着夏雨行能搞得定Elvis。

今天的事情，她根本就没有其他的选择。

赵青峰也笑了："马总还真是一个爽快人，你要真输了可别说我欺负你。"

马可爱一脸的冷然，他都把欺负她这事做得这么明显了，嘴上还得占便宜，这是打算做了婊子还要立牌坊吗？

正在此时，门被敲响，马可爱说了声："进来。"

门被推开，夏雨行带着Elvis走了进来，赵青峰一看到夏雨行脸色一沉，冷声说："这里是会议室，闲杂人等不得乱闯，出去！"

第14章 崭露头角

夏雨行却非常淡定地说:"我先自我介绍一下,我叫夏雨行,昨天已经通过面试成为马总的首席助理,可能马总还没来得及告诉赵总。"

赵青峰有些吃惊地看向马可爱,马可爱却没看他,而是看向夏雨行。夏雨行见她看过来,对她眨了一下眼,然后左手悄悄地对她比了一个OK的手势。

马可爱有点意外,没想到他居然这么快就搞定了Elvis,她此时只能配合他:"没错,他是我昨天聘请的助理,是我让他去处理Elvis先生的事情。"

她说完对Elvis面露微笑地问:"不知道Elvis先生和夏助理突然闯进会议室是不是有什么重要的事情要宣布?"

赵青峰立即说:"Elvis,这一次真的很抱歉……"

"没事。"今天的Elvis看起来特别好说话,脸上居然还有着谦逊的笑:"昨天的事情我和夏助理已经沟通好了,不过只是一件小事而已,我和夏助理也算是不打不相识,我对贵酒店的服务和管理也相当满意,此时跟夏助理冒昧地闯进会议室,是因为我一会儿要赶飞机,这会儿过来向马总道谢,感谢贵酒店对我的款待。"

赵青峰看着如此好说话的Elvis有一种撞了鬼的感觉,明明他昨天和Elvis沟通的时候他还在那里发脾气,说要搞死JR,今天这是怎么了呢?

马可爱也很意外,同时也非常好奇夏雨行是怎么做到的。

她把意外压下,笑着说:"你太客气了,我们只是做了该做的事情,只是微博的事情……"

"我已经发了长微博了。"Elvis忙说,"微博的内容是我最真心的想法,也是我的体验结果,我念给大家听听。"

所有高管再次一愣,不自觉地看赵青峰一眼,见他的面色有些苍白。

Elvis已经开始念:"马小姐优雅大方、高贵典雅、谈吐不凡,热情地接待了我,并且向我详细介绍了JR酒店一些新增服务,为我的体验带来了很多便利,总之,这次体验之旅,只能说五星级的酒店,七星级的体验,超赞!下面说一些小的感想……"

他念完笑着说:"我要急着赶飞机就先走了,祝JR生意兴隆,财源滚滚!"

"谢谢!"马可爱微笑,"夏助理,麻烦你帮我送一下Elvis。"

夏雨行应了一声,就对Elvis比了个请的动作,Elvis看着他的表情是无法言说的复杂还带着几分惧怕,脸上挤出一抹笑,跟着夏雨行走了出去。

赵青峰目瞪口呆地看着化身小绵羊的Elvis,如果不是他对Elvis也算熟悉的话,他简直就要怀疑刚才那个Elvis是假的!

马可爱看了赵青峰一眼后淡淡地说:"Elvis的新微博,两个小时之内一定会上热搜,赵总,刚才的赌约……"

"我会履行的。"赵青峰打断她的话,脸上青一阵白一阵。

他刚才的话说得太满,这会儿脸被打得啪啪响,他觉得丢人至极,今天居然栽在这个小丫头的手上了!

马可爱轻笑了一声:"我想说的是,我刚才不过是跟赵总开个玩笑罢了,我相信赵总所有的出发点是好的,只是刚才太过急切,所以话说得急了些。赵总,是不是这样?"

赵青峰脸上的肌肉抽了抽,马可爱这样说算是在给他找台阶下了,只是他心里虽然极度不领情,但是以他的性格此时哪能愿意对马可爱说对不起,于是只得点了一下头。

马可爱意味深长地看了他一眼,环视一周后扫了一眼桌上的辞职信:"刚才的事情大家也看到了,我有信心在三个月内扭转JR的局势,如果做不到,我就引咎辞职。我听说现在就业形势并不好,大家找份工作也不容易,我也相信诸位的能力和对酒店的忠诚,如果诸位一定要离开,我不会拦着,但是,如果诸位仅仅是因为我空降董事长兼总经理的位置觉得不太适应,那么请将辞职信拿回去,我相信我有能力给你们一个更好的JR!"

房务部总监朱丹第一个站起来拿起辞职信:"马总,希望你不会让我们失望。"

马可爱回以一笑:"当然不会。"

其他几个高管也陆续把信拿走,最后只剩下赵青峰一个人了,他深吸一口气看着马可爱挑衅地说:"今天是我小看马总了,没想到马总有这样的手段,来日方长,我们拭目以待!"

马可爱回以一笑:"好,拭目以待!散会!"

众人走后,马可爱松了口气,伸手拍了拍胸口,自言自语地说:"一群墙头草,第一天上班就这么刺激,以后只怕还有更多的硬仗要打。"

她又伸了个懒腰,单手撑着下巴说:"这次还真亏了那个无赖,也不知道他是怎么做到的。"

正在此时,会议室的门再次被敲响,她立即坐得笔直,威严地说:"进来!"

夏雨行推开门一脸嘚瑟地走到她的面前说:"Elvis这事我做得漂亮吧?刚才我看到赵青峰那张脸了,一会儿红、一会儿青、一会儿白,就跟开染料坊一样精彩,我估计他这会儿应该一个人躲起来吐血去了。"

说到这里他又有些扬扬自得地说:"就他那点道行,根本就不够看!他以后要是再敢作妖的话,我分分钟用照妖镜把他打回原形!"

马可爱的嘴角抽了抽,这货的嘴也太欠了,作妖?这两个词形容赵青峰倒也精准。

马可爱看着他的眸光深了些,讲真,他还真有些让她感到意外。他凑到她面前说:"Elvis的那条微博还是我写的,怎么样?我文采不错吧?"

马可爱扫了他一眼:"你面试通过,赌约成立,从现在开始,你就是我的助理了,希望你能撑到两个月吧!现在,你跟我去一趟财务部。"

夏雨行手握成拳"吔"了一声,马可爱扭头看着他说:"在你正式工作之前,我们约法三章,第一,我不跟你说话的时候,你不要跟我说话;第二,上班时间,即使是去卫生间也要跟我说一声,务必做到寸步不离;第三,绝对不准任何人接近我、触碰到我,除了你!"

第15章 你想多了

"除了我?"夏雨行的脸瞬间红了,心跳加速,这是不是她的什么暗示啊?难道她喜欢他?

马可爱一看他的样子就知道他想多了,而那件事情却又没法对他解释,便岔开话题:"你是怎么摆平Elvis的?"

"这事说穿了也没什么。"夏雨行笑着解释,"昨天杨力不是让我扮成Elvis去房间找戒指嘛,我在去之前就做了很多关于他的功课,那家伙虽然在网上的呼声很高,但是人品极差,还有着不为人知的恶趣味。"

说到这里他偷笑了一声,笑得还有点坏。

马可爱皱眉:"不为人知的恶趣味?"

"是啊。"夏雨行笑着说,"昨天他带了两个女人来酒店玩大的,其中一个还是娱乐圈一位大佬的女人,我就偷着用相机拍了几张照片,等他完事后拿给他看,然后他就很乖了。"

他说得隐晦,马可爱却还是立即就明白他话里的"玩大的"是什么意思了,和一个不算太熟的成年男性讨论这个问题多少有点尴尬。

她有些后悔问他这个问题,但是如果不问的话又能好奇死她。

她实在是没有想到那么难搞的Elvis居然被夏雨行用这样的法子搞定,果然,对付像Elvis那样的人,就得让夏雨行这样的人上。

她轻咳一声说:"好了,知道了。"

夏雨行看出了她的窘迫,他偷笑了一声,非常识趣地闭上了嘴,她瞪了他一眼,他却在那里抿着唇笑。她从来就没有跟他这样的人接触过,一时间不知道要怎么

应付他，干脆就不再说话。

两人一起去了财务室，财务部经理郭宇一看到马可爱便开始汇报工作："马总你来得正好，我有事要向你汇报，我和原财务总监交接工作时就收到银行的电话，所以银行的贷款已经先还了。"

马可爱点头："那银行能为我们续贷多少？"

欠银行的贷款准时还款并没有错，所以她此时还没有把郭宇的这句话放在心上。

郭宇看了她一眼，想起她刚才在会议室里对付赵青峰的手段，他的眸光冷了些，轻叹了口气："我刚接到银行的电话，由于我们经营不善，银行不会再向我们续贷，所以如果没有大笔资金注入或者被大公司收购的话，我们酒店的情况将会越来越糟糕，最后无力回天。"

马可爱愣了一下，这个消息对她而言实在是太过震惊，她立即翻看公司账户的余额，上面的数字少得可怜。

这样的数字很难维持酒店的正常运营，她问郭宇："账上怎么只有这点钱？"

郭宇一脸为难："这几年酒店一直经营不善，年年亏损，本来账上是还有点钱能撑过今年的，但是我们还完银行贷款后银行不续贷，就变成了现在这样的情况。马总，这事你还得想想办法。"

马可爱看了郭宇一眼后深吸了口气，果然，第一天上班，会议室里的下马威只是开胃菜，主菜等在这里了！

而她作为酒店的董事长兼总经理，财务上的事情那是她推不掉的责任，而这才是最要命的地方，没有足够的资金，酒店的运转分分钟会停摆。

她轻声说："知道了。"

接下来的几天，马可爱带着夏雨行走遍了市里的各大银行，银行找了各种各样的理由拒绝了她，没有一家银行愿意贷款给JR，而财务那边却在天天催她拿钱出来解决酒店的危机，她心里焦虑不已。

她本来以为她有着跟妈妈打理酒店多年的经验，要打理好JR并不难，现在才发现，JR就是个巨大的烂摊子！

只是她想到JR是妈妈的，咬牙也得撑下去，绝对不能让JR破产或者易主。

夏雨行这几天跟着她跑来跑去，对于她所承受的压力是全部看在眼里的。

他发自内心觉得她相当不容易，而她的坚强让他刮目相看，这天他见她被最后一家银行拒绝了，烦躁得连中饭都没有吃，他亲手做了碗汤端给她："这是这里的特色炸牛皮煮三鲜汤,给你补充能量,明天继续奋斗!"

马可爱往椅子上一靠,叹气说:"再补也没用,没心情喝。"

夏雨行劝她:"酒店再重要也没有身体重要,哪里能因为这种事情就不吃不喝?在我看来,只有吃饱了才有力气继续战斗!才能想出绝世好主意保住酒店。"

马可爱被他逗笑了,笑过后凉凉地看着他说:"PTV的徐总今天下午就会到公司来签收购合同,这事是之前赵总和他谈妥的,就在你中午去吃饭的时候,公司里的几个股东都来找过我,让我把JR卖给PTV。如果不卖的话,JR就连运营的钱都没有了。你能告诉我,在这种情况下我能想出什么绝世好主意保住酒店?"

"不是吧?我这是一上班就要失业?"夏雨行抚着胸口说。

马可爱瞪了他一眼,他忙笑着说:"其实也没有你想的那么悲观,也许'嗖'地一下,天上就掉一吨黄金刚好在你的办公室里,然后就什么问题都解决了。"

马可爱哭笑不得地说:"你这是八点档看多了吧!天上掉黄金?你怎么不说酒店的账户上莫名多出一个亿呢?"

"你要是觉得这么想比天上掉黄金舒服,也一样可以。"夏雨行笑着说。

马可爱被气笑了:"你出去吧,我想一个人静一静。"

夏雨行走到门口又扭头看着她说:"凡事不要想得那么悲观,不到最后,谁也不知道结果会怎样,但不管结果怎么样,我们都努力过了,问心无愧就好。"

夏雨行走后,她端起那碗汤喝了一口,味道居然出乎意料地好,她竟把汤喝了个底朝天。

她想起夏雨行说的那番话,耸了耸肩,到这个时候并没有什么好的办法,只能收拾好心情面对接下来的硬仗了。

她进会议室之前,见夏雨行站在一旁的走廊里,见她看过来,握拳放在心口,小声说:"加油!你是最棒的!"

第16章 再次逼宫

马可爱的嘴角抽了抽，虽然还板着张脸，但是心情却轻松了些，她一句话也没说，推门进了会议室。

会议室里此时已经坐满了酒店的高管，她的位置上放着PTV收购JR的合同，她坐下来后拿起那份合同看了一眼，再看了看坐在那里的各部门总监。

她在心里低骂了一句："又来！"

她这才上班不到一个月，赵青峰已经是带着人第二次"逼宫"了。

上次的事情她还能寄希望于夏雨行，这一次好像只能寄希望于天上掉黄金了，想到这里，她轻轻捏了自己一下，她这是受夏雨行的影响，异想天开了吗？

赵青峰在她拿起合同时就开始说："马总你说三个月内能打造一个全新的JR，对于你的能力我们并不怀疑。但是现在的情况是如果银行不续贷，我们可能三个月都撑不过去，事实上，到目前为止，各部门运转已经有很大的问题，供应商的货款如果再不付的话，他们将停止供货！"

郭宇附和："虽然那些供应商和我们合作了多年，可以稍微延迟付款，但是也拖不了多久。"

房务部总监朱丹也附和："客房部这边也有几笔款必须马上支付，否则将会运转不灵。"

马可爱一页一页翻着合同，平心而论，这份合同也不算太苛刻。

如果酒店不是妈妈的话，她签了也就签了，只是妈妈在这个世上留给她的东西并不多，她怎么能让酒店易主？

赵青锋在得到郭宇和朱丹的附和后，心里那叫一个得意扬扬，上次她在马可爱的手里吃了大亏,这一次他就不信马可爱还有办法解决!

因为马可爱一直在翻合同没说话,他觉得给马可爱的压力可能还不够,于是又问餐饮部总监高雨欣:"餐饮部那边的情况应该也好不到哪里去吧?高总要是有什么困难的话,也可以直接跟马总提嘛!也好让马总知道现在各部门之间的形势有多严峻。"

高雨欣面露冷意:"我这边确实有些困难,但是暂时还撑得住,不过资金的问题的确需要马上解决。"

公关部总监刘斌轻咳一声说:"最近的新闻导向对我们酒店也是不利的,我已经每天给大V一篇文章来分析我们酒店不会陷入危机,但是效果不大。"

所有人看向马可爱,赵青峰冷冷地说:"刚才各位总监的话想来马总也听到了,不是我们不给你时间,而是酒店根本就等不起。"

马可爱深吸一口气:"酒店是我父母创办的,我要是卖掉的话那就是败家子,而我不想做败家子,所以我不会卖掉酒店解决资金危机,我会再想办法来解决这场危机。"

赵青峰鼓掌:"马总心性高洁、心系酒店我们佩服。"

说到这里他阴恻恻地看着马可爱说:"可惜现在银行根本就不给我们放贷,马总要是私人有钱的话,也可以拿出来解决这场危机。"

他略顿了一下又接着说:"但是马总迟迟没能拿出钱来解决危机,估计私人账户上也没有足够的钱来应对酒店的危机吧?现在PTV收购的价钱凭良心讲绝对高于市场价,开出来的其他条件也合适,马总要是错过PTV这一次的收购,很可能就再也没有人能给得起这样的价钱了,一个不好,等到马总想要卖酒店的时候卖不出去了,就只能眼睁睁地看着JR破产!"

马可爱冷冷地看着赵青峰,他一脸得意:"马总也是聪明人,应该知道我说的这些都是事实,所以还请马总好好考虑一下,而在我看来,你现在似乎没有更好的办法,除非天上掉钱下来。"

说到这里他又笑了起来:"只可惜,我活了这么多年,从来就没有听说天上会掉钱下来!"

正在此时,略有些低沉的男音从会议室外传来:"那可说不定,天上也许真的会掉钱下来。"

会议室里所有的人都愣了一下,集体看向门口。

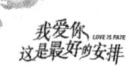

门被打开,一个看起来四十几岁的儒雅男人走了进来,他走到马可爱的面前,递给她一张支票:"我想这笔钱应该能解决酒店目前的财务问题。"

他说完瞪着赵青峰说:"老远就听到你的大嗓门了,在小姑娘面前那么凶做什么?"

赵青峰轻咳一声站起来说:"宋总好。"

来人是和马东山一起创业的宋天明,同时他也是酒店的大股东,在酒店员工的心里,他是仅次于马东山的存在,在酒店里极有威信。

赵青峰看着突然出现的宋天明,脸上的表情复杂,身上气焰却完全消失了,他轻咳一声说:"宋总怎么来了?"

宋天明看了他一眼:"酒店我也占有一些股份,怎么?作为股东我还不能来酒店呢?"

"不不不,当然不是。"赵青峰脸上的表情有些僵硬,宋天明这一来,PTV收购JR的事情肯定就黄了,他都和PTV的徐总谈好了,这下怎么交代?

宋天明把支票往马可爱的面前推近了些:"可爱,收下吧!"

马可爱有些吃惊地看着宋天明,支票上的数额巨大,足以应付这场危机,眼前的男人她看着陌生又熟悉,幼时的记忆窜进她的脑中,她定定地看着他。

宋天明看着她的表情笑着说:"可爱,不认识我了吗?我是宋叔叔,你小时候总缠着我玩。"

马可爱听到这句话终于想起来他是谁了,她忙站起来说:"宋叔叔好!"

宋天明笑着应了一声,因为他拿出这一大笔钱解决了酒店的危机,会议没有再开的必要,马可爱宣布散会。

赵青峰就算是心里再不甘愿,在宋天明的面前也不敢多说什么,和一众总监灰溜溜地离开了会议室,他还得想办法去安抚PTV的徐总。

酒店的高管们离开后,宋天明看着马可爱一脸感叹地说:"一晃这么多年,你都长这么大了,如果家毅没有丢的话,现在也应该这么大了。"

第17章 前尘旧事

宋天明的这句话多少有些无奈和伤感,却瞬间让马可爱想起童年时的记忆。她四岁那年被人绑架,当时宋天明五岁的儿子宋家毅为了救她,和她一起被绑。

两人被绑架的过程几乎九死一生,如果不是宋家毅一直照顾她的话,她可能都撑不到妈妈来找她。

而她小时候并不喊宋家毅的名字,而是叫他"小哥哥"。

绑架的那件事情,是她整个人生的转折点。

妈妈在得知她被绑架后给马东山打电话,而他因为开会一直没接电话,妈妈带着人找到她之后,一怒之下带着她回了泰国。

当时她被妈妈顺利地找了回来,而宋家毅却失踪了,听宋天明的语气,宋家毅似乎现在都还没有找到。

她轻声说:"宋叔叔……"

宋天明深吸了口气打断她的话:"你回来了是件开心的事情,过去那些不开心的事情就不说了!"

宋家毅失踪的事情对宋天明影响极大,他平时从不在人前提起,此时看到马可爱就不自觉地想到了宋家毅,没忍住说了一句,结果却把自己刺得生疼。

马可爱有些担心地看着他,他却微微一笑,岔开话题说:"我虽然平时不管酒店的事情,但是不代表我不关心酒店,可爱,这一次叔叔和你一起度过难关!我们叔侄齐心,一定能把JR发扬光大,重振当年的雄风!"

马可爱感动地说:"谢谢宋叔叔!"

她略顿了一下后说:"只是我现是酒店的管理人,就该公私分明,宋叔叔这次

帮了我这么大的忙,我不能占你的便宜,这样吧,我们签一份正式的合同,我把我JR百分之二十五的股份押给你,一年之内我会想办法把这笔钱还给你。"

"可爱,你这样太客气了,也太见外了!"宋天明皱眉说,"虽然我平时不参与JR的管理,但是它也是我的心血,当年我和你父亲一起打拼,创立了JR,看着它一点点成长,在我的心里,它也是我的孩子!我没办法看着它易主。"

马可爱感动地说:"这真不是见外,我知道你是看在我父亲的情分上才帮我的,但是中国有句话叫亲兄弟明算账,所以合同是一定要签的!这是原则问题。"

"既然你这么执着,那就依你说的办。"宋天明笑着说,"你的百分之二十五的股份就暂时先放在我这里,我替你保管着,你就放心大胆地去做你想做的事情,你只需要记住一件事,宋叔叔永远支持你。"

马可爱心里温暖,轻点了一下头,顺手捋了一下头发。

宋天明看到她手上的戒指,愣了一下后问:"这戒指你一直随身戴着?"

马可爱叹气:"是啊,毕竟这是妈妈留给我唯一的东西了。"

宋天明也叹了口气:"当年,你妈妈和我太太关系好,两人买了两只一模一样的戒指,家毅失踪的时候,脖子上也挂着一枚同样的戒指。"

马可爱对于这件事情并不知晓,此时听宋天明这么说有些意外,原来这戒指还是一对的。

宋天明笑了笑说:"唉,我真是老了,今天居然连着说起旧事。好了,不提那些了,可爱,再次欢迎你回来!"

两人又说了几句闲话,互相说了一下最近的近况,宋天明接了个电话,似乎有什么事情要处理,就先走了。

马可爱没想到今天的事情会以宋天明的相助而收场,这算是解了她的燃眉之急,有了这笔钱,她就能有喘息的时间,能好好经营酒店,想办法解决酒店的危机。

她走出会议室后,夏雨行笑着走过来说:"我就说嘛,一定会有解决的办法的!我说天上会掉黄金吧?你看,掉下了这么一大砣!"

马可爱在他今天说天上会掉黄金下来的时候,她觉得他是在给她讲笑话,而最后事情的解决方式却又和天上掉钱下来没有太本质的差别。

她以前觉得人在遇到事情时乐观面对其实很傻,世事哪能事尽如人意?

可是在经过这件事情后,她觉得适当的乐观其实也挺好。

她淡淡地说:"只是暂时解决而已,后面的任务更艰巨。"

夏雨行走到她的身边说："不管任务有多艰巨，我和你一起面对！"

马可爱斜着眼把他上下打量了一番，"呵呵"一笑，抬脚就走。

夏雨行在她身后问："你笑什么？觉得我没有能力帮你？"

马可爱懒得回答，赵青峰在一旁听到两人的对话，冷冷一笑，自言自语地说："你们的麻烦马上就到了，看你们能嘚瑟到什么时候！"

从马可爱来到酒店后，他已经连着被打两次脸了，他的日子不好，就绝不会让马可爱的日子好过！

他拿起手机给许晨打了个电话："明天于秋柏要入住我们酒店，并在酒店里举办画展，这件事情你安排一下。"

许晨看有些意外地问："于秋柏今年还在我们酒店办画展？"

"那是。"赵青峰冷冷一笑，"他可是我费了很大力气才请来的，马总刚上任，总要送她一点礼物不是吗？"

许晨顿时就什么都明白了："好的，赵总，这次绝不会让你失望。"

赵青峰安抚他："好好做，等我成了JR的总经理，我这个位置就是你的。"

这个大饼一砸下来，许晨顿时动力满满："赵总请放心，我绝对不会让你失望！"

赵青峰挂断电话后，颇有些得意地说："马可爱，前两次是你运气好，这一次我看你怎么办！跟我斗，你还嫩了点！"

马可爱对于秋柏这次入住酒店的事情格外关注，一则因为于秋柏是酒店的老客户，再则因为于秋柏是知名画家，影响甚广。如果这一次能让于秋柏满意，也相当于是一种口碑的宣传。

所以她早早打电话给各个部门总监，让他们做好准备。

各部门总监接到电话后都只是敷衍地答应了下来，最后是该干吗干吗。

第18章 龟毛客人

这天是于秋柏入住的日子,马可爱带着夏雨行早早就在酒店大堂等于秋柏一行。

于秋柏带着小舅子兼助理鹏鹏来到酒店后,马可爱微笑着迎了上去:"于先生您好,我是酒店的负责人马可爱,欢迎您选择入住我们的酒店。"

于秋柏是个四十来岁的中年人,白净的脸,戴着眼镜,看起来相当斯文,他轻点了一下头,主动伸出手说:"你好。"

马可爱看着他伸出来的手,眼里有些犹豫,她因为和人肢体接触后会触发未来的场景并伴随剧烈的头痛,所以现在对于肢体接触的事情格外排斥,但是客户都伸出了手她如果拒绝的话多少有些失礼。

于秋柏见她迟迟没有握手,有些奇怪地看向她,她忙笑着握住了于秋柏的手说:"您好!"

她的眼前立即就出现一幅画面:于秋柏站在酒店的天台上,大叫大喊着要自杀,他用力摇晃着一个人,然后跑向天台,那个人用力抱住他。

马可爱头剧烈疼痛起来,额头上的冷汗直冒,面色苍白,夏雨行见她面色不对,忙伸手把她扶住:"马总,你怎么了?"

马可爱头痛得厉害,她想起上次的事情,立即伸手一把把他抱住。

大堂里顿时一片寂静,所有人都好奇地看着她。

这是马可爱第三次在大庭广众下抱夏雨行了,第一次飞机上遇险情有可原,第二次和这一次却让夏雨行想不明白。唯一的解释似乎是她喜欢他,可是他又觉得不太对,平时两人私下相处时她对他挺冷淡的。

难道是她喜欢当众表达感情?呃,这个癖好好怪!

第18章 龟毛客人

夏雨行的身体僵在那里,心控制不住地剧烈地跳了起来,他轻咳一声说:"马总,注意影响,大庭广众,于先生还看着呢!"

说完他轻轻在她的耳边说:"马总要是喜欢抱我的话,私底下怎么抱都行,这里人太多!"

马可爱大口地喘气,因为靠近他,她的头痛得到了缓解,她瞪了他一眼说:"谁稀罕抱你了,刚才只是个意外!"

此时她已经能完全确定她和别人肢体接触时会伴随剧烈头痛,在和他肢体接触后就能缓解。

她心里有些复杂,如果是这样的话,那她以后岂不是离不开他?

她看了夏雨行一眼,此时他脸红红的一副不好意思的样子。她回过神来后发现所有人都目瞪口呆地看着她,酒店的员工更是一脸八卦。

她立即收回抱着夏雨行的手,轻咳一声正了正脸色以掩饰自己刚才的失态。

于秋柏的助理鹏鹏阴阳怪气地说:"这难道就是你们酒店的待客之道?我今天可算是长见识了,听说你是老马总的女儿……"

马可爱镇定地对于秋柏说:"于先生,我们已经专门为您准备了最好的房间,画场也找专人设计好了,希望一切能令您满意。"

于秋柏表情木讷没有说话,鹏鹏环视酒店一圈,见往年那些宣传于秋柏的大海报和拱门今年都没有,只有一张寒酸的小海报,他冷笑一声:"于先生所有的一切都由我负责,你们这样的招待规格怎么可能让我们满意,今年比起往年来低了不止一个档次。"

酒店招待客人的布置是由礼宾部负责,马可爱扭头看向礼宾主管许晨。

许晨立即低下头不看她,她心里顿时有如明镜,肯定是赵青锋对许晨有所交代。她觉得她这个董事长兼总经理不是一般的悲催,安排事情下去居然没有人听她的。

她暗暗握紧拳头,这种局面她一定要想办法改变!

很快她就抽回目光对鹏鹏说:"真抱歉招待不周,您有什么意见都可以直接对我说。"

说完她指着夏雨行:"他是我的助理,您有事也可以直接找他。"

鹏鹏把夏雨行上下打量一番,一脸嫌弃地说:"助理?就他这样还能当总经理助理?你怎么爬上总经理助理的位置的?你平时不护肤吧?"

夏雨行愣了一下:"啊?"

鹏鹏的问题还真把夏雨行问住了，他平时护肤靠大宝，什么水、乳、霜他根本就没弄明白。

而且他以前经常打好几份工，平时日晒雨淋的，皮肤是健康的小麦色，肌质虽然上佳，但是和鹏鹏那种白嫩得跟女孩子一样的皮肤绝对没法比。

他还看出来了，鹏鹏的眼睛画了眼线，眉毛似乎也画过，唇上好像还涂了点口红。

"啊什么啊！土包子！"鹏鹏冷笑，"从来不做保养、按摩、水疗SPA吧？"

夏雨行点头，鹏鹏一脸鄙视地说："我猜也是，我和你话不投机，找你做什么？"

他环顾一周，看到脸上皮肤白净的许晨，对他勾了勾手指。

许晨立即走过去，一脸谄媚地说："先生您好，您皮肤真好，平时一定很注意保养吧？"

鹏鹏一脸得意地说："那是当然的，干一行爱一行，干我们这行的，经常要商务谈判，肯定要注意个人仪表。"

许晨忙说："我最近发现了一款好用的黑面膜，不知道您听过没有？"

鹏鹏满脸兴趣地说："我听说过，据说很好用。"

"等一下我送一盒到您房间里，您试试？"许晨笑着说。

鹏鹏赞许地说："小伙子，你不错，我很喜欢，一会儿我们再好好交流一下护肤知识。"

许晨带着鹏鹏和于秋柏一行人一边聊天一边往电梯的方向走，他们走远之后，夏雨行一脸的难以接受："什么情况啊？"

马可爱若有所思地看着于秋柏的背影，沉声对夏雨行："职业的礼宾，会通过察言观色了解客人的需求，好好学着吧，不过我并不指望你能学会。"

许晨虽然心思重，没有按她要求的做事，但能力还是有的。

夏雨行撇了撇嘴说："学护肤？大老爷们儿学这个也不怕把自己折腾成娘娘腔！"

马可爱不屑地看了他一眼："我也不指望你能学会！友情提醒一下，酒店是个可以把男人变成女人，把女人变成男人的地方，你这个不会，那个也不会，还没有一颗争强好胜的心，是活不过两个月的。"

第19章 酒店宗旨

马可爱说完踩着高跟鞋微扬着下巴,"噔噔噔"地走到电梯边,此时电梯门已经打开,她大步走了进去,夏雨行忙跟了过去。

在电梯里,夏雨行看了一眼里面的镜子,忍不住摸了摸鼻子,再摸了摸脸,想象了一下一个大男人整天对着镜子拍水拍乳拍霜,还描眉画眼的样子,忍不住打了个哆嗦。

马可爱眼角的余光看到了他的动作,嘴角抽了抽。

他们把于秋柏一行人送到房间后,于秋柏就直接进了套间的里间,关上房门。

马可爱看到他这副拒绝和人沟通的样子有些意外,再想起刚才和于秋柏握手时看到的画面,心里添了三分担心。

鹏鹏挑眉说:"我刚才在下面就说了,于先生的一切都是由我来打理,马总也不必奇怪,于先生不喜欢和陌生人说话。此外,关于画展,我们的要求非常严格,于先生不能容忍有一丝瑕疵,当然,我也一样!希望你们不要让我们失望!"

马可爱问:"不知道于先生有没有什么特殊要求?"

"这难道不是你们酒店应该想的吗?为客人推陈出新、令客户满意,力求完美,难道不是你们应该做的酒店服务?"鹏鹏的下巴微微微抬起,一脸倨傲。

马可爱还想再问,鹏鹏却已冷冷地说:"不要让客人把他们的要求说一遍以上,因为那是你们的失职!"

马可爱深吸了一口气,默默地在心里劝自己"客户是上帝",她努力挤出一抹微笑:"好的,先生,我们会尽量做到完美。"

"完美?"鹏鹏一脸鄙视地指着夏雨行说,"像他这种不注意仪容也就算了,进到客人的房间里居然还东张西望，就不怕侵犯客人的隐私吗？"

夏雨行被他连着数落了几次心里也蹿起了一团火，刚要说话，马可爱将他挡在身后，正在此时客房小姐吴静端着果盘走了进来："先生，请慢用。"

鹏鹏立即两眼发光地看着吴静，笑眯眯地说："放下吧！"

吴静准备走出去，他喊了一声："等一下，你们酒店虽然这也不行那也不行，但是我观察了一下，还是有可取之处的，比如说这个客房小姐，笑容甜美，身材相貌都是上乘……"

他看了一眼吴静的胸牌说："叫吴静是吧？你很好很漂亮，以后我们的房间就由你来服务。"

吴静微笑着说："谢谢先生。"

她说完走了出去，鹏鹏的目光一直粘着她直到消失，夏雨行看到他这副做派一脸鄙视地说："色狼。"

鹏鹏的目光冷冷地落在他身上："说什么？大声一点。"

夏雨行挤出一个微笑："先生你好帅，你的品位真好，真是我的偶像！"

鹏鹏轻哼一声，指着他说："去为我准备一个茶叶枕头，不是茶叶的枕头我睡不着，还有，我有吃夜宵的习惯，夜里三点半为我准备一份沙拉和一块提拉米苏。提拉米苏要城南甜蜜时光的，另外，于先生创作的时候只喝两条街右转静心阁的白茶，所有的东西二十分钟内买过来，好了，现在我们要休息了，你们可以出去了。"

夏雨行目瞪口呆地看着马可爱："这些我来准备？"

马可爱的嘴角抽了抽："快去准备吧！"

说完她对鹏鹏说："你们好好休息，打扰了。"

两人出去后，夏雨行瞪大眼睛看着她说："那个什么鹏鹏根本就是为难我的吧？"

"他是客人，是于先生的助理，同时还是他的小舅子，而于先生是我们酒店的贵宾，酒店创办时的理念是满足客人的一切需求，所以他指定了让你去买，你就去吧！"马可爱笑着说。

夏雨行急了："但是……"

"在客人面前没有但是。"马可爱打断他的话看了一眼时间，"我给你二十分钟去买这些东西，然后十分钟准备，半个小时后会议室开会，开会迟到一次扣五百。"

夏雨行挠头："可是他们是无理取闹！"

第19章 酒店宗旨

"酒店是服务行业,在这里,就算客人无理取闹我们也要想办法满足他们的一切需求。"马可爱认真地说。

夏雨行一脸的无语,马可爱再次看了看时间:"已经过去五分钟了,你还有十五分钟准备,如果你没有在客人指定的时间里做到这些的话,客人很可能会投诉,投诉一次扣工资的百分之二十。"

"凭什么?"夏雨行大声问。

马可爱朝他走近一步,看着他的眼睛板着脸说:"凭我是你的老板,凭顾客是上帝,还有,距离两个月只有五十七天了,要怎么做,你自己看着办!"

夏雨行深吸了一口气,转身就往外跑。

马可爱看着他的背影嘴角上扬,眼里透出淡淡笑意。

这段时间她其实一直在观察他,他虽然是个无赖,但却是个有责任心的无赖,平时她交办的事情他都能很好地完成,而且工作起来任劳任怨,做事认真。

她知道,现在在这个酒店里,真心帮她的可能也就只有这个夏雨行了,他再无赖也是值得她信任的人。

她默默地给自己打气:"马可爱,你一定可以守住JR的,以后会越来越好的!"

半个小时后,会议开始时,夏雨行气喘吁吁地跑进了会议室,各部门总监看了他一眼,然后看新闻的继续看新闻,看股票的继续看股票,喝咖啡的继续喝咖啡,对马可爱没有一分尊重。

马可爱扫了他们一眼,沉声说:"今天会议是讨论画家于秋柏的事情,相信各位都知道,于秋柏是我们酒店重要的客户,这一次除了要为酒店重新创作油画外,还要在我们酒店举行一场小型画展,借着于秋柏入住酒店的机会,我们可以发一组公关稿扭转酒店目前的颓势,不过他本人不太爱说话,小舅子十分难搞,所以今天这个会议就是看看大家对于于秋柏的画展和招待上有没有什么建议。"

第20章 太过血腥

各部门总监继续该干吗干吗,没有说话。

马可爱皱眉:"据我观察,于秋柏这一次心情似乎不是很好,我希望大家重视起来!"

餐饮部总监高雨欣微微皱眉,看着朱丹说:"于秋柏的情况客房部总监朱总最清楚。"

朱丹看向高雨欣,高雨欣面色清冷毫不退让,朱丹撇了一下嘴后才说:"其实于先生每次来酒店心情都不好,在我们酒店住了三年就自杀了三次,他第一次爬上酒店顶层的露台要跳楼被拦住了,第二次拿着刀要刺胸口也被拦住了,第三次要服安眠药也被及时发现。换言之,他每年都自杀但是都没有成功。"

马可爱皱眉,赵青锋不以为然地在旁边插话:"所以我们都怀疑他所谓的自杀不过是为了搏出位,毕竟他每次自杀后,画价就上涨几乎一倍,至于他的小舅子就更不用担心了,他嘴里挑剔但是却很爱财,到时候给他塞点钱就好了。"

马可爱扫视了众人一圈后说:"我认为还是小心为好,总之他住在这里的三天,大家提醒各部门员工多注意于秋柏,这三天千万不要让他在酒店里出意外!也不要让他小舅子找到任何把柄,预订那边去说一下,房间预订时出现错误,要重新安排房间给于先生,安排低楼层的,还有,要客房部把于先生房间里的尖锐物品全部拿走,通知餐饮部,为于先生送餐时不要出现刀叉这些金属物品。"

众部门总监敷衍地应了一句,明显没有一人把她的话放在心上,她有一种深深的无力感。

她觉得这个局面无论如何也要想办法改变,现在只能继续寄希望于夏雨行了。

她走出去后，杨力刚好来找夏雨行，两人正在商量着什么，她看着他们两人说："给你们两个一个任务，从现在开始，二十四小时盯着于秋柏。"

"啊？"杨力和夏雨行都愣了一下。

夏雨行轻咳一声说："马总，你会不会太紧张了，我觉得没有那个必要，开会的时候他们都说了，他虽然每年都自杀，但那只是他们团队的营销手段罢了。"

马可爱沉声说："有没有必要你别管，反正记住你们的任务就好。还有，你们要想办法在不违反酒店规定的同时进入他的房间查看究竟。"

"啊！"杨力和夏雨行互看了一眼，"这个不好吧！"

马可爱眼睛微微一眯："如果你们能查到他为什么要自杀，奖金翻倍！"

杨力和夏雨行喜出望外："啊！"

马可爱笑眯眯地看向两人："所以，他住在酒店的这三天里，绝对不能死！如果他死了，你们也不用活着来见我了！"

夏雨行吓了一大跳："不是，马总，你这是什么意思啊？"

"字面上的意思。"马可爱看着他一本正经地说，"于秋柏从哪里跳下去，你们也从哪里跳下去，他拿哪把刀插胸口，你们也拿哪把刀插胸口！"

杨力一把抱着夏雨行："哥，好血腥！"

夏雨行哆嗦了一下说："这个有点过分了！"

马可爱扫了两人一眼："总而言之一句话，我不管你们用什么手段，酒店里绝不允许客人自杀！"

夏雨行哆嗦了一下："我总算明白了'世上最可怕的生物是女人'这句话的真谛！"

马可爱冷哼一声说："还有更可怕的要不要试试？"

夏雨行和杨力立即狂摇头，马可爱皮笑肉不笑地说："既然你们不想试，那还不赶紧去做事？"

夏雨行忙说："现在就去！"

说完他拉着杨力往楼下走，杨力轻声问："哥，怎么办？"

"能怎么办？凉拌！"夏雨行没好气地说，他见杨力还在那里发愣，瞪了杨力一眼，"走啦！去守着于秋柏吧！"

杨力哭丧着脸着说："我们一个是总裁第一助理，一个是客房部主管，这样去盯人好苦逼！"

夏雨行对马可爱这样的安排也有些无奈，只是跟在她身边做了这么久的事了，也清楚她的性格，她看起来身娇体软易推倒，其实又倔又犟又霸道，还说一不二！

如果不想被开除的话他就只能听她的安排。

他伸手拍了拍杨力的肩说："我们轮班值吧，你守白天，我守晚上，有什么事情互通消息。"

杨力看着夏雨行说："哥，你从实招来，你这么听老板的话是不是有奸情？"

夏雨行伸手就给了他一记栗暴："奸情？会不会说话？如果我和老板真有什么感情的话，那也是爱情，不是奸情。"

杨力"嘿嘿"笑了起来："老板都大庭广众地抱了你两回了，你们私底下有没有那个啊？"

夏雨行开始没明白他说的那个是什么，看到他挤眉弄眼一脸贱贱的笑容时，才明白过来，他的脸瞬间就红了："瞎说什么了！事关老板的清誉，别乱造谣！走吧，干活去了！"

夏雨行和杨力两人轮班蹲守，守了一天一夜之后没有任何发现，更没有找到进去的机会，倒把两人的眼睛都守成了熊猫眼。

这天晚上，又轮到夏雨行蹲守的时候，他心里有些烦躁，撑了撑眼皮，觉得这样守下去不是事，决定主动出击。他准备去敲于秋柏的门，结果手才伸出去，房被于秋柏打开了，两人差点撞上。

夏雨行正在找理由想要搪塞的时候，于秋柏已经一脸烦躁地问："鹏鹏呢？他怎么没带手机？"

夏雨行立即挤出礼貌的笑容问："于先生，有什么我能帮你的吗？"

于秋柏阴沉着脸说："谁也帮不了我！"

夏雨行的眼睛转了一圈，眼神往房间里飘，他觉得这是个千载难逢的机会，便一脸体贴地说："要不我先进去陪陪你？"

于秋柏冷着脸不置可否，却转身进了房。

夏雨行当他默认了，忙跟了进去，他内心窃喜，早知道这么容易进来，他就不在外面蹲那么久了。

第21章 刻意为难

夏雨行进去后却被屋子里的场景吓到了：四周全部都是扔得乱七八糟的图纸和颜料，散落着刀片和被刀片割破的画，整个房间简直就像是被拆迁后的现场。

于秋柏暴躁地房间里转了两圈，然后有些暴躁地吼："不行！通通都不行，没有一个是我想要的！"

他扭过头瞪着夏雨行问："你知道吗？"

夏雨行哪里知道他问的是什么，便一头雾水地说："知道……"

他后两个字"什么"还没有说出口，于秋柏已经一脸狂躁地怒吼打断他的话："知道？你知道什么？你什么都不知道！没有人知道！"

说完他拿起桌上的餐刀对着夏雨行："现在的人根本就不懂什么是艺术，根本就不懂我的画！他们只知道钱、门票、利益和高价！哈哈哈哈……没有人懂我的画！"

夏雨行被于秋柏的举动吓得半死，他这哪里是要自杀，摆明了是要杀人！

他忙说："于先生，请冷静！"

他嘴里说着话，脚下没闲着，飞快地走到门边，拉开门就跑，他在门外还听到于秋柏在那里拍着门大吼："没有人懂！没有人！"

夏雨行抚着心口直喘气，妈啊！这于秋柏太可怕了！

他气喘吁吁地跑进马可爱的办公室说："马总，于秋柏真的不正常！"

马可爱皱眉，夏雨行立即把刚才发生的事情说了一遍，她听完后想了想对他说："你跟我来。"

夏雨行不知道她要干吗，一头雾水地跟了过去，他见她上了天台，他在心里默喜，她该不会是想和他约会吧？一想到这里，他顿时心花怒放。

事实证明，他想得有点多，上到天台之后马可爱抓住他的手就一顿狂摇，这架势和约会一毛钱的关系也没有，他忍不住问："马总，你这是干吗？"

马可爱摇得更加厉害了，问："于秋柏刚才有这样摇你吗？"

她看着瘦弱，力气却不小，他被摇得七荤八素，忙说："没有！别摇了，我头晕！"

马可爱把他重重一推，他一个不稳就摔倒在天台的边上，她对他勾了勾手示意他过来："然后他就像刚才这样推开了你，你就抱住了他，就像这样！"

说完她一把抱住了夏雨行，把他的手搭在自己的腰上，他原本断了的想入非非的念头又开始在心里生根发芽，脸瞬间红到了耳朵根。

他忍不住朝马可爱看去，她精致的五官此时满脸认真，她这么专注地看着他，他不由得想："她该不会真的是喜欢我吧？"

一想到这个可能，他顿时心跳如鼓。

马可爱不过是拉着他演练上次和于秋柏握手时看到的场景，此时见他半天不说话，脸红得像煮熟的大虾，眼神还怪怪的，便皱眉问他："刚才屋子里是不是这样？"

夏雨行听她这么说才明白她不是那个意思，他也回过神来了："不是！他只是一个人在那里拿着刀乱吼乱叫！"

马可爱一脸的不解。

正在此时，杨力过来了，看到两人抱在一起忙捂着眼睛转过身说："我什么都没看见！"

马可爱这才意识到她和夏雨行靠得太近了，立即把他松开，然后一脸淡定地问杨力："你是来找我的吗？发生什么事了？"

杨力忙回答："鹏鹏打了客房部的小鱼，还要求她道歉！"

"我们下去看看。"马可爱抬脚往下走。

夏雨行经过杨力身边的时候，杨力用肩撞了他一下，再朝他挤眼睛，用口型说："哥，有你的啊！"

夏雨行此时已经大概猜得出来马可爱喊他上天台和约会没有关系，但是真正用意他也没想明白。

他自己还一头雾水，哪有心思理会杨力，当下跟着马可爱去了于秋柏的房间。

门没有关，他们在走廊里就听见鹏鹏在怒吼："居然还强词夺理！我没挂请勿打扰,但是也没有挂请立即打扫啊!"

马可爱和夏雨行对视了一眼,然后快步走进了房间,他们怕吵到其他客人,进来后立即关上了房门。

马可爱一进去,就看见鹏鹏盛气凌人地指着小鱼在骂,小鱼额头上有个又红又肿的大包,此时正委屈无比地站在角落里。

鹏鹏一看到他们进来,声音立即提高了八度:"你们看看,这就是你们的员工,素质真的是太低了!"

夏雨行轻声问小鱼:"到底发生了什么事情?"

小鱼还没有回答,鹏鹏的声音简直飙到天际:"发生了什么事情?你还好意思问!她不按门铃就直接进了房间,还未经客人同意,就私自动了客人的东西!还有,于先生刚睡着他非常怕打扰,她居然就这样直接闯了进来!你们酒店员工的素质都被狗吃了吗?员工上岗没经过培训吗?"

小鱼委屈地说:"我没有乱动客人的东西,我只是打扫的时候看到外面洗手台有个盒子在台面的边缘,才想去摆好……"

马可爱打断她的话:"不管出于什么原因,你都不能打扰到客人,道歉!"

小鱼的眼里满是委屈,马可爱看着她说:"小鱼,道歉!"

小鱼虽心有不甘,但此时不得不低头,只得眼泪汪汪地对鹏鹏鞠了个躬说:"对不起!"

鹏鹏趾高气扬地说:"一句对不起哪里够!马总,不是我说,你们酒店服务员的素质实在是太低了,必须狠狠处罚才能让他们长记性!"

马可爱发自内心厌恶他这副做派,只是她心里清楚,她作为公司的管理层,此时绝不能和他正面起冲突,于是她面色平静地说:"当然,按照规定我们会在员工会议上点名批评,并且扣除全年奖金。"

听到这个结果小鱼小声地哭了,马可爱在心里叹气,却面无表心情地对她说:"你先出去,自己去主管那里说明情况。"

小鱼咬紧嘴唇,转身走了出去。

马可爱看着鹏鹏:"不知道这样的处理是否让您满意?"

第22章 定有奥秘

鹏鹏的眼睛一斜，轻哼一声："马马虎虎吧！不过我这个人很大度，这次就算了！好了，你们可以走了。"

说到这里他故意把音调放低一点，脸上的表情却更拽了："你们出去的时候小声点，于先生在睡觉，他最怕被打扰。"

夏雨行看到他的那副嘴脸恨不得上去抽他一顿，杨力伸手拉住他，轻声说："别冲动。"

马可爱面无表情地朝鹏鹏点了点头也走了出来。

在门关上的那一刻，马可爱脸上露出了怒意。虽然她跟着妈妈打理过酒店，也遇到过形形色色的人，但是恶劣到鹏鹏这程度的还真不多。

夏雨行跟着马可爱回到办公室后，再也忍不住了："那个鹏鹏根本就是欺人太甚，他说于秋柏怕吵，但是刚才他比谁都大声！还有，你这样的处理对小鱼很不公平！又是道歉又是扣钱，她这半年都白干了！"

这些年他经常兼职好几份工作，遇到渣老板的时候也被扣过工资扣过奖金，所以他此时无比同情小鱼，如果他不是酒店的员工的话，就刚才鹏鹏那副德行，他分分钟把鹏鹏打成猪头！

马可爱比他要冷静得多："对小鱼的处理是按照公司的规定来，她的确有做错的地方，她的事我会私底下补偿。"

夏雨行对于她的处理有些意外，她好像和他之前见到的那些老板都不一样，他心里有些触动，气顿时也就消了，忍不住夸她："你真是个不错的老板。"

第22章 定有奥秘

马可爱却没理他,而是若有所思地说:"你有没有觉得鹏鹏今天的反应太大?"

夏雨行仔细回想刚才发生的一切,立即就抓住了关键点:"盒子!洗手台上的盒子!"

他这么一提醒,马可爱也想了起来,小鱼说到盒子的时候鹏鹏似乎比之前更加紧张,还下意识地往盒子的方向瞟了一眼。

"那个盒子会有什么秘密呢?"马可爱若有所思地说,"为什么鹏鹏听到那个盒子会那么紧张?"

夏雨行摊了摊手:"不知道,但是那个盒子里一定有什么秘密。"

对于他的这个说法,马可爱是赞同的:"也许解开了盒子的秘密就能解开秋柏连续三年自杀的秘密,只是要怎样才能解开盒子的秘密?"

"我有个主意。"夏雨行的嘴角微微上扬,看着马可爱说,"就看马总敢不敢做了。"

马可爱每次看到他露出这副坏笑的样子就觉得心里不安,这小子有时候还挺邪门,只是她又实在好奇他有什么解决的方法,便问他:"什么主意?"

夏雨行在她的耳边说了几句话,马可爱皱眉:"不行!这样违反了酒店的规定!"

夏雨行轻笑一声后看着她说:"我们中国有句话,上有政策,下有对策,你也知道,他们连吃饭都不出门,你就说你干不干吧?"

马可爱有些纠结,这小子的胆子也太大了吧,只是似乎除此之外并没有更好的办法,她犹豫了一下,最后咬着牙说:"只此一次,下不为例!"

夏雨行微微一笑:"好,不过这事还需要杨力和孙倩的配合,我一会儿去找一下他们。"

说完他开开心心地走了出去,马可爱看到他这副样子忍不住摸了摸鼻子,不就是去找破解盒子的秘密吗,他至于这么高兴吗?

她此时有些怀疑,他制订的那个计划根本就不是要破解什么盒子的秘密,而是要去修理鹏鹏。

这边的事情赵青峰一直时刻关注着,他在知道小鱼被打,还被马可爱处罚之后,觉得这是一个极好的机会,于是找来了许晨,在他的耳边交代了几句,许晨点头:"我知道要怎么做了。"

第二天,关于小鱼被打和道歉的事情就在酒店员工之中传了个遍,因为有人暗中推波助澜,小鱼被打的事情被添油加醋说得非常严重,同时马可爱也被丑化成了万

恶的压榨员工的资本家。

整个酒店四处都是这样的议论声："听说小鱼被打了，还来上班，也真是的……"

"自己被打了，还写了道歉信，可怜。"

"唉，听说小鱼不但写了道歉信，还被马总罚了一年的奖金，扣了一个月的工资！"

"马总真狠！这事小鱼又有什么错？我们以后工作可得小心一点，千万别被抓住错处，要不然工资只怕全被扣光。"

赵青峰对于这一切非常满意，先打电话表扬了一下许晨，然后又拨通了一个号码："小鱼被打事件我已经让人添油加醋地传遍了公司，人心惶惶的效果达到了！"

电话里的声音相当低沉："很好，接下来你不需要做什么，静观其变就好了。"

赵青峰忙点头称是。

就在酒店里关于小鱼的传言传得沸沸扬扬的时候，夏雨行"破解盒子秘密"的行动，已经正式开启。

杨力点头哈腰地把鹏鹏请出了于秋柏的房间："画展场地那边已经布置得差不多了，就等您去拍板了，这边请！"

鹏鹏一脸嘚瑟地说："不是我吹，于先生要是没有我，他什么事都做不成。"

杨力拍鹏鹏的马屁："那是，您人长得帅，皮肤好，能力强，我羡慕得不得了！"

他的耳机里传来夏雨行的声音："你这种违心的话听着可真恶心，但是我现在就需要你这样的！好了，继续施展你的拍马屁功法，拖久一点！"

杨力轻声说："收到。"

鹏鹏才一走，马可爱就过来敲开了于秋柏的房间："于先生，我们酒店安排了一次关于您的专访，这件事情鹏鹏应该跟您说了吧？"

于秋柏点头，马可爱微笑着说："我们已经安排好了，采访的地点在餐厅，这边请！"

于秋柏并不愿意和人打交道，只是这事鹏鹏已经安排好了，他便皱着眉跟着她走了出去。

他们一走，孙倩和夏雨行立即就进了房，夏雨行的计划是杨力支开鹏鹏，马可爱支开于秋柏，他和孙倩来房间里找盒子。

第23章 曾经天才

两人找完套间的客厅没有收获,对视一眼后夏雨行决定到里间去找,只是他才一进去,就听到外边大门的门锁被刷开的声音,他在心里骂了一句,忙钻进了柜子里。

门被打开,是许晨,孙倩看到他愣了一下,他看见孙倩也有些意外:"你怎么亲自打扫?"

这个问题不好回答,孙倩忙笑着岔开话题:"你怎么来了?手上还有这么多的东西?"

许晨回答:"于太太来了,这些东西是她让我拎上来的,让我帮忙把包装袋拆了。"

"我反正要打扫,就由我来帮你拆好了,你去忙你的吧!"孙倩满脸微笑,心里却有些发蒙,这个许晨,什么时候来不好,偏偏这个时候来,他要是一直在这里,今天的计划就要泡汤了!

正在此时,众人的耳机里传来马可爱的声音:"鹏鹏只给于秋柏安排十五分钟的采访时间,你们抓紧了,如果今天失败了,厨房里的调料你们就每样都喝光,一滴都不许剩!"

孙倩、杨力和夏雨行集体打了个哆嗦。

许晨笑着说:"那怎么行,你也挺忙的,哪能让你帮我拆,我们一起拆吧!"

孙倩知道许晨要是一直待在这里,今天的计划铁定泡汤!她可不想喝调料!

她深吸一口气后心里就有了决定,立即微笑着对许晨抛了一记媚眼,然后主动挽着他的手说:"我突然想起我有很重要的话对你说,走,我们出去说!"

许晨看到她的样子愣了一下，他不是杨力的女朋友吗？怎么对他这样？难道她喜欢他？

孙倩才不管他此时心里是怎么想的，趁着他愣神之际一把把他拉了出去。

夏雨行听到关门的声音松了一口气，忙从柜子里钻了出来，出来的时候带倒了一些衣服，露出了衣服下面的小箱子，正是他们要找的那个。

耳机里传来一阵沙沙声，好一会儿后沙沙声才消失，杨力抱怨了一句．"鹏鹏那个孙子一直打电话干扰我，吵得我头都疼了！对了，东西你找到了吗？"

"找到了。"夏雨行回答，他拿起盒子仔细看了一眼，"呃，小盒子上有密码，还是电子密码！"

马可爱的声音传来："你只有十分钟了。"

夏雨行头大："马总，你能不能有点良心？十分钟……六位密码有一百万种排列组合……"

马可爱的声音低了些："九分五十秒。"

夏雨行忙说："行了，行了，我现在马上开始！"

他拿出手机，打开编程页面，手指如飞般在上面快速敲着，一行行代码在手机屏幕上滑过。

用手机编程破解密码的本事是他自学的，他读书的时候其实是真正的学霸，每次考试都是年级第一，只是家庭的负担让他不得不放弃上大学的机会。

但他虽然没能上大学，却报了自考，这些年来一直在努力学习，每天工作之余都努力给自己充电。

这种程度的解码只要时间给够，难度不大，只是他还没有试过在十分钟之内破解这样的密码，所以此时必须集中精力。

马可爱那边，采访进行得并不顺利，于秋柏并不配合采访，全程都不在状态，几乎就不说话。

采访他的记者想尽办法调动气氛都没什么效果，在主持人问了第三个问题后，他突然站起来："外面阳光太大，我不舒服，我要先回去了。"

他说完抬腿就走，守在一旁的马可爱忙追上去说："于先生，你身体不舒服的话，我带你去我们的医疗中心，或者帮你叫个私人医生？"

于秋柏根本就不理她，她又说："很抱歉让您受累了，我们酒店的按摩和SPA都有舒缓精神的作用，不如我带您去试试？"

　　于秋柏一言不发地径直往电梯方向走，马可爱还想再拖延一下时间。

　　恰在此时，电梯停下，从中走出酒店的一个老客户肖紫琪，她一看到马可爱就笑了："咦，这不是马总嘛，我听说你是从泰国回来的，你的品位肯定很好，走走走，陪我买衣服去！"

　　说完她直接就拉住了马可爱的胳膊笑着说："你们酒店其他工作人员的品位真的不怎么样，每次陪我买的我都不喜欢。"

　　"可是，我还有事！"马可笑着说。

　　肖紫琪看着她说："你们酒店说什么来着？不对客人说不！"

　　马可爱："……"

　　电梯门此时已经关上，于秋柏坐着电梯上楼了，她此时就算是想去拦他也来不及了，只能在心里默默地祈祷夏雨行能在于秋柏回房间之前破解密码找出盒子的秘密。

　　此时既然已经来不及阻拦，那就不能再得罪肖紫琪这个客户了，于是她挤出一抹微笑："好的，我陪你去逛街！"

　　她默默地在脑中搜罗了一下关于肖紫琪的资料：肖紫琪，富二代，本来订了三天的房，结果不知道什么原因要求无限期续房，短住改长包不说，还每天都去购物，找各种人陪同。

　　这客户简直让人头疼！她默默地扯下耳麦。

　　而杨力在画展那边跟在鹏鹏的身后，鹏鹏各种挑剔，杨力各种小心应付，不时地点头哈腰，被折腾得身心疲惫。

　　杨力在看一个布置的时候有些无聊地往旁边看了一眼，不经意间就看见孙倩和许晨拉拉扯扯地走了过来。

　　他以为自己看错了，伸手揉了一下眼睛，再定睛一看，那可不就是孙倩和许晨吗？

　　他的血立即往脑门上冲，哪里还记得夏雨行交代的任务，耳机一扯就朝两人的方向奔去："干吗呢？干吗呢？"

　　鹏鹏正在那里口若悬河地讲着画展的布置，一扭头见杨力已经跑远了，他一脸

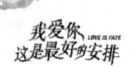

的莫名其妙:"喂,你给我回来!"

杨力此时哪有心情理会他,他一脸不开心地说:"浑蛋,居然敢晾我!看我不投诉你!"

说完他黑着脸往房间的方向走。

夏雨行从耳机里听到这些事情只觉得糟心无比,这几个人没一个靠谱的,他在耳麦里喊了几声,居然没有一个人应答。

第24章 猪队友

夏雨行一边叹气一边手下不停地输着代码:"不怕敌人如虎,就怕队友如猪!关键时刻没一个靠谱!"

他嘴里说着话,手下却没停,"叮"的一声,密码被解开了,他顿时大喜,忙把盒子打开,里面的东西很简单,有几个格子放满了药,还有一个格子里放着一部手机。

他先看了一下药,再把手机拿起来一看,没有插卡,他在里面找了找,找到了一堆尺度很大的照片,还有一个视频。他才一点开,就听到里面传来"嗯嗯啊啊"的声音,居然是个尺度更大的视频!

照片和视频的男主角都是鹏鹏,女主角他不认识。

他撇了撇嘴:"鹏鹏果然是个色狼,做这种事情还拍视频,真是太恶心了!"

正在此时,他听到门口传来刷门卡的声音。

他知道不管此时进来的是于秋柏还是鹏鹏,他都会有天大的麻烦,一个不好,就会步小鱼的后尘,他可还盼着发工资给养父治病!

怎么办?怎么办?他告诉自己越是在这个时候越是要冷静,一道灵光闪进他的脑海。他赶紧把手机放回去再关上小盒子,飞快地进了外面客房,再拿起一旁的餐刀架在了自己的脖子上。

进来的是于秋柏,他看到夏雨行的样子大吃一惊,问:"你要做什么?"

夏雨行一见是他暗暗松了一口气,他比鹏鹏要好搞定得多,他突然想起昨天于秋柏的话,心里就有了计较,他大声说:"于先生,我也觉得这个世界没有人理解我,没有人欣赏我的才华!我也不明白这个世界到底怎么了!更不知道活着的意义!"

于秋柏愣了一下后说:"冷静,你冷静一点!"

夏雨行一脸悲愤地说:"我对这个看钱的世界已经绝望,只有死亡才是最后的归宿!"

说完他拿起刀对准自己的胸口就要刺,于秋柏忙冲过去拉着他说:"等等!你这样死会很痛也没有价值!"

夏雨行再次暗暗松了一口气,趁机放下刀子,茫然地看着他问:"价值?"

于秋柏点头向他传授经验,一脸神秘地对他说:"死多么容易,但是死要死得有价值,要让天下人都知道我们生得卑微,但是死得伟大!"

夏雨行咽了咽口水,他对于秋柏的这个脑回路也是佩服的:"啊?"

于秋柏拉着他坐下:"自杀这事我比你有经验,如果你真想死,不如我们两个一起策划一下怎么样?就在这家酒店里,选一个风景好人又多的地方!或者就这间套房怎么样?这间是超级豪华房,也算死得其所。"

夏雨行打了个哆嗦,却装出一脸受教的样子说:"于先生,我觉得您的话太有道理了!那个,改天咱们再交流,我突然想起来还要回家喂一下可怜的仓鼠,它是无辜的,我要为它做好善后工作。"

他说完就站起来往门口走,于秋柏在他的身后阴沉沉地说:"小伙子,我等你!"

夏雨行腿抖了一下,打开门头也不回地走了,他这都遇到了什么人!真是够了!

下午马可爱陪肖紫琪逛街回来,手上大包小包地拎了一大堆,夏雨行看到后嘴角抽了抽,忙过来问:"请问有什么需要我帮忙的吗?"

恰好此时一个名叫白岩的礼宾从旁边经过,肖紫琪立即说:"他长得比较帅,我要他帮我拎!"

夏雨行摸了摸鼻子,白岩一言不发地接了肖紫琪和马可爱手里所有的购物袋,然后跟着上了楼。

马可爱带着夏雨行回到办公室后没形象地躺在沙发上说:"累死我了!我真的怀疑我以前逛的都是假街!"

夏雨行看到她的样子不厚道地笑了,很不给面子地说:"谁让你抛下我一个人,这是老天爷对你惩罚。"

马可爱此时没心情跟他斗嘴,直接问他:"我走后你这边怎么样?有没有什么发现?"

"有我出马,哪有搞不定的事情!"夏雨行立即眉飞色舞地把今天打开盒子之后的发现细细地说给马可爱听。

第24章 猪队友

马可爱皱眉："你这个不算是破解盒子的秘密，鹏鹏好色是人尽皆知的事情，至于盒子里的药，也只是治抑郁症的药，并没有什么特别之处。"

夏雨行摇头："如果只是这样的话，在小鱼碰到盒子的时候，鹏鹏为什么会那么紧张？"

马可爱觉得他说得有道理，只是这些药、香艳的视频和于秋柏之间又有什么联系？

正在此时，杨力兴冲冲地跑了过来："马总，好消息，好消息！于秋柏晕倒了，鹏鹏把他送到医院去了！他们一走，以后不管发生什么事情，就跟我们酒店无关了！"

马可爱松了一口气，但是心里的不安却没有散去，她忙问："于秋柏在哪家医院？他在我们酒店病倒，我们要过去探望的。"

"不知道。"杨力摊手说，"鹏鹏没告诉我们。"

马可爱看了一眼杨力和夏雨行的黑眼圈，觉得他们也尽力了，便说："好了，于秋柏的事情也算是告一段落了，这几天你们也辛苦了，给你们放一天假吧！"

杨力和夏雨行转身互击了一掌："太棒了！"

马可爱看到两人的样子不由得失笑。

夏雨行难得有一天的假期，想起养父的药也快吃完了，决定去医院给养父拿药。

他到医院后看到一个打扮妖娆的女人从里面走了出来，女人看起来非常眼熟，似乎在哪里见过一般。

他心里生出疑惑，忍不住又看了那个女人一眼，然后吓了一大跳，因为他已经认出那个女人就是盒子里手机照片以及视频的女主角。

他对那女人的身份有着十二分的好奇，于是进到医生办公室里后脑中灵光一闪直接问了句："刚才从你这里出来的那个女人是于先生的家属吗？"

医生和他很熟，随口答了句："是啊，是于先生的太太。"

医生答完后才想起不对，问他："你认识于先生？"

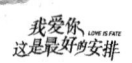

第25章 复杂关系

夏雨行此时心里有一万匹神兽奔腾而过，打了个哈哈说："于先生是知名画家，我曾经看过他的采访。"

医生听他这么一说也就没有再追问，帮他开了一些他养父常用的药。

夏雨行从医生办公室出来之后，心情迟迟难以平静。

他想起鹏鹏除了是秋柏的助理外，对外还宣称是于秋柏的小舅子，如果鹏鹏真的是于秋柏的小舅子的话，那么那个女人就是鹏鹏的姐姐，这怎么可能？

他思来想去，觉得鹏鹏是于秋柏小舅子的事情只怕是个幌子！这里面一定有阴谋！

他在心里把三人的关系仔细捋了一遍，推断出一个最可能的答案，他默默地在心里同情于秋柏一秒钟，这位仁兄还真是被绿得彻底！

夏雨行匆匆给养父送完药之后就赶回酒店，直接冲进了马可爱的办公室，气喘吁吁地说："我现在同意你说于秋柏要自杀的想法，鹏鹏可能根本就不是秋柏的小舅子！"

马可爱立即站了起来："你有什么发现？慢慢说！"

夏雨行把于秋柏妻子是鹏鹏拍下的艳照女主的事情说了一遍，马可爱的眉头皱了起来："你确定那位女士就是艳照里的女主？"

"非常确定！"夏雨行肯定地说。

马可爱的手机响了起来，她接通后点了一下头："知道了，谢谢。"

她挂掉电话后对夏雨行说："前台打来的，说于秋柏一个人回酒店了，但是却没有回房间。他现在人在酒店，但是却不知道具体位置。"

夏雨行顿时就觉得头皮发麻，马可爱眼睛一眯，突然就想起她和于秋柏握手时看到的画面："我知道他在哪里，跟我来！"

说完她大步走了出去，夏雨行忙跟上。

只见她直接上了天台，此时天台上有人，夏雨行定睛一看，于秋柏抬头正呈四十五度角仰望星空。

夏雨行对马可爱比了个大拇指，这都能猜到，厉害了！

马可爱此时却没有一点成就感，她知道接下来会发生什么，不由得满心紧张地对他说："你一会儿无论如何也要想办法抱住他，绝对不能让他在我们酒店跳楼！"

于秋柏听到身后的动静，立即扭过头大声说："你们来做什么？"

马可爱立即满脸堆笑地说："于先生，您别紧张，是这样的，我们酒店原计划在这里举办宴会，虽然临时取消了，但是这里还不对外开放，抱歉不能让您在这里赏月，我们为您准备了全套的水疗服务，全免费！"

于秋柏一看到他们情绪就显得格外激动，他大声喊："水疗？什么水疗？我不需要水疗！你们根本就不明白我，根本就不知道我的痛苦！我已经快疯了！"

他说完似乎想到什么，看着马可爱问："你们说我要是死在五星级酒店里，在市中心坠楼，是不是就能上头版头条？我的画会不会更值钱？"

马可爱愣了一下，夏雨行往前走了一步把马可爱挡在身后，于秋柏此时的情绪太过激动，他怕秋柏伤到马可爱。

于秋柏看着他问："我认识你，你是不是也觉得死才是最大的解脱？"

夏雨行看向于秋柏，见他的眼里满是期盼和认可，他立即想起之前的事情来，一个人如果真的想死的话，有那么多的机会早就死了。

且于秋柏如果是到天台来自杀的话，根本就不可能等到他们过来，所以夏雨行的心里很快就有了一个结论，那就是：于秋柏根本就不想死！

这个结论让夏雨行在心里暗暗松了一大口气，他决定验证一下，于是他大声说："于先生，您说得太对了，您就从这里往下跳，我保证给您拍一百八十张照片，三百六十度无死角地记录下来，让您生是男人，死是男神，您就放心去吧！"

马可爱瞪了他一眼："夏雨行！"

都到这个时候了，他竟然还在添乱！要是于秋柏真的在酒店里出什么意外，她一定让夏雨行好看！

夏雨行摆手示意她不要管，继续对于秋柏说："不过我要提醒你一句，你要是死了，你的画升值了，你没有子女，受益人是你的老婆吧？而她很可能拿着这笔钱和

您的助理、她所谓的弟弟双宿双飞!"

于秋柏听到这句话立即冲到夏雨行的身边,拉着他的手剧烈摇晃起来:"你在说什么?你凭什么这么说!你这是在嘲笑我!"

有些事情自己知道归知道,从别人的嘴里听到却又是另一种感觉。

夏雨行被摇得头晕眼花,用力从于秋柏的手中挣脱出来:"于先生,冷静!"

于秋柏再次跑到护栏边大喊:"为什么?为什么!为什么会这样!"

马可爱怕于秋柏出意外,大声喊:"夏雨行,拦住他!"

夏雨行伸手一把抱住秋柏,于秋柏剧烈挣扎:"放开我,让我跳下去!"

夏雨行扭头时看到了高高的围栏,顿时就淡定了,他松开于秋柏的手笑着说:"这里这么高,我这么强壮都很难翻过去,于先生,要不你翻一下给我看看……"

围栏的高度几乎到于秋柏的下巴,他顺着夏雨行的视线往下看,几十层高的距离,光是这么往下一看他就觉得头晕,他不自觉地往后退了一下,整个人也清醒了些。

他不想死,从来都不想死!只是他每天生活的气氛都格外压抑,让他觉得格外难受,想要把心里的情绪发泄出来。

而他以为的秘密此时也已经被人知晓,所谓爱情,所谓亲情,所谓名利,在生与死的面前又算得了什么?

他站在那里怔怔地发呆,在他上到天台后有那么一丝冲动想要寻死的念头此时也烟消云散。

夏雨行趁机把他带回了安全区域,拍着他的肩说:"就算死亡是唯一的归宿,但是你不也说了嘛,死要死得其所,要死得漂亮,从这里跳下去,只会摔得面目全非,成为一摊烂泥……"

"别说了!"于秋柏打断夏雨行的话,"我不想听这些。"

此时他有些庆幸,好在他刚才没有冲动地跳下去,要不然就真的什么都没有了,而那些别有用心的人却还活得好好的。

夏雨行看着他问:"这个你不听可不行,毕竟你约了我一起死,我们也算是……死友了!我问你,你那天为什么不让我一刀杀了我自己?"

于秋柏沉默,他也不知道那天为什么要拦着夏雨行,可能在他的内心深处,其实对于死亡也是敬畏的。

夏雨行看着他说:"在我看来,其实一刀杀了自己也比这个强,跳楼,我拒绝!再说了,既然要死,我们也要挑个黄道吉日,今天月黑风高,一看就是大凶之日,不适合。"

于秋柏看了眼外面漆黑的天空,轻轻叹了一口气,他知道他可能再也没有勇气去死一次了。

夏雨行问他:"我这一天跑来跑去,现在都还没有吃饭,好饿啊!你饿不饿?要不我们一起下去吃点东西?"

听他这么一说,于秋柏才想起来他今天还没有吃东西,这会儿是真饿了,于是他扭头对马可爱说:"马总,你刚才说送我的水疗服务可不可以换成免费夜宵?"

马可爱站在一旁完全跟不上他们的节奏,听到他这么一问完全愣在那里。

夏雨行笑着说:"要双份VIP豪华大餐,我要和于先生好好交流一下经验。"

说完他拉着于秋柏下了天台,马可爱隔得远了还能听到两人的说话声,这会儿已经变成讨论哪道菜好吃,哪道菜不好吃了。

马可爱双手半抱在胸前,看着两人的背影有些哭笑不得,这件事情她预见了开头,却没能预见结尾。

这样的收场是皆大欢喜,但是不知道为什么,她总觉得夏雨行离开时的样子有些欠抽,心里却又有些莫名的开心,他总能用一些出乎意料的手段来解决难题。

夏雨行安抚好于秋柏之后就回了家,却发现他根本就睡不着,总在想晚上发生的事情。

第二天一早,夏雨行就来找马可爱商量如何彻底解决于秋柏的事情:"虽然现在于秋柏暂时打消了自杀的念头,但是这几年来他一想自杀就往我们酒店跑,都成习惯了,这样下去迟早会出事,所以我想做点什么让他彻底断了自杀的念头。"

"你分析得没错。"马可爱似笑非笑地看着他,"你来找我,应该是已经想到解决的方法了。"

"于秋柏想要自杀的根源应该来自鹏鹏,把他解决了这件事情也就解决了。"夏雨行两眼发光地说。

马可爱昨晚也在想这件事情,两人算是想到一块去了,她问他:"你想怎么做?"

夏雨行伸手捏了捏拳,轻声一声说:"当然是好好收拾他,然后再教他怎么做人。"

马可爱虽然也想这么做,但她是酒店的管理者,不能像他那么随性,当即冷声说:"你可别乱来,不许违反酒店的规定!"

夏雨行嘴角微微勾起,一脸自信地说:"老板大人尽管放心,我是个有原则有素养有品德、智商情商都在线的好员工,我在这里向你保证,绝对不会违反酒店的规定,却能让那个人渣恨不得没有来到这个世界,你就等着看好戏吧!"

马可爱看着他自信满满又有些坏坏的样子轻轻挑眉,他已经连着给了她好几次惊喜了,看似平凡却机智聪明,她还真有些好奇他会用什么样的方法来解决鹏鹏的事情。

只是该说的话她还得说:"再次告诫你,绝对不能触犯酒店的规定,否则你会被立刻开除!"

"放心吧!"夏雨行轻笑一声,"我绝对不会给你开除我的机会!"

夏雨行离开马可爱的办公室后,就着手安排一系列的事情。

安排好一切后,夏雨行通过于秋柏填写的紧急联络人名单找到于秋柏妻子金莎的电话,说于秋柏又回了酒店,请她过来一趟。

金莎来到酒店后，夏雨行立即迎上去了说："于太太，真抱歉，我们也是找了很久才找到您的联络方式，现在才通知您于先生在酒店。"

金莎面无表情地问："他现在怎么样？"

夏雨行忙回答："于先生的状态看起来不太好，又试图自杀。"

他说这句话的时候一直在观察金莎的表情，如果金莎的脸上有所担心的话，他将会调整后续环节的进展。但是让他失望的是，金莎听到这件事情脸上没有半点担心的表情，反而还有些不耐烦，甚至还低声说了句："死了那么多次居然还没有死成。"

这句话声音很小很小，如果不是夏雨行格外关注根本就听不见。

也正是因为这句话，完全印证了夏雨行之前的猜测，对她也生出了三分鄙夷，再在心里同情了于秋柏十秒钟。

说话间，两人已经到了房间门口，夏雨行用卡刷开了房门。

房门一打开，香艳的一幕映入眼帘：鹏鹏把一个身材妖娆的女孩压在沙发上上下其手，表情淫邪无比，裤子的拉链已经拉开。

开门的动作同时也惊到了房间里的那对男女，女孩子一见他们进来，立即把鹏鹏推开，一边哭一边说："他要强暴我！我要报警！"

夏雨行为女孩点了个赞，这个女孩是个演员，是他找来勾引鹏鹏的，演技还真不错。当然，这个时间他也拿捏得很不错。

金莎怒不可遏，冲到鹏鹏面前就给了他一巴掌，怒骂："下贱！"

鹏鹏没料到房门会在这个时候打开，更没料到金莎会来。他狠狠地瞪了夏雨行一眼，夏雨行回了他一记意味深长的微笑。

鹏鹏此时也顾不得夏雨行，安抚金莎要紧，忙说："不是，莎莎你听我说，是她勾引我的，我怎么可能会做这种事！"

"我不管你是强暴还是勾引，刚才的事情我看得清楚明白，你要是不愿意能做出那样的事情来！我对你一片真心，你怎么能这样对我！"金莎气得胸口上下起伏，扬手又打了鹏鹏一巴掌。

第27章 渣男渣女

鹏鹏连着被打，顿时也火了："够了！金莎，你别以为你有多高贵！你对我一片真心？开什么玩笑，你这样的女人能有什么真心！你自己耐不住寂寞出来找男人，还让我冒充你弟弟，随时待在你的身边，还不是为了满足你的需要！"

金莎没想到他会这么说，当即气愤地伸手指着他："你……"

"你什么你！"鹏鹏冷笑，"我怎么了？我们本来就是不正当关系，你背叛了于秋柏勾引我，自己就是个浪荡的贱货，难不成你还想让我为你守身如玉？"

金莎没料到他的话说得如此恶毒，她气得直落泪："你怎么能这样说我！我们明明很恩爱的，你还说要和我结婚，然后和我一起去泰国偏僻的地方躲起来……"

两人的关系原本就是见不得光的，那些阴私的事情里有太多的污秽和不堪，一旦撕开恩爱的表象，所有的美好都不在，只余下丑陋。

"拜托！"鹏鹏的眼里满是不屑，"大姐，你比我大五岁！能不能不要这么玛丽苏！说得跟真爱一样，就你这种水性杨花的女人，哪会有什么真爱？还不是于秋柏性无能，满足不了你，你才来找的我！说到底你这种女人是谁能满足你你就在谁的床上！"

金莎愣了一下，一脸难以置信看着鹏鹏说："你说什么？秋柏的事我从来没有对你说过，你怎么会知道？"

鹏鹏自知失言，这件事情还真没法解释，他心里烦躁，平时也没少在外面偷腥，只是他一直瞒得很好，今天怎么会被金莎撞见？

他微微皱眉，看向夏雨行，这该不会是夏雨行的圈套吧？

夏雨行见他看过来，眼里透出冷意，缓缓地说："这事由我来替鹏鹏解释吧，因为他故意说于先生有抑郁症并且答应为他秘密医治和隐瞒,可是这种非常少见的抗严重抑郁的药,吃多了,就会造成男性性功能障碍。"

"你胡说八道!"鹏鹏大声说,"没有的事!"

夏雨行却并不理他,继续对金莎说:"鹏鹏做完这些后再来勾引你,目前看来,你也是个意志不坚定的,很轻易就被他勾走了,并被他成功洗脑,在他对你抛出爱情和结婚这两点后,你彻底沦陷。"

金莎的脸一白,夏雨行对于两人的关系猜了个八九不离十,她扭头朝鹏鹏看去,鹏鹏忙说:"莎莎,你别听他胡说八道,事情不是这样的!我对你是真心的!"

以前他说这话金莎是信的,可是今天她先是目睹了他和女孩香艳的画面,紧接着是他的翻脸,她又不傻,还有什么不明白?

夏雨行接着说:"这件事情,于先生才是真正的受害者,这些年来,你们两个为于先生制造越来越压抑的生活,企图让他自杀,可因为于先生并不是发自内心地想死,所以几年都没有成功,一旦成功,于先生父母双亡,没有孩子,遗产自然都是妻子金莎的,而且又不犯法。这样一来,于夫人拿到所有遗产后,鹏鹏你再骗到她手里的钱,就成了终极大BOSS。"

说到这里他为这件事情做了总结:"所以,于夫人,你被利用了!"

说完他把门拉开,马可爱和杨力陪着于秋柏站在门外。

金莎看到于秋柏的时候整个人愣在那里,她只觉得脑子里"嗡"的一声响,刚才的话于秋柏肯定全听见了!

她紧张地说:"秋柏,我……我也是被人利用的……"

"算了吧,于夫人。"夏雨行打断她的话,"你如果只是被利用出轨也就算了,但是你和鹏鹏合谋要逼死于先生,就别再喊冤了。"

的确,刚才的话于秋柏全听见了。

事实上,在夏雨行带着金莎进到房间并关上门之后,马可爱和杨力就已经带着于秋柏到了门外。

于秋柏看着金莎,他忍不住轻叹了一口气,这些年来她和鹏鹏的事情于秋柏其实一直是知道的。只是因为自己在那方面有所欠缺,所以也就一直睁只眼闭只眼,却没料到事情的真相竟是如此!

曾经最爱他的妻子竟然要杀他!

他轻轻扭过头不愿意看她,缓缓地说:"其实我之前就有所察觉,只是不知道……"

说到这里他睁开眼睛怒瞪着鹏鹏："这一切都是你的阴谋！这些年来，我自问待你不差，你为什么要这样对我？"

鹏鹏看到一切被揭穿，心里恼怒至极，当下冷冷地说："你对我好个屁！这些年来你不过是把我当下人在用，平时对我呼来喝去，没有半点尊重！还有，你除了会画画，你还会做什么？吃个鱼都不会，每次都让我帮你挑鱼刺，你就是个不折不扣的废物！还有，药的事情就算是我的阴谋，但是你有抑郁症也是事实！"

"是事实。"夏雨行对他的厚颜无耻极度鄙视，冷着声说，"但是于先生的病还不需要用到那样的药。"

"我身为助理为他求最好的药难道还有错吗？"鹏鹏凶巴巴地说，"你们没有任何证据证明我要害于秋柏！"

夏雨行拿起手机晃了晃："我们是没有证据，但是刚才你们吵架的事情我都录了下来，这些足够让你这个人渣身败名裂！你辞职吧，最好别想着报复，要不然我手一抖就传到了网上……"

金莎忍不住打断："别……"

鹏鹏一惊想来抢夏雨行的手机，杨力立即站在夏雨行身前，鹏鹏指着夏雨行说："你要是敢把这些视频放到网上，我就立即举报于秋柏偷税漏税！"

夏雨行微笑着说："这样啊，听起来好像挺可怕的！"

鹏鹏眼神复杂地看着他，对于他的话鹏鹏此时已经不敢信了，鹏鹏实在是想不明白，这些事情夏雨行是怎么推断出来的！

于秋柏拉了拉夏雨行的袖子说："我一向依法行事，没有偷税漏税！"

夏雨行朝他一笑："我相信你。"

于秋柏有些不解地看着夏雨行,鹏鹏趁机再次来抢夏雨行的手机,夏雨行往旁边躲了一下,手似乎抖了一下:"哎呀,手不自觉地抖了一下,把刚才的视频传到网上了,鹏鹏先生,刚才让你不要抢手机你不听,这会儿都传上去了,真的是太抱歉了!你一个大老爷儿们,做事怎么能这么毛躁呢?所以这事你不能怨我,要怨就怨你自己!"

鹏鹏气得差点吐血,这世上怎么会有像夏雨行这么不要脸的人,明明是故意传上去的,却硬说是手滑!这小子只怕是故意报复的吧!

而此时事情发展到这一步,他发现他根本拿夏雨行一点办法都没有!

确切地说,之前他那么嚣张,借的也不过是于秋柏的势,如今和于秋柏闹翻了,他就什么也不是了,且这个视频一流传出去,他在整个行业内的名声都毁了!

夏雨行看到他的目光摆出一副"你看不惯我,却又干不掉我,我心里很爽"的样子,鹏鹏气得摔门而去,这间酒店他再也待不下去了。

马可爱瞪了夏雨行一眼,让他收敛一点,他回以一笑,立即摆出一张正经脸,那模样又赫然像是行侠仗义为人打抱不平的英雄。

她决定不看他,再多看一眼,她也想抽他了。

正在此时,于秋柏从手提包里拿出一份离婚协议书递给金莎:"我们离婚吧!"

离婚协议书其实是他在发现金莎和鹏鹏有私情的时候就准备好的,只是他一直没有拿出来。

金莎愣了一下,她真的没有想到于秋柏会在此时和她离婚,而他们一离婚的话,爱情、金钱、名望、地位等都会离她而去,她不要过那样的日子。

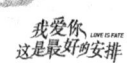

于是她哀求地说："秋柏，再给我一次机会吧，这一次我是鬼迷心窍！我……"

"在你和鹏鹏合谋害我的时候，我们的夫妻情分就断了，你可以在外面有其他男人，但你不应该和其他男人合谋害我。"于秋柏深吸一口气说，"这些年来你虽然把我照顾得很好，但是我再也没有勇气和你一起生活，因为凡事有了第一次，就会有第二次。"

"你真的一点旧情都不念了吗？"金莎红着眼睛问。

于秋柏扭过头不看她："如果我念旧情的话，可能都不知道自己是怎么死的，我只是想好好活着！"

金莎还想再说什么，夏雨行把离婚协议放到她的手里："于夫人，不，金女士，请你签了这份离婚协议，否则于先生将保留起诉你的权利。"

金莎咬了咬唇，看着那份离婚协议，夏雨行继续说："哦，忘了告诉你，你是过错方，所以会净身出户！"

金莎恨恨地看了夏雨行一眼，泪流满面，悔不当初。

于秋柏自杀事件至此已经全部解决，夏雨行和马可爱都松了一口气，赶走了金莎和鹏鹏，于秋柏不会再想自杀了。

下班后夏雨行回到出租屋里，杨力凑过来说："夏哥，你这次为马总立下这么大的功劳，她有没有奖励你什么？"

"奖励？"夏雨行摊手，"她不修理我就很好了。"

下班之前，马可爱特意把他叫进办公室训了一顿，说他今天太嚣张，而他到现在也没想明白他哪里嚣张了。

鉴于他认错态度不好，她还让他写了一千字的检讨，他这会儿手还是酸的！

"怎么会！"杨力一脸的不信，"我看得出来，她对你很不一般，都当着我们的面抱了你几回了，你对她也很不一样，对她格外关心，一和她靠近就脸红，夏哥，你这是坠入爱河了啊！"

夏雨行瞪了他一想，想起这段时间和马可爱的相处，心里涌起陌生的悸动，只是从来没有谈过恋爱的他根本就不知道这种悸动和爱情有关，他否认说："你瞎说什么！"

杨力坏笑一声："我有没有瞎说你心里最清楚，我跟你说，男人和女人是不一样的，你要是真喜欢马总就要努力去追求，像马总那么优秀的女孩子，追她的人一定特别多,所以在这事上你一定要主动!最好明天就去向她表白!"

"表白?"夏雨行是真的吓了一大跳,"你别吓我好不好!"

马可爱是抱过他几回,但是除了当众抱他的那几回外,平时两人相处的时候她都是一副公事公办的样子,他真没看出来她对他有什么不同。

倒是他自己的心里,一直都盼着能和她相处的时间多一点,喜欢待在她的身边,所以杨力的这些话他心里其实是不排斥的。

"夏哥我跟你说,在谈恋爱这事上男人一定要比女人主动,绝对不能矜持!"杨力给他出谋划策,引经据典地讲了一大堆古今中外的爱情故事。

夏雨行听得有些蒙,那些故事一个比一个浪漫,个个儿都和勇气有关。

杨力最后为他讲的那一堆故事做出一句话总结:"喜欢就要大胆说出来!"

第二天一早,夏雨行在杨力的怂恿下抱着一束玫瑰花站在酒店大堂等马可爱,引来众人的纷纷侧目。

夏雨行被众人看得不好意思,全身上下都不自在,觉得自己的做法多少有点傻,他决定离开,杨力却拉着他说:"哥,咱做事可不能半途而废!"

夏雨行瞪了他一眼:"再这么下去只怕我就废了!我也是傻,居然听你的,这事到此为止!我去上班了!"

说完他用力一挣,手里的花甩到地上,一位客人经过,恰好一脚踩在花上……

正在此时,杨力眼尖地看到马可爱下了车,正要进酒店,他立即从花篮上扯了一朵花放在夏雨行的手里:"马总来了,快上!"

说完他用力一推把夏雨行推到马可爱的面前,自己却躲了起来。

马可爱抬头看见脸红到耳朵根手里拿着一朵玫瑰花的夏雨行,她微微皱眉:"有事?"

夏雨行全身上下都不自在,他对上马可爱那双略有些清冷的眼睛,顿时心里直打鼓,他默默地在心里把杨力的祖宗十八代问候了一遍,把手里的花递给她:"送……送你的!"

第29章 最佳老板

马可爱看了一眼花篮里少了的花,挑了一下眉:"这花是从花篮里抽的吧,你这是破坏公司财物,记小过一次,奖金减半。"

她的反应和杨力昨晚讲的爱情故事里的女主角的反应完全不同,夏雨行顿时呆在那里,忙解释:"不是我,是杨力……"

他扭头去找杨力,可杨力早就已无影无踪了,他在心里骂了一句,这个坑货!

他决定出卖杨力一回:"这花是杨力抽的,和我没有关系,你要罚就罚他吧!"

马可爱看着他似笑非笑地说:"你这是用自己来证明'朋友是用来出卖的'吗?"

夏雨行:"……"

马可爱轻哼一声说:"做错了事,还推责任,再记一过,数罪并罚!还有,关于你的工作,我有新的安排,一会儿人事会通知你。"

夏雨行也不计较她刚才说要罚他的事了,立即两眼发光地问:"是不是要给我升职加薪?"

马可爱看了他一眼,似笑非笑地说:"急什么,你一会儿就知道了。"

夏雨行的确很快就知道了,人事部总监找了过来,把他从总裁第一助理调到大堂做礼宾!

知道这个消息后的他简直是欲哭无泪!他觉得自己这段时间的表现很不错了,连着帮马可爱处理了好几个难题,就算不给他升职加薪,至少也不该让他做礼宾吧!

他去找马可爱理论,她一句话就把他堵了回来:"离开酒店和做礼宾自己选一个。"

夏雨行觉得这根本就不是选择题,她又云淡风轻地说了一句:"我是酒店的老板，有任意调配公司任何一个员工岗位的权力，对于这个权力，我建议你最好不要有丝毫的质疑，否则你将马上会被我开除。"

夏雨行郁闷地说："果然，这世上唯女子与小人难养也！"

"你刚才说什么我没听清楚，再说一遍。"马可爱微笑着说。

夏雨行看到她那样笑，心里就更毛了，忙说："可爱老板英明神武，智勇全双，文韬武略，样样精通，是这世上最聪明、最漂亮、最可爱、最机智、最大气的老板！"

马可爱满意地点头："我也这么觉得，要不然哪敢用你这样的人。"

夏雨行："……"

夏雨行降职的后果也是相当明显，他被差遣得跑来跑去，简直就是忙得脚不沾地！

他默默地在心里问候杨力一百遍，要不那货给他出了这么个馊主意，他铁定不会被马可爱这样整！

他也隐隐明白，马可爱这样安排，十有八九是想让他知难而退，她这是一点机会都不给他了！

而他又一直是个倔的，知难而退这样的事情从来就不适用于他，他一向越挫越勇，她越是不让他追她，他越要追！

只是眼下摆在他面前的是做好手边的工作，要不然她只怕真的会把他开除，要是被开除了，他就真的一点机会都没有了。

在夏雨行忙得不可开交的时候，马可爱也接到了她进酒店后的第一个投诉，被肖紫琪投诉。

马可爱收到投诉部送来的投诉单时，还以为她看错了，毕竟她和肖紫琪有一下午逛街的交情，平时见面都是客气地打招呼，她确定并没有什么地方做得不对。

只是她被投诉了，这事还是需要处理的，于是她调来关于肖紫琪的资料看了看，总结如下：肖紫琪，别名购物狂魔，父母是做高端旅游的，穷得只剩下钱了，是酒店每年订房量最多的客户。

马可爱轻嘘了一口气，这又是一个不能得罪的人。

她收拾好情绪就去找肖紫琪，才敲一声，肖紫琪就打开了房门，笑着说："我正在等你，进来吧！"

马可爱道了声谢，然后就进了肖紫琪的房间，进去后就看到了地上堆积的名牌衣服以及各种奇怪的东西，零零整整地占据了大半个房间。

"不知道我哪里做得不好，让您投诉我服务不周，请您指出来，我一定改正。"马可爱微笑着问。

肖紫琪笑了笑，没有急着回答，而是为马可爱先倒了一杯茶，然后才说："你是老板，我要是不投诉你，怎么见得到你。"

马可爱有些意外，肖紫琪微笑解释："其实我是来找你帮忙的。"

"帮忙？"马可爱的眼里满是笑意，"我们酒店的每个员工都很乐意帮客户的忙，肖小姐有什么事请直说。"

她对肖紫琪了解不多，但是她知道，肖紫琪费了这么大的劲找她过来，所谓帮忙应该不是小事。

肖紫琪也没拐弯抹角，开门见山地说："我听说银行不再为JR续贷，如果你能帮我做一件事情，我就能帮你约见银行的行长，至少为你争取一次银行续贷的机会。"

整件事情完全出乎马可爱的意料之外，而肖紫琪提出来的这个要求对马可爱而言有着绝对的吸引力。

马可爱忍不住问："不知道我能为肖小姐做什么？"

"我想和你们酒店的礼宾白岩举办一场假的婚礼。"肖紫琪看着吃惊的马可爱叹了口气说，"你先别那么惊讶，在你拒绝之前，先听我说一个故事。"

说到这里她眼里有了哀伤，轻声说："这场婚礼是他欠我的，我和他之前很相爱，但是我父母要的是门当户对的爱情，不同意我们在一起，后面又发生了一系列的事情，我们就天各一方！我以为我和他再也没有见面的机会，没想到半年前我会在你们酒店偶遇他。"

听到这里马可爱终于明白肖紫琪为什么把酒店预订从三天变成了无限续期，爱情让人疯狂，也最易动人心，她深吸一口气后就做了决定："好，我帮你。"

肖紫琪的眼里满是欢喜："谢谢！"

两人坐下来商议了一下整件事情的操作方式和细节，确定好之后，马可爱就离开了。

马可爱一个人走在酒店的走廊里，突然就想起了很多事情，那些事情都和韩元斌有关。

韩元斌是马可爱在这个世上少有的能给她温暖的人,却因为那场误会而天人永隔,这都是她背负的债。

而她对于爱情,如今并没有太多的向往,若真要找个人谈恋爱的话,夏雨行似乎也能让她觉得可靠和温暖,算是个不错的对象。

只是在她心里冒出"夏雨行"这个名字的时候,她吓了一大跳,她怎么会想到他!

她甩了甩脑袋,她刚才一定是因为肖紫琪的事情有所触动,所以才会胡思乱想,对,就是胡思乱想!

第二天,马可爱以年底双薪并给予丰厚奖金的方式在礼宾部挑选出白岩和肖紫琪举办假的婚礼。白岩是礼宾部出了名的"冷面郎君",平时见到人都没有太多的表情,听到假结婚消息时脸上也没有任何表情,却顺从地听马可爱的安排。

马可爱让许晨对他进行一系列训练,并对他的身份进行了完美的包装,让他整个人无论是气质还是外形都有了很大的变化,对于这些变化,她既担心又开心。

夏雨行知道这件事情后去问马可爱:"老板,你玩的是什么套路,我有点看不明白,求解惑!"

马可爱还在为那天突然想到"谈恋爱找夏雨行"的念头而懊恼,此时见他凑过来问,非常不客气地说了句:"以你的智商,跟你说了你也不懂,就不要自取其辱了。"

夏雨行:"……"

他曾经也是天才少年,智商怎么了?

正在此时,白岩的训练结束了,马可爱走过去问他:"你现在是谁?"

白岩面无表情地说:"我是刚从法国留学回来的金融硕士,父母都在国外,想要回国工作是因为父母年纪大了,日后还是想落叶归根。"

马可爱点头,他实在是太配合了,配合得让她有些不安,于是忍不住问了句:"你该不会有什么不情愿的吧?"

她之前听肖紫琪讲两人的故事的时候,其实有些担心白岩会不配合,但是选了白岩之后,他实在是太配合了,配合得让人找不到半点毛病。

"没有不情愿。"白岩冷冷地说,"年底双薪还有丰厚的奖金,这些在我看来就很好。"

马可爱神情有些复杂地看着他:"你还蛮现实的,这么说来你答应和肖小姐假结婚就只是为了钱?"

白岩点头,语气却依旧冰冷:"人本来就是现实的,毕竟钱比爱情更可靠。"

马可爱看着他的眼神更复杂了三分,最后朝他伸出手说:"你说得有道理,工作有时候的确比爱情更重要,谢谢你的配合和支持。"

白岩不以为意地把手伸了过去,两人的手一碰到一起,马可爱的面前立即出现幻象:白岩抱着一个四五岁大的小女孩去商场买东西,他亲吻小女孩脸颊以及和肖紫琪结婚拥吻的样子。

马可爱立即觉得头痛欲裂,额头渗出汗水,她看了眼站在一边的夏雨行,没做任何犹豫,伸手就抱住了他。

夏雨行的眼睛瞪得大大的,脸红到了耳朵根,他觉得她再抱他几次他的心很可能就要从胸腔里跳出来了。还有,她平时对他并没有好脸色,但是却动不动就当众抱他,这事让他压力很大!

好吧,其实他很喜欢!

白岩看了两人一眼,夏雨行觉得老板的面子还是需要维护的,忙找了个他觉得还算贴切的解释:"呃,马总她这是……老毛病。"

白岩并不关心两人的事情,只是看着两人抱在一起的样子莫名觉得很配,想到自己的爱情,在心里低低地叹息了一声。

马可爱此时已经恢复了过来,她伸手按着眉心,看了夏雨行一眼,他刚刚恢复几分面色的脸就又红了起来。她觉得自己和夏雨行这样相处下去不是事,迟早会出事,只是眼下却又没有更好的办法。

她没理会夏雨行,扭头对白岩说:"我们去找许晨商量一下计划,看看晚上要不要找一下肖小姐排练一下。"

白岩面无表情地点了一下头，夏雨行继续布置会场，马可爱和白岩一起走了出去。

两人走到走廊上的时候，马可爱若有所思地看着他说："我以为你会拒绝的。"

她从肖紫琪的故事里听得出来，白岩和肖紫琪之间有太深的恩怨纠葛，再加上她之前看到的幻象，让她不得不多想。

在她看来，白岩愿意和肖紫琪假结婚只有两个可能：一个是还爱着肖紫琪，想要用假结婚来圆心里的梦，另一个则是报复，鉴于白岩已经有孩子了，她觉得后面一种可能性要大一点。

白岩冷冷地反问："有钱赚我为什么要拒绝？"

马可爱看着他问："你真的想好了吗？"

白岩点头，马可爱叹了口气转身离开，他的脸色却终于变了，眼底有着难以言说的痛苦。

马可爱看着他的背影眉头皱了起来，她越想心里越不安，如果白岩接近肖紫琪另有目的的话，那么这件事情必须喊停。

只是这件事情是肖紫琪的主意，她觉得这件事情需要知会一下肖紫琪。

马可爱到肖紫琪那里的时候她正在试衣服，因为要结婚的事情，肖紫琪这几天心情一直都很好，今天又出去买了一堆的衣服。

此时肖紫琪换了一套粉色带流苏的长裙，笑着问马可爱："这套好不好看？"

马可爱笑着点头，肖紫琪的嘴角上扬："我也觉得很好看，以前白岩最喜欢看我穿粉色，他说我一穿上粉色就跟花一样好看。"

马可爱看着沉浸在幸福中的肖紫琪，在心里叹了一口气，略纠结了一下后终究开了口："肖小姐，你真的决定要和白岩结婚吗？"

"当然。"肖紫琪点头，"我们上次结婚的时候他逃婚了，这一次我不会再让他离开我。"

她清楚地知道，她的心很小，只能装得下一个白岩，就算当初他逃婚了，她也知道他是有苦衷的。若没有再相遇，她也就这么浑浑噩噩地过下去了，而一旦相遇，她就不会再放手！

为了这一天，肖紫琪已经准备了很久，不管这样做的后果是什么，她一定要嫁

第31章 定要嫁他

给他!

马可爱看着如此坚定的肖紫琪终于没忍住问了句:"你了解他吗?我的意思是现在的他。"

肖紫琪看向马可爱,眼里满是疑问,马可爱只得又说:"毕竟你们已经分开了很多年,彼此都有自己的生活,万一他要是有了自己的家庭和孩子,那……"

"他履历上填的是已婚?"肖紫琪打断她的话问。

"那倒不是。"马可爱回答,"只是……"

"那就够了。"肖紫琪坚定地说,"我一定要和他结婚!"

只要他没有结婚,那么他们就能结婚!

马可爱觉得有些无能为力,又劝了句:"你这样做你父母知道真相后会不会生气?以后又怎么办?"

"他们有什么好生气的。"肖紫琪冷笑,"他们要的不过是我结婚,而我的结婚对象有着看起来很光鲜的家世就行,其他的根本就不重要。至于以后的事情,不在我现在的考虑范围内。你也不必劝我放弃,我是绝对不会放弃的。"

看着如此坚定的肖紫琪,马可爱伸手按了一下眉心,知道不管自己怎么劝都不可能打消她的计划,却还是忍不住再说了一句:"如果白岩另有打算,或者从一开始他就不怀好意呢?"

肖紫琪倒笑了起来:"他不怀好意?马总,看来你并不了解你的员工,他看着冷,其实是全天下最有担当最有责任感的男人。"

她略顿了一下后说:"我就怕他对我没意思,不怕他不怀好意。"

马可爱无言以对，只能深吸一口气说："你想好了便好，我言尽于此。"

下午肖紫琪像往常一样购物回来，她拎了一大堆的东西，几个礼宾打算上去帮忙，她都拒绝了，指着白岩说："你过来帮我！这是我们结婚要用的东西。"

白岩看着她明显带着几分喜气的脸，心里又甜蜜又苦涩，这可能是他这一生唯一的婚礼，虽然是配合她假结婚，却是他内心深处最大的渴望。

只是他清楚地知道，这些幸福和希望并不属于他，他能感受一下这中间的温暖便够了。

于是他面无表情地替她拿了所有的东西，进到电梯后，肖紫琪轻声说："你为什么会答应？我本以为你会拒绝，还准备了好几套备用方案。"

当年的事情其实一直都是两人心里的结，事过去了，情都还在，只是两人都用自己的方式藏匿着内心深处的爱意。

白岩看都没有看她，用冰冷的声音说："我为什么不答应？毕竟肖小姐给的报酬丰厚，我们酒店年底还会给我双薪，这么划算的生意当然要做。"

肖紫琪一脸惊讶地看着他："你就是为了钱？"

他真的变了，不再是多年前的他了，如今的他竟为了钱愿意和她假结婚！

这样的他，让她觉得相当陌生。

"否则你以为呢？"白岩反问，他的声音冷得几乎没有一丝温度，甚至还带了一丝嘲弄。

肖紫琪咬着牙说："你娶我可以得到更多的钱。"

白岩冷笑："我这个人虽然爱钱，但是却不喜欢受别人的控制，所以要感谢肖小姐给我这个赚钱的机会。"

肖家于他，是真正的豪门，是他穷其一生也攀不起的人家。

肖紫琪的眼圈一红，从他手里把东西抢过来自己拎着就走出了电梯。他在背后看着她，脸上的冷漠尽失，只余下满满的无奈。

如果可以，他很想拥她入怀，可是他不能，他身上还有着难言的责任，他还有一个乖巧可爱的女儿要照顾。他和她之间的关系，等到这场婚礼结束，也就彻底结束了。

他的心口泛疼，却告诉自己能有这场婚礼，他也该知足了。

第二天肖紫琪的父母都来了，白岩全程相当配合，展现出了高超的演技，应对得体又大方，脸上始终都是温和的笑容，和平时的冷面完全不同。

不知道为什么，马可爱看到这样的他，心里的担心加剧，她总觉得会发生些什么。

夏雨行在她的身边说："这事做都做了，你也没什么好担心的，我看白岩的演技不错，应该不会穿帮。"

虽然昨天马可爱没有告诉他她要做什么，但是他有眼睛看，有嘴巴问，还有脑子自己会推理，这件事情他如今也知晓了个七七八八。

马可爱瞪了他一眼没说话。

夏雨行又说："你也不用太过担心，真要出什么事了，到时候你把真相说出来就好了，反正又不是你的主意，是肖小姐自己的主意。"

马可爱磨了磨牙后说："你是不是太闲了？要不要我再给你找点事做？"

"我突然想起来我还有事。"夏雨行嘻嘻一笑，"你慢慢烦吧，我去忙了！"

走到门口他见马可爱还一脸担心地站在那里，他轻叹了一口气，又折回来说："我突然觉得那件事情不太重要，还是为老板排忧解难比较重要。"

马可爱皱眉，他又笑着说："忘了告诉你，我今天值班的地点就是这里，所以我会全程陪着你的。"

马可爱狠狠地瞪了他一眼，他只是轻轻一笑，反正他脸皮厚，随便她瞪。

白岩把肖父肖母送回房后，马可爱把白岩叫进了办公室，夏雨行觉得这是个大热闹，必须看，于是也跟了过去。

马可爱对夏雨行不请自来的行为虽然鄙视，却也知道他处事机敏，这件事情他参与进来也没有什么不妥，万一到时候真发生了什么，他还能帮得上忙。

她把门关上后对白岩开门见山地说："你是聪明人，我就不跟你绕弯子了，事到如今我相信你已经知道这一次我为什么找你了，我不想指责你什么，但是你已经有一个女儿了，却还和肖小姐玩这种游戏，就真的有些过分了。"

"你调查我？"白岩的脸上满是惊诧和愤怒，他有女儿的事情是他的秘密，公司同事中也没有几个人是知晓的。

第32章 父爱如山

夏雨行听到马可爱的话也有些意外，白岩居然已经有女儿了，只是白岩和肖紫琪本来就是假结婚，这事也不能说他过分。

"肖小姐是我们的重要客户，对客人负责是公司的准责。"马可爱面色清冷，"我调查这些并不过分。"

白岩冷笑："公司也没有规定未婚就不能有孩子，且这件事情是你找我做的，我不过是配合你而已，所以这件事情如果我有错的话，那也是你有错在先。"

说完他冷哼一声就走了出去。

马可爱轻叹了一口气，她有一种深深的无力感，现在劝不动肖紫琪，白岩的态度又相当恶劣。她不由得想，她这一次是不是真的做错了。

她清楚地知道当初答应要帮肖紫琪，固然是想得到一次银行贷款的机会，更多的却是想帮肖紫琪。

只是这件事情的走向却和她预期的完全不同，而事到如今，要如何才能让这件事情完美落幕？她伸手揉了揉眉心，满心的无能为力。

夏雨行叹了口气说："马总，原来你早就知道白岩有女儿啊！这要是传开了，事情可就大条了，这场婚事只怕会黄，很可能还会为酒店带来负面影响。"

"我知道。"马可爱缓缓地说，"但是事情到了这一步，已经骑虎难下了。"

肖紫琪的父母已经到了，婚宴现场已经布置好了，肖紫琪甚至请来了媒体，现在不是她喊停就能停得下来的。

夏雨行叹了口气说："也是，现在只能想办法瞒着了，好在后天就是婚礼了，他们结完婚这事也就了结了，你不用担心，我会帮你看着的。"

马可爱对他这个说法不置可否，她总觉得还会有事发生。

第二天上午，婚礼筹备现场一片繁忙之象，工作人员忙来忙去，婚礼所需的东西都在紧急的筹备之中。

白岩作为"新郎官"帮着布置现场，就算是假结婚，他也想让肖紫琪开开心心的，所以一切都是按照肖紫琪的喜好在布置。

正忙着的时候他手机响了，他接通后脸色一变，忙对身边其他的酒店工作人员交代了几句，然后就跑下了楼。

今天帮忙照看他女儿白一的邻居临时有事把白一送到了酒店，他心里担心不已。他怕白一的身份被揭穿，也怕这个时候被肖紫琪发现白一的存在，毕竟她曾对他说过，她不喜欢小孩子。

好在一切都顺利，他下楼的时候见白一抱着熊乖巧无比地坐在沙发上。

他暗暗松了口气，白一看到他从沙发上跳下来开开心心地喊："爸爸！"

白岩一把抱起白一，左右看了一下见并没有人注意到他们，便说："一一乖，在这里不能喊爸爸，要喊叔叔。"

白一一脸的不解，却还是点了一下头说："好的，一一最乖了！"

白岩看着乖巧懂事的白一，心疼不已，他要赚钱养家，不能时时陪在白一的身边，这事一度让他感到愧疚。

此时是白岩的上班时间，他手边还有一堆事情要做，不可能带着白一，于是他决定把她暂时放在没有开出去的空房里。

到达房间后，白岩再三交代白一不要乱跑，让她待在房间里不要动，白一点头答应。

对讲机里传来许晨的声音："白岩，你到婚礼现场来一下。"

白岩再次交代白一不要乱跑，就匆匆跑去了婚礼布置的现场。

白一毕竟是个孩子，让她一个人待在房间里实在是太过无聊，刚开始她还记得白岩的交代，时间一长，她就待不住了，一个人待在房间里还有些害怕，她决定去找白岩。

白岩赶到现场后，肖紫琪的父亲肖云过来了，他笑着对白岩说："来，我们喝一杯！"

白岩没料到肖云会发出这样的邀请，不由得愣了一下。

肖云看到他的表情后笑着问："难道在你心里我就是那种老古董，不懂你们年轻人的心？"

白岩失笑忙否认，两人走到吧台边要了一瓶酒。

肖云看着他满脸感叹地说："紫琪一直说她不结婚，而且很坚决，为此我们争吵过很多次，甚至有一次她离家出走了整整一年，我们从来没有期望着她有一天能带一个好男孩子回来，实不相瞒，我和她妈妈已经做好了她只是大街上随便带个人回来应付的准备，没想到她居然遇上了你。白岩，你和紫琪非常相配，我和她妈妈对你很满意。"

白岩听到肖云的话有些意外，因为之前肖紫琪曾对他说过，她的父母有非常重的门第观念，且为人古板，可是如今看来却并不是这样。

他心里不由得生出一分期盼，也许他和肖紫琪真的有希望能走到一起，只是一想到白一，眸光就暗了下来，就算肖家的人能接受他，也一定接受不了白一。

他想起多年前和肖紫琪在一起时她对他说过的话，他的眼里满是温柔，轻声说："紫琪很好，她也很孝顺，她曾对我说过，如果你和阿姨不同意我们在一起的话，也让我好好和你们说，不要惹你们生气。"

"紫琪这样说？"肖云有些意外，在他的心里，他的这个宝贝女儿一直都有些任性。

仔细算起来，他们父女已经有好些年没有好好坐在一起聊过天了，对彼此已经不是那么了解了。

"是的。"白岩的脸上不自觉地露出温柔："她看起来刁蛮任性，其实心地很善良。"

肖云叹了口气："其实作为父母，我们的想法一直都很简单，只希望以后我们不在她的身边了，她可以有个不错的人照顾，有个知冷暖的人依靠。"

白岩内心泛起波澜，好一会儿才问："这些你们有跟紫琪谈过吗？"

肖云叹了口气说："这些年我们因为她结婚的事情有些矛盾，说不到三句话就会吵起来，我的这些心里话一直没机会对她说。其实在这个问题上我和她妈妈已经非常开明，只要对方是个身家清白、没结过婚、心肠好的人就行了，也不要求门当户对。"

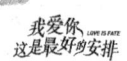

第33章 被揭穿了

白岩的心情复杂无比,肖云对肖紫琪浓烈的父爱他能清晰感觉到,他突然有些后悔和肖紫琪假结婚了。

他和肖云分开后心情是复杂的,似乎有些东西触手可及,却又似乎很遥远,而这些他不知道要不要告诉肖紫琪。

当一个人觉得毫无希望的时候,一切都忍得住,而一旦有了一丝希望后,心里又总是不自觉地会生出一丝奢望,他希望肖紫琪能幸福。

他在心里长长地叹了一口气,告诉自己不要多想,他首要任务就是照顾好白一。

一想到白一他就有些放心不下,忙去了白一所在的房间,只是进去之后发现事情不好了——白一不见了!

白岩把整个房间找了一遍也没能找到白一,他快急疯了,想了一圈后最终决定给马可爱打电话,把白一到酒店后失踪的消息说了一遍。

马可爱此时也顾不得责备他,立即通知夏雨行、杨力和孙倩,全力寻找白一!

马可爱安排好这些事情之后头都大了,她之前就有预感会出事,却没想到事情来得这么快!

白一从房间出来后先是坐着打扫的车子去了餐厅,然后就来到了婚礼布置现场,此时婚礼现场已经布置得相当漂亮,这些东西对小女孩来讲有着绝对的吸引力。

她一个人站在那里看着酒店的工作人员忙来忙去,看着粉色的气球拱门,看着四周的鲜花,眼里满是羡慕。

肖云见她一个人在那里看了很久,见她又漂亮又可爱心里非常喜欢,就过去问她:"小朋友,你怎么一个人在这里,你的家人呢?"

第33章 被揭穿了

"我是来找我爸爸的,他是酒店的礼宾,他很忙,没空照顾我。"白一回答。

她长得非常可爱,白皮肤大眼睛,跟肖云说话时眼睛清澈透亮,他一看到她这副样子只觉得心都被萌化了,便又笑着问:"那你妈妈呢?"

白一的眼里瞬间满是难过,低着头轻声说:"她死了。"

肖云愣了一下,就更加心疼眼前这个乖巧可爱的小女孩了:"那我带你去找爸爸吧!"

白一见肖云慈眉善目,看起来温和无害,就点一下头。

肖云笑着牵起她的手去了礼宾部,此时白岩在到处找她,不在里面,两人没有找到他。

白一眼尖地看到墙上的照片,指着优秀员工那一栏骄傲地说:"他就是我爸爸,白岩!"

肖云听到这句话后脸色大变,再次跟白一确认:"他就是你的爸爸?你不会认错?"

白一有些不高兴地说:"爷爷,我虽然是小孩子,但是也不会认错爸爸啊!爸爸是这世上最疼我的人!"

肖云有一种被骗的感觉,给白岩打了个电话:"到礼宾部来。"

说完他就挂掉电话,白岩在电话里听他语气不善,心里有种不好的预感,忙匆匆赶了过来。

他赶到的时候,肖紫琪也来了,她一脸复杂地站在肖云的身边,看着白一的眼神非常古怪。他一看到这情景,心里暗叫一声不好,知道他之前一直想瞒着的事情此时再也瞒不住了。

马可爱也接到肖紫琪的电话,她匆匆带着夏雨行赶了过来,她一看到这情景,就知道她最担心的事情终于发生了。

此时大家都没有说话,整个礼宾部的气氛却相当古怪。

唯一不受影响的只有白一,她一看见白岩就开心地跑过去抱着他的腿甜甜地喊:"爸爸!"

白岩伸手就将白一抱了起来,在确认白一没事后朝肖云鞠了个躬后说:"对不起,肖先生。"

夏雨行看了看一脸担忧的马可爱,再看了看一脸怒气的肖云,最后看向一脸愧疚的白岩,他顿时也觉得头疼。所有人都来齐了,要召唤神龙了,而他此时还没有想好要怎么化解这场麻烦。

　　肖云气愤无比地瞪着白岩说:"枉我们那么信任你,你居然骗婚!好在发现得早,要不然……"

　　他越想越气,越想越是后怕,好在现在他们还没有结婚,否则后果不堪设想,他沉声对肖紫琪说:"紫琪,我们走!婚礼取消!"

　　"婚礼不能取消!"肖紫琪含着泪咬着牙说,"他没有骗婚,他有孩子我知道,这一切都是我的主意!是我让他隐瞒,就是怕你们知道后会不同意,我一定要嫁给他!"

　　她并不知道白岩有孩子,只是事到如今这事她要认下,她一定要和白岩结婚!

　　白岩有些吃惊地看向肖紫琪,知她这么说不过是还想挽救这场婚礼,相对于她的勇气,他突然就觉得自己太过懦弱,他想要拥有幸福却根本不具备拥有幸福的能力。

　　肖云怒了:"你!不行,我们绝对不能接受这样的人!"

　　肖紫琪大声说:"这样的人?他是怎样的人?你们对他根本就不了解!还有,是你们逼我结婚的,我现在要结婚了,人也选好了,你们凭什么又要反对?"

　　肖云气得胸口直起伏:"你就算在路边捡个身家清白的男人来结婚我也没有意见,但是紫琪,他有孩子!养别人的孩子没那么容易,更何况你连自己的孩子都不愿意养!而且隐瞒了他结婚有孩子的事实,这足以证明他的人品是有问题的,这样一个人我是绝对不会同意你们结婚的!"

　　肖紫琪的脾气也上来了,倔强地说:"我不管,反正我一定要嫁给他!"

　　肖云满脸无可奈何,他愤愤地朝白岩看去。

　　白岩看到他们父女吵得厉害,心里难过,因为清楚地知道他这辈子和肖紫琪都不可能在一起,既然不能有所牵扯,要断那就断得彻底吧!

　　他强行压下心里的伤痛,紧紧地抱着白一,努力让自己看起来薄情无义,再用极凉薄的口吻说:"我是酒店的员工,答应和肖小姐结婚不过是为了取得丰厚的报酬,其他的事情与我无关。"

第34章 原来情深

肖云一听这话怒意更浓，他扭头看着马可爱说："白岩是酒店的礼宾，这事马总知道吧？"

马可爱深吸一口气，在这个时候，她只能选择说真话，只得满脸歉意地说："我知道，肖先生真的很抱歉，其实肖小姐只是想办一场婚礼暂时避过逼婚而已，并不会真的嫁给白岩，所以才……"

"马可爱，谁说我不会嫁给白岩！"肖紫琪打断她的话。

马可爱深吸一口气继续对肖云说："这一切都是假的，只是为了给您做一场戏，也算是……完成肖小姐的一个愿望……"

肖紫琪怒不可遏，扬手就给马可爱一记巴掌："闭嘴！谁允许你这么说了！你这么说的话我爸妈只会以为这是在做戏，永远都不会同意我嫁给白岩！"

在肖紫琪的手碰到马可爱的脸上时，她的面前立即出现一副幻象：肖紫琪抱着白一开心地吃冰激凌。

马可爱一脸的不解，她怎么会看到这样的画面？她有些狐疑地看着肖紫琪和白岩怀里明显受到惊吓的白一，不自觉地在心里想，难道这件事情还有转机？

如果有的话，这个转机又是什么？

夏雨行一见马可爱挨了打，立即把她护在身后，沉声说："肖小姐，请你讲点道理，这事本就是你找上马总帮忙的，马总不过是说了实话，你怎么能动手呢？"

肖紫琪此时也觉得自己刚才的行为太过冲动，只是她一想到以后再不能见到白岩，心便如刀割一般疼。

白岩长长地叹了一口气，抱着白一走到肖紫琪的面前说："紫琪，不要再胡

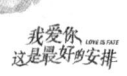

闹了！"

肖紫琪看着他泪流满面，她爱了他这么多年，而他却早已把她放下，现在她所做的一切，在他看来不过是胡闹罢了，她哭着说："我没有胡闹！对！我处心积虑、我不择手段要和你结婚，骗你也骗我爸妈，可我就是爱你，就是放不下你！怎么了？有错吗？"

说完她捂着脸跑了出去，肖云怕她出事，忙追了出去。

白岩下意识地也想去追，只是他此时手里还抱着白一，只能长长地叹了一口气。

马可爱看到这一幕叹了一口气，事情终于朝着她最不愿意发生的方向发展了。

白岩轻声说："马总，对不起。"

马可爱看了看他怀里的白一，无可奈何地摇了摇头，然后转身离开。

夏雨行忙跟过去开导她："你也不用太过担心，这件事情也许还有挽回的余地。"

马可爱没有说话，夏雨行又说："其实你换个角度想，这件事情对我们酒店并不会有太大的影响，反正结婚他们付过的钱又不会退，酒店顶多就是少了个曝光的机会罢了。"

马可爱没好气地瞪了他一眼："难道在你的眼里只看到钱吗？"

"当然不是。"夏雨行笑着说，"我还看到了肖小姐对白岩的浓浓爱意，但是没办法，白岩和别的女人已经连孩子都生了，说到底他也不过是个渣男，根本就配不上肖小姐，借这一次的机会让肖小姐彻底放下他，未尝不是一件好事。"

马可爱知道他的话说得不算好听，却也基本上是事实，她轻声说："也许吧，但愿肖小姐能想得通，我本以为他们只是因为误会而分开，刚好借这一次的机会让他们复合，如今看来，是我把事情想得太过天真，这世上的有情人不能在一起未必都是因为误会。"

夏雨行觉得她的这番话似乎另有所指，于是他问了一句："老板，你有喜欢的人吗？"

马可爱最先想到的是幼时带她在山林里穿梭的小哥哥，然后想到的是韩元斌。其实从本质上来讲，她和韩元斌之间友情大过于爱情，是她太过自私，贪恋他的温暖，而他的死，是她心里最大的伤。

她的心情极度不好，冷冷地说："有过一个，不过他已经死了。"

说完她大步离开，只留夏雨行有些呆傻地站在那里，喃喃地说："原来她有喜欢的人啊，还好那个人已经不在了，我还是有机会的！"

第二天上午，白一一个人在花园里玩，她见马可爱过来，忙跑到马可爱的身边说："姐姐，我爸爸是不是犯了错？你会不会开除他？"

她其实是在这里等马可爱的，今天早上，她问过酒店的员工，说马可爱每天上午都会到这里来。

马可爱看着小脸上满是担心的白一心里顿时软成一片，柔声说："一一乖，爸爸没犯错，犯错的是姐姐，所以姐姐不会罚爸爸。"

白一听她这么说，顿时就放心了不少，想起一件事，又说："姐姐，其实我认识昨天的那个漂亮姐姐，我在爸爸的钱包里看到过她，是她和爸爸一起去游乐场照的，我当时看到那张照片还拉着爸爸让他带我去游乐场。"

马可爱愣了一下："爸爸有跟一一提过那个姐姐吗？"

她听白一这么一说，似乎事情又和她想的不太一样。

白一摇头："没有，不过，爸爸总是拿着那个姐姐的照片，一会儿叹气一会儿摇头。"

马可爱若有所思，白一见她发愣以为她不相信，就嘟着嘴说："我说的是真的，我现在就去拿给你看！"

她说完就跑，马可爱下意识地拉她，她的眼前出现一副幻象：一一躺着被推进急救室，医生在准备AB型血为她输血。

马可爱顿时就觉得头痛欲裂，一下子没拉稳白一，白一不小心摔在台阶上，额头被磕破，刹那间鲜血直流，完全止不住，她"哇"的一声就大哭起来。

马可爱强压着头痛对附近的工作人员说："快叫救护车，让医生准备AB型的血！"

夏雨行恰好此时赶了过来，他忙扶住马可爱问："你没事吧？"

"我没事。"马可爱满脸焦急地说，"但是一一看起来不太好，你快给白岩打电话，然后陪她去医院，我去找一下肖小姐。"

第35章 不是渣男

夏雨行见马可爱面色苍白,有些担心,她又从怀里拿出了一张卡塞给他说:"白岩应该缺钱,你到医院后先帮一一付医药费,快去!"

夏雨行只得叹了口气,抱着白一一就往外奔去,此时救护车也已经到了酒店大堂。

夏雨行带着白一一走,马可爱匆匆跑到肖紫琪的房间。

她到的时候肖紫琪正在收拾行李,打开门见是她吸了吸鼻子向她道歉:"对不起,我昨天太冲动了,整件事情的前因后果我已经跟我爸妈说清楚了,他们不会因此而迁怒酒店。"

她此时眼睛又红又肿,明显已经哭了很久了。

她心里清楚,昨天的事情闹得那么大,她和白岩这一辈子再也没有可能了。

马可爱看着她的样子急切地说:"一一受伤住院了,你快去看看!"

肖紫琪闻言一惊,放下手里的东西准备跟她走,转念一想满脸苦笑地说:"我去了又有什么用?"

白一是白岩的女儿,她讨厌不起来,只是就算她去医院,也不可能改善得了两人的关系,最终还是不可能在一起。

"你不去一定会后悔的,白岩是O型血,而一一是AB型血,你应该知道这意味着什么!"马可爱看着肖紫琪说。

马可爱之前调出来过白岩的档案,所以清楚地知道他的血型。

正常情况下,O型血的父亲是绝对不可能会有AB型血的孩子。

肖紫琪愣了一下后满脸惊喜地说:"你是说……"

答案呼之欲出,却又有些让她难以置信,如果白一不是白岩的孩子,那么是谁

第35章 不是渣男

的孩子?"

"是!"马可爱打断她的话说,"我现在基本能确定一件事情,那就是白岩还爱着你,且爱得深沉又痛苦!你那么爱他,我觉得这是你们两人化解误会的最好时机,有什么事情当面说清楚,不要再猜来猜去。"

肖紫琪重重地点了一下头,把手里的东西一放就跟着马可爱去了医院。

两人往外走的时候,遇到肖云,马可爱粗粗讲了一下白一的事情,然后认真地说:"肖先生,我觉得我们可能都误会白岩了,请你再给他一次机会,和我们一起去医院看看白一,然后弄清楚事情的真相。"

肖云的眉头皱了起来,肖紫琪满脸恳求地说:"爸,我求求你了,再给我一次机会吧,我认识的白岩就不是那种没有责任感且贪财的人!"

肖云长长地叹了一口气,轻点了一下头说:"好,但是如果这一次证实白岩的品性有问题,你以后都不许再和他来往。"

肖紫琪答应了下来,三人一起赶到医院。

夏雨行交完费之后和白岩守在急诊室的门口,过了好一会儿,医生出来说:"患者是血友病,这种病平时是一点伤都不能受的,你们做家长的要多操点心。这一次患者送医及时,已经脱离生命危险了,但是还需要住院观察几天。"

白岩松了一大口气,向医生道了谢后办了住院手续推着白一回了病房。

夏雨行看着白岩说:"你那么在乎钱是攒钱给一一治病吧?"

白岩没回答他的话,只说:"一一住院的钱我会尽快还给你的。"

"卡是马总的,你要还就还给马总。"夏雨行长长地叹了一口气说,"马总为了你的事情没少费心。"

白岩轻轻叹一口,夏雨行看着他问:"你该不会是因为一一的病才一再拒绝肖小姐吧?"

白岩不语,夏雨行又说:"刚才送一一过来的时候,你说你是O型血,但是一一却是AB型血,她不是你的亲生女儿吧?"

白岩默然,夏雨行叹了口气说:"我觉得吧,感情是两个人的事情,你不能代替她选择,所以这事你最好告诉肖小姐,由她自己来选择。"

"你让我好好想想。"白岩轻声说。

夏雨行拍了拍他的肩,没有再说话。

白岩看着躺在病床上已经睡着的白一,心情复杂,他永远都忘不了把白一带到身

边时的样子：小丫头面黄肌瘦，身上到处都是青紫，大大的眼睛里满是恐惧。

他家里突生变故，白一是他唯一的亲人了，他是无论如何也不会弃她不管！

正在此时，马可爱带着肖紫琪和肖云匆匆赶了过来，夏雨行简短地说了下白一的病情，然后把白岩推到肖紫琪的面前说："他有话对你说。"

白岩有些错愕地看向夏雨行，夏雨行给了他一个鼓励的眼神，他深吸了一口气，告诉自己今天是该把所有的事情说清楚了，再这样拖下去对谁都不好。

肖紫琪看向白岩，他缓缓地说："如你们所见，一一得的是血友病，这种病非常难治，这些年来我为了替她治病已经花光了所有的积蓄。她不是我的亲生女儿，却是我在这个世上唯一的亲人，是我姐姐的女儿，我姐姐死后，一一本该由我姐夫抚养……"

说到这里他声音有些哽咽，略顿一下后红着眼睛说："可是我姐夫是个浑蛋，明知道一一有血友病，却还动手打她，当初要不是我及时赶到，一一可能已经……"

他深吸了一口气接着说："所以对我而言，一一就算不是我亲生的，也是我心里最重要的人！我会尽我最大的努力保护她！不会再让她受到伤害。"

肖紫琪两眼含泪地看着他问："你当初就是因为这个和我分手的？"

白岩扭过头没看她，肖紫琪又说："你当初问我喜不喜欢小孩，我说不想生我怕疼，你又问我那我们收养一个呢？我说嫌麻烦，所以，你就决定离开我了？"

白岩长长地叹了一口气："不全是这样，我和你身份悬殊，在一起本来就面临许多困难，如果是我一个人我可以努力，不管多困难，我都会努力做一个配得上你的人。可是如果我身边带着一个孩子，而且这个孩子还……"

第36章 她的闺密

说到这里白岩略一顿下看着肖紫琪说："我无法保证我还有能力照顾得了你，也无法保证我能肩负起这些。"

"可是我愿意和你一起承担啊！"肖紫琪拉着他的手说。

白岩看着她说："但是这对你不公平，且我们已经分开了那么久，感情早就淡了，就不要再彼此为难了。紫琪，伯父伯母是真心疼爱你的人，你不要再任性让他们难过了，至于我们……"

说到这里他深吸一口气艰难地说："到此为止吧！"

肖紫琪有些难以置信地看着他，他说完那句话已经用完了所有的勇气，扭过头不再看她。

马可爱在旁实在是看不下去了，她忍不住说："你敢说你现在已经不爱肖小姐了吗？那么拿出你的钱包给大家看看！"

白岩扭头："没有这个必要！"

马可爱轻笑一声，看着他说："你是不敢吧！因为你的钱包里还有你和肖小姐一起去游乐场的照片。"

肖紫琪闻言顿时欣喜若狂："真的吗？你的钱包里有我的照片？"

白岩没敢看肖紫琪的眼睛，沉声说："就算是真的又怎样？我们本来就是两个世界的人，我根本就要不起你！"

马可爱看着肖云："肖先生，刚才白岩的话相信你也听到了，一一患有血友症，这种病极难医治，且花费巨大，所以他根本就不是贪财，他只是想要赚更多的钱给一一治病。"

她说完看着白岩说:"逃避就是辜负,而要不要得起也不是你一个人说了算。"

肖云沉思片刻后走到白岩的面前说:"之前是我们误会你了,马总说得对,逃避就是辜负,作为紫琪的父亲,我很欣赏你的人品,也希望你能成为我的女婿,现在我问你,你敢不敢要?"

白岩实在是没有料到肖云居然愿意接受他,他的眼眶不由得泛红,天知道这些年来他有多想肖紫琪,这一次见到肖紫琪后有多压抑自己的感情。他有些难以置信地朝她看去,她拉着他的手一脸期盼地看着他,他重重地点了一下头。

肖云轻轻一笑,在他看来,女婿最重要的是人品,而白岩用他的行动证明了他是一个善良而有担当的人,让肖紫琪嫁给这样的男人他很放心。

马可爱和夏雨行对视一眼,都松了一大口气,在心里默默地祝福两人。

第二天上午,肖紫琪和白岩的婚礼如期举行,马可爱和夏雨行去参加,这一场原本的假婚礼变成了真婚礼,马可爱发自肺腑地为肖紫琪开心。

婚礼结束后肖云找到马可爱说:"我听紫琪说JR最近遇到一些麻烦,我和银行的行长是多年的老朋友了,可以介绍给你认识。"

马可爱有些不好意思地说:"肖先生,这……"

她承认最初帮肖紫琪的时候是有些出于私心,但是后面她看到肖紫琪和白岩真心相爱却互相折磨,早就抛下了私心,是真心盼着两人能冰释前嫌,有情人终成眷属。

肖云笑着说:"马总,也许你作为酒店管理者,在技术和经验方面还有很大的改进空间,但是我看得出来,你是在用心、用感情在处理问题,这一点我很欣赏,我也希望JR在你的手里,能有一个更加美好的未来。"

马可爱还想要说什么,肖云接着说:"况且我也只是介绍,后面的事情还是需要你自己争取。"

马可爱点头:"那就谢谢肖先生了!"

肖云走后,她走到没有人的走廊里开心地欢呼了一声。

后面的事情按部就班地往下进行,马可爱准备了资料见银行行长,一切都非常的顺利,只是银行的审批过程有些长,而在这个过程中酒店不能出任何纰漏。

事情定下来之后,马可爱觉得多日的阴霾一扫而空,整个人都精神了不少,所有的一切都向着好的方向在发展。她发自内心地觉得,只要她再努力一点,一定就可以改变酒店的现状,就能保住妈妈的酒店!

回公司的路上她手机响了起来,接通后就听到了少女娇滴滴的声音:"可爱姐

第36章 她的闺密

姐，我好想你所以来找你玩了，你有没有想我？"

电话里的少女是她曾经的闺密加情敌：陆臻臻。

马可爱听到那声音顿时就想前曾经那些并不愉快的记忆，她的好心情刹那间烟消云散，声音也冷了三分："陆臻臻，我不想你，你不要来找我！我这一辈子也不想再见到你。"

"这个就不是你说了算！"陆臻臻轻哼一声，"你也知道，我做事一向听从内心的安排，想谁就会去见谁，你愿不愿意见我并不重要，重要的是我想见你。还有，我人已经到你们酒店了，还给你准备了一份神秘大礼，怎么样？有没有很感动，有没有很惊喜？"

马可爱伸手按了一下眉心："惊喜没感觉到，惊吓倒是感觉到了。"

陆臻臻撇了撇嘴："马可爱，你别说那些我不喜欢听的话，要不然你一定会后悔的！"

说完她直接挂断了电话，看了一眼坐在后排戴着帽子的男人，轻挑了一下眉说："你也给我记住了，是你求我我才来找她的，我也只答应了带你来看看她，可没答应让她看见你，你要记住了，你是我的，哼，马可爱也是！"

男人静坐在那里一言不发，此时车里光线昏暗，根本就看不清男人的样子。

马可爱因为陆臻臻来酒店的事情，心里有些烦闷。而她回到酒店后，心情却更加烦闷了，因为她发现酒店上下都在讨论闹鬼的事情。

她的眉头不由得微微皱了起来，闹鬼这事她也听到酒店的员工讨论过，说什么多了东西少了东西之类的，如今越演越烈，这一路走过来，听到好几拨人在讨论这件事情了。

夏雨行也注意到闹鬼的传闻了，见她回来，忙走到在她的身边说："这次闹鬼的事情总让我觉得有些不安，马总，你有没有觉得我们酒店里的舆论导向被人操控了？"

第37章 有人操控

说完他若有所思地说:"比如说上次于秋柏的事情,还有这次闹鬼的事情。"

马可爱听夏雨行这么一说,似乎真是这么回事,在接手酒店的时候她就知道这酒店里有人一直在给她使绊子,这事十之八九还是那个幕后的"大鬼"操控的。

她沉声说:"这件事情你去查一下,看看流言是从哪里传出来的。"

夏雨行回答:"我已经查过了,杨力说最近几天,要么有人投诉东西不见,要么投诉东西变多,都觉得特别邪门,客户部恰好有个女员工不见了,所以传闻就越演越烈,这件事情表面上看不出什么来,往里深究的话却觉得有人在捣鬼,毕竟投诉的人很多,而东西并没有长脚,不会自己跑。"

马可爱看着他问:"所以你怀疑是有人在暗中使坏?"

"这个是我目前的猜测。"夏雨行回答,两人此时刚好走进酒店的大堂,一个身材高大的男子站在服务台那里,他指着那个男子说:"这几天就数他投诉最多,总说一早上起来会多很多东西。"

马可爱心里有些好奇,就朝服务台走去,走得近了听见那个男子说:"我是听说你们酒店的服务好、品质高,所以才决定住在你们酒店的,可是现在你们酒店闹鬼,我想要换个房间,你们说房满了不能换,既然如此,我退房!"

马可爱走过去说:"先生,我是这家酒店的老板,请问有什么可以帮到你吗?"

男子将她上下打量一番后说:"我叫李智伟,是个律师,我平时工作繁忙,只有休息好了才有足够的精力来工作,可是你们酒店实在是太让人失望了,我的房间里每天都会多出几件东西来,起初我也没太注意,后来居然多了女人的东西!我单身一人住在酒店里,怎么可能会有女人的东西!"

第37章 有人操控

马可爱忙说:"先生真的很抱歉给您造成困扰了,这件事情我们会彻查清楚,这样吧,在给您换房之前,您的房费我给你减免,您觉得怎么样?"

李智伟略犹豫了一下后伸出手说:"看在你这么有诚意的份儿上,那我就在你们酒店里再住几天。"

马可爱看着他伸出来的手,纠结了一下,伸手握住了他的手,眼前立即出现一个幻象:一个女人坐在房间里,用左手化妆和梳头。

她头痛得几乎站不稳,夏雨行一直跟在她身边,一见她脸色不对,立即过来扶住她。

夏雨行见她的额头冒出细密的汗珠,扶着她说:"我扶你去休息!"

"我没事。"马可爱嘴上这么说,身体却撑不住,由他扶着回房休息去了。

夏雨行看到她面色苍白的样子,担心不已,有心想要劝上几句,只是他还没来得及开口,她已经下了逐客令:"你出去忙吧,我想一个人静一静。"

她这么说了,夏雨行也不能再死皮赖脸地待在她的房间,帮她倒了一杯水放在床头柜上,叮嘱她好好休息后就打算离开,她却把他喊住:"闹鬼的事情你继续查,最好是在闹鬼的楼层蹲守。"

夏雨行微笑:"放心好了,我会盯紧的,迟早把那只鬼抓出来!"

马可爱点头,他这才走了出去。

马可爱今天接了陆臻臻的电话后,心里就一直不得安宁,酒店这边也是一波未平一波又起。她心里有些烦躁,突然觉得这一切似乎都和她预期的不一样,不管她要做什么,都相当不容易。

她伸手按了按眉心,在她的心里,陆臻臻是她最不愿意见的人,只是她也清楚地知道,陆臻臻要做什么事情没有人能阻拦。

听陆臻臻的口气,似乎已经到中国,只怕明天就会来找她。

一切如马可爱所料,第二天她正在办公室处理工作的时候门被推开,陆臻臻笑嘻嘻地走了进来:"可爱姐姐,我来看你了,开不开心?"

马可爱深吸一口气说:"陆臻臻,你的教养呢?进来的时候请敲门!"

昔日好友,数月不见,再见她有一种恍若隔世的感觉。在泰国的时候,她、陆臻臻和韩元斌,三人在一起曾有过很多美好的回忆,只是现在韩元斌已死,她们之间的友谊也走到了尽头。

陆臻臻轻哼一声说:"才几个月不见,你怎么对我这么凶?我们俩是什么关系？我以前进你的房间也从来都不敲门的！"

"你说的是以前，不是现在。"马可爱耐着性子说，"现在的你我，已经再无一分情分，我这里不欢迎你，你走吧！"

陆臻臻轻笑一声："啧啧，你还是和以前一样冷冰冰的，一点女人味都没有，不招人喜欢，我本来还想说，你们酒店连个代言人都没有，以我现在超一线的身份，勉为其难自降咖位做一回你这家小酒店的代言。没想到你居然这副表情，真是太伤我的小心心了！"

马可爱眉头微皱，虽然她和陆臻臻之间因为韩元斌有了隔阂，但是她也不得不承认，陆臻臻的这个提议不错。

无论在泰国还是在国内陆臻臻的人气都超高，如果能请她做JR的代言人，那酒店的品牌和形象将有很大的提升。

陆臻臻凑到她的面前："这个提议可爱姐姐觉得怎么样？"

"不怎么样。"马可爱淡淡地说，"但是从公事上来讲，可以勉为其难地接受。"

陆臻臻一笑："你还是这么喜欢口是心非，算了，谁让我那么爱你了，就不和你一般计较了，我们走吧！"

"去哪里？"马可爱问。

陆臻臻笑嘻嘻地说："当然是逛街啊！我好不容易来一趟，你得陪我！"

马可爱缓缓地说："你做酒店代言这事从原则上来讲是你欠我的，除此之外，我不想和你有任何关系，更不想陪你逛什么街，我现在很忙，你走吧！"

"你还在因为韩元斌的事情生我的气？"陆臻臻笑着问。

第38章 中毒太深

马可爱没有说话，当是默认，陆臻臻不以为然地说："上次的事情我已经跟你解释过了，我不过是逗韩元斌玩玩而已。"

马可爱咬牙切齿地说："但他是我的男朋友！"

"那又怎样？"陆臻臻一脸不屑地说，"能被抢走的男人就不是你的男人！"

马可爱听到她这话竟有些无言以对，从本质上来讲，陆臻臻说得也没有错，但是如果没有陆臻臻在中间搅和，她和韩元斌不会走到那一步，他很可能也不会死。

正在此时，夏雨行敲门进来给马可爱送资料，他在看到陆臻臻后吃惊地说："哇，大明星陆臻臻？还是活的！"

陆臻臻赏了他一记白眼，却没理会他，对马可爱说："可爱姐姐，你的眼光真的越来越差了，居然看上这样的货色！"

夏雨行愣了一下，忍不住说："我怎么了？小姐，你会不会说话？"

陆臻臻轻哼一声，懒得理他，扭头继续对马可爱说："走啦，我们逛街去！我跟你说，女人一工作起来就一点女人味都没有，还会连带着降低自己的品位，今天，我要拯救你的品位！"

她说完就要来拉马可爱，夏雨行立即挡在两人中间，陆臻臻瞪着他说："你好大的胆子，竟敢拦本宫！"

夏雨行嘴角抽了抽："本宫？陆小姐，你最近在演宫斗戏吧？你的毒中得太深了，得解了！"

陆臻臻瞪着他说："嘿，居然还敢顶嘴！看我怎么收拾你！"

"我就站在这里，也想知道你从宫斗戏里学的手段在现实生活中适不适用。"

夏雨行笑嘻嘻地说。

马可爱被两人吵得头痛,又熟悉陆臻臻的性格,知道今天肯定是躲不过了,于是说:"行了,我们去逛街,夏雨行,你也一起吧!"

夏雨行愣了一下,马可爱已经站起身来:"走吧!"

她在经过夏雨行身边的时候轻声说:"她很难搞定的,还记得你在入职的时候我说的话吗?"

夏雨行有些意外,她又说了句:"不许让她靠近我!"

夏雨行"哦"了一声,跟着她们下了楼,然后他的噩梦开始了,陆臻臻逛街的本事秒杀肖紫琪,她基本上是逢店必进,进店必买,买的还不是一样两样,而是好几样!

一条街逛完,夏雨行的手上已经是大包小包无数个,脖子上也挂满了,他恨不得在腰上再搭一排挂钩来解放他被虐待得几乎残了的双手。

这个过程对他而言无疑是残酷的,因为他除了要拿那些东西外,还要阻止陆臻臻靠近马可爱,两人基本上全程眼神杀。因这件事情,他成功引起了陆臻臻的注意,也成功结了仇!

三人回到酒店后,陆臻臻气闷闷地直接回了房,夏雨行喘着气把东西都送回了马可爱的房间:"以前在电视里看到陆臻臻觉得她是大明星很有范很有气场,这么一接触她在我心里的形象全毁了!话说你怎么会有她这么一个朋友?"

马可爱淡淡地说:"在她抢走我男朋友之后,她就不再是我的朋友了。"

夏雨行听到这个消息愣了一下,问了句傻话:"她抢走了你的男朋友?你有几个男朋友?"

马可爱瞪了他一眼:"我只有一个男朋友!东西送到了,你出去吧!"

说完她也不管夏雨行是否同意,伸手就把他推了出去,然后重重地把门关上,在门关上的瞬间,眼泪就落了下来。

她童年时的记忆绝对不算好,除了被绑架时救她安慰她的小哥哥外,陆臻臻和韩元斌就是她童年最好的玩伴,他们三人一起长大,是她在那段晦暗日子里唯一的生气与活力。

夏雨行站在门外,他隐隐能感觉得到她复杂而纠结的心情,他长长地叹了一口气。

接下来的几天陆臻臻几乎天天都来找马可爱,而投诉部那边的投诉一天比一天

第38章 中毒太深

多，酒店里闹鬼的传闻一天比一天可怕。

马可爱被酒店的事情烦得焦头烂额时还被陆臻臻缠得烦不胜烦，她清楚地知道如果不把那只所谓的"鬼"找出来，她将永无宁日。而酒店将面临更多的问题，于是她让夏雨行在闹鬼的那个楼层蹲守。

她躲避陆臻臻到酒店大堂的时候，又遇到李智伟在那里投诉，他一看见她过来就说："马总，你来得正好，你们酒店我是一天都不能再住了，我的房间里永远都多出一个人！"

马可爱愣了一下，李智伟接着说："第一天房间里多出面霜和喷雾，第二天床上多了两件女人的衣服，第三天多了一个女式提包。这些东西统统都不是我的！我也确定没有带女伴！"

马可爱略想了一会儿就说："李先生，这件事情我们一定会查清楚并给你一个交代！要不这样吧，这几天你所有的费用我们全免。"

"包括餐饮吗？"李智伟问。

马可爱点头，李智伟的脸上立即露出浅笑："那我就勉为其难再住几天。"

恰好有服务员推着餐车经过，他伸手拿了罐饮料和零食，先用左手撕开零食袋，吃了一口后又用左手打开易拉罐。

马可爱看到他这一系列动作后愣了一下，有什么从脑中闪过却没能抓住。

夏雨行见她这几天压力太大，想要帮她又似乎帮不上太大的忙，有些心疼，他想了一大圈，决定帮她先减减压，调节一下心情。

有了目标后，后续再做的事情就相对简单了，他把计划制订好后给她发了条消息："不要天天光想着工作，到地下车库来，我带你去个好地方放松一下。"

马可爱看到这条消息后轻挑了一下眉，嘴角微微上扬，心里却有些不以为意。放松？现在这种情况下，她哪里放松得下来！

只是她也知道再焦虑也没有用，适当地放松也许能让她想到更好的解决办法。

最重要的是似乎她只要和夏雨行在一起，心情就会莫名好很多，而他脑子里总有一些稀奇古怪的点子，也许他真的能让她的心情好一点，于是她拿起手机简短地回了一个"好"字。

第39章 共处一室

夏雨行在地下车库马可爱的车前焦急地等待,怕她不会来,想打电话催一催她又觉得底气不足,在他围着她的车转了十圈之后,她终于姗姗来迟:"你最好确定带我去的地方真能让我放松,要不然……哼哼!"

"哼哼是什么意思?"夏雨行笑着问。

"哼哼就是你的奖金没了,还要扣你的工资!"马可爱一本正经地说。

夏雨行故意做了个哆嗦的动作:"我好怕怕!"

说完两人相对一笑,马可爱看到他这副样子心情莫名就好了不少。

上车后,马可爱听从夏雨行的指挥一路前行,出了城之后,入目的是一片绚丽的热带风景,专属于热带的植物色彩鲜艳又清丽。

路上车很少,浓荫与烈阳相映,织成绝艳的画面。

马可爱看着路边的美景,似乎那些烦心事离她远了些,在这一刻,她不想再为难自己,放松下来,任由风吹过脸畔,将她的发吹起又放下。

她突然发现,似乎要放松也没有那么难,虽然还没想到解决问题的法子,但是至少能让自己从困局中暂时走出来,稍微放松一下。

车很快就开到了路的尽头,夏雨行下来说:"车只能开到这里,剩下的路要自己走了,都是山路,不是太好走,你可以吗?"

"别看不起人!"马可爱轻挑了一下眉说,"这点路还难不倒我!"

夏雨行笑了笑,在他的心里,她本质上是个娇滴滴的大小姐,他在制定今天的行程时,最担心的是她的体力。

正在此时,一只野鸡从旁边经过,马可爱满脸惊喜地拉了下夏雨行的袖子说:

"呀，有野鸡！"

夏雨行也看到了那只野鸡，笑着说："要不这样吧！我把这只野鸡抓了，晚上请你吃。"

马可爱一脸的不信："你是猎人吗？能抓得住野鸡？这种野鸡很难抓的！"

夏雨行满脸自信地说："难不难抓住取决于狩猎者的本事，要不我们来打个赌，我就用手里的弹弓，十发子弹，一定将它拿下！"

马可爱看了一眼他手里的简易弹弓，再看了一眼看起来精神百倍还极为机敏的野鸡，她轻撇了一下嘴问："你行不行啊？"

"可爱老板，友情提示一下，不管在什么情况下都不能问男人行不行，因为只要是男人一定会告诉你：我行！"夏雨行笑着说。

马可爱斜斜地看了他一眼，眼底有几分不屑，夏雨行轻笑一声，也不多说，直接用行动来证明一切。

于是马可爱就看见了她终生难忘的一幕：夏雨行拿起弹弓打在野鸡了身上，野鸡倒地后，他立即又换了个方向，十发子弹打完，野鸡就倒地不起了。

整个过程，无论是角度还是力量他都把握得恰到好处，堪称完美！直把马可爱看得目瞪口呆，第一次发现他不但点子多，似乎身手也很不错。

夏雨行过去把野鸡拎了起来，对马可爱晃了晃，满脸的得意，她发自内心地赞叹："好厉害！"

"这不算什么！"夏雨行笑着说，"小时候我养父忙没空带我，让我一个人玩，时间长了，打这种小动物就不在话下了。"

"养父？"马可爱抓住了关键词。

夏雨行耸了耸肩说："对啊，养父，我是被我养父捡拾来的。"

马可爱有些意外，想起自己的事情，满脸歉意地说："对不起。"

夏雨行笑着说："过去很多年的事情早就对我造不成任何伤害了，所以你不用说对不起，最重要的是我没有五岁前的记忆，不记得我的亲生父母是谁，因为不记得，所以没有比较和伤害，所以真的没关系。走吧，我们的目标是林中小屋！"

马可爱见夏雨行笑得轻松，却知道无论是谁都会渴望家的温暖，能待在亲生父母的身边，只怕在他的内心深处还是在意这件事情的，于是她为了缓解气氛说："那我们比比看谁先到！"

说完她一头扎进了林子里，夏雨行忙跟上说："行啊！我一定赢！"

最后的结果却是马可爱先到，她回头挑衅地看了一眼夏雨行，夏雨行轻咳了一声："我手里拎着鸡……"

他不会告诉她他是故意让着她，今天带她出来本来就是为了哄她开心的，输在她手里也不丢人，就算是丢人也只有两人知道。

马可爱难得开了句玩笑："你就算不拎着鸡也不是我的对手，你可能还不知道，我可是跆拳道黑段，分分钟揍得你满地找牙。"

夏雨行吓了一大跳，马可爱对他比了一下拳头，看着她娇娇弱弱的样子实在是想象不出她居然是跆拳道黑段高手，他笑着说："是吗？我好怕怕！"

马可爱撇了撇嘴："我看你的样子一点都不怕！"

夏雨行失笑，没在这个问题上多说什么，直接拿出钥匙打开门说："我，夏雨行，谨以此地领主之身份，恭迎马可爱小姐莅临！"

马可爱轻撇了一下嘴，抬脚走了进去，小木屋虽小，却打扫得相当干净整洁，最显眼的是一处书柜，几乎有一面墙那么大，屋内处处的物品和陈列都具有很浓的原始味道，走进去后，就如同回归了大自然，她只觉得整个人的身心都放松了下来。

而在一旁的凳子上，还放了一些减压玩具。

马可爱轻笑了一声，夏雨行笑着说："公主殿下，请脱了你的鞋子，迈出与大自然接触的第一步？"

马可爱依言脱了鞋子走到书架的旁边，问他："这屋子是你建的？"

"不是，我也不知道是谁建的，我发现的时候这间屋子很破了，我就重新修了修，这里非常安宁，离外面的主路也不远，我心里烦闷的时候就会到这里来，所以这是我的疗养所，而你是第一个客人。"夏雨行笑着回答。

"第一个？"马可爱有些意外，她突然就想起之前她为了缓解头痛抱住夏雨行时他脸红的样子，还有上次他送花的事情，她隐隐猜到了他的心思。

第40章 浪漫之夜

而此时马可爱还没有想好要怎么面对他的情意，索性暂时先装糊涂。

"是的，第一个，这里是我平时散心的地方，算是我的安乐窝，也是我的小秘密，所以从来不带人过来。"夏雨行淡笑着说，"我希望这里能让你忘掉工作的烦恼，不再是JR的老板，只是一个无忧无虑的小女生。"

马可爱听到他的话轻笑了一声，她习惯了用强硬霸道的面具来武装自己，很多时候都忘了自己只是一个女孩子，她轻声说："谢谢。"

夏雨行还是第一次看到她这副温柔的样子，不由得脸红心跳，既想让她知晓他的心思，又怕她知晓他的心思后不再理他。

他还没梳理好他的小心思，她已经转过身去看墙上的书，他看着她的背影深吸了一口气，却也明白了一件事：他似乎真的喜欢上了马可爱，会因为她的欢喜而欢喜，因她的悲伤而悲伤。

他喜欢看她微笑的样子，喜欢和她待在一起，愿意和她承担一切，只是……只是两人的身份相差实在有些大。

她抽出一本书说："你这里很不错。"

夏雨行得到她的肯定脸上露出笑意，柔声说："我选的地方当然差不到哪里去，其实这里白天并不是最美的，最美的是晚上，运气好的话能看到大片的萤火虫。"

"是吗？还有萤火虫啊，那真是太好了！我在泰国很少看到萤火虫，今天想碰碰运气。"马可爱笑着说。

"那就待到晚上吧，你先休息一下，我来做饭。"夏雨行笑着说。

一想到在未来的几个小时两人都能待在一起，他的心情就前所未有的好。

他以前也会在小木屋里做饭吃,所以里面基本的调料都有。

他把野鸡收拾好烤熟后再配上红酒和之前准备好的一些菜,这顿午餐他们吃得相当丰盛。

马可爱已经很久没有好好睡过觉了,今天一放松下来就觉得困倦至极,吃完午饭后竟直接躺在椅子上睡着了。

夏雨行看着她恬静的睡颜,心里有些悸动,有个念头一直在他的心里叫嚣,他缓缓走到她的面前,想俯身去吻她的额头。

就在他靠近的时候,她突然睁开了眼睛,他吓了一大跳,忙掩饰着说:"我来看看你睡醒了没有?"

马可爱似乎没有发现他的窘迫,往外看了一眼说:"天都黑了,我们回去吧!"

夏雨行点头,能这样和她单独相处一下午对他而言已经足够了,不能过于强求,总归来日方长。

两人从小木屋里出来的时候,一群萤火虫飞了过来,她惊喜地说:"真的有萤火虫!"

夏雨行也觉得很神奇,他走到马可爱的身边问:"公主殿下,我能请你跳一支舞吗?"

马可爱轻笑一声把手递给了他,他带着她在萤火虫里跳起了舞,夜色蒙蒙,被萤火虫照亮了一夜的温情,气氛前所未有的好。

她轻声说:"在我小时候,遇到困难的时候,有一个小哥哥一直鼓励我帮助我,他对我而言就像夜空里的萤火虫一样,是黑夜里唯一的光芒。"

"他现在人在哪里?"不知道为什么,夏雨行心里觉得有点不舒服。

马可爱叹了口气说:"不知道,我四岁回泰国后就再也没有见过他,在我离开的时候,听说他走丢了。"

夏雨行愣了一下,马可爱又说:"我男朋友叫韩元斌,其实我是和韩元斌还有陆臻臻一起长大的,对我而言,陆臻臻是唯一的好朋友,而对陆臻臻来讲,她除了我之外还有很多的好朋友,在韩元斌追求我的时候,陆臻臻各种搞破坏,最后还让我生出误会,以为韩元斌背着我劈腿……"

这些话平时她是绝对不会跟任何人说的,可是在这个安宁寂静又浪漫的夜里,她却愿意说给夏雨行听。

夏雨行鼓起勇气说:"你以后不再是孤单一人,我会永远陪在你的身边。"

第40章 浪漫之夜

马可爱愣了一下,看了他一眼,见他的眼里满是绵绵情意,她听到了自己的心跳声,却又觉得,酒店的危机未除,所有的事情还是一团乱麻,此时绝对不适合谈恋爱。

于是她岔开话题说:"天色已经很晚了,我们回去吧!"

说完她松开他的手,抬脚就往外走。

夏雨行看到她的反应心里有些失望,却又觉得她的反应也是在情理之中的,于是给自己打气:"夏雨行,你一定行的!只是一点挫折而已!你既然知道自己喜欢她,那就要让她感觉到你的真心,总有一天你会打动她的。"

两人回到酒店已经很晚,夏雨行和杨力继续蹲守在李智伟住的那个楼层。他今晚因为在想他和马可爱的关系明显有些心不在焉,杨力跟他说的话他也没有听见。

杨力有些无趣地瞪了他一眼,一转身却看到一个黑色的影子从走廊上走过,他吓得拉着夏雨行说:"鬼!鬼!鬼!"

夏雨行一扭头果然看到有个黑影一闪而过,也吓了一大跳,却说:"这世上哪有鬼,我们跟过去看看!"

过去后却什么都没有发现,杨力吓得直哆嗦:"夏哥,我怕!"

"出息!"夏雨行脑中灵光一闪,"这鬼每天都出现得神神秘秘的,该不会是声东击西吧!"

在这酒店里,最让他担心和挂念的人是马可爱,而马可爱是酒店的总裁,最容易成为别有用心之人的目标。如果这个"鬼"是别有用心的话,那么马可爱绝对会是首要目标,于是他赶紧往马可爱的楼层跑。

马可爱此时还没有睡觉,已经有些睡意蒙眬,却又习惯性在睡前喝一点红酒,于是她微眯着眼睛去拿酒,却发现酒瓶里已经没酒了,她打开门准备让值班的服务生去拿,却在打开门的时候,敏感地发现有个黑影朝她靠了过来。

她立即就想起了酒店里的传闻,下意识拿起空酒瓶就朝那个黑影的脑袋上砸了过去,黑影想躲却没躲开,闷哼一声倒在地上。

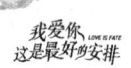

第41章 前任男友

夏雨行此时匆匆赶了过来，忙问她："你没事吧？"

"我没事。"马可爱也因为突然冒出来的黑影吓得睡意全无，她看着倒在地上穿着黑色风衣戴着帽子的男人眉头微微皱起。

那人脸朝下，看不清面容，马可爱却莫名觉得有些熟悉，她想凑过去看一下，却被夏雨行拦下说："这货来历不明，也不知道是真晕还是假晕，还是小心一点为好。"

马可爱轻点了一下头，夏雨行小心翼翼地走过去把黑影的身体翻了过来："我倒想看看是何方神圣，居然把整个酒店弄得草木皆兵！"

黑影的身体翻过来的时候夏雨行却觉得好像在哪里见过，又好像没见过。

而此时马可爱已经看到黑影的脸了，她满脸的难以置信，因为她看到的是一个已经"死"了很久的人，此时夜色深沉，她还怀疑她是不是真的见鬼了。

她揉了揉自己的眼睛，确认是他后她伸手摸了他一下，入手却是一片温热，并不是什么虚影，那就只有一个可能了，那就是他真的还活着！

她忍不住说："元斌？怎么会是你！"

夏雨行有些发蒙，扭头看着她问："你认识他？"

马可爱的手微微有些发抖，咬着唇说："他就是韩元斌！快去叫医生！"

夏雨行一脸的震惊，仔细看看韩元斌，终于想起来韩元斌就是他和马可爱第一次见面时对马可爱动手动脚的那个男人。

他心里有一肚子的疑问，只是见马可爱情绪激动，知道此时不是问的时候，当下什么都没有说，直接冲到顶层把李医生叫了过来。

韩元斌伤得并不重，头上虽然被酒瓶砸出了外伤却并不要紧，消毒包扎后李医生就走了，而他此时也已经醒了过来。

马可爱在看见韩元斌之后情绪一直都很激动，而韩元斌则全程含情脉脉地看着马可爱，夏雨行在旁看着两人的样子，心里极度不是滋味。

马可爱轻声对夏雨行说："今天已经很晚了，你回去休息吧！"

夏雨行见韩元斌躺在马可爱的沙发上，当然不愿意就这样离开，于是他说："韩先生身上有伤，我在这里会有个照应。"

"我一个人照顾他就够了。"马可爱此时的情绪已经稳定了下来，抬眸看着他说，"今天谢谢你了。"

说完她就把夏雨行往外赶，他就算是再不放心，此时也不可能再赖在这里了，便说："那我先出去了，你有什么事情给我电话。"

马可爱点头，夏雨行走到门口的时候又看了韩元斌一眼，而韩元斌此时也在看他，四目相对，有着各种打量和敌意。

夏雨行微微眯了一下眼睛，心不甘情不愿地走了出去。

他一走，屋子里就只有马可爱和韩元斌两个人了。

两人自从上次在泰国一别就没再见过，此时再见马可爱却觉得有些"十年生死两茫茫"的感觉，她有太多的事情要问韩元斌，此时却发现根本不知道该先问哪一个。

韩元斌也同样满腹心事，不知道说什么好，于是也不说话。

房间里一时间非常安静，过了良久，马可爱先开了口："上次的车祸是怎么回事，为什么所有人都说你死了？"

而他现在却好好地躺在她的面前！

"那件事情我有苦衷，因为不想连累你，所以就瞒着你。"韩元斌轻声说，他的眸光里满是温柔。

这几个月来，他想她想得厉害，却又和她相隔万里，这一次他能来看她，也是费了很大的力气。

马可爱咬了咬唇后问："陆臻臻一直都知道你没有死，对不对？"

"是的，她知道。"韩元斌温声说，"这件事情你也不要怪她，是我请她瞒着你的。"

马可爱有一种被人耍得团团转的感觉，在知道韩元斌出车祸死亡时，她一度自责，总觉得是自己害死了韩元斌。可是到此时才知道，韩元斌没死，陆臻臻知情，只有她像个傻子一样什么都不知道。

她深吸了一口气说:"你出车祸那天,陆臻臻告诉我,你们之间根本就没有爱情,说你爱的人一直都是我,那么韩元斌,我想问问你,既然你爱的人是我,为什么所有的一切都要瞒着我?"

韩元斌愣了一下,刚要说话,马可爱又冷冷地说:"你是要说为了保护我吧?如果你所谓的保护不过是连知情权都没有的欺骗的话,那么这样的保护我不要。"

韩元斌的脸色微变,有些紧张地说:"可爱,不是这样的……"

"那是哪样?"马可爱看着他问。

韩元斌张了张唇想要解释却又不知从何说起,马可爱惨然一笑,问他:"你应该就是陆臻臻说的神秘礼物吧?"

韩元斌点头,马可爱冷笑了一声:"还真是神秘礼物,神秘得让人无言以对,你所谓的爱情实在令我失望,当初因为陆臻臻在我们之间挑拨,我们就能分手,那么事实证明,我们之间的爱情实在是太过脆弱,我觉得我们都要好好想一想我们之间的关系了。"

韩元斌听到她的话后大惊,忙说:"可爱,我……"

"你先出去吧!"马可爱打断他的话说,"你的突然出现实在是让我意外,我需要冷静一下。"

韩元斌知道她的性格,此时只说了句:"可爱,不管你怎么想,在我的心里,最爱的人只有你一个,我和陆臻臻之间什么都没有!"

马可爱没有接话,韩元斌轻叹了一口气,面色复杂地走了出去。

他一直都知道马可爱的性格,他在车祸的事情上骗了她,她一定会很生气,在没有想到安抚她的法子之前他不适合出现在她的面前。

只是这段时间他在酒店里看着马可爱和夏雨行出双入对,他如坐针毡,今天两人又一起外出了好几个小时,他实在是忍不住,就来找她了。

而这个结果也和他之前预期的一样,极不尽如人意,她比他预期的还要生气。

第42章 惊人真相

韩元斌此时非常苦恼。

看到他的样子,陆臻臻半倚在门边嘴角微勾,满脸鄙视地说:"被可爱修理了吧?之前就跟你说过,不要急,不要急,你就是不听,现在这个结果真是呵呵哒!"

韩元斌瞪了她一眼,她却完全没有放在心上,笑着说:"你不要瞪我,我现在对你没兴趣了,我倒觉得可爱身边的那个叫什么夏雨行的很有趣,上次我和可爱一起逛街的时候,他居然敢跟我抢可爱!我决定给他一点颜色看看,让他知道我的厉害!"

韩元斌冷冷地说:"你有本事就把夏雨行和可爱拆散,否则说什么都是白搭!"

"拆散他们?"陆臻臻嘻嘻一笑,"这个主意听起来很不错!"

韩元斌知道她又要开始发疯了,懒得理她,直接回了房。

夏雨行从看到韩元斌的第一眼开始,就知道他是个非常强大的情敌,他默默地在心里拿自己和韩元斌比了比,顿时就觉得无论比家世还是学历又或者比感情的深浅,韩元斌都甩他一条街。

他顿时就有些沮丧,一个人蹲守在李智伟的门口,整个人都在诠释着"心不在焉"这四个字。

他想了一整夜,却越想越烦躁。

天亮他准备和杨力换班盯梢时发现李智伟从外面回来了,他满心好奇,因为昨晚他就没有看见李智伟出去过,于是走过去问:"李先生,你什么时候出去的?"

李智伟也没多想,随口答了句:"我昨天出去办事了,没在酒店,今天刚回来。"

说完他直接打开房门走了进去。

夏雨行站在门外突然脑中灵光一闪,有什么东西呼之欲出,忙跑到投诉部,果

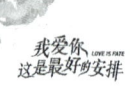

然，昨天一整天一件投诉都没有！这事有点意思了。

他一个人坐在楼梯口想了半天，越想越觉得他的推断有道理，那只困扰了酒店很长时间的鬼似乎已经浮出水面了。

于是他决定暂时把韩元斌这个情敌抛到脑后，先做好本职工作，为马可爱分忧！

这天晚上，他和杨力蹲守在李智伟的门口，就在两人困意上来的时候看见一个长头发的女人穿着裙子丝袜踩着高跟鞋从李智伟的房间里走了出来，头发半遮脸看不清面容，却隐约能看到她的烈焰红唇。

杨力吓得差点叫出声来，好在夏雨行及时捂住了他的嘴。

等女人走远后，杨力哆嗦着说："哥，鬼！"

"这世上哪有什么鬼！"夏雨行沉声说，"再说了，就算有鬼，哥也是捉鬼大师，不管什么样的鬼到了哥这里都会现出原形！"

杨力听他这么说还是害怕，夏雨行却已经拿出手机，开启视频模式，准备记录下来。

两人悄悄地跟在那个女人的身后，见她先到温泉边拿了小赠品，再到健身中心拿走女客人的粉色毛巾，然后去了咖啡厅拿起女客人包里的化妆包，再到监控室用手绢捂住保安的嘴，保安晕倒在地，她熟练地删除她出现过的所有监控录像。

那女人从监控室出来的时候突然回头往夏雨行和杨力躲藏的方向看了一眼，夏雨行终于看清了她的脸，居然和李智伟长得一模一样！

只是李智伟是男的，这个装扮是女的！

即便夏雨行自认心理素质好被吓得手机都掉在了地上，好在那女人并没有看见他们，扭头踩着高跟鞋十分妖娆地离开了。

她走远后，杨力没出息地一把抱着夏雨行说："哥，我没看错吧？刚才那是李智伟？"

夏雨行点头："他的房间里没有其他人，刚才我们也看到了他的脸，就是李智伟。"

"我去，这段时间就他投诉得最凶，敢情是贼喊捉贼？"杨力忍不住说。

夏雨行长吐了一口气说："目前看起来似乎是这样。"

杨力撇了一下嘴后说："真的是人心不古，世风日下啊，居然还有这种人！"

"我们明天早上把这事告诉马总吧，要怎么处理还得由她来拿主意。"夏雨行耸了耸肩说。

第42章 惊人真相

杨力对他的这个提议没有半点意见。

第二天一早，马可爱起来后对着镜子化妆，画到左边眉毛的时候怎么都画不好，她有些烦躁，干脆用左手来画眉。

这一次就顺利画好了眉毛，正准备放下眉笔的时候突然想起她和李智伟握手时出现的幻象，再想起李智伟左手撕开包装袋拉开易拉罐的场景，她终于明白那天从她脑中一闪而过的是什么了。

她轻笑了一声，这还真有意思了！

她忙收拾东西准备出去的时候，房门被敲响，打开门后，夏雨行喘着气说："我找到'鬼'了！"

两人对视一眼，同时说："李智伟！"

夏雨行满脸惊叹地问："你怎么想到是他？"

"他是个左撇子。"马可爱回答，"传中的那只鬼也是左撇子。"

夏雨行没有细想她嘴里所说的鬼是左撇子是根据什么判断的，忙问她："那现在要怎么处理？"

马可爱想了想后说："李智伟这件事情给酒店造成了很多不良影响，虽然我们现在确定就是他，但也需要证据，所以第一步就是搜集证据。"

夏雨行点头同意，马可爱接着说："第二步就是把所有的证据摆到他的面前，请他发微博告诉所有人，这一切只是误会，酒店里并没有'鬼'。"

"如果他不配合呢？"夏雨行问。

马可爱想了想后说："如果他不配合的话，就只能让公关部来处理，毕竟闹鬼的事情对酒店产生了很多负面影响。"

夏雨行点头："好，那就这么做。"

夏雨行给孙倩和杨力打了个电话，让他们借着整理房间的便利去搜集证据。

正在此时，许晨给马可爱打来电话："马总，李律师又投诉了。"

马可爱开的是免提，所以夏雨行也听到了，他轻哼一声说："这个李智伟真有意思，这会儿居然还敢来投诉，这一次我得好好会会他！"

第43章 不是有意

另一边杨力和孙倩已经收集好了证据,他们把拍到的照片发给夏雨行后又打来电话:"李智伟把所有东西都藏在浴缸里!今天拉开浴帘的时候我们真的吓了一大跳。"

夏雨行挂断电话后对马可爱说:"这一次我们可以来个捉贼拿赃了。"

马可爱点头,两人一起去了李智伟的房间。

李智伟打开房门见是马可爱,立即气哼哼地说:"马总,我相信你才一直住在这里,结果,现在又是这样,你们这家酒店不但不干净,还不诚信,我一定要去曝光你们!"

夏雨行听到他这话笑了:"曝光我们?你们做律师的不是一直讲究所谓的证据吗?你有证据吗?"

李智伟听到他这话,顿时就怒了:"你们这是要跟我耍无赖吗?我告诉你们,我可不会怕你们,你们涉嫌虚假销售,恶意欺瞒消费者!你们酒店简直让人失望透顶,我要告你们!"

相对于李智伟的激动,夏雨行就要淡定得多,他缓缓地说:"行啊,你告吧,不过在你告我们之前,有件事情你可能需要解释一下!"

说完他走进洗手间,拉开浴缸的帘子,露出里面几乎堆成小山的各种各样的物品后说:"李先生,麻烦你解释一下这些东西是从哪里来的?"

李智伟看到那些东西时目瞪口呆,一时间完全弄不明白这些东西都是从哪里来的!

夏雨行递给李智伟一张单子:"这张单子是这几天顾客丢失物品的清单,李先生可以核对一下,看看有没有增减!"

李智伟满脸疑惑地看着那张单子,再看了浴缸里的东西,他习惯用淋浴并没有用浴缸，所以那条浴帘他从来就没有拉开过，他看到那些东西时比夏雨行还要惊讶。

夏雨行看着李智伟说："这些东西还麻烦李先生解释一下都是从哪里来的。"

李智伟气愤无比地说："哪里来的？我怎么知道是从哪里来的？这些摆明了是你们在栽赃、陷害！我要发长微博告你们！"

夏雨行看到李智伟的样子冷冷一笑："就知道你不会承认，但是这并不重要，我这里有一段视频请你看一看。"

说完他打开手机，然后播放了昨天晚上拍到的那段视频。

李智伟最先看视频的时候只是觉得有些眼熟，还有些气闷闷地看着夏雨行，在视频的最后看到视频中的女人回头时那张和他一模一样的脸时，他自己吓得尖叫一声，一屁股坐在了地上，眼里满是难以置信："这怎么可能！"

"李先生，一切皆有可能。"夏雨行缓缓地说，"这件事情麻烦您解释一下。"

"不可能，不可能，不可能！"李智伟激动地说，"那不是我！"

马可爱见他一脸气愤的样子不像是假装的，不由得微微皱起眉头，难道这件事情另有隐情？

她想起之前在大学时看到一个关于双重人格的故事，故事里一个人有两种完全不同的性格，这个性格做下的事情，另一个性格完全不知道，李智伟此时的情况和那个故事里的主角非常接近。

李智伟此时面色已经苍白，他喃喃地说："这不是我，不是我！"

马可爱温声说："李先生，这件事情可能有所误会……"

夏雨行朝她看了过来，她示意他把手机收起来，不要说话。

夏雨行此时也意识到事情可能和他们预期的不太一样，轻叹了一口气，收起手机后给李智伟倒了一杯水。

李智伟一口气把杯中的水喝完后情绪平复了些，他此时不如刚才那么自信，手还有些发抖，轻声说："我真的没有想到事情会是这样。"

马可爱和夏雨行对视了一眼，两人的眼里都有几分探究的味道。

马可爱轻声说："李先生如果觉得不舒服，不如先休息吧，我们迟点再来看您。"

说完她打算带着夏雨行离开，李智伟却说："小时候妈妈一直想要个女儿，我出生之后她一直把我当成女孩子养，并一再告诉我我应该是个女孩，不是男孩，直到妈妈去世后，我才穿回男装。我实在是没有想到童年的事情对我影响这么大。"

马可爱和夏雨行都有些意外，他轻声说："我以为那些事情过去了也就过去了，虽然偶尔午夜梦回的时候会觉得自己哪里不对劲，却没想到原来还有另一个我的存在。马总，对不起，给你和酒店造成困扰了。"

马可爱和夏雨行顿时都明白了过来，原来他真的有双重人格。

马可爱微笑着说："李先生客气了，我们也有做得不周全的地方，我们实在是没有想到您也是不知情的。"

李智伟轻叹了口气，马可爱又说："您现在的情况看起来似乎有些严重，我认识一个很好的心理医生，如果您不介意的话，我可以帮您联系他，至于酒店这边您大可放心，我和夏雨行绝对不会泄露任何关于您病情的消息。"

说到这里她略一顿后接着说："至于闹鬼的事情，对外我会说这只是一个误会，是配合万圣节主题做的宣传。"

李智伟感动地说："谢谢马总。"

马可爱朝他微微一笑："那我们就先出去了，不打扰您休息了。"

马可爱和夏雨行回到办公室后，夏雨行问她："你真的相信有双重人格吗？"

"相信。"马可爱轻声说，"我还相信，一个人的童年对人一生的影响巨大。"

夏雨行有些吃惊地看向马可爱，马可爱站在落地窗前看着窗外茫茫山景，想起童年往事，有些黯然神伤，她喃喃地说："小哥哥，我相信你一定还活着，只是你到底在哪里？"

夏雨行没听清她的话，问她："你在说什么？"

马可爱深吸了一口气说："没什么，你去忙吧！"

夏雨行有些担心地看了她一眼，见她没有半点说话的意思，不知她想到什么伤感的事情，也无从安慰，只能转身走了出去。

第44章 姊妹情深

虽然酒店里的"鬼"已经找了出来,但是酒店里关于闹鬼的传闻却还没有停息,甚至比之前说得更加有鼻子有眼,甚至还附有一张照片,说照片上的女人就是曾经在酒店自杀的女人,也就是所谓真正的鬼。

夏雨行看到那张照片后却莫名觉得有些熟悉:"咦,好像在哪里见过!"

杨力听到这句话吓了一大跳:"大哥,你不要吓我好嘛!这女人都死了快二十年了,你从哪里见过!"

夏雨行哆嗦了一下,有些吃惊地问:"什么?死了快二十年了?"

"对啊!"杨力神秘兮兮地说,"据说她就死在李智伟住的那间房间里,似乎是自杀的。"

夏雨行再看到照片上带着温柔浅笑的女人,顿时就觉得后背有些冷,他打了个哆嗦说:"错觉,错觉,一切都是错觉!"

赵青锋办公室,他手机屏幕显示着夏雨行看到的那个女人的照片,指着许晨的鼻子骂:"你脑子有病吧,谁让你把这张照片翻出来的?"

许晨缩着脖子说:"你之前说要推波助澜,把事情闹到最大,我就……"

之前客人投诉东西丢了时,赵青锋就觉得可以在这件事情上大做文章,就让许晨散播酒店闹鬼的谣言,这才让事情越闹越大。

许晨为了讨赵青锋开心,就把当年死在酒店里的女人照片找了出来,这张照片如今已经在酒店的员工之间广为流传。

"让你把事情闹大,没让你翻出当年的旧事!"赵青锋冷着脸说。

照片上的女人赵青锋是认识的,虽然当初是死在酒店里的,但是却和传闻中的

鬼没有关系，最重要的是，她的身份还……

许晨忙连声认错，赵青锋的手机响了起来，他看了一眼来电显示，对许晨挥了挥手："没有下次，滚！"

许晨一溜烟跑了出去，赵青锋接通电话后立即点头哈腰地说："对不起，对不起，是我没有调教好下面的人，他们把事情做过了。"

电话里声音明显透着怒意："赵青峰，我不管你在做什么，但是绝对不能触碰我的底线，朱玲是我的妻子，我绝不允许任何人拿她的事情说事！"

赵青锋忙迭声保证："绝对没有下次了，这一次只是意外！"

电话那头的声音略缓了些："之前我让你查的事情查得怎么样了？"

"一直都在查。"赵青锋忙说，"只是事情过去那么多年了，想要找到您儿子实在是不容易，请再给我一些时间。"

电话那头默了默，好一会儿才说："尽快！"

赵青峰迭声应是，挂掉电话后，他在心里再次狠狠地把许晨骂了一遍，这个自作聪明的浑蛋，害得他挨了骂！

赵青峰本来还想在闹鬼的事情上换个角度继续做文章，却没想到李智伟主动发微博澄清事情，同时，马可爱让公关部那边也发了微博，解释说这一次酒店闹鬼其实是为了配合万圣节的活动，微博上更详细地介绍了酒店将在万圣节举行活动的细节。

酒店闹鬼的事情前阵子在网上也传得非常猛烈，为此酒店还损失了一些客源，现在这两条微博一发，反而引起了一些猎奇的顾客入住，再加上万圣节的活动做得颇有趣味，一时间吸引了不少客源。

这些事情把赵青峰气得不轻，实在是没有想到马可爱会如此机智，竟会这样借力打力！

马可爱把心理医生介绍给了李智伟，同时向李智伟表达了她的谢意，李智伟表示等他病好之后，出差的时候还会再住JR。

彻底解决了李智伟的事情后，马可爱松了一大口气，她觉得整个酒店的空气都要好不少，只是她到一楼看到韩元斌和陆臻臻在一起的时候就觉得整个人都不好了。

韩元斌的突然出现超出了她的预期，她完全没有心理准备，就算那天说了要静一静理一下两人之间的关系，到此时也没能理出个所以然来。

此时她也不知道要怎么面对他，两人之间不知不觉间就有了巨大隔阂。

韩元斌走到她面前说:"可爱,我带陆臻臻来是向你解释那件事情的。"

那天晚上马可爱对他的态度让他心慌,这几天马可爱又因为李智伟的事情忙得不可开交,他连跟她说话的机会都没有。

他思来想去,觉得他们之间最大的矛盾还是在陆臻臻的身上,所以他决定带陆臻臻来向马可爱解释清楚两人之间的关系。

陆臻臻是唯恐天下不乱的主,看到马可爱后主动伸手挽着韩元斌的手说:"解释什么?解释我们才是真爱吗?"

韩元斌咬牙切齿地说:"陆臻臻!你够了!"

陆臻臻松开他的手笑嘻嘻地说:"开个玩笑嘛,干吗那么认真!"

马可爱斜斜地扫了她一眼,冷哼一声准备离开,陆臻臻拦着她说:"讲真,我现在对他已经没兴趣了,倒是你的那个什么助理挺有意思的,借我玩几天呗!"

马可爱冷着脸说:"陆臻臻,你不要太过分!"

"舍不得啊!"陆臻臻扁了扁嘴,"啧啧,可爱姐姐,你真的是太没良心了,有了新欢就忘了旧爱,不过没关系,我很大度的。"

她见马可爱的脸上有怒容,又笑着说:"酒店代言的事情我已经空出了档期,怎么样?有没有很感动?"

马可爱冷冷地看了她一眼,陆臻臻又说:"不要这么冷漠嘛,不要忘了,我们可是好朋友!是真正的姐妹情深,且我还是你们酒店未来的代言人,你这样冷着脸,要是让记者拍到说我俩不和,对你们酒店的形象可是会大打折扣的!这样就不好了!"

说完她指了指坐在不远处的记者说:"喏,那是我请来的人,所以可爱姐姐,笑一个嘛!"

两人说着话,倒把韩元斌晾在了一边。

马可爱定定地看了她足有十秒,她却完全不在乎,笑得可爱又温和,马可爱深吸一口气,强行挤出一抹笑容说:"虽然和你这样的人演姐妹情深真的很恶心,但是为了酒店,我还是愿意牺牲一下的。"

第45章 已经变了

那个记者趁机拍下好几张照片，照片里两人的关系看起来非常好，是真正的姐妹情深。

陆臻臻的嘴角上扬，眼里的笑意更浓："这就对了嘛，我们还是好姐妹嘛！"

马可爱看着她那秀美却有些淘气的脸，再看了一眼站在一旁的韩元斌，她再次觉得，他们三个人再也回不到当初了。

记者拍完照之后，马可爱就随便找了个理由走开了。

陆臻臻不以为意，对记者招了招手，给了他一张纸条，当天下午两人的照片便见于新闻页面，上面有一句话："JR是家超有魅力的酒店，我一住进来就喜欢上这里了，这里不但服务一流，就连老板都是超级大美人！亲们，来JR我们一起约会吧！"

马可爱离开的时候韩元斌看到了，他忙跟了过去。

马可爱是直接回的办公室，门关上，办公室里就只有两人，韩元斌看着她说："可爱，你也知道的，陆臻臻一直喜欢胡说八道，她的话，你千万不要信……"

"我知道她是什么样的人。"马可爱打断他的话说，"但是她却是你最信任的人，毕竟很多事你可以告诉她，而我却不能知道。"

"不是的！"韩元斌深吸一口气说，"我今天是来向你解释我为什么假死的事情。"

马可爱看向他，眸光沉了沉，他叹了口气说："我爸在泰国的生意越做越大，损害了一些人的利益，他们拿我爸没办法，就把主意打到了我的身上，曾经策划绑架我却没有成功，并数次威胁到了我的人身安全，我爸没办法，就借车祸的事情让我假死避风头，我之前一直瞒着你是怕把你牵扯进来伤害到你。"

马可爱听到这些有些震惊，她沉默了片刻后说："那你就可以把这些全部告诉陆

第45章 已经变了

臻臻，你就不怕伤害她？"

韩元斌愣了一下，想要解释，马可爱抢在他之前说："韩元斌，不管你是出于什么原因瞒着我，在我看来都是不应该，因为如你们所言，当时你爱的人一直是我，我才是你的女朋友！可是当你有事的时候，我却是最后一个知道，我们这样子能算男女朋友吗？"

说完她定定地看着韩元斌说："事到如今，我也不想多说什么，但是我觉得需要好好考虑一下我们之间的关系。"

韩元斌大惊，伸手就欲来抓马可爱的手，她忙避开，他看着她略带戒备的脸满脸失望地说："我实在是没有想到，我们之间会走到这一步，假死的事情我也向你解释清楚了，我觉得你应该能体谅我的！"

马可爱几不可闻地叹了一口气，她和韩元斌之间的关系，在陆臻臻宣布婚讯而他没有否认，又或者是在她看到两人纠缠不清，抑或是更早一点的时候就已经出现了裂痕。

到如今他一句她应该体谅他，她就要体谅他，并和他和好如初吗？

韩元斌看着她说："你这样拒绝我，是不是因为那个夏雨行？"

"和他一点关系也没有。"马可爱冷冷地说，"问题出在我们自己的身上，不管你是否愿意承认，都否认不了一个事实，那就是我们都变了！"

马可爱此时内心是震惊的，她突然发现，韩元斌和她想象中的完全不一样。

韩元斌满脸震惊地看着她，他来中国只是想陪在她的身边，和她像以前一样继续谈恋爱，但是现在她的态度却是拒他于千里之外，他有一种将要失去她的感觉！

不行，他绝对不能失去她，他要想办法留在她的身边，于是他过了好一会儿才说："可爱，我知道JR酒店最近遇到了危机，我想留下来做你的助理帮你，你知道我有家族民宿酒店打理的经验，我会做得比夏雨行更好。"

"我刚才已经说了，我们之间的事情和夏雨行没有关系！"马可爱皱着眉头说，她不明白为什么韩元斌一再提及夏雨行，他们两人的矛盾在泰国就已经存在，和夏雨行一点关系都没有。

韩元斌对她的话将信将疑，此时不愿争论，只轻声说："我想留在你的身边，做你的助理。"

马可爱伸手揉着眉心："我不需要助理，你要是想到酒店来工作，请走正常流程。"

韩元斌看着她的目光更复杂了三分,马可爱叹气:"你出去吧,我有些事要忙。"

韩元斌看了看她想要再说些什么,最终却什么都没有说,他出去后,马可爱打电话给人事部总监藤欣说:"如果有一个叫韩元斌的人来酒店应聘,不管他应聘任何职位,都直接拒绝。"

藤欣有些不明所以,马可爱并没有多做解释,交代了几句后就挂断了电话。

藤欣一头雾水,没想明白个中原因,第二天韩元斌就带着一份简历进来了,她按马可爱说的婉拒了韩元斌。

韩元斌知道肯定是马可爱有所交代,他心里有些烦,却也没有为难藤欣,直接出了人事部办公室。

出去的时候恰好被赵青锋看到了,他进来问藤欣:"刚才那个人是怎么回事?"

藤欣把马可爱的话说了一遍,赵青锋拿起韩元斌的简历看了一眼,眼里有些吃惊:"他居然是泰国高端民宿酒店EW的继承人,有点意思,我这里缺一个助理,你给他打电话问他有没有兴趣。"

藤欣有些为难地说:"可是马总……"

赵青锋冷笑说:"我招个助理还用不着问马总。"

韩元斌接到藤欣的电话有些意外,对他来讲只要能留在马可爱的身边就行,至于做谁的助理并不重要,所以他想都没想就直接答应了下来。

马可爱听说韩元斌成为赵青锋的助理后眉头皱了起来,她实在是没有想到他会做出这样的选择。

她一个人冷静了好一会儿后对韩元斌说:"我和赵青锋水火不容这件事情你知道吗?"

"我知道。"韩元斌看着她说,"但是这对我并不重要,我只要能留在你身边就行,我并不关心我的职位。"

马可爱深吸了一口气说:"果然,我们都变了。"

第46章 鸡飞狗跳

马可爱说完就挂了电话，伸手按了按眉心后还是觉得烦躁，于是就进了马东山的房间，房间摆设奢华，可是躺在病床上的马东山却虚弱不堪。

此时屋子里没人，医生和护士都不在，她轻声说："其实我以前挺恨你的，总觉得你抛妻弃女只要酒店的行为实在是过分，可是这段时间我经营着酒店，才发现和我之前的想法有很大的反差。而这段时间那个我曾经爱过的人回来了，可是我却觉得一切都不同了，他隐瞒了我太多的事情，我心里很害怕，且现在我们的隔阂越来越大，我感觉我已经快认不出他来了。"

她抹了一把泪接着说："我留在酒店本来只是想等你醒来，问你当年为什么要抛弃妈妈和我，可是现在……"

她长长地叹了一口气，又接着说："他今天接受了赵青峰的邀请做了他的助理，我知道赵青峰一定是看上了他的背景，想用他来打击我，而我和现在韩元斌的关系如此尴尬，我真的……爸，中国有句话，高处不胜寒，我真的不知道，原来以为冷血的你，是不是也会面对着如此冷血的局面，自己时刻处于危机之中，你是不是也会难过……"

她有些颠三倒四地在马东山的床前说着最近发生的事情，说完觉得舒服了不少。

整体来讲，她接手JR后压力很大，却也更加坚定她守着JR的信念。

她起身离开时衣服不小心带了马东山病床旁抽屉的把手，抽屉被拉开。她往里看了一眼，里面放着一张相框，相框里有张照片，照片里马东山和李航嫣抱着幼年的她，除了他们外，里面还有闹鬼事件流出照片的女人，那个女人的怀里抱着一个小男孩，小男孩她是认得的，是曾经和她一起被绑架的宋家毅。

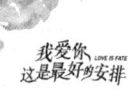

看到这张照片她想起极遥远的往事,当时两家人关系很好,两家人也都很完整,如今李航嫣已经去世,马东山躺在病床上不能动,而宋家那边,宋天明的妻子朱玲据说在宋家毅失踪后不久郁郁而终,宋家如今也只有宋天明一人了。

她的心里觉得堵得慌,伸手把相框扣到另一边,几不可闻地叹了一口气。

她下楼的时候还有些心不在焉,快到办公室时夏雨行匆匆地跑了过来,慌里慌张地说:"马总,救命啊!"

她愣了一下,跟在夏雨行身后的陆臻臻也追了过来:"可爱姐姐,你可是答应过把他借我几天的,不许食言!"

夏雨行立即躲到马可爱的身后说:"我和你不熟,才不要做你的助理,你不要再来缠着我了!"

今天一早,夏雨行一上班陆臻臻就来找他,对他又是戏弄,又是折腾,这一上午愣是把他折腾得头晕眼花,还差点连累他被客户投诉。

他心里烦不胜烦,忍不住抱怨了几句,然后就跟捅了马蜂窝一样,陆臻臻说他不尊重她,为了处罚他,让他给她做助理。

夏雨行一想到她磨人的手段,心里就有些害怕,立即就拒绝了,结果她就跟牛皮糖一样,缠得他什么事情都做不成,他实在是没办法,才过来向马可爱求救,结果她也跟了过来。

马可爱看到陆臻臻,也觉得头大,陆臻臻坏坏一笑,对马可爱说:"可爱姐姐,他可好玩了,你就把他借我玩几天呗!"

夏雨行烦她烦得要死,听到这话,立即纠正:"我是人,不是玩具,玩什么玩!"

"我又没说要玩你,你紧张什么?"陆臻臻眉开眼笑地说,"啧啧,你该不会是往那方面想吧?夏雨行,你思想不单纯!"

她说完又对马可爱说:"可爱姐姐,他刚才的话你也听到了吧?这小子脑子里也不知道装了什么,你身边跟着这么一个人实在是太不安全了,我一向很有牺牲精神,这么不安全的人你就交给我了,不出一个星期,我一定让他回归正道,服服帖帖!"

夏雨行见识过陆臻臻的战斗力,她在他心里的形象早就崩塌,此时再听到她的这番话,他是真的想要吐血了。

他求救地看向马可爱:"马总,她这样的人怎么可能成为大明星?她是假的陆臻臻吧!"

第46章 ❤ 鸡飞狗跳

马可爱伸手按了按眉心，陆臻臻笑眯眯地说："我怎么可能是假的？你这样说真的是太伤我的心了，要不为了证明事情的可信度，我们传一段绯闻试试就知道了。"

夏雨行打了个哆嗦，现在的明星好可怕，动不动就要炒绯闻！

陆臻臻看到他的样子笑出了声："我还从来没有和酒店的员工传过绯闻，想想就让人激动！"

夏雨行觉得他以后再也不会追星了！

马可爱深吸了一口气，她太了解陆臻臻的脾气，要是不让她如愿，能把酒店给折腾得鸡飞狗跳！

她看着夏雨行说："几天你这就牺牲一下，跟在陆臻臻的身边做她的助理。"

夏雨行听到这句话瞬间石化，陆臻臻拍手说："还是可爱姐姐对我最好了！"

夏雨行急了："马总，陆臻臻她……"

"我知道。"马可爱伸手拍了拍他的肩说，"所以才把这么艰巨的任务交给你，这叫牺牲小我，成就大我，也是天将降大任于斯人也，必先苦其志，劳其筋骨……"

"我知道了！"夏雨行一脸悲戚地说，"不就是做几天陆臻臻的助理嘛，我做就是！"

马可爱满意地点了一下头说："我就知道你最善解人意，那么这几天就辛苦你了，加油！"

说完她就进了办公室，直接关上了门。

夏雨行有一种掉进坑里的感觉，陆臻臻活动了一下手指，坏笑着对他勾了勾手指："从现在开始，你就是我的人了！这么多人中我独独选了你，有没有很意外，有没有很开心？"

夏雨行看到她这副样子打了个哆嗦，意外是很意外，开心就和他一点关系都没有了！

第47章 变态女人

夏雨行下意识地用双手抱住了胸,觉得接下来的几天他将过得无比悲惨,事实证明他的直觉是正确的。

他成为陆臻臻的助理后,就被她直接带去了片场。

到片场之后,陆臻臻对他极尽蹂躏之能事,除了跑前跑后伺候她的饮食起居外,还要帮着整理搬运各种道具,最后还被推去当替身演员,跳上跳下被人当沙包打。

一天下来,夏雨行觉得他全身上下都被虐脱了一层皮,身上又青又紫。

若只是身体劳累也就算了,陆臻臻还在一旁各种挑剔,不是说他体力不行,就是造型不行,嫌弃他做事太慢,言语间还有诸多挑衅和鄙视。

夏雨行觉得陆臻臻绝对是世上最变态的女人,没有之一!

收工的时候夏雨行忍不住说:"你既然这么嫌弃我,那么明天你换人吧!我不干了!"

"那可不行。"陆臻臻不怀好意地说,"我费了那么大的力气才把你从可爱的身边抢过来,要是就这么放你回去,我岂不是太没面子?"

夏雨行瞪了她一眼,她轻轻一笑:"所以就算你这也不行,那也不行,我也只能忍了,谁让我大度呢?"

夏雨行:"……"

陆臻臻看到他那副样子又说:"我对你这么包容,你有没有很感动?"

夏雨行憋了一口气,最后咬牙切齿地说:"我谢谢你啊!"

"不客气,大家是自己人,不用谢的。"陆臻臻微笑着说。

接下来的几天,夏雨行算是发现了,只要他不开心,陆臻臻就很开心,而陆臻臻说话，三句话不离马可爱。

夏雨行问陆臻臻："你是不是很喜欢可爱老板啊？"

"当然啊！"陆臻臻答得理所当然，"她是我最好的朋友，我是打算和她做一辈子的闺密的，所以她的男朋友都得先过我这一关，所有能被抢走的男人，都配不上她！"

说完她看着夏雨行说："你小子定力不错啊，居然没有拜倒在我的石榴裙下，我还蛮欣赏你的。"

夏雨行不客气地送了她一记白眼："陆臻臻小姐，就你这样的做事方法，只要是男人就都会害怕，就算你美得像妖精，我也绝对不会动心！"

陆臻臻咻咻一笑，笑完后神情又有些落寞，她单手撑着脑袋说："是吗？我现在居然这么没魅力了啊！"

夏雨行看到她露出这样的表情有些意外，她又说："不过也没有关系，魅力这种东西，我从来就不缺，不过我是真觉得你很有意思，不如我们正儿八经地谈一场恋爱吧！"

夏雨行对她这说法表示"呵呵"："谢谢你啊，我还真高攀不上。"

"夏雨行，你是不是喜欢可爱？"陆臻臻笑着问，"要不然你没道理对我这么个绝色大美女无动于衷，却每天一看到可爱就露出花痴的笑。"

"花痴的笑？哪有！"夏雨行立即否认，"我对可爱很尊重的，还有，你虽然是绝色大美女，但是很抱歉，你不是我喜欢的那一款，在我的眼里，可爱比你好一百倍！"

他说的是他心里最真实的想法。

几天下来，他对她的性格也知晓了个七七八八，她虽然喜欢折腾人，却也并没有什么恶意，就是在逗着他玩，所以在她面前，有时候说真话比假话管用。

果然，陆臻臻听到他的话之后一点都没有生气，而是问他："你真的这么想？"

"那当然！"夏雨行大声说。

陆臻臻盯着他看了足有十秒，然后笑嘻嘻地说："这样啊，那就更有意思了，我宣布，从现在开始，你就是我的人了，以后有什么事情我罩着你！"

夏雨行听到她这句话想吐血，什么叫是她的人？她真是喜欢乱说话啊！

两人这么打打闹闹了几天，夏雨行虽然每天都被陆臻臻折腾得很惨，两人也没少斗嘴，吵得多了，居然发现彼此很对对方的胃口，都喜欢马可爱，都喜欢耍无赖，居然在不知不觉中建立了革命般的友谊。

两人吵吵闹闹间，银行审查的人已经住进了酒店，马可爱每天都在为这件事情而忙。

夏雨行有心想要帮忙却被陆臻臻缠得连喘口气的机会都没有，韩元斌主动站出来说要帮马可爱处理这件事情。

现在的酒店里，马可爱最信任的人当然还是夏雨行，但是夏雨行被陆臻臻缠住了，满酒店的人似乎只有韩元斌能让她稍微放心一点，所以她同意由韩元斌来处理这件事情。

夏雨行从杨力那儿听到这个消息的时候觉得整个人都不好了，他不想待在片场，想回到酒店来帮马可爱，但是陆臻臻却一直不放人。

这天两人回到酒店的时候，恰好看到韩元斌满脸堆笑地和一个六十来岁的客人握手，两人似乎相谈甚欢，客人走后，韩元斌看到了站在门口的夏雨行。

他走到夏雨行的身边说："我觉得以你的能力跟在陆臻臻的身边打杂真的挺合适的，可爱这边有我就够了。"

夏雨行的面色冷了下来，他还没说话，陆臻臻已经开口了："什么叫可爱有你就够了？还有我呢！还有，夏雨行是暂代我的助理，可不是打杂，我们这是高尚的演艺事业，懂吗？"

韩元斌不愿和她做口舌之争，冷笑一声准备离开，却听见陆臻臻又说："夏雨行，我的助理明天就到了，你不用再天天跟我去片场了。"

夏雨行听到这句话如同听到了仙乐一般，难伺候的陆臻臻终于有点人性了，他终于能回来帮马可爱了！

韩元斌轻笑一声："说句难听的，就算他回来了，也帮不上可爱什么忙。"

说完他抬脚就走。

夏雨行皱眉："他这样也太看不起人了！"

"他有看不起人的资本啊！"陆臻臻笑着说，"他可是泰国最大的民宿连锁酒店的少东家，本来就是含着金汤匙出生的，再加上人家本来就很聪明，学历高，能力强，长得帅。"

夏雨行感觉受到了暴击,陆臻臻又问他:"你有像他那么厉害的爸吗?"

夏雨行摇头,陆臻臻又问:"你有酒店管理的硕士毕业证吗?"

夏雨行再次摇头,陆臻臻哈哈一笑:"所以他看不起你很正常嘛!"

夏雨行瞪着她磨了磨牙准备为自己辩解几句,她却又笑着说:"不过在我看来,家世和学历都不重要,你长得比他帅,做事比他稳,比他更暖更贴心,也不是完全没有机会追到可爱,所以你要加油哦!"

夏雨行因为她明天不让他去片场这事决定大气一点不和她一般计较,陆臻臻却伸手攀上他的肩说:"我对你好吧?为了报答我,今天晚上陪我吃火锅呗!"

夏雨行还没来得及拒绝,马可爱走了过来,她看了两人一眼后对夏雨行说:"看来你很适应和陆臻臻相处的节奏,你们相处得很不错嘛!"

夏雨行暗叫一声不好,马可爱该不会误会什么了吧?

他忙躲开陆臻臻打算解释一下这件事情,马可爱抢在他之前说:"你这段时间陪陆臻臻去片场应该很辛苦吧,我是个有情有义的老板,这几天你就好好休息,酒店和银行审查的事情你就不要再管了,韩元斌会处理好的。"

她说完扭头就走,夏雨行有心想要解释几句她却已经走远了,顿时把他急得不行。

陆臻臻看到这一幕却笑了起来:"可爱姐姐这是吃醋了吗?"

夏雨行瞪了她一眼说:"我快被你害惨了!"

陆臻臻摊手说:"什么叫我把你害惨了,我分明是在帮你!所以你必须得好好谢我!"

夏雨行觉得他上辈子肯定挖了陆臻臻家祖坟，要不然她不会这么折腾他！

陆臻臻看着他说："今天晚上来我房间吃火锅，你要是敢不来的话，我就立即投诉你！"

夏雨行一脸的无奈，他清楚地知道，陆臻臻说得出就做得到，他要是敢不去的话，她不但会投诉他，还会想其他的方子折腾他。

于是入夜后他去了陆臻臻的房间，进去后，却发现她果然在煮火锅！

他进来后，陆臻臻忙说："你来得正好，快来帮我拿胶带把烟雾报警器缠上！"

夏雨行见她一点都不淑女地站在桌子上惊得目瞪口呆，她私底下真的是一点明星的样子都没有！

他忍不住说："你这样煮火锅是违反酒店规定的！"

"我呸！"陆臻臻瞪了他一眼说，"酒店规定在姐这里一毛钱都不值，人生要是不能吃火锅，还有什么意思！你就说你帮不帮吧！"

夏雨行无奈地说："帮帮帮！"

贴好烟雾报警器后两人就一起涮起了火锅，最初夏雨行还有些拘谨加不自在，吃开之后他也就不客气了，两人一边吃着火锅一边聊着天，前段时间打打闹闹的隔阂似乎都被抛到了九霄云外。

吃着吃着陆臻臻觉得渴，就从冰箱里拿出啤酒，在开的时候不小心把酒洒到了夏雨行的身上，她忙说："这次真不是故意的，抱歉！"

夏雨行的衣服湿了大半是不能穿了，问她："你这里有没有浴袍我先换一下，衣服放这里晾一下应该就能干。"

陆臻臻一边倒酒一边说："你们酒店里配的浴袍我都没有穿过，你随便穿。"

夏雨行去洗手间顺便洗了个澡换好浴袍过来接着吃，正在此时门铃被按响，他忙去开门，一打开门马可爱站在门外，他顿时愣在那里。

马可爱看到他穿着浴袍、湿着头发愣了一下，一股说不明道不白的火气直接就蹿上了心头。

夏雨行见她脸色不对，再看了看自己的样子，忍不住想要解释："马……马总……"

陆臻臻从里面跳出来笑嘻嘻地说："可爱姐姐来了啊，一起吃火锅啊！"

马可爱没理她，看着夏雨行说："不好意思，打扰你们了，夏雨行你的服务可真周到啊！"

第48章 一场误会

夏雨行有口难言，只得硬着头皮解释："不是你想的那样！"

马可爱冷笑一声，看了两人一眼："你们继续。"

她说完转身就走，夏雨行起身欲追，只是看到身上的浴袍只得打住，他有些懊恼地挠了挠头。

陆臻臻在旁耸了耸肩，一脸无辜地说："这次真不关我的事，我也没想到她会这个时候来！"

夏雨行一脸的沮丧，他实在是没想到吃个火锅还能出这事，简直就是火锅引发的灾难！

陆臻臻在旁看到他的样子轻笑了一起，上次她和韩元斌的事情是她故意的，这一次却是无意的，马可爱前后两次的反应似乎有些不太一样。

那一次马可爱看到后一言不发就走，这一次却还说了几句话，眼里的愤怒难掩，这是不是意味着其实在马可爱的心里，夏雨行和韩元斌是不同的？

她喝了口啤酒，觉得这是一个很有意思的发现，只是不知道她那个一心只记挂着工作的可爱姐姐有没有意识到这件事。

夏雨行再也没有吃火锅的心情，去浴室换回他湿答答的衣服就走，陆臻臻这一次没有拦他，只是在那里笑："这是我这一辈子吃得最有意思的火锅。"

夏雨行瞪了她一眼："依我看，你就是唯恐天下不乱！"

陆臻臻并不解释，只是坐在那里咯咯地笑，夏雨行看着她的样子气闷闷地走了出去。

马可爱离开之后想起夏雨行穿着浴袍在陆臻臻房里的样子，咬着唇骂了句："果然，男人都是大猪蹄子！"

她想到上次韩元斌和陆臻臻的事情，长长地叹了一口气。

夏雨行觉得这事是个天大的误会，心里郁闷得不行，有些异样又烦闷的情绪，终于让他意识到一件事情，他已经不只是喜欢马可爱了，还爱上了她。

这个发现让他有些意外，他长这么大，还是第一次如此在意一个女孩子。

之前他就有追她的心思，到此时完全弄明白自己的想法，心意也就更加坚定了。

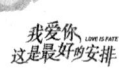

第49章 他的求爱

夏雨行想向马可爱认真解释晚上发生的事情,只是马可爱每次看到他都是一脸的冷漠,要么她在处理事情,要么身边跟着很多人,他一直找不到解释的机会。

为此,夏雨行深感忧伤,连带着心情也跟着低落了起来,整天魂不守舍。

杨力很快就发现了他的异常,作为好兄弟,杨力当然要关心一下。

两人回到出租屋后,杨力就问夏雨行发生了什么事,夏雨行想着杨力在这方面的经验怎么也强过他,于是他问:"你有没有什么追女孩子的法子?"

"你这可算是问对人了。"杨力一听到他这么问立即就来了精神,忙说,"哥有一千零一种追求女孩子的秘方,这些秘方总结出来其实就是四个字:制造浪漫!我跟你说,没有女人能抵挡得住男人的浪漫!"

他说完后用手肘轻捅了一下夏雨行:"你这样问我该不会是想正式追老板了吧?"

夏雨行笑了笑没有否认,杨力一下子就来了精神,伸手拍了拍夏雨行的肩膀说:"太不容易了,终于开窍了!哥,你可得加油,你要是追到了老板,我也能跟着沾光啊!"

夏雨行轻推了他一下:"去去去,这事八字还没一撇了,再说了,可爱老板不好追啊!她对我似乎还有误会。"

"有误会解释清楚就好了。"杨力笑嘻嘻地说,"这些在我看来,都不是问题,而且我对你很有信心啊,你是谁?我们学校的天才少年啊!"

听到他这话夏雨行笑了,想起那些久远的事,生活最是磨砺人,曾经的天才少年如今早就失去了光环。

第49章 他的求爱

只是说到这些往事，他对自己又添了几分信心，就算如陆臻臻所言，他没有韩元斌那样的家世，没有光鲜的学历，但是那又如何？

他是夏雨行，独一无二的夏雨行，真心喜欢马可爱的夏雨行！愿意为她做任何事的夏雨行！

他握着拳头说："是的，我一定会追到她的！"

杨力看着这样的他也是开心的，这么多年了，杨力还是第一次看到如此斗志满满的夏雨行，果然，爱情的魅力是无限的！

杨力笑着说："既然你想要追老板，那可得制订一下计划了，毕竟老板是没那么好追的。"

夏雨行点头同意他的观点，于是他把这些年来自己总结出来的追女孩子的经验全部告诉了夏雨行，夏雨行听到他那些听起来就花里胡哨的主意，有些担心地问："这样行吗？"

杨力自信满满地说："当然行啊，我有经验的！当初我就是这样把孙倩追到手的。"

说完他又鄙视地看着夏雨行说："像你这种全天下最不了解女人的男人有资格怀疑我的话吗？"

夏雨行："……"

好吧，他承认，在遇到马可爱之前他从来就没有喜欢过哪个女孩子，对于女孩子的心思和想法也完全不懂，既然不懂，那就听杨力的安排吧！

夏雨行很快就根据杨力的描述制订了一个计划，并马上付诸实施。

入夜后，酒店后花园里静无一人，居中的长桌上摆着蜡烛和各色美食，还开了一瓶上好的红酒，花园里的花开得正艳，暗香浮动，处处充满了浪漫的味道。

马可爱一个人走进了花园，她看到花园的摆设眉着微微皱了起来，刚才夏雨行打电话给她，说有非常重要的事情要向她汇报，让她来一趟花园。

走进花园后看到眼前的情景，她眉头微微皱了起来，谁这么无聊把花园布置得如此梦幻？这是哪个二货在追小姑娘？都什么年代了，还玩这一套把戏。

马可爱在花园里没有看到其他人，她又恰好有些渴，看到桌上的红酒后拿起杯子倒了一杯，喝了一口，有些意外地说："这酒还不错！还有点品位。"

于是她又喝了一口，然后就听到身后有脚步声。

她有些好奇地转身一看，见夏雨行穿了一套得体的西装，手里拿了一朵玫瑰花

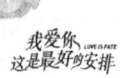

朝她走了过来。

他明显是刻意打扮过的,整个人无论是气质还是气场都和平时穿着便装或者工装的他完全不同,整个人显得帅气又挺拔,平时的痞赖之气尽散,只余下一本正经。

这样的他无疑是符合时下众人对于帅哥的审美,只是她从来没有见过这样的他,吓了一大跳,一口红酒差点喷出来。

她强忍住后剧烈咳嗽起来,夏雨行实在想到她会是这样的反应,忙递给她一张纸巾,她连咳了好几声后才平息下来。

她强忍着笑意擦了擦嘴角问:"夏雨行,你穿成这样子是要干吗?"

夏雨行看到这样的她莫名紧张,深吸一口气努力平复自己的紧张情绪:"现在是下班时间,我能否有幸请马可爱小姐共进晚餐?"

马可爱扫了一眼桌上的美食,都很不错,大部分都是她喜欢吃的菜。

她再四下看了一下,花园里依旧梦幻浪漫,没有其他人,她再看了一眼夏雨行有异于平时的打扮,顿时就明白他很可能就是那个想要求爱的二货,而她很可能就是女主角。

她的心里莫名有些紧张,果然事情和自己有关时心态也会有所变化,她不着痕迹地调整了一下自己的呼吸,然后板着脸面无表情地说:"有什么话直接说,否则我扣你工资。"

夏雨行看到她的反应原本有些紧张的心顿时就更紧张了,马可爱的反应和杨力为他设想的完全不同啊!

他一紧张,也就忘了之前想好的告白话语,直接说:"那天晚上我在陆臻臻房间的事情只是意外,我只是不小心把衣服弄脏了临时换一下,这才换上她房间的睡袍。"

"这些和我没有关系。"马可爱不自觉地松了一口气,还好他不是告白,看来他今天弄出这副样子只是向她解释那天晚上的事情。

夏雨行愣了一下,马可爱又淡淡地说:"你要是没有其他事情我就先走了,酒店最近很忙,银行审查的结果还没有下来,我没空陪你在这里胡闹。还有,那天的事情在我看来已经过去了,你不需要再向我解释什么。"

马可爱说完欲走,夏雨行见她要走心里不由得一急,忙拦住她的去路说:"那个,我还有其他的事情……"

马可爱一听他这话心里就有些紧张,怕他说出什么"我喜欢你""我爱你"之类的话来,于是她冷着脸说:"是公事还是私事?公事的话请上班时间再来找我,私事的话就算了,我和你之间没有任何私事。"

她这话立即就把夏雨行要说的话全部都堵住了,他的心里有些难过,轻声说:"我知道最近酒店频频出事,你的压力也很大,我想帮帮你。"

"谢谢。"马可爱的手半抱在胸前,语调平缓地说,"在我看来,你做好你的本职工作就是在帮我,至于其他的事情,我自己能想办法解决。"

夏雨行看着她这副拒人于千里之外的样子心里一阵挫败,却又觉得那些话不说出来实在是憋得慌,于是看着她说:"我……"

"等一下。"马可爱直接打断他的话,"夏雨行,你该不会误会什么了吧?"

夏雨行愣了一下,马可爱接着说:"你最近工作心不在焉,发挥失常,如果是我做错了什么让你误会了的话我向你道歉……"

"不是!"夏雨行忙打断她的话,"不关你的事,你没做错什么,是我自己……"

他叹了口气,轻抚了一下额头,事情的发展方向和他预期的完全不同,她此时其实已经变相拒绝了他,他心里无比沮丧。

马可爱看着他的目光复杂了些:"我现在只想着如何让JR东山再起,其他的事情我暂时都不会考虑,我也希望你把心思都用在工作上。"

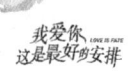

夏雨行心情低落，低着头没说话，这个结果他之前虽然也想到过，但是真的被拒绝时又觉得无比扎心。

马可爱看了他一眼，心里有些不忍，却又觉得现在这种情况下还是保持距离为好。

于是她转身离开，却因为动作太大不小心勾到了桌布，桌布一动，把桌上的蜡烛和杂物全部带倒在地。刹那间，蜡烛点燃桌布，火光滔天。

原本站在那里沮丧无比的夏雨行看到这一幕面色大变，大喊一声："小心！"

他一把将她拉过去，没想到因为太过紧张用力过大，把她拉过来的时候撞在自己身上，他一个不稳倒在地上，马可爱直接摔在他的身上，她的唇吻上了他的唇。

温软的触感对两人而言都相当陌生，鼻息更闻，四目相对，一时间竟都不知该如何反应，两人的心都不受控制地狂跳起来。

这样的场景对马可爱而言有些熟悉，在她四岁被绑架时，也曾遭遇到大火，和她一起被绑的宋家毅也这样将她护在身后，当时的两人也摔在了一起。

熟悉的场景，陌生的人，却在那一刹那重合了起来。

熟悉而又陌生的气息，就那么不经意地轻拂过她的心弦，撩得她有些迷茫，似乎在这一刻，夏雨行就成了宋家毅，她喃喃地说了句："小哥哥。"

这边的巨大动静引起了酒店其他工作人员的注意，他们匆匆赶过来灭火，嘈杂声也让两人回过神来。

酒店的员工无比吃惊地看着这一幕，天哪，他们平时一本正经的老板竟然如此豪放！

马可爱终于意识到两人这样有多不雅，她手忙脚乱地站了起来，扭头朝那些看过来的员工扫过去，一众员工立即扭头，灭火的灭火，看天的看天，还有人说："今天这场火烧得真好看。"

众人憋不住，轻笑了一声。

马可爱站起来的时候，夏雨行也跟着站了起来，他此时脸红心跳，想看马可爱又不敢看，不看又觉得舍不得，于是他终于鼓起勇气朝马可爱看去。

马可爱此时也在看他，见他看过来她的心情也很复杂，她瞪了夏雨行一眼，一言不发地离开了。

夏雨行看到她的样子想追又不敢追，终究只是看着她的背影发愣。

几个看到全程的员工嘻嘻哈哈地看着夏雨行打趣了几句，他有些尴尬地笑了

第50章 惊慌之吻

笑,却没有说话,一扭头看到一地狼藉轻叹了口气,看来这一次是真的搞砸了。

他的人生初告白啊!

告白失败,夏雨行第二天来酒店上班的时候都无精打采,只是他很快就发现了异常,几乎所有见到他的同事都会对着他笑,稍微熟一点的还会拍一下他的肩说:"兄弟,好样的!"

夏雨行一脸的莫名其妙,看了看自己:鞋子没有穿反,衣服也很整洁,脸上更没有脏东西。

他随手拉了个同事问:"怎么了?"

同事看着他暧昧一笑,一言不发地就走了。

夏雨行就更加莫名其妙了,一扭头,见陆臻臻站在不远处似笑非笑地看着他,他忙走过去问:"今天这是怎么了?都这样看着我?"

陆臻臻看着他意味深长地笑了笑,然后把手机点开给他看,他的眼睛立即就直了,他居然上新闻了!

新闻上的他被马可爱扑倒在地亲吻,两人的样子看起来无比亲密。

正是昨天晚上他们在花园里不小心摔倒的画面,新闻标题有点贱贱的:霸道女总裁和小男友亲密约会。

"要死了!"夏雨行拍了一下额头,脸不自觉地红了。

陆臻臻看了他一眼说:"看不出来啊夏雨行,你和可爱姐姐真是进步神速,看来那天晚上的事情,对你们之间的关系不但没有恶化,反而成了助力,你要怎么感谢我?"

夏雨行下意识想要解释,只是这种事情只会越描越黑,他轻叹了口气说:"谢你就不用了,我还是先想想怎么过可爱那一关吧!"

陆臻臻笑着说:"所以你这样是英雄难过美人关吗?"

夏雨行懒得跟她解释,他心里苦啊!

他开始纠结要怎么哄马可爱,要不要送她一份礼物表达自己的歉意?毕竟这事是因他而起。

陆臻臻看着他的样子失笑,等他走远后,她喃喃地说:"看来我的直觉是对的,可爱姐姐对夏雨行还真的是不一样啊!"

第51章 别有用心

马可爱看到那则新闻也觉得头大,酒店里别有用心的人盯她盯得真不是一般的紧。

她仔细回想昨天在场的员工,人数众多,她也不能确定这照片是谁拍的,但是她也知道,她来酒店的时间尚短,而赵青峰已经在酒店里经营了很多年,到处都是他的人也很正常。

现在要考虑的是怎么把这件事情的影响降到最小,不要影响到银行的审查,她伸手按了按眉心。

她在心里抱怨了一句:"都怪那个夏雨行,没事弄出事来!"

只是抱怨完之后,她又不自觉地想起昨天晚上温软的触感,脸不自觉地红了。

她心里烦闷,起身给自己倒了一杯酒。

正在此时,房门被敲响,打开门后见韩元斌在外面,伸手按了按眉心后问:"你是来问新闻的事情吧?"

韩元斌点头,她无奈地叹了一口气,打开门,让他进来,然后顺手为他倒了一杯酒说:"我没什么好解释的,也不需要向你解释什么,毕竟我们也算是分手了。"

听到这句话韩元斌眉头皱了起来,他一早看到新闻的时候就很不淡定了,当时就想来问马可爱,却又告诉自己要冷静,这件事情一定是夏雨行搞的鬼,和马可爱无关。

只是就算是他一直这么安慰自己,心里也平静不下来,一上午都心不在焉,工作上频频出错,到傍晚的时候,他实在是忍不住了,就过来找她了。

而她此时的这句话却让他觉得难过,这算是承认她和夏雨行的关系吗?

韩元斌的心情复杂,却说:"我不是来听你解释的,你也不需要向我解释什

第51章 别有用心

么,我只是来告诉你我的看法,我如果说不在乎那绝对是假的,但是我是世上最了解你的人,知道你不管什么事情都喜欢自己撑着,所以不管在什么时候,我都会无条件支持你,信任你。"

马可爱听到他的话有些意外,她轻声说:"谢谢你的信任,我知道我闯了祸,小时候闯了祸之后可以逃避,可是现在我长大了,我要学会面对了,酒店现在的局势很紧张,我必须努力,现在酒店正处于银行贷款审核的复审阶段,绝不能再出差错……"

韩元斌听到她这句话立即就放下心来了,原来她刚才那么说真的只是故作镇定,他相信昨晚的事情是个意外,不是她的本意。

他看着她的眼神里有些担忧:"我听说赵总在银行那边有些关系和人脉,要不要我帮你找他……"

"他就算了吧!"马可爱打断他的话后淡淡地说,"如果他真的愿意帮我的话,就不会等到现在,而是在肖先生帮我介绍银行的人之前。所以依靠别人是不可取的,只有自己拥有绝对的主动权才不会被动。"

韩元斌闻言有些意外:"可爱,你真的变了。"

她依旧强势,却更有担当,现在的她,竟真的有几分大酒店老板的样子了。

马可爱苦笑一声,又叹了一口气:"是啊,我们都变了,韩元斌,我们再也回不去了!"

韩元斌愣了一下,正在此时,门被敲响,马可爱打开门见是夏雨行。

她愣了一下,不自觉地看了一眼屋里的韩元斌后下意识地解释:"他是来跟我谈工作的。"

韩元斌听到马可爱话有些意外,吃惊地看着她,以她的性格如果不在乎夏雨行的话绝对不会出言解释,她这么说是怕夏雨行误会。

这个发现让韩元斌的心里极度不舒服,他看着夏雨行的眼神满是敌意。

夏雨行也没想到这么晚了韩元斌还在马可爱的房间里,他的心里也觉得极度不是滋味。

他趁着午休的时候出去买了份小礼物打算给马可爱赔罪,却用了一下午加一晚才鼓起勇气敲响了马可爱的门。他的勇气在看到韩元斌后彻底用尽,他把准备好的小礼物放在背后,用平淡的神色掩饰内心的失落:"我也是来找你谈工作的,不过我的事情不急,明天再找你也一样,你们慢慢聊,我先回去了。"

说完他转身离开，马可爱想要说什么却最终什么都没有说。

韩元斌看了她一眼后说："天色不早了，你也早点睡。"

马可爱点了一下头，韩元斌离开后追上夏雨行，两人一起进了电梯后韩元斌冷着声说："你离可爱远点！"

夏雨行笑了："你以什么身份跟我说这些？前男友？"

在这种情况下，他就算是心里再失落也要掩饰好，输人不输阵！

韩元斌咬着牙说："我和可爱暂时有些误会，但是那些误会迟早会解释清楚，这次你和可爱的绯闻对酒店和她个人都造成了巨大的困扰，我希望你弄清楚自己的身份，不要再制造麻烦！"

夏雨行挑眉一笑："你是不是想多了？还有，我和可爱之间的事情和你没有关系！"

韩元斌冷笑："我不管你怎么看我，有一点你必须弄清楚，你和可爱是两个世界的人，而我和可爱才是一对，是一个世界的人！"

电梯门打开，他说完微抬着下巴走了出去。

夏雨行在电梯里看着他的样子微微皱了一下眉，眸底有了几分无奈，韩元斌最后的那句话终究是命中了他的靶心，他和马可爱的差距的确很大，他不自觉地叹了一口气，心里无比失落。

夜里赵青峰接到了一个电话，电话里的人将他劈头盖脸骂了一顿："赵青峰你有没有长脑子？风月场所？你脑子里装的是糨糊吗？你出于私心报复马可爱，为了眼前的蝇头小利，急于求成，你差点打乱我整个布局！银行那边我自有打算，我说了我要的不是简单的收购，你这样自作聪明，不仅不足以动摇马可爱，而且过早暴露自己，让马可爱有所提防。"

赵青峰缩着脖子说："我是看银行的贷款快要下来了，怕那丫头……"

电话那头声音冰冷："如果下次还是这样自作主张，我一定不会轻饶你！"

"对不起，你别生气……"赵青峰忙解释。

对方已经挂断了电话，赵青峰拿着手机撇了一下嘴，却终究什么都没敢说。

第52章 长辈风范

马可爱和夏雨行的事情闹得很大，惊动了宋天明。

第二天宋天明就带着助理来到酒店，平时虽然他不太参与酒店的管理，但是员工都认识他，对他都相当尊重，一路走过来，看到他的员工都非常礼貌地上前打招呼。

他遇到打招呼的员工都会略点一下头，员工们立即动力满满做事更加细心认真，对待客人更加热情。

新来的员工有些好奇地问老员工："刚才那个人是谁啊？为什么你们看他的眼神那么敬畏？"

"他就是宋总。"老员工回答，"他平时不常来酒店，但是却是我们酒店的灵魂，只要有他在，JR就不会有事。"

新员工一脸惊讶地说："是吗？我一直以为马总才是酒店的灵魂。"

"所以说你是新人，不懂酒店里的事情。"老员工解释，"上次酒店差点被收购，要不是宋总及时出现，拿了一大笔钱出来，JR早就易主了！"

"这样啊！宋总真是太厉害了！"新员工满脸崇拜地说。

宋天明在一众员工崇拜和敬佩的目光中进了马可爱的办公室，他坐下后就开门见山地说："可爱，你怎么在这个时候传出这样的绯闻？你知道这对银行下户审查有多不利？"

他没有问绯闻的真假，只说摆在眼前事实，他的眼里满是长辈对晚辈的关心。

马可爱没料到这件事居然惊动了他，有些不好意思地说："宋叔叔，对不

起，让你担心了，这件事情我会想办法处理，当时的情况不是新闻上说的那样，只是……"

"可爱，银行不会听我们解释的。"宋天明打断她的话后长叹了一口气，"我在银行里还有些关系，这一次我豁出老脸去刷一下应该会有用，至少不要让他们在酒店审查的材料上写什么不利的东西，但是只怕很难下户了。"

他说的这些是客观事实，是目前最好的解决方式了。

马可爱有些懊恼地说："那岂不是白白浪费了这次机会？"

她为了得到这个机会付出了很大的努力，现在就这么失去实在是让人不甘，最重要的是，现在酒店这样的情况，她要想把之前借宋天明的那笔钱还清就千难万难了。

"这也是没有办法的办法，只能先想办法稳住眼前的局面，维护酒店的名声。"宋天明缓缓地说。

马可爱无可奈何地说："酒店发生了这么大的事情，我却无能为力，愧对我的父亲，也愧对您当初的信任。宋叔叔，对不起！"

宋天明温和地拍了拍她的肩说："没事，一切有宋叔叔！"

马可爱轻咬了一下唇后说："宋叔叔，你的钱我会想办法尽快还你的。"

"不着急。"宋天明笑了笑说，"我之前就说了，酒店也有我的心血，除非你觉得你的股票放在我这里不安全。"

"当然不是。"马可爱忙说，"要是没有宋叔叔，酒店只怕都运营不下去了，我相信宋叔叔发自内心希望酒店好，我怎么可能会不放心？"

宋天明悠悠地吐出一口气说："当初JR也曾辉煌过，整个行业谁提到JR都得竖起大拇指，这几年老马总的身体一天不如一天，酒店的情况也急转直下，可爱，我比谁都着急啊！"

马可爱想说什么却被宋天明拦下来："这段时间我一直在看，可爱你虽然年纪还小，但是真的做得很好，只是经验还是欠缺了些，以后做事再小心一点，不要让人抓住把柄。"

马可爱点头："宋叔叔，我以后会注意的。"

宋天明离开后，马可爱伸手按了按眉心，她实在是没有料到事情会发展到这一步，这一次的事情居然对银行下户会产生这么大的影响。

酒店里有无数双眼睛时时刻刻盯着她，她以后的一举一动都要小心了。

正在此时，她的座机响了，是房务部总监朱丹打过来的："马总，1008房住了一对老夫妻，已经续房两次了，老先生看起来病情很重，根据我的经验，似乎时日不多了，我们需要做出相应的应对措施，这件事情还需其他部门的配合。"

马可爱点头说："好的，我会安排相关部门配合房务部处理这件事情。"

她刚挂断电话就有人敲响了办公室的门，她说了句"进来"后夏雨行推门走了进来。

马可爱一看到他就想起那天晚上的事情，似乎此时还能感觉到他当时灼热又有些慌乱的气息，还有那一瞬间熟悉的温暖。

她的心里有些不太自在，板着脸说："有事吗？"

夏雨行看着她那些冷冰冰的脸心里有些挫败，却还是鼓起勇气说："马总，我已经想好了，我以后不会再胡思乱想，会全身心投入到工作当中。"

这件事情他也想好了，既然想要追她，首要任务就是先能陪在她的身边，让她看到他的真心，慢慢打动她。

马可爱听到他这句话松了一大口气，她还真怕他会纠缠不休，而现在酒店的情况也的确需要几个真心帮她的人。

于是她的嘴角不自觉地上扬："你能这样想我很开心，这样吧，1008房的事情你来处理吧！刚朱总打电话过来，说根据她的经验，1008房的老先生时日不多，可能需要我们随时准备客人过世的应急措施。"

在她的心里，酒店这么多人中，她最信任的还是夏雨行。

就算他是有私心，但是他的能力毋庸置疑，最重要的是，他不是赵青峰的人，这让她很放心。

夏雨行没料到她会让他去处理这件事情，有些担心地说："这事朱总应该经验丰富吧？我没有经验……"

"没经验没关系，你不懂的可以去问朱总。"马可爱的语气比平时温和了些，"宋总刚才来过了，他会帮着酒店应对银行的审查工作，这个工程我很可能需要全程陪同，没有时间处理这件事情。"

她说到这里略一顿后接着说："在这个酒店里，我能信任的人并不多。"

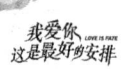

第53章 临终关怀

夏雨行听到马可爱的这句话后心里有些触动,酒店高管对马可爱的态度他也看到过,知道现在的她其实相当不易,而她还是个柔弱的女孩子。

他在心里想了一下将要处理的这件事,忙说:"我懂了,您放心吧,我一定多了解、多关注、多帮忙,随时向你汇报!"

马可爱欣慰地说:"夏雨行,谢谢你!我相信你会把这件事情处理好。"

夏雨行朝她微微一笑:"我会努力做个好员工的。"

马可爱听他这么一说,不由得失笑。

夏雨行离开后决定先找相关同事了解1008房的情况,他连问了几个人,都说这几天1008房总是按客房服务,一个个满是抱怨。

最后有员工告诉他:"1008房的老先生老太太似乎很喜欢孙倩,她对他们最了解,你去问她吧!"

夏雨行给孙倩打电话,她说她正在1008房外。

过去的时候见孙倩正蹲在旁边的楼梯间里,他忙问她:"你怎么蹲在这里?"

"我在等爷爷按客房服务。"孙倩回答。

夏雨行满脸好奇地问她:"1008房到底是个什么情况?"

孙倩轻声说:"情况不算太好,爷爷的身体似乎不太好,记性也有点差,有点像个小孩子,有同事怀疑爷爷是老年性痴呆,但是我不这么觉得,因为爷爷见过我一次之后就记得我了。"

夏雨行有些意外,孙倩自顾自地往下说:"爷爷第一次按客房服务的时候是我进去处理的,然后我恰好和爷爷已经过世的孙女重名,所以他就把我当成了他的孙女，他这几天一直按客房服务，其实只是为了找我。奶奶实在是过意不去，就跟我说明了情况，然后我就一直守在外面，只要他们一按客房服务我就进去。"

夏雨行听到她的话后心里满是感动，虽然说酒店是服务行业，但是能为萍水相逢的人做到这一步很不容易了。

他笑着说："杨力那小子真有福气，找到你这么个善良的媳妇。"

孙倩扬起下巴一脸骄傲地说："是吧，我也这么觉得。"

夏雨行听到她这句话失笑。

正在此时，1008又按下了客房服务，孙倩忙敲门走进房间。

没一会儿，夏雨行就看见孙倩推着坐着轮椅的老先生从房间里走了出来，他听见孙倩笑着说："爷爷，我带你到楼下吃蛋糕！"

老先生笑着点头："嗯，吃蛋糕！"

他说完又从怀里掏出一把糖递给孙倩："倩倩，吃糖！"

孙倩笑着接了过来放进口袋说："谢谢爷爷！"

老先生见她接过糖笑得很开心。

夏雨行在旁看到这一幕心里暖暖的，老先生现在的状况不算好，但是心情却很好，这就够了，至于以后的事情就顺其自然吧！

他正准备离开时，见一个老太太从电梯里上来正准备进1008房，他想了想跟过去说："奶奶你好，我是酒店的员工，也是孙倩的朋友，有些事情想向您了解一下。"

老太太有些意外，他忙出示工作证，老太太轻点了一下头然后把他请进了房间。

夏雨行进去后问："奶奶，爷爷的身体现在是什么情况？"

老太太叹了口气回答："他身体不太好，可能你也已经猜到了，他有老年性痴呆，现在也只记得我一个人了。"

"您家里还有其他人吗？"夏雨行继续问。

老太太神情黯然，缓缓地说："没有了，我们本来有一个儿子，可是当年出了一场车祸，他走了，留下一个孙女，没过几年，孙女也出了车祸，我们在这个世上再没有其他亲人了。"

夏雨行听到这个消息相当意外，老太太有些不好意思地说："真不好意思，我知道我们给酒店添麻烦了！只是我们很喜欢你们酒店，离医院近，还可以透过窗户看到他喜欢的山景，然后又遇到了倩倩，老孙就把倩倩当成是我们的孙女了，这几天为

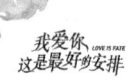

了找倩倩，他就一直按客房服务，这事我给你们道歉。"

夏雨行忙说："奶奶您太客气了，这些是我们应该做的，只要你们喜欢这里，我代表酒店欢迎你们一直住下去。"

老太太满脸感激地说："他现在时而清醒时而糊涂，对我来讲，我们只要能多在一起一天也是好的，真的很感谢你们！这几天是老孙这些年最快乐的时光了。"

"能让客人开心是我们酒店的宗旨，老爷子喜欢看山景，我一会儿去请示我们老板，为您调换一间更舒适的山景房。"夏雨行真诚地说。

老太太笑着说："这样会不会太麻烦你们呢？"

"不麻烦。"夏雨行微笑着说，"举手之劳而已，我们一起去看看老爷子，他和孙倩在餐厅吃蛋糕。"

老太太笑着点头，两人一起下了楼去了餐厅。

还未走近，夏雨行就见老先生身上沾满了蛋糕，然后拿起一杯水直接倒在一个客人的笔记本电脑上。

夏雨行吓了一大跳，立即在人群里找孙倩，却发现孙倩不在，他心里暗叫一声不好，正打算过去安抚那个客人，他还没走过去，那个客人已经暴跳如雷："你知道我的电脑里有多少东西吗？赵总，你们酒店是怎么管理的！"

老先生完全状况外，一脸迷茫地看着那个客人。

老太太也看到这边的情况了，满脸焦急地说："唉，老孙又闯祸了！"

夏雨行和老太太还没有走近，孙倩已经急匆匆地从一边的洗手间里跑了过来，一看到这情景也吓了一大跳！

她刚才带老先生过来吃蛋糕的时候，突然肚子疼，就去了趟洗手间，一出来就发生了这样的事情。

她见老先生明显被吓到了，忙安抚老先生："爷爷，不怕！我们先坐下来！"

老头子见她过来，满脸委屈地指着电脑解释："脏了，要洗洗！"

赵青峰看到这种情况头也是大的，忙迭声道歉："对不起，对不起，这件事情只是一场意外，我们酒店愿意赔偿您的相关损失。"

第54章 变故再生

那个客人冷着脸说:"这不是赔不赔偿的事情,而是这台电脑里有太多的资料,还有,你们酒店所有的审查资料也都在这台电脑里!"

赵青峰愣了一下,这事也实在是太赶巧了。

他立即凶巴巴地瞪着孙倩说:"你们是怎么做事的?"

孙倩护在老先生身前说:"这所有的事情都是我的错,我愿意负责。"

"这位先生是银行的审查员,我们正在争取酒店下户的事情,现在所有资料都在这台电脑里,这个责你负得起吗?"赵青峰没好气地说。

原来那个客人就是银行的审查人员。

宋天明那天到酒店之后,就动用他的关系带着马可爱和银行交涉,银行那边似乎并不是太关心马可爱和夏雨行的绯闻事件,他们更在意酒店的经营情况。

自从马可爱接手酒店之后,酒店的营收情况有了很大的改善,所以银行决定在放款之前做最后一轮的审查。

本来是马可爱和赵青峰一起陪着银行的审查员的,马可爱临时有件急事需要处理,暂时走开了,所以此时只有赵青峰一人陪着银行审查员。

孙倩听到赵青峰的话后脸都白了,马可爱向银行申请贷款的事情她是知道的,当然知道这件事情意味着什么,如果银行贷款下不来,整个酒店都会受到巨大的影响。

银行审查员深吸一口气说:"赵总,从这件事情上我对你们酒店的管理存在质疑,这一次的审查,我们银行需要再考虑。"

他说完收起电脑怒气冲冲地走了,赵青峰忙追过去连着道歉,对方却根本就不搭理他。

　　夏雨行扶着老太太走了过来，老太太看着老先生说："老孙啊，你今天又闯祸了！"

　　老先生还一脸的茫然，完全状况外："我没有闯祸，我只是想帮他。"

　　老太太叹了一口气，然后对夏雨行和孙倩说："对不起，又给你们添麻烦了，这件事情要不要紧？"

　　孙倩强挤出一抹笑说："奶奶不要紧的，这件事情我会向我们老板解释的，是我的失职，没有照顾好爷爷，和你们没有关系。"

　　夏雨行过来的时候，也听到赵青峰和银行审查员的话了，头都是大的，但是这事也的确不能怪老先生，因为他本身就是个病人。

　　于是他也宽慰老先生老太太："没事，这件事情我们会想办法处理的。"

　　赵青峰冰冷的声音传来："你们会想办法处理？你们能怎么处理？"

　　夏雨行眉头微微皱了起来，这件事情的确非常不好处理，他一时间哪里能想到好的法子？

　　赵青峰又接着说："刚才那位是银行的审查员，银行审批贷款下户他有决定权，可是就在刚才，因为我们酒店员工的失误，让自己照看的客人把水淋在银行审查员的电脑上，导致他的电脑无法开机，里面的资料很可能再也找不回，而我们酒店的申报资料也在他的电脑里，因为这件事情，他非常生气，对我们酒店的管理产生质疑，夏雨行，你跟我说说，你能怎么解决这件事情？"

　　夏雨行沉声说："我会向他好好解释，这件事情只是意外。"

　　"那你想办法解释吧！"赵青峰冷冷地说，"但是这件事情在我看来很严重，我会如实禀报宋董！但愿到时候马总能保得住你。"

　　他说完也气冲冲地走了，只是转过身的时候眼里满是笑意，他之前花了那么大的力气传马可爱和夏雨行的绯闻，都没能阻行银行给JR下户的打算，没料到这个时候出了这样的意外。

　　他有些得意扬扬地想："果然一切都是天意，是天要亡JR！"

　　老太太也听出事情的严重性了，她满脸歉意地看着夏雨行和孙倩："对不起，对不起！"

　　夏雨行安慰她："奶奶您不用道歉，这事和您没有关系，您也不用太过担心，这件事情我和倩倩会想办法解决的，还有，我们老板人可好了，知道原委后肯定不会罚我们的。"

> 第54章 ❤
> 变故再生

老太太担心地问:"真的没事吗?"

夏雨行忙说:"当然不会有事。"

老太太还是担心,却也不好再多问。

夏雨行和孙倩把老先生老太太送回房间后,就朝马可爱的办公室走去。孙倩的面色非常不好,她此时心里无比后悔,要是知道会发生这样的事情,她当时怎么也要憋着!

夏雨行安慰孙倩说:"这件事情你也不用担心,我们想办法解决就好。"

"可是那是银行的审查员啊!"孙倩伸手挠头,"要是因为这件事情,银行不给下户,那我就是酒店的罪人了!"

夏雨行长长地叹了一口气,此时说什么似乎都有些多余。

两人进到马可爱的办公室时,马可爱已经知道发生在餐厅的事情了,她瞪着夏雨行说:"我之前再三交代,现在是酒店的特殊时期,让你用心一点,好好处理老先生的事情,这下好了,才一转身,你就又给我惹下这么大的祸!"

她这几天跟着宋天明为银行贷款的事情跑了好几圈,好不容易请他们再给JR一个审查的机会,没料到竟在这关键的时候出了这么一件事!

这怎么能让她不生气?

夏雨行正打算为今天的事情做出解释,孙倩却抢在他之前红着眼睛说:"马总,这件事情不关夏哥的事,都怪我!我要是不去上厕所老先生就不会乱走,也就不会发生这样的事情了。"

"这事不怪倩倩,她已经做得很好了。"夏雨行深吸一口气说,"是我失职,明知道老先生身体不好,却没有阻止倩倩带老先生下楼吃蛋糕,所以你如果要罚就罚我吧!"

马可爱看到他们的样子冷哼一声说:"到如今你们俩争着认错有用吗?"

夏雨行和孙倩两人互看一眼,都有些无言以对,今天发生的事情影响巨大,想要改变银行审查员的看法着实不易,认错根本就改变不了现状。

第55章 相濡以沫

夏雨行深吸一口气后说:"我知道认错并没有用,但是我们会想办法解决这件事情的。"

说到这里他看着马可爱说:"马总,这件事真的是意外,孙倩出于好心想让老先生开心,毕竟他老人家时日已经不多了。当然,这事也不能责怪老先生,因为他本来就是个病人,根本就不知道自己在做什么。你可能不知道,这对老人家有多不容易,他们本来有一个非常幸福的家庭,可是多年前儿子、儿媳就过世了,留下一个孙女,结果这个小孙女也因车祸过世了。老两口非常难过,老爷子的身体也越来越差,得了老年性痴呆,可能因为非常思念孙女就一直认为孙女还活着。"

马可爱没料到中间还有这样的故事,她的面色缓和了些。

夏雨行接着说:"他的孙女也叫孙倩,当孙倩第一次去为他们服务的时候,无意中问起名字后,老爷子就认定孙倩是他孙女,所以之后才会一直打客服电话,一直想找孙倩,孙倩了解情况后就决定以孙女的身份陪老爷子走完最后一段时间。"

马可爱看向孙倩,孙倩点头说:"就是夏哥说的这样,我真的只是想帮一下他们,没想到反倒好心办坏事,给酒店惹了这么大的麻烦。"

马可爱长长地叹了一口气说:"你们先出去吧,我想一个人静静。"

夏雨行和孙倩互看一眼,两人也叹了一口气,然后一起走出马可爱的办公室。

马可爱知道从本质上来讲,他们都没有错,但是这件事情却需要想办法挽回,只是怎样才能挽回,她一时间也没有头绪。

约莫一个小时后,孙倩又来找马可爱,她先给了马可爱一个U盘说:"马总,这是爷爷奶奶的故事,也是我下定决心要帮他们的原因。"

第55章 相濡以沫

马可爱接过U盘后看了孙倩一眼，她的眼里满是坚定，马可爱叹了一口气，把U盘插进电脑后打开看看里面的视频，她看着看着眼泪就流了下来。

孙倩等她看完后说："马总，这件事情我知道是我失职，可以按公司的规章制度来处罚我，你怎么罚我都没有关系，我只求你让我照顾孙爷爷，让我陪他走完最后一程。"

面对孙倩这样的请求，马可爱哪里能拒绝？至于对孙倩的处罚，她一时间也说不出口。

她略思索了一下后说："你要照顾孙老先生和老太太的要求我答应你，酒店的山景房刚好空出来一间，你叫上夏雨行和杨力，一会儿帮他们搬家。"

孙倩愣了一下，没想到马可爱会在这个时候让老先生和老太太换山景房，她甚至都做好了马可爱把他们赶出酒店的准备。

这样的马可爱让她感动，她眼圈一红："谢谢马总！"

她说完就跑了出去，马可爱的嘴角微微上扬，这样的孙倩她怎么能罚？

约半个小时后马可爱办公室的门再次被敲响，韩元斌皱着眉头走了进来："可爱，我听说1008的客人身体不好，他们本来已经决定退房了，你为什么还要为他们换成我们酒店最好的山景房？你这样的做法对酒店是很不利的。"

"听说？"马可爱的眉头皱了起来，"韩元斌，你在打听客人的隐私？你自己家里也是开酒店的，难道不知道这对客人极不尊重吗？"

韩元斌的脸色有些不自然："我是想要帮你，是为酒店的大局着想，然后刚好听一个保洁阿姨说起这件事……"

"够了！"马可爱打断他的话，"客人不分三六九等，我希望这样的事情不要再发生！这件事情我已经做了决定，不会再改变。"

韩元斌有些懊恼地叹了口气走出了她的办公室，她伸手按了按眉心，满心无奈。

这一次韩元斌的"死而复生"，让她再次认识到了两人之间想法和理念的差距，她突然发现他和她以前认识的不一样了，她不知道到底是她变了还是他变了，又或者是两人都变了，又或者是她以前了解的他并不是真正的他。

马可爱深吸了一口气，她还有很多的事情需要处理，此时不是纠结这件事情的时候。

她和韩元斌，现在只能顺其自然了。

孙倩、夏雨行和杨力帮着老先生和老太太搬了新的山景房后，老先生很开心地

看着窗外的风景说:"真美!"

老太太有些担心地看着孙倩说:"倩倩,你们老板真的不会罚你吗?"

"那当然!"孙倩笑着说,"我们酒店可人性化了,当然不会罚我啦!"

老太太拉着她的手说:"那就好!"

孙倩红着眼趴在老太太的怀里说:"奶奶你真的不用担心,我会一直陪着你们的!"

老太太伸手抚着她的背说:"好孩子,委屈你了!你们酒店真的很不错,我有个想法,我和老孙年纪大了,想在这个世上留下些东西,我听说现在网上有个东西叫微博,什么都能放上去,你能不能把我和老孙的故事放上去?"

孙倩的眼眶再次一红,知道老太太这样做是怕酒店为难她,老太太微笑着说:"我和老孙真的很幸运,能在这个时候遇到你,自从我们的小孙女去世后这几天是老孙最开心的日子了,倩倩,真的谢谢你们。"

孙倩再也忍不住趴在老太太的怀里哭了起来:"奶奶!"

接下来的几天,夏雨行和杨力每天也都来陪老先生和老太太,一起打打麻将,一起看看风景,还给老先生讲各种故事,老先生每天被他们哄得乐得合不拢嘴。

马可爱抽空去看老先生和老太太,她去的时候,孙倩正在给老先生讲故事,她进去后做了自我介绍,老太太开心地说:"马总,真的是太谢谢你了!不但为我们换了房间,还没有处罚倩倩,你真的是个好老板。"

马可爱有些不好意思地说:"我很羡慕你和爷爷的感情,也庆幸酒店能为你们带来快乐。"

老太太看着老先生说:"他可开心了,以前他也是这么给小孙女讲故事的。"

马可爱听到这里觉得心里很温暖。

然而所有的幸福和快乐都是有期限的,很快就到了老先生大限的那一天,马可爱、夏雨行、杨力和孙倩都陪在老先生的身边。

老先生坐在窗户边捯气,老太太在给他梳头发:"老孙,你就放心去吧,不用担心我,以后我有倩倩陪着,不过你也不要走太快了,要记得等我。"

孙倩坐在老先生的旁边一直在抹眼泪,老先生拉着孙倩的手说:"倩倩……谢谢……"

孙倩一边哭一边说:"爷爷,你放心好了,我会照顾好奶奶的!"

老先生看向老太太,喉咙里发出呜呜的声音,老太太忙凑过去听,听着听着眼泪就掉了下来,轻声唱了起来:"在那遥远的地方,有位好姑娘,人们走过她的毡房,总要留恋地张望……"

老先生轻拉了一下老太太的手,老太太把手贴上了他的脸,他的脸上露出笑容,胳膊一松,眼睛缓缓合上。

孙倩顿时泣不成声,老太太泪如泉涌,马可爱、夏雨行和杨力都忍不住落泪。

因酒店早有安排,老先生的后事有序地进行着,孙倩全程陪同,接下来的几天一直都难过至极,天天以泪洗面。

马可爱将老先生和老太太的故事写出来放在网上,引起了巨大的关注,网友们都羡慕他们深厚的感情,感叹像这样的爱情实在太过珍贵,这样相守一生,不离不弃。

马可爱认真看着网友们的留言,看着看着眼睛就有些发红。

爱情,永远最打动人心。

她没有罚孙倩,反而重奖了孙倩,孙倩也成了酒店的明星员工。

孙倩面对这样的殊荣却无比平静,每次只要一想起老先生和老太太的事情,她心里就又开心又难过。

马可爱给银行的客户经理打了好几个电话,仔细说了老先生的情况后说:"那天的事情真的很抱歉,我想请您看个东西,不知道您什么时候有时间。"

银行审查员略犹豫了一下后同意见她,她知道这是申请贷款的最后一次机会了,这一次她决定以情动人。

到了约定的时间,马可爱准时去了银行,两人见面后,她先向银行审查员为那天的事情道了歉,一番客套后她把U盘插在电脑上说:"我今天来是想请您看一个视频,这个视频的主角就是那天把水倒在您电脑上的老先生。"

银行审查员点了一下头,马可爱点下播放键,电脑上出现一组画面,都是老先生和老太太的生活日常:

片段一:老太太帮老爷爷剪指甲,老先生扁着嘴说:"你轻点……你是不是想谋杀我,不想看见我了?"老太太瞪了他一眼:"越老戏越多。"

片段二:老先生做了一个噩梦醒来,在房间里到处找老太太:"老婆!老婆!"他看见露台上的老太太一把从后面抱住她:"别离开我!没有你我不能活!"老太太笑着说:"过了一辈子了,还不腻味我啊?"老先生认真地说:"我怎么会腻味你,你是我老婆,只要你高兴,我死都可以!"

片段三:老先生唱歌,老太太跳舞,老先生唱:"在那遥远的地方,有位好姑娘……"

片段四:孙倩问老先生:"爷爷,你最想去的地方是哪里?"老先生有些迷茫地说:"月亮……湖。"孙倩继续问:"为什么啊?"老先生微笑:"因为那里有奶奶……"孙倩笑着问:"爷爷,你最幸福的事情是什么啊?"老先生一脸认真地说:"她嫁我,我讨她,很幸福!"

视频播放完后,银行审查员的眼圈有些泛红,这种简单的日常最能打动人心,他看着马可爱说:"马总,你们酒店做得很好,很有人情味。"

马可爱认真地说:"我今天给您看这个,只是想跟您争取一个机会,也想让您明白,我们酒店所做的每一件事都是从客人需求出发,也是用心在做事。"

第56章 何为情深

银行审查员点头:"马总,你们酒店以人为本的经营理念,对我的触动很大,其实我在电脑修好后仔细看了一下JR的资料,酒店情况确实有了很大的改善,我会把你们的资料递上去,如果顺利的话,贷款很快就能下户。"

马可爱真诚地说:"谢谢!"

她从银行出来的时候整个人都轻松了不少,因为她知道在这种情况下,只要银行审查员报批上去,基本上就意味着能贷到款了。

她眼里有笑意漫出:"马可爱,你行的!"

马可爱回到酒店的时候,杨力拉着孙倩守在门口等她:"马总,这次倩倩的事情真是太感谢你了,为了表达我的谢意,我想请你吃顿饭。"

马可爱对孙倩这件事情的处理暖了所有员工的心,基层的员工都觉得她是一个有情有义的老板。

杨力就更不用说了,孙倩是他的女朋友,如果这一次马可爱罚了孙倩或者不管老先生老太太的事情的话,对孙倩而言将是个巨大的打击,所以他对马可爱充满了感激。

马可爱没料到杨力堵在这里是要请她吃饭的,她的嘴角微上扬,状似思考地说:"这样啊,那我得想想吃什么了,你也知道我是酒店的老板,要是吃饭的地方太low的话,会很掉我身价的。"

杨力"啊"了一声,默默地在心里算了一下这个月余下的工资,然后一脸视死如归地说:"我豁出去了,地点你随便选!"

孙倩怕马可爱选的地方太高档,他们手里所有的钱都不够请马可爱吃一顿饭,心里有点急,伸手拉了一下杨力的袖子,杨力则反握住她的手让她安心。

马可爱看到两人的动作心里有些好笑,不再逗他们:"我在泰国的时候就听说中国有个东西叫烤串,到中国后一直很忙没空去,要不今晚去试试?"

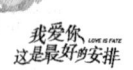

第57章 夜市烧烤

　　杨力先是愣了一下，他实在是没想到马可爱会这样给他们省钱，他欢呼一声："马总，你真的是太好了！"

　　孙倩则开心地说："我们把夏哥也一起叫上吧！"

　　对于他们的这个提议，马可爱没有意见，多个人更热闹一些。

　　晚上，一行四人直接杀到夜市，直奔烧烤摊。

　　夏雨行和杨力明显对这里很熟，到了这里之后就给马可爱介绍，哪家烧烤摊上的东西最好吃，哪家又擅长做炒饭。

　　马可爱还是第一次来这种地方，她看着夜市上放松的人们，再看着热气腾腾的食物，生活的气息满满，瞬间觉得生活是这么美好。

　　夏雨行带着马可爱在一个烧烤摊前停下说："这家摊子的烧烤最好吃！"

　　老板笑着和他打了个招呼："你什么时候再来帮我炒菜啊？你是不知道，这段时间你没来，好多客人在问。"

　　小摊为了招揽生意，除了烧烤外，一般还有其他的炒菜。

　　夏雨行之前曾在烧烤摊打过工，和老板很熟，他笑着说："最近很忙没空，等以后有时间了再说，你今天这炒锅借我用一下，我给我的朋友们露一下厨艺。"

　　老板笑着说好。

　　马可爱有些意外地看了夏雨行一眼，似乎一到这里他就融入进去了，整个人也比平时要叮爱得多。

　　几个人点了一堆的烤串，老板拿起食材去烤了，夏雨行也配好了几个菜，打着火炒起菜来。

很快菜和烤串都好了，杨力吃了一口夏雨行烧的红烧茄子不吝夸赞："嗯，夏哥这茄子烧得真是太好吃了！"

马可爱尝了一口，茄子的味道当然不如JR大厨烧的，但是又别有一番风味，配着周围轻松的气氛，她也觉得很不错，于是也夸了夏雨行几句："真不错，以前还真没有看出来你还会炒菜。"

"我会的事情可多了。"夏雨行笑着说，"以前打工的时候，因为学历不高，我养父又等着钱看病，只要不违法的工我都打过。"

马可爱想起两人在机场见面时他手里的玩具枪模型，不由得笑了笑。

夏雨行又接着说："当然，这些手艺中最好的还数厨艺，因为我养父说了，要拴住一个女人的心，得拴住她的胃，女孩子都娇滴滴的，哪能进厨房受那些烟火气，这些粗活我们大老爷们儿做就好了。"

杨力起哄："就是，就是，我家夏哥是绝世好男人！谁嫁给他就等着享福。"

孙倩伸手拧着杨力的耳朵说："你这么认同夏哥的话，怎么不见你给我做饭啊，每天都是我做好饭，像伺候大爷一样伺候你！"

"疼疼疼，轻点！"杨力咧着说。

几个人都笑了起来，气氛轻松又愉悦。

马可爱拿起一串烧好的羊肉咬了一口，眼睛都亮了，立即赞叹地说："真的是太好吃了，比我们酒店的食物好吃太多！你们说把烧烤摊老板请到我们酒店去怎么样？我给他开高薪！"

夏雨行笑着说："这事我就得说句实话，这不是高薪的问题，你之所以觉得这个烧烤好吃，是因为你吃惯了酒店的饭菜，图个新鲜就觉得这路边摊简直是人间美味，要是让你天天吃，你肯定受不了，而五星酒店的客人也一样。"

马可爱听到他这话若有所思，好像还真是这个理。

正在此时，陆臻臻从一旁跳出来说："你们几个没良心的，出来吃夜宵也不叫上我！好在我刚好路过看见你们在这里，要不然就真的被你们抛弃了！"

她这么一吼倒把几个人吓了一大跳，她也是自来熟的性子，到酒店后，逮着人都会跟人聊天，这段时间她和马可爱的关系也有所改善。

夏雨行跟她接触最多，对她的性格也是最了解的，于是笑着说："陆小姐，你是大明星，跟我们一起吃路边摊要是被人发现了，明天一早上新闻，你还要不要保持你的偶像形象了？"

"我才不管！偶像形象和美食能比吗？"陆臻臻在他和马可爱的中间挤着坐下："再说了，现在不是没被人发现吗？老板，再来二十串羊肉串！"

几人看到她这副样子都笑了起来，以前她在他们的心里是大明星，经过这一段时间的相处，她的明星形象早在他们的心里毁完了。

马可爱虽然因为韩元斌的事情对她有点意见，但是事情过去了这么久，经过这一系列的事情她对韩元斌也有了重新的认识和判断。

所以她之前对陆臻臻的那些怒气也散了，心里反倒对陆臻臻还有些感激，要不是之前陆臻臻那一番胡闹，她可能很难意识到她和韩元斌之间存在的问题。

几个人吃吃喝喝，天南海北地瞎聊着天，陆臻臻觉得有些辣，让老板再拿几瓶啤酒来。

今晚客人多，老板在忙没听见，她就自己起身去拿，过去的时候一个醉汉晃悠悠地走到她身边一把抓住她的手："美女，陪我喝一杯呗！"

陆臻臻猝不及防吓了一大跳，尖叫一声："你放手！救命！"

醉汉此时喝多了，胆子也比平时要壮得多，他嘿嘿一笑，不但不放手，还伸手来摸陆臻臻的脸。

夏雨行看到这一幕后忙走了过去，恶狠狠地从醉汉的手里把陆臻臻拉了回来，把她护在身后。

醉汉凶巴巴地说："你是哪里冒出来的小子？敢跟老子抢姑娘，你找打是吧？"

他说完就开始捋袖子，夏雨行操起一旁的啤酒瓶重重地磕在桌上，拿起余下的半个酒瓶满脸凶狠地说："找打多没劲！咱直接找死！你有种就来啊！"

他此时再也没有平时的温和，只余冷厉的怒意，整个人气场十足，和平时判若两人。

陆臻臻还是第一次看到这样的他，眼里满是惊讶，惊讶后又满是欣赏。

醉汉看到他这副凶狠的样子吓了一大跳，不自觉地往后退了两步，醉汉的朋友忙过来打圆场："对不起，他喝多了就这样！"

说完就把醉汉架走了。

夏雨行转身的时候见陆臻臻一脸崇拜地看着自己，看到她这样的目光，他周身冷厉的气息散去，不自觉地打了个哆嗦："你这是怎么了？被吓傻了吗？"

陆臻臻摇了摇头，伸手挽着他的胳膊两眼亮晶晶地看着他说："夏雨行，你刚才好帅！我好喜欢！"

夏雨行听到她这话吓了一大跳，这是救人还救出祸来了吗？

他扭头看了马可爱一眼，见她依旧淡定地吃串，似乎没有看到一样，他心里却急了，忙说："陆臻臻，快松手！"

"我不！"陆臻臻抱得更紧了些，"我不放，就不放！"

夏雨行觉得她这副样子实是没有半点大明星的样子，他想把胳膊从她怀里拉出来，她却死抱着不放："中国有句老话，叫作救命之恩无以为报，唯有以身相许，夏雨行，我要追你！一定要把你追到手！"

夏雨行吓了一大跳："陆大小姐，这种玩笑可不能开啊！"

他说完不自觉地又看了马可爱一眼，她依旧在吃串，脸上平静无波。

"谁跟你开玩笑了，人家是认真的！"陆臻臻笑眯眯地说，"你难道不知道我从来不开玩笑吗？"

夏雨行不自觉地打了个寒战，她从来不开玩笑？呵呵，她是不开玩笑，但是只要给她一根足够长的竿子，她就敢把天捅破！

她当着这么多人的面缠着他，他的名声啊！

马可爱也没看两人，而是把啤酒瓶重重地往桌上一放，然后大喊一声："老板，再来十串羊肉串！"

孙倩和杨力吓了一大跳，两人互看一眼都觉得情况不对，这个局面不在他们的预期中啊！果然，陆臻臻就是个行走的大麻烦。

孙倩的反应最快，她伸手捂着肚子说："我肚子疼！"

她说完看了杨力一眼，杨力立即会意："媳妇，你不要吓我啊！你这是怎么了？小脸怎么那么白啊！"

"我也不知道。"孙倩"虚弱"地说，"可能是吃坏东西了，要去一趟医院。"

"可是这里不好叫车啊，这可怎么办？"杨力一脸为难地说，"陆小姐，你能不能送倩倩去医院？我们都喝酒了，就你还没有喝，你就帮帮忙吧！"

陆臻臻有些意外地看着两人，孙倩已经伸手拉着陆臻臻的手，把她的手从夏雨行的身上抓了下来，一脸恳求地说："陆小姐，我知道你人最好了！一定不会见死不救！"

杨力立即就来帮忙，拉着陆臻臻的另一只手说："我媳妇痛得脸都变行了，陆小姐，这一次全靠你了！"

两人一左一右把陆臻臻架走了，孙倩这个所谓的病号又哪里有一点病号的样子？

陆臻臻被他们架着走了十来步后又扭头对夏雨行说："夏雨行，我刚才是认真的，我真的要追你！"

夏雨行听到这句话只觉得头都是大的，有一种祸从天降的感觉。

转眼间，孙倩和杨力就把陆臻臻架走不见踪影了，烧烤摊前就只余下马可爱和夏雨行了，气氛一时间有些尴尬。

夏雨行轻咳一声说："呃，那个你今天也看到了，不关我的事……"

马可爱一口气喝了一瓶啤酒，也没看夏雨行，而是大声说："老板，结账！"

今晚的事情她当然看得清楚明白，只是不知道为什么，她看着陆臻臻拉着夏雨行的样子就觉得闷得慌。她知道陆臻臻的性格任性得很，此时这么说很可能也和以前勾引韩元斌一样，只是一时兴起而已。

而夏雨行只是想要帮陆臻臻而已。

但是就算如此，她心里依旧不舒服。

夏雨行看到她喝酒的样子吓了一跳："泰国人都像你一样能喝吗？"

"当然不是。"马可爱深吸一口气说，"可能是我一直和我妈妈生活，她又去世得早，我心里烦闷，没事就喝一点，所以练就了现在的酒量。"

夏雨行听她此时说得平淡，却知道在那个时候，那些暗淡的岁月里，她一定过

第58章 我要追你

得相当辛苦。

马可爱又接着说:"其实这一次孙爷爷和孙奶奶的事情对我触动挺大,从前车马很慢,书信很远,一生只够爱一个人。可在如今这么浮躁的社会,执子之手、与子偕老,这种感情真的太难得!"

夏雨行觉得这是一个表明心迹的机会,于是看着她说:"难得不代表没有,如果你现在遇到了一个像傻瓜一样爱着你的男人,你会珍惜他吗?"

马可爱没有看他,只淡声说:"这个世界没有傻瓜,所谓爱情也不是一时兴起,而是相濡以沫,互相包容和体谅,在你说这些话的时候,你只怕都还没能弄明白自己心里最真实的想法。自己都没有弄明白,就不要说出来,说出来只会让彼此尴尬。"

夏雨行听到她的话却并不意外,缓缓地说:"你说得对,每个人心里是怎么想的有时候自己都不明白,那么别人就更不可能明白,只是路遥知马力,日久见人心,一个人对另一个人如何,时间长了总能体会得到。"

马可爱没料到他会这么说,眸光深了些,眼里有些迷茫,心底却又有些莫名的欢喜。

夏雨行在追她这件事情上会坚持到底,此时并不需要她的认同,于是他岔开话题轻声说:"这次孙爷爷和孙奶奶的事情让我想到了我父母,不知道他们在哪里,一想到他们可能会像孙爷爷和孙奶奶思念小孙女那样思念我,我心里就不是滋味。"

这些藏在内心深处的心事,他寻常也不愿对人说起,此时在这有些喧闹的夜市街头,他却想告诉她。

马可爱上次在木屋的时候听他说起过这些事情,心里有些感触,温声说:"我也挺佩服你的,遇到了这么多的事情,还能这么乐观,真不容易。"

夏雨行笑了笑:"我已经够倒霉了,再不乐观一点,这日子也不用过了。"

马可爱的怒意散了些,单手撑着下巴说:"你说得很对,只是很多人都做不到,我可能永远都做不到像你那么乐观。"

第59章 不是公主

马可爱说到这里叹口气,接着说:"在很多人的眼里,我是JR大老板的女儿,如今又亲自管着JR,很多人都觉得我是幸福长大的公主,但是事实却是,我从来就不是公主!"

夏雨行看向她,她的眸光有些迷离,似陷入了回忆之中:"在我很小的时候,我父母就分开了,我跟着妈妈去了泰国。在他们没有分开之前,我爸每天都只知道工作,从来就不管我,我小时候被绑架,他也因为开会而没有接我妈的电话,最后是我妈一个人把我找回来的。"

说到这里她略顿了一下,夏雨行第一次听她说起这些事情,眼里满是吃惊,她接着说:"我和妈妈回到泰国后,她每天都不开心,承受着巨大的压力,她工作的时候不能带着我又怕我出事,所以有很长一段时间她把我一个人锁在房间里。她因为长期压抑患上了抑郁症,在她病重的时候,我还小,想为她做她最喜欢吃的鱼,结果鱼被我烧煳了,她去世的时候都没能吃上我做的鱼。我以为她会很恨我爸,可是她死的时候却让我长大之后来找我爸,还让我不要恨他。"

说到这里她眼里隐隐有泪光,夏雨行递了张纸巾给她:"对不起,我勾起了你的这些不愉快的往事。"

马可爱擦了擦眼泪后说:"这些事情我平时都不会跟人说的,今天说出来反而舒服了很多,所以你不用说对不起。"

"我有点不明白,这么多年你爸对你一直不闻不问,你为什么还回来继承他的酒店?"夏雨行好奇地问。

马可爱深吸了一口气说:"我不是回来继承酒店的,我是回来为我和我妈妈正名的！况且这家酒店从本质上来讲是妈妈的，我是绝对不会让它易主的！"

夏雨行感叹地说："你真的做得很好了！"

马可爱一脸坚定地说："这还不够！我要守护好这座酒店，守护好妈妈的心血。"

她说完站起身来说："夏雨行，我相信你会是一个好员工，会帮我打理好酒店，谢谢！"

她说完这句话转身离开，背影孤独又倔，夏雨行看着她离开的方向叹了一口气，安静地跟在她的身后，默默地护送她回了酒店。

夏雨行的心情复杂，有着深深的无可奈何，却又觉得能这样守在她的身边就很好。

马可爱今天想起太多之前的事情，回到酒店后心情还有些烦躁，决定上楼去看马东山，经过餐厅的时候遇到了才过来吃晚饭的李医生，她礼貌地打了个招呼后问："我爸的情况现在怎么样？"

李医生还没来得及回答，护士匆匆跑过来："马总，李医生，老马总情况有些不太对！"

李医生立即把手里的餐盘一放，饭也顾不得吃了，拉着护士往楼上跑，马可爱大吃一惊，忙跟了过去。

夏雨行跟在后面却不知道要不要跟过去，他犹豫了一下，苦笑一声，最终没有跟过去。

李医生和马可爱进去后，见马东山呼吸急促，闭着的眼睛也在微微地动。

李医生仔细为马东山检查了一番，眼里露出笑意看着马可爱说："马总有苏醒的迹象。"

马可爱看了看躺在床上不能动的马东山，满脸惊喜地问："真的吗？"

她以前对马东山有偏见，但是自从她接手酒店之后，她对马东山的感情就有了些许变化，总觉得他对妈妈并非无情无义。

正在此时，马东山的手微微抬起，似要抓住什么一样，马可爱下意识地握住，眼前出现一个幻象：李医生跪在马东山的病床前，他抬起头来，看向马可爱。

马可爱的头立即剧烈地痛了起来，她想要抓住正在为马东山治疗的李医生却觉得眼前一黑，直接就晕了过去。

等她再次醒来，依旧觉得整个人有些昏昏沉沉，然后就听见夏雨行关切的声音传来："你没事吧？要不要喝点水？"

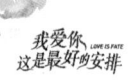

原来刚才马可爱晕倒之后，李医生打电话找来夏雨行，让他来照顾她。

马可爱伸手轻按了一下额角，接过夏雨行递过来的水，温热的水温让她觉得舒服了些，整个人也完全清醒了过来，她还在病房里，李医生正拿着一沓资料在看。

她有些茫然地看向李医生，眼里满是不解，她不太明白，在她看到的幻象里，李医生为什么要跪在马东山的床前，是在忏悔吗？

她不确定，但是一时间又找不到其他的理由来解释李医生的行为。

而到目前为止，她看到的幻象全部都成了真。

而一个人在另一个人的身边跪下，通常只有在做错事的情况下才会如此。

最重要的是，她看到的幻象里李医生没有穿工作服，穿的是便装。

她惊疑不定的时候，李医生在旁说："我听夏雨行说你经常头痛，刚才用这些仪器给你做了简单的检查，这些仪器查得不是太清楚，但是可以肯定的是，你的情况并不乐观，头部有阴影，我建议你最好停止工作，到医院做系统的检查和治疗。"

夏雨行听到李医生的话立即紧张了，他有些担心地看向马可爱，她却在看李医生。

李医生被她看得莫名其妙，问她："有什么疑问吗？"

马可爱缓缓地说："我的身体情况我很清楚，所以该停止工作的那个人是你！从现在开始，你被开除了，马上离开这里！"

李医生满脸不解和震惊地看着她问："为什么？"

"没有那么多为什么。"马可爱直视着他的眼睛说，"你自己心里最清楚。"

她短时间内想不到妥善的解决办法，那么最好的法子就是把李医生从马东山的病房里赶出去，这样也许就能避免李医生对马东山的伤害。

李医生皱着眉头说："我不明白你的意思。"

"你被解雇了，现在立即从这里离开。"马可爱冷着脸，没有半点表情。

夏雨行也不是太明白马可爱为什么会做出这样的决定，只是他一向都觉得不管她做什么决定，都有她的理由，于是他在旁静观其变，没有说话。

李医生还想再说什么，马可爱却已经冷着脸做了一个请的动作，李医生也怒了，脱下白大褂，转身就走了出去。

他一走，马可爱就松了一口气，夏雨行有些担心地问："马总，这到底是怎么回事？"

"我怀疑他会对我爸不利，你帮我调查一下他。"马可爱轻声说。

夏雨行听到她的话吓了一大跳，忍不住说："我听说他是老马总的御用医生，他要是有问题的话，那老马总……"

马可爱轻点了一下头，脸色也有些苍白，她轻点了一下头说："所以才需要立即将他从我爸的病房里赶出去，重新找一个医生过来。"

"好，我会替你调查清楚的。"夏雨行赞同她的意见，"你身体不好，要好好休息，你李医生刚才的话我也听到了，你总是晕倒，还是去正规医院好好检查一下吧！"

马可爱笑了笑，轻点了一下头，却没说什么，只是突然发现，她对他的信任和依赖竟已经超出了她的预期，这些有些隐秘的事情，她竟只放心交给他来处理。

她看了他一眼，几不可闻地叹了一口气，感情这种东西实在是太过奇怪，不知不觉就在她的心里播下了种子，然后在不知不觉中生根发芽，等到她有所察觉的时候，已经长得很粗壮了。

夏雨行离开病房之后就开始搜集关于李医生的资料，再从人事部调出李医生的档案，仔细看了看后，他发现李医生还真有些问题。

比如说档案上记载着李医生曾经因为一场医疗事故被辞退，然后又被返聘回来成为马东山的私人医生，这中间会不会有什么不为人知的恩怨？

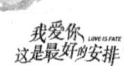

夏雨行拿着这些资料想了一圈后决定主动出击，于是他把李医生请进了会议室。

李医生坐下来之后，夏雨行直接把那些资料甩到了他的面前说："麻烦你解释一下以前被开除，然后又回到JR，为什么？"

李医生看着夏雨行问："你在调查我？小马总的授意？"

自从上次马可爱把他赶出马东山的病房后，他就被停了职，马可爱重新为马东山找了一个医生。

夏雨行并不避讳这些，毫不退让地回看着他说："没错，你身上疑点重重，为了马总的安全我必须调查清楚，你回酒店该不会是来报复的吧？"

李医生冷冷一笑："我不明白小马总为什么会有这样的安排，难道她是因为讳疾忌医？今天我也不妨实话告诉你，你也知道她晕倒后我给她做了初步的检查，顶层病房内有一些设备，虽不如医院里设备齐全、准确，不过据我判断，她的脑部应该受过重创，或许存在瘀血，才会经常头疼，现在已经开始晕倒，说明病情越来越严重，如果我的推测没有错，她这样继续下去，可能晕倒的频率会越来越高，日后甚至可能导致失忆甚至危及生命。"

夏雨行那天听李医生说起马可爱的病情，只是马可爱说她没事，他也就没有再多过问，却没料到居然如此严重！

李医生又接着说："至于老马总，我更没有害他的理由，你调查过我的资料想来也清楚，当年酒店的医疗服务是最大的特色。后来有一个心脏病人突然发病，我对他进行了抢救，他病情太重我没有抢救回来，这件事情当时医院都可以证明。可是病人的家属硬要把这事算在酒店的身上，并要求巨额赔偿。董事会给了老马总巨大的压力，他不得不解散医疗队，老马总知道不关我的事，更怕因为这件事情而断送我的前程，后面他发现自己的身体不好，就返聘我回酒店做了他的医生。"

他说到这里一脸正色地看着夏雨行："所以我回到酒店不是为了报复，而是为了报恩！"

"真的是这样吗？"夏雨行皱着眉头问。

李医生严肃地说："当然，我对老马总充满感激，所以，你必须帮我说服小马总让我回去给马总治病，他病了很多年了，一直是我在治疗，突然换医生是大忌！"

夏雨行有些犹豫，正在此时，护士跑过来说："李医生，不好了，老马总生命体征忽然不稳，情况紧急，呼吸困难！"

第60章 她的错判

李医生面色大变，立即往病房的方向跑，夏雨行看着他着急的样子，决定选择相信他一次。

他们到的时候马可爱也到了，马可爱见李医生匆匆赶进来面色有些复杂。马东山现在很危险，所以刚才护士去喊李医生的时候她并没有阻拦，但是她看到李医生还是不太放心。

李医生进来之后立即推开马东山病床前毫无头绪的医生，沉声对护士说："上氧气面罩，心电监测！"

他一来护士们就像是找到了主心骨，立即有序地工作起来，他跪在马东山的床前实施抢救措施，抬头看向马可爱，这一幕和马可爱之前看到的幻象重合。

马可爱愣了一下，下意识想要阻止，李医生一脸愤怒地说："不要过来，我在抢救你父亲！你再阻止会害死你父亲的！"

马可爱愣愣地站在那里没有动，看着李医生忙碌地做着一切，他的目光沉稳冷静，抢救时有条不紊，看得出来他是在尽心尽力抢救马东山。

马可爱觉得，她很可能误会他了，所以她没有再去阻止。

最终马东山的呼吸平稳了下来，脱离了生命危险。

她松了一口气，李医生也松了一口气，到此时，她已经基本能确定，李医生对马东山并无恶意。

她看着李医生说："有时间吗？我想和你谈谈。"

李医生看了她一眼，略想了一下，然后看了病床上的马东山一眼，他已经稳定了下来。

于是他轻点了一下头，对护士交代了几句，就跟着马可爱去了酒店的咖啡厅。

坐下后马可爱有些愧疚地说："谢谢。"

李医生淡声说："没什么，我只是做了我该做的。"

第61章 酒店有鬼

"也请你理解我的过分紧张。"马可爱轻声说,"自从我掌管酒店后,酒店里就一直出这样或者那样的意外,我不想我的父亲再出什么事情。"

李医生叹了口气说:"为人子女,人之常情,你现在也的确很不容易,且之前对我也并不了解,所以我不怪你。事实上马总现在这样的情况的确是被有心人害的,但是那个人不是我,你接手酒店这段时间来肯定也有感触。"

马可爱有些吃惊却轻点了一下头,他继续说:"我在酒店多年,有些事情也能感觉得到,但我只是个医生,并不参与酒店的管理,酒店里的事情马总也不会跟我说,所以我也不知道那个人是谁。如果你想保护老马总,找到那个人是当务之急。"

马可爱轻轻地叹了一口气,她之前一直觉得那个别有用心的人是赵青峰,因为这段时间没少给她使绊子。

但是她今天听到李医生的话后却觉得,以赵青峰的能力和地位还不致能害到马东山,那就意味着酒店里还有一个人和比赵青峰职位高能力强的人对酒店虎视眈眈。

酒店的管理层有这个能力的人并不多,她第一个想到的就宋天明,但是这个想法立即就被她否定了。如果真是宋天明的话,他又怎么可能会帮她?

正在此时,马可爱的手机响了起来,是银行打过来的,说贷款的审批已经通过,过几天就会放款,这个消息无疑是近来最好的消息了。

她松了一大口气,立即打电话给夏雨行分享这个消息,电话那头的夏雨行听到这个消息也开心不已,喊着让她请客庆祝。

马可爱挂完电话后才后知后觉地发现,她为什么一有什么事情第一个想到的人就是夏雨行?

> 第61章 酒店有鬼

她想到心里对他那丝异样的感觉,轻甩了一下头,不让自己再往下想。

下午马可爱坐电梯下楼的时候遇到了韩元斌,她下意识地想要避开他,但是电梯的空间实在太小,她避无可避,只能站在角落里。

韩元斌看到她如此戒备的反应心里满是失落:"你还在因为上次的事情生我的气?"

马可爱立即摇头否认:"没有,事情过去了就过去了,我不会再为以前的事情生气。"

韩元斌见她根本就不想和他说话的样子心里一痛,却又关心地问:"听说你晕倒了?"

"我没事。"马可爱语气浅淡,恰好此时电梯门打开,她欲走出去,韩元斌把她拦了下来,迅速按下底层的按钮,电梯门再次关闭。

马可爱愤怒地看着他问:"韩元斌,你做什么?"

韩元斌看着马可爱说:"可爱,你刚才也说了过去的事情都过去了,你不会为那些事情生气,但是你最近对我越来越冷漠,只是因为我成了赵青峰的助理吗?"

他说完一把拉住马可爱的手,将她逼得紧靠在电梯上,她的眼前立即出现韩元斌和赵青峰在一起商议工作的画面,其主要内容是怎么帮着韩元斌追回马可爱,把夏雨行赶出JR。

马可爱瞬间头痛欲裂,内心又惊又怒:"过去的事情成为过去,那也意味着我们已经结束了,我和你之间再也没有任何关系!韩元斌,你放手!"

韩元斌满脸怒容地说:"我不明白,我哪里比不过夏雨行,他不过是个不学无术的混混儿,拿什么跟我比!你为什么选择和他在一起而对我不理不睬?他做什么都是对的,我做什么都是错的,这样不公平!"

马可爱已痛得有些支撑不住,剧烈地喘着气说:"你不要碰我,放手!"

这样的韩元斌让她觉得无比陌生,在她的记忆里,韩元斌就是一个温柔的暖男,从来不会大声和人说话,更不会逼迫任何人。

可是这一次重逢后,他却数次打破了他之前留在她心里的形象,她不明白,到底以前的他是真正的他还是现在的他才是真正的他?

马可爱的话激怒了韩元斌,他大声质问:"你现在连碰都不让我碰你了吗?你难道忘了我们之前多么相爱吗?"

马可爱头痛得厉害,根本就没有还手之力。

电梯门再次被打开,他把她拖了出去,无视她的痛苦将她逼在墙上说:"马可爱,你根本就是看上去高贵,其实是玩弄感情的高手对不对?你是继承人之前,你不爱我也可以选择我,你是继承人之后,就这么决绝地和我分手,甚至不再给我一点机会!"

马可爱忍着剧痛愤怒地看着他说:"韩元斌,我劝你收回这些话,不然我们就连朋友也没得做了!"

韩元斌冷笑:"难道你现在对我的态度是朋友吗?马可爱,我们如果不是情人,也就做不了朋友!你不爱我了,我无所谓,我爱你就够了!只要你跟我回泰国,你在这里拥有的一切同样都可以拥有,我家也是做酒店的,你喜欢做人上人,我同样可以为你做到!"

马可爱怒极,想要扇他一巴掌,结果手才扬起来,就晕了过去。

韩元斌吓了一大跳,连喊了她好几声她都一点反应都没有,他忙把她抱起来送回房间,然后立即找李医生过来。

与此同时,在片场拍戏的陆臻臻接到了一个来自泰国医院的电话:"前阵子马小姐车祸受伤入院,我们为马小姐检查虽然她身体没有大碍,但是脑部存在罕见的阴影,我们还没来得及告诉她,她就私自出院了。我们通过她登记的信息找到了学校,又找到了您,请问您可以尽快帮我们联系她吗?"

陆臻臻吓了一大跳:"什么?马可爱脑部阴影?还罕见?危险吗?"

泰国医生回答:"有可能会危及生命,所以希望您尽快联络到她,让她回医院接受进一步检查。"

陆臻臻听到这个消息后再也不淡定了,立即给韩元斌打电话,告诉了他她刚才接到的电话内容,然后担心地说:"我真的没有想到,可爱病得这么严重,韩元斌,你必须马上想办法说服可爱回泰国治疗,毕竟那是第一家接诊她的医院,资料也更齐全一些。"

第62章 病情严重

"我也想带她回泰国。"韩元斌长长地叹了一口气说,"但是她现在被夏雨行洗了脑,天天又只想着工作,根本就不地听我的话。"

陆臻臻有些不满地抱怨了一句:"你不是他的男朋友吗?这点事都做不到吗?"

韩元斌没好气地说:"陆臻臻,你给我闭嘴,我和可爱会到这一步,和你脱不了干系!"

陆臻臻轻撇了一下嘴说:"你们也太小气了,连一个小玩笑都开不起,一点都不好玩!你劝不动可爱是吧?大不了我自己来劝!"

她说完就挂了电话,也顾不上换装了,直接顶着古装就往酒店里跑。

回到酒店的时候,她在走廊里遇到同样行色匆匆的夏雨行,她笑着挽着他的手问:"你这么急是去见可爱吗?"

"是的。"夏雨行点头,从她的魔爪里挣脱出来,"马总又晕倒了,我很担心。"

夏雨行在和李医生聊过后就在想要怎样才能说服马可爱去医院,办法还没有想到,他就听到了马可爱又晕倒的消息。

陆臻臻有些意外,顾不得再来挽夏雨行的手了,皱眉问:"她又晕倒了?这个该死的韩元斌,居然还瞒着我,也不在电话里说一声,好在本小姐机智,直接赶回来了,要不然都不能实时关心可爱了。"

夏雨行听到她这句话一脸的无语,她又接着说:"看在你这么关心可爱的份儿上,我也告诉你一件事情,说之前我们可要说好了,你也要帮着劝可爱回泰国检查身体。"

夏雨行吓了一大跳,忙问:"发生什么事了?"

陆臻臻把接到泰国医生的电话对夏雨行说了一遍,他顿时紧张了起来:"原来李医生说的都是真的,她的病情这么严重!"

陆臻臻看着他说:"可爱一向倔强有主见,想劝她回泰国治病只怕不容易,她特别信任你,夏雨行,这件事靠你了,你可千万别让我失望!"

夏雨行满脸担心地说:"我尽力。"

说话间,两人已经到了马可爱的房间前门口。

夏雨行推门进去的时候马可爱已经醒了过来,正半躺在床头看着最近的酒店报表,韩元斌则坐在她身边为她削着水果。

夏雨行和韩元斌对视了一眼,两人的眼里对彼此都有几分不屑,眸光冰冷。

夏雨行不想在马可爱的面前和韩元斌吵架,扭头看向马可爱,见她都这样了还在工作,顿时心疼不已,伸手将报表从她手里抽了出来:"生病了就好好休息,真把自己当成拼命三娘吗?"

马可爱看了他一眼:"信不信我扣你工资?"

"今天不要说扣我工资,就算是把我开除我也不会把报表给你。"夏雨行寸步不让。

马可爱皱眉,夏雨行又说:"病了就去医院,不要硬撑,你在泰国发生车祸后脑部有阴影的事情我知道了,工作再重要,也没有生命重要,我和陆臻臻都觉得你应该回泰国好好治疗!"

陆臻臻在旁边附和:"就是啊,病了就看医生嘛,这样撑着根本就是自己跟自己过意不去,有意思吗?"

马可爱没理她,而是看向夏雨行,他一脸的坚定。

这样强势的夏雨行让马可爱有些不太适应,而他眼里的关心她又看得那样分明,她不自觉地想起那天晚上误吻的事情,脸不自觉地有些泛红。

她扭过头不看夏雨行,轻声说:"我答应你会去医院好好做检查,但是不回泰国,现在国内的医疗技术也很好,有什么问题也一样能治得好。"

夏雨行觉得不管怎样她都算是松了口,不管是国内还是泰国都行,于是他看着她说:"你答应的事情就不许反悔,我会全程陪你去医院。"

马可爱瞪了他一眼:"知道了!啰唆!"

她的话虽然说得很凶,但是嘴角却不自觉地上扬,他的关心若温泉般流过她的心田,温暖无比。

第62章 病情严重

韩元斌在一旁看着夏雨行和马可爱的互动，眼睛微微眯了起来，手握成拳，刚才他一直在劝马可爱去医院检查，马可爱直接拒绝，可是夏雨行一来，马可爱就妥协了。

他知道这意味着什么，一时间心里极度不是滋味。

第二天夏雨行就带着马可爱去医院做各种检查，检查报告出来的时候马可爱进去取报告，夏雨行在外面等着。

医生拿着马可爱的报告仔细看了看后说："你头部有阴影，虽然原因不明确，但是我建议立即住院进行治疗。"

马可爱呆了呆，她也没有想到病情居然如此严重，她想了想后说："我会慎重考虑您的提议，但我还有一些事情要安排，也不想我家人朋友知道后担心，所以您可不可以开一份健康诊断证明给我？我答应你，等我把这些事情一处理完，立即配合到医院接受治疗。"

医生犹豫了一下后答应了她的请求，却再次叮嘱："你的病情真的不能再拖下去，一定要尽早来医院。"

马可爱点头："谢谢！"

她把最初的诊断报告收了起来，拿着医生后开的诊断报告走了出去。

夏雨行一看到她出来立即迎上来问："医生怎么说？"

马可爱已经收拾好心情，一脸轻松地说："我健康得很，你们一个个大惊小怪！这是诊断报告，现在可以放心了吧！"

夏雨行看到她的诊断报告确认她没事后长长地松了一口气："没事就好。"

马可爱全程注意他的表情，他的担忧、他的放心都是他对她的关心，她想起医生刚才说的话，莫名就有些心虚。

回到酒店后，她伸手按了按眉心，心里有些无能为力，现在酒店虽然比之前有起色，但还是有一大堆的事情需要她处理，她这个时候绝对不能住院。

只是她也清楚，这样硬撑着身体是不会允许的，所以她需要尽快把酒店的事情处理好，然后去医院接受治疗。

第63章 父子情深

夏雨行陪马可爱去医院检查的事情韩元斌知道了,他看着夏雨行越发不顺眼,此时却耐着性子去问夏雨行:"可爱怎么样?"

"你想知道她的检查结果吗?"夏雨行问。

韩元斌点头,夏雨行却坏坏一笑:"那你自己去问她呗,她愿意告诉你就告诉你,不愿意告诉你那也是她的选择。"

夏雨行已经听说马可爱这次晕倒是因韩元斌而起,他心里对韩元斌有十二分的不满。

再加上韩元斌是马可爱前男友的身份,每次看到韩元斌他总有一种看到情敌的即视感,所以他对韩元斌算不上友好。

韩元斌冷冷地看着夏雨行,夏雨行丝毫不惧地回看着他。

韩元斌一言不发转身就走,在走廊里遇到了陆臻臻,他冷声说:"我真不明白,那个夏雨行有什么好,让你们一个个都跟他走得那么近,他不过是个没学历没能力没家世一无是处的小混混儿罢了!"

陆臻臻"啧啧"了两声,明显不赞同他的话:"我觉得他有一种难以言说的魅力,正直勇敢善良,你如果不带偏见去看他的话,应该就能发现他的好了。"

"依我看,他接近可爱一定有着不可告人的目的。"韩元斌冷冷地说,"总有一天我会把他的真面目揭露出来!"

"你该不会是在嫉妒他吧?"陆臻臻将他打量一番后说,"你嫉妒他和可爱姐姐走得太近?说句心里话,以前我觉得你蛮不错的,但是你现在在我这里已经失宠了,如果硬要我在你和他之间做个选择的话,我站在他那一边,对了,我还决定要追他!"

第63章 父子情深

韩元斌的眉头皱了起来，陆臻臻双手捧心："你是不知道他打人的样子有多帅，有多man！"

韩元斌看着陆臻臻的样子眼里的怒意更浓，冷哼一声扭头就走。

陆臻臻看着他的样子摊了摊手，现在的韩元斌真是越来越不好玩了，动不动就生气，这心眼儿也太小了些！

夏雨行对着韩元斌的背影一脸鄙视，他知道韩元斌看不起他，但是那又如何？他又不需要韩元斌看得起他，只要能陪在马可爱的身边，韩元斌怎么鄙视他都无谓，反正被人鄙视又不会少块肉。

正在此时夏雨行接到家里的电话，是隔壁张阿姨打过来的，说是他养父晕倒了，他吓了一大跳忙向马可爱请了假，直接就回了家。

他到家的时候养父已经醒了过来，养父看到他有些愧疚地说："都是你张阿姨大惊小怪，我没事的。"

平时夏雨行不在家的时候，都是由张可姨帮忙照看他的养父。

夏雨行看着他说："你都晕倒了，哪里还能算是小事？我送你去医院吧！"

"不用了。"养父忙说，"你看我现在好好的，一点事都没有，真的不用去医院！再说了，每次去医院都要花很多的钱。"

这些年夏雨行为了照顾他，已经付出够多了，他不愿意让夏雨行再过得那么辛苦，这些小病小灾的忍一忍就过去了。

夏雨行认真地说："我现在换了工作，工资比之前高了，也比之前稳定，负担得起你的医药费，你身体不好，哪里能硬撑着？还是去医院找医生看看吧！"

"真不用！"养父连连摆手说，"我自己的身体情况我知道，休息一会儿就没事了，你不用担心！"

夏雨行知道养父的身体一直都不好，他怎么可能不担心，养父拉过他的手说："这些年来真的辛苦你了，你回去上班吧，有什么事我会给你打电话的。"

夏雨行哪能放心让养父一个人待在家里，沉声说："你现在身体这么差，我哪能放心，你要是不去医院，我就一直守在这里，也不去上班了！"

养父又好气又好笑地说："你这孩子还跟我倔上了！"

"那是因为你自己不好好照顾自己，我就只能多操点心了。"夏雨行认真地说，"爸，没有什么比自己的身体更重要了，我不知道自己的亲生父母是谁，对我来讲，你就是我的亲生父亲，所以你真的不用对我过意不去，再说了，当年要不是你救

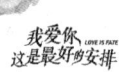

了我，我只怕都已经……"

"别说傻话！"养父打断他的话说，"我们现在不都好好的嘛！"

"正是因为现在都好好的，所以才要加倍爱惜自己的身体，我们去医院好好检查一下，如果没有问题，我们就回家来好好调养，如果有问题那就好好治病。"夏雨行认真地说。

养父看着他的样子心里温暖："好了，好了，都听你的，这总可以了吧！"

夏雨行笑着说："那我们现在就去医院。"

夏雨行把养父送到医院后医生建议住院，夏雨行把养父刚刚安顿好杨力就打来电话："夏哥，马总又晕倒了，你快回来！"

夏雨行愣了一下："好好的她怎么又晕倒了呢？"

"我也不知道！"杨力的话有些急，"你要是再不回来的话好处只怕要被那个韩元斌占尽了，我看那小子就是个居心不良的，一直在打马总的主意！"

夏雨行挂断电话后，养父说："公司有事你就赶紧回去，不用担心我，这里有医生和护士，你可以放心的。"

夏雨行心里担心马可爱，而养父现在的情况看起来还不错，医院里又有医生和护士照看，他心里还是不放心，又到护士站那里叮嘱了几句，这才赶回酒店。

在回酒店的路上，他心里一头雾水，之前他和马可爱做检查的时候明明没事的，怎么又晕倒呢？

此时韩元斌正陪在马可爱的身边，眼里满是担心，马可爱此时闭着眼睛躺在床上，看起来非常虚弱。

杨力给夏雨行打完电话后就戒备地看着他。

韩元斌想起马可爱上次晕倒的事情，再想起马可爱这段时间一直和他保持着距离，不愿和他有任何肢体接触摸，他突然想到什么，扭头问杨力："刚才可爱是不是又跟人有肢体接触？"

第64章 他的猜想

杨力故意气韩元斌："是啊，今天有个客人不小心撞到马总了，自从马总来酒店之后她一和人接触就有头痛的毛病，但是只要一抱住夏哥，就什么问题都解决了。"

韩元斌若有所思，马可爱和人接触就会头痛，所以才不愿意和他有肢体接触？

如果是这样的话他就又猜到另一种可能：可爱之所以和夏雨行走得近，该不会只是因为他能缓解她的头痛？

他想到这里就有些兴奋了，如果他的猜测是对的话，那么这一段时间马可爱的反常都有答案，但是到底是什么原因造成了这样的情况他就完全没有头绪。

杨力还在旁边故意刺激韩元斌说："马总可依赖夏哥了，什么事情都交给他来做，当然我家夏哥也非常优秀，不管马总交代下来什么，他都能很好地完成。"

韩元斌看了杨力一眼，杨力挑衅一笑。

正在此时，客房间一个员工过来找杨力有事，杨力有些不情不愿地走了，走时还不忘瞪韩元斌一言，再给夏雨行打个电话催他快点回来。

杨力离开后，韩元斌随手打开马可爱的床头柜，然后就看到了放在里面的诊断书。

他有些意外，把诊断书拿出来仔细一看，整个人就呆在那里，诊断书上清楚写着马可爱头部有阴影，建议她立即住院进行治疗。

韩元斌立即意识到所有人都被马可爱骗了！

他有些担心地看了看马可爱，她此时还昏迷不醒，面色苍白躺在病床上，少了平时的坚强，看起来柔弱不堪。

韩元斌心疼不已，伸手欲去摸她的脸时夏雨行推开了房门，他的手停在半空中。

夏雨行的眉头皱了起来，韩元斌则扭头去看他，两人对视一眼，彼此的眼里都是寒霜，屋子里的气氛顿时就变得有些压抑和紧张。

韩元斌压下心里的怒气，当先开口："听说马总对你很器重，很多事情都会交给你处理？"

夏雨行笑了笑，一副理所当然的样子说："没办法啊，能力太强，所以就只能能者多劳了。"

韩元斌对于他这个说法完全不赞同，就他这种痞子无赖也好意思夸自己能力强？简直就是个笑话。

他哂笑一声："是嘛，有时候你还真让我有些意外，这么差的能力，谁给你的自信？"

"马总给的呗，她经常对我说，酒店没我不行，我是她最信任的人，让我多操点心。"夏雨行的眸光深了些，"如今她的身体也不太好，不是头痛就是晕倒，那我也只能再多操点心了，好为她分忧。"

韩元斌冷冷地说："是吗？她有这么倚重你吗？"

"当然。"夏雨行的嘴角微扬，"不过她身体的事也不用你太过操心，只要她往我的怀里一靠，就哪哪都好了，这次我要是在她身边的话，她就不会晕倒了。"

韩元斌想起刚才杨力的话，眸色幽深，看着夏雨行的眼里更添了三分敌意，夏雨行则回以一笑，他这样的笑容看在韩元斌的眼里无异于是在挑衅。

马可爱病倒，酒店里有很多事情都需要处理，夏雨行、韩元斌也不能一直守在她的房间里，只能一边处理工作，趁着间隙来陪着她。

韩元斌的运气不错，他这一次过来的时候恰好马可爱醒了过来，他忙递给她一杯水。

她此时的确是有些渴了，于是避开他的指尖接过水道了声谢。

她此时也为自己的身体担忧，今天不过是有个客人不小心撞到了她，她下意识扶了一把，居然就晕倒了，这身体状况，比她预期的还要差。

韩元斌看到她的举动更加印证了之前的猜测，他看着她说："可爱，我看到了你的检查报告。"

马可爱有些意外，韩元斌看着她说："不是你拿来哄我们的那份，是你真实的身体报告，你现在的身体情况很糟糕，跟我回泰国吧！那家医院掌握了你车祸的第一手资料，治疗效果会更好。"

马可爱抱着水杯沉默了一会儿摇头说："不行，现在酒店已经到了关键时刻，银行的审批已经通过，贷款马上就下来了，这个时候我绝对不能走。"

"但是你的身体……"韩元斌一脸的担心。

"我心里有数。"马可爱朝他挤出一抹笑容，"身体是自己的，我比任何人都重视，等这次的事情一处理完我就去好好治疗，我生病这件事情也麻烦你帮我瞒着，不要让其他人知道，我不想因为我生病而造成不必要的麻烦，更不能让酒店因为我的身体而起动荡。"

韩元斌叹气："你还是和以前一样倔强！但是你也要答应我，要好好调理身体，如果再晕倒，无论如何也要带你去医院进行综合治疗，不能再拖！"

"好，我答应你！我也谢谢你为我保密。"马可爱由衷地说。

韩元斌轻叹了一口气说："你太见外了，我们……"

他本来想说"我们是男女朋友"，只是看到她有些戒备而疏离的目光，就变成了"我们是朋友"。

马可爱看着眼前温和又善解人意的韩元斌，眸光也温和了些，是啊，他们还是朋友。

马可爱本想着一边工作一边慢慢养病，然而老天爷似乎并不想给马可爱养病的机会，第二天税务局突然来人对酒店进行审查，并送来了法院的传票，说JR偷税漏税，请马可爱严查这件事情，并补齐税款。

马可爱看了一眼税款的金额，差不多就是这次银行为JR贷款的金额，她看到那个金额眉头皱了起来，两个数字如此接近，也太巧了吧？

她立即找来财务总监郭宇和吴律师商议这件事情，偷税漏税的事情实在太大，也惊动了宋天明，他听到消息后来也匆匆赶了过来。

马可爱直接问郭宇："为什么我们酒店有这么多的土地使用税没有交？"

郭宇轻咳一声，面色有些不太自然地说："我刚接手公司财务没多久，之前的事情并不清楚。"

第65章 有人作妖

马可爱冷冷地看了他一眼，作为财务总监郭宇说出这样的话来就是他的失职，她此时不由得怀疑，郭宇是不是和赵青峰是一伙的。

吴律师在旁说："从现在的情况来看，只要可以将这个事件定性为漏税，而不是偷税逃税，一切就都还有斡旋的余地。当然，前提是相关部门相信我们的说辞，最为重要的是，您得立即补缴所欠税款、滞纳金和可能产生的罚款。"

马可爱扭头对郭宇说："我希望财务部能配合。"

郭宇点头，马可爱问吴律师："现在法院的传票下来了，银行的续贷会不会出问题？"

吴律师回答："银行放贷，有它的审核机制与程序，目前流程已经走通，放款就是这几天内的事情，马总不用太担心这个问题。现在最重要的是解决漏税危机，如果再拖下去，不仅马总会越陷越深，银行十有八九也会因为JR的财务问题被曝光出而启动风控机制，到时候……"

宋天明在旁说："银行那边交给我，现在首要问题是补缴税款，并且让税务局相信我们只是漏税，而不是偷税。"

马可爱愧疚地说："可是宋叔叔……"

自从她回到酒店后，宋天明已经接二连三帮了她好几回了，他现在又站出来处理这件事情，马可爱的心里是满满的感动。

宋天明微笑着说："我这里你不用担心，先补交税款要紧，你的25%的股份在我这儿很安全，就当是对你的鞭策。"

马可爱感激地说："宋叔叔放心，JR现在已经慢慢步上正轨，银行审核续贷都

第65章 有人作妖

已经有了进展,我会尽快把钱还给您。"

宋天明温和地说:"叔叔相信你,别给自己太大的压力。"

马可爱回之一笑,会议至此结束。

郭宇、宋天明和律师走了出去,夏雨行此时匆匆走了过来,礼貌地打了个招呼后就站在一边。

宋天明最近这段时间经常听人提起夏雨行,但正式见面却是第一次。宋天明将他上下打量了一番,莫名觉得有些熟悉,却又确定之前并没有见过夏雨行。

他觉得这种熟悉感可能是因为听多了关于夏雨行的事,并不是真正的熟悉,于是他略点了一下头就走了。

夏雨行关上会议室的门问:"马总,我看到税务局的人了,是不是出事了?"

马可爱再不复刚才在宋天明等人面前的淡定,有些无措地伸手按了按眉心说:"夏雨行,我很不安,银行的贷款这几天正要下来就曝出了JR几年没有交土地使用税的事情,我总觉得像是有一只手在操控着这一切,而这只手非常强大。"

夏雨行看着她说:"不用担心,无论发生什么我都会陪你一起面对!你也不用怕,之前那么多的事情我们都平安走过来了,这次也不过是兵来将挡,水来土掩。不管幕后的那只手是谁,只要他有动作,就一定会有破绽,到时候我们把他揪出来就好。现在的我们步步为营,稳稳地朝前走就好。"

马可爱抬眸看他,他的眼神坚定温暖,她原本觉得一筹莫展,不知道为什么看到他眼神就觉得可以信赖和依靠,内心又燃起满满斗志。

她沉声说:"好,一起面对,现在我们先来查查这些税款到底是怎么回事,看看到底是谁在做手脚!"

这件事情明摆着是有问题的,既然知道有问题,那就往下查!看看问题到底出在哪里。

夏雨行点头,把财务那边的账册和合同全搬了过来,这一看就从下午看到了第二天天亮,而两人却还没有丝毫头绪。

所有的合同和账册从表面上看都没有问题,且两人在财务这事上,又都不是专业人士,查起来相当的吃力。

而马可爱因为郭宇的话对他有怀疑,这些事情她也不放心交给他来办。

马可爱看了一晚上的账册有些头晕,于是抱过一旁的合同开始翻,又翻了一个多小时。

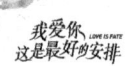

夏雨行见她一直在看合同就随口问了句:"不是说查账吗?你为什么一直在看合同?"

马可爱有些无奈地说:"财务方面不是我擅长的,如果做得仔细,我怕我也看不出太多的所以然来,所以就决定查一下合同,不知道为什么,对于这些合同我总有些担心。"

"你觉得这中间有问题?"夏雨行问。

马可爱摊手:"不知道,只是直觉。"

夏雨行笑了笑,伸手揉了揉太阳穴,想到什么他突然站起来说:"合同!"

"合同?怎么了?"马可爱皱眉问。

夏雨行认真地说:"我们一直纠结在账面上,但是如果这些账根本就不是我们做的呢?"

马可爱立即就会意:"你是说委托第三方代为收付款做账的财务公司?"

"对!"夏雨行的手拍在桌子上,"这种事情很常见,很多公司都委托第三方财务公司来做账!如果是第三方代为办理,那么出现漏税的事情就能证明JR是清白的!"

马可爱立即打开电脑仔细查看一番,发现JR在这一块果然是外包出去的,她激动地抓着夏雨行的手说:"被你说中了!我们的财务账册居然是全部外包出去的,这个郭宇,居然一个字没提,他这个财务总监太不称职了!"

夏雨行被她一握脸不自觉地红了,他倒不介意被她一直握着,就怕她一会儿回过神来骂他占她的便宜,于是他轻咳一声说:"马总,你这个是不是太……"

马可爱意识到了自己的失态,脸微红,忙把手抽了回来,对他说:"立即通知郭宇,让他上班后直接来我办公室!"

夏雨行嘻嘻一笑,见她虽然一夜没睡眼睛有些红血丝,但是精神却很不错,于是轻点了一下头,给郭宇发了条消息。

马可爱想起什么,扭头问他:"我怎么不知道你还懂这些?"

第66章 天才少年

夏雨行嘻嘻一笑:"哥可是天才,什么都懂!"

马可爱瞪了他一眼:"你就吹吧!"

说完两人相视一笑,不管他是不是吹牛,问题总归是他发现的,权且当他是天才吧!

郭宇过来之后马可爱不客气地把他骂了个狗血淋头,骂完后让他立即联络第三方财务公司出具证明,然后再提交税务局,证明酒店从来就没有逃税的行为,这一切只是第三方财务公司的失职。

税务员那边对于马可爱提交的材料核查一番后,确定这件事情不是JR的主动行为,再加上又只是初犯,便让马可爱把这笔税款补齐。

几天后银行贷款拨了下来,马可爱先用那笔钱付了税款,偷税的风波便算是揭过去了。

只是她欠宋天明的那笔钱短时间却是无论如何也还不了了,这件事情让她有些无奈。

宋天明在高尔夫球场打着球,赵青峰向他汇报着酒店目前的情况,他轻声说:"我本来已经交代好郭宇了,所有的账面都没有问题,只要坐实JR偷税漏税的事情就够马可爱喝一壶的,真没想到她居然能查到财务公司那边去,我真是小看她了。"

宋天明挥杆把球打了出去,面色淡定从容:"她比我预期的有能力,这也挺有意思的,现在这个局面我觉得挺好,我们依旧主动,她依旧被动,等时机成熟,我就能拿回属于我的一切。"

此时他面色清冷,再无见马可爱时的亲和,那双眼睛里透出来的阴毒让人不寒

而栗。如果马可爱看到这样的他，只怕会伸手敲一下自己的脑袋，那条藏匿在酒店里的毒蛇正是帮了她好几次的宋天明！

是的，这所有的一切都是他设的局。

当初PTV来收购JR是他的安排，马可爱拒绝被收购时他拿出一笔钱来解她的燃眉之急，其实是想要她手里的股权。

而后他所谓帮着银行下户的事情，其实也不过是为了这一次的偷税漏税做铺垫和准备，只要银行的钱一下来，立即就得填进税款之中，马可爱的手边依旧没有钱还他，而她反而又欠了银行一大笔钱。

这所有的一切环环相扣，不给马可爱任何喘息的机会。

他的目标简单而又明确，那就是得到JR！

赵青峰笑着说："那是，现在的JR所有的一切都在宋总的掌控之中。"

宋天明淡淡一笑："郭宇那边你多操点心，我总觉得他还不够沉稳，容易出事。"

赵青峰点头："我会盯紧他，你也知道的，郭宇贪财贪色，不过现在他的命门都握在我们的手里，他只会乖乖听话，生不出什么乱来。"

宋天明再次挥出一杆球："好，这些事情你稳着来，不能再像以前一样操之过急。当然，也不能给马可爱喘息的机会，要利用一切可以利用的人和事，一步一步把马可爱逼到绝境，然后拿下JR。"

赵青峰忙点头，宋天明拿着球杆说："其他的事情也可以慢慢收网了，餐饮部高雨欣太过正直，因为有她在，很多事情我们做起来不是太方便，这件事情你来处理一下。"

"您放心，这事我早有准备。"赵青峰信心满满地说，"不出一周，高雨欣必定辞职！"

宋天明对于他这方面的能力是相信的，问了另一个他关心的问题："家毅的事情查得怎么样了？最近有进展吗？"

"有点眉目了。"赵青峰忙说，"我已经顺着当年他失踪后可能出现的地点往下查，再排查一下当初哪些人会经过那些地方，等事情确定之后应该就能找到您儿子了。"

宋天明点头："尽快！这件事情我已经等了太久了，不想再等下去。"

赵青峰忙连声应下。

暂时度过一劫的酒店进到了一年一度的评级时间，这个评级一出来，夏雨行就

第66章 天才少年

有点小嘚瑟了,他是所有员工中评级最高的,全部都是A+。

和他一起看结果的员工一个个对他投来羡慕的目光,这样的成绩自从酒店建成后就没有几个人拿到过,这也从侧面证明他很努力很用心地在工作。

夏雨行觉得他得到这样的评级,马可爱怎么也该把他从礼宾部调回去了,让他继续做第一助理。

他正打算去马可爱那里嘚瑟时,就看见餐饮部经理高雨欣抱着一个盒子走出酒店的大堂。

夏雨行有些好奇地问:"现在是上班时间,高总不待在餐饮部跑到这里来做什么?"

一个员工轻声说:"这你就不知道了吧?高总辞职了!"

夏雨行吓了一跳,高雨欣做事认真负责,怎么会突然辞职?之前一点征兆都没有。

不知道为什么,夏雨行觉得此时高雨欣辞职绝不是偶然,一定是有人在背后把她逼走的,他立即就想到之前马可爱对他说的话,眉头微微皱了起来。

杨力凑过来说:"夏哥,现在餐饮部群龙无首,你又是A+的评级,你说马总会不会升你做餐饮部的老大?"

夏雨行愣了一下,想了想后说:"这个可能性很低,我的资历是完全不够的,而且我也不想做什么餐饮部老大,我只想做我的第一助理。"

"出息!"杨力鄙视他,"我看你是坠入爱河不可自拔了!"

夏雨行挑眉:"我高兴我乐意,你看不过眼就来咬我啊!"

两人嘻嘻哈哈地闹成一团,正在此时马可爱走了过来:"夏雨行,跟我出去一趟。"

夏雨行立即跟了过去,他本来以为马可爱叫他出去有什么重要的事情让他做,没想到她全程带着他吃吃喝喝,他满脸期盼地看着马可爱说:"我这一次的评级全部A+,你什么时候调我回去?"

马可爱淡淡地说:"我知道你所有的评级都是A+,我刚才已经为你庆祝过了,接下来要交给你一个任务。"

夏雨行满脸欢喜地问:"是要调我回去吗?"

马可爱不答反问:"高雨欣辞职的事情,你知道吗?"

第67章 天降大任

夏雨行点头，马可爱接着说："我已经让韩元斌接任餐饮部经理一职，但是有一件事情需要你配合。"

夏雨行愣了一下，以韩元斌的能力做餐饮部的经理是够的，他没有意见，只是就算他没有意见，此时心里也有些发酸。

马可爱看着他说："我要你去餐饮部做一名普通的员工。"

夏雨行顿时就急了："不是吧，我都表现这么优秀了，你还要将我下放？"

其实他不舒服的还是马可爱让韩元斌当餐饮部经理，而他是普通员工，就上次韩元斌看他时针锋相对的样子，他要在韩元斌的手下做事，韩元斌还不知道会怎么折腾他！

"你先冷静听我说。"马可爱看着他说，"我之前就对你说过酒店里我能信任的人不多，而你我是绝对信任的，餐饮部高雨欣的辞职其实已经暴露了很多的问题，你也知道酒店里一直有一只手在背后推波助澜，我一定要把那个人找出来，我觉得他们这一次是要动餐饮部，所以我需要你打入内部，调查清楚。"

她没说的是自从上次花园里被人拍到两人的亲密照之后，酒店里满是关于他们的绯闻，她把夏雨行放到餐饮部做普通员工，就有些像是他失宠的样子。

再加上夏雨行的顶头上司是韩元斌，两人之间的差别对待就出来了，所以夏雨行就更容易迷惑人，打入内部，从而得到更多有用的资料。

夏雨行长长地叹了一口气："你这么说我就算是想要拒绝都不知道怎么拒绝了。"

马可爱认真地说："我让你去餐饮部除了这件事外，还有一件事你也需要查清楚。你可能不太知道，酒店在餐饮这边的管理存在着巨大的问题，里面的红酒被调

第67章 天降大任

换，被以次充好，每年在酒这一项上就要损失上百万，更不要说其他项了，所以你这一次去餐饮部是任重而道远。"

夏雨行摊手："我算是看出来了，你是哪个部门有问题就把我往哪里丢！"

他说完故作委屈地夸张说了句："哥好命苦啊！"

马可爱的眼里满是笑意，问他："那你干不干？"

"干！"夏雨行豪气冲天地说，"不要说只是餐饮部，就算是龙潭虎穴哥也要闯一回！"

看到他的样子马可爱轻笑出声。

夏雨行到了餐饮部之后，他才知道那里虽然不是什么龙潭，但也够让他脱一层皮了：每天都有洗不完的碗和盘子，除此之外，他什么都接触不到！

餐饮部所有的人对他无比防备，每天就是洗碗、洗碗，还是洗碗！

几天下来，他天天累得腰酸背痛腿抽筋。

韩元斌一直在冷眼观察夏雨行的状况，觉得他之前还真是高看夏雨行了，夏雨行也不过如此，如果马可爱真的重视夏雨行的话，也就不会把他丢到这里来了。

这么一想，他心里就难掩得意，觉得让夏雨行刷盘子也太轻松了，打算找个机会好好为难一下夏雨行。

恰好前面餐厅来了一位非常难缠的客人，几乎所有和他接触的员工都被投诉过，于是他直接将夏雨行调了过去："你去伺候好那位客人就够了，其他的事情你暂时不要管。"

韩元斌现在算是夏雨行的顶头上司，对于他的安排夏雨行没有说不的权利，且夏雨行这几天洗碗也真的是洗烦了，听到韩元斌的安排后换了套衣服就去了餐厅。

那位客人是个看起来六七十岁的老头，今天点了两个菜，一个清蒸鲈鱼，一个清炒菜心，看起来也没有什么特别的地方。

但是夏雨行知道，如果这里没有坑的话，韩元斌是不会让他来的，既然来了，那就把事情做到最好，不给韩元斌挑刺的机会。

夏雨行见老头对面放了一套餐具就过去准备收起来。

只是他才动手，老头就立即阻止，语气相当不善："你新来的呀！没看到对面有人吗？"

夏雨行愣了一下，怎么都看不到他对面的座位上有人。

此时正值晚上，他觉得后背一阵阴风吹过忍不住哆嗦了一下，忙说："我是新

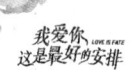

来的，不懂规矩，您老多包涵！"

老头冷哼一声没理会他，开始吃菜，他先吃的是鲈鱼，满意地点了一下头，然后夹了一筷子菜心吃了一口，立即就把筷子拍在桌子上："服务员！"

夏雨行忙过去说："请问有什么可以帮到你的吗？"

老头生气地说："昨天这道菜盐太多，完全吃不出菜心的鲜，今天油太大，失去了素菜的意义，难道这就是你们五星级酒店的水准？我要投诉！"

老头的样子一看就不是善茬，夏雨行也终于明白韩元斌的意思了，果然这是个大坑！

夏雨行面露微笑，十分礼貌地说："您别急，您看这样可以吗，今天这道菜我们免费赠送给您，并且一定要我们的厨师加强改进！我再让他们重新做，一直做到您满意为止，可以吗？"

"不用了！"老头轻哼一声说，"你们酒店怎么做都做不出以前的水准了，这次我看在你态度好的分儿上就算了！下次还这样我一定投诉，结账！"

老头走后，夏雨行看着那个空位打了个哆嗦，果然，这老头还真不是一般的难伺候，空位上有人？大晚上的，不要吓唬他！他胆子小！

老头一走，夏雨行就没事了，也不愿在餐厅里久待，直接端着老头没吃完的菜心进到后厨。

今天当班的厨师黎涛一看几乎没有吃的菜心就哭丧着脸说："没吃啊？我这是又被投诉了吗？完了，完了，我这个月的奖金又没了！这老头也真是怪，每天都点清蒸鲈鱼和菜心，每次都投诉，除了三个厨师没给他做过菜心外，其他做过的都被投诉了！整个后厨差点全军覆没！"

夏雨行听到这事也有些意外："这么夸张？不过你别担心，今天的菜心我做主为他免单，所以他没有投诉，顶多就是由我来付一下菜钱。"

黎涛两眼发光:"真的吗?那真是太好了!夏哥,你对我太好了!"

说完他还冲夏雨行抛了一记媚眼,夏雨行抖了一下,立即往旁边退了一大步,餐饮部的这些人也真是奇奇怪怪的,一个比一个难搞。

黎涛看到他的动作有些不满,却也没说什么,轻哼一声用手抓起一根菜心吃了一口:"挺好吃的啊!我现在做的菜是越来越好吃了!"

他见夏雨行看他,就又抓起一根菜心往夏雨行的嘴边塞:"你也尝尝!"

夏雨行往旁边躲了躲讪笑一声:"不用了,谢谢!我吃过饭了!"

他同时默默地在心里说:兄弟,能讲点卫生吗?用手抓菜吃,JR后厨的形象全被你毁完了!

第二天,老头又来了餐厅,还是和昨天一样点的清蒸鲈鱼和炒菜心,对面放着一套餐具。

夏雨行见老头一个人对着对面喃喃私语,想起昨晚老头的话忍不住哆嗦了一下,这个怪老头是韩元斌为他挖的坑,他觉得面对情敌的为难,只有想办法完美解决这件事情才是最好的还击。

于是他试着走到老头的身边,老头抬头看他,他含笑试探着问问:"您心情不好?"

老头有些古怪地看着他说:"其他服务员一看到我恨不得躲得远远的,你居然还能关心我?"

夏雨行笑着说:"呃,可能是我比较喜欢交朋友。"

"交朋友?"老头眯着眼睛看着他。

夏雨行点头说:"是啊,我们能在茫茫人海中相遇那就是缘分,有缘相识就是朋友。"

老头的手重重拍在桌子上,把夏雨行和其他顾客都吓了一大跳,老头大声说:"就冲你这句话,我请你吃顿饭,坐!"

夏雨行轻咳一声:"这个……不太好吧?我现在是上班时间。"

"有什么不好的?"老头轻哼一声,"我让你坐你就坐,要不然我投诉你!"

夏雨行只能坐下,老头大声喊:"服务员,加一套餐具!"

夏雨行指着另一套餐具说:"这有套现成的,不用加了吧?"

老头看了他一眼:"那里有人。"

夏雨行后背的汗毛又竖了起来,好奇地问:"你是一个人来旅游的吗?你的家人呢?"

老头的脸冷了下来:"我没有家人。"

夏雨行看老头面色不佳没敢再问,笑着陪他天南海北胡扯了一通,不提那些事情,两人居然还聊得挺开心。吃完饭后,老头还拍着夏雨行的肩说:"你这个朋友我交了!"

夏雨行失笑,顿时就觉得老头虽然有些难搞但是又不失可爱。

夏雨行陪完老头还需要回后厨洗碗,他觉得老头的事情也算是解决了,心情不错,一边洗着碗一边哼着小曲。

正在此时,黎涛凑到他的面前递给他一小块东西塞进他的嘴里,那东西入嘴后味道怪得要死,他立即吐了出来:"呸!什么东西这么难吃?"

因为上次夏雨行为黎涛挡了投诉,两人的关系一下子近了不少,在整个后厨,现在也只有黎涛愿意和他接近。

黎涛皱眉地说:"别价啊!你知道这玩意儿有多贵吗?总共就那么点,厨师长已经分完了,分到我这里就这么一小块,我分给你那是因为爱你哟!"

说完他还往夏雨行的脸上抹了一把,夏雨行一阵恶寒,伸手将黎涛手里剩的那一点不知道是什么的东西一把抓了过来:"是吗?那我可得好好尝尝!"

黎涛笑眯眯地看着夏雨行说:"就是嘛,我们这么辛苦,当然得给自己好好补补,你忙吧,我还有事先过去了!"

他嘴里这么说着,伸手又往夏雨行的脸上摸去。这一次夏雨行早有准备,跳得远远的,他没能得手轻哼了一声晃悠悠地走了。

第68章 难缠客人

夏雨行打了个哆嗦，觉得自己真不是一般的命苦，哄完老头，到后厨还得面对一个随时打算揩他油的厨师，这地方真不是人待的！

抱怨归抱怨，既然来了，那就得忍辱负重地把事情查清楚。

他看了一眼手里不起眼的一小块东西，仔细收好后趁着午休去找马可爱："来看看这是什么，贵不贵？"

马可爱看了看，又尝了一点后有些疑惑地看着夏雨行问："塞尔维亚pule奶酪，一千欧元一千克，是一些重要客户指名想要的，我就帮他们定了一些，产量低，所以非常难得，你怎么会有？"

夏雨行一脸嫌弃地说："这么贵？我也真是不懂这些有钱人了，这么难吃的东西不说，他们有几个人能吃得出来和普通奶酪的区别呀？"

马可爱看向他，他接着往下说："这玩意儿是一个厨师给我的，我也不清楚是不是试探，但是就这件事情和你上次说的红酒来看，酒店厨师把昂贵食材换成普通食材应该不是单一事件。"

"你说得没错，但是我们需要更多的证据，你要用心收集。"马可爱看着他说。

"我办事，你放心！"夏雨行笑嘻嘻地说，"我一定把他们老巢都给掀出来！"

马可爱轻笑一声："听说餐饮部那边有一个客人最近点名让你伺候，你用点心，如今的酒店再不能出任何意外了。"

夏雨行拍着胸脯说："保证完成任务，可爱老板！"

马可爱看到他这副样子失笑。

夏雨行离开后，韩元斌走了进来，递给马可爱一份文件："宋总介绍了他的老朋友知行公司的严总过来，严总的公司如今颇具规模，虽然现在只让JR承接公司员工的培训和客户的接待，但是就长期合作来讲对酒店还是很有利的。"

马可爱接资料的时候小心避开了他的手，将资料粗粗翻了后满意地点了点头："辛苦你了。"

知行公司马可爱是知道的，是一家颇具规模的公司，如果能拿下知行公司的订单，对改变酒店的现状有很大的帮助。

她在看资料的时候就把这件事情当成近期的大事来处理，这个订单她志在必得。

第69章 垃圾人渣

韩元斌一直细心地观察着她的举动,看到她小心的样子他在心里叹气,面上却平静地说:"我留在公司只是为了帮你,所以这些真的不算什么,所以可爱,不管你有什么事情,只管交代下来,我一定会认真完成的。"

马可爱想起两人在泰国时他对她的照顾,心里也有些感触,曾经的时光是那么美好,同时也让她想起了陆臻臻,于是她淡声说:"不管怎样还是要谢谢你,对了,今天陆臻臻走秀,你给她打个电话,让她小心一点别摔倒了。"

之前她和陆臻臻接触时,有一次不小心看到陆臻臻在T台上走秀时摔倒的片段。

到如今,她对陆臻臻已经完全释然了,因为她看得出来陆臻臻对她并无恶意,是真心真意想要帮她的。

韩元斌有些意外,却还是点了一下头,他出去之后给陆臻臻打电话提醒她走秀的时候小心一点别摔倒了,却被陆臻臻骂了一顿:"闭嘴,老娘是走秀高手,这么多年从无意外,怎么可能会摔跤!"

她说完就挂断了电话,韩元斌一脸的无语。

到吃晚饭的时间夏雨行和以前一样去"伺候"老头用餐,结果他刚从后厨走出来,就听到了一阵争吵声,老头黑着脸被围在正中间,两个年轻人扯着嗓子在叫喊着什么,人多嘈杂,他也听不清楚。

他好奇发生什么事了,找旁边的酒店工作人员一打听才知道是老头的两个儿子来了。

他有些纳闷,老头的儿子来了有什么架好吵的?旁边的服务员说:"我现在理解老头为什么一直住在我们酒店不愿意回家了,我要是有那样两个儿子我也不回家!"

夏雨行忙问："为什么？"

服务员撇嘴："这老头应该有点家产，他俩儿子一来，就说老头有神经病，之前立的遗嘱不算数，让他回去改遗嘱，老头不愿意，两人就死活把老头往外拉，我们过去劝他们就说我们打人。"

服务员见夏雨行是自己人，于是又小声在他的耳边补了一句："那俩儿子真是垃圾、人渣！"

夏雨行弄明白事情的原委后微微皱眉，他虽然和老头不算熟，但是老头毕竟请他吃过饭，他们也算是"饭友"，这事他不能不管。

于是他跑过去大声说："你们要走可以，请问哪位帮他把房费和餐饮费结一下？"

老头的俩儿子愣了一下，他们本来以为老头只有在酒店里吃个饭什么的，没想到却住在这里，这里可是超五星级的大酒店，住一晚上可不便宜！

两个儿子只要一想老头在这里住要花很多钱，就各种心疼，他就不会省着留给他们当遗产吗？没看到他们过得很辛苦吗？

大儿子心里不满，伸手推了老头一把："老东西，还挺会享受的，快去退房，然后跟我们去医院！"

他这一推用力过猛，老头年纪大了，今天吵了一早上头都是痛的，这一推就直接把老头推倒在地。

老头惨叫一声倒在地上，抱着脚大喊："哎哟，我的脚！"

大儿子愣了一下，觉得这事他不能认啊，得栽给酒店，于是伸手指着夏雨行的鼻子骂："你们酒店怎么打人？"

夏雨行一脸莫名其妙，痞子无赖他这辈子见过不少，但是像大儿子这么不要脸的痞子无赖，他还是第一次见到，根据他的经验，跟这么个人渣讲道理是没有用的。

于是他懒得理会大儿子的指责，背起老头说："我送你去医院！"

老头立即阻止他："不能去医院，去了我就回不来了！"

夏雨行一脸的无语，这都叫什么事！

老头在夏雨行耳边轻声说："我一定要留在酒店里，你想办法帮帮我！"

夏雨行知道这事他既然管了那就要管到底，李医生的医术也不错，一会儿请李医生过来给老头看看也一样。

于是他打算背着老头回房，大儿子拦着夏雨行说："你打伤了我爸，现在想跑？那可不行！赔钱！"

夏雨行的眼里浸出了寒霜，他冷冷一笑："你想钱想疯了吧！要不要再报个警啊？"

"报警就报警，谁怕谁！"大儿子愤愤地大喊，"酒店仗势欺人了！"

夏雨行听他这么一说把老头从身上放了下来，看着大儿子说："要报警赶紧报，刚好让警察过来把恶意伤人的人给抓起来，友情提示一下，我们酒店所有的过道和走廊里都有监控，刚才发生的事情，监控都有拍下来，这些全是证据！"

他这么一说，大儿子抬头一看，果然不远处就有一个摄像头，这样的距离，足以把刚才的事情拍得清清楚楚，他顿时就有些底气不足了。

夏雨行冷冷看了他一眼："你要是不报警的我就先送老爷子回房休息了。"

他心里在骂：什么人嘛，自己动手把自己的父亲推倒在地，第一时间想的居然不是找大夫给老爷子看病，而是讹钱，这人渣是想钱想疯了吧！

他在心里同情了老头一把，他要是有这么两个儿子的话，估计也会气得跟老头一样整天神神道道的。

老头的俩儿子你看看我，我看看你，一时间都不知道要怎么办。

夏雨行看到两人这副熊样懒得理会，再次背起老头这一次没停留直接就回了房。

老头的俩儿子在那里骂骂咧咧了几句，话说得相当难听，却也跟着去了老头的房间，这一路上也没个消停，指桑骂槐说夏雨行多管闲事，说酒店店大欺客。

夏雨行听到他们的那些话只当是放屁，毕竟和人渣是没什么好计较的。

他把老头送进房间后就给李医生打了电话，李医生很快就赶了过来。

李医生仔细给老头检查一遍说："没有伤到筋骨，只是扭伤，休息几天就好了。"

大儿子立即说："反正你的脚也没事，跟我们回家吧！"

小儿子也说："走走走，别在这里浪费钱，回去赶紧把遗嘱改了，别和我妈一样，突然死了什么都没留下！"

第70章 以人为本

夏雨行听到这里简直是不能忍,这说的还是人话吗?

他用尽了洪荒之力才忍住没冲上去把两人暴揍一顿,站出来说:"有一件事情需要你们配合一下,你们说是他儿子,有证据吗?"

"他就是我爸,还需要证据?你听过有人乱认老子的吗?"大儿子气势汹汹地说。

夏雨行淡淡地说:"那可不一定,之前新闻里不就有报道吗?说几个骗子为了骗取老人的遗产,就冒充是老人的儿子,所以这世上什么事情都可能发生。我们酒店以客人的利益至上,两位如果不能证明是他儿子,酒店是不能让你们把他带走的,请见谅!"

他话虽说得客气,实际上却寸步不让,他很清楚地知道两个儿子不可能在此时证明得了他们的身份,只要把这两个人渣支走,后续的事情就好安排。

大小儿子互看了一眼后,两人都没有证据证明老头是他们的父亲,大儿子看着老头说:"爸,你说句话呗!"

老头还没说话,夏雨行已不紧不慢地说:"他的话只怕也不管用,毕竟你们刚才在大厅的时候说他脑子有问题,说的话不算话,所以作为酒店,为了保障客人的安全和利益,我们必须谨慎行事,如果你们拿不出证据还继续纠缠的话,我就只能报警了。"

老头在旁看了夏雨行一眼,这小子反应还挺快的。

大儿子和小儿子听到他这话有一种搬起石头砸到自己脚的感觉,夏雨行把话说到这里了,他们也就不能再闹下去,于是大儿子说:"我们明天就把身份证户口本全部拿过来,看你们还有什么话说!"

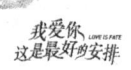

两人说完气哼哼地走了。

夏雨行看到两人出去后轻呸了一声,真是人渣啊!老头的腿受了伤,两人只忙着找证据,没有一人关心老头的伤,也没有人去想老头受伤后行动方不方便的事情。

夏雨行有些担心地看着老头问:"你没事吧?"

老头长长地叹了一口气说:"生了两个混账儿子,这么多年都习惯了,能有什么事?"

夏雨行想安慰都不知道如何安慰,却还是忍不住问了句:"刚才那两个真的是你的儿子吗?"

老头往床上一躺闭着眼睛说:"我要睡了,你出去吧!"

两个儿子的事情对老头而言是家丑,也是他一生的痛,这件事情他不想对任何人解释。

夏雨行还想说什么,老头在床上装假睡着了,还打起呼噜。

夏雨行看到他这副样子又好气又好笑,算了,老头不愿意说那就不说吧!他也就不问了。

下楼之后他想起老头到现在还没有吃饭,就去了后厨,点了一道菜心一道清蒸鲈鱼。

菜做好后他亲自给老头送了进去,老头此时没有装睡,靠在床上出神,见他进来也没有太过意外,只是在看到他手里的饭菜后突然就觉得鼻子有些发酸。他受了伤,儿子们对他不闻不问,只有眼前这个认识没几天的年轻人细心照顾。

夏雨行边摆饭菜边说:"闹了这么久你肯定也饿了,今天我请你吃饭。"

老头接过筷子满脸感触地说:"我那俩混账儿子要是有你一半懂事就好了。"

夏雨行撇嘴:"能别拿我跟他们比吗?就算他们是您的儿子,我也觉得这事是对我的侮辱。"

老头无奈一笑,拿起筷子敲了敲后说:"是啊,他们和你是没法比的,你比他们强一千倍一万倍,但是不管怎么说,他们都是我的儿子,这件事情我需要做个了结。"

夏雨行好奇地问:"了结?你要怎么了结?"

父子血缘亲情,这种事情根本就没办法做到了结。

"他们之所以缠着我说到底不过是为了我的钱。"老头的眼里有些怅然,却又似下了一个决定一般,轻声说,"我在等一个日子,等到那天之后,我就会把这件事情彻底做个了断!"

第70章 以人为本

夏雨行一脸的不解,老头又扭头笑着对他说:"不管怎样,还是要感谢你!"

夏雨行并不需要老头的感谢,他只是遵从他的本心做他该做的事情。

只是他从老头的房间里出来的时候还是忍不住有些感叹,亲情本是这世上最珍贵的东西,却不是每个人都懂得珍惜。

他连亲生父母都不知道是谁,如果有一天他能找到他的亲生父母,他一定会好好待他们,享受珍贵的亲情。

他满心感叹地走过转角的时候突然听见有人在哭,他吓了一大跳,一扭头,就看见陆臻臻一脸伤心地抹着泪从走廊那头走了过来,她此时再无一分往日的神采飞扬,妆已经花掉,秀丽的脸被揉成了个大花猫。

夏雨行看到她这副样子吓了一大跳,忙走过去问:"你这是怎么了?"

陆臻臻一见是他,立即伸手抱住他放声大哭:"夏雨行……噢噢,我好可怜……"

夏雨行被她这样抱着,只觉得一个头两个大,手都不知道往哪里放,只能放软了语调劝她:"没事了,别哭了!跟我说说到底发生了什么事,看看我能不能帮你。"

"谁说没事了!"陆臻臻一边抽泣一边说,"我今天T台走秀摔了一跤,脸都丢光了!都怪那个韩元斌,莫名其妙给我打个电话,咒我摔倒!"

夏雨行听她这么一说顿时松了一大口气,原来她只是走秀摔倒嫌丢脸啊,真不是什么大事,只是像陆臻臻这么要面子的人摔倒了,要发泄一下也是正常的。

他正打算好好哄一哄她,却听见她大吼一声:"韩元斌!你给我站住,都怪你这个乌鸦嘴!这一次害惨我了!"

夏雨行一扭头,见韩元斌刚好从餐厅的方向走出来,陆臻臻已经松开他的手朝韩元斌扑了过去。

夏雨行看到她那副气势汹汹的样子拍了一下胸口,忙趁机溜了,陆臻臻好可怕,还是马可爱好!

第二天老头的俩儿子又来了,夏雨行早就帮老头换了房间,所以他们过来的时候根本就找不到老头。

第71章 自有决断

恰好夏雨行经过,大儿子一把抓住他说:"我爸呢?"

"请问两位找哪位?"夏雨行说完后似乎又认出了俩儿子,又笑着说:"你爸今天一早已经结账走了,所以我现在也不知道他在哪里,两位慢走不送。"

大儿子当场就要发作想打夏雨行,小儿子拉着他说:"别急,那老东西肯定和酒店串通好了,我有办法让老东西乖乖出来!"

大儿子狠狠瞪了夏雨行一眼:"这次先放过你,你下次再在我的面前耍花样,我一定饶不了你!"

他说完和小儿子气冲冲地走了。

夏雨行看到两人的样子眼里满是不屑,轻声说:"两个混账,你们迟早会有报应的!"

只是他又有些担心,看他们这副样子似乎不会善了,只怕还憋着坏,他得空了还是得提醒一下老头。

他在餐厅一直都很忙,每天都有刷不完的碗,等到下午他好不容易抽个空去提醒老头的时候,却发现老头在房间里带着一个小男孩在玩。

大小儿子全坐在沙发上,一个劲儿地劝老头跟他们回家,两人见夏雨行进来阴阳怪气地说了几句恶心人的话。

老头见夏雨行进来,招呼他坐,他心里却觉得憋得慌,内心对老头的所作所为是恨铁不成钢,觉得自己这么辛苦帮着老头也不过是枉作小人。

于是他礼貌而疏离地说:"不用了,您有儿子们陪着就够了,我还有事,先去忙了!"

> 第71章 自有决断

他说完扭头就走，看到他的样子老头知道他生气了，却并没有多解释。

且这些事情也的确不需要解释什么，今天大小儿子之所以能找到这里来，不过是因为骗他说孙子病了，他心疼孙子，不可能不管，于是主动和他们联络。

老头的眸光凉凉地扫了一眼坐在那里劝他改遗嘱的儿子们，心里一片冰冷，这件事情快要了结了。

第二天是马可爱和知行公司签约的日子。

这天一早，知行公司的总裁严总就赶过来和JR签约，因马可爱重视这个订单，所以一切都进行得相当顺利，两人对这次的合作都很满意，相谈甚欢。

临行前严总笑着把手伸向马可爱："马总，合作愉快！"

马可爱的心里无比纠结，她已经晕了几次了，这一次要是再晕倒的话只怕会让更多的人担心，但是此时严总已经伸出手了，她要是不和他握手的话，又显得非常没礼貌。

于是她有些犹豫，一直没有伸出手。

严总有些好奇地看着她，眼里有些不解，笑容也有些发僵，她没法只得把手伸了过去，脸上含笑："合作愉快！"

她的手在和严总的手触碰的瞬间，她看到了一幅画面：严总从酒店的前门出去，一辆飞驰过来的车把严总撞倒。

她立即觉得头痛欲裂手扶着椅子才没有摔倒，额头冒出细密的汗珠。

韩元斌看到她这副样子下意识地就要去扶她，杨力立即把韩元斌拦住："别动，我去叫夏哥！"

韩元斌满脸纠结和担心，想扶却又不敢扶她。

马可爱强撑着站着，挤出一抹微笑对严总说："不好意思严总，我有点不太舒服不能亲自送你了，韩总，你帮我送送严总。"

严总看到她的样子也有些担心地问："马总，你没事吧？"

"没事，只是老毛病。"马可爱挤出一抹微笑扭头对韩元斌走，"你带严总走后门。"

韩元斌愣了一下，马可爱又强势地补了一句："听我的。"

韩元斌满脸疑惑地看了一眼马可爱，带着严总下了楼。

下楼后，韩元斌打算带严总去后门，赵青峰守在门口对严总比了个手势："严总，这边请！"

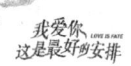

韩元斌看向赵青峰，赵青峰眼神犀利，韩元斌心有疑惑，却觉得不过是送个人，不管是走前门还是走后门都一样，于是他就带着严总走向前门。

韩元斌和严总走到前门的时候，许晨叫了韩元斌一声，他下意识停住脚步往后看，就把严总一个人暴露在马路上。正在此时，酒店的一辆车从韩元斌的身边擦了过去，一下就把站在他前面的严总撞倒在地。

韩元斌目瞪口呆，立即就想起了马可爱刚才的交代，再想起昨天晚上陆臻臻的事情，他的眼里满是不可思议。

他的心里不由得生出了个猜想，难道马可爱能预见未来发生的事情，所以才想着要阻止吗？只是，这怎么可能？

但是他对马可爱也有些了解，如果没把握的话，她又怎么可能会做出那样的安排？

韩元斌还在那里傻站的时候，酒店里其他的员工已经冲过来把严总扶起。

不幸中之万幸，严总虽然被撞倒了，但是因为角度，他只是受了擦伤，然而这件事情却让严总对酒店的管理和安全状态极度不满，当众提出毁约。

夏雨行赶到时马可爱已经摇摇欲坠，他伸手一把将她抱在怀里问："你这又是怎么了？"

马可爱靠在他的怀里觉得头痛缓解了很多，正打算说话的时候就听到外面传来惊呼声，她暗叫一声不好，立即打开窗户往下看，却见酒店的员工扶着受伤的严总往回走。

撞伤严总的车也停了下来，司机从车上走了下来，是酒店的司机。

她咬着唇说："他们真是无孔不入，为了阻止我们和严总合作，已经开始伤人了！"

夏雨行立即就明白她话里的意思，主动说："只要他们行动就会有破绽，这一次的破绽是那个司机，我去调查他！"

马可爱轻点了一下头，夏雨行看着她说："你的脸色好差，我先送你回房休息一会儿，其他的事情我来处理，你现在的任务是好好休息，这些事情都别管！"

他的语气霸道不给马可爱半点反对的机会，一把将她抱起就往她的房间送。

马可爱急了："你先把我放下来，我自己会走！"

夏雨行此时哪里会听她的话，抱着她就走，好在这里离马可爱的房间不远，也没有什么人看到。

第72章 你别胡来

夏雨行把马可爱送回房间后就匆匆走了出去,马可爱看着他的背影有些出神,他刚才抱她进来的时候,她虽然觉得不妥内心却并不排斥。

她轻轻叹了一口气,轻甩了一下头,酒店都这样了,她居然还在这里胡思乱想!

她现在要想的是怎么给严总一个解释,挽回这张订单。

夏雨行很快就找了司机,不想司机摆出一副死猪不怕开水烫的架势,把所有的一切都归结为意外,推了个干干净净!

夏雨行短时间内找不到其他的证据,也拿司机没办法,只得把这件事情告诉马可爱,马可爱沉声说:"所谓意外,不过是有心之人精心准备的结果,他们要么给司机许以重金,要么司机有什么把柄在他们手里,现在司机拒不配合,我们也没法子。"

夏雨行安慰她:"这件事情我们心知肚明,他们做得如此明显,那是赤裸裸的挑衅,还是那句话,不怕他们挑衅,就怕他们没有动作,所以这事也不全是坏事。"

马可爱叹了口气:"可是严总已经不愿意再和我们合作了,我们损失很大。"

"严总的事情你也不要急,我再来想想办法,大不了我去给他套麻袋,他要是不答应,我就揍扁他。"夏雨行笑着说。

马可爱瞪了他一眼:"你别胡来!"

"我就是逗你玩的,哪能真那么做。"夏雨行想了想后说,"不过这份合同还是要努力争取的,你再给我一点时间,我好好想一想。"

马可爱轻点了一下头,那个司机出了这么大的错,肯定是不能再留在公司了,那就只能把他开除了。

韩元斌因为严总车祸的事情一直心绪不宁,他心里对整件事情的发展猜测也

越来越多，而这些事情他也需要找个人商量一下，在这里，能和他商量的只有陆臻臻了。

这天下午，他一听说陆臻臻回到酒店就去找她："你有没有觉得可爱的病情很奇怪？"

陆臻臻一脸好奇地问："哪里奇怪？"

韩元斌陷入沉思："她每次晕倒与和人接触有关系，但是和夏雨行接触好像就不会。"

陆臻臻仔细回忆，好像这一次重逢后马可爱是对她疏远了很多，不许她靠近，只是她一直觉得这是因为马可爱还在生她气，所以并没有放在心上，于是她说："这个我还真没注意。"

韩元斌叹了口气说："这些也只是我的猜测，只是昨天你走秀摔倒的事情是她让我提醒你的，今天严总签完合同出事之前她提醒我让我带严总从后门走，就好像……就好像这些事情她能提前预知一样。"

"没那么邪门吧！"陆臻臻一脸难以置信地说，"我家可爱姐姐又不是神棍，这些事情可能只是巧合。"

韩元斌深吸了一口气看着她说："当然这些都是我的猜测，也许并不准确，要不你找机会问问夏雨行？"

陆臻臻将他上下打量了一番后笑了，轻挑了一下眉说："你说这么多，还不就是你急了，嫉妒夏雨行可以和可爱亲近，想让我到夏雨行那里打听消息呗！"

韩元斌无言以对，陆臻臻笑了笑："这事我暂时不能答应你，得看我心情，再说了，现在我是夏雨行那一边的，我才不会出卖他！"

韩元斌还想要再解释，陆臻臻打了个呵欠说："行了，这事我知道了，我要睡觉了，你也收收心回去睡吧，别整天在那里想些乱七八糟的事情，可爱姐姐要是还爱你的话，你不用抢她也是你的，她要是不爱你了，你就算用尽心思也得不到她。"

韩元斌气得狠狠瞪了陆臻臻一眼，她却在那里没心没肺地笑，韩元斌也拿她一点法子都没有。

傍晚，夏雨行突然接到了老头的电话，他接通后听见老头说："明天帮我开个发布会，要准备什么东西你们应该都知道。"

夏雨行莫名其妙："你要开什么发布会？"

"到明天你就知道了。"老头回答，"你现在不用问，只管准备东西就好，明

第72章 你别胡来

天就是一切了结的时候了。"

夏雨行实在是弄不明白老头想要做什么,却也依言通知了公关部,请他们准备好一切。

虽然他对老头心肠软的事情颇有微词,但是他还是会做好他的本职工作。

第二天老头的发布会在JR召开,要横幅拉出来之后夏雨行才知道老头居然是大名鼎鼎的连锁酒楼鹅之味的老板。果然,能住在JR的,就没有一个是身份简单的。

他顿时就有点明白老头的两个儿子为什么对于继承财产的事情这么热衷了,毕竟那是一笔巨大的财富。

老头的两个儿子也来了,两人此时一脸期盼地看着老头,在他们看来,老头突然召开发布会十之八九是要改变之前立的遗嘱,要把钱留给他们了。

没想到发布会一开,老头站出来直接说:"今天邀请大家来到这里,是有一件事要宣布,鹅之味开店已经二十年,从一家小门脸到现在的规模,全靠大家的支持。所以,我叶凯明决定在我百年之后,为了回馈社会,回馈大家的支持,会将我所有的遗产捐赠出去,用于山区儿童的营养餐。"

话音一落,全场轰动,照相机的声音响个不停。

老头的两个儿子顿时就呆在那里,两人想要闹事,但是今天这么大的阵仗,各种媒体都在,真闹起来的话他们同样一点好处都得不到,两人顿时如霜打的茄子。

大儿子忍不住抱怨:"都怪你,出的什么馊主意,说爸会回心转意!这哪里是回心转意!摆明是要我们的命!"

小儿子也愤愤地说:"我哪知道老东西如此铁石心肠?"

两人说完长叹了一口气,完了,现在他们一分钱也分不到了!

马可爱早就从夏雨行那里知道关于老头的事情,此时听到他这样的安排她满心佩服,毕竟作为父亲,要对自己的子女狠下心来并不是一件容易的事。

第73章 好人好报

老头说完就准备直接上楼，夏雨行在电梯口追上了他："叶老先生，请等一下！"

老头看向夏雨行，笑着解释了一句："这就是我之前说的那一天，今天是我和我太太的结婚纪念日，从某种意义上来讲，她五年前去世后我在这个世上就没有了亲人。我以前总盼着那两个浑小子能在这一天到来前有所长进，但是他们让我一再失望。"

夏雨行由衷地说："您的决定是正确的，我相信您夫人还在的话一定也会支持您的。"

他到此时也明白老头并不是真的心软，而是在等时间，这是一个让人敬佩的老人。

老头失笑："你看起来好像挺忙的，你是我见过唯一把客人当朋友的酒店工作人员，你这么用心以后一定前途无量。"

"你就不要笑我了。"夏雨行有些不好意思地说，"我其实能做到的事情很少，只是想尽自己的一点微薄之力。"

说到这里他又有些沮丧地说："我有很多时候无能为力，就像昨天知行公司的严总来酒店签合同，结果一出门就出了车祸，酒店刚签的订单也飞了，我如果再做得好一点，就不会让这样的事情发生了。"

"知行公司的老严？他受伤的事情我也听说了。"老头笑着说，"这种事情哪里能怪？我和他认识很多年了，这事我来解决，老严也真是大惊小怪，这不摆明是场意外嘛！"

说完他就给严总打了个电话，先叙了交情，再说了一下酒店的事情，两人相谈甚欢。

老头和严总相识多年，他是严总最为敬重的长辈，所以由老头出面来说这件事情，一切都变得相当简单。

一个小时后，严总赶到酒店重新签了一份合同，原本已经黄了的事情竟有了意外的惊喜。

严总的订单从某种程度上来讲缓和了酒店的资金问题，马可爱松了一大口气，带着夏雨行亲自登门向老头道谢，老头只是笑着说："这事你们真不用谢我，要谢就谢你们自己，是你们以人为本，尊重每一个客人，才会有这样的结果。"

夏雨行和马可爱对视了一眼，两人都笑了起来。

晚上，夏雨行继续蹲在后厨里刷永远刷不完的碗，这一刷就刷到晚上九点。

刷得久了他觉得有些累了就伸手揉了揉酸痛的腰，然后就听到厨房里传来动静，他有些好奇地凑过去看。

只见厨师长拿着一大根火腿在冰箱边，另一个人手中也拿着差不多同样的一根，夏雨行一愣，刚要拿出手机拍照，手机微信提示音忽然响了。

夏雨行吓一跳，慌忙按了一下，却已经惊动了厨师长："谁在那边？"

夏雨行知道今天已经拍不到什么，忙笑嘻嘻地站起来说："是我，我有点饿，想来找点吃的。"

厨师长瞪着他说："酒店的东西都是公物，是能随便吃的吗？饿了就忍着，还不快去刷碗！"

夏雨行忙说："哦，好的，我回去刷碗！"

厨师长确定夏雨行离开后，让厨师把火腿拿出去，忍不住往夏雨行的方向看了一眼，也不知道他看到了多少。

厨师长心里有些不安，只是想起他们的靠山，就又淡定了些，没什么好怕的，反正有事了还有后面的人顶着，不需要他操心。

夏雨行想到刚才的那一幕，越想心里越觉得不妥，他见黎涛去了更衣间，想了想也跟了过去。

黎涛一见他进来，立即抱着衣服说："讨厌，偷看人家换衣服！"

夏雨行看到他那副样子有些无语，却还是转过身说："我是无心的！整个后厨也就你对我好一点，我都要累死了，所以过来稍微休息一下！"

"死样，知道人家的好了！"黎涛穿上衣服后搂着夏雨行的肩，"你要怎么报答我啊？"

夏雨行哆嗦了一下，然后咬了一下牙，挤出一抹笑说："你下班了吗？要不我

请你到天台喝一杯？"

他在心里默默地说："马总，我为了酒店可是连色相都牺牲了！你以后可得好好奖励我！"

黎涛一听这话，立即两眼发光："还挺有情调的嘛，我这里刚好有两瓶好酒，我给你尝尝鲜！"

夏雨行忙说："好的，走吧！"

两人到了天台后，夏雨行拿起黎涛的酒喝了一口，酒虽然闻起来很香，但是他很少喝红酒，根本就喝不出什么来，却一脸夸张地说："好酒！"

"那当然，这可是咱们酒店最好的酒之一，这可是上品82年拉菲，七八万一瓶！"黎涛一脸得意地说。

夏雨行吓了一大跳，他虽然没有喝过多少红酒，但是拉菲的大名还是听过的，于是拿起酒瓶看了半天："你别欺负我不懂英文，这瓶子上哪里写着拉菲呢？"

黎涛看着他笑了笑，意味深长地说："这你就不懂了吧，这就是所谓的偷梁换柱。很多客人根本就不懂酒，为了装开了酒就储存在酒店里，他们没有品位，当然就要由有品位的我们来替他们消化消化啦，不然不是暴殄天物吗？"

"还可以这样？"夏雨行满脸震惊，就算马可爱之前告诉他酒店里的酒有被人偷卖之嫌，此时他听到黎涛的话也依旧满是震惊。

这些人的胆子也太大了！

黎涛将食指放在唇间："嘘，小声一点，我当你是自己人才告诉你的，你可别说去啊，说出去我们都完了！"

夏雨行立即表忠心："明白，我绝对不会告诉任何人！"

他说完这句话后又笑嘻嘻地涎着脸说："只是这酒这么好，我之前就没有喝过，一会儿要是喝剩下了，能不能让我拿走？"

"你这还喝上瘾了！"黎涛伸手在夏雨行的脸上摸了一把，"行，送你了，谁让我这么爱你！你以后可得好好报答我哟！"

夏雨行笑了笑，在心里骂了句："报答你个锤子，总趁机占我便宜！"

他好不容易应付完黎涛，把黎涛送下台之后就拿着剩下的半瓶酒去找马可爱。

第74章 情难自禁

此时马可爱还没有睡,夏雨行拿起酒杯倒了一杯递给她:"你尝尝这酒看看怎么样?"

马可爱看了一下酒瓶子,很普通的瓶子,微微皱眉:"我可不是什么酒都喝的。"

夏雨行掀眉一笑:"这酒你喝了绝对不会后悔。"

马可爱有些狐疑地拿起酒杯尝了一口后愣了一下,然后又喝了一口,满脸震惊地说:"82年拉菲?"

夏雨行点头:"这算是证据了吧?"

"酒哪儿来的?"马可爱问。

夏雨行把今天晚上发生的事情粗略地说了一遍后分析说:"上次的奶酪,这次的红酒,足以证明厨房里的人胆子比我预期的还要大,我看就没有他们不敢做的事!从厨师长到配菜的,形成了一个整体,就是一块铁板,因为他们有着巨大的利益链,互相包庇掩护。像我这种空降过去的人,在他们看来根本就不能算是自己人,如果不是我牺牲色相,只怕连这些消息都很难打听得到。"

马可爱若有所思,所谓无利不起早,这些人被利益捆绑在一起,想要从中找到突破口并不容易,但是现在至少已经有了初步的进展。

她温声说:"辛苦你了,后续还需要努力。"

夏雨行朝她挤了挤眼说:"只要是你交代的事情,我一定会努力完成,难度大,创造条件也要完成!"

"油嘴滑舌!"马可爱瞪了他一眼。

第二天马可爱正在上班,韩元斌又来敲响她的房门,走到她的面前看着她认真地说:"我查看了一些酒店的资料,包括也问了一些员工,关于你来酒店之后一些事件的解决方式，这些事情中，都有一个共通性，那就是你似乎早有预见。可爱，你跟我说实话，这些事件你是不是都可以事先知道？"

他说完定定地看着她的脸。

马可爱心头剧震，实在是没有想到他居然从这些蛛丝马迹中找到了共同点，并产生了怀疑，而她能预见未来发生之事实在是太过诡异，她立即否认："这怎么可能！我怎么能预见未来？"

韩元斌看到她闪躲的眼神，再看到她的表情心里已经有了结论，于是轻声说："看来我说对了，你真的有这个能力。而你的这种能力，是通过身体触碰吧？所以你排斥和人接近，每次和人有肢体接触摸后你都会剧烈头痛，对不对？"

马可爱扭头不看他："我不知道你在说什么。"

她此时心跳加速，他居然猜出来了，真的是太不可思议了！难道她做得有那么明显吗？

韩元斌看着她的样子笑了笑："好了，你不用说了，我都知道了。我只想知道这样会不会对你的身体有影响？可爱，你一定要知道，我是这个世上最关心你的人，所以我对你的事情格外关注，你的任何异样都让我担心。"

他说完就走了出去，马可爱看着他的背影心情烦躁了几分，他的心思实在太过缜密细致，又对她极为了解，所以才得出这个结论。

她虽然知道这件事情他不会到处乱说，却也依旧让她觉得有些心烦。

晚上，陆臻臻似乎有什么大喜事喊马可爱、夏雨行和韩元斌一起去喝酒，结果夏雨行和陆臻臻都喝多了。

马可爱看着陆臻臻和夏雨行醉酒的样子满心无奈，到酒店后她打电话叫来杨力，让他把夏雨行放到空房间里醒酒。

杨力有些为难地说："最近酒店接了个旅游团爆满没有空房间，能不能把他先送到你的房间？"

正在此时，马可爱接到李医生的电话："小马总，马总今天状况很不好，你能到顶楼来一趟吗？"

马可爱一听这事哪里有心思管夏雨行，把门卡扔给杨力说："你带他过去吧！"

她说完就匆匆走了，杨力扶着醉酒的夏雨行说："请叫哥神助攻！你醒来后可得好好谢我！"

马东山今天的情况很不好，一直在抽搐，李医生虽然最终把他抢救了过来，却

> 第74章 情难自禁

对马可爱说："马总现在这种情况非常危险，小马总你要做好准备。"

马可爱知道李医生话里的准备指的是什么，她的眼里满是哀伤和无可奈何，长长地叹了一口气，轻声说："我知道了。"

李医生看着她的样子也无从安慰，只说："不过事情也没有绝对，马总的身体情况整体来讲还是很不错的，今天这一关他算是渡过了，也许还有醒来的机会。"

马可爱轻点了一下头："请你想办法救我父亲。"

李医生看到了她眼里的恳切，再想起她刚回酒店时的抗拒，这几个月下来，她对马东山的态度已经有了质的变化，他温声说："我会尽力的，马总知道你这么关心他，他一定会很开心。"

马可爱轻敛了眸光，看了一眼病床上的马东山，心里百感交集。

她在这个世上除了他之外再无亲人，以前只想问他关于妈妈的事，如今却盼着他能醒过来，她也愿意相信他之前是真的爱着妈妈的。

马可爱在病房里陪了马东山一个多小时才回到自己的房间，却发现门口蹲着一个人，她吓了一大跳，仔细一看居然是韩元斌。

韩元斌此时已经睡着，晚上还有点凉，马可爱怕他感冒，轻推了他一下："韩元斌，别蹲在这里了，回去休息吧！"

韩元斌揉了揉眼睛，今晚他喝了不少的酒，只是没有陆臻臻和夏雨行那么醉，他借着酒意伸手一把将她抱在怀里："可爱，不要离开我，我真的很爱你，不能失去你！"

他一碰到马可爱，她的眼前就出现了幻象：韩德昌带着一大批人进入JR酒店，宋天明相迎，而韩元斌也站在不远处。

她内心惊讶无比，韩德昌为什么会来JR？宋天明为什么和韩德昌那么熟悉？

这些问题此时没有人能回答她，剧烈的头痛袭来，她大声呵斥："韩元斌，快放开我！"

韩元斌被酒迷了心智，此时只想和马可爱靠得近一些，再近一些。

第75章 爱而不得

韩元斌把马可爱抱得更紧了，低下头想亲她的脸。马可爱头痛得厉害，只能奋力挣扎："夏雨行！夏雨行，救我！"

门口的动静把在房间里醒酒的夏雨行吵醒，他打开门看到这一幕酒醒了大半，立即挥起拳头打在韩元斌的脸上："放开可爱！"

韩元斌一扭头看见是夏雨行，他顿时就怒了："夏雨行，你个无赖，骗子，想吃天鹅肉的癞蛤蟆！一定是你在挑拨我和可爱的关系，然后达到你不可告人的目的！我要打死你！"

韩元斌放开马可爱和夏雨行打成了一团，马可爱看到两人的样子只觉得头都大了："你们不要打了！不要吵醒客人！"

韩元斌一边打夏雨行一边问马可爱："可爱，你拒绝我是为了他吗？他只是一无耻的小混混儿！他只是一个只会靠女人的小混混儿！你不要被他骗了！"

"韩元斌，你住口！"马可爱厉声说，她趁这个说话的空当把夏雨行和韩元斌分开。

韩元斌不死心地继续问："你爱他吗？就像当初爱我一样爱他吗？"

这个问题把马可爱问住了，一时间不知道该怎么回答，在她的心里，夏雨行和韩元斌是完全不同的两个人，她对他们的感觉也完全不同。

夏雨行于她就像冬日暖阳，韩元斌也会让她觉得温暖，却始终有三分戒备。

且这一次重逢后的韩元斌实在是让她失望，他的所作所为让她感觉不到一丝温暖，反而让她心生反感，而夏雨行已不知不觉走进了她的心里，让她觉得可以依靠。

她的迟疑明显让韩元斌会错了意，以为她根本就不喜欢夏雨行，于是他颇为得意，扭头看着夏雨行说："看到没有，你在她心里什么都不是！你不过是自作多情！我劝你最好趁早死了那条心，你是争不过我的！"

夏雨行眼神有些复杂地看着马可爱，马可爱却不知如何跟他解释，干脆扭过头不看他。他微微低下头："我明白了，马总你早点休息，今天打扰了。"

他就完转身离开，马可爱扭头看着他欲言又止，却最终什么都没有说。因为她知道此时说什么都多余，最重要的是，她还没有做好和夏雨行谈恋爱的准备，跟他说了她内心的真实想法只会让两人更加为难。

她没有看韩元斌，直接走进房间，韩元斌想跟进来，她已经伸手重重关上门，将他关在门外，他因为靠得太近，险些撞到鼻子。

夏雨行一个人走在寂静的街头，路灯将他的影子拉长，路边的树木投下厚重的影子，不远处的群山寂寂，宛若巨大的黑兽，似能将他吞没。

这些年来，他一直觉得自己是勇敢的，也是坚强的，能笑看人生风云，能坦然面对各种事情。

可是到此时，他却觉得自己错了。

至少在这一刻，他尝到了心痛的滋味，他才明白原来这就是爱情，原来这就是爱而不得，看不到一点希望。

韩元斌刚才的话在他耳边一遍又一遍回放，他才知道自己这段时间的所作所为就是一个巨大的笑话。

他长长地吐出一口气，觉得脸上似乎有些湿，伸手一摸，却是泪水，他笑骂了一句："真是没用啊，一个大男人哭成这样！好在夜深了，没有人看到，要不然丢脸丢死了。"

在这个夜里，他不想回出租屋，不想被杨力看到他这副样子，于是直接去了医院。

到医院的时候，养父已经睡了，他一个人坐在养父病床边的凳子上，似乎靠近自己最亲近的人，那丝温暖能稍微缓解一下内心的伤痛。

第二天早上养父醒来见他靠在床沿边睡着，忙拿起外套帮他披在身上，不想这一动倒把浅眠的他弄醒了，父子两人相对一笑。

"我去给你买早餐。"夏雨行一开口嗓子有些哑。

养父点头说："好啊，我们父子俩好久没有一起吃饭了。"

夏雨行一想还真是这样，这几年他一直忙着赚钱给养父看病，四处奔忙，父子俩聚在一起的时间反而很少。

他买来粥和馒头,父子俩就着咸菜吃完之后,养父让他回去上班。

夏雨行怕养父担心,就点头走了出去,只是他一点都不想回酒店,只想一个人静静,于是就去了林中的木屋。

他昨晚一夜没睡好,这会儿就算心里难过,身体却终究疲惫,往地毯上一躺就昏昏沉沉地睡了过去,迷糊间感觉有人推开了门,他一个激灵忙坐了起来,便看见马可爱走了进来。

他以为自己看错了,伸手揉了揉眼睛,马可爱还在,他忍不住问:"你怎么来了?"

马可爱看着他问:"你手机呢?怎么一直不接我电话?"

夏雨行拿起旁边小几上的手机看了一眼,上面有几十个未接来电,都是马可爱的,他微低下了头:"我睡觉之前调了静音放在那里,然后就睡着了。"

"是吗?那倒真巧,只是你把手边的工作丢下,一个人跑到这里来是什么意思,能跟我说一下吗?"马可爱在他的身边坐了下来。

夏雨行轻声说:"我有请假。"

马可爱看了看他,他在她心里一直都是乐观积极的,她还是第一次看到他如此颓废的样子,而昨天晚上细算起来都是她的错,和他没有关系,于是轻轻叹了口气说:"其实我是来道歉的……"

她昨天晚上也没有睡好,脑子里一直是他离开的样子,今天找了他一天,觉得有些事情需要跟他说清楚,就算说不清楚也至少要向他了道个歉。

"你没有错,不需要道歉。"夏雨行打断她的话说,"是我不自量力强行留在酒店,死皮赖脸追求你,给你造成了困扰。"

马可爱看了看他,咬了一下唇:"不是你强留在酒店,而是我需要你留在酒店。"

夏雨行有些吃惊地看着她,她一直都知道他是个可以信赖的人,把她的秘密告诉他也是安全的。

第76章 她的秘密

马可爱低声地说："我看起来和正常人一样，但是又有些不同，我上次在泰国出车祸后就发生了一件很奇怪的事情，和除了你之外的人接触，就能看到对方未来的片段，然后伴随着剧烈的头痛，而你是我的良药，我头痛的时候和你有接触就能缓解。"

夏雨行听到这些满脸震惊，之前他对于她在人前抱他的事，想过很多种答案，可是却从来没有想到真相竟是这样！

马可爱长长地叹了口气："是我不好，将你这味药强行留在身边，看着你陷入困境，这些我本不想告诉你的，因为我怕说了你也不会相信，但是我也不能因为自己的自私一直将你强留在身边，这样的愧疚我背不起，所以……"

"所以你是来向我道别的？"夏雨行问。

马可爱点了一下头："最开始是妈妈离开了我，我花很长时间才走了出来，然后是韩元斌离开了，我告诉自己不能再依赖任何人。人就是这样，被强迫着接受，被强迫着长大，被强迫着明白，夏雨行，再见。"

告诉他这些，她心里轻松了很多，那些困扰着她的事情，终于能有人分享了，只是这种分享却又是离别，她觉得告诉了他这些之后，他应该也能对她死心了。

她说完起身朝外走去，夏雨行呆呆地看着她，他有一种感觉，如果今天不把话说清楚就让她离开这里的话，那么他们这一生可能都会错过。

而他这一生第一次这么用心去喜欢一个人，就算是明知道不可能有结果，他也想再去努力一把。

在她走到门口的时候他突然站起来一把将她抱进怀里，然后重重地吻上了她的唇。

马可爱没料到他会有这样的举动一下子没回过神来,等她想要推开他时,他已经加深了这个吻。

熟悉的气息,温暖的温度,撩拨她心弦的吻,让她的内心又期盼又无可奈何。

她告诉自己不能贪恋这一吻的温度,更不能就此沉沦,于是她使劲地把他推开,红着脸含着泪瞪着他:"你做什么?"

夏雨行看着她的眼睛说:"马可爱,我爱你!我也希望你能够爱我,这个吻,是我要告诉你,我不会放手,也不会离开!既然你说我是你的药,那么在你痊愈之前,我绝对不会离开你!"

马可爱震惊地看着他:"夏雨行……"

他怎么那么傻!就算知道她之前根本就不爱他,留他在身边只是因为他是她的药,他却还愿意留在她的身边!这个男人实在是太让她意外。

夏雨行认真地说:"我会等你明白我的心意,就算你一直不明白,我也会等到你不再需要我这味药再离开!"

对他而言,只要能留在她的身边,哪怕只是一味药都无所谓,最怕的是她根本就不需要他!

"这样对你不公平!"马可爱有些无措地说。

夏雨行的眸光真挚:"我无怨无悔。"

马可爱的眼圈泛红,扭过头不看他,他伸手把她搂进怀里说:"马可爱,让我留在你的身边吧!让我当你的药吧!"

面对这样的夏雨行,马可爱怎么可能拒绝得了?于是她轻点了一下头。

对于以后的事情,她不愿意多想,只要两人能互相取暖和依靠,那就明天的事情明天再说。

两人从木屋里回来的时候,车里的气氛和之前已经有了改变,有一种说不清的情愫在两人间漾开。

马可爱专心开着车,全程没怎么说话,只是眉眼间比平时添了三分温暖,少了一分强硬。

夏雨行则一直在偷看她,越看觉得她越美,格外有魅力。

马可爱开着车行驶到市区的一个十字路口时恰好遇到红灯,她踩下刹车把车停住,然后就看见酒店的财务部总监郭宇带着一个体态妖娆的美女从大厦里走了出来。

马可爱皱眉:"咦?那个男人看起来好像是郭宇?"

第76章 她的秘密

"的确是郭宇。"夏雨行也看到了,他看了一眼旁边的路标,直接下了定语,"他有问题,那座大厦就是JR委托的第三方财务公司所在地,这事还真是巧了!居然这么撞见了,这应该是爱神的力量。"

马可爱本来心里满是惊讶,而他三句话不到就又扯偏了话题,她微有些不自在地说:"瞎胡说什么!"

夏雨行轻笑了一声,知她并不喜欢开玩笑,便敛了笑意认真地说:"这事有两种假设,第一种那个女人只是单纯地在这座大厦里上班,第二种是那个女人在财务公司上班,郭宇来接她下班,那么这中间只怕就有着我们不知道的秘密了。"

马可爱的眸光深了些,略一沉吟后说:"这件事情就需要你去验证了,看看到底是哪个可能。"

夏雨行扭过头睁着一双亮晶晶的眼睛看着她问:"所以你这是同意我回酒店继续上班了?"

马可爱有些傲娇地说:"这可得看你的表现了,表现不好一样被开除!"

反正她是不会直接给他答案的,要不然以他那副痞赖的样子还不得上天!

夏雨行看着她一本正经地说:"我一定会好好表现的,总裁大人!"

马可爱没能绷住,忍不住笑了起来,她一笑,他也跟着笑了起来,车里的气氛安宁又美好。

两人回到酒店的时候,陆臻臻毫无形象地蹲在门口,似乎在等他们,一见他们回来立即跑过去,上下打量一番后问:"你们约会去了?"

两人异口同声地说:"没有!"

陆臻臻皱眉说:"是吗?那为什么打你们的手机都没人接?"

两人互看了一眼后又同时说:"手机没电了!"

莫名其妙的默契让两人都觉得有些尴尬,陆臻臻撇嘴说:"这么默契啊!一看就是有奸情!把手机拿出来给我看看!"

"大明星!请注意形象!"夏雨行挡在马可爱的面前说,"深更半夜翻人手机也太没品了吧!"

第77章 太欺负人

陆臻臻轻哼一声:"姐已经被人叫喊着滚出娱乐圈了,还要个屁形象!"

马可爱听她这么一说就知道出事了,忙问:"发生什么事情了?"

陆臻臻叹气:"也没什么大事,就是前段时间娱乐圈号称小陆臻臻的周裳也住进了JR酒店,前几天和我一起走秀的时候她的礼服脏了,恰好我的车上备了一套衣服,她就穿着我的衣服去走秀了,结果走秀的时候裤子破了,所有人都怀疑是我做的手脚,那些键盘侠就说我是心机婊,让我滚出娱乐圈!现在这事都上了热搜,还把你们酒店也带进来了,说你和我合伙欺负周裳!他们什么都不知道,滚他妹啊滚!"

说到最后,她终究没能忍住,爆了句粗口,表明她现在真的很愤怒!

"那你有做那件事吗?"马可爱问出事情的关键。

陆臻臻的下巴扬得高高的:"我虽然不喜欢周裳但是我做事一向光明磊落,怎么可能做那种无聊的事情!我可是讲文明讲道德讲品格的明星!"

马可爱挑眉:"你有没有做不重要,重要的是周裳会不会觉得是你做的。"

她们说话的时候,夏雨行一直在翻手机查看这次的事件,他插话说:"这事不对,就算你和周裳闹得再凶,那也是你们之间的事情,可是你们看,他们把矛头转向酒店,说这事是酒店和你合谋的。"

陆臻臻双手抱胸:"虽然周裳卑鄙无耻加狠毒,但是以我对她的了解,这种全网黑也不像是她能做得出了来的,更不可能把酒店牵扯进来,所以可爱姐姐,我觉得这事很可能是冲着你和JR酒店来的,这一次你一定要帮我!证明我是清白的!"

夏雨行认真地说:"这个可能性很大,你们看,这里全是扒我们酒店的,什么食物过期、菜里有苍蝇、卫生差,全部都是无中生有。"

马可爱冷笑："才刚消停了几天，解决了税务局的事情，然后就是严总被撞，现在又弄这么一出，他们还真是迫不及待啊！"

　　"我们不能再这么被动。"夏雨行看着陆臻臻说，"我觉得这件事情你还是向周裳道个歉，然后一起出面澄清你们不和的谣言。"

　　"向她道歉？这怎么可能！我才不要向她道歉！我要是向她道歉了以后还不得被她踩一头？要知道，她可是我的'晚辈'！"陆臻臻立即抗议。

　　马可爱摊了摊手："反正这事对酒店来讲，顶多是名声毁了，我也就亏一点钱，但是对你来讲，演艺生涯很可能因为这件事情终止，所以陆臻臻，你确定为了维护你所谓的'前辈'的面子要死扛吗？"

　　陆臻臻有些不情不愿地撇了撇嘴说："这事让我好好想想！"

　　马可爱面露微笑地说："反正现在你和JR的代言合同还没有签，要是你搞不定周裳的话，那我们就选她来代言好了！反正我是不吃亏的。"

　　陆臻臻深吸一口说："马可爱，你欺负人！"

　　她说到这里气得直跺脚："你们太坏了，以后不跟你们玩了！"

　　地下车库里，赵青峰拉开车门坐上了一辆车，宋天明早就坐在车里，见他上来后问："事情都办好了吗？"

　　"你这事做得不错，看起来是周裳和陆臻臻在吵，却把JR牵扯进来，这一次JR只怕很难择清了。"宋天明赞许地看着他说，"还有，郭宇那边你要多操点心，我总觉得他不靠谱。"

　　"你放心吧，有琳达在，他捅不出什么娄子来的。"赵青峰一脸的笃定。

　　对于郭宇，赵青峰还是有些把握的，这小子能力不行，胆子很大，贪财又好色，已经被他死死捏在手心里，根本就翻腾不出什么浪花来。

　　宋天明略点了一下头："小心驶得万年船，把事情做得周密一点总归不会错。"

　　赵青峰忙笑着说："宋总教训得是，我会再盯紧一点郭宇。"

　　宋天明的手轻轻敲着车门边的把手，缓缓地说："JR迟早都是我的！还有，找我儿子的事再加快一点进度！"

　　"我明白，已经尽力在找，相信很快就会有结果。"赵青峰恭敬地说。

　　宋天明轻点了一下头。

　　夏雨行着力调查郭宇的事情，事情进展得很顺利，很快就有了结果。

他一拿到结果就直接去了马可爱的办公室，把资料递给马可爱说："郭宇的那个女人叫琳达，果然是财务公司的负责人，和郭宇是情侣关系，但是这两个人的关系很可疑，简单来说，那个琳达可能是郭宇的地下女友，因为这个郭宇一向都是晚上等所有人都下班了才去找琳达，而且都是带她去一些远离市区的约会地点，并且从未让琳达出现在自己的朋友圈。"

马可爱满脸不解地问："酒店虽然禁止员工谈恋爱，但是琳达不是酒店的员工，所以了郭宇并没有这方面的困扰，现在问题来了，郭宇为什么要隐瞒两人的关系？"

对于郭宇，因为上次欠税事件，她就对他的能力和人品都产生了怀疑，但是此时在分析这件事的时候，她还是尽量从公正和客观的角度来分析。

"两种可能，一是顾忌被酒店发现，毕竟第三方财务公司那边是由他负责的，如果公开男女朋友的关系，也就等于告诉所有人财务这边可能会有问题，再就是我怀疑郭宇可能有另外一个女朋友。"夏雨行分析。

马可爱对他的分析有疑问："你这两个推断会不会都太想当然？"

夏雨行笑着说："你是女人，想法和男人不一样，正常情况下，如果一个男人有这么漂亮的女朋友，一定会各种炫耀而不是藏起来不让人知道。"

马可爱略沉吟后说："就算证明他们是男女朋友，但是这也不能说明他们就有问题。"

"没错，所以我要找出证据，来证明他们有问题。"夏雨行微笑着说，"这事你就别操心了，都交给我吧，我已经有了全盘计划，保证完成任务！"

第78章 太没面子

马可爱笑了笑说:"那好,我倒想看看你要怎么处理,夏雨行,可别让我失望!"

"我办事,你放心!"夏雨行非常笃定地说:"只要他们有问题,我保证让他们露出狐狸尾巴!"

第二天关于郭宇是假单身的消息经杨力和孙倩的嘴传遍了整个酒店,都说他在外面有女人,且已经准备结婚。

郭宇听到这个消息后默默地在心里问候造谣的人十八代祖宗,同时也有些发慌,该不会真的有人发现了什么吧?

他一想又觉得不可能,因为他平时真的很小心。

他带着这个疑问走过前台时,前台胡佳眼神复杂地看着她,他扫了她一眼却什么都没有说,直接就走了。

胡佳看着他的背影轻轻咬了一下唇,客人连喊了她好几遍她才回过神来,挤出一抹笑容继续工作。

夏雨行在布置好郭宇的事情后就决定去找陆臻臻,这段时间因为陆臻臻和周裳粉丝互掐的事情,连带着酒店也受到了巨大的影响,有粉丝居然对酒店进行锁房以降低酒店的入住率。

这件事情影响太大,公司里人心惶惶,就在今天酒店的高层召开紧急会议来处理这件事。

虽然现在高层那边的处理结果还没有出来,但是酒店现在风雨飘摇,这种事情不能拖,而解铃还需系铃人,这事只有陆臻臻能解决。

他找到陆臻臻后拉她去见周裳,她却扒着自己的房门不撒手:"这事我真没有错，我已经查到了，上次走秀的时候周裳的裤子裂开是我助理做的手脚……"

她见夏雨行瞪着她，又说："是，助理是我的，但是她被人收买了，根本就是存心害我！我已经把她开除了！"

夏雨行伸手扯上她扒在门框上的手，再把她的房门关上，一边拉着她往前走一边说："你这话说出去也得让粉丝们相信才行，就算一切都是你的助理做的，但是在他们看来你把助理推出来跟把临时工推出来性质是一样的，都是在推脱责任！"

陆臻臻扁着嘴说："这些道理我也懂啊，但是让我给周裳道歉，真的很没面子的事情啊！此事还是算了吧！"

她说完扭头欲走，夏雨行却死死拉着她的手不放："你要是不道歉的话，可能就不是面子的问题了，你很可能会被赶出娱乐圈，而JR也将跟着你一起倒霉，可爱最近已经够辛苦了，你就不能帮帮她？"

陆臻臻一脸不情愿地说："就没有其他的办法吗？"

"我是没其他办法了，你有的话就给想一个呗！"夏雨行不客气地说，"不过在你想到其他办法之前，今天先去道歉吧！"

陆臻臻哼哼唧唧了好几声，见夏雨行没有半点松动的迹象，她扁着嘴说："可爱，可爱，你整天就知道可爱，她一点女人味都没有，我比她可爱一百倍，要不你别追她了，来追我吧！我保证会让你的人生从此变得天天很精彩！"

夏雨行斜了她一眼说："我谢谢你啊！但是我前段时间找一位大师算过命，他说我离开可爱就会死，所以为了我能活着，陆小姐你再优秀再好看我都只能无视。"

"你就扯吧！"陆臻臻轻声哼哼。

夏雨行也懒得解释，说话间两人已经到了周裳的房前。

陆臻臻乞求地看了他一眼，还给他作揖，他只当没看到，伸手敲响了房门后听到里面传来了脚步声后就一溜烟跑到墙后躲了起来。

陆臻臻看到他的反应愣了一下，她也想跟着跑，周裳却已经打开了房间，看到她皱眉问："你来干吗？"

陆臻臻此时总不能说不是她敲的门，因为那样更加没面子，到这一步她只能挤出一抹笑："我们能聊聊吗？"

周裳扫了她一眼后让开了房门，虽然态度不算好，但是至少让她进去了。

夏雨行见她进去后松了一口气，她虽然不算靠谱，但是只要把面子拉下来，他相信还是能解释清楚的。

第78章 太没面子

夏雨行虽然还是有些担心，但是这件事情已经不是他能控制得了，只能在心里默默地祈祷陆臻臻靠谱一回。

他还有郭宇的事情需要处理和跟进，不可能一直守在门外，就先下了楼。

两个小时后，夏雨行接到了陆臻臻的电话，约他去酒店一处隐秘的楼梯间面谈。

他对陆臻臻也是服气的，说句话而已非弄得这么神秘，跟做贼一样，难道她是因为今天道歉失败把他约在那种地方想暴打他一顿？

他轻挑了一下眉毛，觉得自己应是想多了，她如果只是丢了面子的话，到时候他好好安慰她一下就好，而事情未必就会朝着坏的方向发展，也许她就说服了周裳呢？

他决定不想了，直接问她结果就好，于是他依约而去。

夏雨行到楼梯间后，见陆臻臻神秘兮兮地站在那里，见他过来对他招了招手。

看到她的样子有些好笑，却还是配合地走了过去，她左右看了看见四周没有人，这才轻手轻脚地对他比了个嘘声的动作小声说：“夏雨行，我跟你说件大事，只告诉你一个人，你不能跟别人讲！”

"陆大小姐有话请直说，我一定为你保守秘密。"夏雨行配合她放低了音调，她也是够了，约在这种地方，还一副做贼的样子，他对她和周裳聊天的内容更加好奇了。

陆臻臻哼哼唧唧了半天后才细声细气地说：“人家快烦死了，周裳要在她生日当天办一个粉丝答谢会，并且要我当她的嘉宾，你知道这对我来说，简直是奇耻大辱，刚还让她的助理通知我让我负责准备……”

"您长话短说！"夏雨行打断她的话。

陆臻臻轻哼一声说：“粉丝答谢会的事情就交给你了，就在JR办！”

夏雨行笑着说：“这是大好事啊，看来我押着你去见周裳效果很不错，这事你至于做出这么一副神神秘秘的样子吗？”

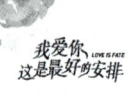

第79章 一个秘密

陆臻臻正要反驳回去说丢了她的脸,却听见楼上传来急急的说话声,似乎是一个男声一个女声。

两人互看一眼,眼里都是八卦,跑到这么隐秘的楼梯间里来说话,十之八九是有什么见不得人的事情,于是两人都不再说话,竖起耳朵听。

楼上的声音传来,夏雨行听出来是男的是郭宇,女的是前台胡佳,郭宇的声音听起来有些烦躁:"这是在酒店,你这样拉拉扯扯,也不怕被人看见?"

胡佳有些委屈的声音传来:"郭宇,我们已经结婚两年了,我真的受够这样偷偷摸摸的日子了!你知道现在大家都怎么说我吗?说我顶着JR第一美人的名头,不谈恋爱,在酒店里装清高,其实是为了待价而沽!"

郭宇不耐烦地说:"你听那些人胡说?你知道酒店规定同事不能谈恋爱,如果知道咱们俩结婚了,我们肯定待不下去!"

陆臻臻和夏雨行震惊不已,天啦,他们居然在这里听到了这么一个大八卦!

夏雨行心里有些得意,真没料到他布的局这么快就有效果了!

胡佳冷声问:"你是不是有什么事瞒着我?"

郭宇的声音更烦躁了几分:"我每天都在工作,能有什么事?你不要神神道道的,有事回家再说!这里不安全,小心被人听到!"

他说完四下看了一眼,夏雨行立即拉着陆臻臻躲进楼道里。

因为隔得远了,郭宇和胡佳说话的声音也小了,他们听不太清楚。

过了好一会儿,他们听到上面楼道的门拉开的声音,两人已经离开了。

两人等了一会儿上面再没有动静,确认郭宇和胡佳离开之后,陆臻臻捂着心口

第79章 一个秘密

说:"哇,隐婚啊!听起来好刺激啊,我也想试试!"

她说完朝夏雨行看去,他打了个哆嗦:"你别打我的主意,我是可爱的!对她忠心不贰!"

他怕陆臻臻再来纠缠,说完拔腿就跑,陆臻臻在他的身后喊:"你要是哪天想要隐婚的话,记得找我啊!"

夏雨行闻言有些哭笑不得,这个唯恐天下不乱的家伙!

他把陆臻臻甩开后,在心里把郭宇和胡佳的事情想了一遍,他越想觉得问题越多,这件事情得立即告诉马可爱。

夏雨行只敲了一下门,也没等马可爱同意就大步走进她的办公室说:"意外发现,郭宇和前台胡佳结婚两年了,他们是合法夫妻!"

马可爱听到这个消息无比意外,她"噌"地一下站了起来问:"什么?消息准确吗?"

夏雨行立即把刚才在楼梯口发生的事情说了一遍:"看他们这样的情况应该是隐婚,这事和我之前猜的非常接近,这个郭宇,真是人渣,已经娶了胡佳那么个大美人,居然还在外面偷腥,快把我们男人的脸都丢光了。"

马可爱此时眉头都皱了起来,心思都在这件事情上,并没有理会他的议论。

她沉思片刻后说:"酒店明文禁止员工谈恋爱,如果是其他的职位也就算了,前台和财务绝对不行!这件事情我一定要严肃处理!还有那个琳达,居然是第三方财务公司的负责人,这个郭宇,胆子可真大!"

这件事情往深里一想,牵扯的事情就太多了,胡佳和琳达的身份和郭宇放在一起,就有无数种可能。

马可爱想起郭宇平时唯唯诺诺的样子,怎么看都不像有这么胆子的人,现在她想知道:最近郭宇都做了什么?还有,郭宇的下面是不是还有人?上次的偷税事件跟郭宇又有什么联系?

这些事情现在马可爱一点头绪都没有,心里平添了三分烦躁。

她想到的这些,夏雨行也能想到,他拿出手机递给马可爱:"你也不用太担心,这次郭宇的事情被我们发现,他们应该还没有察觉。在我看来,我们现在要主动出击,这是我这段时间跟踪郭宇拍到的,你把这些拿给郭宇看,一定会吓得他屁滚尿流,什么都招了!"

马可爱翻了翻,都是郭宇最近和琳达同进同出的画面,有些还非常暧昧。

如果郭宇心里有鬼的话，看到这些当然会害怕，但是他也可以推说两人只是普通的情侣关系来个死不认账，把这些事情全部定性为私人事件，到时候反而打草惊蛇。

马可爱认真想了想后说："用这些逼他就范，其实是下策。他只要一口咬定他和琳达只是普通的恋爱关系，我们根本就拿他没招，因为我们并没有其他的证据。"

夏雨行仔细一想也的确是这个理，于是问她："那你有更好的办法吗？"

马可爱的手在桌面上轻轻敲了敲："胡佳！我们可以从胡佳做突破口，女人重感情，最恨男人三心二意，且从你刚才的话里我感觉胡佳还很爱郭宇，她要爱着郭宇的话就绝对不能容忍他在外面找女人。所以现在我们可以拿着这些去找胡佳，郭宇如果要做假账的话，肯定有证据留下，胡佳一定知道，也许会有意外收获，只是……"

她说到这里长长地叹了一口气："只是感情是把双刃剑，一个不好可能会适得其反。"

夏雨行笑了笑说："就算是把双刃剑，这把剑会刺向谁就是一半一半的概率，这事我觉得可以试一下。"

马可爱的眼里有些担心，再次在心里把这事想了一遍后说："那就这么定了，我来约胡佳，和她好好聊聊。"

夏雨行笑着说："可爱出马，马到成功！"

马可爱本来有些紧张，听他这么一说也忍不住轻笑了一声，轻骂道："马屁精。"

夏雨行嘻嘻一笑："我说的是实话啊，我是真的相信你能处理好这件事情，对了，刚才陆臻臻来找我，说周裳要在JR做生日派对，会邀请她做神秘嘉宾，有了这件事情应该就能破解她们不和的谣言了。"

马可爱长长地松了一口气："谢天谢地，陆臻臻终于成熟了一回，没有再添乱。她那么要面子的人，这一次能主动拉下脸去道歉也不容易。"

夏雨行立即在马可爱面前邀功:"快表扬我,是我强行把她拉到周裳那儿去道歉的,等她主动去道歉,只怕得等到猴年马月!"

马可爱听到他这话有些哭笑不得,他还真不放过任何一个刷存在感的机会,于是朝他轻轻一鞠躬:"谢谢夏先生为我排忧解难!"

夏雨行谦逊一笑:"很乐意为马小姐效劳,马小姐不用客气!"

马可爱随手抽出桌上的一本书轻拍了他一下:"那还不快去做事!"

夏雨行嘻嘻哈哈地笑着出了她的房间。

一直关注马可爱动静的韩元斌看见夏雨行开开心心地从马可爱的办公室里出来,他的心里一时间极不是滋味。

马可爱是个雷厉风行的性子,她想好大概方案后就给胡佳打了电话,约她在咖啡馆见面,这次她没有带夏雨行,因为这些事女人和女人之间更好说。

马可爱到咖啡馆时胡佳已经到了,她见马可爱进来忙站了起来:"马总找我?"

马可爱示意胡佳坐下,胡佳见她坐下之后才坐了下来。

胡佳不太清楚马可爱为什么找她,虽然脸上一直露出职业式的微笑,心里却有些紧张。

马可爱看着胡佳直接开门见山地说:"你和郭宇隐婚的事情我们知道了,你是老员工也知道公司的规定:员工之间不能谈恋爱,所以你和郭宇只能有一个人留在公司。"

胡佳没想到马可爱居然连这事也查了出来,不由得脸色一白,稍微沉默了一下后说:"郭宇的职位比我高,能力比我强,我愿意主动辞职!"

马可爱看着她叹息了一声："在你做决定之前，我先给你看样东西。"

说完她拿出手机放在胡佳的面前："照片上的女人是财务公司的琳达，也是郭宇的情人，我们本来是在调查郭宇，这些是在调查中拍下来的。我其实对隐婚没有任何意见，但是如果隐婚成了男人在外面找女人的助力，那就是不应该了。"

只听了胡佳的那一句话，马可爱就看得出来胡佳是真心爱着郭宇，但是郭宇却是脚踏两只船，把"渣男"这个词演绎得淋漓尽致。

胡佳有些犹豫地接过马可爱的手机，手机上第一张照片就是郭宇和琳达拥吻的照片。

她顿时觉得心乱如麻，拿着手机的手也忍不住抖了起来，看着看着她泪流满面。

照片中的郭宇和琳达看起来是那么亲密，那么恩爱，而就在昨天，郭宇还在她的面前说着甜言蜜语，告诉她她是他在这个世上最爱的人。

她顿时觉得自己蠢到极致，居然被郭宇骗得团团转！

她无意中瞟到手机上的日期，手抖得更加厉害，捂着心口说："他们购物那天是我的生日，他那天说要加班，我也没有多想，没想到……"

马可爱递给她一张纸巾，她接过纸巾后再也忍不住痛哭起来。

马可爱轻声劝她："男人要是变了心，就会很可怕，很可能会翻脸无情，更不要说那个琳达一看就是很厉害的女人，一旦他动了离婚的念头，第一件事情可能就是转移财产，你要小心一点。"

胡佳抽泣着不说话，她对郭宇也是有些了解的，他的性格一向自私，此时在外面有了女人，她都不敢想象他以后会如何对她，一想到将要面对的事情，她的心里就一阵抽痛。

她的爱情，怎么就变成了这副模样！

马可爱看着胡佳的样子，眼里有几分同情："站在我的角度来看，你为了这么一个渣男辞职实在是不值得。我这话可能在你听来非常难听，可道理就是这样，我承认我是有私心的，可我的话也是事实，婚姻与爱情，原本就是一项风险投资，当投资失败，要想的是及时止损，将风险降到最低。女人，一定要多为自己考虑！不要等到最后，被男人耍得团团转，让自己身心俱伤。"

胡佳听出了她的弦外之音，她拿着纸巾擦了擦眼泪，努力让自己的情绪稳定一点后问："你们想让我做什么？"

马可爱看着她说："但凡做财务的都会有两本账本，郭宇现在给公司的账本不是真的，我想要那本真正的账本。"

胡佳再次擦了擦眼睛，想了想后说："我明白了，我帮你拿到他的账本后你们会把他送进监狱吗？"

马可爱叹了口气说："每个人都得为自己的行为负责，他如果没有做损害酒店的事情，那么我肯定不会为难他，但是如果他做过某些见不得人的事情，我就只能走司法程序了。"

胡佳坐在那里仔细想了想，眼泪又流了下来，这一次她很快就拿纸巾把眼泪擦尽，然后缓缓地说："好，我帮你。"

马可爱暗暗松了一口气，温声说："胡佳，谢谢你，但是这一切请以你的安全为主。如果以后你们要离婚，这些资料都可以给你作为郭宇出轨净身出户的证据。"

胡佳轻轻抽泣了一声，低低地说："谢谢马总告诉我这些，我会好好考虑的。"

两人分开后，马可爱看着胡佳纤瘦秀美的背影轻叹了一口气，默默地在心里问候郭宇，郭宇这个王八蛋，有胡佳这么好的媳妇居然都不知道珍惜，还在外面乱来！

老天爷怎么不收了这浑蛋！

马可爱的心里有些紧张，胡佳虽然答应要帮她，但是女人心，海底针，郭宇又是嘴甜心黑的，也不知道胡佳会不会临时改变主意。

这一下午，马可爱都有些心神不宁。

到晚上吃饭时，马可爱终于等来了胡佳的电话，她告诉马可爱明天会把资料给她，见面的地点就约在今天她们见面的咖啡厅。

马可爱松了一大口气，谢天谢地，胡佳还没有糊涂到这个地步。

第二天一早，马可爱就带着夏雨行在约定地的地点等胡佳，因为涉及账册，马可爱怕有意外，所以就把夏雨行带上。

第81章 渣男如虎

可是马可爱这一等就等了一上午,而胡佳还没有来。

时间等得越久,马可爱的心里就越是不安,她有一种不好的预感。

她拿出手机打算给胡佳打电话的时候,手机响了,是胡佳打过来的,她忙接通,就听到胡佳微微有些颤抖的声音:"对不起马总,我让你失望了,他跟我说他和那个女人只是逢场作戏,以后都不会再和那个女人在一起,我和他有十来年的感情,实在是放不下……"

马可爱伸手抚额,胡佳又接着往下说:"所以我决定辞职,一会儿就来公司办离职手续。"

她想劝胡佳几句,胡佳却已经挂断了电话。

胡佳给马可爱打这个电话,几乎用尽了所有的力气,她心里虽然难过,但是昨天郭宇已经对她赌咒发誓,说他心里爱的那个人只是她,让她再给他一次机会。

她昨夜一夜没睡,想了一整夜,终究是狠不下心和郭宇分开。

马可爱有些暴躁地把手机扔在桌上,按着眉心说:"胡佳愿意再给郭宇一次机会,我们失败了。"

夏雨行也有些沮丧,马可爱长长地叹了一口气后说:"果然,感情是把双刃剑,但愿郭宇对胡佳说的是真的吧!他对她还能有一分真心。"

夏雨行皱眉:"作为男人,我非常鄙视郭宇,他这是吃着碗里的,看着锅里的!根据我对男人的了解,他这话十之八九是骗骗胡佳。胡佳虽然好,但是怎么都不如琳达妖娆妩媚,看着吧,郭宇迟早会把胡佳给踢了!还有胡佳也真是一叶障目啊,郭宇的脸上都刻了'渣男'两个字,她居然还信他!"

他说完心里实在是不爽，抬脚踢了一下桌子。

马可爱无奈地说："胡佳这条线断了，我们要想其他的办法了。"

夏雨行的手轻轻敲了敲桌子，眼睛微微眯了起来："郭宇一看就知道是别人放在JR的一枚钉子，是钉子早晚伤害到你，我一定要想办法将他拔掉，不能再让把他留在酒店了。"

这事马可爱和他是达成共识的，轻点了一下头，只是在现在这种情况下要怎么拔掉郭宇这颗钉子，实在是件头痛的事情。

此时已经打草惊蛇，后续再要有其他的安排，他们就远不如现在主动了。

夏雨行揉了揉太阳穴，想起另一件事情，便说："算了，这件事情我们暂时没能想到更好的法子那就先放下，也不急在这一时。今天是周裳的生日会，我们去看看热闹，顺便换换脑子，也许能想到更好的办法。"

马可爱觉得他说得也有道理，没有头绪的时候硬着头皮想也不是件事，于是两人又匆匆赶回酒店。

只是两人刚到一楼大堂的时候，就听见一个员工惊恐地说："天哪！胡佳办理离职手续后一出门就出车祸了！你们快过来帮忙！"

夏雨行和马可爱听到这个消息大吃一惊，两人对视一眼后都从对方的眼里看到震惊，夏雨行说了一句："这算什么事！"

他说完就往外跑，马可爱忙跟了过去。

两人从侧门一出去，就看见胡佳倒在血泊之中，两人隔得远看不真切，却知道她伤得很重！

正在此时，救护车赶到了，医生和护士快速下车把胡佳小心地往车上搬。

马可爱看着浑身是血的胡佳，她只觉得浑身发冷，她不由得想，如果她没有找胡佳，此时是不是就不会发生这样的事情？

这个假设她不敢深想，只觉得那幕后之人简直是丧心病狂！

马可爱觉得似乎有双眼睛在盯着她，她若有所觉地回头一看，见郭宇正冷冷地站在一旁的角落里，满脸的寒意和凉薄，他在觉察到她看过来的时候，还挑衅地对她一笑。

马可爱气得胸口直起伏，郭宇转身离开。

夏雨行也看到了郭宇，立即冲了过去，扬手就给了郭宇一拳，他一边打一边骂："人渣，垃圾！胡佳已经为你离职了，你居然还杀人灭口，简直不是人！"

郭宇一把把夏雨行推开:"你瞎嚷嚷什么?你说我害了胡佳,你有证据吗?"

夏雨行愣了一下,郭宇狞笑一声:"没有证据就不要在这里血口喷人!"

他说完伸手整了整自己的西装领口,微微抬头有些得意地说:"你没有证据动手打人,小心我告你故意伤人!"

夏雨行气得不行,还欲动手,马可爱过来抓住他的手说:"夏雨行,冷静!"

郭宇笑了笑说:"还是马总识大体。"

他说到这里突然就叹了一口气,然后呜呜地哭了起来:"胡佳,你可千万不要有事啊!"

说完直接就去追救护车去了,那模样似乎对胡佳情深义重一般。

"人渣!"夏雨行忍无可忍,又骂了一句,郭宇这样子,摆明了就是做戏!

马可爱看着郭宇离开的方向手握成拳:"先让他得意几天,一旦被我抓到证据,到时候谁出面都保不了他,我的酒店绝对不许这样的人存在!"

夏雨行咬着牙说:"我真想撕了那个王八蛋!"

马可爱看到他那张愤怒的脸轻轻叹了一口气,轻声说:"我会让行政那边跟进胡佳的事情,现在,我们先去餐厅准备周裳的生日会。"

夏雨行知道此时就算情绪再激动也不能把郭宇怎么样,现在需要先处理周裳生日会的事情。

他扭头看了一眼惺惺作态的郭宇,在心里发誓他一定不会放过郭宇这个人渣!

晚上,周裳的生日会如期举动,陆臻臻的出现引爆了高潮,两人的同台引起了巨大的骚动,现场一片火热,之前关于两人的谣言不攻自破。

夏雨行因为胡佳车祸的事情心情不好,一直坐在后厨发呆,马可爱则在前面参加生日会。

夏雨行第一百零八次把代表郭宇的小人砸倒时,杨力慌里慌张跑过来,一见他坐在那里,也顾不上歇息,喘着气说:"夏哥,不好了,出事了!"

第82章 中毒事件

"又怎么了？我累一天了，让我喘口气吧！"夏雨行把小人弹飞后没好气地说。

杨力拉起他带着哭腔说："哥，别在这里喘气了，今天生日会的人集体食物中毒，上吐下泻，卫生检疫部门和警察都已经来了，在餐厅和厨房调查！你快过去看看吧！"

夏雨行一听这事吓了一大跳，这事不对啊，所有食材的选择他可是下了大工夫的，怎么可能会出这事？

他问杨力到底是怎么回事，杨力翻来覆去就说参加生日会的人食物中毒，到底是怎么回事也说不清楚。

夏雨行顿时就急了，也懒得再问杨力，直接就去了现场。

夏雨行一到，警察就问："你是酒店的负责人？"

"我是这场生日宴会的筹办人。"夏雨行回答，"请问到底出了什么事？"

警察看了看他，递给他一堆检查报告说："经检验，蛋糕检测出细菌超标，可能和变质奶油有关，请你和我们回警局配合调查。"

杨力一看这事不妙，虽然夏雨行以前因为和人打架也进过警察局，但是事情的性质不同，且以前是清楚明白，这一次却是一头雾水，他怕出事，拉着夏雨行说："哥，这事和你没关系啊，你不能去警察局！"

夏雨行当然知道这事和他没有关系，十之八九是躲在背后的人又在使坏，可事到临头，他要不来背这个锅的话就得马可爱来背。

而现在酒店离不开马可爱，所以这个锅他得背下，于是他伸手推开杨力对警察说："我相信清者自清，我和你们回警局。"

马可爱有些担心地看着夏雨行，这件事情来得突然，但是她相信没那么简单。

她忍不住朝夏雨行走去,想要跟警察解释这件事情。

她还没走几步,有人把她拦下,她扭头一看,是韩元斌。

他对她摇头说:"这事你不能站出来,你是酒店的老板,你要是被带走的话,就麻烦了,而且就今天这件事情来看,这个局似乎是针对他的。他是不是得罪了什么人?"

马可爱听到这番话后眉头微微皱了起来,虽然他说的基本上是事实,但是她听着还是不太舒服。

她是酒店的老板,但是那别有用心之人其实是为了对付她,夏雨行是因为她才被人盯上算计。

她此时怀疑是因为她动了郭宇,所以那些藏匿在暗处的人才开始行动的。

她深吸了一口气,告诉自己在这个时候绝对不能冲动,如果她也被关进警察局的话,那么谁来证明夏雨行是清白的?

夏雨行也看到了她,走到门口的时候看了她一眼,对她比了一下口型:"不用担心,清者自清。"

马可爱的手轻握成拳,是的,清者自清,她一定会想到办法证明他是清白的!

中毒事件影响极大,因为牵扯到周裳和陆臻臻,所以还上了热搜,酒店也因此被降了一颗星。

马可爱收到这个消息后长长地叹了一口气,她不知道凭她一个人是否能应对得了幕后的那双黑手。

她知道中毒事情只是开始,后续一定还有一堆事情围绕这件事情发生。

果然,下午她就接到了股东代表的电话,要求她立即召开股东大会来讨论这件事情,她知道这件事情只能面对,绝对不能逃避,于是同意召开股东大会。

会议一开始,所有的股东情绪都极为激动,对马可爱百般指责。

从锁房事件到中毒事件,把她骂了个狗血淋头,并指出酒店被降星是她起用没有能力的夏雨行引起的,要求她划清职责,并做出检讨。

马可爱看着股东们激动的脸、听着他们愤怒的措辞,反倒平静了下来,她之前就推测那幕后黑手就在这些股东间,现在看到他们的表情,她更加确定她的推测,只是这些人中到底谁才是幕后的黑手?

宋天明微皱着眉头说:"大家不要这么急躁,这件事情一定另有隐情,我相信马总一定会查清楚的。"

第82章 中毒事件

他这么说，四周才稍微安静了些，有股东说："宋总，我们当然是相信你的，但是现在酒店都上热搜了，整个公司的形象全毁了！这种事情只怕不是马总查清楚就能解决的！"

这话立即就得到其他股东的附和："就是啊，就算是查清楚，我们酒店的名声也毁了！"

"自从马总接手JR以来，出了多少的事情？我觉得她根本就没有管理酒店的能力！"

"她要是没有能力管，我们就重新推选董事长，不能再让酒店的利益受损了！"

韩元斌看到这情况眉头微微皱了起来，他现在也是酒店的高管，能参加这样的会议。

他站出来说："马总为JR所做的，不能因为这一件事而被否定，如果说因为这件事让大家对整个JR都丧失了信心那对酒店是十分不利的，如果大家一致认为JR存在信任危机，那么可以在事情调查清楚之前，先暂停马总对于酒店的管理权，我提议请宋总过来暂代，大家看如何？"

马可爱听到这句话非常意外，愤怒地瞪着他，她实在是没有想到这样的提议是由他提出来的！他们之间到现在难道已经连朋友都做不成了吗？

其他的股东和主管对韩元斌的提议非常赞同："宋总做事最稳妥，由宋总来掌管酒店我们没有意见！"

"我们对宋总很放心，这个提议不错！"

"宋总，你来管理酒店吧，我相信酒店在你的经营下，一定会回到当年的辉煌！"

宋天明看了马可爱一眼，轻叹了一口气说："承蒙大家的信任，但是换董事长是大事，不能草率，这件事情我们再好好商量一下，我还是相信马总有管理酒店的能力的。"

他说完看着马可爱说："这件事情你要想办法尽早解决，要不然对酒店的影响极大。"

马可爱看着他那张满是包容的脸，轻点了一下头说："宋叔叔放心，我不会让你失望的。"

第83章 寻找机会

宋天明满意地点了一下头，因为宋天明站在马可爱这一边，所以那些股东的话虽然说得难听，却也没能闹出个结果来，会议也就以马可爱承诺尽快解决而暂时结束。

而韩元斌的提议却在一众股东们的心里生根发芽，无论是论资历还是能力，宋天明绝对是管理酒店最合适的人选。

散会后，马可爱愤怒地走出会议室，韩元斌追上来向她解释："他们今天摆明了是要逼你退位，我这样做也只是权宜之计，可爱，你要相信我，我永远都是站在你这边的！"

马可爱今天因为他的那番话对他失望至极，她看着他冷冷地说："韩元斌，不管你这话是真是假，我只希望你不要再次辜负我对你的信任！"

说完她扭头就走，韩元斌和赵青峰走得很近，这些日子她都是看在眼里的。

她实在是没有想到，他今天会这么做！她突然就觉得，她从来就不认识他，两人到如今，已经快连朋友都做不下去了。

韩元斌看着她愤怒离开的背影，眉头皱了起来，他只是想要帮她而已，她怎么能怀疑他对她的一片真心？

马可爱因为夏雨行被拘留的事情心神不宁，却也知道这个时候能救他的人只有自己，所以她无论如何也要冷静！

只有冷静下来，她才能处理如此复杂的局面！

正在此时，有人敲响了她办公室的门，是个陌生的男人，男人很瘦，尖嘴猴腮，一双眼睛贼溜溜乱转。

她微微皱眉，来人做了自我介绍："马总你好，我是新来的采购，这里一些货品需要购买，麻烦您签一下字。"

马可爱一头雾水："新来的采购？我怎么不知道？"

"这个我就不清楚了，我是走正常流程进公司的。"采购笑着回答。

马可爱扫了采购一眼，已经明白这个采购十之八九是那只幕后黑手的动作，她想起夏雨行曾对她说的话："不怕他们不行动，只要行动，就一定有破绽。"

马可爱觉得这个采购就全身都是破绽，于是她淡淡地说："我知道了，东西放在这里，你先出去吧！"

采购期期艾艾地不愿意走："这些东西都挺急的……"

"难道需要你来教我怎么做事吗？"马可爱冷着脸反问。

采购见她动了怒，不敢再说什么，有点心不甘情不愿地离开了。

马可爱叫来杨力，叫他去打听一下新采购的消息，杨力有些纠结地看着她说："马总，你是不是不管夏哥了？"

"当然不是，我让你去查那个采购就是为了救夏雨行。"马可爱沉声说。

杨力的眼里满是不解，他想不明白这两件事情有什么直接关系。

马可爱看到他担心的眼神，难得好脾气地解释了一句："夏雨行是我最信任的人，我是不会让他有事的，你要相信我，快去做事吧！"

杨力这才点了点头，到下午的时候，他就送来了一些关于采购的消息："他是赵总特招进来的，具体和赵总是什么关系我暂时还没有查到，因为是空降进的餐饮部，厨师长对他很不满，自从他到餐饮部之后，就和厨师长掐得很厉害。"

马可爱轻轻敲了敲桌面，仔细在心里梳理这件事情，她轻点了一下头，让杨力去忙。

杨力走时忍不住再问了一句："马总，这样真的就能救到夏哥吗？"

"能。"马可爱沉声说，"我会想到办法的，有需要你帮忙的地方会喊你。"

杨力点头离开。

马可爱再次在心里把这件事情梳理了一遍，很快就有了主意。

入夜后，她一个人悄悄进了餐饮部，此时员工大部分已经下了班，只有之前和夏雨行交好的黎涛正在刷盘子。

他一边刷盘子一边嘴里念念有词："这么坑老子，让老子刷盘子，等老子以后翻身了，一定弄死你们这群狗娘养的！"

"你想怎么弄死那些让你刷盘子的人？我现在可以给你一个机会。"马可爱的手半抱在胸前说。

黎涛一听到她的声音吓了一大跳，险些打碎一个碗，他有些结巴地说："马……马总，你……你怎么……来了？"

马可爱笑了笑，朝他走近几步，微弯着腰凑到他面前说："奶酪和红酒的事情我都知道了，并且手里还掌握了一堆证据，那些证据足以把你送进牢房，只是我这个人一向仁慈，我愿意给你一次改过自新的机会。"

黎涛一听她这句话顿时吓得半死，忙一脸恳求地说："马总你就饶我这一回！我以后再也不敢了！这些事情我也只是从犯啊，根本就不是主谋！"

马可爱了看他了，笑了笑，在他的身后缓缓走了两圈。

此时后厨再没其他人，里面非常安静，只有她的脚步声，他却觉得每一声都踩在他的心口，他弄不明白她想要做什么，紧张得直冒汗。

马可爱觉得时候差不多的时候，终于缓缓开口："我这人一向大度，也愿意给那些知错能改的人一个机。这样吧，只要你配合我的工作，我不但不会罚你，还会重赏你。"

黎涛默默地在心里权衡了一番，再加上刚才马可爱的敲打，他很快就拿定了主意："自从他们知道我和夏哥走得近之后就把我赶来刷盘子，这种日子简直不是人过的，现在马总需要我帮忙，我一定全力配合！"

马可爱对他的态度很满意，直接问他："这一次的中毒事件你是不是知道些什么？"

黎涛犹豫了一下，知道他已经没有选择，便决定如实相告说："中毒事件我真的不是特别清楚，但是事发之前，我记得许晨来过两三次，我也是无意中看到的，之所以记得是因为他的样子神神秘秘的，而且像他这样职位的人是不会来厨房的，我怀疑这一次中毒的事情和他有点关系。"

马可爱之前就已经猜到许晨是赵青峰的人,此时黎涛的话更加证实了她的猜想,她轻点了一下头后又问:"还有没有其他什么特殊的事情?"

"其他的倒没有了,不过还有件事情我觉得也需要跟你汇报一下,新采购是赵总之前的助理。"黎涛想了想后回答。

马可爱听到这个消息有些意外,她猜到采购是赵青峰的人,却没想到是赵青峰的助理,当初韩元斌进酒店的时候,也是顶着赵青峰助理的名头进来的,赵青峰的助理还真不少!

她想了想后说:"好,这件事情我知道了,你做得很好,我还有一件事情需要你帮忙。"

黎涛忙说:"请马总吩咐!"

马可爱在他的耳边轻说了一句话后,他连连点头:"好!请马总放心,我一定会做好的!"

马可爱满意地点了点头说:"那就辛苦你了。"

马可爱让黎涛做的事情并不复杂,只是让他去挑拨厨师长和采购之间的关系。

这两人本来就水火不容,如今再加上黎涛数次"不经意"间的挑拨,两人的关系也就变得越来越差,基本上一见面就恨不得弄个你死我活。

马可爱一直关注这边的情况,让黎涛每天汇报进度,她听到采购和厨师长今天在后厨拎刀子要砍死对方了,觉得时机差不多可以收网了。

当天下午,她通知厨师长做出情人节特色餐饮,她要试吃,同时通知采购陪同,她需要知道食材的产地和购买时间。

厨师长听到她的话后,立即就动手制作。

其实情人节推出新品一直是酒店的传统,所以厨师之前就有构思,食材也是之前就申请采购的。

一个小时后,厨师长就通知马可爱菜品全部做好了。

马可爱接到通知后想了想,叫上杨力就去了后厨,厨师长是个胖胖的四十几岁的男人,看起来颇为精明,此时涎着一脸的笑,看起来有点像狗腿子。

桌上放着一道看起非常精致的菜,用奶酪和草莓酱浇成爱心的形状,再缀以绿色的心形草,看起来非常精致。

"菜品看着很不错。"马可爱含笑说,"这是谁想出来的?这个月奖金翻倍!"

采购立即抢在厨房长之前说:"这是我的创意!"

厨师长顿时火了:"明明是我的创意,这道菜都是我做的!跟你有什么关系?"

"要不是我把食材买回来,告诉你要怎么做才能最大限度发挥食材的味道,就凭你的脑袋能想得出这么精美的菜来吗?"采购寸步不让,言辞极不客气。

厨师长立即说:"要按你这说法,这餐厅里所有的菜都是你做的了!"

两人眼见就要吵起来了,马可爱轻咳了一声,然后看了两人一眼,两人互瞪了一眼后没再说话。

杨力看到两人的样子,眼里满是鄙视。

马可爱拿起勺子尝了一口,厨房长满脸期盼地问:"怎么样?是不是唇齿留香?"

采购也讨好地问:"有没有感觉到爱的甜蜜?"

不要说马可爱之前说了奖金翻倍的事情,就算没这事,采购和厨师长都想压对方一头。

马可爱看了看两人满脸期待的眼神,似乎有些为难,然后突然伸手捂着肚子满脸痛苦地说:"爱的甜蜜没感觉到,但是我的肚子好痛!你们确定菜品没有问题吗?"

杨力立即大惊失色地说:"天哪,马总,你没事吧?这个好像和那天食物中毒的症状差不多!"

马可爱捂着肚子看着两人说:"你们两个……刚才一个说是自己采购的食材,一个说是亲手做的,那么这到底是谁的责任?"

厨师长和新采购立即互相指着对方:"是他!"

采购伸手指着厨师长说:"你血口喷人!又不是我下厨做菜!"

厨师长冷笑:"你是不下厨,但是你这两天在厨房捣乱,指挥来指挥去的,肯定是你搞鬼想要害我！"

　　杨力瞪着两人说："两位，麻烦关注一下重点，重点在于马总现在的症状和那天食物中毒的一模一样！"

　　采购怒吼："我明白了，你这是用和那天对付夏雨行的那套来陷害我！"

　　采购说完自觉失言，脸上的表情有些僵硬，马可爱沉声问："对付夏雨行那一套？哪一套？"

　　采购为了自圆其说，只得硬着头皮说："我的意思是说，夏雨行一定也是被他陷害的。"

　　厨师长怒了："我呸，你也撇不清关系！是谁给我的药，让我在饭菜里下药的？"

　　马可爱听到这里也不再装肚子痛了，她缓缓地站起来看着两人冷冷地说："两位，你们今天真是让我开了眼界，你们可真是酒店的好员工啊！在饭菜里下毒！你们可真有胆子！虽然现在我不太清楚你们俩谁才是主谋，但是你们肯定都脱不了干系，我相信警察一定会查出来的！而就这次的事情，主谋一定会被处以重罚！"

　　采购和厨师长的面色一白，两人互看一眼后齐声说："我们都不是主谋，主谋是许晨！"

　　马可爱之前就从黎涛那里听到关于许晨来后厨的事情，此时听到这事并不意外，她沉声说："主谋是许晨？还真有点意思！杨力，给赵总和许晨打个电话，让他们来我办公室一趟！"

　　杨力一见已经真相大白，就眼前的证据已经能证明夏雨行是清白的，他只觉得动力满满，大声回答："是！我现在就去通知赵总和许晨！"

　　马可爱带着采购和厨师长回到办公室的时候，许晨和赵青峰都到了，两人还不清楚后厨的事情，所以两人看起来都相当淡定，赵青峰还阴阳怪气地说："马总不好好查食物中毒的事情，这会儿把我们喊过来做什么？"

　　"把你们喊过来就是因为食物中毒的事情，我有些地方还不是太清楚，想请你指教一二。"马可爱看着赵青峰的眼睛说，"赵总，关于食物中毒事件，根据厨师长和现任餐饮部总监的说法，是许晨指使他们在食物里面下药造成的，因为许晨向来是您提拔和看重的人，所以他们才相信他，认为是您的授意，这件事您知道吗？"

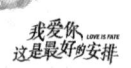

第85章 背锅之人

赵青峰听到马可爱的话相当意外，他扭头看了采购和厨师长一眼，两人都低着头，他暗暗磨了磨牙，没用的东西，这么快就被马可爱揭了老底！

他还没说话，许晨已经激动地说："他们完全是血口喷人！没有的事！"

采购此时为了择清自己的嫌疑，直接把老底都翻了出来说："我的话句句属实，这里有你发给我的消息，我幸亏留了心眼没有删除，还有你之前就一直给我有赵总印章的单据，所以你说的话我当然不会怀疑！"

许晨没料到他居然连这事都捅了出来，心里有些惊慌，扭头看向赵青峰。

赵青峰的脸色也相当难看，证据直指他和许晨，想要把自己择清并不容易，他脑里飞快思考着对策，然后眼里就有了一抹阴毒，事到如今，他只能先想办法自保了。

正在此时房门被敲响，宋天明走了进来，他看着办公室里站了一堆的人，微微皱眉问："可爱，发生了什么事情？他们这是……"

马可爱从抽屉里拿出一些单据和录音笔："宋叔叔，关于食物中毒事件现在有新的进展，许晨和赵总有重大嫌疑，并且餐饮部一直以来的监守自盗行为也十分严重。这支录音笔里有不止一次的交易记录，他们偷拿酒店的好酒出去卖，拿次品充当好酒，将价值几十万的奶酪换成普通奶酪，这种事情比比皆是，还有和供货商之间的猫儿腻，从中赚的回扣和差价巨大。这些证据我收集了很久，到时候去警局要你们一次交代清楚。"

这些资料都是之前夏雨行在餐饮部收集的，当时他收集好之后就把资料全交给了马可爱。

厨师长和采购顿时就蔫在那里，这事不管他们要怎么推责任，都是逃不掉的，两人的心里都有些害怕。马可爱看起来这么一个娇滴滴的女孩子，怎么做起事来就这么利落呢？

宋天明冷着脸看向赵青峰："怎么回事？"

赵青峰一看到他心里就更加发毛了，他低着头说："我……我也不知道，这事和我没关系，我完全不知情！"

马可爱冷笑一声，扫了赵青峰一眼说："我相信这么大的事，并不是一个礼宾就能完成的！"

说完她扫了屋子里众人一眼，众人脸上的表情那叫一个精彩，这些酒店的蛀虫，这次她要把他们一次性从酒店里清理出去！

杨力此时拿着一堆单据跑进来递给马可爱："马总，这些都是在许晨的办公桌里找到的！很多采购单、进出货单都有赵总的盖章！"

赵青峰的脸色又难看了几分，却一口咬定说："这一定是他盗用的，平时我栽培他，教导他，让他可以出入我的办公室，便于拿学习材料，我教他填单子，做采购、市场的流程，没想到啊……没想到我这是养虎为患！"

说到这里他痛心疾首地指着许晨说："枉我那么信任你，对你委以重任，没料到你居然狼子野心，做出这样有损酒店利益的事情来，你真的是太让我失望了！"

被指责的许晨有些吃惊地看着他，面目此时有些狰狞。

马可爱看了一眼赵青峰，又看了一眼许晨，眼睛微微眯了起来，心里隐隐察觉到什么。

她正准备说话的时候，宋天明抢在她之前一语双关地说："许晨，事情到底是怎样的？赵总对你恩重如山，你可不能做出背信弃义的事情！"

许晨看了看赵青峰，又看了看宋天明，他清楚自己再无选择，他若今天不把整件事情扛下来，以他们行事的风格，一定不会放过他！

于是他咬着牙说："没错，这些都是我一个人做的，和赵总无关！"

马可爱有些意外地看着许晨，赵青峰偷偷松了口气，却说："许晨，你太让我失望了！你怎么可以这样做！马总，这事是我驭下不严，我会负责的。"

宋天明冷声说："太不像话了，居然如此无视酒店的规定，赵青峰，你去写一份书面的检讨！"

赵青峰忙说："是！"

马可爱见他们把所有的一切都推到许晨的身上，然后把自己择得干干净净，手

不自觉地握成了拳，她尊重宋天明，对于他做的决定此时也不好反驳。

此时她心里生出一种奇怪的感觉，她总觉得宋天明有维护赵青峰的意思。

只是她又想起宋天明这段时间对她的帮忙，她终究不愿意用最恶意的心思去揣测他。而这事已经全推到了许晨的身上，赵青峰已经被择了出来，她此时也不能拿赵青峰怎么样。

于是她深吸了一口气说："赵总，希望这一次的事情给你敲响警钟，以后好好管手下的人。"

赵青峰面色难看地应了一声。

马可爱对这一次没能扳倒赵青峰觉得有些可惜，但是不管怎样，终究把夏雨行救了出来。

她把许晨、采购和厨师长三人送到警局之后，提供了相应的材料，证明这件事情和夏雨行没有关系。

根据相关流程，警察局很快就放了人。

马可爱亲自去接的夏雨行，看到他的时候她微微一笑，他也回以一笑。

就算是被关了几天，他也并没有什么变化，整个人的精神状态都很好。

回到酒店的时候，天色已晚，两人漫步在酒店外的林荫小道上，马可爱轻声说："对不起，这次连累了你。"

夏雨行对她眨了眨眼："我是你的人，所以不存在连累的说法，而且我也一直相信你，你一定有办法把我救出去。"

马可爱瞪了他一眼，他却长臂一伸就将她抱在怀里。

她有些意外，想要伸手推开他，他却放轻了音调有些恳切地说："就抱一会儿，就当……就当是庆祝我劫后余生吧！"

马可爱犹豫了一下，把手缩了回来，这一次他受了莫大的冤屈，却始终不吵不架，担起他的责任。她安慰自己，他为她受了这么大的委屈，他想要抱就让他抱一会儿吧！

第86章 太过冲动

于是马可爱静静地靠在夏雨行的怀里,心里是前所未有的安宁,她轻轻闭上眼睛,告诉自己,就这一次,就让他抱这一次。

夏雨行抱着她轻声说:"你知道吗,自从遇到你之后我才真正有了人生目标,才真正有了心中的信念,有了想要做好的工作,有了想要守护的人!因为我喜欢你、爱你!所以,我的人生都变得更加美好了。"

马可爱心里温暖,嘴上却轻骂了一声:"油嘴滑舌!"

夏雨行轻笑了一声,并没有急着解释他的真心,他相信,时间长了,她一定能看得到。

四周的气氛甜蜜而美好,马可爱的手机响起来,夏雨行松开她让她接电话。

电话接通后她的表情相当凝重,全程没说话,只在挂电话之前说了句:"辛苦了,谢谢!"

"怎么了呢?有什么事吗?"夏雨行见她脸色不佳,有些担心地问。

马可爱回答:"胡佳车祸的检验报告明天应该就可以出来了。"

胡佳出车祸之后,她立即就报了警,并申请检查肇事车辆。

夏雨行一听到这事心里余怒未消,他沉声说:"希望能有证据证明这件事情和郭宇那个人渣有关,让他得到应有报应。"

马可爱叹了口气,对于胡佳的选择她觉得惋惜,这个结果她不愿意看到,但是事到如今,她能做的也只有这些。

这些事情不管如何讨论说多少遍也没有意义,只能按着正常的手续走。

而酒店如今还有另一桩事情没有处理完,而且还急需要处理,于是她轻声说:

"还有一件事情我们得马上处理,陆臻臻似乎和你比较谈得来,听得进你的劝,你想办法让陆臻臻配合一下这一次的公关,毕竟中毒事件需要给所有人一个解释。"

夏雨行笑着说:"我才没有和她谈得来,她就是个唯恐天下不乱的主!"

马可爱瞪了他一眼,他只得又说:"不过我愿意试一下,能不能说服她我可没有把握,毕竟没有人知道她什么时候讲道理,什么时候不讲道理。"

马可爱听到他这个说法忍不住笑了起来,似乎陆臻臻的确是这样。

两人一边说着话,一边缓缓回了酒店,路灯将两人的影子拉长,他们看起来是那样登对。

韩元斌坐在不远处的车里看着两人的背影,眼里的嫉妒浓郁,他咬了唇自言自语地说:"可爱,你怎么能这样对我?这个夏雨行哪里比得上我!不行,我一定要想办法追回你,把你带回泰国,绝对不能让夏雨行把你抢走!"

陆臻臻因为上次中毒的事情心里有些不愉快,所以在夏雨行提出让她配合的时候她一口就应承了下来,居然是出乎意料的好说话,她还顺便捎上了周裳。

酒店也需要为这件事情在官网和官博做出回应,韩元斌为了讨马可爱欢心主动揽下写新闻稿的任务。

韩元斌写好公关稿之后,陆臻臻和周裳一起转发,这件事情立即得到了澄清,同时也获得了公众的谅解,酒店的中毒事件至此算是完美落幕。

第二天马可爱拿到胡佳被撞事件的调查结果,警方初步判定是故意伤人,因为伤人汽车租赁方是位女士,那位女士在事发时能证明她本人不在案发现场,这种是典型的信息泄露后被人利用。

马可爱再往下仔细一查,那位租赁汽车的女士资料居然是酒店泄露的。

马可爱的手握成了拳,如果说那天她看到郭宇冷眼看着胡佳被撞就对他有所怀疑的话,那么这个结果证实了她的怀疑,但是她却没有证据证明这事是郭宇做的,毕竟警察调查的结果是那天开车撞胡佳的是个短发的女士,和郭宇无关。

马可爱把这个消息告诉了夏雨行,听到这个消息后他和她一样愤怒不已,喃喃地说:"我一定能想出办法来收拾这个渣男!"

马可爱沉声说:"琳达虽然和郭宇狼狈为奸,但是郭宇对胡佳做的事情,我就不信琳达一点触动都没有,所以我想约琳达,和她单刀直入地谈这件事情。"

夏雨行听到她的话后眉头微微皱了起来,提出他的顾虑:"这件事情我觉得不能操之过急,从这几次交手的过程来看,个人感觉琳达并不简单,且我之前在餐饮部发现的那些漏洞不是小数目,而琳达又是开财务公司的,内幕到底是什么我们还不清楚,你如果直接出击的话,很可能会打草惊蛇。"

马可爱有些暴躁地说:"最近我们一直被动挨打,毫无还手之力,如果再不主动出击很可能会被敌人继续牵着鼻子走,所以这次听我的,由我来解决这件事情!有什么后果我一人承担!"

夏雨行看着她果决的样子知道是劝不动了,只能叹了口气点了一下头说:"这事你先试试看,也许会有意外收获,只是现在我们已经知道,他们就是一群丧心病狂的人,你平时出行千万要小心。"

马可爱点头说:"放心,我心里有数。"

她和他说完后就给琳达打了个电话,约她晚上在咖啡厅见面,琳达爽快地答应了。

马可爱拿着手机会夏雨行晃了晃说:"约好了,今晚看我的!"

夏雨行听到琳达如此爽快就同意了马可爱的约见,心里总觉得哪里不对劲,只是看到马可爱自信满满的样子,此时也不好再说反对,只是留了个心眼。

夏雨行怕会出事,本来打算陪马可爱去,她却坚持一个人去,夏雨行实在是不放心,就在外面等着。

到了约定的时间,琳达如约而至,靠得近了,马可爱也看得更清楚琳达的长相。如果胡佳是清雅的白玫瑰,那么琳达就是热烈的红玫瑰,蜂腰翘臀,妆容精致,美艳无比。

马可爱看到这样的琳达就有些明白之前夏雨行的话了,有这么一个美艳的尤物的确没有男人愿意把她藏着不让人知晓。

第87章 死无对证

马可爱直接开门见山地说:"琳达小姐,相信我今天为什么找你你也知道的吧?"

琳达轻咬了一下唇,看起来似乎有些紧张,轻点了一下头,却没有说话。

马可爱也不拐弯抹角,直接说:"如你猜的那样,我是为胡佳的事情而来。现在事情已经基本查明,肇事车辆的租客资料是假的,受伤人是胡佳,郭宇有重大嫌疑,而警方监控查到司机是一个女人,身为郭宇情人的你自然就会成为第一嫌犯。相信不用我说,蓄意谋杀罪有多重你也清楚。你是聪明人,应该知道郭宇就是个不折不扣的渣男,他能这样对胡佳,就能这样对你,你很可能会成为下一个受害者。"

琳达似乎受到了惊吓,眼里有了泪光:"这件事情我知道后也很震惊,为此还和他吵了一架,马总,说实话,我心里真的很害怕!我……我实在是没有想到他会如此丧心病狂!我现在该怎么办?我会不会受到牵连?马总,你来找我,是不是来帮我的?"

马可爱还没回答,她已经一脸恳求地看着马可爱说:"马总,你要相信我,这件事情我真的不知情,你一定要帮帮我!"

马可爱看到她这样害怕的反应松了一大口气,果然郭宇的所作所为刺激到了琳达,她更加相信今天来找琳达是对的,她看着琳达说:"现在能救你的人,只有你自己。"

"我自己救自己?我要怎么做?马总你快教教我!"琳达急切地说,美丽的大眼睛因为惧怕而有了泪光。

马可爱循循善诱:"郭宇有两本账本,这事你肯定知道,只要你把账本交给我,我就能保证你没事,以后就算是郭宇诬陷你,我也可以帮你做证,证明你和这件事情没有关系。"

琳达的眼里满是犹豫,再次确认:"只要我交出账本就不会有事?"

马可爱点头:"是的,我保证,这件事情我希望你能早点做出决定,要不然警察很可能会随时找上门来。"

琳达纠结了一下,拉了拉裙摆,又咬了咬嘴唇,好半天才说:"好,那我把账本给你。"

说完她从包里拿出一个U盘递给马可爱再次确认:"郭宇的账本都在里面,我现在交给你,就没事了吗?"

马可爱接过U盘后肯定地说:"是的。"

琳达似松了一大口气,双手合十放在胸前说:"马总,谢谢你!要是没其他事情我就先走了。"

马可微微笑着点头:"谢谢你的配合。"

琳达笑了笑,拿起她的包,扭着屁股仪态万千地走了出去。

这所有的一切出乎意料顺利,马可爱觉得有些地方不对劲,但是一时半会儿又说不出来哪里不对劲。

琳达从咖啡厅里走出来的时候,回头看了一眼还坐在咖啡厅里的马可爱,嘴角泛起冷笑,微挑的眉眼里哪里还有一分刚才的畏惧和害怕,她轻哼一声:"蠢女人!"

她离开咖啡厅后给赵青峰打了个电话:"我已经把假的账本给马可爱了,她信以为真。"

赵青峰的声音听起来相当愉悦:"宝贝,你太棒了!还有一件事情你也需要马上处理,马上转走财务公司里所有的资金,然后把公司注销,我们给他们来个死无对证!"

琳达含笑说:"好!我早就不想伺候郭宇那个蠢货了,等这件事情处理完,我是不是就能光明正大和你在一起了?"

"那当然!"赵青峰回答得非常爽快。

等在外面的夏雨行虽然没能听到琳达拿起电话时说的是什么,但是他感觉她的神态有些不对,他忙匆匆进了西餐厅问马可爱:"账本拿到了吗?"

马可爱拿着手里的U盘晃了晃后说:"那当然,我出马怎么可能会有搞不定的事情?"

夏雨行见她拿到账本也松了一口气:"既然账本拿到了,那我们就回去好好查

一下账,我就不信郭宇那个王八蛋没问题!"

马可爱点了点头,两人立即回了公司,电脑打开后两人分开查账。

夏雨行打开后只粗粗翻了几页,就发现了问题,他看着马可爱说:"马总,这本账不对!"

"哪里不对?"马可爱问。

夏雨行指着上面的一行数字说:"去年情人节按说这前后两天都应该是酒店高峰期,而这本账上却和以往差别不大,除了情人节外,还有前段时间明明咱们酒店因为危机而入住率大跌,可这个账本上却和平时的差别也不大。"

马可爱立即仔细看了看,再快速翻了起来,到最后越翻越快,直接把手里的鼠标一扔,转过身不看电脑,闷闷地说:"所以这是一本没有漏洞却也同样漏洞百出的账本!该死的,我被琳达耍了!"

她就说这一次的事情怎么会那么顺利,原来是他们设下的局。

到此时,她也终于明白今天在面对琳达时,那种奇怪的感觉是怎么来的。

她长长地叹了一口气,心里懊恼至极,对方能这样耍她,就表示他们早有准备。

夏雨行并没有安慰她,因为在这个时候安慰一点用都没有,反而在提醒马可爱犯下的错。

他略想了想,直接拿起笔在白板上画人物关系:"琳达作为郭宇的情人、撞人事件的可疑参与者,也是挖空JR的地下公司的控制人,现在又交出了这么一本假账,说明她在JR应该不止郭宇这一条内应这么简单,她想保护和想掩盖的应该也并不是郭宇。而在餐饮部事件中,从供货商到采购到签单到财务,这是一条龙的业务。现在财务部又被牵了出来,可是财务部付款是在酒店这一条龙的最后一步,然后才能去洗钱,那么餐饮部采购到财务之间,就缺少了一个环节,市场销售部,之前我们顺藤摸瓜到许晨就终止了,我们心里都知道许晨只是替罪羊,所以这几个人,琳达、郭宇、许晨,我认为都只是表象性人物,真正的幕后黑手,也就是大BOSS,一定是能控制市场部和财务部两个大部门的人,而这个人是谁我想我们大家心里都有数,需要的只是证据!这一切又回到了我们最初的猜想,幕后有大BOSS在操控这件事情,只要我们有证据把赵青峰揪出来,幕后的那只黑手为了保他,也一定就浮出水面,所以现在我们要对付的其实还是赵青峰。"

马可爱的眼睛眯了起来,眼里有了几分思索,赵青峰在酒店经营多年,想要抓到他的把柄可不是一件容易的事情。

夏雨行指着上面的人物关系说:"他们形成了关系网,在我看来,是网就有漏洞,比如说许晨。"

马可爱按着眉心说:"都怪我打草惊蛇,如果不是我的话,事情可能不会到这一步。"

夏雨行浅笑:"不会,我倒觉得你这样做也有这样做的好处,你看,因为你这么做了,所以才有了这些猜测,才能理顺这些人的关系,反而让整件事情明朗了起来。"

"夏雨行,有没有人告诉你其实你很会安慰人?"马可爱看着他问。

夏雨行笑了起来:"暂时还没有,只有人说过我嘴很坏,能气死人。"

马可爱听到这话笑了笑,他还挺会自黑的。

夏雨行看着她说:"事情到了这一步,当然不需要你亲自出马,许晨这边就交给我来处理,你就在一旁看好戏吧!"

马可爱轻轻舒了一口气,看着他说:"夏雨行,谢谢你。"

夏雨行冲她眨了眨眼:"大家是自己人,不用那么客气,我先去忙了,你身体不好,要注意休息,有我在,你就放心吧!一定把这件事情办得妥妥的!"

他说完就走了出去,马可爱看着他离开的背影莫名安心,似乎只要是交给他去办的事情,就没有一件是办不好的,他让她感觉到了安全感。

夏雨行离开马可爱的办公室后,就想办法先将许晨保外就医从拘留所里捞出来,许晨出来时听说是夏雨行保的他,有些意外:"为什么要帮我?"

许晨被关的时间并不算长，但是他整个人却瘦了一大圈，原本健康的皮肤也变得暗淡无光，整人的精神也不太好，看起来病恹恹的。

夏雨行看了他一眼后淡淡地说："我这人说话直接，接下来的话可能有不好听的地方，但是也请你耐心听下去，因为已经用行动在告诉你，我在帮你，而那些你为了他们顶罪的人，自从你出事之后就再也没有管过你。你是聪明人，是非对错相信不用我说，你心里也是清楚的。"

许晨的脸色有些苍白，他这段时间被关了起来，还得了肺炎，病得相当严重，可是到现在为止，除了夏雨行之外，没有一个人来看他。

他轻声说："你也不用把自己说得那么高尚，你帮我不过是另有所图。"

"我承认我是有私心。"夏雨行缓缓地说，"但是那又如何？事实是我帮了你，而他们已经把你当成了弃子，不会再管你的死活。"

许晨的眸光暗淡，他知道夏雨行说的是事实："你想让我做什么？"

夏雨行朝他微微一笑："果然和聪明人说话就是轻松，这样的话，那我就直说了……"

他在许晨的耳边轻轻说了几句话，许晨听完后轻轻一叹，深吸了一口气说："只做这件事情的话我愿意配合。"

夏雨地看着他认真地说："谢谢！"

许晨对上夏雨行真挚的目光反而有些不好意思，毕竟犯错的那个人是他。

许晨按着夏雨行给他的线索找到郭宇时，他正为了洗清自己的嫌疑每天去医院里陪胡佳，上演模范丈夫的戏码，许晨看到他的样子就像是看到当初的自己。

许晨沉声对郭宇说："您的情人琳达小姐已经给了马总一个账本，您现在和我一样，都是没用的弃子了，郭总，你好自为之！还请你以后不要再牵连我，否则我也只能死咬住您，把您的老板都揪出来！"

他说完冷着脸离开。

他来得快，去得也快，而那一句话却让郭宇彻底不淡定了，他清楚地知道一旦账册落在马可爱的手上将意味着什么，于是他急匆匆地打电话给赵青峰："你在哪里，我现在就要见你！"

赵青峰一接到他的电话就在心里把他骂成屎，再听他居然要见自己，顿时就火了，赵青峰正打算骂上几句，他在电话那边已经恶狠狠地说："你要是敢不来，我就把你这些年做的事情曝光，大不了就是一拍两散！"

说完他报了个地址，然后直接就挂了电话。

赵青峰气得不轻，直接把手机扔在桌上，然后叉着腰骂了郭宇几句。

他真想不明白郭宇这是受了什么刺激发这样的疯！

他在办公室里来来回回走了几圈后觉得这事风险系数太高，想了想之后给宋天明打了个电话报备了一下，宋天明略一沉吟后就做出了指示："你去见见他，看看他到底想要做什么。"

赵青峰心里有些担心："他肯定是受了什么挑唆，要是发疯供出我们，我们要怎么办？"

宋天明的声音冰冷："放心，我有其他的安排，他是玩不出什么花样来的，放心去见他吧！"

赵青峰听到宋天明的这句话才算是放心了些，稍做了一些安排之后就去了郭宇约定的地点。

那是一片道路的尽头，平时人迹罕至，顺着盘山公路一路旋转而上，只有一些登山爱好者偶尔会来，一边是杂草丛生的公路，一边是悬崖。

赵青峰刚停下车从车里走出来，郭宇就迎上去愤怒地说："赵总，许晨一只替罪羊还不够用，你还想把我也扔出去吗？你们让琳达又伪造了一本账本来陷害我，想让我背锅，你以为我不知道？告诉你们，如果我进去了，你们也没有好下场，我死也会拉你们当垫背的！"

赵青峰看到他这副愤怒的样子不但不生气，反而觉得好笑："就算是这样又怎么样？我已经让琳达销毁了财务公司的所有文件，公司也已经注销，就算你咬我也是无济于事，事已至此，如果你聪明就应该把这件事担下来，你出狱以后，不但可以得到一笔可观的费用，宋总也会帮忙打点你的工作，一定让你下半辈子衣食无忧！"

第89章 撕破脸皮

因为赵青峰来之前就知道郭宇受到了煽动,所以他知道这些事情并不奇怪,而事情到了这一步,赵青峰也没有瞒着郭宇的必要。

毕竟在宋天明和他的计划里,郭宇从一开始就只是一枚棋子,现在郭宇已经暴露,那么就成了弃子,对于弃子,那就不需要对他太过客气。

郭宇本来对于许晨的话并不是太信,此时赵青峰却完全证实了许晨的话,他心里顿时愤怒至极!他为他们做了这么多,他们现在竟说弃就弃!

他忍无可忍挥拳就朝赵青峰打了过去,赵青峰没想到他会突然动手,一个不防被他打得滑了一跤,整个身体朝悬崖下滚去。

他求生心切,在最后关头一只手抓在崖边的石头上,慌乱地大喊:"郭宇,你疯了!快拉我上去!"

郭宇看到他狼狈的样子心里莫名生出几分快感,抬脚踩在赵青峰的手上,冷冷一笑:"你说你这样摔下去会不会被警察认为是畏罪自杀?"

赵青峰的手指传来剧痛,他扭头看了一眼身下的悬崖,崖深不见底,真要摔下去的话只怕会尸骨无存,他不想死,所以就算是手痛得要死,他也只能死命撑着,大声说:"我来之前宋总知道的,我要是死了,他不会放过你的!"

郭宇冷冷地骂了一声:"去他的宋总,老子现在已经走投无路了!你就去死吧!"

说完他打算加重脚上的力道,让赵青峰吃痛支撑不住彻底掉下悬崖。

正在此时,他的手机响了,他看了一眼来电显示上清楚地显示宋天明三个字,他看了一眼赵青峰,又看了一眼手机的屏幕,踩在赵青峰手上的力终究没有加大,却也没有松开。

赵青峰大声说："是宋总打来的吧？快接啊！"

　　他心里在骂郭宇是个疯子，但是此时他的命握在郭宇手上，他已经越来越吃力了，快要坚持不住了！

　　郭宇略犹豫了一下，最终还是接通了电话，宋天明冰冷的声音从电话线那头传来："郭宇，你的账本我已拿到手，你如果不想失去最后的砝码，现在马上到高尔夫俱乐部来。"

　　他没有问一个字关于赵青峰的情况，一说完就挂掉了电话。

　　郭宇是知道宋天明对赵青峰就像自己的儿子一样，真要把赵青峰弄死了，以宋天明的性格肯定不会放过他，他在心里权衡了一下，然后就把赵青峰拉了上来。

　　赵青峰上来之后，忍不住骂了一句："郭宇，你真是个疯子！"

　　"还不是被你们逼的！"郭宇冷哼一声后说，"走吧，我们去见宋总。"

　　赵青峰磨了磨牙，走了两步又看了一眼悬崖，山风猎猎吹来，他的身形晃了一下，想起刚才差点坠崖的事情，他打了个哆嗦，然后快步上车，开着车离开。

　　赵青峰和郭宇两人到达高尔夫俱乐部之后，宋天明话不多说直接甩给郭宇一个箱子："这些钱够你在国外重新开始了，当然，这只是第一笔。"

　　郭宇下意识地抱着箱子问："你这是什么意思？"

　　宋天明冷声说："很简单，把账本的密码留下，然后拿着这些钱消失！"

　　郭宇看了看他，有些狐疑地问："我怎么知道你不会耍我？要是只有这些钱，我在国外喝西北风吗？"

　　宋天明脸上透出森森冷意："郭宇，难道你到现在还没有发现你根本就没有选择了吗？要么你交出密码拿钱走人，要么我让你一分钱都拿不到，永远也没有花钱的机会！"

　　郭宇跟着宋天明多年清楚他的行事作风，这些话绝不是威胁。

　　郭宇的心里有些不甘，只是他回想了一下现在自己的处境，的确已经没了选择，沉默了片刻后说："钱我拿走，密码我到国外再给你。"

　　"可以，我就不送你了，外面有车等你。"宋天明不以为意地说。

　　在他看来现在郭宇已经无路可走，玩不出什么花样来，对于这样的人，不需要太过关注。

　　郭宇有些复杂地看了他一眼，然后长长地叹了一口气，抱着箱子有些沮丧地走了出去，走到这一步，终究非他所愿。

财务公司被注销，里面的资金全部被转走，郭宇失踪，三个消息经由警方核实后通知了马可爱，她在收到这个消息之后长长地叹了一口气。

马可爱对幕后黑手做事的果断和狠厉再次领教了一回，能在这么短的时间内把事情处理到这一步，那人的能力实在是强大。

只是马可爱觉得还可以再努力一回，还有最后一个突破口：琳达。

马可爱查到琳达的住址后就在她家的楼下等着，没有等太久，琳达就从楼上走了下来。

琳达看到马可爱时眉头微微皱了起来，只是她想到另一件事情后很快就淡定了下来，还扭着腰风情万种地走到马可爱的身边说："哟，今天这是什么风，把马总吹到这里来呢？"

马可爱并没有理会她眼角眉梢的嘲讽，而是直接看着她说："你太傻了知道吗？警察已经在肇事车上找到了你的头发。"

琳达没料到会听到这个消息，脸上的笑容僵在那里，忍不住说了句："你说什么？"

马可爱看到琳达的样子顿时就明白了几分，看来琳达也已经成了弃子，幕后的那个人已经决定舍弃她了。

马可爱缓缓地说："不管你的头发是真的掉在车上，还是被人刻意放上去的，你都逃不掉蓄意谋杀的罪名，还有，你转移了财务公司的资产并且注销了公司，你知道这意味着什么吗？"

琳达咬着唇没说话，只是眼神里有了几分难以置信和惧怕，马可爱接着说："这意味着你和上线失去了联系，证明不了其他人的参与，这所有的一切都需要你一个人扛下来，你成了继许晨之后的第二个替罪羊。"

"不可能！他不可能这样对我！"琳达整个人都有些蒙，这个结果她始料未及，只是在马可爱说出来之后，她只需要微微一想，就能想到中间的关键处，于是她的脸色一片苍白。

第90章 太过天真

马可爱同情地看琳达说:"你以为你和他们绑在同一条线上,他们就会拉着你,顾着你,可是你错了,当火要烧到他们的时候,他们只会剪断绳索,放弃你!"

"你为什么要和我说这些?"琳达咬着唇问,她和马可爱一直都是敌对的,而这个消息经由马可爱的嘴告诉她,她觉得有些不可思议。

马可爱看着她认真地说:"为了你,也为了我自己,如果你有郭宇真正的账本,请你交给我,我会想办法揪出你的上线,然后救你。"

琳达的脸上满是绝望:"郭宇从来就不相信我,所以我没有他的。"

马可爱来之前就已经想到了这个结果,却还是盼着他们对琳达留有一分情面,所以才来试试,此时她听到这句话后叹了口气,然后转身离开。

她和琳达之间没有什么好聊的了,而琳达也将接受法律的制裁。

琳达看着马可爱离开后,再也淡定不起来,慌里慌张地跑上楼给赵青峰打电话,他却根本不接。

正在六神无主之际,房门被敲响,她有些惊恐地问:"谁?"

外面传来声音:"警察,请开门!"

琳达听到这个答案后再也忍不住坐在地上抱头痛哭,如马可爱所言,她曾经深爱并深信的人已经抛弃了她,她成了那枚被拿去顶罪的弃子。

想到这些年来付出精力和青春,她只觉得自己蠢不可及,然而上没有后悔药,每个人都需要为自己的所作所为负责。

琳达被警察带走后,因为她拿不出其他的证据,就算供出了赵青峰,赵青峰也以不知情为由推了个一干二净,所有的罪名她一人全部担下。

夏雨行和马可爱知道这件事情后唏嘘不已,既同情琳达,又恼怒事情只能就此了结。

马可爱叹气说:"感觉我们像白忙活了一场。"

夏雨行安慰她:"虽然我们没能揪出幕后黑手,至少财务部和餐饮部的问题解决了,可以放我们信得过的人上去,这样既堵住了漏洞,以后也不再那么被动了。"

马可爱点头,这也算是他们战斗了这么久后唯一的收获了,不管怎么说,这都是好事。

夏雨行随口问了句:"财务部和餐饮部总监你有合适人选吗?"

马可爱看了他一眼,眼里有了几分高深莫测,然后用极平淡的语气说:"已经有了。"

夏雨行好奇地问:"谁啊?"

马可爱掀眉:"这个暂时保密,反正到时候你就知道了。"

夏雨行失笑:"就这事你还卖关子啊!真是不厚道!"

他虽然这么说,却也没有多问,她只是回以一笑。

次日马可爱召集公司高层开会,夏雨行也被马可爱通知到会。

以夏雨行现在的职位并没有资格参加高管会议,他心里虽然觉得有些奇怪却也没有多问,对于马可爱的安排他一向是无条件服从,所以直接去了会议室。

夏雨行到会议室后,酒店的高管看到他有些意外,韩元斌的微微皱眉,他对夏雨行参加这次的会议心里有些不满。

夏雨行发现除了自己外,还有个陌生男子也参加了会议。

马可爱进来之后,会议正式开始,她环顾一周后说:"这次的事件给了我很大的警示,酒店内部的顽疾一定要彻底肃清,这一次不仅仅是餐饮部,还牵扯到了财务部。郭宇的事情我想大家已经知道了,因为JR近期面临的问题较多,财务部又十分重要,为了能够在最短的时间内走上正轨,我有幸请回了JR原财务总监孙杰,希望大家以后多多配合孙总工作!"

孙杰站起来和大家打招呼:"相信大家对我并不陌生,我就不再做自我介绍了,以后请多多指教!"

所有高管互相看看,没人说话。

夏雨行则伸手鼓掌,他虽然对孙杰并不了解,但是就凭孙杰被幕后黑手排斥,就至少能证明他不是幕后黑手的人,人品是有保障的,之前能做到财务总监的位置,能力也不需要怀疑。

几个高管像看傻子一样看着他,他则直接无视,反正他们一直都是这么看他的,无所谓。

孙杰对夏雨行友好一笑,他也笑着回应。

马可爱并不在乎其他高管们的想法,她接着说:"在这次餐饮部监守自盗事件中,夏雨行提供了非常重要的线索,并由他进一步揪出了财务部的问题,使事件圆满解决,所以,我决定将正式任命他为餐饮部总监。"

夏雨行听到这个安排有些意外,之前她让他去餐饮部的时候他的心里其实是有些不满的,只是这一段时间做下来,他又爱上了餐饮部。

他想起昨天问她餐饮部和财务部总监时她有些神秘的表情,顿时就明白了,她这是要给他惊喜了。

他含笑朝马可爱看去,她却只是轻点了一下头。

两人的动作在韩元斌的眼里,就多少有点眉目传闻的味道了,他的眉头皱了起来,手握成拳,如果可以的话,他恨不得上去揍夏雨行一顿。

韩元斌实在是想不明白马可爱为什么如此重用夏雨行,明明夏雨行就是个什么能力都没有的混混儿!

他想说什么,却想起上次会议上他的话惹恼了马可爱,他不想两人之间再出现裂痕,此时只能生生忍着,只是他看向夏雨行的眼神已经凌厉如刀。

夏雨行感觉到了他的眼神,眉峰微抬,然后微微扭头看着他,再以迅雷不及掩耳之势给了他一记白眼,再快速调整面部表情,就好像这件事情没有发生过一样。

但是韩元斌却真真切切地看到了,他顿时气得不行,却又发作不得,只能再次忍下。

那边赵青峰已经出言反对:"马总,我觉得他不合适……"

"没有人比他更合适。"马可爱极为霸道地打断赵青峰的话,"他从基层做起,了解餐饮部所有的流程,做事认真负责,最重要的是,对酒店绝对忠诚,不像某些人,包藏祸心,天天想着如何偷梁换柱。"

第91章 一枚棋子

赵青峰被马可爱的这句话堵得差点噎死,上次的中毒事件因为自己深陷其中,虽然看起来好像把自己择了出来,但许晨终究是他的人,他也算是被马可爱捉到了短处,此时也不好多说。

其他高层见赵青峰都没有再说什么,他们当然也都不会再发表意见。

马可爱环顾全场后说:"那这件事情就这么定下来了,散会!"

高管们大部分离场后,韩元斌走到马可爱的身边说:"可爱,你这一次的决定会不会太草率了些……"

"不草率。"马可爱打断他的话后说,"相反是我深思熟虑后的结果,不管是孙杰还是夏雨行,都是最合适的人选,我知道之前你是餐饮部的代理总监,这件事情你有想法我能理解。但是我个人觉得你的能力更适合公关,刘斌前段时间因为身体不适提出了辞职,你一直协助他处理公关部的事情,所以我觉得公关部总监由你来担任很合适,稍晚一点,我会发调令出来。"

说完她直接把文件夹一合,拉开凳子就走了出去。

韩元斌看到她这副连话都不想跟他多说的样子,只觉得更加心塞。

夏雨行笑嘻嘻地看着韩元斌说:"交接的事情就有劳韩总费心了。"

韩元斌看着他的眼睛几乎喷火,他却笑得更加可爱,吹着口哨,缓缓走出了会议室。

韩元斌的怒气无从发泄,一巴掌拍在会议室的桌子上,夏雨行只当没听到身后的声音,口哨的声音更响了。

散会后,赵青峰越想越不舒服,直接去找宋天明,把今天在会议里发生的事情

> 第91章
> 一枚棋子

说了一遍后再总结了一句："马可爱太嚣张了，再这样下去，她都要骑到我头上来了！我们之前的布局也将会被她毁个干净！"

"以前是我小看这丫头了。"宋天明的情绪依旧平静，不紧不慢地说："我们这一次失去了财务部、餐饮部，那么就要想办法再拉拢一个人过来。"

他作为整件事情的策划者，无论是能力还是眼光，都远胜于赵青峰。

这一次因为他们的大意丢掉了一些阵地，但是整件事情还都在他的掌控之中，所以他并不着急。

事实上，到此时他也已经想到了应对之法。

赵青峰眼前一亮："您的意思是韩元斌？"

宋天明点头："韩元斌是以你助理身份招进来的，他进酒店后和你一直很亲近。而他喜欢马可爱这事全酒店都知道，而马可爱似乎对夏雨行更好一些，年轻人为了所谓感情常易陷入困扰之中，为了打击情敌有时候会无所不用其极，只要我们正常引导韩元斌的情绪，他就将成为我们的棋子，你和他熟这件事情就交给你了。"

他平时是不参与酒店的管理，但是酒店里的大小事务没有一件能瞒得过他的眼睛。

赵青峰立即一口应承了下来："还是您厉害，一下子就想到了解决事情的办法，有了韩元斌这枚棋子，我们要做什么都会方便得多，您放心好，我有办法让他为我们所用！"

宋天明知道他的能力，微微一笑："很好，那就做事吧，马可爱已经嚣张不了多久了。"

餐饮部工作正式交接的时候，韩元斌并没有展现出他的风度，他直接将所有票据甩到夏雨行的面前："总有一天可爱会认清你的真面目，你没经验没能力全靠小聪明和拍马屁上位，迟早会哭着离开JR。"

夏雨行笑了笑："我有没有能力不需要你认可，我只想问你，你在餐饮部这么久，你知道每种酒水的报价是多少吗？知不知道我们哪一天或者哪个季节，每天都分别要进多少种菜、多少肉？酒水多久进一次？"

韩元斌被问住了，眉头微微皱了起来，这些事情他还真没有关注过。

夏雨行微笑着说："这些我都知道。"

韩元斌冷哼一声为自己找了个理由："我是做大事的，这些小事我并不需要了解。"

"对，你觉得不需要了解所以就不去了解，然后就让有心之人钻了空子。"夏

雨行对他也不算客气，"我既然答应可爱要管好餐饮部，我就会用心做，不会给别有用心的人一点机会。"

他说完微微一笑，韩元斌气得面色发青，扭头就走。

夏雨行摊了摊手，摇着头说："真是个小心眼的男人，就这样还好意思说自己是做大事的，我呸！"

韩元斌出来的时候遇到赵青峰，赵青峰见他脸色不好，随口问了几句后就把他请进了自己的办公室。

赵青峰叹了口气说："夏雨行实在是太嚣张了，没能力没学历没本事，只会溜须拍马，但是马总信任他，你虽然和马总青梅竹马一起长大，但是却被他挑拨得越来越疏远了，我真替你不值啊！"

韩元斌的脸色更加难看，赵青峰看到他的样子心里暗暗得意，面上却一片惋惜地说："我虽然说的是实话，但是太直了点，你别介意！再这样下去，只怕马总就真的要被夏雨行那个小混混儿给抢走了。"

韩元斌沉声说："你说得没错，可爱就是被他骗了！他就是个小混混儿，只会花言巧语。"

一提到夏雨行，韩元斌就一肚子气，如果夏雨行是个高学历高能力的人，他也就认了，可是就夏雨行那副样子，哪里配得上马可爱？

每次他只要一想到马可爱因为夏雨行而拒绝他，他觉得难受至极。

赵青峰的眸光一闪，这样的韩元斌比他预期的还要好说服，于是对韩元斌说："你也别太沮丧，我可以帮你重新得到马总的爱。"

韩元斌有些意外地看着赵青峰，赵青峰拿起一叠资料递给他："这是M酒店的客户，我费了很大的力气才拉过来的，你做出业绩来，马总一定会很开心，就会对你另眼相看，同时也能把夏雨行踩在脚底。"

韩元斌发自内心地感激赵青峰："谢谢！"

"不用客气。"赵青峰含笑说，"你不爽的人也是我不爽的人，我们当然要统一战线，以后你有什么事情也都可以找我，我会尽自己最大的努力来帮你！"

韩元斌听到他这话再次道谢，他知道赵青峰为什么会帮他，但是这些并不重要，只要能把夏雨行从马可爱的身边赶走，让他重新得到马可爱的心，让他做什么都可以。

韩元斌回到办公室后到网上查了一下赵青峰给他的客户：环风游戏。

他仔细一查后发现网上对他们的风评非常差，已经被很多酒店列入了黑名单。

韩元斌皱眉觉得以赵青峰的能力不可能不知道这些，他突然想起赵青峰的那句"你不爽的人也是我不爽的人，我们当然要统一战线"，顿时就明白了过来。

这哪里是让他做业绩，摆明了帮他挖坑埋夏雨行。

他冷冷一笑，决定接下这个订单，也不管这个订单会不会对酒店造成伤害。

韩元斌原本就是个心思沉稳的人，这一次既然下了决定要对付夏雨行，那么做戏就要做全套。

于是他先和颜悦色地到餐饮部为这家客户的到来做铺垫："我动用了自己的关系争取到一个长期稳定的客户，但是他们比较挑剔，所以我希望餐饮部能全力配合，好好稳住这家客户，预计他们将在酒店住十天左右，到时候你需要多费点心。"

夏雨行一向是别人怎么对他他就怎么对别人，而酒店是马可爱的，凡是对酒店好的事情他都愿意配合，于是他点头说："你放心，我们餐饮部绝对全力配合，让客户满意。"

韩元斌点头:"那就好!"

夏雨行笑了笑,他走后,杨力凑过来说:"夏哥,这小子今天有点不对,我总觉得他像是憋着坏似的。"

夏雨行掀眉:"不管他出于何种心理,只要是为酒店好我就会配合。"

其实他也觉得韩元斌今天有点不对劲,但是韩元斌对马可爱的心思他再清楚不过,他觉得韩元斌应该不会做出什么对酒店不利的事情来。

基于这个大前提,他是愿意配合韩元斌工作的。

韩元斌从夏雨行这里离开后又去找了马可爱,并为之前的事情向她道歉:"我之前的态度过激了些,因为太在乎你所以有些话就说得过了些。但是可爱,你要相信我,我会全心全意地帮你,我新拉了个大客户进来,发自内心希望酒店能好起来,你也能轻松一些。"

马可爱看着他的目光有些复杂,不管怎样,两人都有多年的情分在,就算他之前的那些事情做得过火了些,在他这么诚挚道歉的时候她也不好说什么,更不要说他还这么尽心尽力为酒店拉客户。

她真诚地说:"谢谢你,我们一起努力让酒店好起来!"

韩元斌感叹了一句:"这样一起配合着做事让我想起了以前在一起的时光,那时的我们真的好幸福。"

马可爱并没有接他的话,以前就算他们看起来很幸福,但是她却觉得以前的韩元斌越来越不真实,而现在的韩元斌让她觉得陌生。

所以她缓缓地说了句:"过去的都过去了,我们都回不去了,我现在只想好好工作,再次感谢你的帮助。"

韩元斌深吸了一口气,对她笑了笑。

三天后,环风游戏的员工就住进了酒店。

环风游戏是个大型的网络游戏公司,里面大部分都是程序员,他们平时码代码有多辛苦,放松下来就有多变态。

从环风游戏入住JR的第一天起,就给酒店带来了巨大的麻烦,用餐时极尽挑剔,一众程序员或有强迫症,或有选择综合征,或是分析狂,点餐时一个小时也点不了餐,休息时各种按客户服务,没事时就拉着酒店的服务员各种胡扯。

每次用餐都把夏雨行折腾到想吐血,客房部那边同样被折腾得人仰马翻,当值的员工们一个个看到他们就害怕。

而这些还不是最可怕的，可怕的是只要员工们在他们提出非人的要求时表现得稍有一点异议，就会被立即投诉。

一天下来，餐饮部就被投诉了数十次之多，其他部门也没好到哪里去，一个个深受其害，全公司上下所有员工被投诉得想哭，甚至连投诉部都不能幸免，同样被投诉了好几十回。

只是似乎餐饮部最多，同样是被投诉，但是餐饮部被投诉的次数明显是其他部门的两倍。

这件事情终于捅到马可爱那里去了，又或者说是韩元斌在她那里告夏雨行的状："环风游戏这个大客户我真的不想丢，我在他们正式入住之前也提前和夏总沟通过了，给了他非常详细的客户资料让他提前做好准备，是真的让他们成为我们酒店的长远客户，可餐饮部第一天就出问题不说，之后也投诉连连，环风游戏那边非常不满，已经到我这里说了好几次了。"

环风的事情马可爱也是知道的，她一直都关注酒店投诉这一块的事情，所以知道环风游戏投诉的问题多少有些反人类。

因为他们的表现太过突出，所以她也去网上查过环风的风评，果然，和他们酒店面对的情况相差无几。

她此时平静地看着韩元斌问："你对环风游戏的人了解多少？"

韩元斌被她这么一问心里不由一惊，不由得想她是不是知道了什么，只是他清楚地知道此时不能露出端倪来，于是一脸诚恳地说："酒店是服务行业，不管什么样的客人住进来，我们都需要提供最好的服务。"

马可爱微微沉思了片刻后说："你说得有道理，夏雨行的确有失职的地方，我会让他就这件事情写一份检讨。"

"他犯了这么大的错只让他写一份检讨？"韩元斌有些吃惊地反问。

第93章 我相信你

马可爱看着韩元斌问:"你觉得检讨不够?那么请问一下,你觉得怎样的处罚合适?"

她虽然是疑问句,但是语气却不是在问他,而是有些生气了。

韩元斌不明白她为什么会生气,但是他的心里终究有些发虚,于是温声说:"我并没有觉得这有什么不合适,只是客人现在意见很大,如果酒店不拿出一点态度来,我怕客人会不满意。"

"如果我因为客人的不满意就换酒店员工的话,那么现在酒店所有的员工都可以开除了。"马可爱缓缓地说。

韩元斌觉得这个话题已经超出了他的预期,此时没有再讨论下去的必要了,于是深吸一口气说:"我相信你的处理方式一定是最合理的,你觉得让夏雨行写一封检讨书就够了话,我当然也没有意见,毕竟你才是酒店的老板。"

他说完这句话扭头就走了出去。

马可爱看到他有些愤怒的样子眉头皱了起来,她隐隐觉得他来找她似乎就是为了罚夏雨行,她在心里叹了一口气给夏雨行打了个电话:"环风游戏自从住进来之后就一直在投诉,以你们餐饮部最多,这件事情我不想问具体细节,但是我知道你肯定有做得不合适的地方,所以你写一份检讨,我需要给客户和酒店其他高管一个交代。"

夏雨行听到她这样的安排其实是有些生气的,忍不住抱怨了一句:"马总,他们就是一群变态!他们……"

"我只问你这份检讨你写不写?"马可爱打断了他的话。

电话那端静默了片刻，好一会儿才响起夏雨行的声音："我写。"

马可爱轻松了一口气后说："谢谢，但是夏雨行，我有一句话还是想提醒你一下，不管环风公司的人有多变态，他们都是我们的客户，不管环风游戏是谁拉进来的客户，在住进我们酒店之后，我们都需要提供最好的服务。"

夏雨行听出了她的弦外之音，心里有些不舒服，但是换个角度想一下，她会这么想也很正常，毕竟他和韩元斌一直都非常不对付，毕竟单子是韩元斌拉进来的，而他是被投诉的，马可爱有所怀疑，也很正常。

于是他闷闷地说："我明白，你也要相信我，我真的没有因为环风游戏是韩元斌的客户而有半点怠慢的意思，只是他们看我格外不顺眼。"

马可爱略想了一下后说："我相信你。"

夏雨行的嘴角上扬，只要她是相信他的，那么其他所有的事情都变得不再重要。

韩元斌因为马可爱对夏雨行的惩罚心生不满，他实在是没有想到她居然如此袒护夏雨行！他觉得这事情他需要再添一把火，要不然可能他的目的永远也实现不了。

第二天中午，一群混混儿大摇大摆地进了JR的餐厅，说是要吃饭，却一人占了一张桌子，然后手里拿着筷子乱敲着碗，一时间整一个餐厅里叮叮当当地当个不停。

他们扯着嗓子说话，话里不乏污言秽语，难听至极。

客人们一看到这光景觉得不对劲，想要进来吃饭的也退了出去，只有两个环风游戏的程序员找了个角落的位置坐了下来。

坐在那桌的混混儿嚣张地说："你们没看到这个桌子有人吗？"

程序员回答："看到了，但是这是六人位，我们和你们拼个桌。"

混混儿冷笑："爷不喜欢和人拼桌，麻溜给爷滚一边去！你们五星级酒店是想店大欺客吗？遇到这种事情也不管管？"

说完他把旁边的一个花瓶摔在地上，夏雨行看到这情景忙过来劝："先生，别激动，有话好好说！"

"好好说个屁！"混混儿无比嚣张地说，"我看你们就是欺负消费者，不准我们进餐厅用餐，还打人！"

他的话音一落，一众混混儿全部站了起来，围住夏雨行和两个程序员。

夏雨行看到他们这样一副闹事的样子也怒了："你们再这样我就报警了！"

混混儿冷笑："好啊，报警吧，刚好让人民警察来看看你们酒店的欺客行为！"

说完他拿起手边的烟灰缸就朝夏雨行砸了过去，夏雨行下意识一躲，烟灰缸顿

时就砸到了他身后程序员的额头。

程序员惨叫一声，伸手捂着额头，刹那间鲜血就从指缝里流了出来，一众混混儿一看情况不对立即作鸟兽散。

其他工作人员看到这场景也吓了一大跳，一时间乱成一团，也没人顾得上去拦小混混儿。

夏雨行扶着程序员对旁边的服务员说："快准备车，立即送去医院！"

服务员终于回过神来，叫车的叫车，扶人的扶人，因为有夏雨行在，场面虽然有些乱，却还算有序。

程序员被送进医院后，夏雨行回想这次的事情，总觉得有些不对，那些小混混儿来得太过突然，难道那些小混混儿是幕后黑手找来的？

他心里生出不好的预感，觉得这件事情没那么简单。

事实证明他的预感是对的，环风游戏在知道程序员被打伤后决定集体退房，他们退完房后才走到酒店门口，就有一堆记者围上来采访："请问JR酒店打人的事件贵公司怎么看？"

"JR的负责人有给说法吗？"

"据说贵公司在JR住的这几天体验很不好，是他们的服务有问题吗？"

环风游戏的负责人冷着脸说："都无可奉告！"

酒店门口乱成一片，记者越来越多，环风游戏的人在保安的保护下坐上车离开了酒店。

夏雨行一收到消息，就和杨力匆匆赶到酒店大堂，刚好看到记者们围住环风游戏员工的一幕，他的眉头皱了起来："记者怎么知道的？为什么会来得这么快？"

杨力在旁说："你的意思是说酒店里有内奸？"

夏雨行微眯起眼睛没说话，杨力看了看他，略犹豫了一下递了张纸条给夏雨行："刚才有人趁乱塞给我的，你看看。"

第94章 雷霆之怒

夏雨行看了杨力一眼打开纸条一看,上面潦草地写着一行字:"有人要整夏雨行。"

夏雨行看到那行字后眉头皱了起来,杨力问他:"哥,这事不太对,你知道是谁干的吗?"

夏雨行把纸条握在手心,咬了咬牙,他本来觉得这件事情可能是幕后黑手的策划,但是如果事情是冲着他来,而不是马可爱的话,那么另一个人的嫌疑更大。

他在心里仔细把这件事情的前因后果想了一遍,冷冷地说:"我当然知道,是韩元斌!"

他说完转身回了酒店,决定去找韩元斌问个清楚。杨力见他表情不对,怕闹出事来,忙跟在他身后。

他才走进大堂,就看见韩元斌从另一边的走廊走了过来。

夏雨行快速走到韩元斌的身边拦着他说:"你有事就冲我来,何必连累JR和可爱!"

韩元斌一看到他心里就多了几分不屑,此时他的事情已经做完,再没心情在夏雨行的面前扮大度和友好,于是他冷冷地说:"连累JR和可爱的是你!"

夏雨行看到他这副表情心里的怒意更浓了些,沉声说:"放屁!我什么时候连累可爱和JR呢?韩元斌,你要是对我不满,可以向我明着挑战,用这样卑劣的手段只会让我看不起你!说吧,你是不是故意整我,所以才接环风游戏的单?"

韩元斌面露得意地看着他却没说话,眼神里不屑更浓,夏雨行说他挑战他,夏雨行是什么东西?哪里够资格让他去挑战!

有些事情他做归做,但是没有必要说透。

夏雨行看到韩元斌的表情还有什么不明白的?怒意在他的心里翻腾,他沉声说:"你真卑鄙,为了对付我,假意示好,做局让我钻,韩元斌,你实在是太丧心病狂了,为了对付我,你连可爱也不管了吗?"

韩元斌见马可爱从走廊的另一头走了过来,故意激怒夏雨行:"不顾可爱的人分明是你,我事先给了你那么多资料你看了吗?我为了留住客户与你冰释前嫌,现在竟然被你恶人先告状污蔑为阴谋,夏雨行,你果然还是那么让我看不起!"

夏雨行怒到极致,要打韩元斌,杨力忙拉他:"哥,别冲动!动手我们就理亏了!"

夏雨行此时哪里听得进劝,一把将杨力推到一边,扬手就给了韩元斌一拳,韩元斌不但不躲,反而冲上他的拳头,然后惨叫一声极为夸张地倒在地上。

马可爱过来的时候恰好看到这一幕,她大惊,忙大声阻止:"夏雨行,住手!"

夏雨行扭头见她匆匆地跑过来,他再朝韩元斌看去,因为两人站的方向完全相反,所以韩元斌应该早早就看见了马可爱,他顿时明白他再次被韩元斌算计了,他的手握成拳。

马可爱匆匆走到韩元斌的身边问:"你没事吧?"

韩元斌擦了一下嘴角,从地上站了起来,冷冷地扫了夏雨行一眼说:"还好。"

马可爱看着夏雨行说:"股东们已经听说了环风游戏员工被打的事情,他们非常生气,让我就这一次的事情做出解释,现在所有的高管去会议室里开会商量对策。夏雨行,我太失望了!"

她说完转身离开,韩元斌冷冷地看了夏雨行一眼,眼角满是属于胜利者的得意。

夏雨行知道最近酒店事多,她的压力也大,而这一次环风的事情从结果上来看他确实没有处理好,此时她这么说也在意料之中。

他就算明白这个大前提,这句话依旧让他觉得无比难过。

杨力伸手拉了拉他的袖子说:"哥,怎么办?"

夏雨行冷声说:"凉拌!"

正在此时,马可爱停下脚步,扭头看着杨力说:"你也一起参加会议。"

杨力愣了一下,伸手指了一下自己的鼻子,他还没有资格参加这种会议,此时马可爱点名让他参加,他心里有一种不好的预感,于是朝夏雨行看去。

夏雨行拍了拍他的肩膀说:"走吧,是祸就躲不过,勇敢面对吧!"

第94章 雷霆之怒

夏雨行遇事很少会逃避,因为他一直都知道逃避解决不了问题,就算他现在心里再难过,也要打起精神来应对接下来的战斗。

会议室里,所有高管齐聚。

宋天明作为股东代表也匆匆赶到,下来之后也不等马可爱说话,沉着脸说:"酒店好不容易才安定下来,现在又上了热搜的头条,餐厅打架事件是导火索,夏雨行你作为总监要负主要责任!韩元斌,你作为市场部总监助理,这次不但流失了客户,还闹上了媒体,也需要负责任,还有那个叫什么杨力的,处处都有你,在现场却没有及时阻止事件的发生也需要负责!这件事情绝不能姑息,你们三个在一周内交接完毕,然后全部离职!"

他平时很少说话,也不参与酒店的管理,但是他说的话没有人敢反驳。

夏雨行和杨力都愣了一下,两人一时间都想不明白平时一向温和的宋天明,怎么会在此时做出如此凌厉的决定来?

韩元斌则满脸吃惊地朝宋天明看去,之前赵青峰其实有暗示他,说他是在帮宋天明做事的,而这一次环风游戏的事情是赵青峰的授意,那也就是宋天明的意思,他想不明白宋天明为什么会做出这样的决定?

赵青峰忙在旁为韩元斌说好话:"宋总,这事韩元斌虽然也要负责,但是这家客户是他拉过来的,他比谁都不希望出事,所以宋总能不能再给他一次机会,由他来做这一次事件的危机公关?"

宋天明看了韩元斌一眼,轻点了一下头:"仔细想想,韩元斌虽然有做得不好的地方,但是责任的确不大,我也很欣慰他的能力,那就再给他一次机会吧!"

说完他朝夏雨行和杨力看去:"但是他们两个就太让人失望了,马总,我听说他们之前就犯了不少的错,你却只让他们写了书面检讨,并没有处罚他们,这才酿成了这次的大祸,所以他们绝不能留!"

第95章 卑劣小人

马可爱对于宋天明突然站出来干涉酒店的事情有些吃惊，此时她只能理解成这一次的事情闹得太大，他有点急了，所以才出面干涉。

而他做出的这个决定她是不认同的，就算是夏雨行和杨力有错，也不至于开除。

她的眉头微微皱着："我觉得这件事情还有可疑之处，还需要调查。"

宋天明沉声说："我虽然平时不怎么参与酒店的管理，但是也绝不会容许酒店这样被人毁掉，有可疑的地方调查是可以的，但是他们两个必须马上离开酒店！"

一向温和的宋天明第一次当着这么多人的面反驳马可爱，再次让她觉得意外，而她已经下定决心，一定要力排众议把夏雨行和杨力留下来！

她正打算说话，夏雨行已经站起来说："这件事情到底是如何，我心里再清楚不过，说到底不过是因为某些小人太过阴险，俗话说得好，成王败寇，我被小人算计了，我败了，所以我认了，我现在就走！"

他之所以说出这番话来，不过是不想让马可爱太过为难，酒店如今的局面，绝对算不上好，他不愿她再为了他而和宋天明闹翻。

他也许能帮得到她一些，但是宋天明却能帮到她更多，以后只要宋天明全力帮她打理酒店，酒店一定会越来越好的。

马可爱吃惊地看着他，沉声说："夏雨行，你在胡说八道什么？"

夏雨行此时心里万分难受，如果不是被逼到无路可走，他怎么愿意离开她？

他扭头看了韩元斌一眼后说："我很清楚自己在说什么，马总你也不必为难，我走了一切就结束了，JR就会风平浪静了！毕竟某些人只是想要把我挤走罢了。"

韩元斌的眉头微微皱了起来，眼里却又满是不屑，他就不信到这个时候了马可

第95章 卑劣小人

爱还能护得了夏雨行！在他看来，夏雨行从始至终只是跳梁小丑罢了。

马可爱听到夏雨行这句话彻底怒了："夏雨行，你以为JR是什么地方？说来就来说走就走？你的问题还没有交代清楚，犯了错误，没有悔改和检讨就想逃避！这种行为实在是太过分！好，你就算要走，也要把所有问题交代清楚、所有工作交接清楚后再走！"

夏雨行有些吃惊地看着她，他心里再清楚不过，她这样说不过是找机会留下他！

如果说刚才他因为马可爱在大堂里维护韩元斌而生气的话，此时他的气也消了，他微敛了目光，只恨自己无能中了小人的圈套。

宋天明看了马可爱一眼，又看了夏雨行一眼，眼睛微微眯了起来，然后递了个目光给赵青峰。

赵青峰立即大声说："马总，他犯了这么大的错，你还要强行留他的话，只怕会让其他的员工不服！"

马可爱深吸一口气后说："我不是留他，只是要所有事都清清楚楚、明明白白，我已经决定，夏雨行，你和杨力停薪留职，深刻检讨！"

韩元斌听到她这话愣了一下，忍不住说："可爱，你上次也是让夏雨行做检讨，可是他到现在却没有一点悔过之心！"

夏雨行冷冷地说："你是我肚子里的蛔虫吗？我有没有悔过之心你知道？"

韩元斌被他呛了一下，他又接着说："再说了，我有没有过，你心里还不清楚？你放心好了，我会尽快找到证据证明自己的清白。"

他冷笑一声后说："不证实清白我就不回来！杨力，我们走！"

他说完拉起杨力就走出了办公室。

韩元斌的眼里满是不屑，这件事情他安排得天衣无缝，他就不信夏雨行还能找出证据来！夏雨行这一走，他就不会再给夏雨行回来的机会。

于是他叹了口气说："我还是第一次见人犯了错还如此理直气壮的！"

马可爱没理会韩元斌，她看着夏雨行的背影几不可闻地轻叹了一口气，然后说了句散会便率先走了出去。

很快会议室只剩下赵青峰和韩元斌，赵青峰笑着说："韩总，恭喜啊，这么快就把眼中钉拔除了。"

韩元斌的眉毛微掀，眼里的得意难掩，却用云淡风轻地语气说："是他自己太无能，一个回合都撑不过去，他这种人简直都不能称为对手，因为他根本就不配！"

赵青峰失笑："那是，韩总年少有为，绝不是夏雨行那种小混混儿能比的。"

韩元斌也笑了一声，他的手轻敲了敲桌面，眼里有些担心地说："只是可爱似乎并不想他走，如此一来，事情就有些难办了。"

"这有什么难办的？夏雨行不是说不找到证明自己清白的证据就不回来吗？眼下这种情况下他怎么证明？"赵青峰冷笑，"至于马总用责任划分来拖延时间，但是最后责任还不是夏雨行的？这一次夏雨行注定要滚出JR！"

韩元斌笑着说："也是，还是赵总考虑周全，不知道赵总下班后有没有时间？我请赵总喝一杯。"

赵青峰立即说："韩总请喝酒我就算是没时间也要挤出时间来！"

说完，两人相对一笑，夏雨行是他们共同的敌人，拔掉夏雨行，绝对是一件让值得庆贺的事情。

夏雨行离开会议室后其实就有些后悔，刚才的话似乎是说得太满了，他不想马可爱为难，而他却又为难了马可爱。

他的心情是郁闷的，也是沮丧的，这种被人算计的感觉真的很不好，而在此时，他却没有更好的办法来证明自己的清白。

他心情极度烦闷的时候，便想着喝一杯暂时缓解一下忧愁，于是到上次吃烧烤的那个摊子上，找老板要了几瓶酒和十串羊肉，准备自己给自己解忧。

只是人心情不好的时候，不管吃什么味道都不对，这酒喝的都是苦的，他心里更闷了，直接拿起瓶子就对着喝了起来。

一瓶酒才喝了一半，一只雪白纤细的手就抓住了他的手："这样喝酒有什么乐趣，我来陪你喝！"

第96章 我来陪你

夏雨行见是马可爱不由得愣了一下,而她已经找老板要了二十个杯子排成两排,一排十个,她拿起啤酒把杯子全部倒满,然后看着他说:"如果我比你先喝完你就跟我走!"

夏雨行看了看桌上的酒,再看了看她,见她的眼神坚定而明亮,轻点了一下头。

拼酒开始!

马可爱和夏雨行都以最快的速度把杯中的酒喝光,起初两人的速度相差无异,很快就喝到第六杯了。

夏雨行见马可爱喝得非常认真,他顿时就明白了她的决心,其实对他而言,只要她一句话,他就愿意跟她走。

于是他从第六杯开始就放慢了速度,他故意相让,自然是马可爱赢了。

他笑了笑说:"我输了,跟你走。"

马可爱拿张纸巾擦掉嘴角的酒渍,好一会儿才说:"那就先跟我回酒店吧!"

夏雨行点头,他的配合让马可爱松了一口气,她还真有些担心他还会犯轴。

两人回到酒店的时候马可爱看着他说:"夏雨行,我知道这次的事情对你而言是个打击,但是人生的路上谁没个坎?"

夏雨行没说话,马可爱又说:"我相信你。"

夏雨行有些吃惊地看着她问:"你信我?"

"是的。"马可爱缓缓地说,"如果我不相信你的话就不会想办法留你,所以你现在要做的不是喝酒,而是证明自己,酒店现在经不起折腾,我们要在最短的时间内处理这件事情。"

她其实一直都是信他的，就算今天她亲眼看到他动手打韩元斌。

其实今天两人打架的事情马可爱是看得清楚的，当时韩元斌是躲得开夏雨行的拳头的，只是他在看到她之后就没有再躲。

韩元斌的这个小动作让她非常失望，不知从何时起，他居然有了这样的心思，让她心寒。

夏雨行因为她的一句相信，没有问其他任何细节，他只觉得心里暖暖的，瞬间就又燃起斗志，他深吸一口气说："其实我在会上并不是胡说的，这事我真有线索。"

说完他从口袋里拿出一张纸条递给马可爱："这是环风游戏的人离开时趁乱塞给杨力的。"

马可爱有些意外，接过那张纸条，打开纸条后看到上面的内容冷笑一声，轻点了一下头说："那就顺着这条线索往下查！我绝不允许有人搞鬼做出伤害酒店的事情来。"

夏雨行缓缓地说："我其实并没有真的想要离开酒店，我答应过你的，会和你一起守护着JR！"

马可爱看着他坚定的眼神，不知道为什么，此时再听到他这句话就有一种他在说着誓言的感觉，他的目光太过明亮，她没敢看他，只轻声说："以后做事不要再这么冲动了，动手打人吃亏的终究是自己。"

夏雨行笑了笑，他回想整件事也觉得自己在处理韩元斌的事情上是冲动了些，她的关心让他心生温暖，他轻声说："放心，以后不会了，我在动手之前会想一想你说的话。"

马可爱轻咬了一下唇，觉得两人之间的气氛多少有些暧昧，于是她轻咳一声说："既然有线索，那就做事！"

夏雨行轻点了一下头。

有了线索顺着往下查并不是难事，因为环风游戏员工入住的时候都留了联系方式。

因为入住的人多，要从中间找到留线索的那个人并不太容易，夏雨行用了一点小技巧，找到了那个留下提醒纸条的程序员，他再次证实他们这一次入住JR是有人授意要为难夏雨行的。

在确认了这件事情后，那个程序员还提供了另一条线索：环风游戏所有的人在泰国诗朗民宿酒店继续度假。

马可爱在听到诗朗民宿酒店的时候眉头皱了起来："这家酒店是韩氏酒店管理旗下的一家超豪华酒店。"

第96章 我来陪你

"果然如此!"夏雨行冷冷地说,"这两件事情综合在一起是不是就能证明之前的事情是他做的?"

马可爱对韩元斌的了解比夏雨行还是要多一些:"这事不好说,如果韩元斌说是为了帮JR,免费请他们住的呢?"

她相信,她如果此时去质问韩元斌的话,他肯定会说出这个理由来。

到了此时,她已经基本上确定韩元斌参与了这件事情,她的心里有些发冷,韩元斌这是已经和赵青峰同流合污了吗?

她已经粗略地明白韩元斌这样做其实是因为嫉妒夏雨行,想把夏雨行从酒店里赶出去,但是他这样做却已经损害到了酒店的利益。

"这话我相信他说得出口,但是我还是认定这一次是他在陷害我。"夏雨行沉声说。

马可爱在他的面前不愿意解释太多,因为那样只会加重夏雨行和韩元斌之间的矛盾,她伸手按了按眉心:"这件事情委屈你了,我会查清楚的,不过当务之急是让你回到酒店继续工作,你不在,我有很多事情不好展开,所以夏雨行,你对我比你想象中的要重要。"

到此时,她已经确定酒店里的这些人,真正帮她为酒店好的人其实就只有夏雨行一个人。

夏雨行此时气已经消了,看到她这副疲惫的样子心疼无比,点头说:"好,我听你的安排。"

马可爱长长地松了一口气,他从来就没有让她失望过。

第二天,马可爱召开了酒店的高管会议,所有高管进会议室看到夏雨行居然在里面,互相交换了一个眼神,却没有人说话。

韩元斌看着夏雨行的眼里满是敌意,这货的脸皮也太厚了吧?昨天说不查清楚就不回来,今天就又厚着脸皮坐在这里,脸呢?

夏雨行见他的眼神扫过来,却直接把他当空气,面无表情地对上他的脸,把他气得不轻。

马可爱扫视了众人一眼后说:"今天召集大家开会,还是因为环风游戏的事情,夏总被停薪留职,但冷静之后也深刻认识到了自己的错误,所以今天想要跟大家道歉并且做一个检讨。"

第97章 面目全非

夏雨行站起来说:"关于环风游戏的事情是我考虑不周并且没有做好相关功课,给JR带来了麻烦,非常抱歉,在此我要向各位以及整个JR道歉,我已将书面检讨发到公司的邮箱和内网。"

韩元斌听到这话顿时手握成拳,马可爱居然如此袒护夏雨行!

赵青峰一看情况不对,立即出言反对说:"马总,开除夏雨行是酒店所有高层的决定,你作为领导这样朝令夕改似乎不合适吧?"

马可爱冷冷地看着赵青峰说:"夏雨行自进到酒店后屡次立功,不说功过相抵,但是至少不能成为这次事件的唯一责任人,据我所知,环风游戏入住JR后,所有部门都被投诉过,甚至包括投诉部,按这说法,是不是该把所有被投诉过的人全部辞退?所有部门的总监都扯上连带责任?你们说说,赵总,韩总?"

赵青峰顿时哑口无言,被点到名的韩元斌只觉得心头一跳,总觉得马可爱的话意有所指,难道她发现了什么?

韩元斌终究忍不住说:"但是昨天夏雨行自己说了,如果不查清楚这件事情就不回酒店,他今天只有道歉,并没有具体说清楚是怎么回事!"

"韩总提醒得很有道理。"夏雨行微笑着说,"我这里有一份环风游戏程序员的录音,你要不要听一听?他可是清楚地说了我们酒店里有人想要整我,所以才特意接了他们公司的单子。"

韩元斌的脸色顿时就白了,他实在是没有想到真的让夏雨行查到了!

他不知道夏雨行的那份录音里是什么样的内容,要是当场供出他来,那就真的麻烦大了,于是他挤出一抹笑来:"夏总既然查到了,能自证清白就好,录音事关隐

第97章 面目全非

私,还是不要当众放了。"

夏雨行听到他这句话冷笑一声,兄弟,你的脸呢?

马可爱看了韩元斌一眼后:"既然大家都没有意见,那么现在酒店正值用人之际,我决定让夏雨行恢复原职,迅速回到工作岗位,散会!"

马可爱走出会议室时,韩元斌追出来说:"可爱,你是不是对我有什么误会?我之所以拉环风游戏的人去韩氏旗下的酒店,其实是想补偿他们,让他们不要出去说JR的坏话。"

这事他刚才仔细想过了,马可爱可能已经查到了这些事情,若等她来跟他说这件事情,不如主动承认。

这说法和马可爱之前预想的几乎一模一样,这些只能证明他的心虚,她的心里失望至极,这事果然是他做的,只说:"我没有说他们住在你家的酒店就和你有关,但是我请你不要掺和这件事。"

她说完扭头就走,韩元斌的脸色顿时变得很难看,想要追上来解释却又觉得在这个时候怎么解释都有点苍白。

马可爱回到办公室后,坐在椅子上发呆,她想起以前和韩元斌在一起时的甜蜜时光,当初的他是那样温柔、温暖,如今的他已经变得她几乎认不出来了。

她不是太清楚韩元斌为什么会做出这样的事情来,她决定试探他一下,于是她给韩元斌打了个电话,约他晚上一起到吧台那边喝杯酒。

韩元斌听到她约他,自然不会拒绝,立即就答应了下来,晚上他如约而至。

杨力此时路过,见马可爱和韩元斌在一起,忙给夏雨行打了个电话:"哥,不得了,韩元斌约了马总,他们现在就在餐厅,你快过来,要不然韩元斌就要得逞了。"

夏雨行一听这还得了,立即从后厨往餐厅赶,好在餐厅和后厨隔得并不远,他很快就赶了过来。

马可爱见韩元斌过来笑了笑,然后递了杯酒给他,指尖快要碰到韩元斌的手时,他却下意识地缩了回去,心里立即就生出几分警觉,他知道她有预知未来的能力,他来酒店后她从未主动约过他,此时约他一起喝酒,该不会是试探他吧?

马可爱对于他的机敏却没有太多的意外,她一直都知道他很聪明,而他此时的举止,在她看来就是心虚,她有些复杂地看了他一眼。

他看到她的目光轻咳了一声,别过头说:"这样喝酒让我想起了以前,你、我还有陆臻臻一起喝酒的样子。"

马可爱拿着酒杯说:"是啊,当时所有的一切都很美好。"

他越是心虚,有些事情她就越要弄清楚。

于是她装作有些恍神的样子,手里的酒洒了出来,倒在韩元斌的身上。

韩元斌愣了一下,马可爱忙说了句:"对不起,我不是故意的。"

说完她忙找服务生要来纸巾,拿起纸巾就帮他擦身上酒渍,他想要避开已经来不及了。

当她的指尖碰到他的手指时,眼前出现了一幕幻象:马可爱和韩元斌被带上楼,推进一个房间,两人被绑起来,关在一个黑暗的地方,窗子也被封锁上,只能漏进一点光,依稀看见窗外有一棵大树,大树上挂着一个废弃的鸟窝。

马可爱顿时头痛欲裂,却百思不得其解。

韩元斌见她这样,伸手欲扶她,她忙避在一旁。

正在此时,夏雨行恰好赶到,他一见她头痛的样子立即伸手一把扶住她问:"你没事吧?"

马可爱和他接触后头痛立即就有所缓解,忙点头说:"我没事,你扶我回去吧!"

韩元斌看着两人亲密地靠在一起,而他却接近不了马可爱,他嫉妒得发疯,可是此时却完全没有法子,他喊了一声:"可爱,我送你吧?"

"不用了,有夏雨行送我就好。"马可爱直接拒绝了他,她说完又对夏雨行说,"我们走吧!"

夏雨行应了一声就扶着她走向房间的方向,因为早上会议的事情,夏雨行对韩元斌极为不屑,这一次连小动作都懒得做了。

韩元斌站在那里看着他们离开的方向,心里闷到了极致,一脚踢翻了一把椅子,然后直接回了房。

第98章 被绑架了

夏雨行把马可爱送回房间后轻声说："明知道自己不能跟人触碰，居然还碰到了韩元斌，这会儿受罪了吧！"

这话说出来时有他自己都没有觉察到的醋味，他不想她和韩元斌有所接触，只是这是他的私心，就算环风游戏的事情让马可爱对韩元斌有所怀疑，但是他们毕竟有那么多年的感情在。

马可爱此时在想事情，所以并没有注意到夏雨行的异常，她若有所思地说："我刚才碰到韩元斌时看到了很奇怪的画面。"

"什么画面？"夏雨行好奇地问。

马可爱把她看到的告诉了他，夏雨行紧张地说："这事听起来也太危险了，你最近可千万不要和他一起出门！"

马可爱笑了笑说："你不要这么紧张，既然我所看到的事情一定会发生，那么就证明这些是不可逆的，该来的总是会来的，你记住我说的细节，也许最后只有你能救我。"

她说得无比轻松，夏雨行却紧张得不行："你就不能盼着点好吗？不和他一起出去不就能避免了吗？"

马可爱看到他担心的样子心里有些好笑，却也不愿让他太过担心，于是点头："好，我听你的，尽量不和他一起出去，OK？"

夏雨行这才算是放心了一些："这还差不多！"

韩元斌一个人回到房间后，脑子里就不断回放今天夏雨行扶着马可爱离开的场景，再想起马可爱这段时间对他的袒护，他越想心里就越暴躁，就有一种马可爱要被

夏雨行抢走的感觉。

他觉得他一定要想办法把马可爱带回泰国，只有马可爱回到泰国，没有夏雨行的干扰，他们才能重新开始。

有了这个大前提，韩元斌脑中灵光一闪，很快就想到了一个主意，他喃喃地说："可爱，你不要怪我，我实在是不忍心让你被夏雨行再骗下去了，我所做的所有的事情都是为你好。"

有了目标之后，韩元斌立即就付诸行动，并做出了一系列的部署。

三天后，韩元斌约马可爱一起出去谈一笔订单，那笔订单听起来非常可观，一旦接下，足以改变整个酒店的现状。

最重要的是，韩元斌说那家公司的负责人只在这里待两天，明天就会离开，现在是最后的机会。

马可爱看着韩元斌诚恳的眼神，再想了想酒店的现状，最终同意和他一起出去见相关负责人。

出门之前马可爱想到上次预知的那个片段略犹豫了一下，最终基于酒店利益的考虑下和韩元斌一起出去了。

韩元斌和马可爱到达约定的地点时，并没有看到所谓的负责人，她正准备问韩元斌时，一双骨节分明的手拿着一块帕子从背后捂住了她的鼻子，她闻到了一股淡淡的香气，还没来得及反抗就晕了过去。

不知道躺了多久，等她醒来的时候四周黑乎乎的一片，眼睛上蒙着一个眼罩。

许是因为药物作用，刚醒过来的她觉得头还有点晕。

她仔细听了听，四周并没有人声，她缓缓坐起来，发现手脚都被绳子绑着。

她用手摸了一下绳子，心里一宽，这种绳子的系法不算复杂，她有办法解开。

她解绳子的速度很快，解开手后就伸手拉下了眼罩，她四下打量了一番，房间阴暗，屋子里没有装修的痕迹，地面没有铺地板，是水泥地面。

马可爱一扭头，看到了躺在距她不远处的韩元斌，她轻喊了一声："韩元斌！"

韩元斌此时似乎刚醒，还有些迷糊，马可爱快速把脚上的绳子解开后，在手上包了一层布，然后伸手扯下他的眼罩，再帮他解开手上的绳子。

韩元斌做戏做全套，所以也对自己用了些迷药，此时也只是刚醒，他见她自己解开绳子有些吃惊地问："你怎么解开绳子的？"

他的法子是不择手段把马可爱带回泰国，所以自己制造了这一次的绑架事件，根据他的计划，他们此时被绑，然后相依为命，再然后被绑匪带回泰国，他们到泰国之后再找机会逃走。

他计划得很完美，唯一的意外是马可爱居然有能力解开绳子！

这完全超出了他的预期，根据他预估的在这里培养三天感情的计划似乎就要泡汤了。

马可爱一边顺着门缝朝门外看一边回答："我除了学过跆拳道，还学过女子防身术和紧急逃生，这种绳子难不倒我，以前快的时候一分钟就能解开，今天解了两分钟，已经很慢了。"

他们现在被绑架了，那就要想尽办法逃走，她小时候被绑架过一回，对于这种事情深恶痛绝。

门外没有任何动静，那就意味着绑匪现在不在，这是他们逃走的大好机会。

韩元斌听到她的话，眼里有了几分复杂，他有些不可思议地说："我怎么不知道？"

马可爱默了默后说："以前你说你喜欢温柔的女孩子，所以就没告诉你，先不说这些，我们想办法离开这里再说。"

她此时才发现，她以前也在他的面前隐藏了很多东西，不愿意把他不喜欢的一面暴露在他的面前，而她从本质上来讲，其实从来就不是一个温柔的女孩子。

韩元斌想要阻止她离开，却又觉得此时阻止无异于暴露自己，于是只能一言不发地跟在她的身后。

她观察了一下房门后发现是普通的门，便让韩元斌让开些，她抬起脚一脚就把门踹开。

韩元斌看到这样的她整个人都愣在那里，她居然能一脚踹开那扇门，连他都踹不开！

她看着发愣的他有些焦急地说："还愣着做什么？趁绑匪不在，我们快走！"

马可爱说完就下了楼梯，韩元斌就算万般不情愿此时也只能跟上，他现在只盼着绑匪快点回来。

这边闹出来的巨大动静惊动了绑匪，两个绑匪从大门外冲了进来，看到两人的样子也愣了一下，为首的那个立即拿起手上的钢管大声说："想走？门都没有！给我打！"

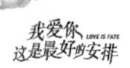

第99章 以身相挟

两个劫匪凶悍无比地冲了过来,马可爱咬了咬牙,立即拿起楼梯旁的木棍和两个绑匪打成一团,居然一点都不落下风!

身后的韩元斌看到她瞬间暴出来的超高战斗力整个人都有些蒙,今天发生的一切都超出了他的预期。

他心里焦急不已,既怕事败,又怕伤到马可爱,于是一咬牙就冲了过去。

他冲过来的时候太突然,绑匪一时不备,一棍子就敲到了他的头上,顿时鲜血直流,他惨叫一声后倒在地上。

马可爱大喊一声:"韩元斌!你没事吧?"

韩元斌没有回答她,她只能把手里的棍子举地头顶,然后大声说:"我投降!不打了!"

两个绑匪本来就是韩元斌雇来的,也没想伤人,但是样子还得做做,于是为首一人冷冷地说:"这间屋子我们已经做了周密的部署,你们是逃不掉的!"

他们说完就走了出去,然后把外面的大门锁了起来。

马可爱冷冷地看着离开的绑匪没有说话,暗暗咬了咬牙,然后走到韩元斌的身边问:"你的伤口在流血,我这里有块干净的手帕,你先自己压着把血止住。"

韩元斌轻应了一声,接过她递来的帕子,伸手按着伤口,好一会儿血才止住,他强撑着坐起来说:"可爱,我没事,你不用担心!都怪我不好,这些绑匪肯定是冲着我来的,是我连累了你。"

马可爱看到他那张苍白的脸,怎么都不像没事的样子,只是眼下这样的情况,她也没有更好的处理方法。

第99章 ❤
以身相挟

此时以她的能力其实是能逃得出去的，但是她和韩元斌毕竟是从小一起长大的，所以她不能不管他。

她轻轻叹了一口气说："别说话，好好休息，我们找机会逃走。"

韩元斌见她并没有抛下他离开，心里一阵窃喜，忙点了一下头说："好。"

半夜，韩元斌发起了烧，迷糊间一直在喊："可爱，我爱你，不要离开我！"

"我绝对是这个世上最爱你的人，跟我回泰国好不好？"

"可爱，不要离开我，不要离开我！"

马可爱听到他的这些话长长地叹了一口气，事到如今，他们之间的裂痕越来越大，距离越来越远，对于事情的看法和观点也完全不同，不要说在一起了，她甚至都怀疑他们还能不能做朋友。

她坐在一旁听着韩元斌的胡话，不知道为什么，开始想夏雨行了。

她扭头看了看窗外的那个鸟窝，长长地叹了一口气，她庆幸之前把感知的那个片段和夏雨行分享了，所以现在能救她的只有夏雨行了，但愿他能及时发现她失踪的事情。

第二天天一亮，韩元斌的烧退了些，没有再说胡话，却一直在讲他们之前那些所谓快乐的事情。

如今听到这些，已经再难触动她的心弦，觉得那些事情过去了就已经成为过去。

韩元斌说了很多，却发现马可爱一直都没有回应，他忍不住问她："可爱，那些事情你都不记得了吗？"

"记得。"马可爱回答，"但是再美好也是过去的事情，我们要向前看，当务之急，是想办法离开这里。"

韩元斌听到她这句话心里无比失望，看着她那张有些焦虑的脸，知道他说了那么多，她却根本就没有听进去，只有他一个人在追忆过去，也只有他一个人享受和她在一起的时光。

他心里顿时就更加不舒服了，暗暗咬牙这一次一定要把马可爱带回泰国。

以他原本的计划，明天下午绑匪们就会把他们带回泰国去，一想到这里，整个人又开心了不少，他这一次的计划周密，这里又这么偏僻，不会被人发现的，他一定会成功的！

马可爱并不知道韩元斌的那些心思，她现在逃不掉，只能在这里等着，被绑架就觉得时间过得很慢，越往后越想夏雨行。

想他的好,他的坏,他的痞和赖。

她也第一次发现,原来思念可以如此美好。

就这样过了一天,第二天马可爱已经有些绝望了,她虽然相信夏雨行一定能来救她,但是现在等了这么久,依旧让她心焦。

韩元斌此时又发起了高烧,又开始说胡话了,他的脸色也越来越难看。

马可爱正打算过去查看他情况的时候,别墅的门被打开,两个绑匪冲进来说:"跟我们走吧!"

"去哪里?"马可爱满脸戒备地问。

一个绑匪冷笑:"要去哪里我们说了算,你放心好了,肯定给你卖个好价钱!"

说完他就来拉马可爱,她知道真被他们带走的话就是前途未卜了,她立即捡起地上的棍子准备反抗,正在此时夏雨行带着一队警察冲了进来:"可爱,别怕,我来了!"

马可爱虽然只有几天没有见到夏雨行,这一次相见却如同过了一个世纪那样久,一向坚强的她此时看到他险些落泪。

绑匪一看情况不对想跑,警察当然不会给他们这个机会,立即动手,很快就制服了绑匪。

夏雨行冲过去一把抱着马可爱说:"你吓死我了!好在你没事!"

夏雨行的怀抱是久违的温暖,马可爱的心里漫过淡淡甜意,有些感情此时已经再难压抑了,她轻声说:"我没事,不用担心!"

三天前,夏雨行一下午没见到马可爱后就问保安她是不是出去了,保安说她和韩元斌一起出去办事了。他当时就想到她说过的那个片刻,就有些心绪不宁,当天晚上她还没有回来,他就彻底急了。

再加上给她打电话没人接,他又给韩元斌打了电话同样没人接,再查酒店监控发现他们的车离开酒店时就被人跟踪了。

他顿时就知道大事不妙,立即就报了警,警察根据他提供的线索做了详细的排查,最后找到了这里。

第100章 白色月光

马可爱身上虽然有些小擦伤但是都不要紧，韩元斌的伤却有些严重。

马可爱和韩元斌被送到医院的时候，韩元斌已经醒了过来，他此时心里懊恼至极，他计划了那么久居然还是失败了！

事到如今，他只能想其他办法了，他想起马可爱一向心软，于是他怎么都不肯进手术室，嘴里一直喊马可爱的名字。

马可爱见他这样，只能劝他："你伤得很重，必须马上手术清创，你如果不配合医生的治疗的话，会有生命危险的！"

韩元斌却看着她说："可爱，跟我一起回泰国好不好？你要不答应，我宁愿死，也不要做手术。"

马可爱听到他这句话有些反感，他居然用自己的身体来威胁她！

而她又不可能真的不管，她想起再过几天就是妈妈的祭日，她是需要回一趟泰国的，于是她轻点了一下头。

韩元斌一直都知道她是个言而有信的人，听到她的话后松了一大口气，这才让医生把他推进手术室。

韩元斌的伤看起来很严重，其实并不算太重，只是拖得久了，想要康复就需要一点时间。

夏雨行陪着马可爱回到酒店的时候宋天明等在那里，看到她他满脸担心地问："你没事吧？"

马可爱见他如此关心她，想起之前对他还有过猜疑，心里有些过意不去，她的宋叔叔怎么可能会算计她？

于是她微微一笑说:"我没事,让宋叔叔担心了。"

宋天明微皱着眉继续问:"你是不是得罪什么人了?为什么会有人绑架你?"

马可爱摇头:"我也不知道,但是韩元斌说那些绑匪可能是针对他的,我被绑架可能是连带。"

"所有的绑匪都应该去死!"宋天明恶狠狠地说。

马可爱还是第一次见到他的情绪如此外漏,这句话说得如此凶狠,再无一分往日的温和,她不由得愣了一下,有些吃惊地喊了一声:"宋叔叔……"

宋天明似乎已经陷入不太愉快的回忆里,咬牙切齿地又说了一句:"当年你和家毅被绑的时候,为什么回来的是你,而不是他?"

马可爱再次一呆,他却已经再无说话的欲望,扭头离开。

马可爱也想起了和她一起被绑的宋家毅,那时,如果不是宋家毅照顾她,一遍又一遍地鼓励她,她当时可能就撑不去了。

这么多年,一直都没有任何关于宋家毅的消息,只怕他已经凶多吉少了。

马可爱轻轻叹了一口气,夏雨行问她:"宋家毅是谁?"

"就是那个和我一起被绑架的小哥哥。"马可爱轻声回答,宋天明的话勾起了她的回忆,她不由得长长地叹了一口气。

夏雨行听到"宋家毅"这三个字莫名觉得耳熟,似乎在哪里听过,却又想不起来,他轻甩了一下头,懒得再想,直接扶着马可爱回了房间。

宋天明面色阴沉地回到了办公室,给赵青峰打了个电话,五分钟后赵青峰匆匆赶了过来,他直接问:"这一次的事情是你做的吗?"

"冤枉啊!"赵青峰忙说,"这次的事情和我一点关系都没有,我知道你最讨厌绑架,我怎么敢去越这根线!"

他倒是很想直接把马可爱绑架了,这样就没这些麻烦了,但是宋天明不允许。

宋天明看了赵青峰一眼面色略缓,他知道赵青峰不敢在他的面前说谎,他仔细想了想后说:"但是我觉得这场绑架很蹊跷,既没有要挟酒店也没有要钱,说明和可爱无关,但是如果真如韩元斌所说与他的家族有关,那么就一定是一个训练有素的团伙,怎么会犯将车子被酒店监控拍下的愚蠢错误?"

赵青峰点头笑着说:"是啊,这事是有点怪,但是和我们并没有关系,还有,不管怎样,韩元斌在JR出了事,韩德昌绝不会善罢甘休。"

宋天明对这事兴趣不大,他因为这一场绑架勾起了二十年前的记忆,沉声问:

"收养家毅的那家人找到了吗？"

"找是找到了。"赵青峰回答，"只是您儿子的养父身体不好，前段时间住院了不在家，不过您放心，我已经派人全力去医院里找了，相信很快就会有结果。"

"尽快！"宋天明长叹了一口气说，"我已经找了他二十年了，我不想再等了！"

宋家毅的失踪，一直都是他心里的一根刺，当年的，让他家破人亡，他今天被绑架的事情一刺激，就觉得一天都不能等了。

韩元斌恢复得很快，一周后就出院了，他出院后找到马可爱让她履行之前的承诺跟他一起回泰国，马可爱很爽快地就收拾东西跟他去了机场。

她到机场后给夏雨行发了条消息："我回泰国了，现在在机场，酒店的事情你多用心处理，有什么事就给我打电话。"

她发完这条消息后就把手机关机了，她有些恶作剧地想，不知道他收到这条信息是什么反应。

夏雨行一收到这条消息第一反应今天是不是愚人节？一翻日历根本就不是。

他顿时就急了，一边给她打电话一边打车去了机场，她的电话已经关机，而他心急火燎地还跑错了登机口，等他赶到正确的登机口时，马可爱和韩元斌已经登机了。

夏雨行失魂落魄地看着飞机起飞，飞向那个他并不算熟悉的国家，他有一种整个人被抽空的感觉，几近崩溃。

二十五岁的他在认识马可爱之前是不知道情为何物的，辛苦却又乐观地活着，在认识马可爱之后，品尝到爱情的滋味，纵然辛苦纵然被拒绝，只要能陪在她的身边他就是开心的。

可是她现在跟着韩元斌去了泰国，这一去怕是再不会回来，他心里难过，脑袋昏沉，都没法去想马可爱会如何安置酒店，往后是否会想起他。

夏雨行心不焉地上着班，下班后一个人坐在路边看风景，看车来车往，树叶落下又被卷起，从未有过的沮丧与难过漫上他的心头，让他几欲窒息。

第100章 白色月光

第101章 女王表白

夏雨行觉得他的心似被人挖了一大块,空落落的。

他实在是无法想象以后再见不到马可爱他的人生会变成什么样子。

第三天晚上,杨力陪他在房间里喝酒解闷,他的手机响了,他呆坐在那里只当没有听见,只是手机铃声吵得实在是烦人,他漫不经心地瞟了一眼,却发现是马可爱打过来的。

他忙接起电话,声音有些嘶哑:"可爱!"

马可爱问他:"为什么这么久才接电话?"

夏雨行哪敢告诉她他的失落彷徨,忙说:"我刚才在做运动。"

马可爱皱眉:"这个时间在做运动?"

夏雨行有些词穷,却说:"我……我最近身体不好,要练练!"

杨力在旁插嘴:"他是因为老板不在心情不好!"

夏雨行把杨力给赶了出去,然后对马可爱说:"你别听他瞎说,没有的事。"

马可爱那边默了一会儿,问他:"夏雨行,你就没有什么话要问我吗?"

夏雨行挠了一下头:"是有些话想要问你,但是……"

"想问什么就问吧!"马可爱的声音比平时温柔了些,"我答应你,今天晚上给你三个机会,不管你问什么,我都会如实回答。"

因为回了泰国,马可爱发现了一件事情,当夏雨行不在身边的时候她总觉得少了点什么。

如果说上次她被绑架时意识到自己对夏雨行的感情再难压抑,那么这一次的泰国之行就让她更加确定内心的感觉,她觉得她也许可以试着给他一个机会,也是给她自己一个机会。

夏雨行本来想问她回泰国是不是已经跟韩元斌旧情复燃，却又觉得这个问题太过白痴，于是他问了一个更白痴的问题："你什么时候回来？"

他心里已经做好她说几个月甚至几年之后的话，没料到她却说："明天。"

夏雨行一下子就来了精神，忙坐直了问："真的吗？"

马可爱淡声说："真的，夏雨行，你已经问了两个问题了，你确定要把机会用在这些无聊的问题上吗？"

夏雨行的嘴咧到了耳朵根，他其实很想问她喜不喜欢他，却又怕一如既往是否认的回答徒增伤感，便问了另一个问题："你为什么和韩元斌回泰国？"

"三个问题你也就这一个算是问题。"马可爱语气平淡地说，"我之所以和他一起回去，是因为今天是我妈妈的忌日，然后我也想和他把事情说清楚，免得他继续误会下去。"

"那都说清楚了吗？"夏雨行有些紧张地问。

马可爱轻笑了一声："这是第四个问题，我今天心情好，破例再回答一个，他向我求婚了，我拒绝了他！这样应该算全部说清楚了吧？"

夏雨行高兴得想飞，他的语调一下子高了三分："可爱，你怎么可以这么好！好到我想无时无刻缠着你、跟着你、保护你、什么都听你的！"

马可爱的嘴角微扬："好啊，那就拭目以待吧！我也想知道你能对我有多好。"

"绝对特别特别特别的好！你明天几点的飞机？"夏雨行开心地说，"我去机场接你。"

马可爱拒绝了他："不用，你在酒店等我好了，我有事情要宣布。"

夏雨行不知道她要宣布什么，但是只要她说的事情，他都愿意听，只要她能回来，让他做什么都可以！

第二天一整天，夏雨行都处于亢奋状态，一直坐立不安地在等马可爱回来，还被杨力笑话了好几回。

好不容易到了她飞机降落的时间，他早早地就站在大门口等她，他要做全公司第一个看到她的人！

约莫三点的时候，终于一辆黑色的轿车停在酒店的门口，马可爱和韩元斌从车上走了下来。

马可爱看到他嘴角微微上扬，韩元斌看到他脸色则相当不好看，冷哼一声直接

进了酒店。

夏雨行此时哪有心思去管韩元斌,他看到马可爱时心终于安定了下来,她没有骗他,真的回来了!

他走到她的身边傻笑着说:"可爱,你回来了!"

马可爱看到他这副有些呆有些萌又有些激动的样子,眼里的笑意更浓:"是啊,我回来了!"

夏雨行想去拉她的手,却见旁边还站了很多其他的酒店工作人员,他怕他的举动惹她生气,于是又把手缩了回来。

马可爱看出了他的小心思和纠结,轻笑一声,伸手将脖子上的丝巾取了下来,直接套在他的脖子上,朝他霸气一笑,伸手一拉,将他拉到她的面前问:"你怕什么?"

夏雨行此时心跳加速,心里又惊又喜,下意识地四周看了一眼说:"我……"

"从现在开始,你就是我的人了。"马可爱霸气宣布,然后拉着丝巾转身就走,不再给他犹豫的机会。

她既然决定要给他一个机会,那么这件事情就要按她的方式来公布,她要告诉全酒店的人,她喜欢他!

夏雨行知道她这样做意味着什么,顿时嘴咧到了耳朵根,虽然觉得现在还不是公开两人恋情的时候,却又觉得这种感觉真的很好。

两人就这样走过大堂,穿过酒店的走廊,坐上电梯,其间引来无数人的侧目,酒店员工哗然一片,无比惊讶地看着两人。

马可爱不在乎,他已经喜欢她那么久了,她知道这些日子他有多辛苦,她不想再让他一人辛苦下去了,这是她对感情的回应方式。

马可爱是个工作狂,这几天不在酒店,已经积攒了一堆的事情,夏雨行把她送回办公室之后就回了餐厅,她回来了,他工作起来也是满满的动力。

半个小时后,夏雨行亲自端着下午茶和点心送到她的面前:"你坐了一天的飞机又开始工作,肯定很累,吃点东西休息一下。"

他说完放下东西有些腼腆地拿着托盘就走,马可爱看到他慌慌张张的样子感到好笑,没想到他这么容易害羞,以后有机会可以逗一逗他。

马可爱端起下午茶发现垫子下还有东西,打开一看,居然是一张银行卡,旁边的纸条上写着一行字:"密码是你的生日,我把我所有的一切都交给你了。"

马可爱的嘴角抽了抽,他真逗,都什么年代了还玩这一套!

她拿着那张银行卡看了看,最后小心地放进了钱包里。

她不缺他这点钱,但是喜欢他对她认真的态度。

马可爱和夏雨行谈恋爱的事情像狂风一般卷过酒店,立即以无人可挡之势成为酒店年度最大的八卦!

之所以会有这么多人的关注,是因为和两人的身份有关。

夏雨行和马可爱身份的巨大落差,也让酒店的员工对他指指点点,一时间说什么的都有。

夏雨行觉得他的脸皮已经算厚的了,但是每次看到一堆员工聚在一起说说笑笑,见他过来就嘻嘻哈哈地作鸟兽散。

隔得远了他还能隐隐听到他们说什么"吃软饭""女王的小狼狗""癞蛤蟆吃天鹅肉"之类的词语,他感觉到了巨大的压力。

他是个乐观的人,有压力就有动力,他觉得只有更优秀的自己才能配得上马可爱,所以只要一有空,他就研读酒店管理类的书籍,同时努力学习英语,每天的时间都排得满满的,忙碌充实而又快乐。

与此同时,天涯论坛上有一篇名叫《酒店女王和她的小狼狗》连载故事一经酒店员工发现后,就快速传遍了整个酒店,一时间,所有员工都在追。

那个故事基本上是以马可爱和夏雨行的故事为原型进行改编连载,只是故事里

的男主是一个只会溜须拍马逢迎无节操的卑鄙小人，一心想靠着吃软饭上位。

这篇文章的作者是韩元斌。

韩元斌每天看着马可爱和夏雨行默契十足地处理酒店里的工作，他在赵青峰别有用心的唆使下嫉妒得几乎发狂，便把满腔的怒火都发泄在《酒店女王和她的小狼狗》里，于是故事里的男主越来越不堪。

这天下午韩元斌见陆臻臻又往夏雨行的办公室跑，来到中国后，陆臻臻对他的态度就不算很好，反而和夏雨行越走越近。

韩元斌每次看到陆臻臻、马可爱以及夏雨行三个人在一起的时候，就会想起他和马可爱、陆臻臻三人在泰国的情景，画面似曾相识，只是里面的男主角换了，这种感觉非常不好。

他心里怒气上涌，冷冷一笑："陆臻臻，你不帮我反而一直帮着夏雨行，那就不要怪我不讲情面！"

他回去后坐在电脑前打开微博，略想了一下后敲下了一行字：酒店女王与娱乐女王的男人。

于是第二天热搜上又出了一个新话题：酒店女王与娱乐女王争夺小狼狗，里面的内容更具有引导性，把三人的关系写得无比复杂，夏雨行也光荣地晋升为职业软饭男。

夏雨行在马可爱的办公室里看到这个话题后差点爆炸，忍不住开骂："大爷的，谁这么无聊啊！这样造谣不怕被人挖祖坟啊！"

陆臻臻一边对着镜子补妆一边不以为然地说："这些标题党也真的是太无聊了，整天就只会弄个博眼球的标题，完全没有实质性的东西，差评！"

夏雨行白了她一眼："就这标题已经闹得沸沸扬扬了，记者天天在门口堵你，我和可爱一出门就会被人跟拍，你这会儿倒说起风凉话来了！"

他说完又有些忧伤地说："因为这事，我听杨力说，酒店的入住率都受到了影响，再这样下去，酒店跟着倒霉，你这个大明星只怕也会声名狼藉！"

他扭头看了一眼坐在电脑前一脸淡定的马可爱，忍不住长长地叹了一口气，他本来以为马可爱和他公布恋情会是他最幸福的时候，可是还没幸福几天，就又出了这样的事情，真是糟心啊！

陆臻臻已经补好妆，把口红收起来后看着他纠结的样子轻笑一声说："我说就这么点小事你们至于这么紧张吗？这事依我看，就得用我们娱乐圈的方法来解决，以毒攻毒！要锤得锤！"

夏雨行一听她这话似乎是有解决的办法，这事闹出来之后他和马可爱无比困扰，只有她始终淡定，于是他立即摆出一副洗耳恭听的样子问："怎么个以毒攻毒、要锤得锤？"

陆臻臻睁着一双亮晶晶的眼睛有些神秘地说："咱们三个就一起出去玩，大大方方让媒体拍，让他们摸不着头脑，等过两天我再找我的狗仔朋友拿我的新绯闻一盖，吃瓜群众就晕菜了，这事就过去了！"

这种事情在陆臻臻看来真的不算什么事，在娱乐圈，这种事情有个专有名词叫作绯闻，很多明星为了提高自己的知名度或者刷存在感，没事还要整出点绯闻来。

所以这件事情看在陆臻臻的眼里，不过是多了个莫名其妙的绯闻，不算什么大事。

夏雨行有些担心地说："可是这样会连累你……"

"我才不怕！"陆臻臻轻哼一声说，"没有哪个明星怕炒绯闻，就怕没的炒！"

一直坐在电脑前敲键盘的马可爱此时停了下来："搞定！"

说完她看了一眼夏雨行和陆臻臻："都过来看看吧！"

夏雨行和陆臻臻互看了一眼，不太明白她做了什么，忙凑了过来。

马可爱把电脑朝两人的方向一拉，他们就能清晰地看见她的电脑打开的是微博页面。

见马可爱的微博上@了夏雨行和陆臻臻，下面配了她和夏雨行的合照和两个字"我们"，并附了一行文字：陆臻臻是世上最美的红娘，感谢你让我们走到一起！

陆臻臻看到马可爱的微博有些意外地说："你这算是正式公布和夏雨行的恋情，然后我是红娘？"

马可爱点头："对，既然我和夏雨行是真心相爱，那么就没有什么不能对人说，也不怕把这件事情公布于众，他们既然关心，那就给他们看！"

第103章 釜底抽薪

夏雨行的眼睛亮了起来，对马可爱竖起大拇指："可爱，你真是巾帼英雄！能遇到你是我这一辈子最幸福的事情！"

马可爱的嘴角上扬，扭头看了他一眼，四目相对，是满满的温情。

陆臻臻看着两人的样子撇了撇嘴，一脸不服气地说："不行，我一直是女主的，你这么一写我就成女配了！这个设定有问题，重来！"

"就算是女配也是超重量级的女配！"马可爱知道她的性格，在这种时候一定要好好哄着，要不然她能把天给捅破，"走，我请你吃超级豪华大餐去！"

陆臻臻一脸不开心地说："现在一般的大餐满足不了我，我跟你们说，我要吃你们酒店最贵的，吃一份扔一份！"

马可爱和夏雨行对视一眼，然后笑了起来："好，两份不够，三份都可以！"

陆臻臻看着两人的样子有些羡慕，马可爱和夏雨行这样的默契是当初马可爱和韩元斌在一起时所没有的，她轻哼了一声："事先声明，我只做这一回配角！"

两人再次同时点头，陆臻臻顿时就觉得有些牙疼，这两人这样撒狗粮真的好吗？

三人走到酒店的餐厅，立即就有记者跟拍，三人却都是一脸的不在乎，全程谈笑风生。

随着微博被越来越多的人看到，三人的关系似乎也确定了下来，从三角恋到陆臻臻是红娘，马可爱和夏雨行是真爱，再加上有记者曝出三人在一起吃饭的照片，三人相处融洽，更加证实了微博上的内容。

这一系列的动作立即赢得了一众网友的好评，都觉得三人的关系萌萌哒！

这件事情很快就传到了宋天明和赵青峰的耳朵里，韩元斌是天涯里那篇《酒店

第103章 釜底抽薪

《女王和她的小狼狗》作者的事情两人都知道，事实上，韩元斌之所以会想到在天涯上写那个故事，还是因为赵青峰"无意"提醒了一下，才有了这件事情的发生。

原本这一切都在赵青峰的预期内，可是马可爱的微博直接把三人的关系重新做了定位，似乎只在一瞬间，韩元斌之前做的努力就全部白费了。

赵青峰一脸不满地说："陆臻臻红娘？真亏他们想得出来，他们这是要釜底抽薪吗？"

宋天明不屑地说："什么釜底抽薪？依我看是自掘坟墓！他们自己要作死，我们当然要成全他们。"

赵青峰一下子没能明白宋天明的意思，一脸不解地看着他，他无比淡定地吩咐："你一会儿去找一个叫张宁的小股东，让他当个传话筒添油加醋传给其他小股东。对了，记得夸大一下夏雨行不入流的背景，JR总裁找了这样一个男朋友，很难不让人怀疑会不会被骗光资产，股东们可不关心八卦和明星，他们只关心自己的利益。"

赵青峰跟在宋天明做了多年的事，听到这话当即就明白了过来，一脸讨好地说："还是宋总高明！"

宋天明的手轻敲着桌面，缓缓地说说："最近JR负面新闻缠身，张宁有3%的股份，自己开了一家小日化厂，背靠JR好乘凉，小日子过得还算不错，可自从JR出事，他的日化厂也不好过，现在是苦苦支撑着，急需用钱，你找到他之后再好好敲打他一下，毕竟现在JR动荡得很，股价十分不稳。"

赵青峰眼前一亮："我明白了，这样就能以最低的价格收购小股东的股份，然后……"

宋天明扫了他一眼打断他的话："去做事吧！"

赵青峰立即乐颠颠地出去安排一切，宋天明靠在椅子上，眼里透出点点寒意，事情到了这一步，也差不多可以收网了。他在马可爱心里设定的好人形象也差不多可以不用了，JR酒店，他志在必得。

韩元斌看到马可爱的那条微博又气又怒，抬手就把桌面上的文件全扫在地上，他实在是想不明白马可爱为什么会做出这样的决定！

他唯一能想到的就是夏雨行对马可爱用了什么卑鄙手段，才让她对夏雨行那样言听计从，才会在微博上公开两人的恋情。

他的手握成拳踩在文件上喃喃地说："可爱，你怎么能这么对我？明明我才是这个世上对你最好的人！现在看来我只能把你先推到谷底，再拉上来，你才会知道我

才是那个能给你幸福的人，你才会回到我的身边！"

他说完这句话后，心里也就做了决定，如果说之前他做出伤害到JR利益的事情时还有所顾虑，但是到了此时，他再无顾虑，只要能得到马可爱，他可以不择手段！

又到了一年一度酒店评级的时候了，马可爱因为之前中毒事件里丢掉的那颗星一直耿耿于怀，发誓这一次一定要想办法把那颗丢掉的星重新夺回来！

为此，她做了很多安排，酒店做了大量的准备，各部门紧张而有序地忙碌着，整顿环境，培训员工，从严要求酒店里的每一个员工。

很快评级人员和旅游局的领导就到了酒店，马可爱带着一众高管在酒店的门口迎接。

这些人员中，有一位姓任的先生格外显眼，因为他一直坐在轮椅中，看起来似乎是残疾人。

就在马可爱和夏雨行忙着接待他们的时候，地下车库里一位姓罗的女士避开酒店的服务员抱着一条狗进了电梯。

JR是国内出名的大酒店，平时和评级人员以及旅游局都有往来，中间还有些是熟人，所以见面后都相谈甚欢，按着流程检验酒店的菜品和服务，所有的一切都进行得相当顺利。

只是评级这种事情，从来就不是表面上看着顺利就能通过，是需要相应的配套和服务，在这一点上，所有人都知道，绝对不会因为情面在，就能打折扣。

到了用晚餐的时候，夏雨行知道里面有一位坐着轮椅的先生，就特意为他安排了残疾人专用位，并且拿了一张与轮椅高度相当的桌子，并将旁边的椅子也配成了与轮椅相当的高度。

第104章 成精的狗

没料到任先生到餐厅后看到这些配置勃然大怒,立即指着夏雨行问:"这是你干的?"

夏雨行不太明白任先生的愤怒从何而来,他再次看一眼桌椅,所有的一切都很合理,都适合任先生,于是他点了一下头说:"是的,这是我特意为您准备的。"

任先生气愤地说:"JR待客还真周到!"

他说完转动轮椅,竟是连饭都不吃直接就走了。

夏雨行一脸的莫名其妙,直到任先生离开他都没能发现他做错了什么。

韩元斌作为公关部总监全程陪同,他看到这一幕眼里满是不屑,他冷笑:"夏雨行,你真是一点常识都没有!做错了事都不知道是怎么回事,还要我来帮你擦屁股。"

说完他也抬脚朝任先生的方向走去。

夏雨行的眉头皱了起来,马可爱看到这一幕后把他拉到一边轻声说:"很多成功的残疾人士都不希望被区别对待,他们想要平等的权利,你的特殊安排,反而会让他们觉得自己受到了歧视。"

马可爱知道夏雨行虽然聪明,但是接触酒店行业的时间并不长,这件事情上出了差错也属正常。

夏雨行是真不知道这件事,他有些不好意思地说:"这个我真不知道……"

马可爱微微一笑:"这事不怪你,你第一次处理这种事情出错也难免,以后记得特殊人群如果自己没有申请特殊照顾,就要像对待正常人一样对待他们,其实很多残疾人比我们还要强,并不需要同情和特别照顾!"

夏雨行有些沮丧地点了点头,马可爱看着他说:"别灰心,我相信你行的!"

夏雨行因为她这句鼓励的话又燃起了腾腾斗志："可爱，相信我，我会做到最好的。"

马可爱朝他嫣然一笑："我一直都相信你。"

第二天夏雨行正在后厨里忙，感觉到有东西在扯他的裤脚，他低头一看居然是一条很可爱的狗狗，是一只雪色的博美犬。

他看到狗狗有些意外，伸手摸了摸狗头，狗狗居然伸出舌头舔他的手心，狗狗毛色雪白很干净不像是无主的，他判断可能是哪个客人私自带进来的。

夏雨行伸手把狗狗抱起来后就有点犯愁了，酒店有明文规定宠物不能私自带进酒店，现在评估团就在酒店里，如果放任狗狗乱跑的话，会影响评级，而他现在还在上班，也没办法帮狗狗去找主人。

他想了想后就决定先抱着狗狗去了他的办公室，等他忙完之后再帮狗狗找主人。

他拿了根香肠安抚好狗狗之后把办公室的门关上，然后就出去继续忙了。

他离开没一会儿就有狗哨声响起，狗狗听到狗哨声后伸出爪子扒门并汪汪直叫，瞬间就变得有些急躁。

正在此时，韩元斌刚好路过听到里面的动静有些好奇，他知道这是夏雨行的办公室，却不知道夏雨行什么时候养了条狗。

他本来打算直接走的，只是他走了两步后突然想起现在评估团就在酒店里，而酒店有明文规定不能带狗进来，那么此时把狗放出去的话，只要被人发现，第一个倒霉的就是夏雨行，马可爱只怕也会因为夏雨行的行为而生气。

韩元斌这么一想就又折了回去，所有能让马可爱对夏雨行不满的行为都让他开心。

于是他过去把门打开，门几乎才一打开，狗狗立即就从房间里钻了出来，然后迅速跑远了。

而此时客房部那边已经乱成了一团，罗女士已经拉着杨力投诉她"儿子"不见了，杨力仔细一问才知道她所谓的"儿子"居然是条狗，杨力觉得头大时又松了一口气，毕竟人口失踪案比起狗狗失踪案要严重得多。

罗女士冷着脸说："请你们立即帮我找回儿子，否则我将投诉你们！"

杨力觉得自己也是个倒霉的，似乎今年住进酒店的客人比往年的都要难缠，这动不动就投诉真让人受不了。

于是他只得说："罗女士，酒店有明文规定不允许带宠物进来，如果已经将宠物带进来，需要到前台登记，然后再将狗狗安置在酒店专门狗狗的狗舍，由专门的员工照料，您这私自带狗狗进酒店……"

"那又怎样？"罗女士冷冷地说，"我可不知道你们酒店有这样的规定，而现在我非常顺利没有任何阻碍地把狗狗带了进来，是不是侧面反映你们酒店的管理有问题？"

杨力顿时被噎得无言以对，罗女士顺利把狗带进酒店却没被发现和阻止，这事好像的确是酒店员工的失职。

且就算酒店有明文规定客人带宠物进酒店必须先报备，罗女士不占理，但是客人的狗狗丢了却终究是件大事，这狗杨力就得帮忙找。

于是杨力忙说："我现在就去帮您找狗狗！"

他说完就通知客房部的员工帮忙找狗，他下楼的时候遇到夏雨行，就拜托夏雨行也帮忙找，夏雨行一听这事忙问是条什么样的狗，杨力忙翻出罗女士给他的狗狗照片给夏雨行看。

夏雨行看完照片后说："狗狗在我的办公室里。"

杨力松了一大口气，忙带着罗女士去夏雨行的办公室里找狗狗，却发现办公室的门开着，狗狗却不见了，杨力忍不住抱怨了一句："这狗快成精了！居然会开门！"

罗女士瞪了他一眼，他忙伸手捂住了嘴，而杨力也很快就体会到什么是成精了的狗。

夏雨行一看这情况，便把手边的工作暂时放下，先帮罗女士找狗。

他请了工程部那边查看监控录像，他们在监控里看到狗在哪里赶过去之后狗就不见了，后面变成工程部用对讲机给他们报告狗的行踪也都是前一秒看到狗狗在那里，下一秒狗狗就不见了。

而在找狗的这个过程中，杨力带着罗女士找遍了酒店的各个角落，就连地下一层的锅炉房和热电房都翻了个遍。杨力没有发现的是，罗女士在跟着他找狗的时候一直仔细观察着酒店的各种设施。

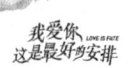

第105章 他的原则

鉴于狗狗太过灵活,夏雨行就决定不跟着监控找,自己一个人在酒店里四处找狗,有几次发现了狗的踪影过,赶过去一看,狗又不见了。

他有些沮丧地去了花园,再次看到了狗狗,他激动地跑过去,却没发现地上的喷水泵,一下子被绊倒摔了一跤,不小心拉开了喷水泵的管子,直接被喷水泵浇了个透心凉。

他安慰自己现在天气热,就当免费冲个凉,爬起来后继续朝狗狗离开的方向追去。

恰好此时任先生坐着轮椅到花园里的散步,他正准备摇着轮椅上一个不长的斜坡,狗狗突然从坡上冲过来,他顿时吓了一大跳,忙转着轮椅往旁边一躲,一不留神却把轮椅卡在正在整修的花坛边上出不来。

夏雨行追过来的时候看到这一幕,只能先放弃追狗狗,他抹了一把脸上的水礼貌地走到任先生的身边说:"我来帮您!"

"我不需要任何人的帮助!"任先生一看是夏雨行,立即皱着眉头很不友好地说,"怎么又是你!还有,你们酒店的设施有问题,花园里怎么会有这么大的石块?"

夏雨行今天找了一天的狗,又被淋了一身,此时也有些烦躁,他直接说:"是啊,又是我!花园里有石块是很正常的事情,不正常是您被卡在了这里。您之所以被卡在这里这样焦躁,是因为您向来不带助理、不带秘书,自以为不需要麻烦任何人,自己是超人能办到任何事情,可是结果却是被卡在这里动弹不得。"

任先生一听这话顿时就怒了:"谁给你的胆子这么说话!"

夏雨行听到他这话微微一笑:"我的胆子是天生的,很抱歉让您觉得不舒服。

而您现在被卡在这里，不管是否愿意您都需我的帮助！"

他说完也不管任先生是任否同意，直接推着任先生的轮椅一压，再一推，轮椅就被推到了平整的地面上，他淡淡地说："瞧，多简单的事情，何必因此而为难自己？我一向觉得要想解决问题，就必须直面问题，任先生，人要学会正视自己，直面自己的人生，才会得到真正的尊重。"

他说完朝任先生微微鞠躬："今天有得罪之处，非常抱歉，我还有事，先走了！"

他朝狗狗消失的方向跑去，有这个插曲狗狗已经不知道跑哪儿去了，但是还得找啊！

任先生原本有些愤怒的脸在他离开后却露出了淡淡的笑容。

狗狗迟迟没能找到，终于触怒了罗女士，她直接投诉了，这件事情惊动了马可爱和酒店里所有的高管，夏雨行也被匆匆喊进了办公室。

夏雨行进去的时候罗女士正冷声说："刚才在找狗狗的过程中，发现你们酒店管理不注重细节，很多小角落里都存在隐患，你们的员工能随意处置客人的宠物，宠物丢失后没有应急措施，乱成一团，总之，我对你们酒店非常失望！"

马可爱深吸一口气说："罗女士，这件事情……"

罗女士轻哼一声打断她的话："如果你们后续的处理还这样的话，我保留向上级部门投诉你们的权利！"

她说完就气冲冲地走了，夏雨行来得晚没听到罗女士前面的话，但是此时他见马可爱的脸色不太好，就知道他没来之前只怕罗女士的话说得更加难听。

夏雨行轻声对马可爱说："这件事情是我和杨力没处理好，后续就由我们全权负责好了，我先陪罗女士去找狗，你也别急，只要狗狗在酒店里，我们肯定能找到的。"

马可爱轻点了一下头说："这件事情也不怪罗女士发火，从本质上来讲，我们酒店在管理上的确还存在问题，等这次的事情结束之后，我一定要好好整顿一下。"

她说到这里见夏雨行全身还湿着，忙关切地说："你赶紧去换套衣服吧，这样穿着湿衣服跑来跑去小心感冒。"

"刚才不是顾不上嘛！"夏雨行笑着说，"我现在就去换。"

两人说完一起走了出去，完全无视其他人的存在。

韩元斌看到这一幕眼里闪过阴郁的光，自从上次的事情之后，马可爱对他越来越冷淡，而狗狗事件他觉得还是可以做做文章的。

一个小时后，韩元斌拿着罐头把狗狗哄进了下水道，再拿起栅栏从中间挡住，

他面色阴沉地说:"夏雨行,狗只是不见了罗女士就发这么大的火,如果狗出了什么意外的话,罗女士一定会让你吃不了兜着走的!"

夏雨行换好衣服后继续找狗,而这一次明显和之前不一样了,再也没有人在酒店里看到狗的踪影,监控录像里也已经有两个小时没有看到狗狗了。

夏雨行、杨力和马可爱交换了一下信息后发现大家都没能再发现狗狗,于是一起到大堂和罗女士会合。

罗女士吹着狗哨也得不到狗的半点回应,她顿时脸都白了,一脸焦急地说:"糟了,我儿子这次真的丢了,它肯定有危险了!不然它不会离我太远的!"

夏雨行听到她这句话后奇怪地看了她一眼,现在是真丢,难道刚才是假丢?

夏雨行此时心里虽然有疑问却终究没有问,而是说:"酒店里找不到狗狗,它也有可能跑出去了,我们去酒店附近找找,也许会有意外的收获。"

罗女士此时已经六神无主了,便接受夏雨行的建议去酒店外找狗狗,她一边走路一边吹着口哨。

正在此时,天突然变了,转眼间就下起了大雨。

罗女士越来越焦急,喃喃地说:"儿子,是妈妈对不起你,你要是出事了,我可怎么办?"

她说完又连吹了几次狗哨,夏雨行隐约听到了动静:"狗狗好像有回应,您再吹一下狗哨试试?"

罗女士一听这话心里一喜,忙又吹了一次,夏雨行仔细听了听后确定了:"狗狗就在附近,应该在那边的下水道里!"

第106章 考察合格

附近看不到狗狗的踪影,却能听到狗狗微弱的回应,这附近就只有下水道能让狗狗藏匿,所以夏雨行得出了这个结论。

下水道窄小不好施救,夏雨行看了一下也不管下水管脏不脏,直接就钻了进去,他拉开栅栏,发现狗狗被卡在下水道的深处。

他进去的时候狗狗被困久了已经有些暴躁,直接伸出爪子挠了他一下。

夏雨行痛呼了一声后说:"找到狗狗了,它被卡在里面了!这小子爪子还挺厉害的,挠人还挺疼!"

马可爱听到他的痛呼声有些担心,再听他只是被狗狗挠了一下知道不会太严重,狗狗被卡在里面夏雨行怕强行把狗狗拉出来会伤到它,忙让马可爱拨打119,请消防员过来帮忙。

此时雨越下越大,罗女士满脸担心地说:"雨这么大,会不会把我儿子给冲走?"

夏雨行在里面说:"您别担心,我在里面陪着狗狗,它这么聪明知道我们在救它,不会再往深处钻的,有我在,也不会让水把它冲走的!"

罗女士虽然心里焦急,但是听到他这话后安心了不少,夏雨行的举动让她的心里感动无比。

很快消防员们赶了过来,把狗狗成功解救了出来。

罗女士忙抱着狗狗说:"儿子,你快吓死妈妈了!"

夏雨行出来后,马可爱见他的手臂被狗狗挠了很深的一道口子,此时还在流血,全身更是湿透,整个人狼狈至极。

看到这样的他她心疼不已,虽然她知道他不管做什么事情一向都会尽全力,但

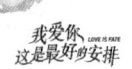

是现在两人已经确定了关系，心里的感觉就和以前不太一样了。

她忙拉着他去换了衣服然后找李医生帮忙处理伤口，伤口不算深，但是很长，他之前不觉得有什么，这会儿李医生拿着酒精为他消毒，痛得他直咧嘴。

正在此时，罗女士抱着狗狗找了过来，她看着夏雨行说："你为了酒店蛮拼的，是个优秀员工，为了我儿子能钻进下水道那么久也证明你是个有爱心的人。"

她说完又看着马可爱说："虽然你们酒店还有各种不足，但是却让我看到了人情味，让我有些感动，我会把情况如实告诉考察团的，而我个人愿意为你们酒店打个高分，当然，你们还达不到满分的要求。"

马可爱有些吃惊地看着她问："难道您是？"

罗女士神秘一笑，没有回答，直接抱着狗狗走了。

马可爱和夏雨行对视一眼，夏雨行摊了摊手，表示他也不知情，因为对他而言，不管罗女士是考察员还是普通的客户，他都会这么做。

马可爱看他的眼神里多了几分骄傲，这样的他值得她用心去爱。

而此时任先生找到韩元斌，面露微笑地说："恭喜JR已经通过了考察员的评估！"

韩元斌听到他这句话相当意外，这件事情一点征兆都没有，任先生看到他一脸意外的表情含笑说："残疾人和宠物是最重要的考察环节，这一点JR做得非常好。此外，很抱歉没有告诉你们罗女士也是我们考察团的成员，她对你们也非常满意。在这个过程，你们的员工夏雨行让我非常满意，他跟我说要想解决问题，就必须直面问题，人要学会正视自己，直面自己的人生，才会得到真正的尊重，如果JR一直本着这样直面问题、解决问题的态度，我相信一定会做到最好！我本打算直接通知马总的，但是一时间没有找到她，你是JR的公关部总监，通知你也是一样的，请你把这个结果转告给马总。"

韩元斌听到任先生的话心里恨得要死，脸上却挤出一抹微笑："谢谢任先生，马总听到这个消息一定会很开心。"

任先生走后，他伸手重重地拍在办公桌上，阴狠地说："夏雨行，怎么又是你，凭什么！"

他实在是想不明白，他都做出这样的安排了，夏雨行不但成功化解，而且还凭借这一件事情通过了考核，简直是岂有此理！

他越想越气，只是此时却又没有更好的法子。

韩元斌在办公室里待了一下午，傍晚才心情不佳地走出了办公室，准备开车出去发泄一下烦郁的心情。

　　结果到地下车库时，见陆臻臻带着助理拎了一堆的食材正在给打电话："夏雨行，你要是敢不陪我吃火锅，我就和你绝交！"

　　电话那头夏雨行说什么韩元斌听不清楚，而陆臻臻的这句话却已经透露出了足够多的信息，他扭头看了陆臻臻一眼，陆臻臻忙着打电话和夏雨行谈判，根本就没有注意到他。

　　他看着陆臻臻的背影眸光更加阴沉，因为上次三角恋的事情，他对陆臻臻也有了十二分的不满，他想不明白陆臻臻那么任性的一个人怎么会这样帮着夏雨行！

　　他咬了咬牙，实在是不甘心这样败在夏雨行的手里，更不能忍受夏雨行把马可爱抢走，而现在似乎又让他找到了一个能让夏雨行被开除的机会。

　　夏雨行接到陆臻臻电话的时候头都是大的，大晚上的在酒店里吃火锅也是够了，他还记得上次和陆臻臻一起吃火锅生出来的误会，但是不去的话又怕这位大小姐闹出什么幺蛾子，于是他只能如约而至。

　　他到了之后依着老规矩，先用胶带把烟雾报警器缠了起来。

　　夏雨行虽然对在酒店房间里陪陆臻臻吃火锅这事有点排斥，但是却并不排斥吃火锅，于是两人一边斗嘴一边胡吃海喝。

　　韩元斌走到陆臻臻的房间前，确定听到两人的声音后他冷冷了一笑，拿着一个干扰装置避过监控，然后走到火灾报警器前拉下了手柄。

　　在他拉下手柄的那一刹那，刺耳的声音响彻整个酒店。

　　夏雨行和陆臻臻听到声音吓了一大跳，两对视一眼，拉开门往外看，见客人们在酒店工作人员的指挥下有序地往下跑，而此时没有人知道到底是哪里着了火。

第107章 火警现场

在这种情况下,不管是哪里着火,都要优先保证客人们的人身安全。

夏雨行哪里还有吃火锅的心思,忙对陆臻臻说:"你快跟着客人往下跑!"

陆臻臻忙问:"那你呢?"

"你别管我了!快走!"夏雨行催着她说,不管火源在哪里,在这种情况下,当然要先到楼下避难。

夏雨行以为陆臻臻会立即往楼下赶,却没料到她转身回了房,端起火锅往外跑。

夏雨行看到她这样愣了一下:"你端火锅干吗?"

"我刚下的肉,不能浪费了!"陆臻臻一边端着火锅跑一边往下跑。

夏雨行对她的行为无语至极,他扭头看其他的客人,发现有敷着面膜穿着睡衣就跑出来的,有浑身挂满了包包的女人,有扛着非常重的摄像器材的,还有抱着电脑往下跑的,罗女士抱着狗狗也匆忙往下跑,场面虽乱却有序。

夏雨行一边逆行向上走,一边给马可爱打电话:"你在哪里?安全吗?"

"我很安全。"马可爱回答,"我在安排大家彻查火源,组织疏散。"

夏雨行松了一口气后说:"我去帮一下老马总。"

"顶楼排查过了很安全,他现在不能移动,一旦动了就有生命危险,所以你不用去了,现在火源不明,你赶紧下楼!"马可爱忙阻止。

夏雨行应了一声,突然想起任先生,任先生行动不便性格又固执,只怕不会接受别人的帮助,这会儿肯定还在房间里。

夏雨行挂断电话后直接冲进了任先生的房间,任先生此时还在整理文件,他不由分说背起任先生就往楼下冲,一边走一边说:"我知道我这样做可能会伤到您的自尊，但是生死攸关就别固执了，我背您下楼！"

任先生想要阻止却发现夏雨行根本就不给他说话的机会，他满脸无奈地笑了笑，由得夏雨行把他背到楼下。

夏雨行和任先生到楼下的时候，马可爱也到来了楼下，两人对视一眼，彼此都安全就行。

正在此时，任先生拍了拍夏雨行的肩膀说："你放我下来。"

夏雨行忙说："您腿脚不方便，我背您去那边坐下。"

"不用。"任先生见夏雨行不松手，用力一挣就从他的背上挣了下来，稳稳地站在那里，欣赏地看了夏雨行一眼，活动了一下腿脚后自己走向门口。

夏雨行和马可爱看到他这样不由得目瞪口呆，敢情他根本就不是残疾人？他是装的？

任先生看到两人的表情后微微一笑，并没有做任何解释。

火灾很快就排查清楚了，整件事就是乌龙事件，酒店并没有着火，火灾报警器之所以会报警是因为夏雨行和陆臻臻在酒店里吃火锅。

发生了这样的事情，不管原因是什么，马可爱都需要处理，于是她立即召集酒店高管开应急会议。

会议一开始，赵青峰就抓住这件事情大做文章，他痛心疾首地说："在考察团还在酒店的时候发生了这样的乌龙事件简直是匪夷所思！经查，这次的乌龙事件是陆臻臻和夏雨行在酒店里吃火锅引起的，夏雨行明知酒店不允许吃火锅，还和客人一起在酒店里煮火锅，这件事情性质极其恶劣，我建议立即将夏雨行开除！"

韩元斌附和："赵总说得非常有道理，这件事情一定要处理相关责任人！"

他说完和赵青峰对了一个眼神，两人的眼里满是得意，他们看夏雨行不顺眼已久，今天终于找到这么一个机会可以把夏雨行从酒店里赶出去，简直不要太开心！

韩元斌的心里尤为得意，他为了对付夏雨行，可谓是费尽了心思，之前连着失败了好几回，这一次应该会成功了。

他有些不屑地看了夏雨行一眼，就凭夏雨行居然还想和他抢马可爱，简直就是不自量力！这一次只要把夏雨行从酒店赶走，他就有把握重新得到马可爱的心。

马可爱一脸为难，可是在这件事情上夏雨行的确有做得不妥的地方，她就算是想保都不好保。

夏雨行也没有想到只是和陆臻臻吃一顿火锅而已，居然就吃出这么大的事情来，他发自内心觉得，他就不适合和陆臻臻一起吃火锅，每吃一次都会有事。

只是他心里又觉得很纳闷，明明他们已经缠好烟雾报警器，为什么还是触发了火警报警器？

正在此时任先生敲门而进，夏雨行一看到他立即道歉："任先生很抱歉，这次事件是因我个人疏忽引起，与JR无关。"

他刚才就想过了，这件事情既然无法挽回的话，那就让他一人来承担后果，希望不会影响JR的评级。

任先生看着他笑着问："与JR无关的话谁来跟我签合同？"

任先生本来是想找马可爱签合同的，结果他在酒店里找了一圈也没有找到马可爱，他找了个员工细细一问才知道马可爱在开会，并且很可能会在会上处置夏雨行，他听到这个消息后立即就赶了过来。

所有人愣了一下，夏雨行一脸不解地看向任先生。

任先生接着说："这一次的事件虽然是乌龙事件，但是却让我非常满意酒店的火情处理和应急反应，尤其是夏雨行，在那样的情况下，还能想到我，冒着生命危险把我背下来，不仅体现了JR对残疾人的关心和照顾，更体现了将客人的生命安全放在第一位，舍己为人，不只是我，我们考察团都十分满意，已经将结果提交了旅游局，我们将与JR长期合作。"

夏雨行实在是没有想到这件事情看在任先生的眼里居然是这样的，他有些难以置信地问："真的吗，任先生？"

任先生微笑："当然是真的，我对你们酒店的印象非常好，我还有另外一个项目想要交给你们来帮忙接待，是我朋友的一个残疾人环游团，我相信你们一定会做得非常好！"

"当然！"夏雨行忙说。

任先生看着夏雨行说："残疾人环游团的项目，希望可以由你来主控。"

第108章 暂缓升级

夏雨行笑着说:"我一定尽力做好,不让您失望!"

任先生伸后拍了拍他的肩说:"你真的很好!"

夏雨行笑着说了几句客套话,然后由他把任先生送出了会议室。

赵青峰撇了撇嘴,满脸失望地坐在那里没说话,这么好的一个机会居然被任先生毁了!

韩元斌则面色阴冷,他实在是没有想到这件事情竟会以这样的方式解决,夏雨行不但无过,还有功!这个夏雨行,也不知道走了什么狗屎运,居然会让任先生如此器重!

火灾报警的乌龙事件虽然以最后谁也没有受到处罚而完美落幕,但是事后夏雨行和陆臻臻提起这件事情都觉得不对,两人也不是第一次在酒店里吃火锅了。

而这一次吃火锅之前,两人都拿烟试过,并不会报警,而且胶带也没有松开。

夏雨行心里有疑问想要弄个明白,于是他去工程部调查当天的监控,结果他一去,工程部总监丁迈就等在那里了,并递给他一个U盘:"知道你们一定会来,这次的事情的确有点古怪,假火灾那天的视频都拷到里面了,你们回去后慢慢看。"

夏雨行拿着U盘回到办公室,他打开当天的视频,火灾报警器响之前的那一段全部被人为干扰了,什么都看不到。

夏雨行仔细看了好几遍视频,发现了一件事,在大家匆匆往下走的时候,韩元斌镇定自若地往上走。

他请丁迈把火灾前后的视频率全部导了出来,越看越觉得韩元斌可疑,虽然因为干扰并没有拍到韩元斌拉动火灾报警器,但是他前后离那里都不算远。

通过视频，夏雨行还发现韩元斌的神情有异，在大家都以为着火而慌乱的时候只有他不慌不忙，似乎早就知道那是场假火灾一样。

夏雨行最近每次对上韩元斌的时候，都觉得他的眼神不善，如果这件事情是因为韩元斌看他不顺眼为了把他赶出酒店而做下的安排，似乎一切就说得通了。

他和韩元斌的矛盾越发激化，到如今，韩元斌为了对付他已经不择手段，完全无视酒店的利益了，这样的韩元斌，夏雨行发自内心看不起。

夏雨行觉得这件事情需要知会一下马可爱，于是他去了马可爱的办公室，发现她正用手按着眉心。

他看到她这副样子心疼不已，知道她自从接管酒店后压力就很大，觉得还是不要告诉她让她烦心了，大不了到时候他用他的方法解决这个问题。

他忙走过去担心地问："怎么了？头又痛了？"

"不是。"马可爱叹了口气说，"今天公司的股东来找我了，他们要求酒店为了旅游旺季暂缓升级，否则就退股。"

今天这些股东过来的时候，一个个气势汹汹，就好像她要抢他们的钱一样，对她的态度也相当恶劣。

她觉得她应该是史上最悲催的酒店董事长兼总经理了，酒店里的员工对她阳奉阴违，股东们一个个颐指气使，稍有一点事，就在那里指手画脚。

夏雨行有些吃惊地问："我们费了那么大的劲才拿回来丢掉的那一颗星，为什么要让酒店暂缓升级？"

马可爱有些无奈地向他解释："因为现在是旅游旺季，很多酒店为了把营业额做上去主动降星降级，而我们如果在这个时候升级的话，他们担心入住率会有问题，怕错过旅游旺季。"

她说到这里叹了口气说："而酒店一年百分之八十的营收都来源于旅游旺季，所以旺季的收入对股东们而言非常重要。"

"那你是怎么想的？"夏雨行微皱着眉头问。

马可爱的眸光有些深远："当初爸爸在创建JR的时候是要打造中国最好的酒店，且这个酒店是他为妈妈建的，这是酒店创立的初衷，而一家酒店，如果把创建酒店的初衷都忘了的话，那就什么都没有了。"

"我支持你！"夏雨行看着她说，"不管有什么难关，我们一起度过。"

在他看来为了拉客源而自降酒店的星级，这种方法无异于饮鸩止渴，绝非良策,只是现在酒店股东们如此反对,他们坚持要升级的话,必然会背负极大的压力。

但是他却觉得,就算压力再大,这件事情也要做!

马可爱没料到他居然会全力支持她,她有些烦躁的心顿时就平静了不少,原本有些纠结的心很快就拿定了主意,她拨通了韩元斌的电话:"按原计划公示JR升级的事情。"

韩元斌听到她这话有些意外,他略一沉吟后问:"股东那边还有公司高管那边你想好怎么应对了吗?"

马可爱坚定地说:"不管困难有多大,升级的事情势在必行。"

韩元斌沉默了一会儿后说:"好!不管你做什么我都支持你。"

他挂掉电话后面色阴郁地坐在那里,脸上露出冰冷的笑意:"可爱,为了让你回心转意,我只能先对不起你了。"

当天下午,JR升级的公告就在酒店的微博上公示了。

夏雨行看到那条微博微微皱眉,倒不是说韩元斌写得不好,而是那条微博写得太过霸气,颇有舍我JR,谁与争锋的傲慢与霸气。

这样的说辞,很容易拉起其他酒店仇恨值。

夏雨行长长地叹了一口气,他觉得韩元斌最近做的事情实在是越来越不入流了,居然在这个时候还想着和他争斗。

马可爱看到韩元斌写的那个微博眉头也皱了起来,在她看来,这不是韩元斌的水准,她想去问韩元斌为什么要写那样的微博,却又觉得没有那个必要,不管她问或者不问,微博已经发了,仇恨也拉了,她需要想的是后续应对的方法。

因为那条微博,JR受到了同行的排斥,附近的几家高档酒店同时降价,意图抢走JR的客源。

因为附近酒店的降价,JR出现了大规模的退房潮。

股东听说马可爱不愿意降级,再听说客户排队退房,就坐不住了,各种施压让她降级降价,她却死死坚持自己的原则,寸步不让。

因为这件事情,股东们对马可爱越来越不满。

第109章 蝴蝶疤痕

与此同时,赵青峰还故意介绍了一家低价的客户过来,不出意外地谈崩了,马可爱还为此被赵青峰冷嘲热讽地奚落了一顿。

马可爱觉得幕后推动事情进展的那只手,已经越扼越紧,她此时觉得举步维艰,却只能独自苦苦支撑,她绝对不能放弃了JR的底线。

夏雨行见她的压力实在太大,而他说是支持她,其实能帮到她忙的地方实在是太少。

他看到她每天焦头烂额的样子心疼不已,这天下班后带她去了他的出租屋,他备了瓶上好的红酒,然后进厨房后笑着说:"让你尝尝我的独门手艺茄子面!"

"茄子面?"马可爱愣了一下,在她的记忆深处,年幼的宋家毅也曾给她做过茄子面。

她朝夏雨行看去,他切茄子的样子非常专注,模样俊朗,似乎就要和她记忆中的某个影子重合,那些早已远去的记忆,刹那间就涌进了心间。

那时的自己不过四岁,宋家毅也不过五岁,两人被绑架时,绑匪把两人丢在一间房间时,房间里只有茄子和面条,她当时饿得不行,才五岁的宋家毅就搬着凳子站在灶台边为她做茄子面。

她到如今似乎都还记得当初那碗茄子面的味道,那是她吃过的最美味的面条,因为她吃了那碗面,才有力气撑到妈妈带人过来救她。

她忍不住问:"谁教你做茄子面的?"

夏雨行笑着说:"不知道,似乎天生就会。"

他失去了五岁前的记忆,所以他也不知道有谁教过他,但是从他有记忆开始,似乎就会做茄子面。

马可爱微微一笑没有多问,不管他是什么时候学会做茄子面的,会做就好,而她自从吃过那一碗茄子面后就再也没有吃过,今天也想再尝一尝记忆中的味道。

夏雨行此时已经把菜准备好,锅里烧着水,水开之后就可以煮面了。

厨房里的气氛温暖而美好,她觉得这些天压在身上的压力一下子就消失不见了,夏雨行等水开的时候扭头看着她,他觉得她安安静静站在那里等面吃的样子实在是太可爱,他想亲她。

夏雨行是个行动派,他的脑子里有这个想法的时候就伸手轻搂过她纤细的腰,看着她粉红娇艳的唇微微低头。她对他此时不再排斥,意识到他的想法后她缓缓闭上眼睛。

就在夏雨行的唇要亲到马可爱的唇时,锅上的水烧开了,水顶着锅盖发出"咚咚"的声音。

两人都愣了一下,对视一眼后轻笑一声,夏雨行松开了她,转身继续做面条。

他此时心不在焉,揭锅盖的时候一不留神就被水蒸气烫到了,他欲用水冲洗伤口以缓解疼痛却被马可爱一把拉住:"你手上本来就有伤,不能沾水,李医生给你的药还有吗?我帮你换一下药吧。"

夏雨行本来觉得这种小伤不算什么,只是她要替他换药这事在他看来那是她对他的关心,他当然不会拒绝,于是笑嘻嘻地把药拿了出来。

马可爱看到他的样子有些无语,轻骂了一句:"受了伤还笑成这样,你脑子没问题吧?"

"我要是不受伤哪里能知道你这么关心我?"夏雨行笑着说。

"油嘴滑舌!"马可爱轻啐了一句,说话间,她已经揭开了他手上的纱布,看到他的手上有一个红色的蝴蝶形的伤疤。

这个胎记她有些眼熟,微微一想立即就想起她刚到酒店时接触马东山时看到的幻象,她有些难以置信地看着夏雨行,那个意图伤害马东山的人竟是他?这怎么可能!

但是她清楚地知道有蝴蝶形伤疤的人很少,至少她除夏雨行之外就没有见到过谁有那样的伤疤。

她的脸色瞬间就白了,呼吸也急促了起来,夏雨行见她脸色不对,忙问她:"可爱,你怎么了?是不是哪里不舒服?"

马可爱此时实在是没有想好要怎么面对他,她甚至无法想象夏雨行以后要伤害马东山她该怎么办?

她腾地一下站起来,沉声说:"我想起来酒店还有点急事要处理,先回去了!"

她说完扭头就走,她走得相当匆忙,还带倒了旁边一个架子,撞到了桌角,而她却像是不知道痛一样,飞奔到门口,拉开门就往楼下走。

夏雨行不明白她刚才还好好的,怎么突然就翻脸?

此时外面还下着雨,他忙拿着一把伞追了出去。

他在楼下追上马可爱的时候一把拉住她问:"可爱,到底发生什么事情了?你怎么了?"

他手里打着伞,手臂上鲜红的蝴蝶形疤痕明显,马可爱看着他心里猜疑不定,难受至极,身体微微有些发抖,她咬着唇说:"我现在心里很乱,你什么都别问,让我一个人先静静!"

她说完就走进雨幕里,夏雨行怕她着凉把伞递给她,她此时心里难过至极,实在是控制不住自己的情绪,伸手打翻他的伞,任凭雨水拍打在她的身上,头也不回地离开。

夏雨行呆呆地看着她,仔细回想刚才发生的事情,实在是想不出什么事情让她有这么大的反差。

马可爱回到酒店洗完澡换了干净的衣服后还有些发蒙,自从她通过身体接触能看到别人未来的片段之后,所有的一切都成了真。

蝴蝶形的疤痕实在是少见,她很难说服自己她在马东山身上看到的片段另有其人。

只是之前她也曾误会过一次李医生,这一次难保不是误会。

就算如此安慰自己,一时间还是接受不了这个事实。

夏雨行是她在这世上感受到的最大的温暖,她已经把心交给了他,却发现了这件事情,这对她而言是个巨大的打击。

夏雨行一头雾水,怎么都想不明白为什么会这样,这事对他而言同样也是个巨大的打击。

因为淋了雨加上内心巨大的动荡,第二天马可爱就病了,发起了高烧,李医生为她打了针没能把她的烧退下去。

第110章 赶出酒店

夏雨行来找过马可爱几回，她一直都避而不见。

而此时，赵青峰已经找到了股东张宁，既威逼又利诱让他联合小股东合围马可爱。张宁此时被债主逼得已经走投无路，赵青峰的出现能解他的燃眉之急，在赵青峰开完条件后，他果断就答应帮赵青峰合围马可爱。

张宁是个有能力的人，在被赵青峰收买后立即就开始联合小股东，再从股价、酒店前景等各方面游说各位小股东，让他们天天去酒店堵马可爱。

赵青峰为了扩大效果，他听从宋天明的安排在香港那边找了家小报，付了些钱，登了一篇关于JR大小姐马可爱不懂经营在酒店里没作为，还包养了一个叫夏雨行的小白脸，这件事情一经曝光，再次引发一连串的质疑，马可爱的形象也急转直下。

因为这一连串的事情，JR的股票连着好几日跌停。

连着跌停的股票又刺激着一众小股东的神经，再加上张宁的刻意挑唆，这天小股东们没有再单个来找马可爱，而是一群人群情激愤地来到JR找马可爱要说法，强烈要求酒店降星，以维护他们的利益。

马可爱虽然还病得昏沉，但是他们这样找过来不得不处理，于是只能打起精神临时召开会议。

夏雨行早就知道股东们来闹事了，只是他现在虽然是酒店的高管，却还不能参加这个会议，他知道马可爱还病着，心里担心，于是就在外面等着。

因为是股东会议，所以酒店的股东基本上都来齐了，宋天明也到了，他坐在马可爱左下首的位置，看着一众股东群情激愤，他却静静地坐在那里一言不发。

会议一开始，张宁就咄咄逼人地说："JR海外股票连续3个工作日大跌，市值跌了近30%。作为股东,我对现任董事会已经失去信心,因此,我在媒体上公开发布了《JR股东张宁公开征集委托投票权通知》,提请JR召开临时股东大会,向公司全体股东征集投票权,要求重选董事长和罢免部分不作为的董事会成员!"

他这么一说,立即就得到了所有股东的支持,喊着要重选董事长。

马可爱没料到他们居然想把她给换掉!

她清楚地知道只要她让出董事长的位置,整个酒店的经营理念将会发生翻天覆地的变化,会带着整个酒店走向深渊,这样的情况她绝对不允许发生!

马可爱强打起精神沉声说:"JR创办之初的理念是做提供一流服务的品牌酒店,我知道降级会带来更多的旺季客源,但从长久来看是慢性自杀。我不管别的酒店有多少条理由这么做,我只看重我们的初心。没有初心,JR就不是JR了,请你们耐心一点,给我十五天的时间,我会给你们一个满意的交代!"

其实自从她接手酒店后,酒店里虽然发生了很多事情,但是整体来讲营业额和入住率都有了很大的改善。

此时她的语气坚定,有些股东听她这么一说有些动摇,有人说:"十五天时间也不是等不了,看在老马的面子上,就再相信你一次,但是得把丑话说前面,十五天如果没有起色,我们还是要提议召开临时股东大会……"

张宁打断那个股东的话:"你们这些大股东根本就不顾及我们中小股东的利益,说什么十五天时间,我们等得起吗?恐怕被卖了还得帮你们数钱!我看小马总根本不懂经营,我们凭什么相信你?"

马可爱深吸了一口气说:"那就十天吧!"

其他的股东互看了一眼没有异议,张宁也不好再发作,他下意识地朝宋天明看去,宋天明见目的已经达到,再逼马可爱也没有意义,就冷着脸说:"张宁,马总已经说明白了,还不快带着你的人出去!"

张宁深吸一口气,带着一伙人走了出去。

宋天明安慰马可爱:"可爱,他们就是群粗人,不要和他们一般见识。"

马可爱轻点了一下头:"谢谢宋叔叔……"

她的话还没说完就再也撑不住晕了过去,额头磕在桌角渗出了血。

宋天明愣了一下,夏雨行一直在会议室外守着,一看这种情况忙冲了进来,抱起马可爱就往外跑。

夏雨行把马可爱送回房间后她已经恢复了过来,坐在床边说:"你走吧!"

夏雨行看着她说："马可爱！你能不能告诉我到底发生了什么，为什么那天之后你对我的态度就变得这样冷淡？就算是我做错了什么，就算你要判我死刑，也要让我死个明白吧？"

马可爱的满腹心事又如何能在他的面前说得明白？看到如此关心她的他，她的心里更加难受。

她微低了头，伸手把他推出门外，再将门反锁，靠在门上流泪。

夏雨行在外面拍着门说："马可爱，你把事情说清楚！"

马可爱抹了把泪打电话给人事总监藤欣："通知夏雨行，从今天起暂停所有工作，把工作交接好后就离职。"

藤欣有些意外，想要问为什么时她却已经挂断了电话，这事整体来讲对宋天明有利，他们之前想尽办法要把夏雨行赶出酒店却一直没能如愿，没料到此时马可爱竟主动赶走夏雨行，她立即打电话通知宋天明和赵青峰。

这通电话打完，马可爱已经泪流满面。

她心里难过，却有更多的事情需要处理，JR现在危机四伏，她要想办法化解，酒店的订单就算要拉回来也没有那么快，而十天后的重选董事长却事关重大，她绝不能输！

因为一旦她输了就意味着JR要降星，要失掉初心，要易主。

她深吸一口气，收拾好心情后去拜访马东山的旧友和一些小股东，然而进展却非常不顺利，他们要么不接电话，接了电话的各种推托，就算是她开着车到了他们的楼下，他们也避而不见。

马可爱体会到了什么是真正的焦头烂额，没了夏雨行，她发现身边连个商量的人都没有，只能自己孤军作战。

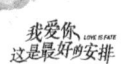

第111章 巨大内幕

马可爱心里烦闷，只能每晚去马东山的病房里，将这些事情说给他听。

这期间夏雨行来找过马可爱几回，想知道她突然这么对他的原因。无一例外，马可爱什么都不说，只冷着脸拒他于千里之外，这样的她让他有一种深深的无力感。

夏雨行最后一天工作交接的时候，黎涛有些恋恋不舍地看着他："因为你马总才把我提为采购，算起来我是你提拔上来的，你现在要走，我心里很不是滋味。"

上次中毒事件后，马可爱为了营救夏雨行，亲自到后厨来收编了黎涛，她把厨师长和采购赶走之后，就把黎涛提为采购。

夏雨行看到他的样子有些好笑地说："又不是生离死别，至于这样嘛！"

正在此时，赵青峰走了过来，他趾高气扬地看着夏雨行，眉眼间满是嘲弄："没脑子的夏雨行，这事你也长点记性，靠女人、靠裙带是长久不了的，男人要凭本事吃饭！"

夏雨行握紧了拳冷冷地看着赵青峰，他一脸嘚瑟地说："怎么？不服气？不服就憋着！明着说吧，别说你不服，就是她不服，都没有用！毕竟只要宋总肯出手，以宋总的持股比例和威望，哈哈，JR就要改朝换代了！"

黎涛想要说话，夏雨行拉着他，两人走到厨房的后门。

黎涛一脸气愤地说："夏哥，好气哦！看他那副嘚瑟的样子，好想抽死他！"

夏雨行叹了口气说："有什么办法，人家风头正劲。"

黎涛也有些泄气，却说："虽然我不知道你和马总之间发生了什么，但是当初马总高调公布恋情足以证明她是喜欢你的，你也别泄气难过，我相信总有一天你和马总之间的误会解释清楚了，她就会喊你回来的。"

夏雨行微敛了眸光，一想到他和马可爱之间的事情他心里就如针扎一般的痛，他轻声说："我不在JR的这段时间里，不管发生什么事情，你都要事无巨细地告诉我，尤其是和赵总有关的。"

他到现在也没能想明白马可爱为什么会突然翻脸，对他避如蛇蝎。

黎涛点头："没问题，绝对事无巨细，对了夏哥，有件事虽然和赵总没关系，但是和咱们一个小股东张宁有关系，不知道算不算线索。"

"说来听听。"夏雨行忙说。

黎涛撇了撇嘴说："听说为咱们酒店提供洗护用品的化妆品公司幕后大BOSS其实是张宁！我之所以知道这事，是因为那个化妆品公司的法人代表，就是个棒槌，酒量不行又超爱喝，灌二斤猫尿，不用你问他自己就什么都说了。上次跟我喝酒，他就把张宁臭骂一顿，说他以前就是张宁的司机，就算现在要他做这个公司法人，也不过是虚有其表，他一直被张宁呼来唤去，从来没有半点尊重。"

夏雨行一听到这个消息立即站起来说："黎涛，太感谢你了，这可是个大内幕！"

他说完匆匆就走，直接去了马可爱的办公室，她一见是他眉头就皱了起来，刚想开口让他走，他却已经大声说："张宁是为酒店提供化妆品公司的幕后老板！"

马可爱大吃一惊："你从哪里得来的消息，可靠吗？"

"可靠！"夏雨行肯定地说，"现在我们一筹莫展，我觉得不如从张宁这里找突破口！"

马可爱看着他的眼神有些犹豫，夏雨行定定地看着她说："我虽然不明白你为什么会突然这样对我，我相信肯定是有原因的，只是你现在不想说，但是抛开这些，我们一起共事这么久，我夏雨行是个什么样的人你也清楚，我知道酒店对你而言意味着什么，更知道你为什么这么坚持。既然如此，可爱，那么就先暂时抛下我们之间的恩怨，一起度过酒店的危机再说。"

马可爱对上他认真的眼神，心里顿时有万千滋味，她疏远着他不过是因为他手上的蝴蝶形胎记，但是到目前为止，他并没有做错什么，于是她轻点了一下头说："好！"

夏雨行听到她这句话松了一口气，没有再问她为什么要疏远他，他知道这事是有原因的，只是她不想说，他相信他会等到她愿意告诉他的那一天。

赵青峰在办公室里悠闲地看着报纸，他的手机响了，看了一下来电显示是张宁的。

他轻挑了一下眉，好一会儿才慢慢吞吞地接起电话，电话一接通就听见张宁急

切的声音传来:"赵总,为什么答应我另一半钱的三百万还没有到账?我已经快被那些供应商逼疯了!"

赵青峰听到这话有些不屑地说:"张总,那点钱至于让你这么着急吗?咱是做大事的人,这么点小钱计较就没意思了,该是你的总归会是你的。"

在他看来,张宁的心眼也太小了,不过是三百万而已,催什么催!

张宁一听赵青峰这意思是不给钱了,顿时就急了:"你少敷衍我!既然你可以说话不算数、过河就拆桥,把我逼急了,也有你好看!"

他说完就挂断了电话,赵青锋撇了一下嘴,一脸的不以为意,就张宁那德行,还能折腾出什么浪花来?

电话那头的张宁却快疯了,他当时之所以愿意帮着宋天明对付马可爱,是因为他极度缺钱,货款周转不灵,可是现在赵青峰答应的钱却只给了一半!

夏雨行着手调查张宁,张宁这些年对于他做的事并没有太过隐藏,所以夏雨行很快就找到了一堆的证据。

夏雨行将证据收集好之后,马可爱打电话约张宁,张宁接到马可爱的电话似乎一点都不意外,当马可爱提出见面聊聊的时候他一口答应。

马可爱和张宁很快就在电话里约好了见面的地点:张宁的那家日化品公司。

马可爱和夏雨行准时赶到约见的地点时,张宁已经在里面等着他们了。

秘书把马可爱和夏雨行请进张宁的办公室后,张宁跷着二郎腿坐在老板椅上,神情傲慢无礼。

马可爱和夏雨行还没有说话，张宁已经冷冷地说："你们约我在这里见面，肯定是知道了什么，没错，这家公司是我开的，那又怎样？只要我供的货价格公允，品质上乘，法律也不能禁止我作为股东的公司和我个人的公司不能交易。还有，明天就是临时股东大会了，你这个董事长已经是泥菩萨过江自身难保，就不要在这里对我兴师问罪了，有那个空还是好好想想你自己吧！"

马可爱对张宁此时的态度一点都不意外，也没有被张宁激怒，而是从容淡定地说："您错了，我这次来不是兴师问罪的，而是来和您谈备案的。如您所言，只要产品好价钱好，是不是关联交易不重要，但是规矩就是规矩，关联交易不是原罪，未经法律声明才是问题，我会帮您办好一切手续，您以后也不需要遮遮掩掩。"

这事在马可爱从夏雨行那里拿到张宁的资料时就已经想好，她的确不反感这件事情。事实上，这几年来，经由张宁日化品公司提供的货品品质很不错。

张宁听到她的话非常意外，满脸惊讶地看着她，他之前准备的那一大堆的说辞此时竟完全用不上。

马可爱看到他的样子笑了笑说："您不用太意外，我只是觉得您如果因为这件事而被人要挟就太冤枉了，我一直觉得只要是好的公司，都可以成为JR的合作伙伴。"

张宁想了想后问她："你这么做是想要我手里JR的股票吗？"

他想不明白马可爱为什么要这样做，唯一的解释就是盯上了他手里的股票。

马可爱失笑："不是，您的股票就好好放在自己手里吧！您也放心，无论股价如何下跌，怎么跌下去就会怎么涨上来，到时候我愿意用比市场价格还高的价格来收购您的股票！"

张宁一脸的意外和惊讶，马可爱这样处事的态度，比他预期的要大度得多，和赵青峰完全不一样！

正在此时，秘书匆匆跑进来说："不好了张总，外面很多供货商带着人闹事，您快去看看吧！"

张宁一听这事顿时就急了，忙匆匆跑下了楼。

马可爱和夏雨行对视了一下，也跟了下去。

张宁一现身，那些供货商就将他团团围住，找他要钱，他大声说着什么，却没有一人听他的，一个个情绪极为激动地说："张宁，我的货款你已经拖半年了，你打算什么时候付？"

"我家货款你已经一年没付了，你再不付我就跟你拼命！"

"现在欠钱的都成大爷了吗？拿回属于我们自己的钱有那么难吗？今天你要是不付货款，我就不走了！"

夏雨行没料到那些供应商情绪这么激动，他吓了一大跳，怕马可爱受伤，忙把她护在身后。

马可爱一看这种情况她必须做点什么，于是大声说："各位，各位，请听我说一句话！"

她的声音被人群淹没，根本就没有人听到。

人太多，推推攘攘中也不知道是谁挤倒了货架，货架直直地朝马可爱砸了过去。

夏雨行大惊，忙把马可爱推开，胳膊下意识地就抬起来挡着货架，刹那间，他的胳膊被砸开了一道大大的口子，鲜血直流。

有人大声喊了一嗓子："血！有人受伤了！"

众人闻言都愣了一下，齐齐朝两人看了过来，四周顿时就安静了下来。

马可爱看到他流血的样子心里满是担心，却知道此时四周静了下来是控制局面的大好时机，于是她忙大声说："我是JR董事长马可爱，各位今天先回去，各位的欠款，我保证一定会解决！"

供货商们互相看看，看看张宁，看看马可爱，再看看已经受伤还在流血的夏雨行，有个供货商站出来说："好，那我们就看在JR的份儿上再相信你一次！"

有人又伤了，这事再闹下去就太了，而JR是大酒店，信誉一直都极好，有JR作保，供货商心里的担心就又小了些。

那个供货商狠狠瞪了一眼张宁，转身而去，其他供货商一看这种情况，很快也

第112章 为她受伤

就想通了关键，于是也都跟着离开。

马可爱看到这种情况长长地松一口气，她心里担心夏雨行，局面一控制住，她立即就回到夏雨行的身边问："你感觉怎么样？这里离酒店近，我们马上回去，让李医生帮你处理伤口。"

夏雨行看到她关心的眼神明白其实她还是关心她的，他顿时就觉得这伤受得值，他朝她微微一笑："别担心，我没事。"

张宁看着马可爱眼里满是感动，他走到她的身边说一："你这样接二连三帮我……"

马可爱听他这么一说就知道他这边算是搞定了，她心里暗暗松了一口气，微微一笑说："没什么张总，我说过，我希望你永远是JR忠实的伙伴，麻烦你搭把手，帮我把夏雨行送回酒店。"

张宁点头，帮马可爱扶着夏雨行回了酒店，这一路上，马可爱并没有游说张宁帮她，而张宁此时自己心里已经有了一杆秤，要帮谁他心里是有数的。

他还有事要处理，把夏雨行扶到酒店后就匆匆离开了，马可爱也没有留他。

李医生帮夏雨行处理伤口时看到他那个蝴蝶形的疤痕说："这是上次弄的吧？你这疤痕恐怕很难下去了，应该是遗传的疤痕体质，这种蝴蝶形还蛮少见的。"

夏雨行笑着说："我一个大男人还怕留疤？再说了，这疤的形状还蛮好看的。"

他是真的觉得这条伤疤不算什么事，完全没有意识到马可爱是因为他的这条伤疤而疏远他。

第二天，酒店宴会大厅的股东大会如期举行，现场大小股东齐聚一堂，场面热闹非常。

各股东有很多已经很久没有见面了，一见面就开始叙旧，也有人互相看对方不顺眼，在那里明嘲暗讽。

马可爱早早就到了，她知道今天的投票决定了JR的命运，也知道事情到了这一步，那只一直躲藏在幕后的黑手也将会浮出水面，她的心里难免有些紧张。

第113章 幕后黑手

马可爱不打无把握的仗，股东大会之前她也找到了几个大股东，从现在的局面来看，她未必会败。

只是她也知道，幕后的那只黑手肯定也做了各种准备，这一次一定会想办法从她的手里夺走JR。

她不自觉地朝坐在股东中间的宋天明看去，在开股东大会之前，她有找过他，他明确表明会站在她的这一边，他的承诺让她的心里安定了不少。

宋天明感觉到了她的目光，扫了她一眼，微点了一下头，她轻轻松了一口气。

从某种程度来讲，宋天明是她尊敬的长辈，再加上他之前就帮过她好几次，参会的这些人中间，她最信任的人就是他。

酒店里的高管们都有参加会议的资格，韩元斌早早地就过来了，坐在马可爱的身边。

他能感觉到她的紧张，自从上次马可爱把夏雨行从酒店赶走之后，他就有点后悔当时的决定，要不是他发了那条微博，也许还不会把马可爱逼到这一步。

但是事已至此，他能做的也只有陪在她的身边，只是她却从头到尾都没有看他一眼。

正在此时，董事会秘书拿着话筒站起来说："请大家安静一下！按照公司章程和相关规则，今天的临时股东大会，是讨论由张宁等三十名小股东联合上书公司董事会，要求查明现任董事长马可爱是否存在失职行为，让公司股东蒙受损失的问题。现在会议开始，首先请小股东代表陈述罢免理由。"

小股东代表站起来说："近一个月以来，酒店业进入了竞争白热化的旅游旺季,今年各家酒店都顺应了形势变化,主动降级来适应竞争。而现任JR酒店的董事长兼总经理马可爱,采取所谓的理想主义经营理念,贻误了酒店最重要的旅游旺季的重要商机,导致酒店营业额直线下降。且马可爱在个人生活方面,也不够检点,有损酒店对外形象。JR酒店的股票在负面消息的发酵下,已经跌了30%,让包括我们在内的所有股东蒙受了巨大损失。据此,我们要求在今天的临时股东大会上,进行表决,罢免马可爱的董事长职务!"

这件事情是他们早就商量好的,所以小股东代表说完之后,立即就得到了小股东们的支持。

董事会秘书站起来说:"按照公司章程,非常情况下的董事长罢免案,需要超过半数的股东投票表决。而投票权益要参照持股比例进行综合计算,做到公平、公正、公开。现在,请现任董事长马可爱说明持股比例。"

马可爱站起来做了个深呼吸后说:"大家好,我是马可爱。在说明持股比例之前,请允许我向在这次股票停牌事件中蒙受损失的全体股东,表达最真挚的道歉。无论如何,作为公司的掌舵人,我没有为自己开脱的任何理由。但是,即便是在这样的一个非常严肃的场合,我还是坚持认为,我所坚持的不降级的理念没有错!"

她的话一说完,整个会场议论纷纷,不满和愤懑气氛充斥着会场的各个角落。

韩元斌忍不住为马可爱捏了一把汗,他也想好了,如果马可爱失去JR的董事长位置,他就带她回泰国,她还想要管理酒店的话,他就把韩家的酒店交给她管理,绝对不让她这样被人欺负。

马可爱没有理会小股东们的交头接耳,继续说:"酒店行业的竞争,一直以来就非常激烈。我爸爸马东山在创办这家企业的时候,一直秉承的理念就是提供最优质的服务,酒店的星级并不是一个可以任意缩水满足一时一事需要的而做的招牌,而是一个酒店的实力和荣耀。我确认,办最好的JR,不仅是我父亲一个人的愿望,更是对全体股东的一种责任和交代。请大家相信我!现在我郑重说明,我代表我的父亲马东山,持有JR酒店15%的股份,另外还包含董事周总、王总委托给我个人的股份,总共占JR股份的20%,因此我的占股比为35%,我们反对JR酒店董事长罢免案提议,不仅是为了我个人,更是为了一份初心!"

台下又是一阵喧哗,有人大声喊了句:"初心能换成钱吗?JR的股价现在都跌成什么样子了!我看她就是大小姐病发作了!"

这句话立即引来其他小股东的附和:"就是,马总财大气粗,为了什么初心亏

一点没关系，我上有老，下有小，就指着JR的分红过日子，可不敢由着她胡来！"

"可不是嘛，一个小丫头片子懂什么？"

"就她那样，要能力没能力，要经验没经验，怎么管理酒店！"

宋天明扭头看了马可爱一眼，她看起来非常淡定，但是他发现她紧紧地握着手在微微颤抖暴露了她的真实心情。他看到这样的她眼底满是不屑，她想跟他斗，还是太嫩了点！

董事会秘书看向宋天明说："接下来，请宋天明先生发表持有股份的相关信息和对罢免案的意见。"

宋天明看了全场一眼后说："我所持有的JR股份占比为25%，另外还包含几位董事以及中小股东委托给我的股份20%，总共占JR股份的45%。"

他说到这里看了马可爱一眼，马可爱此时正满脸希冀地看着他，他的嘴角染上一抹残忍的笑："我赞成罢免董事长的提议！"

他的话音一落，会场立即炸开了锅，很多人都有些吃惊地看着宋天明，也有人一片淡定，比如说赵青峰等人。

一时间，整个会场的气氛变得有些怪异。

马可爱听到宋天明的那句话脑袋嗡地响了一下，她满脸难以置信地看着宋天明。

宋天明则看都不看她，一脸严肃清冷，稳稳地回到了座位，整个人看起来冷酷又狠厉。

马可爱想起这段时间发生一连串的事情终于明白了，一个赵青峰哪里能掀起那么大的风浪，幕后最大的BOSS居然是她一直信任有加的宋天明！

马可爱突然觉得自己很蠢,其实这件事情之前是露出过端倪的,只是宋天明帮过她好几次,所以她一直不愿意把他往那个方向想。

而如今真相浮出水面,这所有的一切对她而言残忍无比。

她深吸了一口气,努力让自己平静下来,她清楚地知道,此时愤怒和责问根本就改变不了现状,现在的她已经处于绝对的劣势,在这样的劣势里,想要赢宋天明是一件极难的事情。

她不由得在心里问自己:"我该怎么办?"

董事会秘书等会场稍平静后说:"关于罢免董事长提议,赞成票总共45%,反对票总共35%;接下来我们将按照程序,请小股东现场投票,做出自己的选择。"

接下来就是投票和唱票,计票屏幕上的红色和蓝色柱形图此消彼长……

宴会厅里的气氛凝滞又紧张,屏幕里的柱形图终于停滞了。

董事会秘书说:"现在赞成的总共占比49.5%,反对的总共占比47.5%,戏剧性的一幕出现了,还有一个关键人物没有投票,而这个关键人物正是本案的发起者张宁!"

所有人的目光顿时齐刷刷地望向张宁,宋天明也看了张宁一眼,他的眼里是志得意满。在他看来,张宁是他早就收买的人,当然会支持他,所以这一次他赢定了!

然而,万事都有意外,只见张宁缓缓站起来果决地说:"我持有JR3%的股份,对于今天重选董事长的议题,我的选择是不赞成!"

宋天明原本懒懒地靠着椅背,听到张宁的话顿时就坐得笔直,他有些难以置信地看着张宁,不明白张宁为什么会在关键时刻反水!

张宁感受到了他的目光却没有回看，无比淡定地坐了下去。

马可爱此时则长长地松了一口气，她感谢地看向张宁，张宁回以一笑，这是他对马可爱的回报。

张宁做事一向有自己的原则，因为这次的事情，他看清楚了整件事情的本质，马可爱才是JR最好的掌权人，宋天明心术不正，JR真到宋天明的手里，他觉得他的那点小股份才是真的保不住。

台下再次哗然，提出重选新董事长的是张宁，此时反对的也是张宁，一堆小股东此时都蒙了，完全不知道这是怎么回事，此时张宁也不可能为他们解惑。

而今天发生的事情一波三折，数次反转，最后的结局却是好的。

董事会秘书大声说："我在此宣布临时股东大会关于紧急罢免董事长的决议议题，赞成的49.5%，不赞成的50.5%；不赞成票超过半数，议题不通过！"

结果一宣布，马可爱心里的石头终于放了下来，她下意识就想去找夏雨行，和他分享这份喜悦，而后才想起来他已经被她开除了，没有资格参加今天的会议。

她的心里五味杂陈，用手机给他发了条消息："我们赢了。"

宋天明本以为这一次是胜券在握，却没有想到最后竟败在张宁的身上！

他脸色阴沉地站了起来，走到门口的时候扭头看了马可爱一眼，马可爱对上他可怕的眼神，丝毫不退避。她之前把他当长辈来看，所以对他敬重有加，到此时，她已经知晓了他的真面目，对他的尊敬也烟消云散。

宋天明离场后立即去查张宁事情，一查就查出来是赵青峰没有把余下的三百万尾款打给张宁而导致张宁倒戈。

宋天明顿时气得半死，直接就把赵青峰骂了个狗血淋头："我培养了你那么多年，带着你做事，就是想让你大气一点，可是你现在却为了区区三百万就坏了我的大事，赵青峰，你是猪脑子吗？"

赵青峰这一次连嘴都不敢顶，他也没有想到张宁居然会在最后关头帮马可爱，他缩着脑袋弯着腰尽量降低自己的存在感。

"你看看你那副德行，我快被你气死了！"宋天明谋划了这么多年，本来这一次胜利在望，结果却发生了这样的事情。

赵青峰见他的气消了点才说："我以后再也不敢了，只是现在马可爱只怕会更加防着我们，以后……"

"你还知道以后啊！"宋天明冷哼一声说，"现在的局面还不是你一手造成的？"

第114章 出人意料

赵青峰不敢再说话，宋天明又冷冷地说："不过这件事情到现在马可爱要是以为她就赢了的话，那她就太天真了，对JR，我志在必得！"

在宋天明还在暴怒的时候，马可爱前段时间扩展JR海内外高端客户的订单陆续进来，泰国、新加坡和美国的国家旅游局已经把JR定为推荐品牌。

任先生之前介绍的高端残疾人旅游团也入住了JR，经由他们介绍，更多高端的旅游团入住JR，一时间JR的股票一路飘红。

股东们看到这样的趋势，一个个欢呼雀跃，都觉得当初马可爱的坚持是有道理的，更觉得JR有她在，很可能会走上另一个高峰。

一时间马可爱的呼声极高，之前的那些负面消息也全消失不见。

这一连串的好消息当然需要庆祝，陆臻臻知道马可爱最近和夏雨行之间有些误会，她觉得她既然顶了红娘的名头，那么就得把这事给做好。

于是她把马可爱约出来吃饭，让夏雨行去买花，她要想办法撮合他们！

夏雨行知道陆臻臻是一番好意当然不会拒绝，他也不愿和马可爱继续这样下去，马可爱性格刚强要面子，那么就由他拉下身段来哄着她。这一次他一定要想办法知道马可爱为什么前后对他的反差那么大。

夏雨行听从陆臻臻的安排开她的车去给马可爱买花，他才到地下停车场，几个戴着帽子蒙着脸的粗壮大汉把将他团团围住，他还没来得及一说话，他们拿起钢管对着他就是一顿暴打。

他双手难敌众拳，很快被打倒在地，鲜血直流，那些大汉看到他这副样子停手后嚣张地说："再敢多管闲事就废了你！"

夏雨行晕过去后没多久被人晃醒，睁开眼却看到宋天明和赵青峰，宋天明皱眉："你这是怎么了？"

第115章 同样疤痕

宋天明今天和赵青峰有事外出，下来的时候见夏雨行躺在这里，就过来看看。

他虽然因为夏雨行一直帮着马可爱做事有些不舒服，但是这也不妨碍他对夏雨行的欣赏。

夏雨行冷笑："宋总不知道发生了什么？问问赵总应该就明白了。"

赵青峰那天被宋天明骂了一顿之后，仔细一调查，才知道是夏雨行帮马可爱说服张宁的，他现在不能对马可爱怎么样，就把怒气全撒在夏雨行的身上，找了几个混混儿来揍夏雨行，却好巧不巧碰上了。

宋天明看向赵青峰，赵青峰脸色有点不自然地岔开了话题："要不要送医院？"

宋天明瞪了赵青峰一眼，伸手去扶夏雨行，他对赵青峰用这种粗暴却又伤筋动骨的处事方式并不赞同。

夏雨行此时没什么力气起来，所以并没有拒绝宋天明，却意外地看到了宋天明手上有一个和他近乎一模一样的蝴蝶形伤疤。

他盯着那个伤疤愣了一下，猛地想起李医生说的话：这种疤痕体质是遗传的。

一个猜想在他的心中形成，宋天明该不会是他的亲生父亲吧？

这个猜想让他的心里顿时慌乱不已，拉下袖子遮住手上的疤痕，一言不发地用力推开宋天明，跟跄着离开。

宋天明皱眉看着离开的夏雨行，扭头问赵青峰："你做的？"

赵青峰的面色有些不自然："我是觉得夏雨行实在是太讨厌，什么事情都掺和，还坏了我们好几次的事，所以就想给他一点教训。"

"蠢货！"宋天明骂了一句，"这样不痛不痒地教训人只会让别人抓住你的把柄，这种事情要么不做，要做就做得不留痕迹，永绝后患！"

赵青峰忙点头，宋天明的语气又了缓和了些说："这个夏雨行的确是个有能力的，我是蛮欣赏他的，但是如果他不能为我所用的话，迟早要找机会把他除掉。"

夏雨行上到地面之后，恰好遇到了杨力，他再也支撑不住就晕了过去，杨力吓了一大跳，忙把他送进医院。

医生为夏雨行处理好伤口后，夏雨行因为身上的伤口多，整个人被包得像粽子。

杨力看到这样的夏雨行想起他最近和马可爱之间的关系似乎不算好，他觉得似乎可以在这件事情上做点文章，于是他找来陆臻臻，把她拉到一边轻附在她耳边说了几句话。

陆臻臻听完他的话后眼睛一亮，立即拍手赞同："这个法子不错！你放心好了，看我的！"

杨力朝她一揖："女神，那就让小的来见识你一下你高超的演技！"

陆臻臻的下巴微微抬起："有我陆臻臻出马，就没有搞不定的事情，你尽管放心好了！从现在开始，我们进入演戏模式！"

她说完就掏出手机给马可爱打电话，在电话接通的那一刻，她的脸上就满是悲伤，用带着哭腔的声音说："可爱，夏雨行出事了，他不行了！"

杨力在旁对她竖起大拇指，她挑了一下眉，眼里满是得意。

马可爱接到陆臻臻的电话后整个人都蒙了，问清地址后立即放下手边所有的事情赶了过去。

她一进病房，就看见陆臻臻、杨力和孙倩在那里痛哭，而夏雨行全身缠着绷带、面色苍白地躺在病床上，她一看到这样的夏雨行眼圈瞬间就红了。

陆臻臻见她过来一脸的伤心欲绝："夏雨行，你怎么能走得这么早！可爱，你快来见她最后一面吧！"

马可爱听到陆臻臻的这句话脸色大变，一个没站稳险些摔倒在地，还好陆臻臻眼疾手快地将她扶住。

她此时哪里有心情管陆臻臻，大步奔过去扑在夏雨行的身边就痛哭了起来："夏雨行，你醒醒！"

演戏的三个人互看一眼，轻手轻脚地退出了病房。

马可爱此时眼里只有夏雨行，根本就顾不上管他们三人，她继续哭泣："为什么会这样？我为什么要任性地相信自己所谓的超能力看到的！夏雨行，我求求你，你

醒醒吧！只要你醒了，我什么都可以答应你！"

夏雨行被她这么摇了几下后就已经清醒了过来，他听到马可爱的话后心里甜蜜无比，觉得这顿打没有白挨，伸手想要将她搂进怀里，却突然想起宋天明和赵青峰出现在地下停车场的情景。

他心里有些迟疑，他想起宋天明手上的疤痕，万一宋天明是他的父亲那该怎么办？这件事情他需要弄清楚，否则会更加麻烦，所以眼下这样的情况他们可能暂时分开一段时间会比较好。

他轻咳一声轻声说："可爱，你怎么在这里？"

马可爱听到他的声音愣了一下，满脸是泪地看着他，不是说他不行了吗？可是他现在明明好好的啊！

她扭头找演戏三人组，却没看见三人，顿时明白被他们三个耍了，只是她见夏雨行没事心里又松了一口气，忙抹了把泪吸了吸鼻子说："呃，我听说你受伤了就过来看看。"

"哦，是我自己开陆臻臻的车不小心绊倒了，我也没想到会摔得这么严重，我没事，你不用担心。"夏雨行第一次在她的面前撒谎，于是下意识避开她的眼神。

马可爱看到他闪避的眼神眼里有些疑惑，再看了一下他身上的伤怎么都不像是摔伤，倒像是被人打伤的，只是他此时不愿意说，她也不好再问，于是她轻声说："你没事就好，我先回去了。"

她回去之后越想这件事情越是不安，她的眉头皱了起来，心里有了一个猜想，忙打电话去医院："您好，护士站吗？我是昨天入院的夏雨行的朋友，我想请问一下他的伤势严重吗？听说他是摔伤？"

护士一边翻看记录一边回答："夏雨行吗？您稍等一下，我查一下，呃……他不是特别严重，休息几天就好了，不过他不是摔伤，是钝器致伤和软组织挫伤，应该是打架造成的。"

第116章 当年旧事

马可爱道了声谢就挂断了电话,夏雨行是什么样的性格最近她已经有了非常直观的认识,在认识她之前,他在本地并没有什么得罪的人。

而在认识她之后,他因为帮她得罪了宋天明和赵青峰,这两人就没有一个是省油的灯。

她再想起今天夏雨行的样子,不用查都能知道这件事情就是他们做的。

她伸手按了按眉心,终于明白了一件事,她一直都低估了宋天明的阴险和狠辣。

她沉思良久,觉得就目前的情况而言,为了保护夏雨行,两人还是暂时分开的好。

夏雨行躺在病床上想起宋天明手上的蝴蝶形疤痕,再想起之前李医生的话,他心里越想越是不安。

恰好此时有医生过来查房,他露出手上的疤痕问医生:"像我这种疤痕常不常见?"

医生扫了一眼他手上的蝴蝶形疤痕说:"还蛮常见的,不过这种疤痕体质的形状是有遗传因素存在的,你的父亲或者母亲也应该会有这种形状的疤痕吧?"

夏雨行愣愣地坐在那里,对自己的身世更加好奇,他原本觉得没什么的疤痕,到此时似乎就成了某种证据。

他心里有事,这院也住不下去了,于是匆匆办了出院手续去了养父的医院。

他过去的时候养父正躺在病床上挂水,养父见他身上带着伤忙问他怎么回事,他避重就轻地说:"我不小心摔的,爸,你还记得第一次见到我时的情景吗?"

养父轻叹一口气后说:"事情过去好多年了,我却还能清楚地记得,我当时有事上山，刚好看到你被卡在山隙里，你那时还小，别的孩子遇到那种事早吓哭了，你却很冷静，看到我时还睁着一双在眼睛看着我。那天下了很大的雨，路很滑，我救你的时候还差点和你一起跌进山隙里，我把你带回家之后你就发起了高烧，醒来后就什么都不记得了。"

他说完从夏雨行的脖子里拉出挂着的戒指说："当时你的身上只有这枚戒指，戒指看起来很珍贵，又挂在你的脖子上，我觉得应该是你家传的，所以我就把这枚戒指一直挂在你脖子上，希望你的家人能通过这个戒指找到你，只是过去了这么多年，到如今也没有见到你的家人来找你。"

夏雨行听到养父的话后眉头皱了起来，他想起马可爱和他有一枚一模一样的戒指，以及马可爱曾对他说过马东山和宋天明曾经情同兄弟，再想到医生的话，原本只是猜测的某件事情似乎一下子就增加了很大的可能性。

他轻甩了一下头，不寒而栗，他怎么可能会是宋天明的儿子？这事一定只是巧合！

他心里对这件事情有很多的疑问，马可爱似乎也是这件事情的知情人，而他和马可爱之间因为他身世的事情让他添了几分隐忧，他总觉得自己再不能像以前那样理直气壮地和她在一起了。

而他们之间的关系总不能一直这样不清不楚，终究需要一个了结，于是他给马可爱打了个电话："可爱，我们聊聊吧！"

马可爱在电话那头沉默了半晌后终于轻应了一声，然后定下了约见的地方：酒店不远处的一个小公园。

到了约定的时间，两人在小公园里相遇。

此番再见，两人的心里都藏了心事，寒暄了几句都觉得对方太过客套，那份客套就显得有些生疏，这样的生疏让他们感到陌生，一时间倒都不知道说什么好。

夏雨行决定直接问她他最关心的事情，于是看着她的戒指问："之前听你说这个戒指对你有很重要的意义，后面也没听你提起……"

马可爱转了一下手里的戒指说："这是我妈妈留给我的，说最初是一对，是陨石的材料，算不上多贵重，只是比较少见。"

这些事情她不需要瞒着他，于是选择实话实说。

"一对，还有一只在哪里？"夏雨行好奇地问，他的心里顿时有些紧张，因为他的那枚戒指和马可爱的那枚基本上一模一样！

马可爱却也不清楚这件事情，于是摇头说："不太清楚，妈妈对于之前在国内发生的事情一直不愿意提起，所以也没有跟我细说。"

夏雨行听她说起这件事就又问了句："你不是从小就待在泰国的吧？"

马可爱轻轻叹了口气，有些唏嘘地说："我之前跟你提起过，我四岁的时候被人绑架，爸爸在忙工作，妈妈一个人把我救了出来，也因为这件事情妈妈被爸爸伤透了心，然后就带着我去了泰国，自那之后，我就一直生活在泰国，直到这一次回国。"

她说到这里似乎陷入了久远的记忆，缓缓地说："其实我小时候被绑架的那一次，差点回不来，如果不是和我一起被绑的小哥哥一直在照顾我，想办法报警的话，我当时高烧着可能就撑不过去了，虽然最后我获救了，但是听说他却没有再回来。我们被绑的地方是个山林，还有悬崖，我获救的那一天下起了大雨，小哥哥可能掉下了山崖。"

她说到这里眸光深了些，有些无奈地说："说出来你可能会觉得奇怪，救我的那个小哥哥是宋天明的儿子，而现在宋天明想方设法要夺走JR，我每次想起这些总觉得有些造化弄人。"

夏雨行听到她最后的这句话只觉得心跳如鼓，他把她的话和养父的话结合起来一想，再想到自己是五岁时被养父捡到的，不管他是否愿意承认，那个答案都已经呼之欲出。

他此时极力压抑着内心的波澜，定定地看着她说："可爱，你要相信我，不管在什么样的情况下，我都不可能做出任何伤害你的事情！"

马可爱点头，咬了一下牙狠心地说："我知道，但是夏雨行，我们并不适合，我需要的是一个门当户对真正能帮得上我的人，而不是一个只能陪在我身边讲笑话哄我开心的人。就好像我根本就不喜欢吃什么茄子面，为了迎合你非得说我很喜欢吃，我们这样相处真的很累，所以夏雨行，我们分手吧！"

第117章 分手好吗

马可爱说到这里眼里满是泪光，夏雨行的眼圈也泛红，却摊了一下手笑着说："你终于说出来了，其实这段时间为了配合你的高端我也很累，现在正好，我们都说出来了，那就都放过彼此吧！"

马可爱点头，站起来说："话说清楚好轻松，那我先走了！我走那边。"

夏雨行微笑："我走这边，马可爱，再见！"

两人背道而行，在转身的时候，两人都已泪流满面。

马可爱回到房间后终于没忍住痛哭出声，有时候放手并不是不爱，而是深爱！

夏雨行则回到他的出租屋把自己灌得烂醉，杨力和孙倩回来的时候看到他这副样子吓了一大跳，一问才知道他和马可爱分手了，两人互看一眼，长长地叹了一口气，这种事安慰都不知道要怎么安慰。

夏雨行难过，马可爱也没强到哪里去，每天打起精神来处理工作上的事情，似乎也只有忙碌的工作能让她暂时忘掉失恋的痛苦。

韩元斌在知道马可爱和夏雨行分手后，开心不已，天天想尽办法在马可爱的面前刷存在感，而她对他始终冷淡，两人的关系始终都不能从普通的同事关系有任何突破。

这天，JR迎来了一个超级豪的客人，一出手就包下了一整层。

马可爱怕出纰漏，本打算自己亲自去处理这件事情，韩元斌却觉得她最近太辛苦，就自告奋勇揽下了这件事情，她略想了一下就决定由韩元斌去处理。

到了约定的时间，韩元斌在大门口等客人，很快一个豪华的车队停在了酒店的门口，韩德昌一身高定西装从车里走了下来，阳光恰好照在他的脸上，让他整个人看起来刚毅又精明，那双幽深的眼睛，藏匿着对世事的洞察。

韩元斌以为自己看错了，揉了揉眼睛的瞬间韩德昌已经走到他的面前。

他有些难以置信地说："爸，你怎么来呢？"

"你一直不愿意回泰国，那我就只能亲自来找你了。"韩德昌淡淡地说。

在此之前，韩德昌曾打过几个电话让韩元斌回泰国，韩元斌却一拖再拖，韩德昌知道他不愿意回去只是因为马可爱。

韩德昌只有韩元斌一个儿子，当然不会放任他一直待在中国，他这一次来的目的就是带韩元斌回国。

韩元斌心情复杂地领着韩德昌回了房间，韩德昌直接说："我是商人，而你是我的儿子，我不管你和谁谈恋爱，都必须把握住一个原因，那就是她只能协助你，绝不是你协助她，我已经入手了JR4.99%的股份，准备帮你结束这场恋爱。"

"爸，你想做什么？"韩元斌清楚韩德昌的手段，就算是父子，他心里也有些担心。

韩德昌淡淡一笑："两件事情，一件是带你回去，另一件是要么让你和马可爱反目成仇，要么让她成为我韩家的儿媳妇。"

韩元斌听到他的这句话顿时目瞪口呆，而他只是傲然一笑。

韩德昌的到来使宋天明和马可爱都有些紧张，因为两人都清楚，此时韩德昌不管是站在谁那一边，都会给对方造成巨大的压力，会影响JR的格局。

马可爱觉得在这件事情上她不能太被动，于是决定主动出击，她和韩德昌原本就认识，于是她直接打电话约韩德昌一起吃顿饭。

韩德昌非常爽快答应了，吃饭的时候把韩元斌也一起带了过去。

韩元斌是在韩德昌的光环下长大的，本来就怕韩德昌，再加上昨天韩德昌对他说的那番话，他心里就加紧张了。他既怕韩德昌把他强行带回泰国，又怕韩德昌插手JR的事情，让马可爱对他心生厌恶。

他跟在韩德昌的身边有些担心地看了韩德昌一眼，韩德昌却像是没有看到一样。

晚餐整体的气氛还算愉快，因为都算熟悉，所以在吃饭的时候更多的是以叙旧和寒暄为主。

等大家吃得差不多的时候，韩德昌看着马可爱说："马总，我蛮欣赏你的，一来到JR就大刀阔斧地改革，还做得有声有色，前段时间的股东大会上就连宋天明那只老狐狸都没能从你这里讨到半点好处，光凭这一点就能让我你对刮目相看。实话告

诉你吧，我手里有JR4.99%的股权，这点股权平时可能没有太多的用，但是在现在这个关键时刻却很重要。"

马可爱的眸光微沉，问："我能问一下韩叔叔收购JR的股票有什么打算吗？"

从吃饭到现在，韩德昌对于他的意图只字未露，却在此时说出手持股票的事情，这就表明他将插手JR的事情。

马可爱一直都知道韩德昌不是个好相与的，此时突然插手JR的事情必定有所图谋，一个宋天明已经让她头疼至极，如果再和韩德昌为敌的话，她觉得以她的能力很难应付。

韩德昌看到她有些戒备的样子笑了笑，眸光在她和韩元斌的身上扫视一圈后说："我知道元斌很喜欢你，所以这点股票我打算给他作为聘礼。"

他的意思相当明了，意思是只要马可爱答应嫁给韩元斌，那么他就会站在马可爱这一边。

韩元斌有些意外，心里却松了一口气，他之前最怕韩德昌过来直接拆散他和马可爱，此时韩德昌的做法在他看来相对温和，他有些期盼地朝马可爱看去。

却见马可爱的面色一僵，眉头微微一皱，韩德昌却抢在她之前微微一笑："你不用急着回答，回去后好好想想再答复我都不晚。"

马可爱的眸光微沉，韩德昌然一笑，带着韩元斌离开。

晚餐结束后，马可爱心事重重地回到酒店，她清楚地知道有韩德昌搅进JR的这摊水里，后面只怕还会有更大的风浪，而韩德昌提出的条件，她是无论如何也不会答应。

她伸手按了按眉头，长长地叹了一口气。

宋天明得知马可爱和韩德昌私下会面多少有些担心，他觉得他也需要去探一下韩德昌的底细。于是，第二天一早他就约韩德昌一起去打高尔夫球，韩德昌如约而至，这一次却没有带韩元斌。

一场球打完后两人就坐在椅子上聊天，韩德昌开门见山地问："听闻宋总在海外有一家PTV上市公司？"

宋天明听到这句话有些吃惊，PTV的事情他一直都瞒得很紧，没有什么人知道，没料到韩德昌居然连这件事情都查到了。

他也是老江湖了，此时就算心里再吃惊面上也没有太多的表情，他只轻挑了下眉。

韩德昌接着说："这家公司总部设在雅加达，早在1990年就在印尼证券交易所上市。公司的核心业务是电力通信线缆产品的研发与制造、宽带接入与运营服务等，在印尼公共工程领域具有很强的竞争力，是印尼国家电网和印尼电信主要的供应商。"

宋天明听到这里就知道韩德昌今天是有备而来的，于是似笑非笑地说："韩总的消息真灵通，不知道韩总想要什么？"

韩德昌轻笑一声："我想要什么不重要，重要的是我知道你想要JR！"

到如今，宋天明对于这个意图也不再隐瞒，只是一笑，韩德昌继续说："在商言商，我想以手上所持有的JR酒店4.99%的股份置换PTV公司的500万股，我清楚你手里的这家海外公司受益于2016年以来印尼政府加大基础设施建设力度，去年的业绩暴涨26倍，股票也升值近10倍，是资本市场的明星股，我希望以每股45美元的价格进行置换。"

"韩总的这一刀砍得够狠啊！这样的股权交易，你可是会收获100%的利润。"宋天明笑着说。

他脸上在笑，心里却在骂韩德昌是只老狐狸，知道了他的软肋，就狮子大开口，真不要脸。

"我是个商人嘛！"韩德昌笑着说，"再说了，这事我也是成人之美，宋总你再好好考虑考虑，我还有事，先走了，宋总可以随时给我电话，我等你的好消息。"

他说完站起来拿起外套不紧不慢地走了出去。

宋天明没有拦他，看着他的背影心情有些复杂，JR宋天明是志在必得，而经韩德昌这么一搅和，这事似乎就变得有些难办了。

天明做事，一向霸道狠厉，这样被人掐着脖子的感觉还是第一次，这种感觉并不好。

马可爱也听说了韩德昌去见宋天明的事情，她虽然还没能完全弄明白韩德昌的意思，但是他此时去见宋天明就多少有点待价而沽的意味。

她觉得只要韩德昌有这个心思，那么整件事情就还有缓冲时间，只是她也清楚地知道她的时间并不算多。

她拿出之前她借宋天明钱时签下的股权质押合同看了看，还有一个月合同就到期了，如果你不能及时还钱的话，那么那25%的股份就要永久成为宋天明的。

她知道如果那些股份成为宋天明的话，他就将成为JR最大的股东，他接手JR只是迟早的事情。她必须想办法打破这个局面，在一个月内拿出一大笔钱还给宋天明。

这几个月来JR虽然有所盈利，整个酒店也渐渐上了正轨，但是也没有办法拿出那么大一笔钱来。

她此时也知道这所有的一切都是宋天明的算计，打算用银行贷款还给宋天明，结果她才拿到银行贷款就曝发出偷税漏税的事情来。

她轻叹了一口气，宋天明当真是老奸巨猾，从那么久之前就开始谋划了。

马可爱把事情权衡了一番后终于做了决定，打电话约韩德昌和韩元斌一起吃顿饭。

落座后韩德昌问她："马总主动约我们，是考虑好了吗？"

马可爱点头："是的，我想和韩氏合作，但是……"

"合作？"韩德昌打断她的话说，"马总是不是误会我的意思了？"

他说完又接着说："我手里有JR4.99%的股份，现在的JR对我来说就是一个极好的商机。老实说，我们的家族企业，也曾经遇到这样的危急关头，所以我很理解马总的心情。我原本对小马总确实是怀有成见的，的确想要拆散你们，好让韩元斌回到我的身

第118章 老奸巨猾

边全力做好自己家的事情。但是我来到中国后发现你也是个有能力的，所以想给你们一个机会。"

他说到这里略一顿，扭头看了韩元斌一眼说："我决定把手里的股份，直接转给我儿子韩元斌，要怎么处理这些股票，由他来决定。"

韩元斌满脸意外地说："爸！"

"这事就这么定了。"韩德昌淡淡地说，"JR的股票给你了，你要怎么处理都可以，省得你天天说爸爸霸道。"

他说完伸手拍了拍韩元斌的肩，然后率先走了出去。

韩元斌这一次却不知道要不要跟过去，他扭头看了马可爱一眼，见她有些呆呆地坐在那里，似乎对于韩德昌的这个决定也很意外。

两人一起从餐厅里走了出来，这里离JR并不算远，两人都没有开车，就顺着那条路往JR的方向走。

刚开始的时候两人都很沉默，一路上谁都没有说话。

快到JR的时候，韩元斌忍不住轻声说："你在怪我吗？其实今晚我爸的决定我一点都不知晓，我一直觉得感情是不能掺杂任何东西的，而他却是个典型的商人，不管什么事情，在做的时候都会先计算一下得失。"

马可爱此时也已经平静了下来，她认真地说："我不怪韩叔叔，相反很欣赏他在商言商的态度，再则那些股票就算他不买，也会有人买。所以与其落在别人的手里，还不如果在韩叔叔的手里。只是韩元斌，我们能不能考虑深度的战略合作、资源共享、争取双赢呢？"

现在股票在韩元斌的手里，合作的事情就得找他谈。

而两人之间之前又还有感情牵扯，马可爱只是想和韩元斌谈合作，而韩元斌只怕她会有其他的想法，这件事情在如今的马可爱看来，不管怎么做都有些无奈。

"你说得没错，合作是目前最好的办法。"韩元斌轻声说。

他之前以为只要夏雨行一走，马可爱必定就属于他了，但是这段时间就算夏雨行离开了，马可爱也依旧对他冷若冰霜，两人在一起只能谈工作，一谈到其他的事情她就翻脸。

第119章 宣布婚讯

而现在韩德昌把股份给了韩元斌,他觉得基于这个基础,他也许还有和她靠近的机会,他和马可爱的感情,他是绝对不会放弃的!

"你同意了?"马可爱有些意外地看着他。

韩元斌点头:"我曾说过,只要是你让我做的任何事情,我都会做好,所以只要你开口,让我做什么都行。"

他说完专注地看着她,眼里是绵绵的情意。

马可爱的心里有些愧疚,避开他的目光说:"好,那我让人准备一个晚宴,宣布我们强强联手、深度合作的消息。"

她心里如今只有夏雨行一个人,他的感情,她注定是无法回应的,但愿他能早日想明白。

韩元斌点头答应:"好。"

马可爱看了他一眼,他的眼里是满满的深情,她一时间不知道和他合作是对还是错。

晚宴就在三天后,马可爱很快就筹备好了,并由韩元斌通知了各大媒体。

晚宴一开始,JR的宴会厅里就宾客云集,热闹非凡。

夏雨行听到JR和韩氏合作的消息后黯然神伤,他之前一直觉得他陪在马可爱的身边是能帮到她的,可是此时一看JR和韩氏只是一个合作的消息就有这么大的影响力,这是他终其一生也做不到的。

他之前并没有觉得他和韩元斌的差异有多大,但是这一次却有了最直观的体会。

陆臻臻见他最近意志消沉,就问他:"要不要我带你去参加JR和韩氏的晚宴?"

第119章 宣布婚讯

夏雨行还没有回答，她已经拉着他的手说："走吧，一个人蹲在这里想七想八有什么用？我认识的夏雨行可不是这样的，再说了，你有一段时间没有见到可爱了吧？你就不想见她？"

夏雨行原本还有些不想去，听到陆臻臻的话后就改变了主意，轻声说："别拉了，我跟了你去！"

"这还差不多！"陆臻臻看着他说，"不管他们想要做什么，我们都需要知道，这叫作知己知彼，百战百胜！夏雨行，我永远站在你这一边！"

夏雨行对于陆臻臻的说辞有些好笑，却又有些感动，陆臻臻看起来不着调，但是关键时候却又还是个拎得清的。

对现在的他而言，参加这场晚宴能见到马可爱就够了，他虽然想着和她分开是对她的保护，但是这段时间他想她想得厉害，这样的分开对他而言是一种折磨。

陆臻臻因为带夏雨行参加，所以来得晚了些，两人才一进去，就听见韩德昌当众宣布了马可爱和韩元斌的婚讯："犬子元斌和可爱相恋多年，即将举办订婚仪式，现在在这里向各位媒体朋友通个气，讨个吉祥话！"

夏雨行顿时如被雷击，原来马可爱不仅仅是要和韩氏合作，还要和韩元斌结婚！

陆臻臻则瞪大了眼睛，怒骂了一句："韩元斌这个乘虚而入的小人，看我不揍死他！"

她说完就欲往前冲，夏雨行伸手拉住她说："别冲动！"

陆臻臻扭头看着他，他看到站在主席台前马可爱只觉得心头一痛，却轻声说："如果这样能帮可爱走出困境，而她也是真心爱着韩元斌的话，那我祝福她！"

陆臻臻瞪了他一眼："夏雨行，你疯了吧！这事还能祝福？我觉得你应该冲过去打韩元斌一拳！"

夏雨行惨然一笑，怕她闹出事情来，将她拉出了晚宴现场。

韩德昌的那句话同时也让马可爱和韩元斌愣在那里，这件事情是韩元斌说要和JR合作时他就已经想好了。

他知道韩元斌有多喜欢马可爱，之前为了留在马可爱的身边，一向不敢反对他的韩元斌居然不听他的劝，非要留在JR，既然如此，那他就帮韩元斌得到马可爱。

马可爱想和韩氏合作，这个没问题，但是前提是她必须成为韩家的儿媳妇，马可爱想哄着韩元斌和韩家合作，这事还得他点头。

他略有些得意地环顾全场，笑呵呵地说："等犬子和可爱订婚的时候，还请各

位赏脸来喝杯喜酒。"

台下的宾客有不少人起哄，现场轻松而喜庆。

马可爱听到韩德昌的那句话时愤怒地握紧了拳头，扭头看向韩元斌，韩元斌一脸无措地对她摊了一下手表示自己也不知情。

马可爱心里怒意浓郁只是当着一众宾客和媒体也无法发作，媒体和宾客的各种夸赞和祝福在她听来只是满满的讽刺，所谓合作，原来还是绕不过婚事。

韩元斌的心里则有些暗喜，不管怎样，他这也算是和马可爱有了婚约，有了这一层之后，他相信只要她知道他对她是认真的，一定会愿意嫁给他。

因为这桩婚讯，JR的股票一路飘红，众股东和网友欢喜雀跃，马可爱却陷入愤怒和无助之中。

晚宴后，马可爱想找韩元斌商量澄清两人婚讯的事情，只是她再仔细一想，知道在这个时候一旦澄清，两家深度合作的事情也就成了泡影，JR的股票必定大跌。

而宋天明一定会乘虚动手，到时候会对JR造成难以应对的损失，而现在的她却还没有能力控制这个局面。

马可爱的晚宴被韩德昌一折腾就完全变了味道，这件事情却也让宋天明坐不住了，如果韩德昌把手里的股票当彩礼送给马可爱的话那就对他往后收购JR大为不利。

于是他打电话约韩德昌打高尔夫球，韩德昌接到他的电话一点都不意外，欣然答应。

两人到球场后宋天明直接说："上次韩总的提议，我经过慎重考虑，认为与韩氏集团这样强大的企业合作对我们来讲有利无害，所以，这次想与韩总就合作的细节再进一步确认一下。"

韩德昌笑着说："好啊，我这个人最痛快了，细节全由宋总说了算，我就只有一个要求，您给我PTV500万股，我给您JR4.99%的股。"

宋天明对他伸出手："合作愉快！"

韩德昌握住他的手微微一笑，这一件事情就算是定了下来。

第120章 亲生父子

韩德昌走后，宋天明的眸光就冷了下来，轻骂了一句："老狐狸！"

如果他不是对JR志在必得的话，是无论如何也不会答应这个条件，只是现在他拿到JR4.99%的股票后，心里也安定了不少。

次日合同签好后，宋天明对外宣布了PTV与韩氏的合作，果然，消息一宣布，PTV的股价就暴涨，对于这个结果，他非常满意。

然而，一天后赵青峰急匆匆地跑过来说："宋总，韩德昌那只老狐狸把之前4.99%的股票卖给我们之后，反手又买了JR5%的股票！他神秘出完货后，股民发现被忽悠了，PTV的股票眼看着就要大跌！"

宋天明怒骂："韩德昌真是只货真价实的老狐狸！你马上去发布消息，就说PTV将有大股东增持股票，先把股价稳住。"

从来只有他算计人，这样被人算计还是第一回，他绝不会就此罢手！

赵青峰应了一下却没有离开，脸上的表情有些犹豫。

宋天明皱眉问："还有什么事？"

赵青峰看了他一眼后递给他一叠照片："你儿子有消息了，从照片上看起来应该是我们酒店的杨力，只是不能完全确定，但是就算不是他，他也应该认识你儿子。"

宋天明接过照片的手有些发抖，他看着照片上杨力扶着夏雨行的养父在做各种检查，他激动地说："别说那些没用的，我要确切的证据！"

"明白，我已经盼咐下去了。"赵青峰说。

宋天明的眼里有了泪光："二十年了，我终于找到你了！谢天谢地，你还活着！"

他的情绪一向内敛，此时却情难自禁。

赵青峰看着这样的宋天明心里有些不舒服,有一种宋天明被别人抢走的感觉,偏那个人还是宋天明的亲生儿子,他就算是心里再不舒服也只得忍着。

夏雨行因为马可爱和韩元斌的婚讯受了巨大的打击,就算他嘴里说能将这件事情放下,身体也跟他唱起了反调,酒宴结束后,他当天晚上就发起了高烧。

因为夏雨行病着,所以他养父那边就拜托杨力在帮忙照顾。

这天杨力安顿好夏雨行的养父后见他在那里喝闷酒,就走过去把他的酒抢了过来:"少喝点,我这几天带叔叔检查,总觉得怪怪的,好像有人在跟踪我,我要照顾叔叔,也没办法去追查。"

夏雨行一听这话立即紧张起来:"他们有没有对你动手?"

他第一个念头就是赵青峰那个浑蛋又盯上了杨力和养父,他不想他们中的任何一个有所损伤。

杨力摇头:"那倒没有,他们只是远远地跟着,看起来不像是冲着我来的,难道叔叔的身上有什么秘密?"

夏雨行沉默了片刻,知道宋天明的人找来了,他现在已经基本上确定宋天明就是他的父亲,而宋天明在他的心里已经是阴险小人的代名词,他不想和宋天明有任何牵扯。

他从脖子上取下戒指递给杨力:"帮我个忙,这几天你帮我照顾一下我爸,然后把这戒指带在身边,找机会露给他们看。如果有人问起我爸和你的关系,你就说你是他捡来抚养长大的。"

杨力见他最近情绪低落,故意逗他说:"哟,夏哥,你该不会是什么二代吧?我现在抱你大腿还来得及吗?"

夏雨行失笑:"瞎想什么了!不管他是乌龟还是王八都钓出来遛遛,还有,宋天明这个人你注意一点。"

杨力两眼发光:"你该不会是那只老狐狸的私生子吧?"

夏雨行有些无语,这家伙的无心之语倒说出了事情的真相。

夏雨行拍了一下他的脑袋:"整天瞎想什么!来,我跟你说一下我和我爸的细节,小心别露馅了。"

杨力嘻嘻一笑,夏雨行把他和养父相处的细节都告诉了杨力,说完后,他的心里又有几分无可奈何,如果宋天明真的找过来的话,他该怎么办?

他想了一大圈,却发现他一点办法都没有。

第120章 亲生父子

与此同时，韩家父子那边通过媒体对外宣布马可爱和韩元斌将于下个月八号订婚，这条消息一经公布，立即就上了热搜，同时还登上了各新闻版面的头条。

夏雨行看到这条消息后整个人如被雷击，就算他之前想好他离开，对她而言可能是最好的结果，但是当他知道她将要嫁给别人时，他还是难以接受。

只是现在这种情况，他不觉得他找上门会有用。

最重要的是，他还可能是宋天明的儿子，这件事情到时候一旦揭开，他有什么资格陪在她的身边？

夏雨行只觉得满心的烦恼却又理不出头绪来，他第一次不知道自己要怎么办。

他一个人坐在出租屋里把自己灌醉，只是醒来后该面对的依旧还需要面对！

他觉得他不能再这么下去，要想办法破了这个困局！

他身边唯一能商量的人也只有杨力了，此时杨力正在医院里帮他照顾养父，他决定去一趟医院。

只是他才刚到医院，就看见宋天明带着赵青峰朝他养父病房的方向走去，他的心跳顿时就快了起来，该来的终于还是来了。

因为上次的阴差阳错，他已经决定让杨力冒充他，今天似乎到了关键的一步了，也不知道杨力能否应付得来。

夏雨行有些忐忑不安地等在医院里，过了大约一个多小时，终于看见宋天明含笑和杨力走了出来，他见宋天明递了一张名片给杨力："戒指对你这么重要你好好收着，这是我的名片，你以后遇到什么难处可以找我。"

杨力满脸堆笑地说："宋总，你真是太好了，你一定会好人有好报的！"

宋天明微微一笑，眼圈微有些发红，却没有再说什么，直接就带着赵青峰走了。

杨力还在那里笑嘻嘻地说："宋总，慢走啊！"

宋天明走后，夏雨行走到杨力的身边问："怎么样？"

"我出马怎么可能搞不定！"杨力有些得意地说，"我刚才故意把戒指丢在地上，他当时很紧张，整个人都趴在草地上找戒指，我从没有见过这样的他，看起来那枚戒指对他非常重要。"

第121章 想招揽他

"你没露出马脚吧?"夏雨行又问了句。

"开玩笑,也不看看我是谁?怎么可能会露出马脚!"杨力轻哼一声说,"我都是按你之前说的跟他说了,五岁失忆,失忆前的事情全部不记得了,然后是被你养父下雨天从山隙里捡来的,他捡到我的时候我身上什么都没有,就只有这枚戒指,我刚才还故意说要把戒指卖给他,他居然比我还紧张!"

夏雨行的眸光暗了下来,杨力扭头看着他说:"他该不会真的是你的亲生父亲吧?"

"应该是吧!"夏雨行长长地叹了一口气说,"但是像他这种坏事做绝的人不配做我的父亲,这几天先辛苦你帮我拖着他,我再想想办法,看看能不能把他扳倒,只有把他扳倒了,可爱才不会被他逼迫。"

"哥,你牛!"杨力对他竖起大拇指,"你对马总的感情当真是比山高比水深,为了她都想把自己的亲生父亲给扳倒,佩服!"

夏雨行看到他那副样子有些哭笑不得,伸手在他的后脑勺上拍了一下骂了一声:"少在这里打趣我了!他要是个好人的话,我至于这样?"

杨力嘿嘿一笑,知道他心里苦,也不多言。

正在此时夏雨行的手机响了,居然是宋天明打来的,他有些意外,宋天明听起来心情很好:"听说你最近被马总赶出JR了,晚上有没有空,我们聊聊。"

夏雨行下意识就想拒绝,只是转念一想这也许是接近宋大明,然后伺机扳倒他的最好机会,于是他说了句:"好。"

晚上,夏雨行到了宋天明说的咖啡厅时,宋天明已经在里面等他了,他看到宋

第121章 想招揽他

天明时略犹豫了一下，然后走过去在宋天明的对面坐下问："宋总找我有事吗？"

宋天明微微一笑："我一直很欣赏你，马可爱不识才辞退你，我愿意请你重回JR做我的特助，有兴趣吗？"

夏雨行来之前就对宋天明的意图猜到了几分，所以他此时这句话一点都不意外，他看向宋天明："我之前一直帮马总做事，宋总现在用我能放心吗？"

宋天明笑了笑后说："你和马可爱之间的事情我也听说了一些，我个人觉得，她对你实在是有失公允，在你有利用价值的时候对你千依百顺，在她攀上韩家之后就把你一脚踢开，我很为你不值。你刚才问我对你是否放心，这事我倒一点都不担心，她都那样对你了，只要是个男人就不会再贴上去，所以我希望你能站在我这边，我不在JR的时候你就是我的眼睛。"

夏雨行冷声说："宋总在JR里的眼睛不少了吧，不缺我这一双。"

宋天明看着他说："我缺一双带有仇恨的眼睛，夏雨行，如果你想证明自己比韩元斌强，想要把马可爱和韩元斌带给你的羞辱和伤害全部还回去，那就来帮我，我可以提供这样的机会给你。"

夏雨行看着他带笑的脸，大概猜到了他的目的，无非是想利用他来对付马可爱，再顺便破坏一下马可爱和韩家的关系，打破他们的联盟。

而他也有他的打算，他要帮马可爱保住JR，扳倒宋天明，这是一个绝佳的机会。

于是他点头说："好，我答应你。"

宋天明挑眉一笑："我就知道你不会让我失望。"

对于夏雨行的选择宋天明并不意外，在他看来，这世上就没有收买不了的人，而现在韩元斌和马可爱马上就要订婚，只要夏雨行还爱着马可爱，就绝对不会把马可爱拱手让人。

自从上次股东大会宋天明和马可爱撕破脸之后，宋天明就以JR理事的身份参与酒店的管理，处处钳制马可爱。

第二天酒店的例行早会，宋天明带着夏雨行参加。

马可爱看到夏雨行愣了一下，满脸的不解，她不太明白他为什么会和宋天明走到一起，而此时想问夏雨行都无从问起。

夏雨行看到她的目光却当作没有看到，面无表情地坐在宋天明的身边，他在心里默默地说："可爱，我回来帮你了，我说过要保护你的，就绝对不会食言。"

宋天明看到这一幕微微一笑："这位想来不用我多加介绍，夏雨行，从现在开

始,他是我的特助。"

宋天明招揽夏雨行的事情赵青峰是知道的,他看了夏雨行一眼,轻龇了一下牙,然后扭过头不看夏雨行。

夏雨行站起来说:"大家知道宋总不太来酒店,所以以后我留在酒店里,作为宋总的助手为宋总处理一些日常工作。"

众高管互相看了看,没有说话,表情都有些微妙,大部分人都想不明白夏雨行为什么会站到宋天明那一边。

散会后,马可爱追上来说:"夏雨行,我们谈谈。"

宋天明回头饶有兴趣地看着两人,夏雨行面色清冷地说:"没那个必要了,毕竟是马总把我赶出酒店的。"

他说完扭头就走,宋天明满意地笑了笑,挑衅地看了马可爱一眼,马可爱对上他的眼神里满是愤怒,他看到她这副样子反倒觉得很有趣,更加觉得自己的这步棋走对了。

宋天明把名片给杨力后,杨力一直没有给他打电话,而他却认为杨力是自己儿子,只恨不得天天和杨力在一起好享天伦之乐,于是他主动给杨力打电话,带他去高尔夫球场玩。

杨力欣然前往,他还是第一次来到这种地方,各种好奇,这边摸摸那边看看,在心里感叹:"土豪的世界果然和我等穷光蛋不一样!"

宋天明看到杨力这副土包子一般的样子有些心疼,问他:"你有什么人生目标吗?"

杨力笑着回答:"我的人生目标是成为JR的客房部总监,然后举办一场盛世婚礼迎娶孙倩!"

"只要你愿意,你马上就可以成为客房部总监,孙倩就接任你的职位,客房部主管,你觉得怎么样?"宋天明微笑着问。

在宋天明看来,杨力所谓的人生目标实在是太过简单,他有些心疼。他的儿子原本应该是目标远大,是要掌握巨大的商业王国,而这一切差点就毁在二十年前的那场绑架案里,好在他找回了杨力,从现在开始培养,应该还来得及。

杨力听他说客户部总监的位置跟说买棵大白菜一样简单,他有些吃惊地问:"这样可以吗?马总会同意吗?"

宋天明一脸的不以为然:"这事小事一桩,我来安排就好了,只要你愿意。"

杨力两眼发光:"我当然愿意!"

宋天明看着他意味深长地说:"杨力,我想栽培你,我也希望你的眼界不要太低,将来你的格局又岂止是区区JR!"

杨力愣了一下:"我一向胸无大志,只要饿不死就行。"

宋天明听到这句话轻叹了一口气,伸手拍了拍他的肩说:"以后都会好起来的,你不会再挨饿,也不会再吃苦。"

杨力看到他这副温和的样子心里有些触动,却不知道该如何接话,只能讪笑一声。

杨力回到出租屋时恰好夏雨行也在,他就把今天在高尔夫球场上发生的事情告诉了夏雨行,然后若有所思地说:"你这几天在JR查的方向可以调整一下,宋天明说将来我的格局又岂止是区区JR,我总觉得他还有其他公司。"

"其他公司?"夏雨行微微皱眉,"也是,如果他没有其他公司的话,手里哪有那么多的钱来玩这些?还有上次郭宇出事的那家财务公司十之八九也是他的,而我们到现在都没能找到郭宇手里的那本账本。"

　　夏雨行在接近宋天明时就制订好了一系列的计划，靠近宋天明找他违法的证据，平时随机应变处理相应的事情。

　　杨力皱眉说："郭宇就是个人渣，他连自己老婆都撞，话说他一失踪就没有半点消息，也不知道跑哪儿去了！"

　　"他哪里是失踪，十之八九是藏起来了。"夏雨行淡声说，"这段时间宋天明经常找你，你要小心一点，千万不要露馅，我之前跟你说的细节都要记清楚。"

　　"放心吧！"杨力拍着胸脯说，"我做事，万无一失。"

　　夏雨行看到他的样子失笑，只是想起最近这纷乱的格局，又有些忧心忡忡。

　　第二天赵青峰就带着夏雨行找马可爱让给杨力和孙倩升职。

　　马可爱有些意外，皱眉说："宋总的意思我不明白，为什么突然要给他们升职？酒店的职位是固定的，有着极为严格的考核标准，现在突然升他们两个的职，我怕其他员工不服，这样做非常不利于酒店的管理。"

　　自从马可爱上次把夏雨行从酒店开除之后，就没有再重用过杨力和孙倩，此时宋天明突然提拔他们两个实在是有些古怪。

　　她扭头看向夏雨行，夏雨行看了她一眼没有说话，她心里有些失望。

　　她打从心眼里不相信夏雨行会背叛她投入宋天明的阵营，因为这样做不符合她对夏雨行的了解，可是他现在又真真切切地站在宋天明的那一边，这会儿还想把杨力和孙倩一起拉过去。

　　赵青峰淡笑："据我所知，杨力和孙倩以前帮JR处理过不少大事，没有功劳也有苦劳，甚至还帮着马总处理过工作之外的事情，我个人觉得，以他们的能力是完全能胜任这两个职位的。"

　　夏雨行此时一语双关地说："杨力和孙倩曾经算是您的左右手，其他的我不知道，但我记得您曾经对他们说过，无论酒店如何，无论未来如何，都叫他们先放在一边不用考虑，只要专心为您做事，你一定会重用他们，JR度过危机，也会最大限度地提升他们的价值，他们许您帮助，您许以他们未来，并且鼓舞他们说，这是共同的承诺！"

　　马可爱听到"共同的承诺"愣了一下，和夏雨行对视了一眼，他轻点了一下头。

　　马可爱看到他这样顿时心跳如鼓，之前所有的猜测在这一刻得到了证实，他绕了这么一个大圈子，居然是回来帮她的！

　　她的眼圈微微一红，只觉得他傻到极致，他这样回来帮她，如果被揭穿，只怕会非常危险!

而她如今已经无法阻止他了,现在她能做的只有配合。

赵青峰并没有注意到两人的互动,他看到马可爱眼圈泛红的样子还以为是她被他们气得要哭了,他心里顿时就更加得意了,微笑着说:"当初的事情我不知道,但是既然马总曾经许诺过他们,那就要言而有信。"

马可爱深吸一口气说:"那这事就依宋总的意思了。"

赵青峰听到她这句话不由得得意一笑,原来马可爱也不过如此,只稍稍一逼就妥协了,看来要从马可爱的手里夺走JR也不艰难。

这件事情定下来之后,夏雨行松了口气,他知道马可爱已经明白他的意思,以后只要他们齐心协力就一定能扳倒宋天明!

夏雨行早前就制订了一系列的计划,如今马可爱已经知道他是卧底,那么可以开启计划的第二步:故布疑阵,用真真假假的表象乱宋天明的阵脚。

夏雨行给许晨打了个电话,让他来酒店找一下马可爱。

因为上次夏雨行帮许晨以保外就医的由头从牢里救了出来,两人一直有联系,许晨听到夏雨行的话后不假思索就同意了。

当天下午许晨就到酒店找马可爱,恰好马可爱就在大堂,两人见面后去餐厅坐了一会儿。

赵青峰看到马可爱和许晨坐在一起聊天,顿时吓了一大跳,毕竟当时许晨是替他顶的包,虽然现在他们已经和马可爱撕破了脸,但是如果许晨背着他们藏了什么证据,那都将是大麻烦。

他看了两人一眼,然后匆匆去找宋天明:"宋总,许晨回来了!正在餐厅里跟马可爱聊天!"

宋天明微微皱眉,略一思索后不以为意地说:"之前的事情许晨都认了下来,他现在就算是想咬我们一口也没有证据,不用怕他。"

第123章 谋取信任

当时宋天明还没有和马可爱撕破脸,所以还有所避讳,但是现在他们已经完全站到了对立面,就没有什么了。

赵青峰听到宋天明的分析后觉得有道理,松了一口气。

只是赵青峰一向和夏雨行不和,此时忙趁机给他上眼药:"夏雨行一回,许晨就回来了,如果说这事跟夏雨行没有关系,我是绝对不信的。还有他之前和马可爱爱得你死我活的,这说反水就反水,我觉得这中间有问题,我们一定要小心提防他!"

宋天明淡声说:"我当然不相信他会反水,但是他却是我们对付韩家的一枚上好棋子,只要棋子用对地方,就不用太在意它的来路,看紧就好。"

赵青峰有些不甘心地说:"宋总,你可得好好提防他,别一世英名葬送在这个小瘪三的手上。"

"我心里有数。"宋天明镇定地说,"倒是杨力那边你帮我安排一下验DNA,不知道为什么,我总觉得他不像我的儿子。"

这事他也说不清楚,只是一种感觉,虽然现在所有的证据都证明杨力是他的儿子,但是他每次和杨力相处的时候,都很难有那种属于父子的默契和温情,总觉得他们之间隔了些什么。

他不确定这种感觉是不是因为他们分开多年,他是个多疑的人,做事也力求稳妥,思来想去,还是觉得应该和杨力一起验一下DNA。

赵青峰点头应下,正在此时,夏雨行敲门而进:"宋总,许晨回来了,我之前也帮过他,所以刚才在下面跟他说了会儿话,因为当初我不知道宋总这边的安排,所以并不清楚细节,只是刚才许晨说是一个神秘人让他回来看看,到底是谁,他却无论如何也不说，我觉得这事需要引起重视。"

宋天明本来对夏雨行是有些怀疑的，此时听到他的这句话倒松了一口气，许晨一来见马可爱，夏雨行就来报备，也从侧面说明了夏雨行的立场。

赵青峰跟在宋天明身边多年，宋天明的心境变化他早就感觉到了，心里有些不爽，用不屑的语气说："许晨回来能做什么？"

宋天明淡声说："不管回来做什么，但是总归是来者不善，青峰你知道要怎么做的。"

赵青峰有些不甘地瞪了夏雨行一眼，然后对宋天明说："是。"

宋天明看着夏雨行满意一笑，夏雨行也回以一笑。

当天晚上，夏雨行准备下班，突然看见宋天明冷着脸从外面走了进来，然后直接进了电梯。

夏雨行觉得有些奇怪，忙跑到电梯口看了一眼，发现电梯中途根本就没有停，直接上了顶楼。

夏雨行不太明白宋天明为什么大晚上地往顶楼跑，现在顶楼只住着马东山和陆臻臻，宋天明肯定不会是找陆臻臻的，那就只有马东山了。

夏雨行再想起宋天明对JR一副志在必得的样子，他心里就生出几分担心，宋天明该不会对马东山不利吧？

这个念头一冒进他的脑海，他吓了一大跳，忙按下另一部电梯直奔顶楼。

夏雨行到顶数的时候直奔马东山的房间，他一靠近就听见宋天明的声音传来："你那女儿还真不是省油的灯，居然想联合韩家来对付我，只可惜我还留着后手，我一定不会给她机会的。你也别怪我心狠，当初如果不是你和你的女儿，我儿子就不会失踪，妻子也不会无辜惨死。这一切当然是记在你和你的宝贝女儿身上！"

夏雨行在门外听到他的这些话终于明白他为什么一直针对马可爱，他想起他和宋天明的关系，心里顿时五味杂陈，宋天明嘴里的儿子是他，他现在好好的，而宋天明的妻子也就是他的母亲，却已经去世了。

原来两家的恩怨纠葛竟如此之深！

只是他一向恩怨分明，像宋天明这样把上一辈的恩怨全算在马可爱的身上实在是太过分了。

病房里，宋天明拿起毛巾为马东山擦脸，毛巾碰到氧气罩，他冷笑："这东西太碍事了，我帮你拿掉吧！"

他说完就伸手拿掉了马东山的氧气罩，他手上蝴蝶形的疤痕露了出来，这一幕和马可爱之前看见的片段一模一样！

正在此时，马东山的嘴唇轻动，眼珠子也转来转去，似乎要睁开眼睛一样，旁边的监护仪器发现鸣叫，宋天明疑惑地问："难道你听得见我说的话？"

夏雨行知道只要仪器一有变化，李医生和护士就会以最快的速度赶过来。

他微一思索就进了病房，他知道此时要离开已经来不及了，他直接拉起宋天明的手让他藏在洗手间。

宋天明有些意外地看着他，他对宋天明点了一下头。

宋天明才藏好，李医生就进来了，见夏雨行在病房里有些意外，忍不住问他："发生了什么事？"

"我也不知道，我刚才来找陆臻臻，然后听到这边有动静就过来看看，不清楚具体情况。"夏雨行回答。

李医生听他这么一说不再多问，现在马东山的情况非常危险，他立即对马东山进行抢救，并让护士通知马可爱立即过来。

马可爱匆匆赶过来的时候，李医生刚好完成了对马东山的抢救，马东山再次被抢救回来，马可爱松了一大口气。

宋天明趁乱从洗手间出来，此时大家的注意力都在马东山的身上，没有人注意他，他悄无声息出了病房。

第二天宋天明打电话让夏雨行来他办公室一趟，夏雨行一到，宋天明就把一个信封推到夏雨行的面前说："给你的。"

夏雨行打开看了一眼，发现里面装的全都是钱，他笑着说："您这算是给我打掩护的报酬吗？如果是，真的不需要，因为昨天我是去找陆臻臻刚好遇到，只是顺手而为。"

他说完拿起手机给宋天明看陆臻臻打来的一堆电话和短信息，全是昨天晚上的。

宋天明看到这些后才算放下心来，却笑着说："钱你就收着，就当是我给你的奖金，跟着我做事，亏不了你。"

第124章 订婚晚宴

夏雨行失笑:"这样啊,那好吧,谢谢宋总!"

他知道宋天明都是这样说了,他如果不收下这笔钱的话,宋天明是不会放心的。

他收宋天明的钱,心里一点压力也没有。

很快就到了马可爱和韩元斌对外宣布订婚的那一天,韩元斌整个人喜气洋洋,穿了套剪裁得体的西装正在那里迎接宾客,马可爱则漫不经心地坐在角落里。

上次晚宴公布了两人将要订婚的消息后,马可爱找韩元斌商量过几次,只是两人在对待这件事情上的观点完全不同:韩元斌一心想和她结婚,而她却有一种被逼迫着嫁给他的感觉。

而在这种情况下,她为了保住JR,连说反对的能力都没有。

马可爱从未觉得自己如此无能过,她想起当初马东山和李航嫣之间的爱情,两人由最初的相爱到最后的分离,是不是也有太多的迫不得已?

就在昨天,她还去找过一次韩元斌,告诉他感情是不用掺杂太多其他的东西,现在的她根本就不爱他,这样仓促宣布婚讯对两人都不公平。

韩元斌则看着她说:"可爱,你忘了我们之前有多相爱吗?我曾说过,不管什么时候,我都不会让你为难,更不会勉强你做你不愿意做的事情,而这现在只是订婚,不是结婚,我相信只要再给你足够的时间你一定会爱上我,等你真正爱上我之后,我们再结婚。而这一次的订婚宴,如果你心里不舒服,我会交代下去,刻意弱化订婚的感觉,只当是我们签约合作,好吗?"

马可爱对于他的说法并不认同,因为她自己非常清楚,她这一生都不可能再爱上韩元斌,而JR现在的情况是如果不和韩氏签约合作,只怕将会毁于一旦。

她以前觉得她一定可以收获纯真的爱情，可是现在却因为事实而妥协，做出了她这一生最不愿做的决定。

她环顾了一下现场，整个现场布置的中规中矩，没有太多的粉色气息，更多是商业气息，只是她心里也清楚地知道，这样也改变不了她将和韩元斌订婚的事实。

她发现她有些想夏雨行了，她不知道今天夏雨行会不会来，他如果要来的话她都不知道要如何面对他。

此时的夏雨行坐在出租屋里，他打开电脑，看马可爱和韩元斌订婚宴的直播。

他之前想了很多法子想要阻止这场订婚宴，可是到如今他依旧无能为力，他知道这样对JR最好，也知道JR对马可爱意味着什么，所以没有去参加这场订婚宴，因为他知道，他要是去了，只怕会忍不住闹出什么事情来，那样只会让马可爱为难。

杨力坐在夏雨行的身边，轻咳了一声说："只是订婚又不是结婚，你还有很多挖墙脚的机会，我相信，最后一定是你娶到我们美丽聪明的马总。"

夏雨行听到他这句安慰的话只是苦笑一声，这个时候说什么好像都没有用。

杨力看到他苦笑的样子，心里也不是滋味，知道这会儿是多说多错，还不如不说，于是杨力也跟着夏雨行一言不发地看着直播。

直播现场，陆臻臻作为特邀嘉宾穿了条惊艳的长裙前去参加，只是她此时看起来明显有些心不在焉。

她想起一年前她拉着韩元斌订婚引马可爱现身，当时不过是她的恶作剧，她的心里其实是在祝福两人的，可是现在由她来参加马可爱和韩元斌的订婚宴，却让她觉得这一切都有些不对。

一年多的时间，发生了太多的事情。

从某种意义来讲，是韩元斌的假死让马可爱遇到了夏雨行，陆臻臻不知道，如果能再来一次的话，韩元斌还会选择假死吗？

陆臻臻扭头看向笑意盈盈的韩元斌，不知道为什么，她看到他现在的样子莫名有些讨厌，她轻撇了一下嘴，想找个偏僻的角落坐下，却看到了坐在那里的马可爱，

她走到马可爱的身边坐下，难得认真地问："你真的想好了吗？"

"我有其他的选择吗？"马可爱不答反问。

陆臻臻沉默了一下，一时间竟无言以对，张嘴还想问"夏雨行怎么办？"却又觉得这个问题实在是太傻，于是她轻撇了一下嘴说："只是订婚而已没什么大不了的，我之前也和韩元斌宣布过订婚！"

第124章 订婚晚宴

马可爱的嘴角微勾，想起之前她因为这件事情而和陆臻臻闹翻，此时想起来只觉得当时的自己太过冲动。

正在此时，韩元斌含笑走过来："可爱，签约仪式马上就要开始了，我们过去吧！"

因为马可爱的坚持，把JR和韩式的签约仪式放在前面，后面才会宣布两人订婚的事情。

马可爱站了起来，韩元斌伸手过来拉她的手，她却躲开了，他不由得一僵，她已经转身走向了主席台，他轻轻叹了口气，然后跟了过去。

陆臻臻在旁看着两人的互动，低低地说了一句："可爱，你这又是何苦？"

马可爱和韩元斌到主席台落座后，有记者拿着话筒说："今天是JR与韩氏正式签署战略合作的日子，同时也是JR掌门人马可爱与韩氏继承人韩元斌订婚的日子，可谓是双喜临门，而我们也看到了本次发布会的主题并没有大家所想象的粉红，甚至有意进行了弱化，那么本次两家集团的强强联合是否真如外界所传只是姻亲带来的合作呢，让我们拭目以待！"

签约仪式即将开始，韩德昌的眼里满是笑意，解决了这件事情，韩元斌应该就会跟他回泰国了。

他感觉有人在看他，回头一看，见是宋天明，他的嘴角微扬挑衅地看了宋天明一眼，上次他摆了宋天明一道，也算是表明了立场，两人的梁子已经结下。

宋天明回以一笑，眼里满是高深莫测，他一向记仇，上次在韩德昌那里吃的亏他一直没忘。而今天他将送韩德昌一件大礼。

韩德昌看到这样的宋天明心里微微一惊，只是转念又想，现在所有的一切都在他的掌握中，他不需要怕宋天明。

第125章 变故突生

那边主持人已经上台,说了一堆的场面话后大声说:"韩氏JR的战略合作仪式现在正式开始!"

马可爱知道这是今天的第一个流程,她在心里叹了一口气,她既然已经想好了,那就不需要再犹豫,她拿起笔正准备签字的时候台下突然传来一记女音大声说:"等一下!"

她有些错愕地扭头看去,她并不认识那个女人,一时间眼里有些不解。

韩元斌也扭头看向那个女人,他在看清那个女人的长相后脸色瞬间就变了,瞬间就想起一个人来,他的腿竟微微有些抖。

之前觉得大局在握的韩德昌看到那个女人后眼里也满是错愕,那个人是他们韩家最不想见的人。

他似乎想到什么扭头朝宋天明看去,宋天明朝他挑眉一笑,他顿时就明白那女人十之八九是宋天明找来的,他不由得暗暗咬了咬牙。

因那个女人的出现,现场出现了短暂的混乱,媒体立即把所有的镜头对准她一阵狂拍。

女人看起来有些瘦弱,面色却无比清冷,看着韩元斌的眼睛里满是愤怒,她大声说:"韩元斌,你果然没有死!你还我弟弟的命来!"

她说完举起一张放大的照片,照片上是一个年轻男子,二十出头的样子,帅气英俊。

韩元斌看到照片上的男子时手也有些发抖,他扭过头,不敢去看那张照片。

马可爱看到这些眼里满是疑惑和不解,照片上的那个男子到底是谁,为什么韩

第125章 变故突生

元斌看到那张照片会怕成那样？她看向韩元斌的眼神也多了三分探究。

韩德昌的眉头皱了起来，他知道这个时候他必须站出来控场，于是他大声说："这位女士，如果你是来道喜的，我们很欢迎！如果要来砸场子，那就只好请你出去了。保安！"

几个保安过来拉那女人，女人却挥舞着胳膊不让他们靠近她，她大声喊："韩老板是贵人多忘事，才多长时间就忘记我了！只是你们忘了我也就算了，连我枉死的弟弟都忘了吗？韩元斌，你的良心被狗吃了吗？"

她的这句话里信息量太大，再次引发骚动。

马可爱见韩元斌一直白着脸不说话，场面几乎失控，她只得站出来说："这位小姐，不论你与我的未婚夫有何过节，还请等到发布会结束之后好吗？我们一定给你一个满意的答复。"

女人激动地看着她说："你不要被韩元斌骗了，他是个道貌岸然的伪君子，他是杀人凶手！"

马可爱听到这句话大吃一惊，韩元斌的禀性她还是清楚的，说他会杀人她是不信的，只是眼前的女人如此愤怒，这件事情看起来又像是真的。

她扭头朝韩元斌看去，他的脸色更加难看了，手抖得更加厉害，他面对那个女人的指控，却一句辩驳的话都没有，她心里的疑云更重。

韩德昌知道再不把这个女人带走，后果难料，于是他怒吼："保安，还不把这个疯女人拉出去！"

几个保安也知道事情不对，顾不得被那女人抓伤，扑过来拉住女人的胳膊就往外走，女人一边拼命挣扎一边怒吼："韩元斌，你个骗子！你们韩家都不得好死！"

女人被拉出去后，韩元斌的心神略略安定了些，他下意识地看着马可爱解释："可爱，我……"

"你现在什么都不必说。"马可爱沉声说，"我们先把今天应付过去你再来跟我解释事情的前因后果，只是订婚的事情今天就不要宣布了。"

那个女人的来历她会查，韩元斌做了什么事情她也会查，但是今天这样的场合先以大局为重，必须先把局面控制住，要不然对JR会产生巨大的不良影响。

韩元斌听她这么说知道她的心里生出了怀疑，而那个女人的来历他要是解释不清的话，也的确没法和她订婚，于是他轻点了一下头，走到韩德昌的面前说了几句。

韩德昌听到他的话后微微眯起了眼睛，扭头看了马可爱一眼，此时的她一脸清冷。

韩德昌心城有些不爽，但是此时大局为重，于是他对着马可爱略点了一下头，含笑跟媒体打圆场："刚刚的一出闹剧算是个调剂，年轻人的私人恩怨就留给他们自己解决好了。发布会过后我给媒体朋友们安排了宴会，酬谢大家不辞辛苦地赶来！"

记者们都是收了他的钱的，心里虽然对那个女人的来历非常好奇，但是拿人钱财为人消灾，这事他们当然不会再问。

主持人也已经回过神来，继续夸JR和韩式的合作是强强联合，会缔造酒店业的传奇。

马可爱和韩元斌满脸堆笑地签下了战略合作合同，之前说的订婚却没有再提起，这场晚宴也就变成了签约宴，也算成功落幕。

坐在电脑前看直播的夏雨行自从那个女人出场后就满脸疑惑，杨力一脸激动地说："那女人该不会是她韩元斌的前任吧！"

"瞎说什么！"夏雨行拍了他一下，"这架势哪里是什么前任，摆明了是要向韩元斌索命，什么前任这么大的仇！"

杨力点头笑着说："也是，那女人的愤怒是装不出来的。"

夏雨行仔细想了想后说："这件事情事关可爱，我们一定要查清楚，这样吧，我们兵分两路，杨力你去宋天明那里打听消息，看看有没有什么眉目，我总觉得这个女人突然冒出来肯定和宋天明有关，因为韩氏和JR合作失败的话他将是最大的受益方。我去想其他办法查这件事情，然后去酒店看看，看能不能找到那个女人。"

杨力点头说："好！"

夏雨行虽然知道JR和韩氏合作从格局上来讲是好事，但是从他的私心来讲，这一次马可爱和韩元斌并没有订婚，那也是天大的好事。

酒宴散后，马可爱、韩元斌和韩德昌进到电梯之后，里面只有他们三人。

马可爱直接问韩元斌："那个女人到底是谁？为什么说你害死了她弟弟？"

第126章 撒谎骗她

韩元斌此时心里乱乱的,不知道要怎么回答,韩德昌笑着说:"去年新购了一块地皮做开发,谁知道动了人家祖坟,都什么年代了还私自圈地土葬吗?听说她弟弟出了意外过世,往老家迁葬的时候才知道了这件事,然后就直接找上门来了。我之前看她也是可怜人,就打发钱让她回去好好安葬弟弟,没想到她太过贪心,今天居然又跑到这里来闹,果然是人心不足蛇吞象啊!"

马可爱对于韩德昌这个说法并不相信,这里面疑点实在是太多,且如果真的如韩德昌说的那样,那女人针对的人就应该是韩德昌,而不是韩元斌。

只是此时她不知道真相到底是什么,于是只是淡淡一笑说:"那就辛苦韩叔叔处理好这件事情,我不想JR才和韩氏合作,韩氏这边就闹出丑闻。"

韩德昌看了她一眼说:"这是当然,这件事情我会处理好的,你不用担心。"

马可爱回了他一记浅笑,电梯"叮"地响了一声,到了她所在的楼层,她率先走了出去。

她才一走,韩元斌有些担心地说:"爸,今天的事情……"

"不用怕,这件事情我来处理。"韩德昌淡定地说,"上次我已经安抚好了林家,他们这次又跑过来闹事,十之八九是宋天明搞的鬼,这浑蛋真的是一点亏都吃不得。"

韩元斌轻声说:"但是林川他……"

"当时是车祸,又不是真的是你害死他的。"韩德昌伸手拍了拍他的肩说,"你也不要多想,这件事情已经过去了。"

韩元斌叹了口气:"但是可爱似乎已经起疑了。"

"她只是起疑又没有证据。"韩德昌淡淡地说,"等你们结婚后,你再慢慢向她解释就好。"

韩元斌轻点了一下头。

马可爱回房后,想起今天晚宴上的事情,她越想越觉得心里烦闷,现在也没有半点睡意,索性一个人出去走走。

她漫无目的随意走着,不知不觉就走到了曾经和夏雨行一起漫步的街道,想起两人曾经的甜蜜如今的无可奈何,不禁有些黯然神伤。

她走过转角的时候,发现前面有个身影和夏雨行很像,她最初以为是她因为太过想他而看错了,揉了揉眼睛后发现真的是他,她心里有些好奇,大晚上的他一个人在这里做什么?

她想了想后决定跟过去看看,没一会儿,她发现不远处有个人等在那里,那个人她也认识,是陆臻臻的御用狗仔一个姓李的记者。

夏雨行走到李记者的面前说了什么,马可爱隔得远听不清楚,没一会儿她就见夏雨行给了一沓钱给李记者,又说了几句什么话,李记者满脸堆笑地点头。

夏雨行离开后,李记者开心地把钱塞进了口袋,马可爱想了想,走到李记者的身边说:"我认得你,你一直跟在陆臻臻的身边做新闻。"

李记者也认得她,笑着说:"原来是马总,这么晚了怎么您也在这里?"

"刚才那个人找你做什么?"马可爱不答反问。

李记者笑着说:"我们做记者的是有职业操守的,客户的信息不能随意泄露,这事……"

马可爱会意,从钱包里掏出一小沓钱递给他,他立即笑着说:"不过凡事都有例外嘛,马总一看就是那种能保守秘密的人,我也就不瞒着你了,他让我查今天晚上出现在晚宴现场指控韩元斌的那个女人的线索,查她的底细以及和韩家的关联。"

马可爱心里一松,从本质上来讲,夏雨行和她想到一块去了,她问李记者:"那你查得出来吗?"

"当然,我平时就泰国和国内两头跑,两边的人脉都多着呢!"李记者笑嘻嘻地说。

马可爱略一沉吟:"那好,我出双倍的价钱,他买的资料全部再给我一份。"

李记者顿时喜上眉梢:"今儿真是好日子啊!马总不但端庄美丽,还很大方,我哪里好意思拒绝!查到后我一定给您也发一份!"

第126章 撒谎骗她

马可爱看到他那副贪财的样子轻撇了一下嘴，但是不管他是否贪财，只要能查到事情的真相就好。

杨力不敢在宋天明的面前表现得太过明显，旁敲侧击问了几句也没能问出关于那个女人任何实质性的东西，他把酒店找了一遍，也没有那个女人的任何消息，看起来她似乎并没有住在酒店里。

而夏雨行找李记者调查那个女人的事情是需要时间的，没那么快会有结果。

夏雨行有一种直觉，那个女人一定还没有离开，她不在酒店里不知道会不会在附近，他抱着试试看的心态带着杨力在酒店的附近瞎转悠，却意外看到一群混混儿在打人。

夏雨行立即大吼一声："住手！你们再不住手我就报警了！"

几个混混儿收了钱本来也只是动手打人，并没有想要弄出人命，于是夏雨行和杨力一过来，几个混混儿就四下散了。

夏雨行走过去把被打的女人扶起来一看，居然就是大闹晚宴的那个女人。

女人受了伤，两人在征得她的同意后把她扶回了出租屋。

孙倩今天不上班刚好在家，看到那女人浑身是伤吓了一大跳，忙帮着她处理伤口。

夏雨行问那女人："我在看直播的时候见过你，你是谁，和韩家有什么仇怨？"

女人的情绪非常低落，再加上刚才是夏雨行和杨力救了她，她也不隐瞒，轻声说："我叫林州，我有个弟弟叫林川，林川从小就喜欢跟在韩元斌的身边玩，两人是好朋友。韩家得罪了泰国当地的大势力，他们想要对付韩德昌，就把目标放在韩元斌的身上。有一次，林川去找韩元斌玩发生了车祸，韩家对外宣称韩元斌出车祸身亡，林川至今下落不明。"

林州说到这里已经泪流满面："自从林川出事，我们全家都在找他，之前总觉得还有一线希望，但是我看到韩元斌还活着的时候，就知道林川他……"

第127章 姐弟情深

夏雨行和杨力一阵沉默,终于明白林州为什么会那样指控韩元斌了。

从本质上来讲,林川也算是被韩元斌害死的。

好半晌后夏雨行才问:"你为什么会来这里?有人通知你吗?"

林州轻声回答:"我收到一张请帖,上面有韩元斌的照片,我就来了……"

她说到这里忍不住又哭了起来:"我可怜的弟弟,他现在生不见人,死不见尸,我父母还盼着他能回家,现在可怎么办,我怎么向我的父母交……"

夏雨行和杨力对视一眼,两人都叹了一口气,夏雨行轻声对林州说:"现在外面危险,你要是没地方去的话,就暂时先住在我们这里。"

林州一边抹泪一边说:"谢谢!"

JR和韩家强强联合的消息经各大媒体的宣传,席卷了所有新闻版面的头条,JR的股票再次暴涨。

夏雨行和杨力上班后,林州一个人待在出租屋里,她有些无聊地拿出手机,一打开就看到这些报道,报道里的韩元斌衣冠楚楚、春风得意,被描绘成青年才俊,新时代杰出的代表人物。

林州看到这里只觉得愤怒至极,这个害死她弟弟的人不但逍遥法外,还活得如此之好!

她拿起手机登录国内知名的论坛,注册好账号后开了个帖子,标题是:扒一扒某酒店高层不为人知的内幕。

这个帖子一经发出就引发轰动,因帖子有理有据有照片有真相,很快就上了热搜。

第127章 姐弟情深

帖子里的人物关系基本上没做模糊处理，所有的矛头直指韩氏集团太子爷韩元斌，一时间网上议论纷纷，而JR因为和韩氏的合作，也受到了牵连，之前晚宴被删的视频也冒了出来。

网友们对JR和韩氏各种口诛笔伐，导致JR的股票大幅度下跌，引起股东的强烈不满。

马可爱也看到了那个帖子，她略想了一下后找到韩元斌问："你真的不认识林州和林川？"

她知道她这一生虽然不可能再爱上韩元斌，但是对她而言，他也是她的朋友，现在JR和韩氏还有合作，她希望他能对她说真话。

韩元斌心虚得不敢看她的眼睛，想起之前韩德昌的交代：无论如何也不能在婚前告诉马可爱真相，于是他点头说："以前从来没有见过，她应该是宋天明找来破坏我们关系的，可爱，你千万不要相信他们说的话。"

马可爱静静地看着他说："我说过，这件事情我会查清楚，但是现在必要的公关工作还是要做的，否则不管对JR还是对韩氏都会产生不良影响，所以如果真的有什么事情的话，请你不要瞒着我。"

韩元斌听到她这话心里一惊，却还是说："我当然不会瞒着你。"

马可爱冷冷一笑，淡定地说："希望你真的没有骗我，既然那件事情是假的，那么你是当事人，最好写篇稿子出来澄清。"

韩元斌呆了一下，这件事情从他的内心来讲，是无法澄清的，他忍不住说："我是当事人，由我出面只怕不太合适，我让公关部其他的同事来写这篇稿子吧！"

"都行。"马可爱看了他一眼，"那这件事情就由你来安排吧，我先去忙了。"

她离开之后，韩元斌看着她的背影无比纠结，只是当一个人撒了一个谎之后就需要无数个谎去圆，他现在只希望这件事情能压得下来。

夏雨行也一直关注着这件事情的进展，他一看到那个帖子就知道是林州写的，只是他知道那件事情站在林州的角度来看的话，韩家实在是做得太过分，他根本就没有立场去阻止她。

这天夏雨行接到许晨的电话，许晨说郭宇的事情有新的进展，让他当面过来谈，他当即就答应了下来。

两人在一家僻静的面馆里见面，碰面后许晨说："我联系上郭宇了，他人在美国，之前宋天明给了他一笔钱，他很快就挥霍完了，再找宋天明要钱，宋天明就只给

他基本的生活费，他的证件也被人扣着，天天被人盯着，想要回国却没有钱。"

夏雨行微一沉吟："所以你今天找我是想让我给钱让他回国？"

他最近还在搜集证据，郭宇无疑是这中间最要紧的一环，此时的这个消息，他觉得很可能会成为整件事情的突破口。

许晨也不隐瞒他的意图："是的，既然他想回国，而你又用得上他，那咱就帮帮他。"

夏雨行想了想后说："郭宇这个人我是信不过的，他变化多端，和他交易很容易被坑，所以可能还需要你去他的面前强化一下背锅的概念，加深他心里的怨愤，他穷困潦倒，赵青峰、宋天明可是春风得意，你暂时不用在他的面前透露我，只说是你帮他的。"

许晨笑着说："明白！"

夏雨行感激地说："谢谢你的帮忙。"

许晨笑了笑后感叹着说："当初如果不是你和马总放我一马，我一这辈子只怕都毁了，所以你不用谢我，我只是做我该做的事情。"

夏雨行和许晨分开后，李记者就给他打来电话说是之前让查的资料已经查到了让他过去拿。

夏雨行拿到资料后先是粗粗看了一眼，看完后他的眉头皱了起来，眼里透出了愤怒，轻骂了一句："韩元斌，你个人渣！"

他回到出租屋后见林州抱着手机在那里回帖子，他觉得这些事情林州也有知情权，他想了想后把林川车祸现场的图片给了一份给要林州。

林州看到林川车祸现场的照片时泣不成声，她大声说："我要去找韩元斌，让他赔我弟弟的命！"

夏雨行看到她愤怒的样子轻轻叹了一口气，他原本对这件事情只是有些猜想，而如今看到了事情的真相就再也忍不下去。

哪怕现在JR和韩氏是一荣俱荣，一损俱损，他和林州揭穿韩元斌的真面目会对JR产生不良影响，他也不能昧着良心隐瞒下去。

于是他对林州说："我带你去找韩元斌！"

第128章 大失所望

与此同时,马可爱也收到了那些资料,她闭了闭眼睛说:"韩元斌,我问了你那么多次,你却一直在骗我!你怎么会变成现在这样?"

她突然觉得韩元斌在她心里的人设已塌,只是如今这样的局面,她也不知道要怎么办。

正在此时,韩元斌含笑走进来说:"可爱,准备好了吗?"

马可爱忙把那一堆资料放进抽屉里问:"准备什么?"

"你忘了吗?今天酒店花园里有一场酒会。"韩元斌笑着说。

马可爱听到他这话终于想起前几天她让韩元斌就上次酒宴上的突发事件做一场公关,公关部的员工商量了一番后都觉得再举办一场酒会比较合适,一则可以表明他们是坦荡的,再则也可以在所有人的面前证明JR和韩氏的合作不会受那件事的影响。

她一直没有把那件事情放在心上,所以也就忘了个七七八八,此时韩元斌提醒她才想起来。

她看向韩元斌的目光有些复杂,本来还想再问他一遍关于那件事情,只是现在看来如果她不把证据拿出来,问他多少遍他都不会承认。

于是她深吸一口气说:"走吧,我们下去吧!"

韩元斌笑着点头,两人到花园的时候已经来了不少宾客,因为JR和韩氏最近爆料出太多新闻,所以今天酒会上还来了不少媒体。

只是这些媒体之前韩德昌已经打点过,所以记者们看到马可爱和韩元斌一起过来,并没有问什么问题,只是不断给两人拍照,以证明他们感情很好。

两人到酒会后,韩元斌和马可爱笑着跟宾客们打招呼,才打到一半,两人就觉

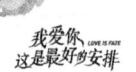

得四周突然静了下来，两人回头一看，却见夏雨行带着林州走了进来。

韩元斌一看到林州脸色就变了，他立即大喊："保安！把他们轰出去！"

保安还没过来，林州已经拿起一叠照片扔在韩元斌的面前大声说："韩元斌，你害死我弟弟的证据确凿，你还有什么话好说！"

韩元斌一看到那些照片脸色大变，马可爱也看到了那些照片，她深吸一口气后冷笑："韩元斌，这就是你不止一次在我面前否认的事实吗？"

她下楼的时候还没有完全想好要怎么处理这件事情，此时她看到林州愤怒的脸以及散落的事故现场照片后，对如何处理这件事情已经有了答案。

韩元斌此时整个人都有些凌乱，这件事情超出了他的预期，他实在是没有想到居然有人拍下了车祸现场的照片，他有些语无伦次："可爱，我……我也不想这样的，我……"

马可爱听到他这句话失望至极，果然，到现在他还在找理由找借口，现在的韩元斌真的是她之前认识的那个韩元斌吗？

马可爱还没说话，林州已经打断了韩元斌的话："闭嘴！你还想说什么来蛊惑人心？你不想这样？你真的不想今天就不会站在这里！你真的不想就不会让我弟弟死得不明不白！我妈原本便在住院得知弟弟的失踪，过于激动没多久就去世了，我家因为你家破人亡！韩元斌，你的心怎么这么狠？"

她说完红着眼睛对在场所有的媒体说："韩元斌的父亲韩德昌被仇家报复，找黑帮追杀韩元斌，我弟弟恰好与他在一起，一起被打，结果就像照片上这样，他们两个好不容易逃上车，结果黑帮的人开车撞上去，于是就造成了严重的车祸！韩元斌爬出车来，竟然不顾我弟弟的死活，自己弃车而逃，而监控显示我弟弟当时明明还活着被卡在了车里，可是没有人帮他，他根本爬不出来，等到有人来的时候，可怜我无辜的弟弟，已经死了……"

在场的记者很多人都看到了地上的照片，再看了看韩元斌，不由得轻摇了一下头，有人打开录像机，把这一幕记录了下来。

韩元斌为自己辩解："我不是想害林川的，我……当时脑子一片空白，我……"

林州怒极反笑，指着韩元斌说："空白？你骗谁！更加令人发指的是，你们韩家在事后竟然还要利用一个死人，他们将这些现场的监控和警方调查的照片、资料全部买下，并且联合警察将死者伪造成韩元斌，并发讣告骗过仇家，还告诉我，我弟弟

> 第128章 ❤
> 大失所望

下落不明！事实却是我弟弟早就已经死了，然而我们作为最亲的家人却连他的骨灰都不知道在哪里，韩元斌，你们韩家这样丧心病狂，一定会遭到报应的！"

马可爱原本以为韩元斌只是因为出了车祸被吓到了，这才会抛下林川独自一人离开，却没料到竟还有这种事情！

她顿时愤怒至极，拿起酒泼在韩元斌的脸上，说了句："韩元斌，你真是个人渣！"

她说完转身便走，韩元斌忙追过去说："可爱，不是这样的，你听我解释！"

马可爱此时根本就不想理他，很快就走出了花园。

林州还想找韩元斌要说法却被夏雨行一把拉住："好了，我们的目的达到了，先走吧！"

林州愤怒地对着韩元斌的背喊："韩元斌，我不会放过你的！"

第二天宋天明知道这件事情后，对夏雨行赞赏有加："你这次做得很好，有了这件事情，JR和韩氏的合作肯定是泡汤了。"

他非常满意地看了看夏雨行，觉得当初起用夏雨行这枚棋子，实在是个明智的选择。

夏雨行并没有因为他的赞赏而有一分得意，只淡淡一笑说："宋总吩咐的事情，我自然全力以赴！"

宋天明见他如此沉稳心里更加满意，还打算再夸他几句，正在此时赵青锋匆匆赶了过来说："宋总，出事了……"

他进来后看到夏雨行在里面，忙又把后面的话咽下。

夏雨行识趣地说："我还有些事情需要处理，先走了。"

宋天明点了一下头，夏雨行出去后，赵青峰立即凑到宋天明的耳边说："郭宇回来了！"

第129章 丧心病狂

宋天明平时喜怒不形于色，此时听到这句话也不由得面色大变，他不担心许晨，却担心郭宇，因为他怕郭宇手里还有其他的证据。

宋天明瞪着赵青峰说："你怎么办事的？怎么能让他回国！"

赵青峰缩着脖子说："我也不知道他怎么回国的，之前我们的人拿了他的护照，然后每个月只给他基本的生活费，他根本就没有钱回来，所以他来找我们的人拿护照说去看病的时候，我们的人知道他不可能有钱回国，所以就……"

宋天明忍不住开骂："你们脑子里装的是屎吗？居然把护照给他！"

赵青峰自知理亏，由得宋天明骂，连嘴都不敢顶。

宋天明骂完后，看着他冷冷地说："郭宇的事情必须给我处理好，现在眼看胜利在望，千万别给我横生枝节！"

赵青峰叠声答应："宋总放心，我一定会看好郭宇，不会给他机会的！"

宋天明看到这样的赵青峰心里失望至极，只是手边这些事情还需赵青峰去处理，当下冷哼一声说："滚去做事吧！"

韩元斌知道这一次马可爱一定很生气，今天一天一看到他扭头就走，他知道这件事情如果不解决的话只怕马可爱以后都不会理他。

这样的结果他只要一想到就觉得心痛，于是他再次见到马可爱后堵住她的去路说："可爱，你听我说……"

马可爱根本不想听他说，在她看来，他所谓的借口说到底不过是掩饰罢了，她从包里拿出一堆资料甩到他的面前："这些不管你怎么解释都难以自圆其说，韩元斌，你太让我失望了！我真没想到你是这样的人！"

韩元斌没料到她也有那些资料，他对上她愤怒的眼睛，顿时明白这件事情她只怕一早就知道了。

他看到那些东西面色惨白，张了张嘴却又不知道从何说起。

韩德昌恰好经过，看到两人的样子在心里叹了一口气，走过来说："还在为林州的事情吵架？"

马可爱和韩元斌都没有说话，韩德昌看到那些资料后皱眉说："这事在我看来根本就是林州在胡搅蛮缠，那件事情警方都认定我们韩家没有责任。"

"韩叔叔的这句话我无法认同。"马可爱沉声说，"不管怎样，林川都是因韩元斌而死，出了这样的事情你们想的只是隐瞒，而不是面对。我无法忍受自己的合作伙伴如此丧心病狂！不错，我也曾说服自己，为了JR就算是你有错我也要忍，可是，看见林州的时候我知道我自己做不到，我无法突破我自己的三观底线！"

韩元斌听到这话就知道她是真的生气了，还将他划到没有良知的那个大类里去，他大惊："可爱，不是这样的，我……"

马可爱打断他的话说："我的良心不允许我为这件事情洗白，更不允许我逃避！至少我认为无论起因是被人追杀，还是结果造成的见死不救，韩家都应该担负起责任来，必须正面回应，绝不能遮掩！韩叔叔，作为一个长辈，作为一名成功人士，我希望您也可以勇于站在大家面前，诚恳道歉总好过被人在背后指指点点，这也有损您德高望重的形象！如果韩家没有勇气承认错误的话，那么这件事情就由我来做，我来向媒体道歉！"

她说完抬脚就走，韩元斌欲追过来，她冷冷地说："别跟过来，我现在不想看见你！"

韩元斌只能站在那里看着她离开，一时间不知道该怎么办，忍不住扭头看向韩德昌。

韩德昌的眉头皱了起来，刚才马可爱的那番话对他的触动其实也很大，他不由得想，如果当初出事时，他直接面对，是不是就没有这一次的事情？

他轻叹了一口气，事情已经过去，现在说什么都有点晚，而如今林州把这件事情闹得这么大，总归需要回应，也许直接面对是个不错的选择。

当天下午，马可爱就林州事件召开记者会，她还没来得及说话，韩德昌带着韩元斌出现在会场。

马可爱有些意外，韩德昌已经走到话筒前向公众诚挚道歉："这件事都是我一

个人的主意,我儿子初期并不知道,当他知道的时候也已经无法扭转。当初是我护子心切,只想着,作为一个父亲要保护自己的孩子,却忽略了对方也是别人的儿子,也有父母亲人。当我冷静下来,已无可挽回,而我也没有勇气去面对他的家人,更加怕他的家人闹起来会再次牵连到我的儿子,这才造成了今天的局面,这件事不能怪任何人,只怪我,错了就是错了,任何解释也都是苍白的,我愿意接受大家的批评与谴责,我也会追查车祸真凶,并且对死者家属会予以终身补偿!"

他说完九十度鞠躬,马可爱和韩元斌也鞠躬道歉,她起身后沉声说:"这件事情我们JR一定会给林小姐一个交代,绝不逃避责任。"

因为他们的认错态度良好,很快就得到了公众的谅解。

一直在旁看戏的宋天明看到韩德昌带着韩元斌向公众道歉,他的眉头皱了起来,骂了句:"老狐狸!"

韩元斌在马可爱的催促下终于鼓起勇气去见林州,向她道歉,并答应跟她一起回泰国把林川的尸体归还林家并给予终身补偿。

林州虽然心里难过,而此时这样处理已经是最好的方法,她骂了韩元斌一顿发泄完心里的怒气后就同意了韩元斌的提议,准备一起回泰国。

与此同时,夏雨行见到了回国后的郭宇,郭宇穿了件劣质的夹克,整个人看起来瘦了一大圈,精神状态却还不错。

郭宇看到夏雨行后笑了:"我回国后许晨告诉我帮我回国的那个人是你,我当时还不太信,不过后来仔细想想,好像会帮我的人也只有你了。"

夏雨行对郭宇一点好感都没有,只是现在郭宇对于扳倒宋天明的事情有很大的帮助,而他也知道郭宇在经历了这一系列的事情之后,心态和之前相比肯定有了变化。

第130章 重要客人

夏雨行看着郭宇说:"我虽然有助人为乐的习惯,但是我也希望得到相应的报酬。"

"我知道。"郭宇缓缓地说,"赵青峰和宋天明把我害得那么惨,我既然回来了,那就不会放过他们,只是我的账本被他们拿走了,我可能帮不上太大的忙。"

"我知道你没有账本,但是他们不见得知道你就没有备份。"夏雨行的嘴角微勾,"这叫虚虚实实,让他们摸不清头脑。"

"那好,我今天在这里表个态,我会配合你们,帮你对付宋天明和赵青峰。"郭宇爽快地说,他在国外吃了很多苦,他本来就不是一个大气的人,这些账他当然都是要算在宋天明和赵青峰的身上。

夏雨行笑着说:"敞亮!那就祝我们合作愉快!"

"合作愉快!"郭宇也笑着说。

第二天上午,郭宇直接来JR的大堂,对前台说要找马可爱。

郭宇也曾是JR的名人,酒店的老员工全认识他,他突然出现在这里,员工们都吃了一惊。

在前台给马可爱打电话告诉她郭宇到酒店时,旁边早就有员工打电话告诉了宋天明。

宋天明接到这个电话时正在和赵青峰、夏雨行商量事情,他一听郭宇来了,面色微变,沉声说:"郭宇来酒店要见马可爱,现在就在大堂,赵青峰下去见他,夏雨行去拖住马可爱,绝对不能让马可爱见到郭宇。"

夏雨行和赵青峰立即点头开始行动，赵青峰直奔大堂而去，而夏雨行则守在电梯边。

约莫三分钟后，马可爱坐着电梯到达第一层正准备出来，夏雨行立即冲进来把她堵在电梯里，然后伸手按下顶层数字。

马可爱错愕地说："夏雨行，你要做什么？我要去见一个很重要的客人！"

夏雨行看着她说："我知道，但是我有更重要的事情，可爱，那个人你现在还不能去见。"

"为什么？"马可爱一脸不解。

"因为他是我找回来诈宋天明的，他手里什么东西都没有。"夏雨行在她的面前不想隐瞒什么。

马可爱大吃一惊，她看着夏雨行说："你骗宋天明？夏雨行，你疯了！要是让他知道他不会放过你的！"

此时，电梯停在顶楼，两人走出电梯后马可爱忍不住伸手握住夏雨行的手，刹那间她的眼前立即出现一副幻象：夏雨行开着一辆车和另一辆车相撞，他被撞飞后倒在血泊里，医生对他进行抢救。

马可爱大吃一惊，头痛欲裂，几乎站立不稳。

夏雨行也大吃一惊，伸手想要扶她，一看她这状况就又缩回了手："可爱，你现在和我接触也会头痛吗？"

马可爱伸手扶着墙，大口喘着气，夏雨行问她："你是不是也感知了我未来的片段？"

马可爱扭头看着他，想到刚才的片段她心里一阵刺痛，她不能让夏雨行再卷进这场旋涡，于是咬了咬牙后狠心地说："我知道你是为了我而留在酒店，为了我以身涉险，但是我现在已经有了韩家的保护，而你留在这里不但无济于事，反而还会为我带来麻烦，你明白吗？"

夏雨行大惊："可爱，你到底看到了什么？韩家真的可以保护你吗？"

"这不用你管！"马可爱大声道，"我不希望你再待在宋天明的身边，你现在就离开酒店，立刻！"

夏雨行见她痛得额前冷汗直冒，却又无能为力，两人在这里争执也显得毫无意义，他沉声说："我是不会离开你的。"

他说完坐电梯离开，马可爱再也支撑不住一屁股坐在地上，她的泪刹那间夺眶而出。

第130章 重要客人

而此时赵青峰已经把郭宇带到地下车库，赵青峰对郭宇凶神恶煞地说："你回来做什么？你他妈再敢待在这里，小心我弄死你！"

"你们在这里过得快乐逍遥，让我一个人在国外受苦，这事不公平吧？"郭宇早就做好准备，他此时摆出了一副油盐不进的样子说："再说了，我现在已经一无所有了，我怕个屁！真把我惹急了，我直接把你们捅出来，大家同归于尽！"

赵青峰冷笑："同归于尽？就你现在这死狗样，你拿什么跟我们同归于尽！"

郭宇笑了笑说："我既然敢回来，手里就有证据，当初的那些资料，你怎么知道我没有备份？"

赵青峰闻言脸色大变，郭宇轻哼一声："你们把我推出来当替罪羊，我当了，却还不让我过好日子！那么点钱就想打发我，真当我好欺负？"

"当初宋总给你的钱可不少，你自己挥霍光了！我们不可能一直填你这个无底洞，说吧，你到底想怎样？"赵青峰有些底气不足。

郭宇拉开他放在他领子上的手，整了整衣服说："很简单，我要PTV的股份。"

赵青峰大惊，郭宇冷冷却一笑："你不会以为PTV是宋天明的事情，就只是你们两个人知道吧？别开玩笑了！这事可瞒不了我！"

赵青峰怒吼："郭宇！"

郭宇轻笑一笑："这事你跟宋天明商量商量，今天我可以暂时不见马可爱，但是你们也不要让我等太久，我的耐心有限。你们更不要想着耍什么花样，如果我有个三长两短，我敢保证你们的阴谋将会在第一时间败露。"

他说完得意扬扬地进了电梯，一进电梯后就靠在墙上喘气，伸手捂着胸口："妈啊，吓死老子了！"

郭宇离开酒店后就打电话给夏雨行，把刚才见到赵青峰后发生的事情如实告诉了他。

夏雨行听到郭宇的话后再一推断基本上就能肯定PTV是宋天明的公司，这个消息让夏雨行更慎重了些，宋天明远比他想象中的还要强大，想把他扳倒实在是千难万难。

夏雨行沉思一番后决定从PTV这边下手，却发现PTV的一切都符合法律的流程，没有一点破绽，至少明面上他看不出一点问题。

他清楚地知道如果想要更详尽的资料，只有彻底得到宋天明的信任，打入宋天明的内部得到核心资料才有可能找到破绽，现在他查的这些只怕连皮毛都算不上。

第131章 爱她很深

夏雨行想起他刚进JR时,PTV就来收购JR,原来在那么早之前,宋天明就打算把JR吃下,夺走JR这件事情宋天明只怕已经谋划很久了。

而他和宋天明的身份也同样让他焦虑,对于宋天明那些狠毒卑鄙的手段,他是无论如何也无法认同,他们这对父子还未相认就已经成了仇人。

赵青峰把郭宇的话转达给宋天明后,宋天明大怒,再次把赵青峰骂了个狗血淋头,只是一时间他想不到更好的解决方案,只能让赵青峰先敷衍郭宇,把他稳住。

马可爱回到房间休息一段时间后头痛缓解了不少,她一想起今天在夏雨行身上看到的那个片段就心悸,她绝对不允许那样的事情发生!

她之前在看到未来片段的时候从来没有想过要阻止,而现在为了夏雨行她决定拼上一回,无论如何也要阻止那件事情的发生。

于是她找来当地最好的安保公司,二十四小时保护夏雨行的安全。

她做完这些后,想了想,觉得这些事情的根源说到底都是因为宋天明,如果能及时扳倒宋天明也许就能解决这件事情。

于是她干脆又找私家侦探去调查宋天明,希望能及时找到对付宋天明的办法。

她知道宋天明对她的恨其实源于当年失踪的宋家毅,当年她和宋家毅一起失踪,只有她一个人被找回来,这件事情不但是宋天明心里的刺,也是她心里的刺。

她想到幼时和宋家毅相处的时光,心里温暖又伤感,只盼着他还活着,于是又让私家侦探帮忙找宋家毅。

此时韩元斌已经请假在做交接,准备陪林州回泰国处理林川的事情。

韩德昌对此有意见:"你这样回泰国,会暴露在所有人的面前,会将自己置于

第131章 爱她很深

险地之中，所以你不能回去！"

虽然现在距韩元斌假死事件已经过去近一年了，但是韩德昌和那个对头的恩怨还没有了结，他怕韩元斌大张旗鼓地回泰国会陷入危险之中。

韩元斌沉默了片刻后说："爸，从小到大，你就教育我让我成为一个有担当的人，能担负起韩家的一切，而现在，这祸是我闯下的，我就要负担起，绝不能躲在你的羽翼下。可爱都可以一个人担负起整个JR的责任，而我为什么不能承担起韩家应该负的责任呢？"

韩德昌听到他这句话颇有些意外，韩元斌从小性格绵软，从来就没如此坚定有担当的时候。

他感叹了一声，然后伸手拍了拍韩元斌的肩说："我真没想到你会说出这样的话来，元斌，你真的长大了！很好，像个男人了！我陪你一起回泰国！"

韩元斌微笑："爸，谢谢你的理解。"

韩德昌长长地呼出一口气说："我是没想到马可爱对你的影响这么大，这个丫头，我当初并不看好，但是现在的她真的让我刮目相看！"

其实从一开始他就对马可爱抱有巨大的成见，但是这一次的中国之行，却让他对她刮目相看。

韩元斌笑着说："爸，只要你放下成见，你就会发现可爱是个多么有魅力的女孩子。"

韩德昌失笑，觉得现在的韩元斌真的成长了很多，而他之前对马可爱的猜忌如今看来都显得有些浅薄，也把人性想得过于复杂。

这样的马可爱在他看来是配得上他的儿子了，只是马可爱对韩元斌的态度他也是看在眼里的，他想用自己的方式再为韩元斌争取一下。

他想了想后就直接去了马可爱的办公室，她正在处理文件，见他进来有些意外，起身打了个招呼："韩叔叔找我有事？"

韩德昌点了一下头："我明天就会和元斌回泰国，我原本决定自己回国处理林川的事情，然后给他留一笔钱，而现在元斌执意要和我一起回去，我就有了新的想法，我想把那笔钱留给你。你现在的最大难题就是如何回购宋天明手中的股份，而我这笔钱或许可以帮得上忙。"

他做事从来都不打无把握的仗，所以他在来中国之前，其实已经把JR的现状调查了个清楚明白，然后有针对性地出手。

马可爱有些吃惊地看着他，他居然连这件事情都知道了，她很快就冷静了下来，问："韩叔叔，你有什么条件？"

"我不与你签任何合约，只当下一个赌注。"韩德昌看着她说。

马可爱微微皱眉："赌注？"

韩德昌点头："不错，如果这笔钱你用了，那么我的儿子以后就要拜托给你了，你要对他的余生负责。"

马可爱微愣，韩德昌继续说："我指的不是什么君子协定，而是真正的携手一生。"

马可爱微一沉默，明白他的意思了，只要她用了那笔钱那就必须嫁给韩元斌。

她直接拒绝："韩叔叔，我承认现在的我的确很需要钱，但是我不能答应你，这不管对我还是对韩元斌都不公平，因为感情是不能用金钱来衡量的。"

她的反应在韩德昌的预料之中，他笑着说："你不用急着拒绝我，今天的事情是我瞒着元斌来找你的，你好好想想，想好之后可以随时给我打电话。"

韩德昌离开后，马可爱微微皱了皱眉，无可奈何地长叹了一口气，她质押在宋天明那里的股权是她最近最为头痛的事情。

马可爱对安保公司提的要求是每天把夏雨行的行程全程拍照发给她，当她看到照片上的夏雨行为宋天明代驾开车的时候，她想起在夏雨行身上预知的片段，心里的担心加剧。

她拿着照片发呆时，陆臻臻也没敲门直接就走了进来，抢过她手里的照片说："呀，可爱姐姐，你偷拍夏雨行啊！"

马可爱吓了一大跳，手忙脚乱一边收照片一边说："陆臻臻，你怎么老是不敲门就进啊！"

"别收了，都看到了！"陆臻臻撇了一下嘴说，"我和你是什么关系，敲什么门啊！"

第132章 一个小偷

马可爱对着陆臻臻磨了磨牙,反正陆臻臻也看到了,她也就懒得再收了。

陆臻臻拿起照片仔细看了看后说:"可爱姐姐,你这样派人偷拍他,是想和他复合还是怕他出轨?"

最近陆臻臻没少操心,只是就算是这两人她操碎了心也没有什么进展,她以为这两人十之八九是黄了,结果今天却让她发现马可爱偷拍夏雨行,这可是个好现象,要是告诉夏雨行,估计能把他高兴死。

马可爱听到陆臻臻的话伸手抚额,根据她的经验,但凡有陆臻臻参与的事情,好事也能变成坏事。

陆臻臻却无视马可爱担忧的眼神,她笑嘻嘻地说:"这两件事情不管你想做哪件,跟我说一声就好,我陆大红娘可不是浪得虚名!"

说到这里她用手肘轻捣了马可爱一下,见马可爱看过来忙朝她眨了一下眼睛:"怎么样?有没有需要我帮忙的地方?"

听到陆臻臻这话马可爱想到一件事,顿时眼前一亮:"这事你还真能帮得上忙。"

陆臻臻立即就兴奋了:"什么什么?你尽管说,只要我陆臻臻出马,立马手到擒来!"

马可爱拿出一串钥匙递给她说:"这是夏雨行家里的钥匙,你去帮我把他的驾照拿来。"

陆臻臻完全不问马可爱为什么要夏雨行的驾照,她只是觉得"拿"这个字太有意思了,这哪里是拿,摆明是偷嘛,偷东西这事她还是第一次做,想想就兴奋。

于是她冲着马可爱敬了个礼说:"保证完成任务!"

马可爱看到她那副样子只觉得头都大了,这货真是个唯恐天下不乱的主啊!

陆臻臻做事一向都有效率,当天下午她就拿着钥匙去了夏雨行家翻箱倒柜地找驾照,她找驾照的架势跟洗劫没有本质的差别,翻了卧室翻厨房,各个抽屉各个角落无一幸免。

夏雨行和杨力下班回家的时候听到屋子里叮叮当当的一阵乱响,两人互看一眼,把耳朵贴在门上一听,都以为进了小偷,忙轻手轻脚用钥匙打开门,客厅没人,厨房没人,两人一直进了卧室,然后就看到有人半个身子钻在被子下。

两人对视一眼,然后极有默契地夏雨行拉被子,杨力准备揍人,结果被子一拉开,陆臻臻扭头睁着一双亮晶晶的眼睛看着两人。

杨力一见是她,忙把拳头收了回来。

夏雨行环顾一下乱成一团的房间,双手叉着腰问:"陆臻臻,你把我家翻成这样想干吗?"

陆臻臻看了看杨力,又看了看夏雨行,然后嘿嘿一笑说:"你请我吃烤串我就告诉你!"

夏雨行拿她是一点法子都没有,知道今天被她缠上了,什么事都别想做了,只得认命地带她直奔烧烤摊。

陆臻臻的面前堆了一大把吃完的签子后才说:"是可爱姐姐让我来捉奸的。"

"噗"的一声,夏雨行嘴里的啤酒全喷了出来。

"捉奸?"夏雨行轻咳了几声后说,"陆臻臻,你没弄错吧?"

陆臻臻点头:"对啊,就是捉奸,要不然她怎么会派人对你又是跟踪又是偷拍?"

夏雨行一听这话愣了一下,最近他一直感觉有人跟踪他,但是那些跟踪他的人似乎也没有恶意,他原本还在奇怪是什么人跟踪他,此时一听是马可爱找来的人不由得松了口气,却更加好奇:"她跟踪我做什么?"

陆臻臻摊手:"具体情况我也不太清楚,但是在我看来这事有点意思,然后想到办法让你们破镜重圆了。"

夏雨行虽然知道她一向不靠谱,但是事情一牵扯到马可爱他就愿意相信:"你有什么办法?"

陆臻臻的眼珠子一转:"在此之前,你先把驾照给我。"

"你说这么多,该不会就是想骗我拿我驾照去消分吧?"夏雨行问,他觉得这个可能性很大,毕竟陆臻臻的脑回路一向和普通人不太一样。

第132章 一个小偷

陆臻臻打了个哈哈："是啊，是啊！那你借不借？"

"我对你很服气！"夏雨行失笑，从口袋里拿出驾照就递给了她。

陆臻臻拿到驾照后开心坏了，继续吃烤串，夏雨行再问她具体行动方案她就开始各种推诿，最后不了了之，夏雨行也拿她一点办法都没有。

陆臻臻拿到夏雨行的驾照回到酒店就给了马可爱，再顺便让马可爱请她吃了一顿大餐，在她看来，这种事简直不要太划算，分开的时候她还对马可爱说："可爱姐姐，以后你要是还要偷夏雨行什么东西的话千万记得找我！"

马可爱看到她的样子简直是无言以对，却也只能敷衍地答应了一声。

马可爱回房间后拿出夏雨行的驾照看了看，心稍安了些，她默默地盼着这样做能阻止那件事情发生。

她打开邮箱准备处理公司的事情，却一直因为担心夏雨行的事，无法让烦躁的心静下来，就拿起鼠标随意地翻了一下之前的邮件，发现一份在很久以前就收到却没有打开的邮件，她好奇地点开一看整个人顿时愣在那里。

那是一年之前吴律师发来的邮件，邮件的内容是告诉马可爱马东山有一笔数额巨大的基金，基金上面的条款里清楚写着受益人是宋家毅，并明确注明如果确认宋家毅死了，那么受益人就变成马可爱。

她不明白马东山为什么要设立这样的基金，又为什么要写下这样的条款，难道是因为多年前宋家毅被绑架后失踪了，所以马东山心存愧疚？

她想起当年的事情，其实当年最初被绑的人只有她一个，宋家毅是为了救她才被绑的。

她轻轻地叹了一口气，想起这些时她觉得欠了宋家毅很多，现在只能盼着宋家毅还活着。

她前段时间让侦探找宋家毅到如今还没有任何消息，她长长地叹了一口气。

这天宋天明突然打电话给杨力，让杨力陪他吃饭，杨力立即把这事跟夏雨行说了。

第133章 亲情之诱

其实这段时间宋天明经常会找杨力，有时候是吃饭，有时候是打球，有时候只是闲聊，在这过程中，宋天明会翻来覆去地问杨力一些关于之前事情的细节。

杨力早就把那些事情背了下来，每次宋天明问的时候，他都会按照夏雨行给他的标准答案回答宋天明。

夏雨行再次嘱咐："面对宋天明一定要谨慎，他生性多疑，要小心应对。"

杨力对他比了个OK的手势："放心，我会小心的，你之前交代我的细节我都记得清清楚楚，不过他也真的是烦人，同一件事情居然可以换好几个切入点问，也是我机灵，要不然早就露出马脚了。"

夏雨行轻轻叹了一口气说："那是因为他还没有完全相信你，而那件事情对他又特别重要。"

杨力张了张嘴想说什么，却最后只说了句："我先过去了，也不能让他等。"

夏雨行点了点头。

吃饭的地点就在JR，杨力过去的时候，发现桌上满是山珍海味，他笑着问："宋总，今天是什么日子，你点这么多好吃的？"

"也不是什么特殊的日子。"宋天明淡笑，"只是我的生日而已。"

这么多年了，一直都是他一个人过生日，自从宋家毅失踪之后，他就一直想和宋家毅一起过生日。

杨力想起夏雨行之前的交代，想让宋天明放心就需要适当地讨好，于是他站起来说："您的生日啊？您也不早说，我一点准备都没有，您在这里等我一下，我去去就回。"

他说完也不顾宋天明的阻拦，一溜烟就跑进了厨房，让厨师给做了一碗长寿面，端过来的时候却对宋天明说："我亲手煮的面条，我的手艺不太好，宋总您也别嫌弃，这事就图个吉利。"

　　宋天明看到他"亲手"煮的面后百感交集，尝了一口后发现味道居然很好："你这手艺一点都不比酒店里的大厨差了，孩子，你之前吃过很多苦吧？"

　　杨力看到他关切的眼神莫名心虚，忙说："没有，我过得挺好的。"

　　宋天明看着他的眼神慈祥温和："我今天吃了你的面，你想要什么奖励？"

　　宋天明此时的心情极好，他实在是没有想到他能在有生之年吃到儿子亲手煮的面条。

　　杨力只是想要打消他的疑心，让他不要再三百六十度无死角地问他同一个问题，于是笑着说："一碗面而已，举手之劳，您别放在心上。"

　　宋天明温声说："你之前曾对我说过想要JR的股份，你真的对酒店管理感兴趣吗？如果你有这个雄心壮志，我可以拿下来。不过，经营一家酒店不是那么容易的事，更何况还是JR这样的高档酒店，要学习的东西可就多了。"

　　杨力想起出门前夏雨行的交代，忙笑着说："我那是瞎说，我有几斤几两自己还是清楚的。您这次给我升职加薪，我就很满足了，我一定好好工作不负您的栽培！"

　　宋天明听到他的回答后对他更加满意，吃完饭后，杨力就回去了。

　　杨力一走，宋天明给赵青峰打电话："立即安排我和杨力验DNA，我一定要马上确定我们之间的关系，我一天都不能再等了！"

　　如果没有找到自己的亲儿子，漫长的等待似乎还能再等下去，他还能忍受孤独，但是在找到自己的亲儿子之后，父子两人每天相见却不能相认，那种感觉就实在是太过煎熬。

　　今晚的这一碗面，让宋天明认回儿子的心更加迫切，只是他做事一向稳妥，就算再急，必要的事情还得做。

　　赵青峰忙应了下来，立即做出了相应的安排。

　　第二天一早，一辆献血车就停下了JR的门口，赵青峰明文规定所有员工强制献血。

　　为此事，公司的员工们议论纷纷，都觉得这是在做面子工程，只是他们身为员工，根本就没有说不的权利，然而抱怨归抱怨，却也排队去献血。

　　杨力知道这事后立即就想到了宋天明，他吓了一大跳，忙避开赵青峰给夏雨行

打电话:"夏哥,我觉得这献血的事情十之八九是冲着我来的,我该怎么办?"

夏雨行知道这事绝不是献血那么简单,杨力担心得很有道理,他略一沉吟后说:"你不要怕,我现在马上过来!"

杨力刚刚挂掉电话,赵青峰就找到他笑嘻嘻地说:"我们正在搞公益活动呢,杨总新官上任,不做个表率吗?"

杨力讪讪一笑:"那个,我……我有点晕血,要不我就算了?"

杨力转身想走,赵青峰一把抓着他说:"不就是献个血嘛,这有什么好怕的?看你人高马大的,适当献血有利于促进人体新陈代谢,没事的!"

他说完就想把杨力拉过去,夏雨行赶过来拉开赵青峰的手说:"杨力,我们哥们儿一起!赵总,你献血了吗?要不一起啊!"

赵青峰冷笑:"我作为发起人当然要做表率,我早就献过了!不是我说,夏雨行,怎么哪都有你?"

"我这是支持你的工作,我觉得你这会儿应该对我说声谢谢!"夏雨行笑着说。

赵青峰对夏雨行是越看越不顺眼,轻哼一声懒得理会,夏雨扫了他一眼,拉着杨力走到献血车旁,此时员工们已经献完血,献血车前没什么了人。

两人献完血后,赵青峰确认杨力已经献血,放心地离开了。

赵青峰一走,杨力就满脸紧张地问:"夏哥,这可怎么办?到时候一验DNA,我就暴露了!"

夏雨行的嘴角微勾,挑眉一笑:"别怕,我有办法。"

他递了把钥匙递给杨力说:"走,我们去追献血的大巴车!"

车是他之前找陆臻臻借来的。

杨力"啊"了一声就被夏雨行推到驾驶室:"我没带驾照,今天就看你的了!"

杨力发动车子后,夏雨行又给许晨打了个电话:"好在你今天在附近,这事就拜托你了!"

许晨笑着说:"你放心吧!"

许晨开着车行驶在大巴的前面,到红绿灯时,他故意撞到前面的车。

而后杨力跟在大巴的后面,见大巴一停,立即倒了一把,撞在后面的车上,杨力扯着嗓子一副要吵架的样子对后面的那辆车司机说:"干吗了,怎么开车的!"

大巴被夹在中间进退不得,司机郁闷地下车抽烟,根据他的经验,交警要是不来,这车就走不了了。

夏雨行过来后见护士还在车里,就对护士说:"我那个朋友刚才发生车祸的时候伤到了手臂,虽然不是太严重,但是也流血了,你能帮他看看吗?"

护士点头下了车去帮杨力看伤势,夏雨行立即上车找到两人的血袋,他把两人血袋上的标签撕下对换后就下了车,对杨力打了一个OK的手势。

于是杨力手上的"伤"瞬间好了,也不跟后面车的那个司机吵了,笑嘻嘻地说:"今天这事看起来也是个意外,要不我们私了吧?"

夏雨行和杨力处理完这件事回到出租屋后两人还一脸的感慨,心情都有些复杂。

杨力问夏雨行:"如果结果出来你真是宋天明的儿子你该怎么办?"

这件事情从夏雨行让杨力冒充他时杨力就想问了,现在虽然没有确凿的证据,但是就目前的情况看来,这是一个事实,也是夏雨行需要面对的事情。

夏雨行沉默了一会儿后说:"该来的终究会来,逃得了一时逃不了一世,有些事情终究是要面对的,先等结果出来吧!"

其实夏雨行到现在都没有想好要怎么面对宋天明,他一直想的是帮马可爱扳倒宋天明。

杨力担心地看了他一眼,长长地叹了一口气。

第二天一早，宋天明就给杨力打电话，约他在墓地见面。

杨力吓了一大跳忙去问夏雨行："他这么早打电话还约我去墓地？难道是结果出来了？没那么快吧！"

夏雨行沉声说："如果他有托人的话，一晚上就能出结果，你去见他吧！也不要太过担心，见机行事就好。"

杨力看了看他，拍了拍胸口说："那吧，那我现在出去了。"

夏雨行轻点了一下头，事情发展到这一步，他们都没退路了。

杨到到墓园时宋天明已经到了，他上去打了个招呼："宋总，你叫我到这里来做什么？"

宋天明将他上下仔细地看了一遍，眼里有了几分泪光，却没有回答他的问题，而是把他带到一座墓前，那座墓在墓园里非常普通，上面放着一张照片，照片上的女人看起来三十岁左右，柔美温柔。

杨力有些不安地看向宋天明，宋天明的眸光里满是温和，拿起一束黄玫瑰郑重地放在墓前说："玲玲，我带儿子来看你了。"

杨力听到他这句话心里莫名有些紧张，虽然他来之前就猜到这个结果，但是此时还是有些惊讶，脸上露出了错愕的表情。

宋天明扭头看着他说："杨力，我想你应该已经猜到了，我就是你的亲生父亲！"

杨力此时是真的不知道说什么好了，只好呆呆地看着宋天明，他此时心里相当紧张，脚都有些发软。

宋天明的眼里是难得的温和，他温声说："你不叫杨力，你的真实名字叫宋家毅，躺在这里的是你的亲生母亲，她叫朱玲。"

他说完递给杨力一份NDA检测报告，匹配度99.9%。

杨力看到那张报告默默地咽了咽口水，在心里深深地同情夏雨行，他也不知道为什么，在看到报告后反而不紧张了，他看着宋天明说："我就说，你最近怎么突然对我这么好，你既然这么在乎我，当年为什么要抛弃我？"

宋天明听到他这话眼眶都红了，忍不住将双手放在他的肩上说："不，当年我不是要抛弃你，而是你被你绑架后失踪了，你失踪的这些年我一直都在找你！"

杨力听到这里心情更复杂些，原来夏雨行是这样和宋天明走散的。

他轻点了一下头，宋天明温声说："来，给你妈妈好好看看！"

杨力跪下，给朱玲认真磕头，他和夏雨行亲如兄弟，夏雨行此时没来，他代夏雨行磕头是应该的。

他起身后心里百感交集，总觉得这事有点乌龙，这种感觉实在是有些奇怪，他看着朱玲的照片忍不住说："宋……"

话一出口他又觉得不对，看向宋天明，宋天明微笑着说："改口这事不急，什么时候想喊我爸了就什么时候喊，我等了这么多年了，不急在这一时。"

杨力有些心虚地问："我当年为什么会被绑架？"

宋天明的眼里闪过一抹阴狠："是马东山一家害的！"

杨力大吃一惊，想要再问的时候，宋天明又说："那件事情过去了就不要再提了，谢天谢地，我终于找到你了，你放心好了，这个仇我是一定会报的，我不会放过马东山一家！"

杨力看到他脸上阴狠的表情，心里一惊，然后意识到这才是宋天明的真面目，他刚才想劝宋天明的话也被吓得说不出口了。

他和宋天明从墓园分开后心情复杂地回到了出租屋。

他回去的时候见夏雨行坐在沙发上不知道在想些什么，他走过去在夏雨行的身边坐下来说："夏哥，还真是鉴定报告出来了，匹配度99.9%，你真的是宋天明的儿子！"

夏雨行轻轻叹了一口气，这件事情他之前早有猜测，但是当事情完全确定的时候却又是另一种感觉，他觉得命运跟他开了一个不大不小的玩笑。

杨力递给他一张照片说："这是你亲妈，然后宋天明说你失踪还有你妈妈的死都是马东山一家害的，这话我不是太信，但是我觉得可以为我们查的一个方向，万一我们能证明马总一家没有害过你们，也许就能让他放弃对付马总，这样岂不是皆大欢喜？"

他这话说完，自己都不信，宋天明现在就跟魔怔了一样，只怕谁的话都不会听。

第135章 世界太小

夏雨行从杨力的手里接过照片，发现就是上次闹鬼事件传出来的那张照片，他当时就觉得很眼熟有一种奇怪的感觉，却没想到她就是他的妈妈！

他看着自己和妈妈有些相似的眉眼，一时间心里悲伤不已。

他和宋天明之间的关系虽然已经完全确定，但是他却完全不知道要如何面对宋天明，这样一个心思深沉处事狠辣的父亲他真的不想要，却又否认不了两人之间的血缘关系。

这种感觉让他几欲抓狂。

马可爱此时也收到了私家侦探送来的宋天明和杨力的父子鉴定报告，她的眉头皱了起来，杨力就是当年的宋家毅吗？

她仔细想了想，始终没法把两人放在一起，杨力的气场和幼时的宋家毅相差实在是太大，只是那份鉴定报告却又是真真切切地放在她的面前，由不得她不信。

她的手轻敲了一下桌面，如果杨力真的是宋家毅的话，那么这个世界也太小了。

第二天的晨会，宋天明带着杨力参加，并当着所有酒店高管的说："今天跟大家分享一个喜讯，杨力是我失散多年的儿子，如今终于找到，以后在工作中还请大家多多支持和配合。"

这件事情在宋天明强行将杨力提升为客户部总监时就已经露出端倪，在那个时候，高管们就在想杨力是宋天明的儿子，否则的话宋天明对杨力不会那么好。

此时宋天明宣布这件事情，总管们并不意外，都起身祝福。

马可爱看着杨力笑着说："欢迎回来。"

杨力看到她莫名有些心虚，笑着打了个哈哈。

宋天明扫了马可爱一眼,轻哼了一声。

夏雨行在旁看着三人的互动,一时间心里五味杂陈。

散会后,杨力正式上班的时候,所有人看着他的目光都不同了,员工看到他都会笑着跟他打招呼,态度是前所未有的,就连平时眼高于顶的赵青峰看到他都会主动笑呵呵地跟他打招呼。

他有一种被人捧得高高的感觉,却因为自己是个冒牌货,心里更加不踏实。

他在走廊里遇到马可爱,主动打了声招呼,马可爱看到他脖子上的项链觉得有些眼熟喊住他说:"你等一下。"

她不自觉地伸手去拿那条项链,手碰到他的皮肤时想起自己不能和人触碰想要把手收回来,却惊讶地发现竟什么事情都没有发生。

她有些吃惊地看着杨力把项链拉出来看到了上面熟悉的戒指:"这不是夏雨行的戒指吗?"

杨力"啊"了一声,他实在是没想到马可爱居然注意到了这个细节,他的心里顿时就有些慌。

他正在找借口的时候,恰好夏雨行走了过来,他看着那个戒指说:"这个戒指是杨力的,之前是我借来玩玩的。"

马可爱扫了夏雨行和杨力一眼,眼底有些疑惑,却没有追问,只笑着说:"哦?那能不能借我玩两天?"

杨力一听这话就知道她心里怕是起疑了,他此时发自内心地觉得他当时是疯了才答应和夏雨行换身份,面对宋天明的时候惶恐,面对马可爱的时候还惶恐!

可是现在这件事情已经成了定局,他已经骑虎难下,想否认都不行了。

他取出脖子上的项链微笑着递给马可爱:"您想玩就拿去玩吧!"

马可爱看了他一眼,又扭头看了夏雨行一眼,微笑着接过项链踩着高跟鞋就走了。

杨力和夏雨行对视了一眼,两人同时叹了一口气。

马可爱拿着项链回到房间后仔细看了看,想起今天对杨力没有感应,再想起上次在夏雨行身上看到的片段,她的眉头皱了起来:"难道我的感应和这枚戒指有关?那么这枚戒指到底是夏雨行的还是杨力的?"

这事她想了一圈也没有答案,只是这戒指不管是夏雨行的还是杨力的,杨力是宋天明儿子的身份似乎已经完全确定,因为像宋天明那样的人不会在这种大事上犯错。

只是她有点想不明白,为什么夏雨行和杨力一说到那枚戒指的时候都有些紧

张,他们在紧张什么?

她觉得这事有问题,找人查了一下杨力,然后她意外的发现杨力所谓的养父其实是夏雨行的养父,而宋天明最初判断杨力是他儿子则是因为夏雨行的养父。

和马可爱一样对杨力和宋天明父子关系有所怀疑的人还有赵青峰,杨力是赵青峰帮宋天明找到的,这中间的一些小细节他比别人都清楚,细节是对得上的。

但是不知道为什么他总觉得这事有些不对,但是到底哪里不对他说不上来,而他对杨力对夏雨行说到底也是有敌意的,又或者说在他的内心深处是最不愿意杨力是宋天明的儿子。

马可爱一个人想了几天然后越想破绽就越多,她觉得这样猜也不是个办法,有些事情她需要向夏雨行求证,于是她给夏雨行打电话约他来烧烤摊外的台阶。

她去的时候夏雨行已经到了,他正坐在台阶上发呆,她在他的身边坐下:"夏雨行,你还记得我曾对你说过我最讨厌被欺骗吗?"

夏雨行心里有些紧张,却轻点了一下头,马可爱看着他问:"那你和杨力,到底谁才是宋天明的儿子?"

夏雨行不敢看她的眼睛,目光看向前方:"当然是杨力,检验报告都出来了,不会有错。"

"是吗?"马可爱问,"那么戒指到底是谁的?如果我没有记错的话,你之前曾对我说过,这枚戒指是你从小戴在身上的,对你非常重要,怎么可能一转身就成了杨力的?"

夏雨行闻言不知道说什么好,他从没想过要骗马可爱,但是宋天明这段时间是如何逼迫马可爱的他是都看在眼里的,他突然变成宋天明的儿子后,他实在是不知道要怎么面对马可爱。

马可爱不等他回答又接着说:"还有,宋天明的孩子是你养父的孩子,杨力跟你养父有关系吗?还有,你养父姓王,你姓夏,杨力姓杨,我感觉好乱,你能解释一下吗?"

夏雨行硬着头皮说:"我跟杨力从小情同手足,他也是没了爹妈的可怜人,我爸就是他爸,他爸也是我爸!然后这姓氏的话,杨力是跟他养母姓的。呃,我突然想起来我还有事,你要是没其他事的话我就先走了。"

他怕马可爱再问一些他无法回答的问题,那就真的要露馅了。

马可爱看着他说:"夏雨行,不要再为宋天明做事了,我上次感知到你出了车祸倒在血泊中被急救,我不想你有事。"

夏雨行有些意外,马上就想到了另一件事情:"所以你让陆臻臻找我拿走驾照?"

马可爱点头,从怀里拿出戒指递给他说:"我发现了戒指的秘密。"

夏雨行有些狐疑地接过戒指,马可爱握住他的手,没有幻象,没有头痛,他愣愣地看着她,她轻声说:"只要你戴上戒指,我就感应不到你,上次杨力戴上戒指的时候我就感应不到他,而在这件事情之前,我们相处了将近一年,我一直都感应不到你,如果这个戒指只是你找杨力借来玩玩的话应该是不可能借这么长时间的吧?所以夏雨行,戒指其实是你的对吗?"

夏雨行下意识地闪躲,他实在是没有想到还有这件事情,更没有想到马可爱会如此细心。

马可爱看着他说:"我将我的一切都告诉了你,你确定你还要骗我吗?"

夏雨行低下头说:"戒指是我的,但是我不知道和我的身世有没有关系。"

他这话其实半真半假,因为就目前看来,这枚戒指是和他的身世有关的。

马可爱看着他微微一笑:"我相信你。"

夏雨行愣了一下,马可爱又说:"只要是你说的我都信,而我也希望你是能让

我一直信任夏雨行，再见！"

她说完站起来转身离开，夏雨行看着她背影满心懊恼，后悔在这件事情上骗了她，却又怕她知道真相后再也不见他。

马可爱和夏雨行分开后又给杨力打了个电话，约他在咖啡厅见面。

杨力到了之后，马可爱一直盯着他看，他被看得有些发毛："马……马总，你为什么这样看着我？"

马可爱看着他说："我只是没想到你是宋天明的儿子，你和小时候变化很大，对了，你还记不记得我们俩小时候父母都很忙，就经常一起溜出去玩。有一次我想吃树上的果子，你爬树给我摘结果摔了下来，被你爸好一顿打，你一声都没哭，后来还把你摘到的唯一的果子给了我。"

杨力差点被自己的口水呛到，他掩饰性地轻咳了一声："我五岁之前的事情都不记得了，所以你说的这些，我没什么印象。"

马可爱狐疑地说："你不记得五岁之前的事情，夏雨行也不记得，会不会太巧了？"

杨力没料到马可爱居然连这事都知道，他此时真的很想骂夏雨行一顿啊，夏雨行怎么什么都告诉马可爱？

他眼神有些闪烁地说："这个嘛，我们当初就是因为有太多的相似之处所以才会成为好朋友的。"

马可爱再次将他打量了一番，他心里更加发毛了，因为他心里实在是太清楚，这个理由太过牵强。

马可爱又接着说："后来我们一起被绑架，被绑的过程中，你对我一直非常照顾，这些还记得吗？"

杨力猛摇头，心里却是各种惊讶，原来当初和夏雨行一起被绑架的女孩子居然是马可爱！

他在心里感叹两人的缘分，却因为自己是假的更加心虚，毕竟马可爱是对小时候的夏雨行了如指掌，而现在的夏雨行在她的面前也透露了太多的消息。

马可爱叹气："以前的事情不记得就算了，我今天找你其实是有件事情想请你帮忙。"

"你尽管说，我一定竭尽全力！"杨力忙说，只要不再问他小时候的事情，让他做什么都可以！

第136章 戒指秘密

马可爱看着他说是："是这样的，我爸留了一大笔基金给宋家毅，也就是你，但是现在我需要这笔基金，所以需要你认领下来再交给我，那是我爸爸留给你的，我不能据为己有。我可以跟你签一份协议，折成的现金我会分期偿还给你，一分也不会少，可以吗？"

马可爱刚回国时被高管们逼迫，宋天明装好人用现金从马可爱那里换取股票的事情杨力也是知道的，而最近马可爱一直在筹钱想把股票从宋天明的手里拿回来他也知道。

于是他忙说："当然可以，不过具体要怎么操作我不懂，到时候还得再研究。"

马可爱松了一口气："好，到时候我会请律师帮你。"

她来找杨力之前，其实是有些担心杨力因为成了宋天明的儿子就不会再帮她，如今看来却是她想多了。

杨力回家之后把这些事情全部告诉了夏雨行，他叹了口气说："我们绕了一大圈想要帮她，一转身才发现，只要你恢复真身就能帮到她！夏哥，要不你恢复真身去领了这笔钱，然后就能抱得美人归了！"

夏雨行听到基金的事情也有些意外，他实在是没有想到马东山居然为他准备了一笔基金。

他看了杨力一眼说："现在怎么恢复真身？这笔钱你直接领了交给可爱就好，眼下这种情况，我们要是把身份换回来，只会惹来更多的麻烦。"

杨力一想也是，长长地叹了一口气说："我真心觉得造化弄人。"

夏雨行敛了眸光，心里是满满的无可奈何，他之前想要找回亲生父母，现在找到了，却不能认；他想要帮马可爱，之前倾尽全力也帮不上忙，而现在只要亮明真身就能帮到。

他不得不承认，老天爷跟他开了个不大不小的玩笑。

杨力扭头看着他说："不过我总觉得马总对我们俩起疑了，她今天问了我一堆的问题，都怪你，把戒指还有以前失忆的事情都告诉了她，她一跟我聊青梅竹马的梗我差点露馅，好在被我打马虎眼蒙混过去了，说我们小时候都失忆了，你在她面前可别说漏了嘴。"

第137章 换个方向

夏雨行点头,想起他和马可爱之间的事情心里终究有些苦涩,算起来他和马可爱那么小就认识,又经历了那么多的事情,长大后还能在茫茫人海里遇到,这些都是缘分,可是到现在,他却已经弄不清楚他们之间是上天的眷顾还是捉弄。

他沉默了片刻后说:"就算确认宋天明是我的亲生父亲,我们对他的调查也不能停,我总觉得PTV那边有问题。"

杨力笑看着他问:"你这是要大义灭亲吗?"

杨力知道夏雨行的心里苦,现在夹在马可爱和宋天明的中间,似乎不管帮谁都是错。

"不算大义灭亲。"夏雨行沉声说,"我只是做我该做的事情,如果他是清白的,没有人伤害得了他,但是如果他曾做过伤天害理的事情,那么就算不是我,他也会受到应有的惩罚。"

杨力长长地叹了一口气说:"虽然我非常不喜欢宋天明,但是我也必须说句实话,他那个人平时看着是挺坏的,但是对自己的家人还是相当好的,自从他以为我是他的儿子之后,对我那是没的说!"

他略顿了一下后又是接着说:"但是他也确实做了很多坏事,心狠手辣起来那是六亲不认,现在这种局面虽然不算好,但是至少还算平衡,要是哪天他知道我们骗了他,估计能掐死我们俩!不对,他要掐估计也只会掐死我,你是他的亲生儿子,他应该不会对你怎么样。"

夏雨行伸手轻拍了一下杨力的后脑勺,轻声说:"少想那些有的没的,就算哪天他真的知道了我们骗了他,大不了我一个人承担好了,我是不会让他伤害你的。"

"等的就是你这句话，你是不知道这些天，我天天心惊胆战。"杨力笑嘻嘻地说。

夏雨行笑骂了一句："德行！"

两人说了几句笑，夏雨行又分析说："我之前花了很多的心思调查宋天明但是一直没有任何破绽，我觉得或许我们可以换个方向上，宋天明谨慎没有破绽，但是赵青峰就未必了。"

"对！"杨力赞同他的话，"赵青峰平时在酒店里狂得要死，不知道帮宋天明做了多少伤天害理的事情，他一定有破绽，就算那些破绽不能让他入狱，而让宋天明把他赶走，那也是合算的！"

两人都觉得这个方向不错，仔细一合计，发现要对付赵青峰，有两个人是能帮得上忙的：一个是为赵青峰顶包的许晨；另一个则之前被赵青峰挑唆了闹事的小股东张宁。

夏雨行给许晨打电话说明来意，许晨自然全力配合，把他所知道的所有关于赵青峰的事情都说了出来，并详细地告诉了夏雨行赵青峰平时存放资料的习惯，哪些地方赵青峰会存放重要资料。

而张宁那边因为夏雨行曾经帮过他，再加上他对赵青峰极度厌恶，也愿意提供帮助，他提供了一条重要线索给夏雨行："之前我为宋总做事，他承诺给我的钱中途被赵青峰私扣，那件事情是我对赵青峰不再抱希望的原因之一，所以当时我和他所有的通话都有录音。我觉得他能私扣我的钱，就一定能私扣别人的钱，赵青峰做事脑子不够却贪得无厌，我认为这事可以成为你们的突破口。"

夏雨行听到张宁的话后眼睛一亮，立即向张宁道谢，张宁微微一笑："你不用谢我，这只是我该做的。"

夏雨行从张宁那里回来后就制订了一套完整的计划，决定直捣赵青峰的"老巢"：办公室。

中午的时候，杨力借口想向赵青峰学习酒店管理方面的知识请他吃饭，赵青峰没有多想，欣然答应了下来。

夏雨行见杨力支走赵青峰后，就潜入了赵青峰的办公室。

他再根据许晨提供的赵青峰的处事习惯，顺利地在资料夹后面找到了一只带电子密码的保险箱。

电子密码是难不倒夏雨行的，他很快就破译了密码，保险箱一打开，他就看到了里面的资料。

他把资料拿出来翻了翻，里面的资料让他大开眼界，他喃喃地说："赵青峰，你这次死定了！"

赵青峰和杨力相谈甚欢，两人中午聊了将近两个小时才分开，临走时，杨力还笑着对他说："峰哥，以后我有不懂的地方还请不吝赐教！"

赵青峰笑嘻嘻地说："客气了，大家是兄弟嘛，你以后有事尽管来找我！"

杨力现在顶着宋天明儿子的身份，赵青峰当然不敢得罪，此时交好，在他看来是件好事。

下午两人都要工作，在电梯口分后，赵青峰得意扬扬地回了办公室。

只是他一回到办公室就傻了眼，办公室里的文件虽然没有很凌乱，但是明显被人翻过，他忙拉开资料夹打开保险箱，然后发现保险箱里的文件全部不翼而飞！

赵青峰吓得脸都白了，他顿时就明白今天杨力来找他吃饭取经不过是为了支开他！

他咬牙切齿地说："杨力，夏雨行，我跟你们没完！"

正在此时，他的手机响了，他接通后传来宋天明冰冷的声音："赵青峰，到我办公室来一趟。"

赵青峰此时听到宋天明的声音顿时就知道大事不好，而他还不敢不去，于是他忐忑不安地进了宋天明的办公室。

赵青峰才把门推开，一堆文件和单据就砸在了他的脸上，他看清那些东西是什么之后，脸上无一丝血色。

宋天明冷冷地说："赵青峰，平时你贪图小利、偷奸耍滑就算了，没想到……你竟然转移JR资产，还将我拨给你做事的钱据为己有！这才导致张宁反水等那么多不必要的麻烦！我平时待你不薄，你就这样回报我吗？"

他自问这些年对赵青峰不薄，却没料到赵青峰居然背着他做出这样的事情！

赵青峰看到这样的宋天明吓得半死，此时却还抱了最后一线希望，把脏水往夏雨行的身上泼："宋总，你要相信我啊！是他，是他这个小人在陷害我！"

第138章 狗急跳墙

夏雨行冷笑："我就料到你会这么说，所以今天拿来的都是原件。赵总，如果我是你的话这会儿就不会再推责任，而是向宋总忏悔求情！"

宋天明没料到这个时候赵青峰居然还不承认，还想把事推到夏雨行的身上，他当即指着赵青峰怒吼："如果不是你这个蠢货，我的计划也许已经成功了！我千算万算没算你个大蛀虫，夏雨行，打电话报警，我要把这个浑蛋法办了！"

赵青峰一看这架势，知道自己今天是在劫难逃，他吓得跪在地上磕头求饶："宋总，我之前是鬼迷心窍！我以后再也不敢了！我跟您这么多年没有功劳也有苦劳，就饶了我这一回，再给我一次机会吧！我求求您了！"

他的额头重重地磕在地上，很快就磕出了血，却还在不停地磕。

宋天明看到这样的他眼里有些不忍，不管怎么说，赵青峰都跟了他那么多年，两人终究是有感情的，于是他冷声说："行了，起来吧！出去不要说是我宋天明的人！"

赵青峰闻言心里一喜，知宋天明这是放他一马了，他忙说："我以后一定认真做事，为您鞠躬尽瘁，肝脑涂地……"

"够了！"宋天明冷冷地说，"你现在停职回家好好想想，你所有的工作交给夏雨行。"

赵青峰愣了一下，无比怨恨地看了夏雨行一眼，默默地在心里发誓："夏雨行，杨力，我绝不会放过你们的，我一定会让你们付出惨痛的代价！"

夏雨行迎上赵青峰的目光冷冷一笑，以前赵青峰得势的时候他都没有怕过赵青峰，更不要说现在。

赵青峰一走，宋天明长叹了一声："我真没有想到他会做出这种事情来，真的

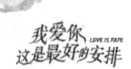

是太让我失望了。这些年来，我对他一直是栽培信任的，我儿子失踪的这些年，我其实一直把他当作是我的亲生儿子一样对待，我真的没想过他会背叛我。"

他此时整个人好像老了几岁，眼里是满满的恨铁不成钢。

夏雨行的眸光深了些，试探地问了一句："您还会让他官复原职吗？"

宋天明沉默了一会儿后说："我在想我是不是哪里亏欠了他，所以他才会做这样的事情来。"

"怎么说？"夏雨行有些好奇，在他的心里，宋天明是冷酷无情的，但是他却没有料到，宋天明对赵青峰居然会如此仁慈。

宋天明闭上眼睛说："你可能不知道，我曾经坐过一次牢。我当初是被马东山所谓的'正义之心'逼上了绝路，又害得我家破人亡的，所以我恨他，恨他让我失去了一切！我并不想像他一样，把一个曾经为我打过天下的爱将逼上绝路！如果那样我和马东山又有什么区别？"

夏雨行听到宋天明的话大吃一惊，他实在是没有想到宋天明和马东山之间居然还有这样的恩怨纠葛。

宋天明按了按眉头，满脸疲惫地说："你先出去吧，我想一个人静一静。"

夏雨行点头走了出去，他出去后想到宋天明对赵青峰事件的处理，突然发现宋天明和他认识的不太一样，宋天明看似狠毒却也有他有情有义的一面。

宋天明虽然让赵青峰把他手里的工作交给夏雨行，但是赵青峰在酒店经营多年，那些人际关系不可能全部交给夏雨行，之前凭着那些人脉在处理的事情还得由他来处理。

之前马可爱请吴律师帮忙办理领取基金手续的事情就用到了赵青峰在银行里的人际关系，所以杨力去领取基金时，赵青峰全程陪同。

而今天根据之前马可爱签下的股权质押合同，已经是最后一天了，如果马可爱不能在今天把钱还给宋天明的话，她之前押在宋天明那里的股票就将成为宋天明的。

吴律师给了杨力一堆文件，让他分批签字，等他签完字后让他再提供一份DNA检测报告，检测报告的要求是即时采样现场检测，他立即就慌了："之前不是有一份了吗？用那份就好了！"

吴律师摇头说："这一份是用来走司法程序的，不能用之前的，必须现场检验。"

一个护士走进来要为杨力抽血，杨力刚想找理由拒绝，赵青峰的手搭在他的肩上笑着说："不要怕，就抽一点血而已，要知道为了今天的手续我可是花了大力气

第138章 狗急跳墙

的，司法结果最快当天就可以出来，怎么样？开心吧！"

杨力怎么可能开心得起来，这事眼见得就要穿帮了！他吓都吓死了！

他朝赵青峰挤出一抹笑，想说几句话好让赵青峰放他一马，然而他的话还没有说出口，赵青峰狞笑一声，一把抓住他的手扭头对护士说："可以抽血了！"

杨力对上赵青峰的眼神，杨力底气不足，赵青峰的眼里则是腾腾杀意。

护士忙过来给杨力扎针抽血。

赵青峰一向记仇，上次杨力和夏雨行一起算计他的事情，他是一直想找机会扳回一局，拉着杨力重做DNA检查算是和杨力彻底撕破脸了，但是到如今他也没有什么好怕的了。

这件事情他其实是有赌的成分在里面，他赌杨力不是宋天明的儿子，而现在杨力的表情验证了他的猜想，所以他就更加不需要对杨力客气。

杨力知道这次麻烦大了，护士抽完血之后就走了，他坐在那里有些心绪不宁，忙拿起手机给夏雨行发消息。

赵青峰一直坐在那里阴恻恻地看着杨力，眼里有满是不屑，他都不用猜都能知道杨力是在给夏雨行发消息，而现在这种情况，就算是大罗金仙也救不了杨力！

结果很快就出来了，杨力的DNA数据比对比宋天明的不匹配，两人无血缘关系。

赵青峰把检测结果拍了张照发给宋天明，片刻后他就接到宋天明的消息："带杨力来见我！"

赵青峰看了一眼脸色极度难看的杨力，冷冷一笑，强行带着杨力去见宋天明。

宋天明在看到杨力的那一刻，整张脸的表情都几乎扭曲，他扬手就打了杨力一拳："为什么骗我？"

第139章 被拆穿了

宋天明找宋家毅找了二十年，好不容易他以为他找着了，满心欢喜满心喜悦，可是现在却发现不过是空欢喜一场，这件事情对他而言是又恼又怒又失望，从来就只有他骗别人，没料到现在他居然被人骗！而且还是这种事！

他怎么可能忍得了！在这一刻，他一刀杀了杨力的心都有了！

杨力被打得头晕眼花，他虽然知道宋天明很可怕，但是之前宋天明在他的面前还是相当温和的，他的心里也就没有太怕宋天明，可是此时宋天明暴怒起来凶狠的样子才让他知道，原来宋天明是这样的可怕！

他吓得半死，忙说了实话："宋总，您别生气，我这样做是有原因的！其实夏哥才是您的亲生儿子！我们之前调换了血样，我之所以冒充他，是因为夏哥还没有想好要怎么面对您，毕竟分开那么久了是不是？您如果不信就去找夏哥，再去做一次……"

宋天明大怒："住口！你们当我是傻子吗？耍了我一次又一次！"

到此时，暴怒的他当然不会再相信杨力的话，在他看来，夏雨行和杨力就是一伙的，他们接近他根本就是不怀好意！

赵青峰适时地在旁添油加醋："宋总，你可千万不要再信他们了，他们接近你就是不安好心！"

宋天明恶狠狠地瞪着杨力说："回去告诉夏雨行，我宋天明不是好惹的，我会让你们所有人都付出代价！滚！"

杨力本以为今天会被宋天明打死在这里，此时一听这话心里暗松了一口气，忙一溜烟跑了。

马可爱在办公室里等杨力取回基金回来，这一等就等到了下午三点，她不停地看手表，心里有些焦急，给杨力打了几个电话他都没有接，于是她忙给吴律师打电话。

吴律师的电话很快就接通，他叹了口气说："马总，事情出了点意外，刚才现场比对DNA，证实杨力不是宋总的亲生儿子，基金取不出来了。"

马可爱听到这个结果不知道为什么并没有太过意外，她之前就在怀疑杨力和夏雨行到底谁才是宋天明的儿子，如今杨力不是，那就只可能是夏雨行了。

她想起上次两人在烧烤摊外台阶上的对话，顿时明白夏雨行骗了她！她轻咬了一下唇，低骂了一声："夏雨行，你个浑蛋！"

只是她骂完后又觉得心烦意乱，现在就算知道夏雨行是宋天明的儿子，走完那套流程就得好几天，不可能在今天把基金里的那笔钱拿出来，而今天如果不把那笔钱给到宋天明的话，她质押的那些股票就再也拿不回来了。

她看了一眼电脑上公司账户里的数字，远不够还宋天明的那笔钱。

她有些绝望地挠了一下头，正在此时，门被敲响，她说了句"进来"之后，就见韩元斌推门而进，她愣了一下问："你什么时候回国的？"

上次韩元斌和韩德昌陪林州回泰国处理林川的事情，她以为韩元斌不会再回来了，所以此时看到韩元斌她有些吃惊。

韩元斌朝她微微一笑："今天刚回，可爱，有个好消息要和你分享，我说服了我爸，他给了一笔钱让我帮JR渡过难关。"

马可爱不由得一呆，她实在是没有想到韩元斌会在此时赶回来帮她，她也没有想到在最关键的时候竟是他帮了自己！

现在JR面临着易主的问题，马可爱并没有更多的选择，她深吸了一口气点头说："谢谢！"

韩元斌看着她说："能帮到你我很开心，可爱，我们之间不用这么客气，现在时间不多了，我们去银行吧！"

马可爱轻咬了一下唇，然后点了一下头。

两人去银行还了宋天明的钱后马可爱看着韩元斌说："谢谢你，我会尽快把钱还给你的，如果你不放心，我们可以签一份股权质押合同……"

韩元斌打断她的话说："不用了，都说了不用跟我这么客气，我爸说这是他自愿帮你的，也希望我们两家达成真正的强强联合，我也相信他这一次投资会有丰厚的回报。其实，该说谢谢的人是我，可爱，谢谢你让我帮你。"

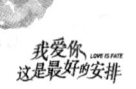

他的话说到最后是满满的温柔，马可爱当然能听得出来，她微微低头，心情有些复杂，她知道不管韩元斌对她有多好，她这一生都很难再爱上他了，他们之间只会有商业上的合作。

她默默在心里发誓，等JR渡过难关后，以后一定要找机会还韩元斌的这个大人情。

宋天明在把杨力赶走后，面色阴沉地坐在办公桌前，他的脸色极度难看，眼里是满满的悲愤。

他的人生轨迹在二十年前那个绑架案里走向了黑暗，因为宋家毅的失踪，他深爱的妻子朱玲郁郁而终，似乎这个世上就只有他一个人了，没有尽头的孤寂，没有终点的绝望，他活着的目的也就只余下复仇了。

他原本以为能找到自己的亲生儿子，以为那些孤寂黑暗的日子终于到头了，到如今才发现不过是空欢喜一场。

他腾地站了起来，直接就上了顶楼，此时李医生正带着护士刚刚给马东山做完例行检查，他冷着脸对李医生和护士说："我要和我的老兄弟说说话，你们都出去！"

李医生见他状态不对，有些担心，正打算说话，他扭过头瞪着李医生说："滚！"

李医生看到了他眼里的凶狠，知道此时跟他没有道理可以讲，于是他就带着护士等在外面，只要里面的仪器一有异动，李医生就能立即进去。

李医生和护士出去后，宋天明坐在马东山的床前，冷眼看着躺上床上不能动的马东山，他冷冷一笑："你人事不知地躺在这里还能让你的女儿出来兴风作浪！你当年害得我家破人亡，现在你女儿又联合几个小毛孩子一再挑战我的底线，甚至利用我的儿子！原本我听说你留了个什么基金给我儿子还企图放过你的女儿，可看来我还是太好心了，今天我来，就是为了通知你一声，马东山，你的女儿马可爱，还有夏雨行、杨力、孙倩，我一个都不会放过！我会让他们死无葬身之地！"

第140章 终于醒来

马东山的手指轻动,检测仪发出警报的声音。

宋天明的眉头微微皱了起来,他之前就怀疑马东山可能听得见他说的话,现在这个猜想似乎被证实了。

他还想再说几句,门外的李医生已经带着护士冲了进来。

李医生快速看了一眼仪器上的数据,眼里满是惊喜,兴奋地说:"马总马上要醒了,去通知小马总!"

宋天明听到这个消息眼里满是难以置信,马东山竟还能醒过来!

他之前就听说马东山的病情极为严重,昏迷之后醒来的概率极低,可是现在马东山居然快醒了!这怎么可能!

马可爱接到电话后立即往病房的方向赶,她到病房门口的时候见夏雨行也在,她的眉头微微皱了起来。

原来夏雨行收到杨力的消息后心里一直极度不好,他是真的还没有想好要怎么面对宋天明。可是现在这样的情况他要是再退缩的话只怕会害了杨力,于是他打算找宋天明好好谈谈,结果他到宋天明的办公室时发现里面的灯亮着人却不在,他知道宋天明的仇恨根源一直是马东山,他怕宋天明会对马东山不利,于是他就匆匆赶了过来,没料到刚好遇到马东山苏醒,就在外面等着。

两人对视一眼,夏雨行此时竟不知道对她说什么好,她心里记挂马东山,此时也不是说话的时候,她有些复杂地看了他一眼,扭头就走进了病房。

她一打开门,就看见马东山睁开眼睛半躺在病床上看着她,她的眼圈瞬间就红了:"爸爸……"

马东山看起来还很虚弱,却终究醒过来了,能和她说话了!

马东山的眼里也满是激动:"可爱,我的乖女儿!"

对他而言,虽然昏迷中能听到马可爱的声音,但是看不见她,而马可爱四岁就跟着李航嫣去了泰国,这一去就是二十年!

所以从严格意义上来讲,这是他二十年后第一次见到马可爱!

他昏迷的这段时间,有意识的时候就一直在想她现在是什么样子,此时终于看见她了!

她和李航嫣长得有五分像,却更加明艳动人,他在心里感叹,这就是他和李航嫣的女儿啊!

马可爱欲扑过去,夏雨行想起她的特殊体质,怕她和马东山一触碰就会头痛,于是忍不住喊了一声:"可爱!"

马可爱听到他的声音也回过神来,于是强忍着心里的渴望没有扑过去,然后两眼泛红地看着马东山,她等了那么久,终于等到他醒了过来!那种属于血缘的亲情此时在她的心里澎湃。

她的这个动作让马东山误会是疏离,他的心里虽然有些难过,却也理解,他终究亏欠了她二十年的父爱,是需要给她一些时间来适应的。

夏雨行的声音让马东山注意到了他,马东山有些好奇地看着他问:"你是谁?"

"我是夏雨行。"夏雨行恭敬地回答,马东山是马可爱的父亲,他听过很多关于马东山的事迹,发自内心尊重马东山。

马东山听到他的名字笑了起来:"原来你就是夏雨行啊!"

夏雨行有些好奇地问:"您认识我?"

马东山摇头:"不认识,但是这段时间可爱天天在我面前提到你的名字,所以我知道你。"

夏雨行有些意外地看向马可爱,马可爱却一脸疑惑地看着马东山,马东山轻点了一下头说:"没错,虽然这段时间我不能动不能睁眼,但是身边发生的一切我都知道,你之前对我说的话我也都听到了。"

马可爱想起自从回来后一有心事就会跑到马东山的病房里说,原本以为他听到不发泄一下情绪,如今知道他听得到之后,顿时有些不自在,轻咳了一声说:"爸,别说了。"

马东山见她不好意思,对她的想法也能猜到几层,不由得微微一笑。

第140章 终于醒来

马东山和马可爱父女之间的互动刺激着站在一旁宋天明的神经,他冷冷地说:"我儿子却因为你至今下落不明!马东山,这笔债你打算怎么还?"

马东山听到宋天明这话是要把当年的旧账全算在他的头上了,他扭头看向宋天明后冷笑一声说:"你不要以为你做的事情我都不知道!偿还?就算真的有债,那也是我们兄弟之间的事,和可爱无关,你趁着我昏迷的时候对她百般算计!宋天明,你太卑鄙了!"

宋天明冷冷一笑:"我对她的那点算计算什么?当年要不是你,我也不会家破人亡,也不会有牢狱之灾!我不会放过你们的!"

马东山想起当年的事情不由得叹息一声:"宋天明,当年的事情,我确实做得不够宽容,如果我能大度一些,玲玲和家毅也许都还在你身边,但是,别人的宽容是得之我幸的馈赠,不是天经地义就应该送给你的礼物,收手吧,宋天明!"

宋天明对于马东山的话无论如何也认同不了,他怒气冲冲地质问:"宽容?馈赠?马东山,你没有坐过牢,你怎么体验那种度日如年的苦痛?你没有家破人亡,你根本就不能体会那种骨肉分离的痛苦!今天要是出事的是你的女儿,你还能这么心平气和地跟我说什么大度、宽容吗?"

马东山闭了闭眼后缓缓地说:"宋天明,我虽然不能体会你的痛苦,可我也失去了挚爱的妻子,甚至没能见到她最后一面。二十年来我的女儿始终不肯见我,直到我躺在这张病床上,才听到了她的心里话!你是什么居心,我心知肚明。过去的事,我不想再计较了。但是,我的女儿是我这一生最挚爱的人,我不允许任何人有机会伤害她,谁若是敢伤了她一根头发,我会不惜一切为之拼命,有我马东山在的一天,我就会保护我女儿一天!"

马东山和宋天明相交几十年,对宋天明的性格极为了解,知道他一向偏激,如今两家的仇怨已深,马东山知道他说服不了宋天明,但是他作为一个父亲,也绝不会看着宋天明欺负马可爱。

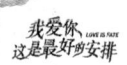

第141章 不死不休

宋天明瞪着马东山咬牙切齿地说:"马东山,我这辈子与你不死不休!"

宋天明说完就气冲冲地走了出去,夏雨行不自觉地扭头看他,见他冷着脸的样子阴冷暴戾。

夏雨行顿时时内心五味杂陈,他们父子近在眼前,却因为还没有相认,所以宋天明也视他如仇敌。

他再看了一眼相处融洽的马东山和马可爱,顿时觉得自己有些多余,于是转身也走了出去。

他本是来找宋天明把话说清楚的,但是此时听到宋天明对马东山说的那番话后,他便知道就算说清楚了只怕也没有用,最重要的是,他越来越不知道要怎么面对宋天明。

病房外,赵青峰看着宋天明和夏雨行相继出来,他突然想起一件事情,杨力第一次DNA检测的时候和宋天明非常匹配,证实是宋天明的儿子。

可是这一次当场验血检测DNA的时候却又不是,那足以证明杨力是知道谁是宋天明的儿子。他想起那天杨力对宋天明说夏雨行是宋天明的儿子,暴怒的宋天明并没有相信,可是如今静下心来一想,他觉得搞不好夏雨行还真是宋天明的儿子!

赵青峰一想到这个可能心里就极度不是滋味,他和夏雨行的梁子结得不是一般的深,之前夏雨行就想方设法想要把他从宋天明的身边赶走,要是夏雨行真成了宋天明的儿子,那还不得把他往死里整啊!

不行,他不能坐以待毙!要想办法把夏雨行除掉!

他仔细一想现在能除掉夏雨行的也只有宋天明自己了,最好的法子是让他们父子相残,这样就算是最后宋天明知道夏雨行是他的儿子两人也已经势同水火,互不相容了!

赵青峰心里顿时就有了主意,于是他跑到宋天明的面前挑唆:"宋总,这一次杨力和夏雨行把你骗得这么惨,你要是就这样放过他们,那也太便宜他们了。"

宋天明冷冷地说:"谁说我会放过他们?我一定会让他们付出惨重的代价!"

赵青峰听到这话心里一松,知道宋天明肯定会做出安排来,忙说:"可不是嘛,夏雨行和杨力以为自己脑子好使,就把宋总您玩弄于股掌之间,真的是太过分了!"

宋天明觉得认错儿子的事情实在是太过丢人,不愿意多说,于是话锋一转:"杨力不是我的儿子,找我儿子的事情不能放松,你要抓紧!"

今天他看到马东山和马可爱相处的情景,他心里是又妒又羡,他多希望他能找到自己的儿子,听他喊自己一声"爸爸"。

赵青峰表面上点头哈腰地应了下来,但是却再也不会帮宋天明找儿子了,这事在宋天明和夏雨行彻底反目之前他绝对不会让宋天明知道!

马东山醒来后身体恢复得很好,很快就可以不用那些仪器测重身体的变化了,虽然走路还不算利索,却也能坐着轮椅四处转转了。

这天,马东山坐在轮椅上,马可爱推着地他到酒店的花园散步。

父女两人一起走在花园的小径上,他一脸感叹地说:"老天待我不薄,能让我在有生之年再见到你,你可能不知道,这二十年来,我无时无刻不想见你!"

马可爱也有些感触摸,她轻声说:"我回国之前其实挺恨你的,恨你抛弃了我和妈妈,而我回国见到你之后,却慢慢地原谅了你,感受到了与生俱来的血脉亲情,如今你在我的心里,是一座能让我倚靠的山,我相信妈妈看到我们这样相处,也一定会很高兴。"

马东山听她说起李航嫣,心里有些难过,如果能再给他一次机会,他一定不会做出那样的选择,他长长地叹了一口气后说:"是我对不起你妈妈。"

马可爱停下轮椅,走到他面前看着他说:"有个问题我一直问你,当初为什么要抛弃我和妈妈?"

"我从来就没有抛弃过你们。"马东山的神情有些哀伤,想起当些的事情,缓缓地说,"当初我为了想给你们母女更好的生活,把所有精力都放在酒店上,你妈妈误会我不再爱她,后来你被绑架时我在开会没有接你妈妈的电话,让你妈妈对我彻底失望,她一怒之下就带着你去了泰国。我本以为她只是一时生气离开,气消了就会回

来，却低估了她的骄傲，她这一去竟就与我天人永隔。是我对不起她，不配求得她的原谅！"

马可爱其实这段时间已经大概能猜到他当时的想法，此时得到证实后心里有些凄然，如果当时妈妈不要那么强硬，如果马东山能在工作之余多关心一下妈妈，也许他们一家人就不会分开二十年，妈妈也就不会郁郁而终了。

她的声音有些哽咽："其实妈妈还是爱你的，她临终前一直交代我，让我不要恨你。"

这话在马东山昏迷的时候他也听马可爱说过，此时再听到他心里依旧内疚，他看着她说："孩子，这些年来让你受苦了。"

马可爱吸了吸鼻子说："你醒了，我就是有爸爸的孩子了，就不再苦了。"

马东山听到她的这句话眼眶有些湿润，他伸手摸了摸她的头，她伸手把眼角的泪擦掉朝他咧嘴一笑，他也笑了起来，这一刻，亲情无限温暖。

当天下午，几个警察来酒店以涉嫌诈骗把夏雨行和杨力一起带走了。

孙倩目睹了警察带走夏雨行和杨力的整个过程，她担心不已，忙过来找马可爱帮忙。

马可爱深吸一口气后看着孙倩说："应该是宋天明报的警，所谓涉嫌诈骗应该指的是那笔基金的事情，这中间的真相是什么，杨力和夏雨行为什么要骗宋天明，把你知道的一切都告诉我，我才能想办法救他们。"

夏雨行让杨力假冒他和宋天明接触的事情从来就没有瞒过孙倩，孙倩知道这是大事，半个字也不敢对外说，只是现在事情到了这一步，她为了救杨力和夏雨行也就没有什么不能说的了。

于是孙倩把她知道关于这件事情的一切和盘托出,马可爱听完后长叹了一口气,磨了磨牙后说:"夏雨行这个浑蛋,胆子真不是一般大,这种事居然也干得出来!"

孙倩小声问:"那马总能救他们吗?"

马可爱没有回答,只是打开抽屉去拿车钥匙就走,孙倩忍不住问她:"马总,你要去哪里?"

"派出所。"马可爱回答。

孙倩喜出望外地跟着马可爱去了派出所。

马可爱到派出所后把杨力和夏雨行保释了出来后说:"杨力,孙倩,你们先回去,我有话要对夏雨行说。"

杨力和孙倩看了看马可爱,又看了看夏雨行,怕马可爱找他们麻烦,忙应了一声,一溜烟地跑了。

他们走后,马可爱看着夏雨行问:"我最后问你一次,如果你再不说实话,我这一辈子都不会再见你!"

夏雨行低着头说:"你应该都猜到了,我……我就是宋天明的儿子。"

他一直都知道马可爱是聪明的,事情到了这一步,马可爱怎么可能还猜不出来?

马可爱红着眼瞪着他,她想起他幼年时对她的帮助,是她这些年来唯一的温暖,却又恼他为什么要是宋天明的儿子!只是如果他不是宋天明的儿子,就又不是她心中的白月光。

她内心又激动又复杂,说不清是爱还是恨,只能用愤怒来掩饰她此时复杂的心情:"夏雨行,你浑蛋!我以后再也不要见到你!"

她说完抬脚就走，夏雨行想追却又不敢追，满心的无可奈何，他一直都怕他是宋天明儿子的事情曝光后，马可爱就再也不理他，如今最担心的事情发生了。

只是这件事情也不是他能选择的，别人家和父母失散的孩子找回自己的父母都是一件非常开心的事情，到了他这里就变得纠结而又烦恼万分。

马可爱和夏雨行分开后在心里狠狠地骂了他一顿，虽然说这件事情她早就猜到了，但是猜到和他承认又是两码事，最重要的是，他之前居然骗了她！

她回到酒店后心情依旧不好，整个人的情绪异常低落。

马东山很快就发现了她的异常，温声问她："发生什么事情了？是因为夏雨行吗？"

马可爱轻咬了一下唇没有说话，马东山却知道他猜中了，他微微一笑后说："我之前已经知道夏雨行就是宋家毅了，你心里怎么想？"

马可爱低声说："感情的事情我会处理好的。"

她并不擅长和人分享自己的心事，就算是在自己父亲的面前也觉得有些不太自在。

马东山隐约能猜到她的想法，感叹一声后说："可爱，你和你妈妈真的很像，都很好强，但是感情真的不能太好强，我不想我的女儿有我当年的遗憾。我和宋天明之间的纠葛跟你和夏雨行没有关系，你们不用受到我们的影响。夏雨行是你心心念念的那个救命恩人，是昔日保护你的小哥哥，你还能和他相遇，甚至相爱，这便是你们的宿命，你一定要把握住属于自己的缘分和爱情。"

马可爱轻轻咬了一下唇，依旧嘴硬道："我知道，只是现在我觉我们都需要冷静，我想等我看清自己的心后再说。"

马东山轻笑着点头，没有再劝她，转移话题和她聊酒店里的事情。

晚上，马可爱离开后，马东山觉得马可爱和夏雨行的事情他还是稍微干预一下，他怕马可爱的性子太过强硬和李航嫣一样把所有的事情都自己扛下来，那样实在是太辛苦。

于是他给夏雨行打了个电话："小伙子，我们明天见个面吧！"

夏雨行一听是马东山的声音，立即答应了下来。

第二天一早，夏雨行就起来了，除开上次病房里的初次见面，这是他第一次和马东山正式见面，他觉得应该引起重视。

于是他把自己最贵的那套西装拿出来穿上，把自己收拾利索后才去见马东山。

第142章 她的纠结

　　两人见面后，马东山坐在轮椅上让夏雨行推着他去花园里走走，夏雨行当然不会拒绝。

　　两人闲聊着到花园后，马东山笑着说："你和杨力能骗过宋天明总有一个是真的，不是杨力那只能是你，只是宋天明那家伙现在在气头上，所以还没有发现，他又精于算计，以为你们还想要从他那里得到什么利益。"

　　夏雨行没料到马东山才醒过来，就把这些事情看了个清楚明白，他轻咳一声后说："真是什么都瞒不过您的眼睛。"

　　马东山扭头看着他说："这事其实很简单，并不复杂，我能看懂，过段时间宋天明也一样能看懂。对了，我需要一份鉴定来证明你就是宋家毅，然后履行我的承诺，把那笔基金赠送给你。"

　　"你为什么要送这么一大笔钱给我？"夏雨行问出了他心里最大的疑问，仔细算起来，他和马东山并不熟，而宋天明和马东山又势如水火，他不明白马东山为什么要这么做。

　　马东山朝他眨了眨眼："你该不会真的以为我做了什么对不起宋天明的事情，这样做只是为了减除心里的愧疚吧？"

　　"如果真是这样的话，你这笔钱我可不接受！"夏雨行沉声说。

　　马东山听到他这句话后哈哈大笑起来："你果然不错，只是事情却和你想的不太一样，我和宋天明的恩怨那是我们两人的事情，和你们没有关系，而我也从来没有做过对不起宋天明的事情。但是我对你却有愧疚，因为我如果当初对宋天明的手段温和一些，你和可爱也许都不会被绑架，你也不会离开宋天明这么多年。"

　　夏雨行听他说起当年的事情，轻声一叹："我这些年来过得很好，你不需要愧疚。"

　　夏雨行跟着养父的这些年，日子虽然过得清贫了些，但是他的精神是富足的，虽然有些小遗憾，但是那些并不重要，他一直觉得人生就是一场旅途，看过万千的风景才算精彩。

第143章 小小秘密

马东山轻笑一声:"有件事情你可能还不知道,你和可爱幼时经常一起玩,被绑架的时候对她百般照顾,在她的心里,你就是她心中的白月光。"

夏雨行听到这个消息又惊又喜:"我就是可爱心中的白月光?"

他想起马可爱曾不止一次在他的面前提到照顾她的小哥哥,他还曾吃过她嘴里小哥哥的醋,他如今才发现,他居然就是她嘴里的小哥哥!

马东山扭头看着他认真地说:"我在昏迷时可爱跟我说的,不过这事可是我们之间的秘密,你可不能告诉她是我告诉你的。"

夏雨行没料到马东山居然还会有如此可爱的一面,不由得失笑。

马东山朝他眨了眨眼睛:"所以你要努力了,要不然可能就要被姓韩的那个小子拐走了!"

夏雨行摊了摊手:"我会努力的,不会让韩元斌把她拐走的。"

马东山点头:"嗯,不错,有点男人的样子,那现在可以接受我的基金了吗?"

夏雨行点头:"基金我确实需要,可爱我也会努力争取!"

有了那笔基金他就能帮马可爱还清韩元斌的债,债还清之后,他就能跟韩元斌公平竞争马可爱了。

马东山看着他满意地点了点头,夏雨行比他预期的还要好,很适合马可爱。

马东山做事效率一向很高,基金的事情很快就办好了,与此同时,他也拿到了夏雨行和宋天明的DNA检测报告,报告显示,夏雨行和宋天明是父子关系。

马东山觉得这件事情到如今也该了结了,于是他拿着资料去找宋天明。

他进到宋天明的办公室后,直接就把夏雨行的检测报告放在宋天明的面前说："你的儿子我找到了，从今往后，我就不再欠你什么了，你有什么事就直接冲我来吧！"

宋天明看着那份报告的封面冷冷一笑，他直接把了那份报告推到一边，看着马东山说："你真无聊，居然还想在我的面前玩这种把戏！把东西拿走，反正我是不会放过你和你女儿的！"

"我看你是一朝被蛇咬，十年怕井绳。"马东山长长地叹了一口气："宋天明，枉你自以聪明，到关键的时候竟这么蠢！你自己冷静地想一想整件事情的过程，这中间有太多的破绽！你如果不信，还可以再去检查。"

"我宋家的事，不需要你管！"宋天明冷声说，他对马东山恨归恨，但是对于马东山的人品还是了解的，马东山从来不做弄虚作假的事情，只是他此时在马东山的面前，不会流露出半点情绪。

马东山摊了摊手后："我对你家的事情没兴趣，如果不是我当年留了一笔基金给宋家毅，要验证身份需要检验报告，你当我愿意管？这事你爱信不信，我走了。"

他说完留下检验报告，扭动轮椅自己出去了。

他一走，宋天明就立即拿起那份报告，他细细一看后整个人呆在那里："夏雨行就是家家？这怎么可能！"

宋天明拿着那份报告坐在那里发呆，仔细一想整件事情的过程，夏雨行是宋家毅的可能性最大。他再仔细想了想夏雨行的相貌，发现他和朱玲的眉眼其实是有几分相似的，只是他从来就没有想过夏雨行会是他的儿子。

他想起自和夏雨行相识以来，两人就明里暗里斗了无数次，就在前几天，他还报案让警察来抓夏雨行。

父子两人还未正式相认，就已经水火不容。

宋天明隐约有些明白夏雨行为什么会让杨力冒充他来骗他，说到底，是夏雨行根本就不愿意认他这个父亲！

他想到这里，顿时觉得心口一痛，正在此时他的手机响了，他拿出来一看是夏雨行打过来的，他接通后夏雨行只说了一句："我在天台等你。"就挂断了电话。

宋天明只愣了一下，然后立即朝天台的方向奔去。

他到的时候夏雨行已经到了，手里正拿着一枚戒指发呆。

宋天明缓缓地走到夏雨行的身边，强行压抑制着自己的情绪说："这枚戒指你妈妈当年非常喜欢，曾经是一对，正好马可爱的妈妈也很喜欢，于是我和马东山就将

这对戒指一起买下,分别送给自己的妻子,而她们又将戒指给了你们,这大概就是上天的安排。"

他虽然一直在控制自己的情绪,但是说到最后,声音有些发抖。

夏雨行扭头看向他,深吸一口气说:"宋总,我来,不是和你忆往昔的。"

宋天明听到夏雨行对自己的称呼心里有些失望,而当他看到夏雨行有些冷厉的脸,顿时就明白了几分,他冷着声说:"如果你是来劝我收手,劝我放过马东山和马可爱,那么就不必说了!那是不可能的事!"

夏雨行对宋天明的回答并没有太过意外,他之前就猜到他可能根本就说服不了宋天明,只是此时听到宋天明这么说他心里依旧还是有些失望,他缓缓:"没想不到你还是这样执迷不悟,我今天不该来!"

他说完转身离开,宋天明知道如果今天让他就这么走了,他们父子间的关系只会更僵,于是宋天明大声说:"等一下!你只看到我如何不择手段地想要得到JR、想要打倒马家,可是你知不知道我经历了什么?你知不知道我们曾经是多么幸福、和睦的一家,你妈妈多么温柔、漂亮又能干!如果不是因为马东山,你根本就不会被连累绑架让你的母亲抑郁疯狂,遗憾死去,我们根本就不会家破人亡!"

夏雨行听到宋天明的话后心里也有些不是滋味,只是他始终无法赞同宋天明把宋家家败人亡的账算在马东山的身上,但是宋天明终究是他的父亲,他们父子二人不可能就这样过一辈子,他觉得他的想法也需要让宋天明知道。

于是他缓缓地说:"就算是这样,当年的事情已经过去了,现在我已经完完整整地出现在了你的面前,你能不能为了我而收手,别再触碰法律的底线,也别再触碰我的底线!否则即使你是我的亲生父亲,我也绝不会心慈手软!"

第144章 反目成仇

宋天明听到这话震惊不已地看着夏雨行："你什么意思？"

夏雨行深吸一口气后一字一句地说："你现在肯定已经知道我前段时间同意做你助理的目的，这世上之事若要人不知除非己莫为，如果你不收手，我将会成为你的敌人！"

宋天明满脸震惊地看着夏雨行，他一直幻想着找到宋家毅后他们父子俩父慈子孝，其乐融融地生活在一起，却没有料到他们相认的第一天，他的亲生儿子竟告诉他要与他为敌！

他的脚下一个趔趄，差点摔倒在地。

夏雨行看了他一眼，然后头也不回地走了。

宋天明失魂落魄地回到自己的办公室，他一直觉得这些年他活着的意义就是找回宋家毅，而他所有的谋划也是为了宋家毅！

可是现在……

平时不怎么抽烟的宋天明拿出一盒烟，把自己关在办公室里一上午，整间屋子烟气腾腾，弥漫着烟草的味道。

夏雨行今天对他说的那些话，可谓是字字锥心，之前处心积虑的报复如果换来的是父子相残，那他就是这个世上最大的笑话！

他思虑良久，把赵青峰叫进了他的办公室后说："停止私下收购JR股票并暂停PTV正运行的业务，所有的一切都暂停！"

赵青峰听到他这话整个人都蒙了："我们谋划了那么久，眼见得马上就要成功了，你要在这个时候放弃？"

"因为我如果不放弃的话我就会失去我唯一的儿子。"宋天明轻叹了一口气,然后扭头看着赵青峰沉声说,"怎么?你不愿意放弃?"

赵青峰的情绪极为激动,从来不敢反驳宋天明话的他此时大声说:"我当然不愿意!您说过的,跟着您以后整个JR和PTV都有我的一席之地,现在您准备放弃掉咱们努力了那么久的事业,您有没有想过我这么多年来忠心耿耿跟着您,我要怎么办?您有没有考虑过我的感受?"

宋天明皱眉:"就算我现在放弃,也一样有你的一席之地,我不会亏待你的。"

这样激动张狂的赵青峰实在是让他失望,这么多年了,赵青峰的眼界还是如此之窄,目光还是如此短浅。

"您是想说您要从头再来吗?我也不年轻了,不可能跟着你这么一直耗下去!宋总,我不想和您说不好听的话,可事到如今,您不要逼我!"赵青峰大声说。

宋天明的声音变得有些冷:"赵青峰,你这是在威胁我吗?"

赵青峰咬牙切齿地说:"如果你逼我,就不要怪我不念多年情义!我是一定不会就这么将一切拱手让人的!"

宋天明的语调更冷:"赵青峰,这么多年了,你似乎并没有什么长进,真是枉费了我的栽培。"

赵青峰冷笑:"栽培?宋总,您不过把我当您的一条走狗罢了!"

宋天明满脸失望地说:"你现在的样子说是走狗到也贴切,为了这一点小小的利益就这么狗急跳墙,成不了大气候!"

赵青峰愤愤地离开了宋天明的办公室,他觉得自己不能坐以待毙,要趁这个机会再捞一笔,他飞快地收拾文件和资料装进包里,然后就将手里所有的股票抛售,很快JR的股票就跌停。

夏雨行一直关注着JR股票的变化,他很快就收到了这个消息,他找人一查,意外地发现这事竟不是宋天明做的,而是赵青峰做的。

这件事情不是宋天明做的让他松了一口气,似乎他那天对宋天明说的话他听进去了。

夏雨行觉得宋天明也许还没有那么不可救药,他们父子之间的关系也许还有缓和的余地。

而现在JR股票跌停的事情他必须想办法处理,他细细一想,如果这件事情不是宋天明做的,是赵青峰一个人的意思,那么赵青峰为什么突然要抛售股票?

他脑中灵光一闪：赵青峰抛售股票该不会是要跑吧？

他的脑中冒出这个想法后立即去找赵青峰，赵青峰不在办公室，有员工看见赵青峰下楼了。

夏雨行立即往地下车库的方向跑，他一下去就看到抱着一叠资料准备离开的赵青峰，他立即大喊一声："赵青峰！你想跑是吧？"

赵青峰一看到夏雨行吓了一大跳，手里的资料差点掉在地上，脸上却挤出一抹笑说："说什么了，我跑什么？我这是出门谈生意！"

"谈生意用得着那么鬼鬼祟祟的吗？"夏雨行看着他冷冷地说，"谈生意用得着不经申报就抛售股票吗？"

赵青峰被揭穿后脸色难看，干脆直接撕破脸："夏雨行，就算我们之前有过节，我也没有真的害过你，我所做的一切都是宋总交代的！所以我们无冤无仇，你不用这样赶尽杀绝！"

夏雨行的眸子里满是寒意，他瞪着赵青峰说："我不管你是谁交代的，反正今天有我在，你跑不了的！"

赵青峰的手握成拳，眼里有了一抹阴狠，却生生挤出一抹笑意说："唉，居然被你发现了，算了，我跟你回去，反正那些事情虽然是我做的，幕后主使却是宋总，我也没有什么好怕的。"

夏雨行松了一口气，看了他一眼说："那走吧！"

赵青峰应了声，却趁夏雨行转身时拿起一根钢管打在他的后脑上，他闷哼一声倒在地上。

赵青峰冷笑一声："天真，傻子才会跟你回去！"

他说完准备离开，没走几步想起现在夏雨行已经和宋天明相认，有夏雨行在手，他也许还有意外收获，关键的时候也是一个人质。

于是他夏雨行塞进了后备箱，然后开着车一路狂奔。

赵青峰一直将车开到没有路的地方才把夏雨行抱了出来，然后找到他的钱包，拿出里面的现金，再搜他身看看是否有什么值钱的东西。

夏雨行身上并没有其他值钱东西，赵青峰暗骂了一声"晦气"，然后发现他的脖子上挂着一个戒指，他拿起戒指看了一眼，见是陨石钻石的材料也值点钱，于是他一把扯下来一起装进口袋里。

第145章 被绑架了

赵青峰做完这些事后就把夏雨行拖进了旁边的灌木丛里,然后开着车准备去机场,他打开平时放证件的地方才发现护照居然没在里面。

他伸手拍了一下自己的脑门,没有护照根本就出不了国,于是他只得又开着车回家去拿护照。

马可爱今天从中午开始就一直心绪不宁,却又不太清楚为什么心绪不宁,她下意识地给夏雨行打了个电话,他的电话却没有人接。

马可爱知道她的号码被他设了特殊的铃声,平时只要一响,不用超过三声就一定会接,他如果有不接电话那一定是有事。

她心里的不安加剧,又连着打了几个还是没有人接,她想起之前在夏雨行身上看到的片段,心里生出不好的预感,于是她在酒店找了一圈后都没有看到夏雨行后,就开着车一边去出租屋一边给杨力打电话问他是否见过夏雨行。

杨力此时正在上班:"没有,我今天就没见过他。"

马可爱挂断电话后心里的担心加重,此时只盼着他在出租屋里,然而,她到出租屋后敲了好一会儿门都没有人开门,她拿出钥匙打开门后屋子里一个人都没有。

马可爱的心顿时就有些乱了,立即给宋天明打电话:"宋叔叔,夏雨行有没有在你那里?"

宋大明因为这几天夏雨行一直对他不理不睬,情绪有些低落,接到这个电话时也没有太放在心上:"他不在,怎么了?"

"他人不在酒店也不在出租屋,我刚才给他打了好多个电话都是没人接,我怀疑他有危险。"马可爱的声音里不自觉地带了一丝颤音,她害怕她之前在他身上看到

第145章 被绑架了

的片段会发生。

宋天明知道夏雨行平时的活动轨迹不是酒店就是出租屋,且电话一直都会保持畅通状态,他一听到马可爱的这番话立即就紧张了起来:"他会发生什么事情?"

马可爱有些担心地说:"我也不知道,他人似乎不见了!对了,赵青峰呢?我今天下午也一直没有看到他!"

她这句话立即让宋天明想起赵青峰之前对他的话,他的脸色顿时大变,他立即对马可爱说:"我现在就给赵青峰打电话。"

说完他立即挂断电话拨打赵青峰的手机号码,那边一接通他立即说:"赵青峰,夏雨行在哪里?你是不是对他做了什么?"

赵青峰冷笑:"宋总的消息真灵通,这么快就得到消息了,佩服!"

宋天明一听这话就知道夏雨行在赵青峰的手里,顿时就怒了:"他要是有个三长两短我不会放过你的!"

赵青峰此时根本就不怕宋天明的威胁,他冷冷地说:"你不是一直说我格局小吗?我现在就做件大格局的事情给你看!你现在就带一千万去机场,否则的话就等着替你儿子收尸吧!"

宋天明又急又气:"一千万?这么多,你说转就能转出来吗?"

"这我就不管了,我知道宋总你有很多办法!"赵青峰冷笑,"对了,你最好不要报警,要不然你就再也见不到你儿子了!"

他说完就挂断了电话。

赵青峰为了潜逃方便,他从家里拿到护照后没有再开车,而是拦了辆出租车直奔机场。

他知道夏雨行的事情被发现后,宋天明一定会立即采取行动,所以他必须尽快出国,于是他一直催出租车司机快一点。

出租车司机说:"这几天开重要会议,各路口都是在戒严,快不了!"

"戒严?"赵青峰一听这话心里就有些紧张,机场那边要机票,出行记录很容易查到,如果宋天明带人去机场堵他的话,只怕会功亏一篑,而要出国,除了坐飞机,还能坐船。

于是他对司机说:"不去机场了,去码头!"

马可爱从宋天明那里知道夏雨行在赵青峰的手里,她急得六神无主,怕夏雨行会出车祸,跑去交警队请他们帮忙调查却并没有任何关于夏雨行车祸的消息。

她刚从交警队出来的时候接到了赵青峰的电话："想救夏雨行的话就带一千万到码头来，记住，不要报警！否则后果自负！"

"要钱可以，但是你让我跟夏雨行说句话！我要确认他是否安全！"马可爱沉声说，她此时心里又担心又害怕，却告诉自己在这种时候绝对不能自乱阵脚。

赵青峰早就把夏雨行丢到林子里了，不可能让夏雨行和马可爱说话，于是他冷哼一声："我没时间跟你啰唆，想要人你就来，我只给你一小时的时间，你要是到时来不了的话，你就等着给夏雨行收尸吧！"

他说完就挂断了电话。

马可爱听到赵青峰的话手有些发抖，她打电话给宋天明："宋叔叔，赵青峰让我带一千万去码头换夏雨行。"

"去码头？可是赵青峰他让我去机场。"宋天明皱眉，"算了，现在顾不了那么多了，我去机场，你去码头，随时互通消息！一定要保证夏雨行的安全！"

马可爱忙应了下来，挂断电话后，她发现自己的手还在发抖，她默默地告诉自己在这种时候一定要冷静，她深吸了三口气，努力让自己冷静下来。

赵青峰说不让报警，但是她知道如果不报警的话只怕后果会更加严重。

她在心里梳理出救夏雨行的最佳方案后，做好准备后直接码头。

她一个拎着一个黑色的袋子才出现在码头，就立即接到了赵青峰的电话："你现在把钱放到船上，然后立即下去！"

"你必须让我见到夏雨行！不然这些钱我不能给你！"马可爱沉声说，她知道赵青峰在她一出现就给她打电话，表示现在的赵青峰就在码头这里，只是不知道躲在哪里而已，她现在必须拖延时间，好让附近的警察把他找出来。

赵青峰冷笑一声："你现在没资格跟我讲条件！还是那句话，不给钱，就给夏雨行收尸！"

他说完再不给马可爱说话的机会，直接就挂断了电话。

第146章 绳之以法

马可爱的拖延时间计划失败,她轻咬了一下唇。

正在此时,汽笛声响起,船马上就要开了。

马可爱看了一眼散在四周的便衣警察,咬了一下牙,依赵青峰所言把装钱的箱子拎上了船。

她把钱放到船上后环顾一周并没有发现赵青峰的影子,她只能听赵青峰的安排立即下船。

她下船不到一分钟,就有一个头上戴着帽子和口罩的人走到船上去拎那个黑色的袋子。

只是那人的手才一碰到袋子,船上立即就有几个便衣就朝他冲了过去,他一看情况不对立即往岸上跑。

马可爱一直留意那边的动静,一下子就认出那人是赵青峰,她立即跑过去拦下他。

赵青峰见她娇娇弱弱的,根本就没把她放在眼里,伸手就去推她,却被她抬起脚踢倒在地,他才倒下,警察就追了过来,立即将赵青峰制伏在地。

赵青峰顿时就急了,他大声嚷嚷:"你们做什么?我什么都没有做!你们凭什么抓住我!"

一个警察冷声说:"有人报警说你涉嫌绑架勒索,现在跟我们回去接受调查!"

马可爱瞪着他问:"夏雨行呢?他在哪里?"

赵青峰知道自己完了,现在能拖个垫背的就拖个垫背的,夏雨行身上有伤被扔在林子里,要出来很难,林子里有野兽,如果没人及时找到夏雨行的话,很可能会被野兽吃了。

于是赵青峰的下巴朝天:"夏雨行?我哪知道他在哪里?我没见过他。"

马可爱突然想起她刚才踢赵青峰的时候有肢体接触，但是却没有看到任何片段，这是不是意味着夏雨行的戒指在他的身上？

马可爱立即对赵青峰搜身，从他的口袋里搜出夏雨行的戒指，她瞪着赵青峰说："这枚戒指是夏雨行的，赵青峰，你还想抵赖吗？"

赵青峰顿时无言以对，只能心不甘情不愿地说："我把他扔在林子里了。"

"带我们去找他！"马可爱冷声说。

赵青峰此时被警察制住根本就逃不掉，只能配合他们的行动，却在说到具体位置时，他一会儿说这里，一会儿说那里，天都黑透却还是没找到夏雨行。

马可爱看着茫茫的夜色，心里急得不行，大声问赵青峰："夏雨行到底在哪里？你是不是在耍我们？"

赵青峰撇了撇嘴说："天这么黑，我哪里记得。"

马可爱只恨不得上去揍他一顿，警察将她拦了下来："马小姐请冷静，我们已经通知队里，会安排附近的人过来帮忙。"

马可爱几近崩溃，她知道这片林子里有野兽，赵青峰也交代了夏雨行有伤行动不便的事，她一想到夏雨行万一遇到野兽简直是无法想象后果，她哭着说："夏雨行，你千万不要有事，我还有好多话想对你说！"

她说完一头不管不顾一头就冲进了树林里，她一边走一边大声喊："夏雨行，你在哪里！"

警察要控制赵青峰，想跟上她都没有办法。

夏雨行被打晕后有些糊涂，做了一个冗长的梦，梦中他又回到了被绑架的那一天，天下着大雨，他顺着山道一直往前走，一直走一直走，他也不知道走了多久然后一不小心滑进了山隙里。

他吓了一大跳，然后就清醒了过来。

他意识到那是个梦时轻轻松了一口气，睁开眼睛一看，四周却一片漆黑，远处可以看到树木的枝丫，看起来是在林子里。

他打算坐起来，只是才一动，就觉得头有些眩晕，后脑处疼得厉害。

他知道林子里入夜后非常危险，他必须离开这里，他调整了一下呼吸，缓了好一会儿才强行撑着坐了起来。

他坐在那里休息了不到三分钟，就依稀听到马可爱的喊声："夏雨行！"

他最初以为是他听错了，马可爱怎么会到这里来？

可是那喊声越来越近，他终于意识到马可爱真的来了，他忙扶着旁边的树站了

第146章 绳之以法

起来,然后看到有闪烁的光芒靠近,他朝她的方向跌跌撞撞地走过去,他大声喊:"可爱!我在这里!"

他的话音才落,就看见马可爱一身狼狈地朝他奔了过来:"夏雨行,我终于找到你了!"

两人四目相对,都激动得想哭,马可爱把项链挂在他的脖子上,然后一把抱住了他:"你没事就好!你吓死我了你知道吗?"

夏雨行轻拥着她说:"别怕,我没事!"

天边一记惊雷闪过,天上下起雨来。

雨下得太大,夏雨行行动不便,光凭马可爱一个人根本就没有办法把他扶着走出这片林子。

马可爱闻到了他身上的血腥味,有些担心地说:"你在流血,这雨还越下越大,这可怎么办?"

"不用担心,我知道这附近有个山洞,我们先去那里避一避,然后再等搜救的人找过来。"夏雨行温声说。

马可爱点头,于是两人互相搀扶着深一脚浅一脚地往前走,虽然这里离山洞不远,但是夏雨行有伤在身全靠马可爱扶着才能慢慢往前走,两人费了很大力气才找到夏雨行说的山洞。

那个山洞并不算大,也就十几个平方米,里面还有不少乱石,但是用来躲雨是足够了。

进去后两人才坐下,马可爱就摸到一样冷冰冰的东西,吓得惊叫:"什么东西?"

夏雨行把那东西拎起来扔了出去:"不要怕,是蛇,我们把火生起来,这样蛇就不会过来了。"

于是两人找了些干燥的苔藓和树枝,火很快就生好了,马可爱看着他说:"你真厉害,这么快就生好了火!"

"我从小在这里长大,这是基本的生活技能。"夏雨行轻声说,"你饿不饿,我去给你找点吃的。"

他才一站起来头就一阵眩晕,站都站不稳,马可爱忙扶着他说:"我不饿,你坐下休息,让我看看你的伤。"

夏雨行身上最重的伤是赵青峰用钢管打在后脑勺的那一处伤,此时有些青紫红肿看起来有些严重,除此之外,还有赵青峰把他扔下车的时候有好几处划伤,他的血就是从那些伤口流出来的。

第147章 吐露真心

马可爱和夏雨行的身上都没有药,这些伤口只能简单清理一下。

马可爱为他清理伤口的时候非常小心,生怕弄疼了他。

夏雨行看着她为他忙来忙去,他身上虽然痛心里却很开心,他看着她问:"可爱,还生我的气吗?"

马可爱摇头:"我理解你当初为什么瞒着,也能大概知道你在担心什么。你对我怎样我感觉得到的,只是你的身世又不是你能选择的,我怎么能因为你的身世而生你的气?所以以前的那些事都过去了。"

夏雨行听到她的这番话安心了不少,他轻声说:"我当初瞒着你其实是怕你知道我的身世后不理我,可爱,对不起。"

马可爱轻轻一笑,看着他说:"其实这些事情我也有错,该说对不起的那个人是我,你一直帮着我,我却对你生出了怀疑,而从整件事情上来看你并没有做错什么。"

夏雨行听到她这么一说也笑了起来,他觉得自己也真是傻,当初纠结了那么久,为这件事情还失眠过好几回,可是真正面对的时候他发现并没有他想象中的那么难。

而马可爱也并没有因为他瞒着她而真正生他的气,于是他轻声说:"可爱,我以后有什么事情都跟你直接说,再也不瞒着你了。"

"难得你有这个觉悟。"马可爱伸手点了一下他的眉心,"以后要乖一点,不许再淘气!"

"遵命,女王大人!"夏雨行看着她说。

两人相对一笑,山洞里的气氛顿时就变得温暖起来,之前的那些误会也彻底烟消云散,两人都觉得,就算现在的他们都有些狼狈,但是有彼此在身边就觉得这个破

第147章 吐露真心

旧的山洞也变得很美好。

半夜,夏雨行发起了高烧,马可爱细心地照顾着他,想办法为他降温,折腾了一晚上到天亮的时候他的烧终于退了下来。

夏雨行醒来后看着马可爱说:"我做了一个梦,梦到了我们小时候的一些事,还梦到了被绑架的那一次。"

可能是因为昨天被赵青峰敲的那一下,他想起了很多小时候的事情,原来,在他们还小的时候,就有了那么多共同记忆,这种感觉真的很好。

马可爱轻笑:"我记得,当时我们一直跑啊跑!我心里害怕极了,怕回不了家!"

夏雨行接着:"当时被那群人追的时候我从山坡上滚下来了,应该有撞到脑袋,醒来后我已经躺在了养父家里,五岁以前的事,因为头部受伤,什么都记不清了。"

被绑架时的记忆明明并不美好,可是时隔二十年后,他们这样说起来,竟有了几分温馨的味道。

马可爱看着他微笑:"原来是这样,原来我们一直在这样错过。"

夏雨行拉过马可爱的手,深情地看着她的眼睛说:"我们的错过也许都是为了更好的再见,以后我们再也不会错过了,我保证!"

马可爱单手撑着下巴说:"早知道是你,你刚来酒店的时候,我就不欺负你了。"

夏雨行想起刚到酒店时两人发生的一系列事情,忍不住笑了起来:"你也知道你欺负我啊?"

马可爱轻挑了一下眉,夏雨行含笑看着她说:"其实这样的人生也不错,至少,我还来得及遇见你。"

两人靠在一起,心底都有暖流淌过,觉得就这样在一起一辈子也挺好的。

过了好一会儿,马可爱问他:"你还没有想好怎么面对你的亲生父亲吗?"

夏雨行想到这件事情心里就有些烦乱,不自觉地叹了一口气。

马可爱看着他说:"没关系,不管你将来做什么样的决定,我都会陪着你,都会支持你。"

夏雨行满脸感动地看着马可爱,想要低头吻她,她明白他的意思,脸不自觉地红了,却没有推开他,她的头微微低下然后轻轻闭上眼睛。

眼见得他的唇就要吻上她的唇时,外面传来搜救队的喊声:"马可爱,夏雨行!"

两人互看了一眼,都觉得现在的气氛有点怪怪的,彼此尴尬地错开眼神,然后

又同时笑出了声。

马可爱站起来对外面的搜救队大喊:"我们在这里!"

搜救队把两人救出去后,夏雨行被直接送进了酒店,马可爱早就打电话通知了李医生,他们一回来,李医生就赶过来为夏雨行处理伤口。

宋天明得到消息后匆匆赶过来看夏雨行,他见夏雨行身上虽然有伤,但是却并没有大事,他松了一大口气,轻咳一声说:"你没事就好。"

夏雨行知道他被赵青峰绑架的这段时间宋天明急得不行,倾全力在找他,他微微低下头说:"谢谢!"

宋天明听到他有些客套而疏离的话有些难过,顿时不知道说什么好,于是重复了一句他刚才的话:"你没事就好!"

夏雨行还没有想好要如何处理他和宋天明之间的关系,于是上闭上眼睛说:"我有点累了。"

"那你好好休息,我改天再来看你。"宋天明知道夏雨行此时并不想见他,两人之前的隔阂已深,想要修复彼此间的关系并不是一件容易的事情。

宋天明走后,夏雨行长长地叹了一口气,这段时间他一直在调查PTV,已经发现了PTV这个所谓的大公司不过是个空壳公司,赚的都是走私钱。

夏雨行也知道,赵青峰现在被抓,以赵青峰的性子,肯定会把这件事情捅出来,而这些事情都是宋天明在主导的,他肯定逃不过法律的制裁。

只是夏雨行此时完全不知道,他要怎么做,怎么处理和宋天明之间的关系。

夏雨行能想到的事情,宋天明当然也能想到。事实上,宋天明的消息比夏雨行还要灵多:和他关系走得比较近的一位副关长失联了。

这位副关长关系重大,一旦被抓,将会吐露出更多的消息。

宋天明清楚地知道现在的他只有两个选择,一个是自首,一个是潜逃。

如果他没有认回夏雨行的话,他会直接选择潜逃,但是现在认回夏雨行了,他知道一旦潜逃,除了让夏雨行看不起他外,父子两人这辈子可能都不会有再见面的机会,往后又得像以前一样孤苦一人。

所以他其实只有一条路可以选。

第148章 他的要求

宋天明的心里满心无奈,他才和夏雨行相认,父子两人还没有享天伦之乐,他就得去自首,他一想到这事心里就空落落的。

只是他自己也知道,这是他应得的报应,在他当初决定走私的那一刻起,只怕就注定了今日的结局。

这几天夏雨行也想了很多,赵青峰那一棍子除了让他想起了和马可爱在一起的事情外,还让他想起了小时候其他的事情。

在夏雨行小的时候,宋天明绝对是一个好爸爸,他很顾家,每天都会准时回家,只要得空就会烧夏雨行最爱吃的红烧肉。

有一次夏雨行调皮从架子上摔了下来,后背摔了道大口子,又不敢直接告诉宋天明,只说想吃他做的红烧肉,他就真的直接赶回来给夏雨行做红烧肉。

如此类似的细节还有很多,处处透着温情和父爱。

在宋天明错认杨力的时候,对杨力也同样处处关照,呵护有加。

从本质上来讲,夏雨行觉得宋天明也不是严格意义上的坏人,宋天明对自己的家人真的很好。

只是夏雨行再想到这段时间宋天明对马可爱的逼迫,对JR的处处算计,他又忍不住长长地叹了一口气,他的父亲是一个矛盾的综合体。

他知道他和宋天明的事情终究需要解决,再这样拖下去只怕会让事情变得更加难以收拾,于是他决定去找宋天明。

他敲开宋天明办公室的门后,发现宋天明正在收拾东西,身边还堆着几个小箱子,他有些吃惊地看着宋天明问:"你这要是……"

"对，我要去自首。"宋天明看着他说，"感谢老天爷，让我在这个时候找到你，否则我只怕会越错越多，好在现在一切都还来得及。"

夏雨行听到他的这番话心里有些触动，他的眼圈微红："我想起小时候的事情了，被绑架我逃跑时撞到了脑袋，之前的事情都记不清了，所以没有回家。"

宋天明松了一口气，他是真的很怕夏雨行说他这么多年不回家是因为不愿意见到他，好在不是这样！

他关切地问夏雨行："你的伤怎么样了？"

"我的伤没事了，你不用担心。"夏雨行轻声说，他现在还不太适应宋天明对他的关心，那隔了二十年的父爱，此时再次体会，除了温暖外还有着莫名的心酸。

父子两人四目相对，气氛却有些尴尬。

宋天明为了缓解尴尬的气氛，将夏雨行全身上下打量了一遍，他看到了夏雨行手上的蝴蝶形疤痕，拉起袖子露出手臂上的疤微微一笑："这是我们宋家的遗传，我也有一个。"

夏雨行听到他这句话不知道为什么鼻子有些发酸，却又不知道该对他说什么好。

宋天明故作轻松一笑，然后看着夏雨行有些期盼地问："我去自首前，你能喊我一声爸爸吗？"

夏雨行张了张嘴，却发现"爸爸"那两个字重逾千斤，他无论如何也喊不出口。

宋天明叹了口气，看了他一眼遗憾一笑，伸手在他的肩上拍了一下，然后拎着箱子走了出去。

夏雨行好一会儿才反应过来，忙追出了酒店，他看着宋天明孤寂的背影渐渐远去，一时间心里难过至极，眼泪终于从眼里滚落。

宋天明的案情极为严重，因他是主动自首，所以量刑时从轻判处。

自宋天明判刑之后，夏雨行的情绪就一直有些低落，马可爱只要有空就陪着他，杨力和陆臻臻没事就来找他玩，为他开解。只是就算如此，夏雨行只要一个人的时候就会想起宋天明一个人拎着箱子去自首的情景。

夏雨行私下里也练习过如何喊"爸爸"，最开始的时候他不太适应，次数多了也能喊得出来了，只是他一想到宋天明，就又觉得嗓了眼都是堵的。

如此又过了一个多月，夏雨行也渐渐从这件事里走了出来，这天马东山过来找夏雨行："我和可爱今天要去拘留所看宋天明，你们要不要一起？"

夏雨行略犹豫了一下，然后轻点了一下头。

第148章 他的要求

马东山带着夏雨行到拘留所外,夏雨行突然就又觉得没了勇气去见宋天明,于是站在那里说:"马叔叔你先去看他吧,我下次再进去。"

马东山笑了笑,也不勉强他,扭头对马可爱说:"你在这里陪夏雨行吧,我一个人去见宋天明。"

马可爱点头,马东山离开后,她挽着他的手臂问他:"为什么不去?"

"有些事情我还没有想好。"夏雨行轻声说,"我怕到时候说起往事,再和他吵上一场,我……我不想再和他吵了。"

马可爱靠进他的怀里,温声说:"嗯,那我们一起等,等到你觉得不会再和他吵架之后我们再去看他。"

夏雨行轻拥着她,心里的烦闷淡了不少。

约莫一个小时后,马东山从里面走了出来,马可爱和夏雨行迎了上去,马可爱满脸关心地问:"爸,宋叔叔怎么样?"

她以前是不喜欢宋天明,但是不管怎么说,宋天明都是夏雨行的父亲,而这一次宋天明自首的事情让她相信,他是真的悔过自新了。

她也知道在夏雨行的心里其实也是很在意宋天明的,只是他不知道该如何表达。

马东山长长地叹了一口气,看向夏雨行欲言又止。

夏雨行看到他这副样子,知道宋天明一定说了什么,于是夏雨行看着马东山问:"马叔叔,他说了什么?"

马东山深吸一口气后:"他说他就是当年架绑可爱的凶手,夏雨行因为维护可爱就被一起绑了,他本来只是想要吓一吓我,却没有想到夏雨行年纪那么小就会自救,然后却出了意外,让他们父子一分就是二十年,他说这是他的报应。"

夏雨行和马可爱大吃一惊,他们之前都想过绑匪的身份,却从没想过那个人竟会是他!

马可爱忍不住说:"这怎么可能!"

夏雨行也喃喃地说:"怎么会是他?"

第149章 父子相认

马东山长叹了一声:"我也没有想到会是他,现在回想当年的事情,我虽然还是没觉得自己做错了,但是却觉得如果当初对他宽容一点,再给他一次机会,可能这所有的一切就是另一个结果。"

夏雨行想起这段时间发生的一切,一时间心里无比烦闷矛盾,他忍不住用手轻轻扣打着眉心。

马可爱看着这样的夏雨行有些心疼,拉着他的手说:"不管他曾经做了什么,他都是你的父亲,而且他和你分开这二十年,已经是对他最严厉的惩罚了,我相信他现在是真的知道错了。还是那句话,不管你做什么样的决定,我都会支持你。"

夏雨行眼圈发红地看着马可爱说:"可爱,你真善良,真好!"

马可爱朝他一笑:"你也太没良心了,现在才发现我的好啊!"

夏雨行红着眼睛轻笑了一声,能遇到她是他这一辈子的福气。

马东山看着夏雨行说:"你父亲的情绪不太好,不过他被带走时最后一句话我没有听清,但是我知道他说的是求你。他求我转告夏雨行,他想听你喊他一声爸。"

夏雨行呆了一下,他知道宋天明非常在意这件事情,却没有料到宋天明居然会因为这事去求马东山。

马东山朝他微微一笑:"话我带到了,至于你怎么做,我和可爱一样,不参与不干涉,但无条件支持。"

夏雨行张了张嘴说:"我……"

马东山拍了拍他的肩说:"没人逼你现在回答,离下次探监还有段时间,我们先回家,你慢慢想,不急!"

第149章 父子相认

马可爱拉着夏雨行的手,什么都没有说,只是把他的手抓得紧了些。

夏雨行回去后想了良久,终于决定在下一个探监日去见宋天明。

夏雨行到监狱后,走过幽深的甬道来到探监时,他等了一会儿,才看见一个狱警带着宋天明走了过来。

宋天明一看是夏雨行,他忙拿起电话,激动得手直发抖。

两人沉默片刻后宋天明先说话:"谢谢你还能来看我。"

一句话说罢,他的泪却流了下来,忙伸手擦掉。

夏雨行看到他的动作后心里一酸,问他:"你不恨我吗?如果不是我,你可能不在这里,会过得更好。"

宋天明苦笑一声:"我有什么资格恨你?这所有的事情都是当年一步走错的后果,如果真要恨的话,我最该恨的是我自己。因为我,害你吃了很多苦。"

夏雨行轻声说:"你知道我真正在意的不是失去亲生父母后吃了多少苦,而是我亲生父母在我的心里一直都是很好的人,我真的没有想到……"

他说到这里叹息了一声,看着宋天明。

宋天明的面色有些窘迫:"我知道,是我让你失望了!我之前一直把家破人亡的悲剧算在马东山的身上,其实这所有的一切都是我自己造成的,我是罪有应得。这些年来我倾尽全力找你,只要能找到你,我可以为你付出一切,也可以放弃一切,因为这些年来,你才是支撑着我的唯一动力。"

夏雨行虽然知道他的性格有些偏激,但是却也有他善良的一面,家是宋天明最在意的东西。

夏雨行看着他说:"我相信!"

宋天明听到他这么说有些意外,再也忍不住痛哭出声:"对不起!我对不起你,也对不起你妈妈,如果以后还有机会,我愿用我余生的一切来补偿你!"

夏雨行也控不住地流下了眼泪,沉默了一会儿终于鼓起勇气说:"我不需要补偿,我……我原谅你了!"

宋天明又惊又喜:"你原谅我了?真的吗?"

夏雨行郑重地点了点头,宋天明努力让自己平静下来后说:"我感谢你的出现,让我终于有勇力和过去告别,也是你让我挣脱了名利的枷锁来面对自己。我希望当我走出监狱的大门的时候能把仇恨和愤怒留在身后,当我再次见到你的时候是一个值得你原谅的父亲。"

夏雨行含泪点头，狱警走过来说："时间到了。"

　　宋天明不舍地看着夏雨行，握着电话欲言又止，却终究没有开口，缓缓地要将电话放回去。

　　夏雨行看着他的目光有些纠结，最终说："爸，我等你出狱！"

　　宋天明隐约听到他的话，不顾狱警的阻止又拿起电话："你说什么？再说一遍！"

　　夏雨行泪流满面地大声说："爸，我等你出狱！"

　　宋天明顿时眼泪纵横，电话被狱警强行挂断，他在那边说着什么，夏雨行在玻璃的这边听不到他的声音，却看到他微笑激动的样子。

　　宋天明被带走后，夏雨行努力平复自己的心情，擦掉脸上的泪水，不知道为什么，在喊出宋天明那一声爸之后，他反倒轻松了不少。

　　他走出监狱的大门看到等在外面的马可爱，朝她展颜一笑，她回了一笑后直接伸手抱住他。

　　所有的一切都过去了，往后都是新的生活。

　　夏雨行和马可爱离开拘留所后，他取出基金的钱交给她，让她还给韩元斌。

　　还钱的时候马可爱对韩元斌说："多谢你和韩叔叔一直以来的帮助，我已经决定和夏雨行在一起了，韩元斌，我们永远都是好朋友。"

　　韩元斌看着马可爱的目光复杂："这是你最后的决定吗？"

　　马可爱点头，韩元斌的心里极度不舒服，却还是挤出一抹笑说："既然你已经决定了，那我尊重你的决定，可爱，祝你幸福！"

　　马可爱听到他这句话松了一口气，笑着说："谢谢！"

　　马可爱走后，韩元斌的手握成拳，他不明白为什么他付出了那么多，最后却还是失败的那一个！而这个结果他却无论如何也不能接受。

　　韩元斌在酒店里每天看到的都是马可爱和夏雨行出双入对，听到的是酒店员工对他们满满的祝福，他嫉妒得几乎发狂。

　　这天韩元斌手机上看到一条新闻"开车回泰国"，一个念头突然冒进他的脑海里，于是他给马可爱打了个电话："可爱，我决定明天回泰国，你今天能出来为我饯行吗？"

第150章 已经疯狂

马可爱不疑有他，两人毕竟是多年的交情，他又在她最困难的时候帮过她，此时他要走，她自然要为他饯行，于是满口答应。

马可爱到了和他约定的地点后，他给她倒了一杯酒说："今晚就陪我醉吧！"

马可爱也没多想，就把杯中酒喝下，喝完之后，她觉得头晕得厉害，直接就失去了意识。

等她再醒来的时候已经在车上，韩元斌开着车正在狂奔，她按着太阳穴坐起来说："韩元斌，你真无耻！你居然在我的酒里下药！快停车！"

韩元斌不但不停车，反而踩下油门加速，他一边开车一边说："可爱，你知道吗？我是这个世界上最爱你的人！"

马可爱看他的状态知道他此时已经魔怔了，只怕跟他说什么他都不会听，她立即拿起手机打给夏雨行。

她才把号码拨出去，韩元斌就看见了，他立即猛地一个左转，她一时不备手机被巨大的惯性甩到了后座的夹缝里，而此时电话那头的夏雨行已经按下了接听键。

马可爱怒吼："韩元斌，你疯了吗？你到底要带我去哪里？"

"回泰国！"韩元斌冷声说，"我们所有的回忆都在泰国，只要回去之后，你就还是我的，就不会被夏雨行那个浑蛋迷住。"

"快停车！"马可爱大声喊。

夏雨行刚接通电话的时候就听见那边传来马可爱和韩元斌争吵声，具体在吵什么却听不太清楚，能听清的只有马可爱大喊"停车"这两个字。

他顿时就急了，大声问："可爱，你在哪里？"

马可爱因为手机不在手里，根本就听不见他说话，所以并没有回答，她还在和韩元斌理论，让他停车放她下去。

夏雨行得不到回应就心里大急，突然想起之前两人开玩笑的时候互相绑定了对方的手机的定位系统，他忙拿出手机定位，发现马可爱正顺着国道一路狂奔。

夏雨行不知道韩元斌要做什么，但是他知道马可爱有危险，于是再也顾不得许多，直接冲到陆臻臻的房间问："车钥匙呢？"

陆臻臻见他一脸慌乱的样子，下意识把车钥匙递给他，他拿起车钥匙就走："把你的车借用一下，我有急事。"

陆臻臻一脸莫名其妙地问："夏雨行，你要干吗？"

夏雨行此时人已经走远，她微微皱起眉头，一脸的不解："慌成这样，这是出什么事了？"

她想不明白轻甩了一下头，没做理会。

马可爱见她无论怎么说韩元斌都不愿停车，反而踩着油门朝前开得更快，她觉得韩元斌已经疯了，她不愿再和她多说，打算去后座的夹缝里拿手机报警。

只她才一动，就被韩元斌一只手按住："可爱，跟我回泰国吧，我会一生一世对你好的！"

马可爱在他的手按住她手的那一刻眼前立即出现她和韩元斌在泰国校园里散步，在游乐场和海边约会。

她顿时头痛欲裂，伸手抱着头一脸的难以置信："这怎么可能！"

以前两人谈恋爱的时候是会约会，但是那是以前，现在怎么可能还会发生这样的事情？到底是哪里出了问题？

韩元斌看着她一脸痛苦的样子想起她不能和人有肢体接触的事，他一脸愧疚地说："我不是故意的！可爱，你一定要相信我，我才是这个世上最爱你的人！我们马上就要到泰国了，到泰国就什么都好了！"

马可爱此时又气又怒又失望，她怒吼："韩元斌，你疯了！快停车！我爱的是夏雨行，就算你把我带回了泰国我也一样会回来！你这辈子都别指望我会和你在一起！"

韩元斌听到她这句话心头一痛，他咬着牙谙·"可爱，你怎么就不明白呢？夏雨行油嘴滑舌只是贪慕你的家世才对你好的，他根本就不是真心爱你，在这世上唯一爱你的人是我啊！"

"你神经病！"马可爱怒极忍不住开骂。

第150章 已经疯狂

此时夏雨行已经开着手机定位追了过来,两车相距不过一百米左右。

马可爱在与韩元斌争论时无意中看到后视镜里出现了陆臻臻的车,她顿时大惊,定睛一看,开车的人竟是夏雨行!

她猛地想起她曾在夏雨行身上预见的画面,顿时吓得肝胆俱裂:"夏雨行,别过来,快停车!"

夏雨行根本就听不到她的声音,他现在只想追上韩元斌的车,把她救下来!

韩元斌听到马可爱的声音后也发现了夏雨行,他的脸上现出狰狞之色,咬牙切齿地说:"夏雨行,我不会让你把可爱从我的身边再抢走!"

他说完直接一脚油门踩到底,车子立即快速朝前狂奔。

夏雨行见韩元斌加速,他也立即踩下油门跟了过来。

马可爱一看这情况吓得脸都白了,她大喊:"韩元斌,你快停车!"

韩元斌此时根本就不会听她的,她咬了一下牙,再也顾不了那么多,直接去抢韩元斌的方向盘。

车速太快,方向盘稍微一动,车子摆动的幅度就很大,眼见得就要冲出护栏,护栏外是悬崖。

韩元斌看到这情景也吓得不行,他大声说:"可爱,松手!这样很危险!"

"停车!"马可爱怒吼,"你要是不停车,大不了我们一起死!"

韩元斌看着她冷厉的侧脸,她那双美丽的眼睛此时几乎能喷出火来,他从来没有见过这样的她,知道她这是动了真怒了,他心里有万千不甘此时也只能作罢,闭上眼睛,狠狠地一脚刹车踩到底。

夏雨行看到前面的车摇摇晃晃随时有冲下悬崖的危险,他想要开车过去阻止,却没有料到韩元斌突然急刹车,而他发现的时候两辆车的距离相距已经不过十米,他大惊,忙也急踩刹车,但是已经来不及了,他的车直接就撞上了韩元斌的车。

在夏雨行的车撞过来的时候,马可爱若有所觉地朝他看去,因为离得太近,她甚至还能看到夏雨行惊愕和担心的表情。

马可爱看到这一幕想起之前在夏雨行身上看到的片段,她没想到,她之前想尽办法想要化解的事情居然是以这样的方式发生。

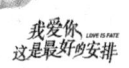

第151章 她失忆了

眼泪从马可爱的眼里流了出来,她大声喊:"不要!"

然后一切都晚了,夏雨行的车重重地撞上了韩元斌的车,安全气囊瞬间弹了出来,他的身体剧烈前倾,安全带死死地扣着他的身体,他却依旧没能幸免,身受重伤。

巨大的惯性和冲击力冲过来时,马可爱的头重重地撞在玻璃上,额头鲜血直流,她的戒指因为猛烈撞击脱落甩了出去,撞得粉碎,一时间车里满是绿光。

韩元斌的头也撞在玻璃上,直接就晕了过去。

车祸现场无比惨烈!

路过的司机看到后立即打电话报警,三人被120送进了医院。

三人被救后,陆臻臻匆匆赶到医院,韩元斌的伤势最轻,此时已经醒了过来,马可爱次之,还没有苏醒,夏雨行最严重,还在抢救中。

陆臻臻问韩元斌:"到底发生了什么事情?你们三个人为什么都会车祸住院?"

在这件事情上韩元斌自知理亏,扭过头拒绝回答,正在此时,马可爱幽幽醒来,她的眼睛睁开时,眼里有些迷茫。

韩元斌心虚不敢看她的眼睛,轻咳一声说:"可爱,你醒了啊!"

马可爱还没有回答,陆臻臻已经一把抱着马可爱说:"吓死我了,你没事就好!嘤嘤,夏雨行还在重症监护室里,可爱,我好害怕!"

马可爱有些迷茫地推开陆臻臻:"你是谁?夏雨行又是谁?这是在哪里?"

她醒来后只觉得脑中一片空白,之前的事情很多都不记得了。

陆臻臻和韩元斌都愣了一下,陆臻臻还在想马可爱是不是失忆时,她又扭头看着韩元斌问:"元斌,她是谁?"

第151章 她失忆了

她此时只有关于韩元斌的记忆，其他人的全忘了，包括夏雨行。

陆臻臻吃惊地说："马可爱，你这是怎么了？我是陆臻臻啊！你最好的闺密陆臻臻！"

马可爱看到她激动的样子有些害怕，不自觉地往韩元斌的身边躲，摇头说："我不认识你。"

陆臻臻顿时就火了："马可爱，你太过分了啊！居然记得韩元斌不记得我！真是气死我了！我去找医生！"

她说完就匆匆跑了出去。

马可爱看到她的样子一脸的莫名其妙，她扭头看着韩元斌，拉着他的手说："元斌，我不喜欢这里，我们离开吧！"

韩元斌无比吃惊地看着她，她和他有接触却没有头痛，他微微一想后满脸欣喜地问："可爱，你好了？"

马可爱听到他这句话一头雾水："好了？什么好了？我本来就好好的啊！"

韩元斌大喜过望："你好了就好，你不喜欢这里，我们就离开，我们回泰国！"

马可爱点头说："好，那我们走吧！"

韩元斌立即扶着她下床，帮她穿好鞋，他怕陆臻臻回来阻止，带着她穿过走廊，从侧面的小电梯离开了医院。

韩元斌带着马可爱坐上出租车离开时，他还有一种做梦的感觉，他之前费了那么大的力气也没能把马可爱带走，却没有想到现在的马可爱居然失忆了，还只认得他！

他觉得这一定是老天爷被他的痴情感动了，所以才会用这种方式把马可爱送到他的身边！

他决定带着马可爱回泰国后，一定把她珍藏起来，不会再让她见到夏雨行！

陆臻臻带着医生赶到病房时，病房里已经空无一人，她有些呆呆地站在那里问："人呢？"

她立即往下跑，都没能找到韩元斌和马可爱，只有一个保安告诉她他们坐出租车走了。

陆臻臻咬了咬牙，怒骂了一声："韩元斌你个王八蛋，可爱才刚刚醒来，身体还很虚弱，你这是要带她去哪里！"

接下来的日子，马可爱和韩元斌似乎从人间消失了一样，没有人再见过他们，陆臻臻怀疑韩元斌把马可爱带回了泰国。

她满心的无可奈何,发自内心同情夏雨行,他受了那么重的伤,虽然现在抢救过来脱离了生命危险,但是这时一醒来,就发现挚爱把他忘了,还被人拐走了,这是一种什么体验?

而马可爱人不在国内,就算陆臻臻想瞒都瞒不住!

于是在夏雨行第一千零一次问陆臻臻马可爱的情况时,陆臻臻涎着脸笑着说:"她失忆了,应该是跟韩元斌一起回泰国了,夏雨行你先别激动,你看看我,我这么貌美如花,你就把马可爱忘了吧,我们谈恋爱呗!"

夏雨行瞪着她没说话,她又轻咳一声说:"我知道可爱姐姐很好,但是我也很好啊!你考虑一下嘛!"

"陆臻臻,你别闹了!"夏雨行看着她问,"可爱到底去哪里呢?"

"她真的失忆了,然后被韩元斌拐走了。"陆臻臻耷着脸扁着嘴说。

夏雨行呆呆地坐在床上足有十分钟,然后才说:"不管她在哪里,我都要把她找回来!"

陆臻臻长长地叹了一口气说:"你个没良心的,我对你这么好,你却这样对我,不过也算了,谁让我陆臻臻仗义了,找可爱姐姐的事情,算我一份!"

"谢谢!"夏雨行由衷地说。

陆臻臻轻笑一声,他平时胡闹归胡闹,其实心地善良,在大事上是拎得清的,而她刚才的那番话其实也不过是想让夏雨行放轻松一些。她真的很怕夏雨行知道马可爱失忆后跟着韩元斌离开后,他会接受不了,现在看来,情况比她预期的要稍好一些。

夏雨行的伤养好后就直接去泰国找马可爱,这一找就是三年,他开的出租车已经开遍了泰国的每个城市,而马可爱却一直毫无音信,韩元斌并没有带马可爱回韩家。

陆臻臻也把主要精力放在泰国,她努力增加自己的曝光率,并主动参加她以前从不愿意参加的回忆类节目,她在节目里主动展示她和马可爱之前的照片,希望马可爱能看到,能主动和她联系。

马可爱在和夏雨行初识不远的海景别墅里看到了陆臻臻的采访,眼里有些好奇和不解。

第152章 圈禁于她

马可爱刚醒过来的时候是见过陆臻臻的，所以也认得她的，但是没有其他的相关记忆，此时她在电视里看见陆臻臻拿出两人上学时的照片，她的眉头微微皱了起来，因为她看陆臻臻的样子，似乎以前和她的关系还不错。

电视里的陆臻臻看着镜头说："可爱，我好想你，好几年没见了，你还好吗？如果你能看到这个节目，请和我联系，我想和你做一辈子的好姐妹。"

马可爱呆呆地看着电视机的屏幕，韩元斌此时刚好回来，立即拿起遥控器把电视机关了："这种垃圾节目以后就不要看了，这个女艺人人品很差，你以后不要看她的节目。"

马可爱一脸怀疑地问韩元斌："她说她是我的同学，我怎么从来没听你提过？"

"她是你的同学，但是对你非常不好，人品也不好，这种人不提也罢。"韩元斌回答，他内心有些烦躁，这几年陆臻臻活动频繁，实在是招人讨厌，他不愿马可爱跟陆臻臻再有任何牵扯，于是一提起陆臻臻他就各种抹黑。

马可爱有些疑惑地看着韩元斌，这三年来，马可爱偶尔会想起一些片段，那些片段大多都是他和一个男人相处的片段，她想不起来那个男人的样子，却知道那个男人不是韩元斌。

这三年来，韩元斌用尽了方法，将马可爱以近乎圈禁的方式留在自己的身边，她的手机里只有他一个人的联系方式，她去哪里都跟着，就连点个外卖都得由他来，她除了他之外没有一个朋友，平时和谁有往来都得经过他的筛选。

马可爱想起电视机里满脸思念的陆臻臻和她手里看起来笑得灿烂的照片，她的眉头皱了起来，他的无处不在和处处诋毁她曾经的同学和朋友，让她觉得这种生活方

式实在不正常,这样的日子她已经厌烦。

她冷声说:"我的朋友如何,我希望是由我自己来判断,而不是由你过滤了一遍后告诉我!"

韩元斌的脸色立即就变了:"可爱,我这是在保护你,我怕那些无关紧要的人伤害你!我实在是太爱你了!"

最近两人因为这些琐碎的事情频频吵架,每次一吵架,韩元斌都会说他是因为太爱她所以才这样。

马可爱听到这些心里烦闷,脑中突然闪过一个片段,她想要抓住却觉得头痛欲裂,然后直接就晕了过去。

韩元斌吓了一大跳,忙把她送去医院,医生拿着马可爱的病历仔细看了看后说:"马小姐的脑中有一大块积血,现在情况越来越严重,必须尽快手术,否则的话会危及生命。"

韩元斌问医生:"如果做手术的话,她会不会想起以前的事情?"

医生想了想后回答:"这事不太好说,她之前失忆很可能是因为大脑受到撞击,颅内有积血压迫到神经,如果把积血取出来,有可能会恢复记忆。"

韩元斌听医生这么一说,心里就有些害怕。他怕马可爱醒来之后记起夏雨行然后就离开他,毕竟三年前她的拒绝他到如今都记忆犹新,只是如果再不给马可爱做手术,她又有生命危险。

他不想她离开,又不愿失去她,于是他有些犹豫地对医生说:"这事我再想想。"

医生在这事上也不能勉强他,轻点了一下头:"还请你尽快做决定,因为这种情况对病人真的很不利。"

韩元斌心情复杂地点了一下头,然后就回病房去照顾马可爱。

马可爱这次并没有晕太久,很快就醒了过来,在她晕过去的时候,不知道为什么,脑中总会浮现一个男人的影子,那个影子比起以往来要清晰一些,她更加确定那个男人明显不是韩元斌。

因为韩元斌还在考虑是否要给马可爱动手术的事情,所以在马可爱醒来之后,他就又把她带回海景别墅。

韩元斌每天出去的时候都会把大门反锁不让马可爱出去,这一次回来后依旧如此。

马可爱实在是厌倦了这种被圈禁的生活,且心里的那个影子越来越清晰,她觉得她需要自己出去寻找真相。

于是这天趁韩元斌不在家时，就找了把梯子从二楼爬了出去，她出去之后对外面的世界感到陌生，她才发现，在这个城市里，她竟一个认识的人都没有，没有亲人，没有朋友，她居然不知道该往哪里去。

只是她也不愿意就这么回去，于是一个人漫无目的在大街上走着。

夏雨行开着出租车恰好经过，看到她的背影时他最初还以为自己看错了，于是他开车超过她，看清她的脸后确定是她，他顿时欣喜若狂。

他终于找到她了！他找了她三年，终于找到她了！

马可爱似乎感觉到了他的目光扭头看了他一眼，确认并不认识他就又回过头，继续朝前走。

夏雨行对上她茫然又有些陌生的目光后，突然想起陆臻臻之前告诉他马可爱已经失忆的事情，他知道此时不能急，因为现在对她而言他就是个陌生人，他要是太过热情只会吓到她。

于是他放下车窗开着车在她的身边停下，笑着问："美女，坐车吗？"

马可爱微歪着头看了看他，隔得近了，她莫名觉得他和她心里的影子有些接近，心里也就不再那么排斥，于是她轻点了一下头，拉开车门坐了上去。

"去哪里？"夏雨行笑着问。

马可爱也不知道她要去哪里，略想了一下后说："去海边。"

她觉得心里烦，大海辽阔能舒解心情，所以此时她想去海边坐一坐。

夏雨行立即就应了下来，一路上却忍不住一直看她。

马可爱被他看得有些不自在，皱着眉说："你看着我做什么？好好开车！"

夏雨行忙道歉："对不起，我只是因为你长得像我的女朋友可爱，所以就忍不住多看了你几眼，你别害怕，我没有恶意的。"

马可爱见他面相阳光温和，的确不像是坏人。

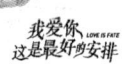

第153章 太过紧张

马可爱觉和夏雨行这样在一起,让她莫名有些熟悉感,于是她有些好奇地说:"你女朋友叫柯艾?柯艾……嗯,和我的名字也蛮像的。"

夏雨行在心里叹息,何止是像,你就是她啊!

他知道这是和她接触的最好机会,于是他将车速放慢,缓缓地在朝海边驶去,原本一个小时的车程他愣是开了两个小时。

他一边开车一边对她说他们的爱情故事,从相识到相恋到定情,到后面的车祸和分别。

讲到初遇时马可爱在酒店里为难他时,马可爱笑着说:"你女朋友好强势,也很可爱。"

讲到他们一起面对难关时,马可爱感叹地说:"你们的爱情真美好。"

讲到他们因车祸和而分别时,马可爱安慰他:"我相信你们一定会重逢的,你也一定能找到她!"

夏雨行看着她说:"我也相信!"

马可爱对上他的眼睛,他的眼里是深沉到化不开的情意,她有些不自在,扭过头去看窗外的风景,夏雨行也觉得自己有点失态,忙说:"对不起,你和我女朋友长得实在是太像了。"

马可爱轻抿了一下唇没有说话,不知道为什么她听完整个故事后有种特别的熟悉感,就像是曾经发生在她身上一样,到海边之后她忍不住问:"我三年前出车祸失忆了,我们之前是不是见过?"

夏雨行听到她这话心里有些发酸又激动不已,而此时他只能强行把心里的情绪

第153章 太过紧张

压下,尽量用平淡的语气说:"你和我女朋友都叫可爱,可能就是缘分吧?"

马可爱看了看他没说话,一个人走到海边坐了下来。

夏雨行想了想在她的身边坐下,见她皱眉伸手按着太阳穴,表情有些痛苦,他有些担心地问:"你还有头痛的毛病吗?"

他见马可爱看过来意识到自己这样说不太对,于是忙改口说:"我女朋友也有头痛的毛病。"

马可爱一边揉着太阳穴一边说:"那真是巧了,我自从车祸后就一直头痛,最近感觉越来越严重了。"

夏雨行听得心一紧,没料到这么多年了,她的病竟还没有好,于是他试探地问了一句:"有去看医生吗?"

马可爱点头说:"我男朋友陪我去过,不过他说我的病不太严重,不用手术,吃点药就能好。"

她说到这里声音里带了几分怅然:"刚才听到你和你女朋友的故事我好羡慕,我男朋友虽然很爱我,但是他却太过紧张,平时哪里都不让我去,我的手机里只有他一个人的号码,他不允许我一个人逛街一个人去超市,也不允许我和其他人联络,今天还是我偷跑出来的。"

夏雨行闻言气得直发抖,他实在是没有想到这些年他之所以一直找不到她,不过是因为他将她圈禁了起来!

韩元斌这个浑蛋,怎么能这样对她!

马可爱此时头痛得厉害,所以并没有发现他的异样,她按着头站起来说:"我要回去了,再不回去,他会报警的。"

夏雨行忙从脖子上把系有戒指的项链挂在她的脖子上:"你和我女朋友长得一模一样,名字也一样,我们也算有缘,这个就送给你了,不是什么值钱的东西,请不要拒绝。"

马可爱朝他看去,见他一脸真诚,她略一迟疑后说了一句:"谢谢!"就收下了。

她离开后,夏雨行一直远远跟着,看着她进了海景别墅。

韩元斌在屋子里发现了跟着马可爱的夏雨行,他的手顿时握成了拳,他防了那么多年,今天只是一个没留神让马可爱跑了出去,居然就遇到了夏雨行!

不行,他绝对不能让夏雨行把马可爱从他的身边带走!

马可爱一回来,韩元斌就大声说:"可爱,不是跟你说了很多次吗?没有我的陪同，不要一个人出去，外面坏人太多，你这样出去会有危险的！"

马可爱看着他说："这三年来，你上班的时候就把我关在里面，哪里都不让我去，我今天不过是觉得闷就出去走走，你至于如此大惊小怪吗？"

她原本就有些头痛，此时一动怒，头痛得更加厉害，额头上渗出了细密的汗珠，她痛苦地呻吟一声后伸手抱着脑袋，一些记忆的碎片纷沓而来，又乱又多，那些片段却又串不起来，看不清里面人的脸，却让她更加痛苦，脸色刹那间一片雪白。

韩元斌看到她这副样子不敢再跟她吵，忙扶着她坐下，再为她倒了一杯水，她冷静下来休息了一会儿后症状才轻了一些。

韩元斌立即向她认错："都是我不好，我不该和你吵的，可是可爱，我真的好害怕你会离开我，所以你以后不要再一个人出去了，好吗？"

"你的爱真让人窒息。"马可爱捂着头冷冷地说，"这三年来，你几乎将我圈禁，我一点自由都没有！"

"圈禁？"韩元斌一脸难以置信地说，"可爱，我这么爱你，你怎么能说出这么严重的话来，我做的一切都是为你好！就刚才送你回来的那个男人，他明显就是心怀不轨，以前在你家酒店里上班，曾狂热地追求过你，但是他追你为的是你的财产和地位，他根本就不爱你！"

马可爱看着韩元斌问："所以他认识我，也是我曾经的朋友？"

韩元斌愣了一下，他实在是没有想到夏雨行居然没有向她表露身份，他这么一说，反倒是自乱阵脚，他只得说："可爱，你要相信我，他真的不是好人。"

马可爱心烦意乱，头又开始痛了起来，韩元斌忙说："好了，好了，我不说了，明天我带你去看医生。"

第二天一早，韩元斌把东西一收带着马可爱就离开了，他走的时候回头看了一眼别墅，冷冷一笑，他是绝对不会让夏雨行把马可爱带走的！

夏雨行回去之后把找到马可爱的事情跟陆臻臻说了，陆臻臻顿时就怒了："韩元斌那个浑蛋，居然这样对可爱，你别拦着我，我现在就去把他给撕了！"

第154章 全民皆兵

夏雨行拉着陆臻臻说:"大小姐先消消气!撕他是肯定的,但是要讲究个方法,现在可爱根本就不认识我们,我们这样打上门去,只会吓到她!"

"说得也是。"陆臻臻气哼哼地说,"那我们来好好想想,怎么把可爱带回来。"

夏雨行点头,两人合计了一下,决定第二天去找马可爱,亮明身份好好跟韩元斌说,希望能劝得韩元斌不要再把马可爱圈禁起来。

这个法子不算好,却也是目前最合适的法子。

第二天一早,两人就来到海景别墅前敲门,结果敲了半天门都没有人。

夏雨行觉得有些不对劲,当下也顾不得许多,找了把梯子翻墙进去后发现屋子里已经没有人了,他打开衣柜,发现柜子里只有零星几件衣服,大部分衣服都带走了。

他看着屋子里的一切想象着马可爱在这里过了将近三年圈禁的生活,一时间难受至极,眼泪夺眶而出。

他不能再让马可爱过这样的日子,像韩元斌这样的人根本就不配留在马可爱的身边!

他出来后对陆臻臻说:"昨天我送可爱回来的时候韩元斌应该发现我了,他已经带着可爱走了,现在我需要你帮我一个忙。"

陆臻臻点头说:"我为了可爱上刀山下油锅都可以,更不要说区区小忙了!"

夏雨行道了谢后说出他的计划,两人一起搭了一座小木屋,布置好后录了一段夏雨行坐在小木屋中的视频。

他在视频里说:"做这场直播是想找到一个人,她叫马可爱。我们从小相识,青梅竹马,却一别多年,直到五年前在泰国再次相遇。我们都没认出对方,那时候她经历人生低谷,一个人默默待在海边,我不忍心看她孤单的样子,就默默陪了她一晚,第二天各奔东西。再次见面,她收起了之前的软弱,成了冷着脸不饶人的女总裁,阴差阳错当了我的上司,还给了我不少教训。我们都没认出对方是小时候的玩伴,但是在命运的指引下,我们再次相爱。原以为我们收获了世间最珍贵的幸福,没想到三年前的一场意外,让我们再次成为陌路。等我醒来的时候,失去记忆的她已经下落不明,我疯了一样寻找,总算在泰国找到了她的下落。可是现在,我又弄丢她了。可爱,如果你还在这里,如果你能看到这段视频,希望你知道,我,夏雨行,会一直一直等下去,等你想起关于我们的一切,等你走出所有阴影。不论什么时候什么地点,我还是那个你随传随到的夏雨行,永远听候你的差遣。如果你看到这场直播,请联系我好吗?"

视频的末尾他还展示了一下马可爱的照片。

陆臻臻拷了一份视频说:"我会找各大媒体,用最大力度宣传!我就不信集人民群众的力量还拦不下韩元斌,找不到我的可爱姐姐!"

夏雨行点头说:"我去一下车队,找兄弟们帮忙!"

这几天夏雨行找马可爱的事情早就在车队里传开,出租车司机早被他的执着和深情感动,毕竟没有几个男人能做到这一步,所以夏雨行在车队里一说,立即就得到了所有司机的支持,都承诺只要一发现马可爱的踪影,就会立即通知他!

陆臻臻和夏雨行联手让铺天盖地的寻人启事充斥着曼谷的各个电视台、电台、报纸、广告显示屏以及出租车上的各个频道,几乎所有曼谷人都知道有个中国男人在找他的女朋友。

夏雨行还没有得到马可爱的消息,就接到了她主治医生的电话。

医生在表明身份后告诉夏雨行:"马小姐头上有个血块,检查几次不但不见恶化,反而越来越严重,这种情况非常凶险,必须手术清除。"

夏雨行心里一紧,忙问医生:"这个手术风险大吗?"

医生回答:"这手术放在之前风险是挺大的,但是现在刚好有美国交流团在我们医院,里面有脑科专家,如果能请他们主刀风险将小很多,所以,还请你尽快带她过来手术,不要错过这次机会。"

夏雨行谢过医生后挂掉了电话,他的心情难以平静,他实在是没有想到韩元斌为了把马可爱留在身边竟已经如此丧心病狂!居然无视她的身体情况!

他咬着牙说:"韩元斌,你真的是个人渣!这一次就算是你带着可爱躲到天涯海角我也一定会找她！"

韩元斌本来是想把马可爱藏起来等过了这一段时间再说，结果打开电视是寻人启事，看报纸是寻人启事，他看到夏雨行来势汹汹的样子，觉得再待在曼谷迟早会被夏雨行找到，于是他决定带马可爱离开。

韩元斌把马可爱哄上车，说要带她去其他地方旅游，马可爱头痛得昏昏沉沉，也没有想太多，就跟着他上了车。

韩元斌一打开车载收音机就听到了寻人启事，他立即把收音机关了，他有些慌乱却在心里怒骂夏雨行："浑蛋，居然无孔不入，我是绝对不会让你把可爱从我身边带走的！"

恰好前面红绿灯，他心里慌乱只想着快点离开曼谷，并没有注意到路边的显示屏上正在放夏雨行在木屋里录的视频。

而坐在副驾驶的马可爱却看到了，她就算听不到声音，只看到字幕也令她震惊不已。

她想起那天夏雨行对她说的话，她隐隐觉得那天夏雨行对她说的故事里的女朋友就是她，否则怎么会那么巧两人会重名？还有她和他相处时那种熟悉的感觉也是骗不了人的。

而韩元斌如此紧张，十之八九是在掩盖什么，她已经厌倦了被韩元斌圈禁的生活。

她觉得就算夏雨行并不是她的爱人，也一定是她的朋友，是熟悉的人，有些事情她想问一问他。

于是她对韩元斌说："我想去找一下洗手间。"

韩元斌就算再急在这事上也没法阻止，在路边找了没有广告的地方才敢停车。把她放下来催她快去快回，她敷衍地应了下来。

第155章 绝不妥协

马可爱下车后先进了一家超市，然后从后门溜出，拦了一辆出租车问："你知不知道热带雨行的小木屋？"

司机看了她一眼立即就认出了她，微笑着说："我知道，我现在就带你去。"

司机开着车载她出来的时候还是到了韩元斌所在的那条路上，他看到马可爱坐在出租车里无比震惊，他大喊一声："可爱，你要去哪儿？"

马可爱扭头看了他一眼却没有回答，他顿时大急立即开车来追。

马可爱此时不想和他在一起，便对司机说："请不要让后面的车追上我！"

司机自信一笑："放心，他追不上我们的！"

他拿起对讲机说："兄弟们，我们要来打个战团了！"

司机报了位置后附近的出租车都加入了进来，很快就将韩元斌的车逼停在路边，他只能眼睁睁地看着司机把马可爱带走。

司机开车带着马可爱找到了夏雨行，她才一下车，夏雨行就把她抱进怀里："可爱，我是夏雨行，我是你的男朋友，我不会再把你弄丢了！"

他此时已经顾不上会不会吓到她了，他只想把她从韩元斌的身边带走，不让她再过圈禁的生活。

马可爱一被他拥入怀，就觉得格外熟悉，断续的记忆瞬间涌进她的脑海，她呻吟一声就晕了过去。

夏雨行发现她晕过去后吓了一大跳，忙把她送进了医院。

进医院后夏雨行却被医生告知因为马可爱失忆，韩元斌是她指定唯一的代理人，所以需要韩元斌签字才能手术。

第155章
绝不妥协

夏雨行听到这个消息整个人愣在那里，医生说马可爱的病不能再拖了，再拖下去会有生命危险。他就算是再不愿意，也只能妥协，他从医生那里要来了韩元斌的联系方式，给韩元斌打了个电话。

韩元斌在弄丢马可爱后正六神无主，一接到夏雨行的电话立即就赶到了医院。

韩元斌一进医院就看见了夏雨行，他的表情立即变得狰狞起来，怒吼一声："夏雨行！"

他吼完后就直接朝夏雨行冲了过去，扬手就是一拳！

夏雨行想起这些年来韩元斌对马可爱做的一切，同样怒火中烧，反手就是一拳："韩元斌你个人渣，你怎么能那样对可爱！"

"她是我的女朋友，我想怎么对她就怎么对她！倒是你，你个浑蛋横刀夺爱，你三年前抢走可爱，我这一次不会让你如愿！"韩元斌大声说。

夏雨行怒了："如果你的爱是将她圈禁在身边的话，那还是爱吗？"

两人嘴里说着话，手上却一直没闲着，你给我一拳我给你一拳，新仇旧恨全加在一起，打得不可开交。

护士和医生看到这一幕，忙过来把两人拉开。

陆臻臻此时也赶了过来，她看了一眼夏雨行，又看了一眼韩元斌，最后磨了磨牙后说："你们要打架以后想怎么打都可以，现在可爱还躺在病床上昏迷不醒！你们是不是应该先想办法救她？"

夏雨行觉得自己冲动了些，坐在那里没有说话。

韩元斌则冷哼了一声："这是我和可爱的事情，轮不到你们这些外人来插手！"

陆臻臻此时不想和他吵架，拿起马可爱的手术单递给韩元斌："我没兴趣插手你的事，但是我却不能不管可爱，签字吧！"

韩元斌看了一眼手术单，然后一言不发，他这样做明显是拒绝在手术单上签字。

他有一种感觉，只要马可爱一好就会立即离开他，而他不想失去她！

陆臻臻看到他这副样子气得不行，她也想上去揍韩元斌了！

这一次夏雨行拉着她说："你别冲动，可爱的病情要紧！"

陆臻臻咬了咬牙气得转过身不想说话，夏雨行看着韩元斌说："你要怎样才愿意在手术单上签字？"

韩元斌冷冷地说："可爱根本就不爱你，她爱的人是我，否则的话她失忆后不会只记得我，不记得你！你让我签字也可以，只要你答应我，手术后，你再也不见可爱！"

夏雨行还没有说话，陆臻臻已经大声说："凭什么？你说可爱爱你就是爱你吗？她要是真的爱你，你这几年需要一直圈禁着她吗？"

韩元斌的脸色微变，夏雨行已经拦住陆臻臻，扭头对韩元斌说："只要能救可爱，让我做什么都可以！"

陆臻臻顿时就急了："夏雨行，你疯了吗？这也能答应！"

"我说过只要能救可爱，让我做什么都可！"夏雨行从陆臻臻手里拿过手术单递给韩元斌说，"我同意你的要求，签字吧！"

他仔细问过医生关于马可爱的病情，她的病情非常严重，随时会有生命危险，而美国的交流团也将在后天离开，所以必须抓紧时间给马可爱做手术。

对他来讲，只要她平平安安好，让他做什么都可以！

韩元斌听他答应得如此痛快有些吃惊，不由得看了他一眼，却见夏雨行此时眼里满是泪。

韩元斌看着夏雨行的目光有些复杂，他从夏雨行的手里接过手术单后说："记住你的承诺！"

夏雨行点了一下头，韩元斌这才在手术单上签字。

手术单签完字后，医生就立即安排协调时间给马可爱做手术，手术的时间就定在明天的上午九点。

四个小时后，马可爱被医生从手术室里推了出来，医生含笑对守在外面的夏雨行等人说："手术非常顺利！"

夏雨行听到这句话松了一大口气，韩元斌也松了一口气，然后冷冷地对夏雨行说："可爱现在没事了，请遵守你的承诺，立即离开！"

夏雨行淡声说："等可爱醒了我就走。"

"夏雨行，你想毁约是吧？你现在就得走！"韩元斌瞪着他说。

夏雨行轻轻叹了一口气，看了一眼躺在病床上还昏迷不醒的马可爱一眼，顿时心如刀绞，也许这就是他这一生看她的最后一眼了。

他没有说话，缓缓地走出了病房。

马可爱陷入了漫长的昏睡，她也不知道她睡了多久，因为手术，医生怕她乱动影响伤口的恢复，所以断断续续给她用了些麻药让她昏睡，让她的伤口能尽快长好。

她也不知道睡了多久，整个人都有些昏沉，有一天她在睡梦中梦见夏雨行跳进了海里，然后一去杳无踪影，她只觉得心痛如绞，立即就清醒了过来。

第156章 她的求婚

韩元斌一直守在马可爱的身边，见她醒来开心地说："可爱，你终于醒了！"

马可爱刚刚醒来，微有些迷糊，她看到韩元斌后眉头微皱，然后直接问："夏雨行呢？"

韩元斌的脸色顿时变得很难看，他实在是没有想到她醒来问的第一个人居然是夏雨行！

马可爱想起她的梦心里大急，伸手拔下手上的点滴跑出去拦了辆出租车就往海边赶。

韩元斌想要阻止她，她却完全无视，他没办法，只得也拦了一辆出租车跟了过来。

马可爱匆匆赶到海边后看到夏雨行在那里松了一大口气，她缓缓走到他的身边说："夏雨行，虽然我到现在还想不起来我们的事情，但是直觉告诉我，你就是我深爱的那个人！而你来在这里是跟我告别，然后就会消失得无影无踪！"

夏雨行看到她心里又意外又开心，如果可以的话，他恨不得一把将她抱进怀里好好亲亲她。

只是他想到他和韩元斌的约定，作为一个男人他不能言而无信，于是他狠下心来咬着牙说："你想多了，我们只是陌生人！对了，我上次送你的戒指，麻烦你还给我。"

马可爱定定地看着他，眼里有些不可思议。

他此时冷着脸，对她伸出了手，马可爱咬了咬唇，从口袋里拿出戒指递给他。

夏雨行拿起戒指心里却不是滋味，他和马可爱的缘分细算起来就起源于戒指，

如今要分开了，这戒指留着又有什么用？

他拿起戒指跑到海边直接扔进了海里。

"不要！"马可爱大喊一声，她觉得有什么重要的东西将要离她而去，于是立即跳进海里去捡戒指。

夏雨行没料到她居然会为了捡戒指而跳海，他喊了一声"可爱！"后也跟着跳进了海里。

海底绿光莹莹，马可爱朝发光的地方游去，夏雨行也跟着游了过去。

马可爱一靠近那团绿光，她之前失去的记忆瞬间如倒带般涌进他脑海，原来他们竟拥有那么多回忆，他为她做了那么多的事情，他们竟是那么相爱！

她震惊地看着夏雨行，在海底伸手抱住了他。

戒指沉入海底，卷起浪花，将两人送到岸边。

上岸之后，夏雨行怒吼："马可爱，你怎么能为了一个戒指就跳海！你知不知道刚才有多危险！"

马可爱含泪看着他说："夏雨行，我想起来了，我全部想起来了！"

夏雨行愣了一下，马可爱踮起脚主动吻上他的唇，他满怀激动，伸手将她抱进怀里，热烈拥吻着她。

匆匆赶来的韩元斌看到这一幕呆呆地站在那里，苦笑一声说："我终究是输了！"

他叹了一口气，看着两人相拥在一起的画面转身离开，就算夏雨行承诺过不会见马可爱，但是马可爱一定会想方设法留在夏雨行的身边。

他终于明白他再也难以在两人间插足，且经过了这三年，他已经清楚地知道就算他倾尽一生也不可能得到马可爱，既然如此，还不如放手。

马可爱恢复得很好，很快就出了院，两人在一起的日子甜蜜而温暖。

这天马可爱约夏雨行去海滩看夕阳，夏雨行本来说好要去接她，结果她却非要自己去，他没办法，把手边的事情一忙完就匆匆往海边赶去。

他担心她的身体，一边开车一边打电话向陆臻臻抱怨："你说你这闺密怎么当的，也太不合格了，她要出去，居然都不陪在她的身边！"

电话那边传来陆臻臻愤怒的声音："夏雨行你够了！我推了通告陪可爱你嫌我是电灯泡，我这会儿不过是因为有通告没有在你出去的时候陪在可爱的身边就不合格，我说夏雨行，你这样双标真的好吗？"

夏雨行失笑，想起这段时间发生的事情，他也觉得自己实在是太过紧张。

只是马可爱才刚做完手术,身体还没有完全恢复,他也不可能时时刻刻陪在马可爱的身边,就在他忙的时候让陆臻臻陪马可爱。

　　他笑着说:"我马上到海滩了,不跟你说了!"

　　"你们这样天天虐狗,我要跟你们绝交!"陆臻臻轻哼一声就挂断了电话。

　　夏雨行开着车到海滩边发现今天的海滩好像和以前有点不同,今天这里到处都是粉色的气球和玫瑰,伴着海风和碧蓝的大海,空气中都透着浪漫的气息,

　　一辆冰激凌车上贴着:你愿意吗? Yes,I do!

　　路边还有一些小牌子画着箭头,上写着"通往爱的彼岸"。

　　夏雨行看到这些后喃喃地说:"这是谁在求婚啊,我要是女的就嫁了!"

　　他走到沙滩边的时候发现平时热闹的沙滩上一个人都没有,他大声喊:"可爱!"

　　他拿起手机想给她打电话,才发现沙滩上画着心形的箭头,他有些好奇地顺着箭头前行,到海边时发现一堆漂流瓶,他捡起来一看,发现上面写的是:

　　"你给我一碗汤,让我不要太疲惫。"

　　"你给我一碗面,告诉我你的情长。"

　　"给我一片雨林,让我知道自由的重要。"

　　"给我一间木屋,交出你的心留下我的心。"

　　"你给我三年的等待,我能给你的只有我和我的爱情。"

　　他连着打开几个后发现居然全是他和马可爱之前相处的点点滴滴,正在此时,潮水退下,露出摆成心形的贝壳,贝壳的中间还放着一只闭合的贝壳,他打开一看,里面竟是一枚和陨石钻石戒指一模一样的戒指。

　　他还没来得及惊讶,就看见一艘小船漂来。

　　马可爱一袭雪白的婚纱站在船上,小船驶到他面前停下,她从船上下来笑着说:"你放心,它并不是陨石钻石,而是我照着它的样子仿做的,因为我一直觉得这戒指就好像是上天有意指引着我们走向爱情、拥有爱情的证物,它证明了我们彼此拥有才是上天最好的安排。"

　　夏雨行惊讶不已,想要说话,马可爱手指放在唇上说:"嘘,夏雨行先生,你不觉得接下来会是非常严肃而浪漫的时刻吗?"

　　夏雨行傻乎乎地说:"我……"

　　他只来得及说这一个字,马可爱已经拉起他的手将戒指套在夏雨行手指上,微笑而郑重地看着他:"夏雨行先生,请问你愿意娶马可爱小姐为妻吗?爱她、忠诚于

她,无论她贫困、患病或者残疾,直至死亡?"

"我愿意!"夏雨行激动地大声说,"可爱,我不会再逃避,也不会再退缩。谢谢你,谢谢你能够让我有机会对你的幸福和未来负责,和你遇见是上天最好的安排,与你相爱也是我今生最大的幸福,我夏雨行发誓,余生,一定倍加珍惜你和我们的爱情。"

二人相望,都是泪眼蒙眬,夏雨行低头深深吻住了马可爱。

夏雨行在她的唇边说:"可爱,我爱你,永远不变!"

马可爱笑着流泪:"我也是!"

(全文完)